O Senhor Embaixador

2005

CENTENÁRIO DE

Erico Verissimo

Erico Verissimo

O Senhor Embaixador

Ilustrações
Rodrigo Andrade

Prefácio
Carlos Appel

COMPANHIA DAS LETRAS

Prefácio

O historiador Décio Freitas costumava dizer que, durante um quarto de século, entre 1930 e 1954, Getulio Vargas conduziu os destinos do Rio Grande e do Brasil aos umbrais da modernidade, com base em aço, petróleo, nova legislação trabalhista e educação de base.

Foi com a geração de 1930, quando despontam Erico Verissimo, Mário Quintana, Augusto Meyer, Dyonélio Machado, Cyro Martins, Ivan Pedro de Martins e Reynaldo Moura, entre outros, que a vida do Rio Grande profundo se mesclou às singularidades e vicissitudes da classe média urbana de Porto Alegre.

Foi nessa clivagem histórica que Erico Verissimo escreveu os romances da primeira fase, de *Clarissa* até *O resto é silêncio*, realizando o que ele chamou de "corte transversal da sociedade". Em *Saga* (1940), o personagem central do romance, Vasco, vai participar da Guerra Civil Espanhola, ocorrida entre 1936-39, quando aparecem em gestação os horrores da Segunda Guerra Mundial. A visão humanista do autor se rebela contra a manipulação maniqueísta da história pelas forças da direita e da esquerda. A superação desse fosso preocupa a maioria dos escritores do século XX. Erico Verissimo critica a legitimação ideológica de atos desumanos e a máxima de que os fins justificam os meios. Para ele, o Estado ideal seria aquele "capaz de atingir o bem-estar social com o máximo de liberdade individual". Observa, ainda, que "o engajamento político de um escritor deve ser com o homem, com a vida". Coerente com seus princípios e ideias, abomina a sectarização, a partidarização e a ideologização do mundo da cultura.

O admirável nesses romances iniciais é a maneira inovadora de contar histórias, o que a crítica atribui à influência do novo romance norte-americano e inglês, em especial à de Somerset Maugham, John dos Passos, Aldous Huxley, Katherine Mansfield e John Steinbeck, autores que haviam sido publicados na Coleção Nobel, da Globo, orientada por Erico Verissimo. A sua popularidade advém tanto da maneira direta e franca como discute as questões do seu tempo, privilegiadas por audaciosas técnicas e composições romanescas, quanto da sua capacidade de dosar tensões internas, o mundo intimista e o fluxo de consciência dos personagens com os problemas objetivos da realidade exterior.

O que encanta o novo leitor brasileiro da época é a habilidade de Erico Verissimo em montar um singelo quadro familiar contraposto a amplos painéis sociais e históricos, de justapor e mesclar épocas, situações e personagens sem deixar de ser inteligível, como acontece nas mais de 2 mil páginas de sua obra-prima *O tempo e o vento*, de onde emergem figuras como Pedro Missioneiro, Ana Terra, Bibiana, Maria Valéria e Capitão Rodrigo, que hoje participam de nosso dia a dia. O mais cosmopolita dos escritores brasileiros desceu fundo nos meandros da história regional, recriando a identidade gaúcha, das Missões (1745) à queda de Vargas (1945).

Erico Verissimo conjuga um controle ousado das estruturas romanescas com uma linguagem que se define pela clareza, objetividade e leveza, perfilando uma linhagem que remonta aos mestres Eça de Queiroz e Machado de Assis.

Wilson Martins, em um de seus criteriosos artigos, comentava o fato de a crítica brasileira subestimar a obra de Erico Verissimo e afirmava que o escritor gaúcho estava por merecer mais atenção do mundo acadêmico. Antonio Candido, em *Brigada ligeira*, havia feito observação semelhante em relação aos famosos "meios cultos" que lavram sentenças, por vezes, pouco clarividentes: "E nesta atitude permanecem ainda hoje os espíritos finos, de gosto delicado, que não toleram literatura em que não haja heróis de insondável profundidade, carregados com todos os problemas da terra. Se possível, que haja angústias tremendas de ordem moral ou metafísica".

Com a publicação de *O tempo e o vento*, a análise da obra de Erico Verissimo começou a tomar contornos mais nítidos. Sua fortuna crítica cresceu e se consolidou. Os trabalhos de Antonio Candido, Sérgio Buarque de Holanda, Wilson Martins, Carlos Dante de Moraes, Jean Roche, Moysés Vellinho e Guilhermino Cesar são desdobrados pelas análises consistentes e sólidas de Flávio Loureiro Chaves em *Erico Verissimo: realismo e sociedade* (1976), logo seguido por Wilson Chagas com *Mundo velho sem porteira* (1985). Trabalhos pontuais, voltados sobretudo para a trilogia *O tempo e o vento* e os romances subsequentes, foram surgindo com Regina Zilberman, Donaldo Schüler, Fábio Lucas, Paulo Hecker Filho, Massaud Moysés, José H. Dacanal, Maria da Glória Bordini, Luís A. Fischer e Sergius Gonzaga, entre tantos outros.

O mundo pós-Segunda Guerra Mundial, o da Escola das Américas, no Panamá, da Aliança para o Progresso, de Kennedy, da Revolução Cubana (1959), da Guerra do Vietnã, enfim, da Guerra Fria que a todos envolve nos idos de 1960 e 1970, são os motivos e o substrato de *O Senhor Embaixador* (1965) e de *O prisioneiro* (1967), culminando, com a volta aos pagos, na farsa cruel de *Incidente em Antares* (1971). Os três romances constituem um protesto e uma denúncia do aviltamento da condição humana: "Compreendi há muito que não podia continuar sentado à sombra de uma árvore, silencioso e omisso, vendo e sentindo o mundo e as dores de seu tempo através apenas de notícias de jornal", pondera Erico Verissimo em *Solo de clarineta*.

De certo modo, o insatisfatório resultado de *Saga* será retomado em outros termos e novas dimensões em *O Senhor Embaixador*, que se realiza como uma parábola sobre a estupidez humana, um protesto contra revoluções sórdidas e insensatas, contra a engrenagem que se vale de mitos e de fantasias geopolíticas para destruir as esperanças por um melhor nível de vida de nações periféricas. Publicado após o golpe militar de 1964, *O Senhor Embaixador* se configura como um romance político, inserindo-se numa importante tradição da literatura latino-americana. Obras sobre ditaduras e ditadores vêm sendo escritas desde 1926, quando surge *Tirano Banderas*, de Ramón del Valle-Inclán. Em seguida aparecem *O senhor presidente*, de Miguel Ángel Asturias, *Eu, o supremo*, de Roa Bastos, *O outono do patriarca*, de Gabriel García Márquez e, há pouco tempo, *A festa do bode*, de Vargas Llosa. O romance de Erico Verissimo se inclui nesse mosaico de obras que operam o desvelamento da realidade iníqua das ditaduras das *banana republics*.

Em *Solo de clarineta*, o autor relata que, enquanto concebia *O Senhor Embaixador*, no período que vai de 1962 a 1965, buscava "a oportunidade de estudar a estrutura política, econômica e social dessas republiquetas da América Central e do Sul e suas relações com o irmão maior e mais rico, os Estados Unidos. O romance se prestaria também para mexer com um problema que sempre me preocupou: a participação do intelectual na política militante e, mais especificamente, numa revolução de caráter violento".

O Senhor Embaixador ambienta suas ideias no espaço físico da República do Sacramento, ilha fictícia no Caribe, em contraponto com sua embaixada em Washington. Para o autor, o intelectual humanista esquerdizante que durante todo o transcurso do romance questiona as ideologias em voga é "um homem entre dois fogos". O sentido das revoluções e golpes militares nos países latino-americanos, o papel do intelectual em meio aos conflitos, antigas questões pétreas como liberdade e justiça em meio à extrema miséria, a luta por princípios, o horror à violência, são essas as questões fulcrais do romance.

As ideias de Erico Verissimo aparecem corporificadas e encarnadas em Leonardo Gris, exilado da ditadura e que apoia a revolução armada no Sacramento, e em Pablo Ortega. Em conversa com Pablo Ortega, Gris confessa: "Concluí que há um tipo de violência, que aceito, com tristeza, confesso, mas aceito. É a violência que se emprega para responder à violência".

À medida que Gabriel Heliodoro submerge cada vez mais na aceitação da violência, da tortura e da aniquilação como meio de sobrevivência, Pablo Ortega se transforma em símbolo da indecisão entre duas realidades polares, trazendo em si as contradições, fracassos e ilusões de grupos antagônicos que nele confluem e se entrecruzam. Torna-se o centro agônico por onde passam as decisões e a partir do qual se estendem os conflitos do romance. Utilizando personagens contraditórios como medula do romance, Erico Verissimo consegue montar um painel das principais tendências que se desdobram na linha de frente da história dos idos de 1960 e 1970.

Filho de família poderosa do Sacramento, dona de terras, plantações e usinas de açúcar, Ortega atravessa uma séria crise e vive "atormentado por um agudo sentimento de culpa por servir um governo corrupto".

Gabriel Heliodoro e Pablo Ortega contracenam com Bill Godkin que, tendo prestado "serviços" ao FBI, depois de 25 anos acaba por entender melhor os problemas dos países sul-americanos. Procura desvendar a teia de interesses que grupos econômicos, Pentágono e governo estenderam sobre o Sacramento.

Gabriel Heliodoro, forte, sedutor e impiedoso, adversário de Ortega, se parece a um caudilho gaúcho transplantado para o Caribe. Suas coordenadas psicológicas e sociológicas se modificaram no espaço e no tempo, resguardando conhecidas características épicas do Capitão Rodrigo. Também nesse sentido, Pablo Ortega seria o intelectual, o homem da cidade, que aos poucos compreende o sentido de sua vida: parte em busca do seu povo humilhado pela violência institucional, que é a negação da dignidade humana. Há uma tensão dialética entre esses dois personagens durante todo o transcurso da narrativa, até o ajuste de contas final.

Uma práxis sexual, que se confunde com o paroxismo da violência e da morte, atinge quase todos os personagens. O diplomata brasileiro Orlando Gonzaga vê no obelisco do monumento a Washington "um falo artificial de pedra". Ninfa Ugarte — nome premonitório —, velha e gorda, satisfaz a sexualidade reprimida servindo-se do jovem motorista, que a isso se submete por temor de perder o emprego e não ter com que sustentar a família.

Gabriel Heliodoro emerge da miséria do povo. Fruto da desordem familiar, social e econômica, nem sequer conheceu o pai. Participa de uma revolução, mas, despreparado e sem perspectivas, busca sustentar-se nos mesmos princípios do governo anterior. Torna-se embaixador em Washington quando seu país se encaminha para uma ditadura tão cruel quanto a que havia ajudado a derrubar. Carrera, seu amigo de lutas revolucionárias, tornara-se cópia fiel de Chamorro, o ditador destronado. Ortega fará o caminho inverso de Heliodoro. Exonera-se do cargo na Embaixada em Washington, rompe os laços que o prendiam ao passado familiar e resolve subir a serra para juntar-se aos revolucionários de Miguel Barrios: "Suas dores de cabeça desapareceram e ele ficou a ponto de se reconciliar com o 'sujeito' que todas as manhãs lhe aparecia no espelho, à hora de barbear-se".

Conhecemos a história da República do Sacramento através do relato que Pablo Ortega faz a Glenda Doremus durante uma festa na Embaixada. É uma história comum e semelhante à das demais repúblicas ao sul dos Estados Unidos. Todas exibem as mesmas convulsões e falsas ideologias, muito bem expressas num diálogo entre o dr. Gris e um professor de inglês de Oxford: "A antítese comunismo-democracia é falsa". E acrescenta: "O contrário do comunismo não é a democracia, mas o capitalismo, e a antítese da democracia não é o comunismo, mas a ditadura. O que ocorre é que, quando queremos dizer que somos capitalistas, achamos mais simpático afirmar que somos democratas".

No diálogo final entre Gabriel Heliodoro e Ortega, quando este confessa ter todas as razões para odiá-lo e desejar sua morte, Gabriel Heliodoro responde: "Mas não odeia, Pablo, não odeia. E sabe por quê? Sabe por quê? É porque eu faço muitas coisas que você teria vontade de ser e fazer, mas não é nem faz por causa dessa história de 'princípios'. Confesse! Você não sabe se seu caminho está mais certo que o meu".

O momento culminante do romance surge no duelo verbal entre Ortega e Roberto Valência, durante o julgamento de Gabriel Heliodoro. Durante esse clímax, Erico Verissimo expõe sua posição de "um homem entre dois fogos". Ortega, como advogado de defesa de Heliodoro, quer a destruição do sistema oligárquico semifeudal de Sacramento: "É uma vergonha, um absurdo que qualquer de nós possa ser governado discricionariamente por um grupo de famílias privilegiadas e por duas companhias estrangeiras". E, nesse momento, aproveita para acusar o Secretário-Geral Valência de estar organizando "as bases de um Estado Totalitário em que todos corremos o risco de deixar de ser criaturas humanas...".

E daí conclui: "Se acharmos que para os alicerces do novo Sacramento que vamos edificar, a melhor argamassa é a carne e o sangue de nossos inimigos, daqueles que discordam de nós, estaremos correndo o grave perigo de repetir a triste, trágica balada das ditaduras latino-americanas".

Os antigos princípios éticos reiterados ao longo de toda a obra de Erico Verissimo reaparecem: "Se na base desse grande e belo edifício que deverá ser a pátria de amanhã, além do nosso trabalho, da nossa inteligência, da nossa honestidade, da nossa incansável vigilância não houver também um elemento de tolerância e de amor, teremos então construído nossa casa sobre a areia!".

Esse é o momento da verdade, para todos, neste sólido e cativante romance.

O Senhor Embaixador revela nítidas ambições de representatividade social: as relações humanas revelam-se penetradas e acionadas por uma problemática que, limitada aparentemente a uma região, ocorre em escala muito mais ampla. Os problemas, cada vez mais, são comuns a todos os indivíduos e povos. As relações regionais refletem problemas universais.

Carlos Appel
foi professor de literatura brasileira na Universidade Federal do Rio Grande do Sul (UFRS) de 1962 a 1964 e secretário de Estado da Cultura (1987-91, 1995-97).

Parte I

As credenciais

I

No dia em que William B. Godkin completou trinta e cinco anos de serviços à Amalgamated Press, na qualidade de correspondente e especialista em assuntos latino-americanos, seus colegas ofereceram-lhe um almoço na sede do National Press Club, em Washington. O companheiro encarregado de saudá-lo temperou, em sua oração, biografia com humor e teve também o cuidado de deitar à mistura uma pitada de sentimento. Recordou incidentes — dramáticos uns, anedóticos outros — da longa carreira de Godkin. Entre outras coisas, disse: "Para nós, Bill, você é mais que um bom amigo e leal colega. É um símbolo e — por que não? — já uma espécie de monumento".

Ao terminar o discurso, entregou ao homenageado, como lembranças dos rapazes da Amalpress, um relógio-pulseira suíço e um cachimbo inglês.

Bill Godkin julgou a princípio que podia liquidar o assunto dizendo um "muito obrigado" geral e fazendo um largo gesto que abrangesse os vinte e poucos amigos que o cercavam. Detestava toda e qualquer espécie de oratória, especialmente a que de hábito se produz após os banquetes. Como, porém, de vários setores da mesa partissem gritos — "Discurso! Vamos, Bill! Discurso!" —, não teve outro remédio senão erguer-se e falar.

Não largou o velho cachimbo que tinha na mão, aceso, nem mudou o tom de voz, de ordinário arrastado e monótono, sem qualquer inflexão dramática. Mesmo quando não tinha o cachimbo entre os dentes, articulava com pouca clareza as palavras, pois mal movia os lábios.

Falou mais do que esperava, revelando sentimentos que preferia manter secretos. Apontando com a haste do cachimbo para o colega que o saudara, disse: "Quando eu tinha a idade desse moço, orgulhava-me de possuir a qualidade essencial do repórter: a de só noticiar fatos. Hoje, na adolescência da velhice (pois vocês não ignoram que percorro com certa relutância a derradeira milha que me separa dos sessenta), começo a ter dúvidas...". Fez uma pausa para uma cachimbada, e prosseguiu: "Isso a que chamamos *fato* não será uma espécie de *iceberg*, quero dizer, uma coisa cuja parte visível corresponde apenas a um décimo de seu todo? Porque a parte invisível do *fato* está submersa nas águas dum torvo oceano de interesses políticos e econômicos, egoísmos e apetites nacionais e individuais, isso para não falar nos outros motivos e mistérios da natureza humana, mais profundos que os do mar".

Prendeu o cachimbo entre os dentes e daí por diante falou e fumou ao mesmo tempo, o que lhe tornou ainda menos clara a dicção.

"Ao desintegrarem o átomo, os cientistas de nosso século desintegraram também a semântica e até a ética. Quem é que sabe hoje com certeza absoluta o sentido de palavras que usamos com tão leviana frequência como *liberdade*, *paz*, *direito* e *justiça*? Quanto ao Palavrão, *verdade*... que bicho é esse? Quantas verdades existem no mundo de nossos dias? Conheço tantas... A da Casa Branca. A do Kremlin. A do Vaticano. A da Wall Street. A da Broadway. A da United States Steel Corporation. A da AFL. Sim, e convém não esquecer a da Madison Avenue, talvez a mais fantástica de todas."

Teve um curto acesso de tosse, pigarreou, refez-se, e retomou o discurso:

"O jovem orador disse que sou um símbolo... Mas símbolo de quê? Talvez dum tipo de jornalismo em processo de liquidação. Pertenço a uma era em que os correspondentes escreviam sobre os acontecimentos. Vocês os modernos querem competir com Deus Nosso Senhor. Não só procuram dar hoje as notícias de amanhã como também se avocam o direito de, na falta de notícias, criarem acontecimentos para depois escreverem sobre eles!"

Calou-se por um instante e ficou a olhar fixamente para a toalha da mesa, como se nela estivesse escrito o texto de seu discurso.

"Quanto a ser eu um monumento, bom, talvez o que meu amável colega tenha querido dizer é que já sou uma estátua de cera de mim mesmo, prestes a ser recolhida à poeira dum museu municipal de jornalismo."

Ouviram-se apartes: "Não apoiado!" — "Que é que há com você, homem?" — "Não apoiado!". William B. Godkin ergueu a mão, pedindo silêncio, e perorou: "Seja como for, não pensem que não sei apreciar o gesto de vocês... este almoço, as palavras do orador, os belos presentes... Bom, mas vou calar a boca para não dizer mais tolices. Obrigado, rapazes!".

Sentou-se em meio de aplausos, mas desgostoso consigo mesmo. Levantara-se para fazer uma alocação breve e jocosa, como convinha à ocasião, e no entanto acabara falando sério e, o que era pior, dando um ridículo espetáculo de autocomiseração. Irritado, esvaziou o bojo do cachimbo batendo-o contra a beira dum cinzeiro com uma força exagerada.

Voltou ao escritório da Amalpress, ficou por alguns instantes sentado à sua mesa, examinando com mãos e olhos vagos os papéis que tinha diante de si. Ergueu depois a cabeça e fitou o calendário, na parede fronteira. *Abril 6. Segunda-feira.* Só havia uma coisa decente a fazer — decidiu. Chamou a secretária. Miss Kay entrou, de caderno estenográfico em punho, um lápis amarelo enfiado nos cabelos oxigenados, entre a cabeça e a orelha. Era uma mulherinha de idade incerta, perfil agudo e olhos de aço.

— Algo de importante?

— Nada, Mister Godkin.

— Muito bem. Diga aos rapazes que vou sair e não volto mais hoje.

— Perfeitamente, Mister Godkin.

Admirável Miss Kay! Exata como um cronômetro. Eficiente como uma máquina. Nas horas de trabalho jamais se permitia qualquer observação ou gesto de natureza pessoal.

— Acabo de fazer uma grande descoberta... — resmungou o jornalista, enquanto vestia o sobretudo e apanhava o chapéu.

— Sim, Mister Godkin?

— A coisa mais importante de Washington não é a Casa Branca. Nem o Departamento de Estado. Nem o do Tesouro. Nem o FBI. Nem a Smithsonian Institution.

Com o rosto impassível, a secretária esperava, perfilada. Junto da porta, Bill terminou o pensamento:

— São as cerejeiras do Potomac na primeira semana de abril! Se os jornais não mentem, elas devem estar hoje completamente cobertas de flores.

Enquanto acendia o cachimbo, olhou disfarçadamente para a secretária, esperando dela um sorriso ou qualquer outra reação humana. Miss Kay, porém, continuava séria, em posição de sentido. Recusava participar da brincadeira. Conservava sua indiferença metálica de máquina. Acaso um teletipo estremece de prazer ou indignação ante as notícias que recebe ou transmite?

— Até amanhã, Miss Kay.

— Até amanhã, Mister Godkin.

Na rua, Bill Godkin sentiu na cara o hálito quase frio da primavera, que recendia a úmidas e verdes distâncias. Decidiu ir a pé até à Tidal Basin. As mãos enfiadas nos bolsos do sobretudo, entrou na Rua 16, tomando a direção do sul. Pensou em seu amigo Pablo Ortega, primeiro-secretário da Embaixada da República do Sacramento. Num dia de firmamento limpo e luminoso como aquele, o rapaz olhara para o alto e exclamara: “Aposto como Deus hoje encarregou Fra Angélico de pintar o céu. Porque só ele conhece o segredo desse puro azul”. Curioso — refletiu Bill —, era justamente nos dias bonitos assim que ele sentia com mais pungência sua solidão. Não tinha filhos e perdera a mulher havia apenas dois anos, de leucemia... E aquela criatura suave, que parecia um retrato pintado a pastel, se fora aos poucos apagando, sem jamais queixar-se, sem perder por um instante sequer o gosto e a esperança de viver, nem seu afetuoso interesse pelas pessoas, animais e coisas. “Deus sabe o que faz” — era a sua frase predileta. “O homem verdadeiramente maduro é aquele que entende a linguagem simbólica do seu Criador.”

Pensando ainda na esposa morta, Bill Godkin aproximou-se da Lafayette Square. Avistou a Casa Branca, do outro lado da praça. Era na sua opinião o mais belo edifício de Washington — feliz combinação de dignidade e graça, simplicidade e harmonia. Em alguma sala daquela mansão o Presidente Eisenhower àquela hora estaria decerto a refletir apreensivo sobre problemas do momento: o destino da Revolução Cubana e, coisa mais séria ainda, o drama de John Foster Dulles que, com um câncer de abdômen, encontrava-se num hospital com seus dias contados.

Bill preparou-se para atravessar a Rua H. A imagem de Ruth, acompanhada do fantasma de sua voz, despontou-lhe na mente: “Meu bem, nunca atravesse uma rua sem primeiro olhar para os lados, sim?”. Bill cumpriu a recomendação, mas de maneira apenas mecânica, pois nem chegou a ter consciência clara de se podia ou não fazer a travessia sem perigo. Avançou no seu lento trancão habitual, mas teve de acelerar o passo quando viu surgir à sua direita e a pequena distância um Cadillac negro, de aspecto funéreo. *Oops!* Ganhou finalmente a calçada. (Um carro como aquele levara para o cemitério o corpo de Ruth...) Lá estava no centro da praça a estátua equestre de Andrew Jackson: o cavalo com as patas dianteiras no ar, o cavaleiro com o braço direito erguido, a mão segurando o chapéu bicorne... Segundo os entendidos, a posição do cavalo, que se equilibrava nas patas traseiras, oferecera difícil problema de mecânica que o artista resolvera de maneira brilhante. (Orlando Gonzaga, seu amigo brasileiro, lhe dissera um dia: “Vocês americanos confundem arte com artesanato”.)

Godkin não tinha nenhum entusiasmo pelas estátuas da capital. Em sua grande maioria eram convencionais e careciam de grandiosidade e beleza. Os mais admiráveis monumentos de Washington eram suas árvores e parques — concluiu, caminhando à sombra dos olmos, ao longo da calçada de Jackson Place. Aquelas árvores altas e esguias, de nobre aspecto, evocavam-lhe a figura de Abraham Lincoln.

Bill parou um instante para observar um bando de estorninhos de escura plumagem iridescente e de bicos amarelos, que chilreavam alvorotados nos ramos duma magnólia. Ruth costumava dizer que as árvores, as flores, os pássaros, as crianças e as outras coisas belas da vida são palavras soltas duma mensagem que Deus manda repetidamente aos homens, um recado de esperança em meio deste mundo cruel, sórdido e absurdo. Sórdido e absurdo... Godkin lembrou-se de que, havia alguns anos (cinco? seis? talvez sete...), numa madrugada de agosto, de calor úmido e opressivo, depois dum serão particularmente estafante nos escritórios da Amalpress, ele viera espairecer ali na praça, e ficara por alguns instantes parado debaixo daquela mesma árvore. A fragrância adocicada das flores de magnólia no ar estagnado era como uma cálida presença física, perturbadora como uma carícia carnal. Bill jamais esquecera aquela noite e aquele lugar pelas coisas que então e ali lhe haviam acontecido. Um homossexual abordara-o, fazendo-lhe claramente uma proposta obscena. Ele se limitara a lançar um olhar rápido para o desconhecido — louro, esguio, bem-vestido, trinta e poucos anos presumíveis — e pusera-se a caminhar, sem responder ao convite nem sequer indignar-se. O que sentia era um certo constrangimento mesclado de piedade pela pobre criatura. O outro o seguira, repetindo a proposta com uma insistência cada vez maior. Ofegava um pouco, e sua voz de contralto era dum grotesco doloroso. E, quando o tipo agarrou-lhe o braço, Bill desvencilhou-se dele num repelão, ameaçando esmurrá-lo. O pederasta estacou, recuou dois passos e disse em voz alta: "Se você veio passear aqui a esta hora da noite é porque tem *tendências* inconscientes".

Bill Godkin não podia compreender por que razão — se é que a razão entrava na história — os desviados sexuais de Washington haviam escolhido para seus encontros amorosos aquela praça a tão pequena distância da Mansão do Executivo.

Parou a uma esquina, já na Pennsylvania Avenue. Depois que a sinaleira, à frente de um dos portões da Casa Branca, lhe deu a luz verde, atravessou a avenida e continuou a andar na calçada oposta, ao longo do mastodôntico edifício cor de osso velho e em estilo neoclássico francês, onde antigamente estivera instalado o Department of State. Tornou a pensar em Dulles. Era um homem corajoso e íntegro, mas prejudicado pela sua visão calvinista do mundo. Como poderia um estadista puritano compreender a América Latina? E que iria acontecer agora em Cuba? Continuavam os fuzilamentos dos partidários de Fulgêncio Batista responsáveis por atrocidades e vários outros crimes. O Governo Revolucionário havia empolgado "provisoriamente" a direção da Cuban Telephone Co., subsidiária da U.S. Telephone & Telegraph Co. A nacionalização de outras empresas americanas — refletiu Godkin — viria fatalmente, mais tarde ou mais cedo. Como se portaria diante desses fatos o Governo dos Estados Unidos? Bill sabia que eventualmente um que outro congressista de seu país, invocando os direitos humanos, faria um discurso no Capitólio, protestando contra os fuzilamentos de Havana, mas os Pais da Pátria só ficariam realmente indignados, ameaçando o céu e a terra, quando Fidel Castro começasse a confiscar os bens de cidadãos norte-americanos. Bill Godkin estacou, esvaziou o bojo do cachimbo apagado, batendo-o contra o salto de um dos sapatos. Depois, enquanto o reenchia de fumo e riscava um fósforo, lembrou-se de que Maquiavel aconselhara ao Príncipe que mandasse assassinar seus súditos, quando necessário, mas que evitasse tocar em suas propriedades, porque um homem com mais facilidade esquece a morte do pai do que a perda de seu patrimônio...

Mas como pode alguém ter pensamentos cínicos numa tarde de primavera como esta? — perguntou Godkin a si mesmo, ao começar a travessia da Elipse, em diagonal, na direção do monumento a Washington. Andava no ar um contentamento vadio e luminoso de feriado. Centenas de pessoas (ou seriam milhares?) caminhavam no gramado e nas calçadas: homens, mulheres e crianças, manchas multicores e móveis que sugeriam a Bill uma paródia moderna dum quadro de Brueghel — *A boda campestre* — que ele vira com Ruth num museu de Viena. (Pobre Ruth! Apesar de saber que teria apenas mais um ano de vida, com que menineira alegria ela gozara sua primeira e última viagem à Europa!) Todas aquelas pessoas encaminhavam-se para os cerejais da beira do Potomac ou voltavam de lá. Os ônibus da Greyhound — azul e prata —, embandeirados e cheios de turistas, rolavam pela Constitution Avenue, onde o tráfego era intenso. Numa das calçadas da South Executive Avenue, muita gente fotografava ou apenas olhava por entre as grades os jardins e a fachada meridional da Casa Branca.

O cheiro de relva nova, entrando pelas narinas de Bill, trouxe-lhe à mente uma paisagem da infância: os prados do Kansas em abril. Sem tirar o cachimbo da boca, pôs-se a chiar por entre os dentes uma melodia que sempre associava à ideia de folga e feriado. Parou um instante para atirar migalhas de pão a três esquilos, dois cinzentos e um negro, que se haviam aproximado dele. Durante o almoço no Press Club tivera o cuidado de meter no bolso algumas bolotas de miolo de pão, pensando especialmente naqueles "fregueses".

Olhou para o obelisco do Monumento, no cume de sua colina verde, todo cercado de bandeiras nacionais, que a brisa bulia. De novo lhe voltou ao pensamento a voz de Orlando Gonzaga: "O obelisco? Está claro que este burgo federal precisava dum imponente falo artificial de pedra, como compensação para seu complexo de castração". Bill, sorrindo à observação do amigo, perguntara: "Castração por quê?". A resposta viera rápida: "Ora, para principiar, Washington, a capital do tédio e da impotência, é um conglomerado de funcionários públicos e diplomatas (alguns de sexo duvidoso) e de velhos aposentados. E depois, meu caro, este enclave apertado entre Maryland e a Virgínia não tem sequer o direito de voto".

Subindo lentamente a colina do Monumento, Bill mantinha agora um diálogo imaginário com o primeiro secretário da Embaixada do Brasil. "Veja bem, Gonzaga. Como podem vocês chamar-nos de povo materialista, preocupado apenas com o dólar, quando essas pequenas árvores japonesas que florescem em abril têm o poder de atrair todos os anos a esta cidade centenas de milhares de cidadãos, de todos os quadrantes do país?"

Já na metade do caminho, Bill Godkin avistou a copa das cerejeiras que cercavam a Tidal Basin. Parou ofegante, não sabia bem se do esforço da subida ou se de pura emoção ante a paisagem. Ali estava um quadro tão belo e ao mesmo tempo tão frágil, que a simples tentativa de descrevê-lo com palavras, pintá-lo ou mesmo fotografá-lo poderia quebrar-lhe o encanto... Sentiu que devia aproximar-se do cerejal florido com a maior cautela, pisando e respirando de leve.

Pensou na esposa morta, a tristeza embaciou-lhe o olhar. Pobre Ruth! Ela tinha razão. Deus era um poeta. O maior de todos. Desgraçadamente os homens, obtusos e analfabetos, não sabiam ler os poemas que o Criador escrevia. "Obtusos e analfabetos", murmurou Bill, continuando a andar na direção das cerejeiras. "Todos! Inclusive eu. Principalmente eu!"

2

Quando, horas mais tarde, chegou ao pequeno bar da Connecticut Avenue, onde combinara encontrar-se com seus dois amigos diplomatas, já lá estava Orlando Gonzaga, sentado à sua mesa habitual, de costas para a parede do fundo da sala. O brasileiro costumava dizer que se parecia com seu avô materno, façanhudo chefe político do interior de Minas Gerais, senhor de vastas terras e numerosos inimigos: jamais se sentava de costas para janela ou porta: só se sentia seguro quando tinha a proteger-lhe o lombo a solidez duma parede ou dum muro.

— Bill, meu velho! — exclamou Gonzaga, apertando a mão que o jornalista lhe estendeu. — Chega atrasado. Faz quase meia hora que aqui estou esperando Godkin. Se ao menos fosse Godot!

Bill, que não era homem de teatro nem de literatura, não entendeu a alusão nem pediu explicações. Sentou-se e contou de onde vinha.

— As flores de cerejeira! — exclamou o diplomata, franzindo o nariz. — O grande lugar-comum botânico de Washington!

— Não seja esnobe! Não acredito que você não aprecie o espetáculo, como todo o mundo.

Gonzaga sorriu.

— Que é que vai beber?

— Um campari.

— Fale baixo, senão alguém pode denunciar você ao Congresso por atividades antiamericanas. Abandonou definitivamente o bourbon?

— Um campari — confirmou o jornalista, acendendo o cachimbo e afrouxando depois o nó da gravata dum verde bilioso, que seus colegas não cessavam de proclamar horrenda.

Gonzaga, que terminava seu segundo martíni, chamou o garçom e transmitiu-lhe o pedido do amigo.

— Se eu tivesse juízo — resmungou Godkin — o que bebia mesmo era cicuta.

— Por quê, Sócrates?

— Cheguei hoje à conclusão de que nenhum homem deve consentir no próprio envelhecimento. Estive comparando o reflorescimento anual das cerejeiras com o endurecimento progressivo e irreversível de minhas artérias.

— Tolice. Não acredito no que você está dizendo. Considero-o um "cidadão sólido".

— Hoje me sinto oco... — confessou Bill. "E só...", pensou. O garçom pôs sobre a mesa, na sua frente, o copo de campari. Godkin propôs um brinde:

— Como dizem vocês no Brasil: "Às nossas belas qualidades!".

— ... que não são poucas — acrescentou o outro, erguendo também o copo.

Godkin observou que os olhos do amigo fixavam-se com insistência em algo ou, antes, *alguém* — provavelmente uma mulher — que se encontrava na outra extremidade da sala. Era um olhar tão lambuzado de sensualidade — achava Bill — que parecia deixar um rastro viscoso no ar.

Resistiu à tentação de voltar a cabeça para trás, e ficou a examinar o amigo com seu olho de repórter. Tinha Orlando Gonzaga um rosto carnudo, quase na fronteira da gordura, olhos castanhos meio exorbitados e de pálpebras machucadas. Um bigode cuidadosamente aparado, negro como os cabelos, coroava-lhe os lábios bem modelados. Sua voz, grave, macia e persuasiva, era dessas apropriadas à penumbra das alcovas. Homem de estatura mediana, tinha o diplomata esse porte atlético que Godkin costumava atribuir aos jogadores de judô. Vestia-se com uma elegância discreta (cinza e azul eram suas cores favoritas), só usava camisas feitas sob medida e revelava decidida predileção pelas gravatas e sapatos italianos e pelas roupas inglesas. Era quando estava na presença daquele homem sempre bem-vestido, bem penteado, bem escanhoado e bem escovado que Bill Godkin sentia mais agudamente que nunca seu próprio desmazelo. Havia pouco, num concurso de brincadeira realizado pelos colegas, seu nome aparecera entre os dos dez correspondentes mais malvestidos de Washington. Punha hoje no corpo uma roupa nova em folha e no dia seguinte ela já parecia velha: as calças perdiam o friso, o casaco, a forma, e seus bolsos como que engravidavam, enchendo-se de papéis, migalhas de pão, selos postais, moedas de cobre e níquel, tocos de lápis, livros e, não raro, jornais inteiros.

— E o nosso Pablo? — perguntou Bill.

Sem tirar os olhos da "visão", Gonzaga respondeu:

— Telefonou há pouco dizendo que não pode vir. Anda às voltas com seu novo embaixador, que amanhã apresentará suas credenciais ao Presidente Eisenhower.

— Pobre rapaz! Eu não queria estar na pele dele.

— Nem eu. Esses embaixadores que, além de não pertencerem à *carrière*, são amigos do peito do Presidente dão um trabalho danado...

Mas, Bill, mudando de assunto, disfarce e examine aquela pequena lá no fundo... Faz horas que estou metendo o olho nela, mas não há jeito de fazer a bichinha olhar para mim.

Godkin sorriu, esperou uns segundos, depois voltou a cabeça e viu, sentada a uma mesa, contra a parede oposta, uma atraente mulher que bebia e fumava, solitária.

— Que lhe parece?

— Bela, colorida e irreal como uma ilustração em tricromia para uma novela do *Saturday Evening Post*.

— Isso! Perfeito! Você acaba de definir à maravilha as mulheres bonitas deste país. Coloridas como poucas outras no mundo... Inodoras porque tomam banho todos os dias e têm a obsessão dos desodorizantes... Mas, como a comida americana, não têm sabor...

— Não têm sabor?

— Escute, Bill. Pegue uma dessas páginas de revista em que aparecem pratos de comida em magistrais reproduções litográficas... Que cores! Que realismo! Que beleza! Produzem-nos água na boca. Mas você pode comer as próprias páginas das revistas em que aparecem essas tricromias, porque o gosto do papel impresso é o mesmo da comida propriamente dita.

— Não me diga que levar para a cama uma mulher americana ou o seu retrato em cores é a mesma coisa...

— Quase.

— Não seja exagerado!

Gonzaga franziu o cenho.

— Não precisa olhar para trás, Bill, porque vou lhe descrever o que está acontecendo com nossa beldade. Acaba de chegar um sujeito de dois metros de altura, louro, tipo de *fullback*, cara de bocó, talvez herói da Guerra da Coreia... Inclinou-se e deu um beijo no rosto dela, o bandido! Ela sorri. Ele se senta. Conversam. Serão casados? Bom, o beijo me pareceu matrimonial... Suponhamos que sejam. Devem ter relações sexuais uma vez por mês, porque ele, eficiente *junior executive* numa firma próspera, tem preocupações sociais e comerciais que o tornam um tanto negligente no cumprimento de seus deveres matrimoniais.

Godkin fumava, sorria e escutava. Gonzaga inclinou-se sobre a mesa, como se fosse revelar um segredo de Estado.

— Depois que povoaram o Oeste, vocês, americanos, vivem à procura de novas fronteiras para vencer. Escalam montanhas, dedicam-se à caça submarina, batem recordes de velocidade na terra e no ar, entregam-se aos esportes mais perigosos e vertiginosos para provarem a si mesmos e ao mundo que são empreendedores, hábeis e principalmente másculos. No entanto não perceberam ainda que a mais importante Fronteira interna deste país ainda aí está, virgem e inconquistada. A mulher americana, Bill! Abandonem por um momento os brinquedos eletrônicos e tratem de usar melhor o pênis do que o tacape de beisebol. Esqueçam-se das suas mamas e atirem-se sem medo à Grande Conquista!

— Vocês latinos sabem tudo, não?

— Olhe, uma coisa eu lhe digo, meu caro, pelo menos sabemos usar nossos corpos sem inibições... Espere! O *fullback* está pagando a nota ao garçom... A deusa levantou-se. Oba! Tem um traseiro primoroso.

Como tantos outros brasileiros de suas relações — refletiu Godkin — Gonzaga parecia sentir uma atração especial por aquela parte da anatomia feminina.

— Outro campari?

— Não. Bebi vinho ao almoço, coisa que raramente faço.

— Ah! Como correu a homenagem?

— Ora... a coisa de sempre. Piadas, trotes, discursos...

Bill olhou em torno. Luzes veladas davam ao ambiente uma intimidade crepuscular. Andava no ar uma fragrância de gardênia (viria da loura fornida da mesa vizinha?) misturada com emanações de uísque. Um alto-falante invisível derramava docemente na sala a melodia triste e mormacenta dum *blue*.

— Mister Godkin, você é um verdadeiro herói. Trinta e cinco anos com a mesma firma! Um ano mais do que eu tenho de existência neste vale de lágrimas.

— E você quer que eu me sinta feliz hoje? Estive dando um balanço na minha vida, sentado num banco à beira da Tidal Basin. Entro em breve na casa dos sessenta. Não sou rico nem famoso. Pelos padrões americanos, devo considerar-me um fracassado.

— Mande para o diabo esses padrões, Bill. Quem são os americanos para estabelecerem padrões absolutos para a humanidade? Super-homens? Deuses?

— Não sei, mas mesmo assim...

Gonzaga recostou-se no espaldar de couro de seu banco e olhou, abstrato, para o terceiro martíni que, a um sinal que fizera havia pouco, o garçom punha agora em sua frente.

— Você nunca me contou como foi parar nas garras da Amalpress.

— Quer mesmo saber?

— Claro, homem!

Bill olhou indeciso para o diplomata. Duvidava da autenticidade do interesse dele. Sabia que, como a maioria dos latinos, Orlando Gonzaga era um mau interlocutor. Gostava de falar mas não sabia escutar.

— Entre minhas escassas proezas acadêmicas no City College de Nova York, a mais notável foi uma dissertação que escrevi sob o título pretensioso de *Radiografia das ditaduras latino-americanas*.

— Pretensioso por quê?

— Ora, eu era um verde rapaz de vinte e quatro anos incompletos, e jamais tinha posto o pé na América Latina. Sabia um pouco de espanhol, nutria uma admiração romântica por figuras como Bolívar, Zapata, Juárez... e havia devorado na Biblioteca Pública dezenas de livros sobre a América espanhola. Como vê, meu aparelho de raio X não passava dum binóculo de segunda mão...

— Prescott escreveu seu famoso *Conquest of Mexico* sem nunca ter visitado o México.

Bill sorriu, pondo à mostra os dentes amarelados.

— Não me lembro como nem por que um dos diretores da Amalgamated Press leu a minha dissertação, achou que eu tinha qualidades de repórter e me ofereceu um emprego na sua agência. Aceitei, fui mandado para uma dessas republiquetas da América Central onde se esperava barulho nas vésperas duma eleição presidencial... Passei um mês duríssimo naquele inferno tropical. Um correspondente de outra agência, meu companheiro de quarto de hotel e vítima dos mesmos mosquitos, contraiu malária. Tive mais sorte. Saí da aventura apenas com uma colite amebiana, que levei cinco anos para curar completamente...

— E a revolução?

— Não houve. Nem as eleições. A história de sempre. Mas...

Calou-se, percebendo que Gonzaga não prestava mais atenção ao que ele dizia.

— Bill, meu velho, acaba de entrar uma morena subversiva. Deve ser latina. Ah! Sei quem é. Filha do embaixador de El Salvador. Que olhos, homem! Mas continue, Bill, continue...

— Conheço essa moça, Gonzaga. É casada e séria. Perca a esperança.

— Eu sei. Mas é pecado olhar? Continue a história, Bill. Não seja ciumento. Meus olhos podem estar na morena, mas meus ouvidos estão com você.

— Ora, não vale a pena.

— Está bem. Se insiste, olho também para sua cara, embora os ruivos sardentos e cinquentões não sejam o meu tipo. Garçom! Mais azeitonas. Adiante, Bill!

— Minha grande oportunidade surgiu em fins de 1925. Na República do Sacramento, onde Don Antonio María Chamorro exercia sua ditadura havia quase vinte e cinco anos, um jovem tenente, Juventino Carrera, revoltou um batalhão do Exército, no quartel da cidade de Los Plátanos, e refugiou-se com seus soldados na Sierra de la Calavera, de onde começou uma luta implacável de guerrilhas contra os *federales*.

Bill Godkin depôs o cachimbo apagado sobre o cinzeiro, tomou um gole de campari e prosseguiu:

— Um dia resolvi entrevistar pessoalmente o Tenente Carrera na sua toca ou, melhor, no seu ninho de águia. Meu chefe achou a ideia um tanto esdrúxula. Sacramento era um país sem importância. Todos consideravam perdida a causa do jovem revolucionário. Don Antonio María Chamorro estava solidamente estabelecido no poder. O povo sacramentenho vivia aterrorizado. Os camponeses que ajudavam os revolucionários eram sumariamente passados pelas armas. Além de tudo, *El Chacal del Caribe* (era assim que os inimigos chamavam ao ditador) contava com o apoio moral de Don Herminio Ormazabal, Arcebispo Primaz do Sacramento.

— E provavelmente com a proteção da United Plantations Co. — acrescentou Gonzaga.

— Sim, e da Caribbean Sugar Emporium. Em suma, o Governo de Chamorro parecia firme como os Andes. Mas a verdade é que ninguém conseguiu me tirar a ideia da cabeça. Eu simpatizava com a causa dos rebeldes. E, cá para nós, sendo um homem da planície, sempre senti o fascínio da montanha. Pois bem. Entrei em contato com a Embaixada dos Estados Unidos em Cerro Hermoso. O embaixador americano tentou me dissuadir do propósito, e foi com uma tremenda má vontade que empregou seus bons ofícios junto ao Governo de Chamorro para conseguir o que eu queria. Para resumir a história, obtive um salvo-conduto, jurei perante as autoridades sacramentenhas que não aproveitaria a oportunidade para prestar qualquer serviço aos revolucionários e prometi submeter à censura ditatorial a minha entrevista com Carrera, antes de publicá-la.

O brasileiro parecia agora realmente interessado na narrativa.

— Você não conhece o Sacramento, Gonzaga. A Serra da Caveira fica na extremidade oriental da Cordilheira dos Índios, que corta a ilha na direção leste-oeste. — Bill tirou do bolso sua caneta-tinteiro e esboçou num guardanapo de papel o mapa da República do Sacramento. — Veja, aqui, a uns vinte e poucos quilômetros dos contrafortes da serra, fica a vila de Soledad del Mar. Foi por aí que comecei a escalada... Você não pode calcular o trabalho que tive para encontrar um nativo que me servisse de guia até o esconderijo de Carrera...

— Está claro que todos desconfiavam de você.

— Era natural. As autoridades temiam que eu fosse levar alguma mensagem aos rebeldes. Os camponeses suspeitavam que eu era um agente secreto da ditadura encarregado de assassinar Carrera. Finalmente veio em meu socorro o Padre Catalino, o jovem pároco de Soledad del Mar, flor da raça humana. Murmurava-se que já tinha sido repreendido várias vezes pelo Arcebispo por "dar conforto" aos revolucionários. Pois bem, o padre me arranjou secretamente um vaqueano de sua confiança que me prometeu levar até à primeira sentinela de Carrera. E lá me fui, serra acima, montado num burro, e com uma câmara fotográfica a tiracolo.

— Que tipo de homem era esse Juventino Carrera?

— Fisicamente, parecidíssimo com Simón Bolívar. Ele sabia e tirava partido disso.

— Nessa sua subida da serra você correu o risco de levar bala dos dois lados...

— Não será essa a eterna posição do liberal? Um homem entre dois fogos...

— Quando você voltou da montanha, naturalmente foi interrogado pelos homens de Chamorro...

— Sim, interrogado, apalpado, cheirado... Preparei, expressamente para mostrar às autoridades sacramentenhas, uma reportagem fictícia em que descrevi os revolucionários como um bando de aventureiros indisciplinados, mal armados e municiados, com o moral baixíssimo e em vésperas dum colapso total. Consegui esconder o rolo de filmes com as fotografias que tirei dos guerrilheiros e guardei na memória os diálogos que mantive com Carrera. De volta a Washington escrevi uma série de artigos ilustrados favoráveis aos revolucionários e contrários à ditadura de Chamorro.

— E esses artigos, divulgados pelo mundo, naturalmente ajudaram a causa dos rebeldes.

— Tenho boas razões para acreditar nisso.

— Podiam ter-lhe dado o Prêmio Pulitzer de Jornalismo de 1925 — observou Gonzaga, mastigando uma azeitona e lançando um olhar lânguido para a morena, por cima do ombro do amigo.

Godkin sacudiu a cabeça, pegou o cachimbo e começou a enchê-lo de fumo.

— Qual! Não nego que meus artigos continham fatos descritos com objetividade, mas faltava-lhes o que os críticos chamam de "distinção literária". Conheço minhas limitações, meu caro. Não sou um escritor brilhante. Meus chefes me consideram um "profissional competente". Os colegas costumam dizer que tenho olhos prismáticos de sapo... o que não deixa de ser uma vantagem para o repórter. Sei que possuo uma memória fotográfica. — Tocou a testa com a haste do cachimbo. — Mas acontece que esta câmara fotografa apenas em preto e branco. Acredite, Gonzaga, sou um homem pobre de fantasia e imaginação.

— Mas... continuando a história, que aconteceu depois da publicação desses artigos?

— Minha situação na Amalpress melhorou extraordinariamente. Em 1926, Juventino Carrera derrubou o ditador e foi eleito Presidente da República. Convidou-me oficialmente para a cerimônia de sua posse e me concedeu uma entrevista exclusiva, como me havia prometido "lá em cima"...

— E seus chefes então começaram a olhar para você com mais respeito.

— Pior que isso. Passaram a me considerar "especialista em assuntos latino-americanos". Em 28 me fizeram correspondente itinerante, com base de operações primeiro na Cidade do México e depois no Rio. Fui dos primeiros jornalistas estrangeiros que entrevistaram Vargas quando em outubro de 1930 ele chegou do Sul, à frente das tropas revolucionárias que acabavam de tomar o poder.

— Nesse tempo (deixe-me ver...) nesse ano eu entrava para o jardim de infância...

— Creio que fui o último correspondente que entrevistou o General Augusto César Sandino, na Nicarágua, poucas semanas antes de o assassinarem.

— Que espécie de homem era ele?

— A imprensa oficial apresentava-o como um bandido. Mas Sandino, engenheiro de minas e agricultor, era um patriota, e um liberal.

Pegou em armas contra a sua ditadura e lutou seis anos, enfrentando não só os soldados do Governo como também os *marines* dos Estados Unidos. Jamais foi capturado. Quando os fuzileiros navais americanos se retiraram da Nicarágua, Sandino concordou em depor armas, e dedicou-se pacificamente à realização dum plano de cooperativas agrícolas... Um dia foi visitar o Presidente Moncada e quando saía do Palácio do Governo, um dos guardas o assassinou traiçoeiramente...

— Há capítulos bem sórdidos na história desta nossa América, hem, Bill?

— E por falar em capítulo sórdido, em princípio de 1935, a Amalpress me mandou ao Chaco Boreal para cobrir uma das guerras mais insensatas da história. Numa região árida e desolada, soldados paraguaios e bolivianos, em sua maioria índios e mestiços, matavam-se havia anos *por la patria*...

— E pelos interesses da Standard Oil.

— Exatamente. Os redatores da Amalpress costumavam eliminar de meus despachos toda e qualquer referência a essa companhia. Eu acompanhava as forças paraguaias e tive a oportunidade de examinar algumas armas apreendidas dos bolivianos. Eram de fabricação norte-americana e tudo indicava que haviam sido usadas pelo Exército dos Estados Unidos na Primeira Guerra Mundial.

Por alguns instantes Bill ficou a fumar e beber em silêncio, depois rompeu a rir um riso inaudível mas visível, pois lhe sacudia os ombros e lhe contraía o rosto numa expressão cômica.

— Duma feita — disse — levei em Buenos Aires uma surra memorável que quase me matou...

— Mas você nunca me contou isso!

— Em 1943, a Amalpress me mandou à Argentina para escrever uma série de artigos sobre a situação política do país. O Governo de Castillo havia sido deposto por um golpe inspirado pelo Grupo de Oficiales Unidos, cuja alma, você deve estar lembrado, era o Coronel Juan Perón. No primeiro artigo denunciei as ligações dessa pandilha com a espionagem nazista. No segundo, opinei que nosso Department of State não devia reconhecer o Governo Revolucionário do General Pedro Ramírez porque esse oficial tinha inclinações hitleristas e iria fatalmente sabotar o programa de defesa do hemisfério. *La Nación* reproduziu esses artigos. Os jornais nacionalistas naturalmente me atiraram os insultos mais virulentos e pediram ao Governo que me expulsasse imediatamente do país...

Godkin fez uma pausa durante a qual ficou a desenhar com a caneta círculos concêntricos no guardanapo de papel.

— Uma noite, já tarde — continuou —, voltava eu para meu hotel em Buenos Aires, quando três sujeitos desconhecidos aproximaram-se de mim, agarraram-me sem dizer palavra e arrastaram-me para uma rua deserta. Ó Gonzaga, por que é que um homem tem vergonha de gritar e pedir socorro? Eu podia ter posto a boca no mundo. Até hoje não compreendo por que apertei os lábios e me preparei para o pior.

O brasileiro sorriu.

— Decerto porque inconscientemente você achava que merecia a punição.

— Não sei. Recebi o primeiro soco, que me quebrou o nariz... veja, e me deixou com esta cara de boxeador aposentado. Respondi com um murro que atingiu o queixo do meu agressor. Um dos brutamontes então procurou me estrangular com uma "gravata", um outro me imobilizou os membros e o terceiro então serviu-se à vontade... Pelo vulto do homem e pelo impacto dos socos, senti que devia ser um atleta. Um golpe na boca do estômago me deixou sem ar. Um pontapé numa outra parte ainda mais sensível de meu corpo me fez desmaiar de dor. Enquanto fiquei estendido no chão, sem sentidos (não sei ao certo por quanto tempo), fui pisoteado na cara, no peito, nos rins... Quando recobrei os sentidos, me vi num leito de hospital, com o embaixador dos Estados Unidos a meu lado. Eu tinha vários dentes e costelas quebrados, escoriações por todo o corpo, hematomas ao redor de ambos os olhos... Em suma, da cabeça aos pés eu era todo uma "dor". Passei dias sob a ação de sedativos.

— E a polícia, que providência tomou?

— Nenhuma. Simulou um inquérito em que se "apurou" que eu havia sido assaltado por desconhecidos com intenções de roubo. Mas ficou evidente que meus agressores eram nacionalistas. Quando me deram alta no hospital, fui declarado *persona non grata* pelo Governo de Ramírez e convidado a deixar o país.

— Que honra, Bill!

— Quando voltei a Washington, a Amalgamated Press me deu uma bonificação e me mandou para San Juan de Porto Rico, com férias pagas. Foi lá que conheci a mulher com quem vim a casar em fins de 1944... — Fez uma pausa e depois acrescentou, com uma tristeza resignada: — ... e que perdi há dois anos.

— Que foi que você fez durante a última Guerra Mundial?

Godkin esteve a pique de confessar que, de mistura com tarefas jornalísticas, fizera "uns servicinhos especiais" para o FBI, mas achou de melhor aviso guardar o segredo.

— Ora... — resmungou, soltando uma baforada de fumaça despistadora. — Andei de Herodes para Pilatos... Em 45 estava no Rio quando os generais brasileiros depuseram Getulio Vargas. Não vou lhe contar minhas aventuras no *Bogotazo*, em 48, porque a história é comprida demais... Mas, para terminar esta novela de capa e espada, em 1952 meu chefe me chamou e comunicou que eu havia sido promovido (veja bem: "promovido"), e me acorrentou a uma escrivaninha em Washington, com o pomposo título de Chefe do Bureau Latino-Americano. Fim de carreira, você compreende...

Gonzaga lançou para o amigo uma mirada afetuosa.

— Mas... voltando a Juventino Carrera, que peste nos saiu esse herói da Sierra de la Calavera!

Bill encolheu os ombros.

— Seguiu a regra geral latino-americana. Derrubou o tirano e acabou tornando-se também um tirano. Sabe qual foi a primeira coisa que fez depois que se aboletou no Palácio do Governo? Assinou um decreto, promovendo-se a si mesmo a generalíssimo, à feição de Trujillo, de quem se tornou mais tarde amigo, compadre e aliado. E como desejasse também um título, como o do ditador dominicano, não faltou um escriba que propusesse ao povo o de *El Libertador*, que pegou logo.

— Mais um campari?

— Não, obrigado.

— Nem cicuta?

— Nem cicuta. Agora me sinto melhor. Acho que me fez bem recordar todas essas histórias...

— Depois da cerimônia da posse de Carrera você naturalmente tornou a vê-lo algumas vezes...

— Muitas. Sempre que havia algum barulho no Sacramento, a Amalpress me despachava para Cerro Hermoso.

— Você deve então conhecer pessoalmente esse embaixador que o Generalíssimo mandou agora para cá, não?

— Don Gabriel Heliodoro Alvarado? Claro que conheço. A primeira vez que o vi, ele estava ao lado de Juventino Carrera, na Sierra de la Calavera. Era um de seus mais jovens e valorosos companheiros. Teria no máximo vinte e um anos...

— Que tipo de homem é ele?

— Fisicamente? Um metro e noventa de altura, mais ou menos... Uma face acobreada cujos traços lembram um pouco certas esculturas maias. Olhos vivos, escuros, dotados duma perigosa força hipnótica. De todos os homens que conheci na cordilheira ao lado de Carrera, a fisionomia que mais fundo me ficou gravada na memória foi a desse Gabriel Heliodoro. O sobrenome que usa é adotado, mas senta-lhe bem...

Orlando Gonzaga apanhou o jornal que estava a seu lado, no banco, e estendeu-o em cima da mesa.

— O *News* traz hoje uma notícia com retrato sobre a sua "escultura maia". Veja este clichê... O salafrário tem mesmo uma cara atraente. A nota biográfica diz que ele nasceu em 1903... de sorte que deve ter hoje cinquenta e seis anos. Este retrato deve ser antigo, pois representa um homem de quarenta e cinco ou quarenta e oito anos, no máximo.

Bill tirou os óculos do bolso, ajustou-os no nariz e inclinou-se sobre o jornal.

— Não. A fotografia é recente. Esses índios não mostram a idade na cara.

— O jornal conta também uma história de heroísmo que me parece fabricada pelo nosso inefável Titito Villalba, na sua furiazinha de fazer publicidade para seu novo embaixador... pelo qual já deve estar ardendo de paixão.

Bill Godkin sorriu.

— O caso da granada de mão? Asseguro-lhe que é verdadeira, Gonzaga. Quem primeiro a divulgou fui eu, na minha reportagem de 1925. Ouvi-a da boca do próprio Juventino Carrera. A coisa aconteceu no princípio da campanha. Um dia, para se safarem duma emboscada, os revolucionários tiveram de refugiar-se dentro duma gruta. Um dos *federales* conseguiu jogar para dentro do esconderijo uma granada, que caiu aos pés de Carrera. O nosso Gabriel Heliodoro não teve um segundo de hesitação: saltou, agarrou a granada a unha, correu para a saída da gruta e atirou-a de volta na direção do inimigo. A granada explodiu no ar e um estilhaço feriu Gabriel Heliodoro na testa. Neste retrato pode-se ver claramente a cicatriz em forma de corisco.

— Que fera!

— Isso explica tudo o que Carrera fez em favor de Gabriel Heliodoro, depois que se estabeleceu firmemente no Governo. Tornaram-se amigos íntimos, compadres... e sócios. E nosso herói fez social e financeiramente uma carreira espetacular. E aí o temos agora como representante de seu país junto à Casa Branca e à Organização dos Estados Americanos.

— É fantástico! O Pablo me disse que Gabriel Heliodoro nem sequer terminou o curso ginasial.

— Mas *El Libertador* confia na habilidade e na simpatia de seu compadre para *arreglar* um assunto delicado com o Governo dos Estados Unidos. Você deve estar lembrado que o Vice-Presidente Nixon visitou no ano passado a República do Sacramento, e nas ruas de Cerro Hermoso foi vaiado por populares e estudantes, que atiraram contra o automóvel oficial que o conduzia pedras, tomates e ovos podres. Ora, um desses ovos bateu em cheio e quebrou-se no peito de Mister Nixon...

Gonzaga soltou uma risada e terminou a frase:

— E agora Don Gabriel Heliodoro vai tentar, com o fluido de seu encanto pessoal, limpar a mancha de ovo da roupa de Nixon e da bandeira americana...

— Sim, e, como era de esperar, traz também a missão de preparar o espírito de Tio Sam para lhe arrancar mais um empréstimo substancial...

Gonzaga tornou a olhar para o retrato.

— Mas o salafrário é inegavelmente simpático.

— Talvez dê um bom embaixador.

— Será mesmo índio puro?

— Por parte da mãe, sem a menor dúvida...

— E por parte do pai?

O jornalista deu de ombros.

— Só Deus sabe. A mãe de Gabriel Heliodoro nunca teve marido. Era prostituta.

3

Por que tanto calor no alto da montanha? Decerto por causa da proximidade do sol. Mas por que tudo tão quieto e deserto? Ora, a guerra havia terminado... Ele estava contente, ia ser recebido pelo Rei de Espanha. Tinha apostado com o padre como seria capaz de subir até o Pico da Caveira. Fazia a escalada meio às cegas. Onde o sol? Talvez fosse noite. Sim, era noite. Não devia chegar tarde à audiência. Perdera o relógio no caminho. A escuridão era tanta que ele não conseguia desviar-se dos cadáveres que forravam a encosta: pisava neles, seus pés nus enredavam-se em intestinos. Não compreendia... Dera ordens para enterrar os mortos, amigos e inimigos. Mas os corpos ainda lá estavam, decompostos, fedendo. Ganhara a aposta, mas como podia aparecer diante do Rei levando aquele mau cheiro entranhado na pele? De repente sentiu que estava completamente nu, sangue e fezes escorriam-lhe pelas pernas. Onde se teriam metido os companheiros? Por que o haviam abandonado? Levou a mão à cintura. Nem cinto, nem coldre, nem pistola. Desarmado no alto da Serra. Estaria na direção certa? A bússola estava quebrada. Mas ele continuava a subir, *vendo* com a sola dos pés as coisas que pisava: crânios, costelas, vísceras, escrotos... Estava imundo, precisava tomar um banho, não podia chegar à presença do Grande Homem naquele estado. Mas que rei ia ver? Felipe? Fernando? Carlos? Um daqueles muitos soberanos das lições de história do vigário. Um rei cruzado? Precisava tomar um banho o quanto antes, encontrar um rio... O calor aumentava. Ia ver o soberano. Que vitória! Mas estava nu. Não compreendia... Lembrava-se de ter vestido sua melhor roupa. Que pensaria o rei quando o visse? "Majestade, tenho a honra de apresentar a Vossa Alteza meus *cojones*. Sou o Embaixador da República do Excremento." Os homens da corte iam rir-se dele, murmurar que índio não sabe andar de sapatos. Uma infâmia! De repente pressentiu o perigo. Tinha caído numa emboscada. Agora ele sabia! Inimigos iam saltar sobre ele, esfaqueá-lo pelas costas... Soltou um grito e voltou-se rápido para se defender...

Quem primeiro despertou foi o guerrilheiro. Soergueu-se e ficou a escrutar, meio estonteado, o lusco-fusco, enquanto suas mãos palpavam automaticamente o chão, buscando a arma que sempre dormia a seu lado. Em poucos segundos, porém, Gabriel Heliodoro Alvarado situou-se no espaço e no tempo: o fantasma do revolucionário retornou ao território do sonho e então o Embaixador da República do Sacramento junto à Casa Branca, divertindo-se com o próprio susto, rompeu a rir baixinho. Do sonho só lhe restava agora na mente a sombra duma indefinível sensação de perigo, e a meio apagada lembrança de que tinha voltado à mocidade e andava de novo a vaguear nos páramos da Serra.

Saltou da cama, acendeu a lâmpada que estava mais ao alcance de sua mão e olhou para o relógio, sobre a mesinha de cabeceira. Cinco em ponto da manhã. Cinco era um número constante em sua vida. Nascera num 5 de janeiro, às cinco da madrugada. Fora às cinco de outra madrugada, no ano de 1915, que um pelotão de soldados do 5º Regimento de Infantaria de Soledad del Mar fuzilara Juan Balsa, o chefe revolucionário que ele tanto admirava. Contava-se que cinco balas se haviam cravado no peito do herói.

O calor abafado do quarto causava-lhe um pesado mal-estar. Vestia apenas as calças do pijama, e o suor escorria-lhe em grossas bagas pelo torso nu. Como era que os americanos podiam suportar aquelas casas superaquecidas?

Pôs-se a andar sem propósito certo pelo quarto, acendendo as lâmpadas que encontrava no caminho. Aproximou-se do termostato, entrecerrou as pálpebras, tentou mas não conseguiu ver quantos graus marcava. Fosse como fosse, não tinha ainda aprendido a lidar com aquela engenhoca...

Detestara a decoração daquele quarto desde que ali dormira pela primeira vez, fazia uns quatro ou cinco dias. Ernesto Villalba, seu segundo-secretário, explicara-lhe que os móveis dos aposentos do senhor Embaixador eram de puro estilo império. "Posso lhe assegurar, Excelência, que essa é uma cópia fiel da cama de Napoleão Bonaparte." — "Mas, Titito, precisas compreender que Napoleão era um nanico e eu tenho um metro e noventa de altura!" Gabriel Heliodoro olhava hostil para a cama. Achava-a feia, pretensiosa e incômoda, imprópria para certas atividades... Tivera a prova disso aquela mesma noite, havia algumas horas. Rosalía ficara sem dúvida linda, toda nua no leito napoleônico, mas ambos acabaram fazendo amor em cima do tapete de pele de urso-branco. O remédio era mudarem-se para os aposentos reservados aos hóspedes de honra...

Encaminhou-se para o quarto de banho, aliviou a bexiga, bebeu água da torneira da pia, usando como copo as palmas das mãos, como tantas vezes fizera nos regatos e cascatas da Serra. Voltou para o quarto de dormir e abriu uma das janelas que davam para a rua. O ar frio da noite envolveu-o. Através da cerração divisou as árvores do parque da embaixada. As lâmpadas, em meio da bruma, davam-lhe a impressão de olhos apostemados. Esfregando o peito com as palmas das mãos, ficou um instante a olhar a noite. Um táxi solitário descia a Massachusetts, passava pela frente da Embaixada da Inglaterra, uma estrutura de tijolo nu, sólida e sóbria como o próprio Império Britânico. Lá dentro — imaginou Gabriel Heliodoro —, a esta hora, o embaixador inglês, um *sir* não sei de quantos, deve estar dormindo respeitavelmente com sua esposa legítima, *lady* não sei de quê... Quantos embaixadores em Washington teriam como ele, Gabriel Heliodoro, uma bela e saudável amante de vinte e cinco anos, de peitos empinados e ancas generosas? O que ele não podia compreender era como uma rapariga assim pudesse ter casado com Pancho Vivanco, aquele gordinho seboso e repelente...

Sentiu um repentino calafrio. E duma região tão remota e imprecisa quanto a do sonho veio-lhe uma voz: "Fecha essa janela, Gabiliodoro, senão tu pegas uma pulmonia!". Houve um tempo em que sua mãe tinha os olhos permanentemente apostemados. Que terra ou negras aves teriam comido aqueles grandes olhos escuros? Sua mãe morrera durante uma de suas muitas ausências de Soledad del Mar, e ele nunca pudera (nem mesmo tentara a sério) localizar a sepultura da *chingada*. Uns diziam que o cadáver tinha sido lançado na vala comum. Outros murmuravam que havia ficado insepulto no campo e fora devorado pelos abutres... Gabriel Heliodoro fechou a janela, deixando o espectro materno do lado de fora.

Deu alguns passos e, já agora com frio, sentou-se junto da escrivaninha, cruzou os braços para aquecer o peito e ficou a olhar perdido para os dedos dos próprios pés. Voltou-lhe a voz trêfega de Titito: "Esta secretária, Excelência, é uma obra-prima da marchetaria francesa de princípios do século passado". Gabriel Heliodoro sorriu. Os maricões em geral entendiam muito de arte.

Sobre a escrivaninha, ao lado de seus óculos, viu a carta que começara a escrever aquela noite, pouco depois que Rosalía deixara a embaixada. Cheirou-a para verificar se suas mãos haviam transmitido ao papel o perfume da amante. Pôs os óculos, lançou um olhar enamorado para a própria caligrafia, e releu o que havia escrito:

Minha adorada Francisquita:

As coisas aqui na embaixada vão bem. É um casarão enorme, com muito luxo e conforto. Temos um batalhão de criados, e todos me tratam com atenção e respeito. Na próxima sexta-feira dou uma grande recepção ao corpo diplomático e aos representantes da imprensa nacional e estrangeira. É uma pena que não estejas aqui para fazer as honras da casa. Por outro lado, acho muito bom que continues por enquanto em Cerro Hermoso, perto de nossas filhas e netos, pois dizem que o verão em Washington é tremendo, e eu sei bem o quanto sofres com o calor e a umidade. Terei de ir suportando tua falta até setembro ou outubro, quando poderás vir exercer tuas funções de embaixatriz. Não te preocupes porque...

Ficou a pensar em Francisquita. Nem na casa dos vinte sua mulher tivera mocidade, graça ou beleza. Católica praticante, afilhada do Arcebispo, estava convencida de que Deus inventara o ato sexual apenas com a finalidade de garantir a propagação da espécie humana, e que portanto era um pecado a gente tirar qualquer prazer físico da união carnal. Desde que entrara na menopausa, julgara-se eximida de suas funções de mulher. Era como se tivesse carimbado o sexo com as palavras: *missão cumprida*.

Pobre Francisquita! Esposa exemplar. Grande alma. Seus olhos ficavam úmidos quando ela pensava nos pobres. Verdadeira dama de caridade, vivia à frente de campanhas de beneficência. Tinha uma educação primorosa, criara muito bem os filhos, era uma doceira de mão-cheia, pintava em porcelana e falava até o seu pouquinho de francês.

No caminho de volta para a cama, Gabriel Heliodoro foi apagando as lâmpadas, uma a uma. Deitou-se, com o quarto outra vez em penumbra. Precisava dormir mais: queria amanhecer com a cara descansada. Sentia ainda no travesseiro e nos lençóis o perfume do corpo de Rosalía. Deitado de bruços, pensava na amante, ruminando os prazeres que ela lhe dava. De repente desatou a rir. Viera-lhe à cabeça a história que um dia lera sobre a exiguidade do membro viril de Napoleão, responsável pelos seus malogros amorosos e por suas conquistas militares. E refletiu: "Tenho de agradecer a Deus pela generosidade com que me tratou". E, como fazia todas as noites antes de dormir, beijou a pequena medalha com a imagem da Virgen de la Soledad, que lhe pendia do pescoço por uma corrente de prata.

Foi acordado no dia seguinte por M. Michel, que acumulava na embaixada as funções de mordomo e *valet de chambre*. Metido no seu impecável terno cinzento de meia-estação, o francês ficou por algum tempo indeciso ao pé da cama, sem ousar falar alto ou tocar o novo patrão, limitando-se a tossir timidamente, a intervalos. Finalmente Gabriel Heliodoro abriu os olhos, fitou-os no "desconhecido", franziu a testa e por uma fração de segundo seu rosto fixou-se numa expressão de interrogativa estranheza.

— Bom dia, senhor Embaixador. São oito da manhã, a hora em que Vossa Excelência me pediu para despertá-lo.

Gabriel Heliodoro sentou-se no leito, enlaçou os joelhos como os braços, quedou-se por alguns momentos nessa posição a piscar e bocejar, e de repente, para susto do outro, ergueu-se e saltou para o tapete com a agilidade dum puma. Uma alegria juvenil incendiou-lhe o corpo inteiro. O grande dia havia raiado! Aproximou-se duma das janelas e fez correr o reposteiro. A luz da manhã bateu-lhe em cheio na cara. As árvores do parque pareciam dar-lhe um verde "bom-dia". Gabriel Heliodoro pôs-se a caminhar dum lado para outro, ora coçando o peito ora distendendo os braços e, a todas essas, soltando bocejos musicais. De súbito estacou a dois passos do mordomo e examinou-o da cabeça aos pés.

— Como é mesmo o seu nome?

— Michel Michel.

— Por que duas vezes Michel? Não bastava uma?

O outro, sério, fez uma pequena curvatura, e seus braços esboçaram um gesto de escusa.

— Pois, senhor Embaixador...

Era um homem de idade indefinida, estatura mediana e enxuto de carnes. Tinha uma cabeça oblonga, um rosto anguloso, fino como o nariz, que lembrava o de Francisco I, do qual — rumores corriam — ele descendia por linha bastarda. Sua boca era tão pequena e estava sempre tão úmida que lembrava um botão de rosa molhado de orvalho. Gabriel Heliodoro continuava a analisar seu mordomo com a curiosidade de quem vê um bicho raro. Aos poucos, voltavam-lhe à mente as informações que Ernesto Villalba lhe dera a respeito daquela figura. Michel Michel, natural de Avignon, era um dedicado servidor da embaixada, para onde viera em 1931, trazido por Don Alfonso Bustamante, quando este fora transferido de Paris para Washington. Gabriel Heliodoro achara cômica a cara do francês desde o primeiro dia. "Tem o ar azedo de quem está sempre chupando limão", dissera a seu primeiro-secretário, Pablo Ortega. Este, por sua vez, lhe informara que Michel tinha pendores literários, era um leitor voraz, conhecia a obra de Camus e Sartre, além de saber de cor "Le Bateau ivre", de Rimbaud. Don Alfonso — contava-se — costumava ficar longas horas a discutir literatura espanhola e francesa com seu *valet*.

— Vossa Excelência quer que eu lhe prepare um banho morno? Ou prefere uma ducha?

— Espero que você não pense que tem também a obrigação de me dar banho — respondeu o embaixador, arriando as calças do pijama e atirando-as longe com um pontapé.

Michel Michel pigarreou e citou uma frase de Cervantes. Falava espanhol com fluência mas com um sotaque carregadíssimo, cheio de erres rascantes que faziam Gabriel Heliodoro pensar nas prostitutas francesas dos bordéis de Puerto Esmeralda.

— Que deseja Vossa Excelência para o *breakfast*?

— Café preto com torradas secas. Nada dessas comidas de gringo, ovos, salsichas, presunto... está ouvindo? Ah! um copo bem grande de suco de laranja sem açúcar.

— Perfeitamente, senhor Embaixador.

Gabriel Heliodoro meteu-se no quarto de banho, olhou-se no espelho da pia, verificou satisfeito que seus olhos estavam limpos e as olheiras não mais acentuadas que de costume. Rompeu a escovar os dentes com o entusiasmo habitual, o que lhe fez sangrar um pouco as gengivas. Enxaguou depois a boca num gargarejo prolongado que mais pareceu um vocalise. A seguir, tentou barbear-se com o aparelho elétrico e mais uma vez fracassou. (Isto não é para barba de homem!) Ensaboou o rosto, armou a gilete e passou-a pelas faces. Foi a seguir para baixo do chuveiro, abriu a torneira, soltou um urro e começou a sapatear quando o jorro de água fria lhe caiu sobre o corpo. *How do you do, Mister President?* Apertava a mão do grande homem, sorria para ele, procurando cativá-lo desde o primeiro minuto. Uma pena, não saber inglês...

Ensaboava-se com vigor, orgulhoso de sua cintura fina e da rigidez de seus músculos. Apalpou o ventre raso. Envaidecia-se dele. Outra coisa que o alegrava era não ter ainda essas manchas pardas que em geral a velhice nos pinta nas mãos. *Jau du iu du, míster Précidente?* — repetiu, agora com uma voz grave que retumbou no quarto de banho. Entregou-se então ao frenesi de enxugar-se com a toalha felpuda, de friccionar o corpo com água-de-colônia, de passar brilhantina nos cabelos, de pentear-se...

Quando voltou ao quarto de dormir, Michel ainda lá estava, levando à boquinha, cada vez que pigarreava, dois dedos bem-educados.

— Que é que você tem, homem? — perguntou Gabriel Heliodoro, com a toalha enrolada na cintura, à guisa de tanga. — Desembuche!

— Senhor Embaixador — disse o mordomo, depois de breve hesitação —, se me permite, sugiro que vista calças à fantasia, casaco trespassado cor de carvão e gravata de seda cinzenta.

— Visto o que entender. Se me der na veneta, vou à Casa Branca de pijama. Ou pelado.

— Perfeitamente, senhor Embaixador.

— Ó Michel! Não fique com essa cara. Vou botar uma fatiota azul-marinho, camisa branca, gravata escura... E sapatos pretos, naturalmente. Está muito fora do protocolo?

Michel fez uma pequena curvatura e o botão de rosa que lhe ornava o rosto entreabriu-se num simulacro de sorriso.

— Não, senhor Embaixador. O Presidente Eisenhower, com toda a probabilidade, estará vestido do mesmo modo.

— Pois então não há problema, amigo!

Momentos depois, já vestida a roupa de baixo, o embaixador sentou-se na cama para enfiar as meias e os sapatos.

— Você deve sentir muita falta de Don Alfonso...

— O Doutor Bustamante era um perfeito cavalheiro.

— Coisa que eu não sou, hem, Michel?

— Eu não quis insinuar isso, senhor Embaixador.

— Mas eu sei que não sou. Não pertenço à carreira. Não beijo a mão das damas. Beijo-as noutros lugares. (Quando posso, naturalmente.) Não entendo de literatura e não dou um caracol por esse tal de protocolo.

Michel mantinha os olhos baixos. Suas orelhas se haviam tingido dum vermelho de crista de galo.

Gabriel Heliodoro vestiu as calças.

— Quantos embaixadores você serviu nesta casa?

— Vossa Excelência é o quinto.

Cinco! Outra vez o número mágico.

— Você é supersticioso, Michel?

— Sou um céptico, Excelência.

— Esqueci-me de que o cepticismo é o esporte nacional francês. Mas... voltando a esses embaixadores, eram todos um pouco difíceis, não?

— Com a licença de Vossa Excelência, prefiro não fazer comentários.

— Perfeitamente. Você é um cavalheiro. E, assim sendo, espero que não tenha visto aquela moça que ontem entrou na embaixada às oito horas e saiu depois da meia-noite.

— Não me lembro de nada, Excelência. Ou, melhor dito, não vi nada.

Gabriel Heliodoro dava o nó na gravata à frente do espelho, no qual podia ver também a imagem do mordomo, que segurava o casaco do terno azul como um toureiro segura a capa com que vai provocar o touro.

— Presumo que, depois de aposentado, você voltará para a França...

— Essa é exatamente a minha intenção, Excelência.

— E naturalmente escreverá suas memórias...

— É uma possibilidade.

O patife é irônico — pensou o compadre de Juventino Carrera, recuando dois passos para ver-se melhor no espelho. O mordomo aproximou-se.

— Eu gostaria de saber como vou ser tratado nessas memórias — brincou o Embaixador, vestindo o casaco.

— À luz da mais rigorosa verdade — murmurou Michel, pigarreando como para desculpar-se da ousadia da frase.

Gabriel Heliodoro voltou-se para o mordomo.

— *Verdade?* Mas que é a verdade? Escreva o livro com paixão, homem! Porque a paixão é a verdade de cada um de nós.

A pequena sala onde agora Gabriel Heliodoro tomava seu café colombiano preparado em máquina italiana era das mais agradáveis da embaixada. Seu mobiliário despretensioso, o tom claro das paredes e alfombras, a presença duns quadros a óleo de cores vivas e desenho inocente, da autoria de pintores primitivos sacramentenhos — contribuíam para dar ao ambiente um ar festivo e juvenil, que a luz da manhã acentuava. Gabriel Heliodoro achava-se só: mandara embora o criado que lhe servira o *breakfast*, pois detestava ser observado enquanto comia.

De onde estava sentado, podia ver, através das vidraças da ampla janela, um trecho do parque, com seus carvalhos e tílias a erguerem-se folhudos acima das copas floridas das olaias e dos cornisos e, mais além, o arvoredo da ravina do Normanstone Park. Mas, de todas as árvores que cercavam a mansão, a favorita do embaixador ("Paixão à primeira vista, Pablo!") era um bordo vermelho do Japão que ficava ao pé da fonte. Gabriel Heliodoro jamais vira uma planta assim: mais parecia uma delicada escultura em bronze do que uma árvore de verdade. Ficou a contemplá-la longamente, com afeto, enquanto mastigava, distraído, suas torradas e bebia seu café.

Sutil e silente como uma sombra, Michel entrou na sala e, respeitoso, com um pigarro cheio de subentendidos, depôs sobre a mesa, ao lado do patrão, um jornal dobrado.

— O Senhor Villalba pede-lhe que examine a página marcada deste diário, senhor Embaixador.

Esboçou um sorriso, fez uma meia-volta quase militar, e retirou-se.

Como não sabia inglês, Gabriel Heliodoro conhecia apenas "de vista" os jornais e magazines americanos. À página 6 do diário que tinha nas mãos, viu o seu retrato e debaixo dele um parágrafo circundado por um risco de lápis azul. Por alguns instantes o embaixador só teve olhos para a própria fotografia. O namoro, porém, foi interrompido pela sua curiosidade de saber o que haviam escrito a seu respeito naquelas colunas. (*Diplomatic Carrousel, by Miss Potomac*). Titito tivera o cuidado de grampear à página do jornal um papel contendo a tradução do texto assinalado.

A República do Sacramento tem já um novo embaixador em Washington. É Mr. Gabriel Heliodoro Alvarado, que hoje entregará suas credenciais ao Presidente Eisenhower. S. Exa., que chegou aqui há poucos dias, parece já ter conquistado grande número de amigos. Alto, moreno e simpático, uma bela figura de homem, e, segundo me informam, dotado duma franqueza desconcertante, é amigo pessoal do Presidente do Sacramento, ao lado do qual lutou com valor na Revolução de 1925 que libertou sua pátria da ditadura de Don Antonio Maria Chamorro. Afirma-se que S. Exa., Mr. Alvarado, é grande admirador de Abraham Lincoln, cuja vida conhece como poucos. Seja, pois, bem-vindo ao "Carrossel Diplomático", senhor Embaixador!

Mal Gabriel Heliodoro havia terminado de ler a tradução, Michel tornou a entrar na sala, dessa vez com um telefone na mão.

— Um chamado para Vossa Excelência.

— De quem?

— Do Senhor Villalba.

— Que é que esse fresco quer?

— *Pardon, monsieur?*

— Nada. Me dê esse negócio.

Apanhou o fone e levou-o ao ouvido.

— Pronto!

A voz aflautada de Ernesto Villalba chegou-lhe aos ouvidos:

— Bons dias, senhor Embaixador!

— Ah! Titito, que é que há?

— Estou lhe telefonando para lhe dar os parabéns.

— Por quê, homem?

— Então não viu ainda o jornal que lhe mandei com uma página marcada?

— Vi, mas que tem isso?

— Vossa Excelência talvez não saiba que ter simplesmente seu nome mencionado na coluna de Miss Potomac, que é lida em todo este país por mais de cinquenta milhões de pessoas, é um sinal certo de sucesso social... Agora, merecer mais de dez linhas no *Carrossel Diplomático*, como foi o seu caso, é positivamente uma consagração. Parabéns!

Gabriel Heliodoro não sabia como interpretar as palavras do seu segundo-secretário. Estaria o maricão a zombar dele... ou levaria mesmo a sério aquela coisa?

— Quem é essa tal Miss Potomac?

— É o pseudônimo jornalístico de uma das "vacas sagradas" de Washington, senhor Embaixador. Uma das mulheres mais aduladas e respeitadas deste país.

— Bonita?

— Qual, Embaixador! Sessentona. Feia como as necessidades e gorda como um hipopótamo.

— Mande então atirar essa bruxa no rio do mesmo nome. Escute, Titito. Falando sério, vocês mandaram a essa gringa um convite para a minha festa?

— Excelência, o nome dela estava no primeiro envelope que sobrescritamos!

— Bueno. Diga ao Pablo que não me chegue atrasado. O Presidente Eisenhower me espera às onze em ponto.

4

Quando em 1930 a legação do Sacramento em Washington foi transformada em embaixada, o Governo do Generalíssimo Juventino Carrera autorizou seu Ministro das Relações Exteriores a comprar, para sede de sua missão diplomática, uma residência situada na Massachusetts Avenue, quase defronte à Embaixada da Grã-Bretanha, e pertencente a antiga família da aristocracia rural da Virgínia. (Investigações feitas vinte anos depois, quando o Dr. Julio Moreno, candidato da oposição, foi eleito Presidente da República, e *El Libertador* encontrava-se asilado na República Dominicana, revelaram o caráter fraudulento dessa transação, que dera ao caudilho e a seu ministro um lucro pessoal e ilícito de quase cem mil dólares.)

Essa mansão de dois andares, em estilo georgiano, ergue-se com discreta graça colonial em meio dum parque de tílias, freixos, teixos e bordos. A severidade de suas paredes de tijolos nus, dum tom de sangue coagulado, é quebrada pelo branco esmaltado dos caixilhos das muitas janelas, altas e estreitas, com vidraças de guilhotina, alinhadas simetricamente nas quatro faces da casa.

Com um frontão de moldura também clara a coroar-lhe a parte central da fachada, acima do pórtico saliente, sustentado por quatro colunas dóricas, a atual residência dos embaixadores do Sacramento tem acentuada semelhança com a histórica Dumbarton House, de Georgetown.

Durante algum tempo a chancelaria funcionou à Rua 30, numa casa alugada. Ao Dr. Alfonso Bustamante — primeiro embaixador escolhido por Juventino Carrera para representar seu Governo junto à Casa Branca — coube a tarefa de inspirar e supervisar a construção dum edifício especialmente destinado à chancelaria. Como *El Libertador*, seu amigo pessoal e admirador, lhe tivesse dado carta branca, o velho diplomata, humanista de formação europeia, e um apaixonado dos homens e das coisas do Renascimento, não hesitou em mandar construir ao lado da mansão residencial um prédio que Ernesto Villalba agora vive a dizer à boca pequena que não passa dum ridículo pastiche de vários *palazzi* italianos. É uma estrutura quadrangular de granito claro, de dois andares. O primeiro, de alvenaria rusticada, tem um ar eriçado e defensivo de fortaleza, suavizado, é verdade, por uma *loggia* central, com duas serenas arcadas guarnecidas de pilastras iônicas. Na fachada do segundo, onde entre suas quinze janelas se repete o motivo das pilastras, notam-se reminiscências do Palácio Rucellai, de Florença, onde D. Alfonso, nos seus tempos de moço, serviu como cônsul de seu país.

Uma escada de cinco degraus, também de granito, leva diretamente da calçada da Massachusetts Avenue à *loggia* da chancelaria. Incrustadas numa das pilastras, entre os dois arcos, luzem as armas da República do Sacramento. Na parte superior do brasão, logo abaixo do barrete frígio, contra um fundo vermelho, a figura dum puma de ouro segura orgulhosamente uma espada antiga, que divide o escudo em dois campos. Num deles se vê um sol nascente, simbolizando o dia; no outro, uma estrela, representando a noite. Na parte inferior destaca-se em letras douradas o lema da República: *Libertad y Honor*.

Quem entra no vestíbulo da chancelaria é recebido por um homem taciturno, de nacionalidade e sotaque insituáveis, geralmente sentado a uma mesa diante dum telefone branco. No andar térreo encontram-se a biblioteca, os arquivos, o almoxarifado e as salas das datilógrafas e dos outros funcionários menores. No centro do andar superior fica o amplo gabinete do embaixador, ladeado por uma sala de espera e por um outro compartimento um pouco maior, no centro do qual se vê uma mesa de mogno, cercada por dez cadeiras. As demais salas do pavimento principal são ocupadas pelo ministro-conselheiro, pelos secretários e pelo adido militar e seus ajudantes.

Segundo o folclore oral da embaixada, a figura mais importante da representação sacramentenha em Washington não era nunca o embaixador, fosse ele quem fosse, mas sim a cidadã americana Miss Clare Ogilvy, funcionária contratada. Os embaixadores chegavam, assinavam papéis, faziam discursos e conferências, davam entrevistas à imprensa, pavoneavam-se, papavam muitos jantares, bebiam incontáveis coquetéis e um dia eram transferidos para outro posto: passavam... Miss Ogilvy, porém, ficava. Nunca ninguém conseguiu descobrir um título capaz de abranger descritivamente suas múltiplas atribuições. Porque a americana combinava a função de secretária particular do embaixador com a de tradutora de documentos, ofícios e cartas do espanhol para o inglês e vice-versa. Era ela também quem preparava ou revisava discursos escritos em sua língua materna, tanto para o embaixador como para o ministro-conselheiro e os secretários. Cabia-lhe também zelar pelo sossego de seu chefe, evitando que ele fosse desnecessariamente importunado. Costumava-se dizer na chancelaria que quem quisesse chegar à presença do embaixador teria de primeiro passar por cima do cadáver de sua secretária.

Verdadeiro manual vivo de conhecimentos enciclopédicos, Clare Ogilvy entesourava na sua memória fotográfica as informações mais variadas sobre universidades, bibliotecas, museus, embaixadas, questões de protocolo, patentes industriais, tarifas alfandegárias, imposto de renda... Sabia de cor não só a carta da ONU e a da OEA como também a Constituição do Sacramento. Horários de trens, ônibus e aviões? A altura do Monte Everest? O nome daquele vulto histórico que disse tal e tal coisa em tal e tal ocasião? A cotação da libra no momento? Ora, perguntem a Miss Ogilvy!

Quando alguém comparava essa prodigiosa americana com um computador eletrônico, não faltava colega que se apressasse a acrescentar: "Mas com uma alma!". Porque Miss Ogilvy exercia também duas funções que não constavam de sua ficha de trabalho: a de muro das lamentações e a de casa bancária. Quando algum de seus colegas tinha algum problema de natureza pessoal (casos sentimentais e mágoas a narrar ou queixas a formular), era no ombro da amiga americana que ele vinha chorar. Miss Ogilvy escutava com paciência fraternal e às vezes maternal e, finda a jeremiada, murmurava: "Isso não é nada, filho. A coisa podia ser muito pior". E em seguida dava-lhe conselho e consolo. Se o problema era de ordem financeira, Clare Ogilvy lá estava sempre de bolsa aberta, disposta a emprestar seus dólares, sem juros nem prazo certo.

Alta, duma magreza sólida (um metro e setenta e cinco, descalça), essa solteirona cordial e extrovertida, a quem chefes e colegas chamavam carinhosamente La Ogilvita, era duma fealdade tão simpática que chegava a ser fascinante. Seus dentes graúdos e salientes davam-lhe à cara alongada algo de equino. A boca rasgada, de lábios grossos, era dotada duma plasticidade de argila. E seus claros olhos frios não revelavam — ao contrário, até negavam — o calor de seu coração. Tinha uma voz grave e meio rouca, e suas risadas, que rompiam com espontânea frequência, quase sempre degeneravam numa tosse bronquítica de tabagista. La Ogilvita fumava cigarros em cadeia, e era vista invariavelmente com o pito aceso no canto da boca.

De sua vida pregressa pouco se sabia a não ser que pertencia a uma família rica de Connecticut que a crise financeira de 1929 arruinara e que, terminado seu curso no Vassar College (1930), encontrara logo um posto na Legação do Sacramento. Em geral as pessoas que privavam com ela aceitavam-na como um ato de Deus, e pareciam pensar que, para explicar a existência de Clare Ogilvy, era necessário não apenas uma biografia, mas toda uma cosmogonia.

"Meu primeiro salário", costumava ela contar, divertindo-se, "mal me permitia manter corpo e alma juntos. E mesmo hoje, passados quase trinta anos, acho que ainda não consegui uma união muito sólida entre essas duas partes de minha pessoa..."

Quando se sentia inclinada a reminiscências, La Ogilvita costumava dizer que, firme no seu posto, sobrevivera a dezenas de crises sacramentenhas, uma revolução, um golpe de Estado, quatro embaixadores e vários ministros e secretários. Era duma discrição exemplar no que dizia respeito a assuntos de chancelaria. Mas, vez que outra, em rodas íntimas, permitia-se fazer certas confidências, em geral depois do primeiro copo de uísque.

— Um dia vou publicar meu Livro Branco — declarou certa noite, numa reunião de velhos amigos. — Mas posso desde já adiantar a vocês alguns capítulos. Quando fui admitida como funcionária da Embaixada do Sacramento, era eu uma fresca donzela de vinte e quatro anos, recém-saída do colégio. O primeiro serviço que me confiaram foi o de redigir e datilografar estranhas e misteriosas cartas, dirigidas a um senhor de nome italiano que morava na Virgínia. A correspondência referia-se a uma coisa designada sempre como "a mercadoria", sem ficar claro de que se tratava. Discutiam-se preços, lugares e datas de entrega. Isso foi ainda no tempo da proibição, pouco antes da eleição de FDR. Pois bem, amigos. Um dia as autoridades americanas descobriram toda a tramoia e o escândalo estourou como uma bomba. O secretário da Embaixada que assinava (com pseudônimo, é claro) as cartas que eu redigia e datilografava servia-se de seus privilégios diplomáticos para importar caixas de rum de seu país e vendê-las a *bootleggers* americanos que agiam em Washington e arredores. Graças à boa vontade do Department of State, o Encarregado de Negócios do Sacramento conseguiu abafar o escândalo e mandou de volta para Cerro Hermoso o secretário contrabandista. Quanto a mim, meninos, só por um milagre escapei às garras dos agentes federais. Imaginem, eu costumava pôr orgulhosamente minhas iniciais em todas essas cartas comprometedoras!

La Ogilvita cascalhou sua risada. Veio mais uma rodada de uísque e ela continuou:

— O primeiro embaixador a quem servi chegou a Washington em 1931. Don Alfonso Bustamante era um rico velhote, gordinho, baixo, viúvo e triste. Tinha o ar dum tapir amestrado. Gostava de ler, era apreciador das artes, um verdadeiro intelectual. Toda a vez que recebia de seu chefe, o Ministro das Relações Exteriores, ordens que achava absurdas, punha-se a andar dum lado para outro no seu gabinete, resmungando: "Vou pedir demissão do cargo. Não cumpro ordens de primários. Sou um civilizado. Um homem do Renascimento. Um florentino!". Mas não se demitia, gostava demais do posto. Era louco por títulos honoríficos e condecorações. Cada vez que recebia uma comenda em sessão solene e tinha de ouvir e fazer discursos, sentia tonturas, dores no peito, o coração lhe disparava... Depois da festa o homenzinho atirava-se na cama e chamava seu médico com urgência.

La Ogilvita foi interrompida por um acesso de tosse, tomou um gole de uísque e, refeita, prosseguiu:

— Isso, entretanto, não impedia nosso embaixador de continuar desejando e até procurando fazer jus a novas condecorações. Coitadinho de Don Alfonso! Nos dez anos que passou nesta aldeia federal, que ele detestava com todo o ardor de sua alma florentina, pouco mais fez que trotar de festa para festa, queixando-se duma sinusite crônica (a doença oficial de Washington, vocês sabem) e suspirando pelo cargo de embaixador de seu país em Roma, que ele só chamava de Cidade Eterna.

Vendo que os amigos divertiam-se com sua narrativa, Clare Ogilvy fez uma pausa de efeito teatral antes de terminar a história de seu primeiro embaixador.

— No dia 7 de dezembro de 1941, depois de ouvir pelo rádio a notícia de que aviões japoneses haviam bombardeado Pearl Harbor, Don Alfonso meteu-se, lívido, no quarto de banho. Como depois de duas horas ele continuasse ainda trancado lá dentro, Michel, o mordomo, arrombou a porta e encontrou seu chefe sentado no sanitário, morto dum colapso cardíaco. Benza-o Deus! Como vocês veem, morte inglória para um florentino do Renascimento...

— Mais um uísque, Clare?

— Venha! — exclamou ela, sentindo-se dona da festa. Sacudiu o copo para ouvir aquele tintinar tão agradável a seus ouvidos, produzido pelos cubos de gelo batendo uns nos outros. E como visse os amigos calados, com os olhos postos nela, passou à história do seu segundo embaixador. Era cunhado do Presidente Carrera e tinha delírios paranoicos. Fechado no seu gabinete, discutia em altos brados com interlocutores imaginários (sempre personalidades importantes), proferindo os mais sujos palavrões da língua castelhana. La Ogilvita jamais pôde esquecer aquela tarde cinzenta de inverno, em 1942, quando, de sua sala, ouviu o chefe gritar: "Mister Cordell Hull! Mandei chamá-lo à minha presença para lhe apresentar um protesto. Meu Governo não vê com bons olhos a utilização de Puerto Esmeralda como base naval americana. Fique sabendo que não somos colônia dos Estados Unidos, seu canalha! Somos uma nação livre e soberana, crápula! Leia o lema da nossa República: *Libertad y Honor*. E diga ao Presidente Roosevelt que se...". Nesse ponto Clare Ogilvy engoliu o palavrão de quatro letras, certa de que os ouvintes sabiam de que se tratava.

A quarta rodada de uísque provocou a história do terceiro embaixador.

— Esse correspondeu ao período do Governo do Doutor Julio Moreno. Era um solteirão franzino e cor de açafrão, que sofria de úlceras gástricas e usava óculos de lentes escuras por trás dos quais procurava esconder sua timidez. Era um homem culto, introspectivo, muito escrupuloso, e que só tomava suas decisões depois de muito meditar. Falava pouco, fazia ioga e era admirador da filosofia oriental, que conhecia a fundo. Não durou muito no cargo. Quando o Doutor Moreno foi deposto, pediu asilo ao Governo Americano e foi viver em Miami, onde morreu dois anos mais tarde. Úlcera perfurada complicada com nostalgia da pátria.

Clare Ogilvy fez uma pausa comovida e acrescentou:

— Foi esse embaixador que me condecorou com a comenda da Ordem do Puma de Prata (o de ouro se confere apenas a estadistas estrangeiros e heróis nacionais). Foi ele também que me entregou o título de Cidadã Honorária do Sacramento...

— E o quarto embaixador?

— Era um maníaco sexual, apesar de sexagenário. Vivia correndo atrás das datilógrafas. Um verdadeiro fauno. Um dia esse tarado teve a desfaçatez de me aplicar uma palmada nas nádegas, com a cara mais inocente do mundo. Acreditem ou não. Isso tudo, entretanto, não impediu que um desses nossos colégios menores lhe conferisse um diploma de doutor em leis, *honoris causa*.

Se alguém algum dia pedisse a opinião de Clare Ogilvy sobre o caráter e os hábitos de seus atuais companheiros de trabalho, ela responderia com um silêncio olímpico, apertando os lábios, e seu queixo avançaria, rígido, numa expressão de obstinada e ressentida negativa. Poço de segredos, era duma discrição a toda prova. Tinha, naturalmente, para uso pessoal uma espécie de fichário mental em que registrava suas impressões tanto dos superiores como dos colegas — coisas que observava através dum convívio diário com eles, somadas às histórias que ouvia sobre um e outro, em geral contadas pelo irrequieto e indiscreto Titito Villalba. Se tivesse de reduzir essas impressões a expressão verbal, eis o que provavelmente escreveria:

"*Gen. Hugo Ugarte*. Adido militar. Já próximo da casa dos setenta. Índio parrudo, de pernas tortas e olhos mortiços e visguentos de crocodilo. Dizem que foi o Chefe de Polícia mais cruel que o Sacramento conheceu. Submetia seus prisioneiros a torturas requintadas, algumas delas de sua própria invenção, como a famosa agulha elétrica que ele fazia um dentista da polícia pôr em contato com os nervos dos dentes da vítima, que em muitos casos confessava até o que não sabia — isso quando não desmaiava de dor. (No entanto, sempre que o monstro agora tem hora marcada com seu dentista aqui, em Washington, precisa tomar tranquilizantes.) Ganhou o posto que ocupa hoje na embaixada como prêmio pelos bons serviços prestados ao Presidente Carrera. Além de seus honorários de três mil dólares mensais, livres de qualquer imposto, ganha uma fortuna, comprando nos Estados Unidos, com descontos, refrigeradores, rádios e outros aparelhos elétricos, que remete para o Sacramento, onde os revende com um lucro de mais de setenta por cento. A mercadoria entra no país através de Puerto Esmeralda, sem pagar qualquer tarifa, pois os chefes da Aduana fazem parte da quadrilha.

"Segundo Titito, nos 'bons tempos' Ugarte entregava-se a orgias sexuais com meninas de idade escolar. Meu título particular para esse sujeito é O Sátiro do Caribe. Tem uma risadinha de taquara rachada. Sua presença me é desagradável como a dum grande sapo de baba venenosa.

"*Sra. Ugarte. Doña* Ninfa já vai adiantada na casa dos quarenta. Segunda esposa do general. Parece-se fisicamente com a odalisca do quadro de Matisse que está na Galeria Nacional de Arte. Gorda, morena e de olhos árabes. Como a maioria das latino-americanas que conheço, sofre de delírio aquisitivo. Gulosa, adora principalmente bombons de chocolate, bolos, nata batida, enfim, todas essas coisas engordantes. Desde que a conheço ela anuncia que vai começar uma dieta 'na próxima segunda-feira'. Está dando muito na vista seu interesse pelo jovem chofer italiano da embaixada, Aldo Borelli.

"*Pancho Vivanco.* Um pobre homem enganado pela mulher, que é amante do novo embaixador. Um mês antes de sua chegada a Washington (informação da *Titito Press*) Don Gabriel Heliodoro pediu ao Presidente a transferência de Vivanco para esta chancelaria, onde lhe entregaram a chefia do serviço consular. Triste criatura! Não é de admirar que seja um neurótico cheio de tiques nervosos e cacoetes. Um dia destes entrei no seu gabinete e fui atingida em pleno nariz por um dos passarinhos de papel que de vez em quando o cônsul solta no espaço. Inseguro de si mesmo, tem o hábito de rolar entre os dedos uma nota de dólar nova que enrolou num cilindro mais fino que um cigarro: uma espécie de bengala psicológica. Tenho pena desse pobre-diabo e procuro tratá-lo bem. Sinto que ele esboça tentativas para se aproximar de mim e fazer confidências, mas no último momento recua. Todo o mundo na embaixada sabe da existência desse triângulo amoroso.

"*Sra. Vivanco.* Olé! Olé! Rosalía navega fagueira no mar azul dos vinte e poucos anos. Talvez o mais certo fosse dizer que ela voa, pois, com seus seios aerodinâmicos e rijos, mais parece um avião bimotor. Moça de origem humilde, deve ter casado com Pancho por interesse. Tem uma cara e um corpo que não podem inspirar pensamentos puros aos homens. Titito costuma dizer: 'É tão linda que se eu fosse mulher me apaixonaria por ela'.

"*Ernesto Villalba*. Titito é um tipo epiceno, e essa é a classificação mais eufemística que lhe posso dar. Gosta de camisas em tons de pastel, adora o balé, é entendido em coisas de arte e tem mesmo bom gosto. Segundo-secretário desta embaixada. Serviu em Atenas e em Ancara, onde fez horrores. Considera a Turquia o país mais civilizado do mundo porque lá, conta ele, a pederastia é aceita como coisa natural. Não há dia em que Titito não me apareça com algum mexerico novo sobre os colegas ou sobre as 'vacas sagradas' de Washington. Idade? Não confessa. Deve andar pelos quarenta. Sua cara às vezes me lembra a dum menino que tivesse murchado de repente. Baixo, fino de corpo, sinuoso. Gosto dele. Acho que ele me estima.

"*Dr. Jorge Molina*. Ministro-Conselheiro. Já começa a avistar a porta gris da casa dos cinquenta. Não decifrei ainda essa esfinge. Homem retraído, introspectivo, de poucas falas. Caminha sem olhar para os lados. Tem uma cara até bonita, para quem gosta do gênero. Mas de que gênero se trata? Ora, é uma face ascética como a dos monges que a gente vê nos quadros de certos pintores espanhóis antigos: cara longa, descarnada, barba sempre azulando, mesmo quando escanhoado, lábios finos, testa alta, olhos escuros e intensos. Estudou vários anos no Seminário Maior de Páramo, mas abandonou o curso antes de ordenar-se. Não sei por quê. Talvez nem Deus saiba. Ninguém toma liberdades com o Ministro-Conselheiro. É, no entanto, um homem polido, que nunca ergue a voz para ninguém. Lê muito, sabe coisas. Mas é um jardim fechado. Jardim estéril, na minha opinião. Ou muito me engano ou ele detesta Ugarte. Não creio também que seja amigo de Don Gabriel Heliodoro. Nunca o vi sorrir. É solteiro, mora sozinho, e nunca foi visto na companhia de mulheres. Titito garante que o homem é casto. 'Ou castrado', acrescenta, com um sorriso maldoso.

"*Mercedes Batista*. Mercedita (datilógrafa) parece uma coruja, não apenas por causa dos óculos enormes e de seu ar noturno, mas também pelo próprio formato da cabeça, larga em cima e fina no queixo, e pelo nariz em forma de bico. Baixinha, rechonchuda e melancólica, vive alimentando o sentimento de que é uma injustiçada, tem o choro fácil e fala um espanhol macio e pneumático como o da maioria dos sacramentenhos. É uma espécie de bode expiatório do marido de Rosalía, o qual parece sentir prazer ou alívio em fazê-la sofrer. Mercedita é das minhas mais assíduas confidentes.

"*Pablo Ortega*. Esse é o meu preferido! Mal chegado à casa dos trinta. Cara morena, extremamente atraente, boca de desenho nítido com uma expressão em que se combinam doçura e energia. Diferente da quase totalidade de seus compatriotas, tem o bom gosto de não usar lubrificante nos cabelos. É um intelectual, embora não goste de ser classificado como tal. Publicou um livro de poesias e outro de ensaios. Detesta ambos. Considera-se frustrado como escritor. Pinta também, mas não está satisfeito com o que faz. Solteiro. Noto que as mulheres caem facilmente por ele e, digam o que disserem, sou também mulher. Titito afirma que com relação a Pablo devo ser enquadrada no complexo de Jocasta, já que tenho idade para ser sua mãe. Ortega tem tido algumas aventuras sexuais inconsequentes aqui em Washington, mas é sério demais para se satisfazer com coisas desse gênero. Homem de natureza um tanto reservada, não me faz confidências espontâneas: tenho de arrancá-las a ferro. Seus pais são os famosos Ortega y Murat, ricos senhores de terras, plantações e usinas de açúcar, uma das famílias mais influentes do Sacramento. O rapaz parece estar atravessando uma séria crise, que a chegada de Don Gabriel Heliodoro só poderá agravar. Vive atormentado por um agudo sentimento de culpa por servir um Governo que considera corrupto.

"E o resto do pessoal da chancelaria? Ora, são esses pequenos funcionários, pessoas incolores — boas e até interessantes quando chegamos a conhecê-las melhor —, mas bidimensionais e vagas quando apenas as vemos por estas salas e corredores no exercício de suas atividades rotineiras.

"Sim, há ainda os assistentes do adido militar; um coronel dispéptico, um major alucinado pelo jogo de cartas, um capitão que coleciona selos e uns três tenentes com muita brilhantina nas melenas negras e nos olhos lúbricos. Vivem pelos corredores a fumar e a conversar, sem muito que fazer; ou então ficam sentados a suas mesas vendo figuras de mulheres nuas em velhos números da *Playboy*. Quase todos esses assistentes de Ugarte são donos de grandes automóveis e dão a entender que andam sempre metidos em conquistas amorosas — o que pode ser e pode não ser verdade, coisa que pouco me importa.

"E o novo embaixador? Cedo ainda para opinar. O que posso adiantar é que Don Gabriel Heliodoro é um homem e tanto. Irradia um perigoso magnetismo animal. Se por um lado a cicatriz que tem na testa lhe dá um ar nada respeitável de gângster, por outro, constitui uma espécie de condimento picante que aumenta a curiosidade sexual que as mulheres devem sentir por ele. Contam-se desse homem muitas histórias — algumas negras —, mas todas interessantes. Não é de admirar que Rosalía tenha prazer em ir para a cama com um tipo assim. Titito me fez sobre Don Gabriel Heliodoro uma observação que é a um tempo grotesca e terrível: 'Ai, Clare! Ele deve ter um falo de obsidiana!'."

5

Entre as muitas preocupações que disputavam a atenção de Clare Ogilvy naquela manhã de abril, a maior era a de fazer que o novo embaixador chegasse à Casa Branca na hora marcada. Michel telefonara-lhe havia pouco, comunicando que seu patrão desejava deixar a residência às dez e meia em ponto.

A secretária olhou para seu relógio de pulso e decidiu ir ver Pablo Ortega. Primeiro empoou o rosto, reforçou o vermelho dos lábios e depois mirou-se num espelho de bolso. Trajava seu costume de lã, sal e pimenta, e ostentava do lado esquerdo do casaco, à altura do seio, um broche de prata representando uma deidade inca, presente dum amigo peruano. Tirou de dentro da bolsa um comprimido de aspirina, encheu d'água um copo de papel e, com o ar quase compungido como se fosse levar a comunhão a um moribundo — hóstia e vinho, pois era episcopal —, saiu a marchar ao longo do corredor da chancelaria, envolta numa atmosfera que recendia a L'Heure Bleue.

Como de costume entrou sem bater à porta no gabinete de Pablo Ortega e encontrou o amigo sentado à sua mesa de trabalho, olhando, pensativo, para os papéis que tinha à sua frente.

— Como se sente hoje o primeiro-secretário?

— Podre. Com uma dor de cabeça de partir o crânio.

— Era o que eu imaginava. Tome.

Meteu-lhe o comprimido na boca e entregou-lhe o copo, do qual Pablo bebeu um gole largo. Clare recuou dois passos.

— Você fica lindo nesse trajo azul-marinho. O cinza também lhe senta bem. Agora, nunca use nada verde ou pardo. São cores que não casam bem com o moreno de sua tez.

Ortega sentia na boca o amargor da aspirina, que mastigara antes de engolir.

— Estou preocupado com o Doutor Molina — disse.

— Por quê?

— Você sabe tão bem como eu que competia a ele e não a mim acompanhar o embaixador à Casa Branca. O Ministro-Conselheiro deve estar magoado.

— Se Don Gabriel Heliodoro preferiu você para intérprete, filho, a culpa não é sua.

— Conheço bem o Doutor Molina. É um poço de vaidade. É intransigente como ninguém em questões de hierarquia.

Clare nada disse. Limitou-se a olhar para a correspondência do dia, que se encontrava em cima da mesa. Apanhou um dos envelopes vazios e cheirou-o: essência de jasmim.

— Outro haicai? — perguntou.

Pablo sacudiu afirmativamente a cabeça.

— Qual vai ser o fim desse romance?

— Não há nenhum romance.

— Como não? Você um dia é apresentado numa recepção a essa Miss Kimiko Hirota, funcionária da Embaixada do Japão, sentam-se os dois a um canto, conversam durante mais duma hora sobre poetas, samurais, borboletas, pintura em seda e a arte de arranjar flores... Enfim, descobrem que são almas gêmeas, ficam amigos, ela passa a lhe mandar todas as semanas um haicai a que você responde com outro. Que é isso senão um romance de amor?

— Ter pensamentos eróticos a respeito de Miss Hirota, Clare, seria tão absurdo como querer dormir com uma boneca de porcelana.

— Não se esqueça de que o rádio transistor japonês é pequeno e delicado mas funciona tão bem como qualquer rádio ocidental...

Pablo sorriu.

— Seja como for, nossas relações são puramente espirituais.

Clare fez uma careta de cepticismo.

— Você no fundo é uma racista incorrigível — disse Pablo.

— Eu, racista? Se fosse, não toleraria um minuto vocês, índios do Sacramento. — Fez uma pausa e, por fim, em tom conciliador, perguntou: — Qual foi o haicai de hoje?

Pablo apanhou um papel de carta cor de folha seca e leu o que Miss Hirota escrevera nele com sua letra redonda e ingênua de colegial:

PRIMAVERA
Libélulas? Qual!
Flores de cerejeira
Ao vento de abril.

Clare entortou a cabeça, entrecerrou os olhos sem saber ao certo se gostava ou não do poeminha.

— Já respondeu?

— Não. Hoje me sinto mais inclinado para o haraquiri do que para o haicai.

A secretária soltou uma risada. Ambos acenderam cigarros e ficaram por alguns segundos numa espécie de diálogo feito de baforadas de fumaça.

Clare apontou para uma pasta de cartolina dentro da qual havia um maço de folhas datilografadas.

— Essa coisa presta?

Eram os originais duma dissertação — *A República do Sacramento* — da autoria de Glenda Doremus, estudante americana da Georgetown University, que havia duas semanas procurara Pablo na chancelaria para lhe pedir que lesse e criticasse seu trabalho.

— A autora é mais interessante que a obra.

— Isso eu notei. E notei também nos seus olhos, Pablo, que você gostou da moça. Garanto-lhe que ela não ficou indiferente ao seu encanto latino.

Ele franziu a testa.

— Você acha?

— Meu instinto nunca me engana. As coisas que há pouco lhe disse sobre a japonesinha foram pura brincadeira. Mas a americana, meu filho, essa fez soar minha campainha de alarma. Ladrão à vista!

— Isso é ciúme, Clare?

Ela cruzou os braços e encarou o amigo.

— Se eu fosse vinte e cinco anos mais moça, entrava também nessa competição.

— Não há competição nenhuma.

Clare desconversou:

— Vamos, prepare-se para o sacrifício. O chefe está esperando...

— O chefe que se dane!

— Don Gabriel Heliodoro gosta de você, Pablo, ele próprio me disse isso ontem. Fez-lhe os maiores elogios. E sabe duma coisa? Você representa para ele o filho que Deus lhe negou. O homem tem uma ninhada de fêmeas (cinco, creio) mas nenhum macho. Sinto muito, mas, queira ou não queira, você ganhou um segundo pai.

— Pai, basta um. E às vezes é demais.

Clare apontou com um dedo acusador para o envelope debruado de listas oblíquas vermelhas e amarelas que jazia na caixa de correspondência a despachar.

— Que é que há com você, menino? Eu lhe trouxe essa carta de sua mãe há dois dias e você nem sequer a abriu...

Pablo hesitou um instante.

— Olhei o envelope contra a luz e vi dentro dele o que me pareceu a sombra dum cheque.

— Ora!

Ele se ergueu, aproximou-se da janela, as mãos metidas nos bolsos das calças, e ficou a olhar para fora.

— Estou cansado desta farsa, Clare, desta dança com máscaras. Cansado de sorrir para um salafrário como o Ugarte e fingir que não sei que ele é um devasso, um assassino e um ladrão vulgar. Estou farto de tolerar a empáfia de alguns desses oficiais que pensam que farda é adjetivo qualificativo e não substantivo comum. Cansado de andar escolhendo palavras e gestos para não arranhar a suscetibilidade do Senhor Ministro-Conselheiro nem machucar as feridas desse pobre coitado do Vivanco. E o pior (você sabe disso) são essas minhas conferências em clubes e universidades em que sou obrigado a contar meias verdades ou mentiras inteiras sobre o meu país, para manter a ficção de que somos uma democracia. Isso tudo me rebaixa a meus próprios olhos.

La Ogilvita sentou-se, cruzou as pernas grossas e mal torneadas, desproporcionais ao resto do corpo. Ortega voltou-se para ela.

— Qual é a solução? Me diga. Qual é?

— Como é que vou saber se você nunca me forneceu *todos* os dados do problema?

— Pois bem, agora mesmo vou lhe dar os que faltam.

Apanhou o exemplar do *Washington Post* que estava em cima do arquivo de aço, e brandiu-o diante de Clare.

— Você já leu a carta do Doutor Gris que este jornal publica hoje?

Ela fez um sinal afirmativo. O Dr. Leonardo Gris, ex-Ministro da Educação do Governo do Dr. Julio Moreno, exilado em Washington havia dois anos, desde que chegara não só fazia, em clubes e colégios, conferências contra o Governo do Sacramento, como também escrevia aos diretores dos diários mais importantes cartas em que denunciava Juventino Carrera como um tirano cruel e corrupto. A daquele dia continha um ataque direto a Gabriel Heliodoro Alvarado, que ele acusava de "cumplicidade nos crimes do ditador, seu compadre".

— Pois bem, agora vou lhe contar uma história e você terá elementos para compreender por que estou perdido neste labirinto sem encontrar uma saída...

Os olhos claros da secretária estavam postos nele, e, como sempre acontecia quando ela ficava comovida, de espaço a espaço aspirava o ar com força, ao mesmo tempo que repuxava para um lado a boca e o nariz.

— Em fins de 1951 — contou Pablo Ortega —, no dia em que os soldados mercenários de Juventino Carrera entraram em Cerro Hermoso e invadiram o Palácio do Governo, o Doutor Leonardo Gris foi o único ministro que permaneceu até o fim ao lado do Doutor Moreno, com um punhado de soldados fiéis e alguns estudantes. Você não ignora que foi Don Gabriel Heliodoro quem comandou pessoalmente as forças que atacaram o Palácio... O resto do drama é sabido. O Doutor Moreno preferiu suicidar-se a cair em poder de seus inimigos. O Doutor Gris conseguiu escapar para o estrangeiro...

— Conheço muito bem a história de seu país, Pablo.

— Mas há um pormenor que você ignora. Onde é que você pensa que Gris buscou refúgio na famosa Noite Trágica? Pois saiba que foi na minha casa. Eu estava sozinho, meus Velhos se encontravam em Soledad del Mar. Não esqueça que eu admirava e estimava (como ainda admiro e estimo) o Doutor Leonardo Gris, que foi meu mestre na Universidade Federal. Pois bem. O homem entregou-se em minhas mãos. Eu sabia que se ele fosse aprisionado pelos revolucionários seria sumariamente fuzilado.

Clare Ogilvy escutava, aflita, sentada agora na beira da poltrona.

— Não hesitei um minuto. Tinha de salvar meu amigo, fazê-lo asilar-se numa embaixada. Decidimos que seria a do México. Eram onze da noite... Ouviam-se tiroteios e explosões vindos de várias partes da cidade. Os invasores e mais os soldados do Exército que haviam aderido à Revolução começavam a matança, a pilhagem e as depredações.

Meti o amigo dentro da mala do meu automóvel e toquei para a Embaixada do México. Pipocavam tiroteios em algumas ruas. Os revolucionários perseguiam os partidários de Moreno, caçando-os como se eles fossem animais... Muitas das residências de membros do Governo deposto ardiam em chamas. Tive de dar as voltas mais doidas para evitar os cruzamentos guardados por patrulhas. A uma esquina, inesperadamente, me surgiram pela frente três homens armados de carabinas que me fizeram sinal para parar. "Se paro, estamos perdidos", pensei. Cerrei os dentes, baixei a cabeça e meti o pé no acelerador. Os bandoleiros abriram caminho gritando e gesticulando, e depois fizeram fogo contra nós... Uma bala me passou zunindo perto da orelha e rebentou o para-brisa. Outras entraram na parte traseira da capota. Para encurtar o caso, fiz o carro cruzar uma praça em diagonal, contornando canteiros, bancos, árvores. Finalmente, vários minutos e sustos mais tarde avistamos a Embaixada do México, que fica num subúrbio residencial. Havia nos arredores um silêncio de cemitério. As ruas estavam desertas. Saltei do auto e tentei abrir o portão. Fechado à chave! Abri a mala do carro, ajudei o Doutor Gris a sair e disse: "Temos que escalar as grades, professor! Não há outro remédio. Depressa!". A coisa foi menos difícil do que eu imaginava. Gris me surpreendeu com seu vigor e agilidade. Quando os dois atravessávamos o jardim da embaixada, fomos focados em cheio pelo clarão do holofote dum automóvel... Ouvimos gritos. Um carro estacou junto do nosso. Jogamo-nos ao chão e ora rolando ora de rastros, protegidos pelas sombras de árvores e arbustos, conseguimos contornar o edifício da embaixada e bater a uma janela dos fundos. O mordomo, depois dum diálogo aflito, nos abriu a porta. Não respondemos às suas perguntas e fomos entrando. Gris queria falar imediatamente com o embaixador, que era seu amigo particular. Eu me atirei ofegante numa cadeira, suando em bicas, sujo de poeira, o coração batendo descompassado, a boca seca... O pedido de asilo foi formalizado. O embaixador mexicano, achando que eu correria sérios riscos se deixasse a embaixada, ofereceu-me pouso. Aceitei, mas passei a noite em claro, ouvindo, longe, tiroteios intermitentes, uivos de sirenas, vozes excitadas... Ao anoitecer do dia seguinte, meus pais apareceram na embaixada. O Velho me recriminou pelo que eu havia feito. Repeli a recriminação, replicando irritado que não estava arrependido... Minha mãe me chamou à parte: "Queres matar teu pobre pai? Não sabes que ele tem um coração enfermo?". Calei-me. Era uma velha chantagem que usavam contra mim, desde meu tempo de menino: as doenças de meu pai. Como você sabe, gozo do "privilégio" de ser filho único...

Pablo esmagou a ponta do cigarro contra o fundo do cinzeiro.

— O velho Dionisio Ortega y Murat confabulou em sala fechada com o Embaixador do México e mais tarde, tomando-me pelo braço, levou-me para um canto e cochichou: "Teu automóvel foi identificado, mas conseguimos que os jornais não noticiem nada a respeito desse teu ato, cuja gravidade te obstinas em não compreender. O senhor Arcebispo e eu nos avistamos esta tarde com o Generalíssimo e ele nos declarou que está disposto a te perdoar, mas acha conveniente que deixes o país por algum tempo, até que o novo Governo se consolide e que o incidente seja esquecido".

Pablo meteu a mão no bolso, pescou de dentro dele outro comprimido de aspirina, levou-o à boca e mastigou-o numa espécie de miúda fúria.

— Dias depois mandaram-me para Paris. Ao cabo de negociações que duraram quase um mês, o Doutor Leonardo Gris finalmente conseguiu um salvo-conduto e embarcou para a Cidade do México de onde muito mais tarde se transferiu para cá. — Ortega bebeu o resto de água que ficara no copo de papel. — Você pode imaginar um rapaz de vinte e três anos, com veleidades artísticas e literárias, solto em Paris com uma gorda mesada? Aceitei sem maiores escrúpulos os cheques paternos. A cidade me deslumbrava. Frequentei os cafés da Rive Gauche, onde me acotovelei com celebridades, pintei quadros na pracinha de Montmartre, assisti a conferências na Sorbonne, tomei indigestões de Louvre, escrevi versos e tive, naturalmente, minhas aventuras amorosas. Um dia (isso foi em 1955) recebi uma carta de minha mãe. Contava que não só o *incidente* havia sido esquecido como também o Generalíssimo, por interferência do Arcebispo, tivera a *generosidade* de nomear-me secretário de *sua* embaixada em Paris. Imagine! Era o cúmulo. Recusei o cargo. Mas lá veio nova carta:

Teu pai não anda bem, desde o enfarte que teve o ano passado. Ele deseja que aceites o posto na embaixada, pois esse é o caminho mais seguro e certo para tua volta a Cerro Hermoso. Faze o que ele te pede. É para o teu bem, meu filho. Pensa só numa coisa: a saúde do autor de teus dias está em tuas mãos.

Pablo sentou-se na beira da mesa, e ficou em silêncio por alguns instantes.

— Veja bem, Clare. Eu tinha nas mãos, segundo minha mãe, um poder de vida e morte sobre *o autor de meus dias*. A chantagem continuava. Aceitei o cargo. Não vou negar que acabei me acomodando à nova situação. Meus pais me fizeram duas visitas durante os dois anos e pouco que passei em Paris como secretário de embaixada. Sempre que eles apareciam, ficávamos os três numa espécie de lua de mel. Visitávamos museus, íamos a concertos e teatros, comíamos nos melhores restaurantes, caminhávamos ao longo do Sena, comprando livros e gravuras dos buquinistas, mas muito devagarinho, e com paradas frequentes, por causa do coração de Don Dionisio. Não se tocava no *incidente*. De vez em quando meu pai se referia discretamente ao *Libertador*. Estava fazendo um governo moderado (dizia), o país tinha um Congresso legalmente eleito e uma Constituição liberal. Pobre homem! Era comovente e ao mesmo tempo constrangedor o esforço que fazia para acreditar em suas próprias palavras!

Clare Ogilvy escutava o amigo, mas sem perder de vista o movimento dos ponteiros de seu relógio.

— Meus pais são católicos militantes. Não tenho a menor dúvida quanto à sinceridade deles... Uma noite fomos os três a um concerto na Sainte-Chapelle. O Coral de Pamplona executou um programa de música antiga de inspiração mística. Don Dionisio passou boa parte do espetáculo de braços cruzados e cabeça baixa, como se estivesse rezando. Como se não bastassem as canções e a esquisita beleza da histórica capela, com seus vitrais iluminados, num dos intervalos entraram no recinto o Núncio Apostólico seguido do Príncipe de Bourbon, do *Grand Prieur de la Lieutenance de France*, e de dignitários, cavaleiros e damas da Ordem do Santo Sepulcro, todos ostentando suas roupagens tradicionais. O príncipe levava em suas mãos pálidas nada mais, nada menos que a Coroa de Espinhos do Salvador, trazida da Terra Santa por São Luís IX, rei de França... Clare, o rosto de meu pai se transfigurou quando ele viu a relíquia, e lágrimas vieram-lhe aos olhos. Quando saímos da capela, ele me tomou afetuosamente do braço e murmurou ao meu ouvido, num desabafo: "Será preciso que eu te diga que quando sou obrigado a me aproximar do Generalíssimo, fico vermelho de vergonha e sinto ganas de tapar o nariz? Espero que não me julgues tão ingênuo ou desonesto a ponto de apoiar politicamente esse homem porque o considero um Presidente ideal. Fica sabendo duma coisa, meu filho: se eu o tolero é porque no momento ele é o menor de dois males. Desgraçadamente, a alternativa para a situação que temos agora no Sacramento seria o comunismo, e isso significaria o fim de todos os valores espirituais que prezamos, enfim, um regime ateu que expulsaria do país nossos sacerdotes, queimaria nossos templos, tirando-nos o direito de adorar Deus à nossa maneira e de criar nossos filhos e netos como bons cristãos e não como robôs sem alma a serviço dum Estado totalitário". Don Dionisio fez uma pausa significativa e depois acrescentou: "Seríamos também despojados das terras que nossos antepassados, desde o século XVII, regaram com seu suor, suas lágrimas e seu sangue".

Clare Ogilvy ergueu-se, lançou um olhar rápido para o mostrador de seu relógio.

— Menos de um ano depois dessa última visita — continuou Pablo — recebi a notícia de que havia sido transferido para esta embaixada. E aqui estou a representar ainda a comédia diplomática, a soldo dum tirano cercado de ladrões e bandidos. Como se os mil dólares que ganho por mês não bastassem, meu pai, de vez em quando, os suplementa com generosos cheques. E cada vez que faço uma tentativa para meter a pata nisto tudo e ir embora (não sei bem para onde nem como), lá me chega uma carta de Doña Isabel, com a eterna pergunta: *Queres matar teu pobre pai?*

— Até onde essa doença do Velho é real e até onde é uma simulação para te prender?

— Tenho a opinião dum médico em quem confio. A saúde de meu pai é realmente precária. Teve já dois enfartes sérios. É um vaso trincado que exige cuidados especiais.

Ortega apontou para a carta que ainda não abrira:

— Imagino o que está escrito nessa carta... Meus pais não ignoram que costumo ver com frequência o Doutor Leonardo Gris. Na sua última carta, Doña Isabel escreveu: *Suplico-te que não continues a cultivar essa amizade perigosa. Mais tarde ou mais cedo serás descoberto e denunciado, o velho incidente será desenterrado, perderás teu posto e, o que é pior, talvez não possas mais voltar à pátria.*

Clare aproximou-se do amigo e ajeitou-lhe o nó da gravata.

— Agora compreendo que você está mesmo numa situação dos diabos. Mas podia ser pior. E, seja como for, o que tem de fazer *agora* é pajear Sua Excelência o Embaixador do Sacramento em sua visita à Casa Branca. Vamos. Está na hora.

Ele beijou a face da amiga e encaminhou-se para a porta.

— Deus te acompanhe, filho! — exclamou ela.

E, quando Pablo estava já no corredor, La Ogilvita enxugou os olhos e assoou o nariz com um lenço de papel. Depois, fungando ainda, acendeu outro cigarro.

6

Michel, que abriu a Pablo a porta da residência do embaixador, murmurou que S. Exa. o esperava na biblioteca.

Gabriel Heliodoro recebeu o primeiro secretário de braços abertos.

— Pablo, homem!

Enlaçou-o com seus braços musculosos, estreitando-o contra o peito. Um cheiro ativo de lavanda entrou pelas narinas de Ortega.

— Que tal me achas? — perguntou o embaixador, rodopiando sobre si mesmo.

— Está bem. Mas carregou demais no perfume.

Gabriel Heliodoro cheirou as próprias mãos, as lapelas, o lenço.

— Achas mesmo?

— Acho. Neste país os homens não costumam usar perfume.

— Mas eu não sou deste país! Sou um índio de Soledad del Mar — exclamou o compadre do ditador, num misto de gaiatice e orgulho.

"Os índios de Soledad del Mar cheiram a picumã e urina seca", pensou o secretário. "O que tu és, eu bem sei: um patife e um traidor. Como eu..."

— Saímos em seguida, Pablo.

— Mas a distância daqui à Casa Branca se percorre em dez minutos. Temos ainda meia hora pela frente.

— Ah! Mas antes de ver Eisenhower tenho uma entrevista marcada com outro Presidente. — Fez uma pausa em que seu rosto irradiou luz como um sol maia. — Vou visitar o monumento a Lincoln para pagar uma promessa que fiz a mim mesmo quando menino.

Farsante! — exclamou Pablo, mentalmente.

— Não sei se sabes que Lincoln é uma das minhas maiores devoções... A maior de todas, depois da Virgen de la Soledad.

Farsante! Farsante! Pablo esforçava-se, mas em vão, por querer realmente mal ao embaixador.

Gabriel Heliodoro perfilou-se, deu três passos à frente na direção de Ortega, fez uma pequena curvatura, estendeu a mão, que o secretário, constrangido, teve de apertar, prestando-se à comédia.

— *How do you do, Mister President?* Ha-ha! Que tal?

— Está bem. Mas pronuncie *pré-zident* e não *précidente*. E, antes que eu esqueça, o nome desta cidade é *Uá-chinton* e não *Guá-cinton*.

— Como vai ser a cerimônia?

— Muito curta. Durará pouco mais de cinco minutos. A entrega das credenciais é uma mera formalidade. Não há necessidade de dizer algo especial. Basta manifestar sua alegria por ocupar este posto e seu desejo de que nossos países continuem mantendo as melhores relações... Mas não tenha cuidado, eu me encarrego de traduzir tudo.

Gabriel Heliodoro olhou para o relógio.

— Vamos embora!

No vestíbulo, Michel deu-lhe um lenço novo sem perfume e ajudou-o a vestir o sobretudo. O Embaixador ficou um instante diante dum espelho, ajeitando na cabeça o chapéu Gelot.

— *Bonne chance, Monsieur l'Ambassadeur!* — desejou-lhe o mordomo.

Saíram. Alto e esguio no seu uniforme azul-marinho, Aldo Borelli estava perfilado ao lado do Mercedes-Benz negro, segurando a porta aberta. Era um romano de vinte e poucos anos e cara maliciosa.

— Bom dia, senhor Embaixador.

— Bom dia, Aldo. Vamos primeiro passar pelo Lincoln Memorial.

Depois que os dois diplomatas se acomodaram no banco traseiro e Aldo fez o carro arrancar, Gabriel Heliodoro de repente rompeu numa gargalhada que o sacudiu todo. Pablo pensou: "Se ele pensa que vou perguntar por que está rindo, perde seu tempo". Mas o outro logo explicou:

— Sabes o que estou achando engraçadíssimo? Quando os fuzileiros navais americanos desembarcaram no Sacramento em 1915, a pedido do ditador Chamorro, para capturar Juan Balsa e seus guerrilheiros, eu, que teria então uns doze anos de idade, um dia escarrei na bandeira dos Estados Unidos. Escondido atrás de árvores, muitas pedras atirei em patrulhas de soldados gringos. Com estas mãos que estás vendo, escrevi a carvão em muito muro: *Americanos perros sucios*. E agora, Pablo, aqui vou como embaixador de meu país a caminho da Casa Branca. Não é fantástico?

Ortega limitou-se a fazer que sim com a cabeça.

Gabriel Heliodoro lançou-lhe um olhar oblíquo. Que é que este menino terá contra mim? Será que não simpatiza comigo? Ele que espere. Em menos de duas semanas eu o conquisto. Ou então não sou filho de meu pai.

Mas quem era o seu pai? — pensou, amargo. E de repente a imagem da mãe lhe voltou, nítida, à mente. E uma sombra lhe escureceu o rosto por alguns instantes.

O automóvel rolava pela Massachusetts Avenue. Ao passarem pela frente da Embaixada do Brasil, Pablo pensou em seu amigo Orlando Gonzaga e nas muitas coisas que teria a contar-lhe àquela tarde no bar da Connecticut. Bill Godkin com toda a certeza lá estaria, curioso também por saber como se passara a cerimônia.

— Que torre é aquela? — perguntou Gabriel Heliodoro quando o carro atravessava a ponte sobre o Potomac Parkway.

— É o minarete duma mesquita muçulmana, Excelência — apressou-se a informar Aldo Borelli, com seu espanhol italianado.

— Muçulmana? — estranhou o embaixador, olhando para Pablo. Este confirmou com um sinal de cabeça.

O Mercedes entrou no Rock Creek Park. À beira do arroio que dava nome ao parque, as olaias e os cornisos estavam cobertos de flores. Gabriel Heliodoro viu um cemitério que começava na outra margem do arroio, com suas lápides simples, cinzentas ou pardas, subindo uma ravina de terra escura e estendendo-se em vários socalcos até o alto da colina.

— É o cemitério de Oak Hill — informou Pablo.

— Como é diferente dos nossos! As lápides dos túmulos mais parecem essas pedras que marcam a quilometragem nas estradas. Sepulturas rasas. Sem estátuas. Sem anjos. Prefiro os nossos, Pablo, mil vezes. Até a morte neste país parece menos trágica do que no nosso.

Branquejaram na mente de Gabriel Heliodoro os muros do cemitério de sua vila natal, no alto duma verde colina com vista para o mar. Voltou a cabeça para o primeiro-secretário, deu-lhe uma rápida batida cordial no joelho e disse:

— *Chico*, o que vou te contar agora, aposto como não leste nos teus livros de escola. Foi o ano de 1913 que passou para a história como o Ano Trágico. O tirano Antonio María Chamorro governava o Sacramento com mão de ferro. Juan Balsa estava na *Sierra* com seus guerrilheiros, lutando para libertar o povo da tirania. Uma madrugada de verão, os revolucionários desceram de surpresa sobre Soledad del Mar e liquidaram uma patrulha do Exército que andava pelas ruas. Enquanto a metade dos assaltantes mantinha os soldados do 5º de Infantaria fechados dentro do quartel, na defensiva, a outra metade saía pelas ruas da vila, arrecadando víveres, remédios, armas, munições e novos voluntários...

Mau grado seu, Pablo Ortega interessava-se pela história. O Embaixador falava com fluência, tinha uma voz de agradável timbre metálico.

— Quando raiou o dia — continuou Gabriel Heliodoro — os revolucionários tinham voltado para a Serra e todas as casas de Soledad del Mar estavam de portas e janelas fechadas: na rua só se viam os que tinham caído no combate. Bueno... O comandante da guarnição federal saiu do quartel e contou suas baixas. Os guerrilheiros tinham matado dez *federales* e ferido uns trinta. Sabes o que fez o porco do comandante? Na mesma hora escolheu cinquenta homens válidos entre os habitantes da vila e anunciou que ia mandar passá-los pelas armas. Pior que isso. Obrigou quase toda a população, homens, mulheres e até crianças a subir até a colina do cemitério para assistir aos fuzilamentos.

Gabriel Heliodoro olhou para Pablo para ver o efeito que sua história estava causando. E prosseguiu:

— Me lembro desse dia como se tivesse sido ontem. Eu devia ter uns dez anos, andava descalço, vestia uma camisa e umas calças de algodão branco encardido, um chapéu de palha na cabeça. Juan Balsa era o meu ídolo e eu odiava os *federales*.

Pablo percebeu que Aldo Borelli estava atento também à narrativa de seu patrão.

— O comandante ordenou que os condenados à morte enterrassem primeiro os cadáveres dos soldados do Governo. Depois fez os pobres coitados abrirem uma longa vala, fora dos muros do cemitério, e atirarem dentro dela os corpos dos guerrilheiros de Balsa, mortos na véspera. Os fuzilamentos começaram pouco depois das onze da manhã. Era um desses dias de mormaço, e o céu era uma brasa coberta de cinza. Chorando de pena, rilhando os dentes de raiva, eu vi e ouvi tudo, trepado numa árvore... Os condenados eram postos em grupos de quatro contra o muro do cemitério, com as mãos amarradas às costas. O pelotão de fuzilamento fazia fogo... *Trrrrá!* e eles tombavam. O muro ia ficando respingado de sangue, de pedacinhos de miolos e ossos. *Trrrrá!* O sapateiro da vila antes de morrer gritou: "Viva Juan Balsa! Morra o tirano!". Houve um índio que caiu rindo. Outro, não me lembro quem era, teve uma crise de choro, atirou-se no chão e ficou encolhido, tremendo, as pernas dobradas, os joelhos contra o peito, bem como um feto na barriga da mãe. O tenente que comandava o pelotão não teve outro remédio senão meter-lhe uma bala no ouvido. O homem estrebuchou e depois ficou como estaqueado. A terra chupou seu sangue. E o pior de tudo eram os gritos e o choro da pobre gente que assistia à carnificina. Santa Virgem! Mesmo que eu viva mil anos, não vou esquecer mais o quadro: as mulheres de preto, chorando e rezando um terço em coro. Umas desmaiavam. Outras tinham ataques histéricos. Outras rolavam pelo chão, gemendo. O sol era de derreter os miolos dum cristão. Na minha cara, suor e lágrimas se misturavam, me entravam na boca como uma salmoura. Eu não queria olhar para o muro, mas olhava. Na vala comum, os cadáveres começaram a feder. Os abutres desciam, atraídos pela carniça, os soldados espantavam os bichos, primeiro com pedradas e depois com tiros. E sabes, *chico*, o que mais me impressionava? Eram os homens que morriam resignados, em silêncio, os olhos parados como se estivessem enxergando uma visão. O Padre Catalino estava lá com eles, chorando aos soluços. Antes de morrer, os condenados beijavam o crucifixo que o vigário tinha na mão. E assim, Pablo, eu vi amigos meus, gente que eu conhecia, gente que eu estimava, ir caindo, em grupos de quatro... Uma sangueira medonha sujava o muro e o chão. Passei dias sem poder me livrar daquele cheiro de carne humana podre, de sangue quente, de pólvora e de poeira... Coisas como essa marcam um homem para o resto da vida.

Gabriel Heliodoro calou-se. O fim da história daquele dia inesquecível ele não quis contar. Ao chegar à casa, de noite, encontrara a mãe metida no quarto com um sargento do Regimento de Infantaria. Na outra peça, vários soldados jogavam cartas e fumavam, esperando sua vez de dormir com a dona da casa. Quem quer que tivesse duas lunas podia servir-se do corpo dela.

Ele saíra desarvorado pelas ruas da vila, entrara na igreja para pedir consolo a sua madrinha, a Virgem da Soledade, depois ficara a andar como um sonâmbulo pelas ruas e pelos campos vizinhos, até ver um novo dia raiar. Ao voltar para casa, já com o sol quase a pino, viu que alguém havia escrito com piche três palavras, numa das paredes: *Latrina do Regimento*.

Gabriel Heliodoro afundou num silêncio soturno. O automóvel saía do parque. Ortega avistou as águas do Potomac e os telhados cinzentos da Georgetown University. Pensou em Glenda Doremus. A Memorial Bridge, com seus claros arcos, lembrou-lhe uma das muitas pontes que atravessam o Sena em Paris.

Olhou para o Embaixador, que estava de olhos cerrados e ombros caídos como que abrumado pela história que acabara de contar.

— Está sentindo alguma coisa? — perguntou, desprezando-se um pouco por se mostrar assim solícito.

O outro abriu os olhos, sorriu e entesou o busto.

— Não. Estava só pensando numas coisas tristes...

Alguns minutos mais tarde, o Mercedes estacou diante do monumento.

— Eu o espero aqui, senhor Embaixador — murmurou Pablo.

— Está bem. Não me demoro.

Aldo Borelli abriu a porta do carro e o Embaixador saltou para a calçada, aspirou forte o ar da manhã, enfiou as mãos nos bolsos do sobretudo, ergueu os olhos e seu rosto alargou-se num sorriso quando viu, entre duas colunas do templo, a estátua de Abraham Lincoln. O Patriarca estava sentado e, com suas grandes e nobres mãos de lenhador segurando os braços da cadeira, dava a impressão de que ia erguer-se para receber de pé o visitante.

Gabriel Heliodoro começou a subir os degraus devagarinho para melhor gozar o momento. Aqui estou, Mister Lincoln! Sou aquele indiozinho sujo de Soledad del Mar, lembra-se? Na Casa Branca, o Presidente dos Estados Unidos me espera. Mostrei a todos esses filhos da puta que tenho *cojones*.

Continuou a subir na direção da imagem iluminada.

7

Desde as dez da manhã Pancho Vivanco, de instante a instante, aproximava-se da janela de seu gabinete que dava para o parque. Não queria deixar de ver Gabriel Heliodoro no momento em que este saísse de sua residência para ir à Casa Branca. Quando viu o Mercedes-Benz parar à frente da mansão residencial, seu pulso se acelerou, um calafrio percorreu-lhe o corpo. Era como um assassino na tocaia, à espera da vítima. Um suor gelado umedecia-lhe as mãos e a testa. Sim, com uma carabina munida de mira telescópica, de sua janela ele poderia alvejar o Embaixador com um tiro certeiro. Brincou com a ideia — que lhe era a um tempo agradável e impossível — como um menino faz de conta que é um caubói à espera de que o índio pele-vermelha caia na emboscada que ele lhe armou. E, quando Gabriel Heliodoro surgiu à porta, imponente no seu sobretudo preto, Pancho Vivanco, trêmulo duma emoção que ele queria fosse apenas ódio, encostou a testa no vidro da vidraça e ficou a contemplar o amante de sua mulher. Sabia que seus colegas da chancelaria estavam ao corrente de toda a história. E não ignoravam que ele, Vivanco, sabia também que era enganado pela esposa. Como podia esperar que os outros o respeitassem ou estimassem? O mais que poderiam sentir por ele era desprezo e dó.

Gabriel Heliodoro parou um instante no pórtico, antes de entrar no automóvel. Mentalmente Pancho se viu com a carabina na mão, fazendo pontaria. *Pei!* O homem tombaria nas lajes... E então ele iria imediatamente apresentar-se ao Ministro-Conselheiro: "Doutor Molina, acabo de assassinar o Embaixador". Seria julgado em Cerro Hermoso. Não poderia invocar perturbação de sentidos. O promotor insistiria na premeditação, no que estaria certo. Trinta anos.

O Mercedes-Benz fez a volta do jardim, entrou na avenida e passou lento pela frente da chancelaria.

Pancho Vivanco voltou para sua mesa de trabalho, sentou-se e olhou para os passaportes, cartas e faturas que tinha de despachar aquela manhã... Miss Clare Ogilvy dissera-lhe um dia: "Vivanco, você tem alma de burocrata". Na realidade, lidar com papéis, examiná-los, carimbá-los, rubricá-los, anotá-los; vasculhar arquivos, classificar documentos — tudo isso constituía para ele um jogo fascinante. Era com certa volúpia, com um prazer quase carnal que ele apalpava papéis. Em matéria de serviço, era um perfeccionista. Tinha horror a rasuras, borrões de tinta, manchas de qualquer natureza. Sua letra era miúda, mas clara e meticulosamente desenhada. Nada o desconcertava mais do que ser apanhado em erro, por menor que fosse.

Olhou para a fotografia da esposa que tinha debaixo da coberta de vidro da mesa. Rosalía! Rosalía! A mulher nunca se mostrara amorosa com ele, nem mesmo durante a lua de mel. No princípio era pelo menos submissa, paciente. Mas agora, desde que haviam chegado a Washington, Rosalía parecia sentir por ele uma repugnância crescente. Certas noites fechava-se no quarto, recusava deixá-lo entrar, pretextando enxaquecas e canseiras, e ele tinha de dormir no sofá do *living*, muitas vezes a arder de desejo por ela.

Vivanco tornou a olhar para os documentos empilhados na sua frente e, como sempre acontecia, foi tomado por aquela singular inibição que lhe vinha todas as manhãs e que ele não conseguia explicar a si mesmo. Para ganhar ânimo e disposição para começar o trabalho, tinha de entregar-se antes a uma espécie de ritual. Apanhou uma folha de papel em branco e, com seus dedos destros (era um hábil prestidigitador, costumava fazer mágicas de salão em festas de familiares), dobrou-a, dando-lhe a forma dum pássaro. Soltou-a no ar, usando os indicadores de ambas as mãos à guisa de catapulta, e ficou contemplando com delícia a curva graciosa que o "pássaro" traçou no espaço, antes de cair... Uma gaivota guinchou-lhe na memória.

Ah! Sua lua de mel naquele hotel de Puerto Esmeralda! Os jantares no terraço que dava para o mar! A orquestra de marimbas e maracas! Aquela felicidade que lhe enchia todo o ser, apesar de ele saber que Rosalía não o amava de verdade! Para chegarem à praia, bastava-lhes atravessar a avenida asfaltada. Depois saíam de mãos dadas a caminhar sobre a areia clara. Às vezes ele largava a mão da mulher, deixava-se ficar para trás para observar-lhe a plástica, as coxas longas e bem torneadas, as belas nádegas, a cintura fina, aquele andar de deusa... Tirara dela centenas de fotografias coloridas. Observava que os outros homens a devoravam com o olhar, quando a viam passar... Isso não lhe provocava indignação ou ciúme: ao contrário, dava-lhe uma espécie de feroz orgulho de ser o marido duma fêmea assim tão cobiçada. Às vezes ficava até irritado quando algum veranista do sexo masculino passava por eles sem examinar Rosalía de alto a baixo, com olhar lúbrico. E à noite, quando faziam amor com as janelas abertas para a brisa e os sons do mar, ele pensava em todos os machos que haviam desejado sua mulher durante o dia, imaginava-os reunidos ali no quarto a observá-lo no ato sexual e isso lhe aumentava esquisitamente o prazer do orgasmo.

Vivanco olhava agora melancolicamente para o passarito de papel que jazia caído sobre o tapete verde — gaivota morta na superfície do mar. Mas era preciso trabalhar! Tirou os óculos, bafejou ambas as lentes, limpou-as metodicamente com o lenço de seda, repô-los no nariz e lançou um olhar satisfeito sobre a mesa toda cheia duma série de objetos que ele, quando menino, desejara, mas, pobre, nunca pudera comprar: canetas-tinteiro dos tipos mais variados, um pote de barro cheio de lápis de diversas cores, apontadores, grampeadores, réguas de plástico, uma lente de aumento, corta-papéis, cadernetas de notas... Os Estados Unidos eram o paraíso para quem gostava daquelas coisas! Vivanco não podia passar por um *drugstore* ou por uma papelaria sem entrar e comprar algum artigo de escritório, mesmo sabendo que jamais iria usá-lo.

O ritual, porém, não estava ainda terminado. O cônsul abriu uma das gavetas da escrivaninha, onde guardava dezenas de lápis coloridos de cera, apanhou alguns deles e por alguns minutos ficou a rabiscar no seu bloco de notas de papel amarelo pautado. Era engraçado como, depois de encher toda uma página com desenhos geométricos, ele se sentia aliviado de sua angústia e encorajado para começar o trabalho.

Tirou de novo o lenço do bolso e enxugou o rosto. Pensou nas mãos de Gabriel Heliodoro: fortes como garras, dum pardo terroso, com veias salientes. Ainda ontem, quando o embaixador assinava papéis na sua presença, ele ficara a examinar aquelas mãos que na noite anterior, com toda a certeza, haviam acariciado o corpo de Rosalía. Viera-lhe então um desejo de mordê-las, dilacerá-las... Depois ficara a contemplar com igual fascínio a cara do embaixador. Parecia uma escultura talhada em arenito. Vinha dele uma fragrância de lavanda mesclada com sarro de bom charuto havanês. Seus olhos fixaram-se então no pescoço de seu chefe. Pensou: “Se nos atracássemos em luta, ele me esmagaria com seus braços de gigante. Mas eu poderia morder-lhe a jugular...”. Imaginou o outro a rolar no tapete, ambas as mãos no pescoço, de onde o sangue esguichava... Essa fantasia lhe ocupara a mente durante uma fração de segundo. Quanta coisa cabia num décimo, num centésimo, num milésimo de segundo! Toda uma vida. Toda uma morte.

Vivanco soltou um suspiro, repôs os lápis na gaveta, arrancou do bloco a folha cheia de desenhos, amassou-a e jogou-a no cesto, ao lado da mesa. Depois pegou o primeiro papel com uma certa reverência, assobiando baixinho, numa espécie de autossatisfação, quase esquecido das coisas que havia pouco o perturbavam. Tratava-se duma carta que ele redigira a mão, em espanhol, que Miss Ogilvy traduzira para o inglês e que a Srta. Mercedes datilografara. De súbito, seu céu interior de novo se toldou. Descobrira no texto uma rasura malfeita. Apertou um botão de campainha. Pouco depois Mercedita apareceu à porta do gabinete. Pancho Vivanco ergueu-se e apresentou-lhe o papel.

— Esta carta foi datilografada como a sua cara! Passe-a de novo a limpo!

— Desculpe, Senhor Vivanco... — começou a moça, já a choramingar.

— Não aceito desculpas. Preste mais atenção ao seu trabalho. Pense menos em homem. Trabalhe com os dedos e a cabeça e não com o útero.

Mercedita apanhou o papel e saiu do gabinete com os olhos cheios de lágrimas. Pancho Vivanco sentou-se, esfregou as mãos, e passou ao próximo papel.

O gabinete do Ministro-Conselheiro ficava contíguo ao do cônsul. Era, no entanto, mais amplo e mobiliado com um gosto menos burocrático. Clare Ogilvy costumava pôr flores frescas num vaso que havia sobre a mesinha redonda, à frente do sofá de couro. O Dr. Jorge Molina, porém, lhe pedira que não fizesse mais aquilo e retirasse o vaso do gabinete. Nas paredes, dum rosa desmaiado, não havia sequer um quadro. Comparada com a mesa de trabalho de Vivanco, a do Dr. Jorge Molina era duma sobriedade monacal.

Aquela hora, o Ministro-Conselheiro estava sentado junto dela, as mãos postas numa atitude de prece, os polegares debaixo do queixo, as extremidades dos indicadores a tocarem-lhe a ponta do nariz. Fazia já minutos que se encontrava naquela postura, a olhar como que hipnotizado para o jornal aberto sobre a mesa.

Duas coisas o perturbavam, aquela manhã. A primeira era o despeito que sentia, mau grado seu, por não ter sido convidado por D. Gabriel Heliodoro para acompanhá-lo à Casa Branca. A outra era a carta do Dr. Leonardo Gris que o *Post* publicara. O Dr. Molina fazia o possível para convencer-se de que nenhuma daquelas coisas era de importância capital. Não iam alterar sua vida interior. Nem chegavam a feri-lo fundo; eram arranhões de superfície. Mas o simples fato de *sentir* essas agressões desagradava-lhe, como um sinal de que ele não estava tão imune a elas como esperava e desejava.

Gabriel Heliodoro era um primário. Ignorava ou desprezava o protocolo. Era preciso que ele, Molina, se fosse habituando desde já àquelas irregularidades. Outras viriam, e piores. Devia forrar-se de paciência. E, fosse como fosse, Gabriel Heliodoro teria de apoiar-se nele se no exercício de seu cargo não quisesse cometer erros palmares, expondo-se ao ridículo.

Consultou o relógio. Aquela hora possivelmente o Embaixador devia estar subindo os degraus da *porte cochère* da Casa Branca, onde Dwight Eisenhower o esperava. O chefe da mais poderosa nação do mundo ia apertar a mão daquela "paródia de embaixador" duma "paródia de país" — sim, era preciso reconhecer a triste, ridícula verdade, pois o Sacramento era uma ilha do Mar das Caraíbas, governado por um ditador vulgar, ignorante e desonesto, "... que tu serves" — disse alguém na mente do Ministro-Conselheiro. Era a voz de Leonardo Gris.

Jorge Molina levantou-se e, com as mãos às costas, começou a andar dum lado para outro. A imagem de Gris costumava persegui-lo como a implacável personificação duma consciência de culpa. A verdade era que o Ministro do Exterior de seu país o mandara para Washington com o fim de, entre outras coisas, vigiar Leonardo Gris e responder aos ataques que ele fazia ao Governo do Sacramento — neutralizar, em suma, a ação daquele exilado apátrida.

Leitor de Platão, Molina amava o diálogo, que achava a forma mais clara e sucinta para a troca ou a discussão de ideias. Solteiro e solitário, costumava debater seus problemas consigo mesmo, verbalizando-os vocal ou mentalmente. Entre os interlocutores imaginários, seu favorito era D. Pánfilo Arango y Aragón, o Arcebispo Primaz do Sacramento, seu amigo particular, pessoa que ele admirava e estimava profundamente, e cuja biografia estava a escrever com amoroso cuidado. E, por mais incrível que parecesse, outro de seus interlocutores-fantasmas mais assíduos era o próprio Leonardo Gris, seu antigo colega de universidade e atual inimigo político.

Molina agora imaginava Gris sentado ali no sofá, as pernas cruzadas, a bela cabeça prateada erguida, os olhos postos nele com aquela sua agudeza que em certas ocasiões chegava a ser desconcertante.

Gris acendeu um cigarro. Molina jamais fumara em toda a sua vida. Detestava qualquer hábito que tendesse a escravizar-lhe a vontade.

— Li sua carta no *Post* de hoje — disse o Ministro-Conselheiro em pensamentos.

Imaginou a resposta do outro:

— Seja honesto e confesse que meu artigo não contém uma falsidade sequer.

— Admito que ele não contenha "mentiras". O que discuto é a sua oportunidade. Condeno sua conduta sob o aspecto ético. Roupa suja lava-se em casa...

— Eu também tenho sérias objeções à sua ética, Jorge. Se você aceita em princípio minhas críticas ao seu Governo, ao seu Presidente e ao seu embaixador, como se explica que você esteja aqui a serviço dos três?

— Um momento! — E, ao pensar estas palavras, Molina fez alto no meio do gabinete e olhou para o sofá. — O que eu sirvo é o meu país, que continuará a existir muitos séculos depois que eu desaparecer; e a minha Igreja, que é eterna.

A risada grave e sonora de Gris, que sabia ser maliciosa sem maldade e até satírica sem perder o tom cordial — aquela famosa risada tão querida dos universitários de Sacramento —, soou na memória do Ministro-Conselheiro.

— A sua Igreja? Como pode você dizer isso, Jorge, se não é segredo que você abandonou o seminário por ter perdido a fé na existência de Deus? Nega isso?

— Não nego. Mas temos aí uma sutileza. Você é ateu e seu ateísmo o alegra. Eu perdi Deus e sofro por isso, e não cesso de procurá-lo, e tenho a esperança de encontrá-lo um dia. Mais ainda! Eu *amo* a ideia da existência de Deus, ao passo que você a despreza e ridiculariza como algo de infantil, inferior. Você quer destruir essa Igreja a cuja defesa me entrego com paixão.

— De quem a defende? Acho que você está investindo contra moinhos de vento...

— Defendo-a do comunismo, Leonardo, do materialismo, da desesperança, da desagregação geral, do caos... E de homens como você!

— Não cometa a injustiça de me considerar comunista.

— Não. Você é pior que isso. Por mais que eu deteste a ideia do marxismo-leninismo, não posso deixar de admirar os comunistas pela sua fidelidade a uma ideologia e pela coerência de seu raciocínio e de seu comportamento dentro dela. O que desprezo e detesto são os chamados "liberais" como você, homens sem programa político definido, sem o amparo dum corpo de doutrina. Vocês limitam-se a criticar os governos de direita e de esquerda, sem lhes oferecer um plano de ação construtiva. São contra o que chamam levianamente de "obscurantismo" da Igreja, vivem clamando pela liberdade de pensamento, são em suma uns "bons-moços" (como esse Pablo Ortega, seu discípulo) que se refugiam num humanismo epidérmico e palavroso. No fundo o que vocês buscam é furtar-se a compromissos definidos que tanto os católicos como os comunistas e os fascistas — sim, até os fascistas! — assumiram.

— Não me faça rir, Jorge. Não há nada mais vago e absurdo que sua própria atitude. Se você não tem a certeza de que Deus existe, de que vale manter sua Igreja?

— Eu lhe poderia responder dizendo que é porque eu amo essa Igreja, compreende? Amo sua tradição, sua pompa, seu ritual, a história de seus santos e mártires... em suma, seu corpo místico. Que outra força no mundo pode opor-se à onda materialista do marxismo e do niilismo? Precisamos, Leonardo, de algo mais que uma filosofia intestinal, duma interpretação digestiva da história!

Molina ouviu passos no corredor. Esperou que alguém lhe batesse à porta. Passaram-se segundos e os passos se afastaram. Agora Gris estava junto da janela. O Ministro-Conselheiro sentia um certo prazer em imaginar o ex-colega de pé, pois Gris era um homem baixo, ao passo que ele, Molina, tinha quase um metro e oitenta de altura.

— Eu acuso você, Leonardo Gris, de, por ideias e atos, por comissão ou omissão ter ajudado a causa do comunismo no Sacramento, nos tempos em que foi Ministro de Educação e Cultura.

O rosto do outro continuava sereno. Seu olhar limpo amedrontava um pouco Molina.

— Faça acusações específicas e não apenas vagas.

— Você mandou retirar os crucifixos de todas as escolas públicas, aboliu delas o hábito da oração matinal, e eliminou o ensino de religião de seu currículo. Transformou também uma universidade secular num ninho de livres-pensadores, de comunistas e pragmatistas. Não só permitiu como também encorajou e quase tornou obrigatório o ensino da teoria evolucionista nas escolas secundárias e até nas primárias. E você me fará a justiça de reconhecer que critiquei e combati todas essas medidas pela imprensa, claramente, durante o Governo de Moreno.

— E sabe por que isso lhe foi possível? Porque na gestão de Moreno sempre houve no país inteiro a mais absoluta liberdade de pensamento e expressão. Nenhum jornal foi jamais censurado.

Molina aproximou-se da mesa e lançou um rápido olhar para a página do *Post* onde fora reproduzida a carta do exilado.

— Vou revidar imediatamente ao seu ataque!

— Nega que Gabriel Heliodoro é um agiota e um ladrão? Que é sócio das negociatas de seu compadre, Carrera? Vai tentar convencer o povo americano de que a República do Sacramento é realmente uma democracia?

— Não. Vou provar que quando estava no Governo de seu país, você fazia consciente ou inconscientemente (isso não importa!) o jogo das esquerdas. Você desejou para sua pátria um tipo de Governo semelhante ao do Coronel Arbenz, na Guatemala. O projeto de reforma agrária do Governo de vocês era nitidamente comunista. Vocês eram, em suma, inocentes úteis. Talvez mais úteis que inocentes!

Molina premiu o botão duma campainha. Instantes depois bateram-lhe à porta. "Entre!" Mercedita entrou.

— Chamou, senhor Ministro?

Molina teve ímpetos de gritar: "Se a campainha da sua mesa soou, iluminando o disco número dois, está claro que fui eu quem chamou". Mas conteve-se, limitando-se a fazer com a cabeça um sinal afirmativo.

— Sente-se. Vou ditar-lhe uma carta que depois a senhorita levará a Miss Ogilvy para que ela a traduza para o inglês.

Percebeu que os olhos da secretária estavam injetados.

— Por que chorou? — perguntou, arrependendo-se imediatamente da pergunta, pois não gostava de meter-se na vida privada dos outros, para que ninguém se sentisse com o direito de imiscuir-se na sua.

— Oh, senhor Ministro! Não foi nada...

— Vivanco outra vez?

Ela baixou a cabeça e murmurou um sim quase inaudível. Molina teve gana de chamar o cônsul à sua presença e esbofeteá-lo. Aquele homúnculo desprezível, não tendo coragem suficiente para agredir o Embaixador, vingava-se na mais humilde das funcionárias da chancelaria!

Houve um silêncio. A secretária esperava, de lápis e caderno estenográfico em punho. Jorge Molina lançou um rápido olhar enviesado para a rapariga. Mercedes Batista era feia. Seu torso e sua cabeça prometiam uma mulher alta, mas as pernas curtas desmentiam grotescamente a promessa. O Ministro-Conselheiro achava providencial poder contar na chancelaria com uma secretária desse tipo. As outras — bonitas, jovens, perfumadas, de seios exuberantes e caras excessivamente pintadas — eram as preferidas de Ugarte e de seus assistentes. Se, por acaso, alguma delas entrava no seu gabinete, Molina sentia um mal-estar que aos poucos se ia transformando em algo que se avizinhava do pânico. Não tinha muita prática em lidar com mulheres. Nunca tivera. Depois que deixara o seminário, conservara o hábito da castidade. Por quê? — perguntava-se às vezes a si mesmo. Ainda a ideia monacal de que desejo sexual é pecaminoso? Repugnância? Medo de falhar como homem? Considerava-se uma pessoa normal, o desejo visitava-lhe o corpo com frequência e ele o combatia com banhos frios e exercícios espirituais. As orações o ajudavam muito nessas horas do Diabo. (Diabo? — perguntou Gris. — Você não acredita em Deus e aceita a ideia do Diabo?) Tinha às vezes poluções noturnas que nunca podia — nem procurava — ligar a nenhum sonho definido. Tratava com mulheres apenas socialmente em jantares, recepções, conferências. (A verdade — intrometeu-se Gris — é que, quando uma mulher o encara, você desvia dela o olhar.) Tolice! As mulheres nunca o assediavam. Talvez ele mantivesse a castidade por puro comodismo. Ou por orgulho. Sentia-se forte por não se entregar à luxúria. Sua solidão era uma cidadela. Seu celibato, uma couraça.

— Pronto, senhorita?

— Sim, senhor Ministro.

— Enderece a carta ao redator-chefe do *Washington Post*. Miss Ogilvy conhece a fórmula.

Molina uniu as mãos como se fosse rezar, apoiou os polegares no queixo descarnado, prendeu a ponta do nariz com os indicadores e começou a ditar.

8

Naquele momento Ernesto Villalba passava no corredor pela frente da porta do gabinete do Ministro-Conselheiro. Andava com passo leve de dançarino, calçava mocassins, e cantarolava em falsete um trecho de *Pelléas et Mélisande*. Fez alto diante duma das muitas portas do longo corredor e deu-lhe duas batidas secas. Ouviu uma voz meio abafada: "*Adelante!*", e entrou no gabinete do Gen. Hugo Ugarte como quem entra num palco. Postou-se à frente do adido militar, bateu os calcanhares inaudivelmente, fez uma leve curvatura, uma continência e disse:

— *À vos ordres, mon général!*

Ugarte estava sentado à sua mesa, nua como de costume, a olhar para um livro volumoso como um guia telefônico e no qual Villalba reconheceu o último catálogo da Sears & Roebuck.

— Titito, eu te chamei para me dares uma ajuda. Quero que me botes em língua de cristão este negócio. Olha aqui...

O secretário aproximou-se do velho pelas costas e olhou para a página que seu indicador grosso e nodoso mostrava.

— Não me diga que vai comprar um chinó, general!

— Não sejas besta. Traduz este negócio. Não resolvi ainda.

Titito recuou dois passos e ficou a contemplar a calva de Ugarte. Vista pela retaguarda, dava a impressão dum enorme ovo lustroso a sobressair dum ninho de penas negras. (O general pintava os cabelos.)

— Bom — disse o secretário, depois de ler mentalmente o texto indicado. — O anúncio dirige-se aos quinze milhões de carecas dos Estados Unidos.

— Quinze milhões? Caramba!

— Está vendo este molde de papel solto? É para medir o formato da cabeça do cliente. O meu general manda a sua medida junto com uma mecha de seus cabelos para eles verem a cor exata para a peruca. Tudo pode ser feito pelo correio. Se meu general não quiser usar o seu próprio nome, use o meu. Ah! Diz o anúncio que a casa tem cabeleiras postiças em quinze tons diferentes. Ai, que beleza!

Ugarte começou a produzir no fundo da garganta um ruído que parecia o crocitar dum corvo. Recostou-se na cadeira giratória e ergueu os olhos para o outro.

— Que será que vão dizer de mim se eu aparecer em Cerro Hermoso com uma cabeleira postiça?

— Vai ser um sucesso!

— E se algum canalha rir na minha cara?

— Dê-lhe um tiro na boca!

Hugo Ugarte ergueu-se, puxou os fundilhos das calças que se lhe haviam metido por entre as nádegas gordas, abriu a garrafa de metal que estava em cima duma mesinha auxiliar, despejou um pouco d'água num copo e bebeu um largo sorvo. Olhou enviesado para o catálogo.

— Não. Não quero me arriscar. A Ninfa seria a primeira a me ridicularizar.

O general estava à paisana, numa roupa cor de chumbo mal cortada e demasiadamente justa ao corpo. Examinou Titito criticamente da cabeça aos pés.

— Onde andaste metido nestes últimos dois dias? — perguntou, acrescentando com um sarcasmo provocador: — Arranjaste um amante novo?

— Ora, general, que é isso? O senhor sabe que sou um modelo de fidelidade conjugal.

Ugarte suportava aquelas intimidades do maricão porque este lhe prestava serviços de toda a sorte, inclusive o de lhe arranjar mulheres. De resto, o humor cínico do secretário divertia-o.

— Explico a minha ausência, *mon général*. Fui a Nova York especialmente para comprar um bilhete para a estreia do corpo de baile do Teatro Bolshoi de Moscou. E sabe quanto paguei por ele? Cento e cinquenta dólares!

— Estás doido varrido! Eu não pagava nem cinquenta centavos para ver esses comunistas de borra dançarem. Nossos índios de Páramo dançam melhor e custam mais barato. Basta a gente pagar a eles uma rodada de aguardente.

Tornou a sentar-se à mesa.

— Outra coisa, Titito, me escreve uma carta à General Electric e pergunta qual é o máximo de desconto que eles me dão para aqueles refrigeradores grandes, os maiores... sabes? Diz aos homens que, se o desconto for bom, eu compro dez duma vez, e à vista.

Ernesto Villalba tomou uma nota num pedaço de papel. Depois olhou para o seu relógio-pulseira de platina e disse:

— A esta hora o nosso Embaixador deve estar com o Presidente Eisenhower.

O telefone do adido militar tilintou. Titito ergueu o fone, solícito, e depois de escutar o que lhe informava a operadora da chancelaria, passou-o ao general, murmurando:

— É a sua senhora.

— Olá, Ninfita! Que é que há?

— Tudo bem, Hugo. Olha, tínhamos combinado almoçar juntos, mas não vai ser possível. Me atrasei nas compras.

— Onde estás?

— No Hecht's, com a Rosalía.

— Bueno, nos encontramos em casa às cinco e meia. Mas não precisas comprar todo o estoque do Hecht's...

Do outro lado do fio veio um palavrão. O general desatou a rir.

Ninfa Ugarte repôs o fone no lugar e deixou a cabina com a sensação de que ia desmaiar. Sempre lhe acontecia isso quando permanecia muito tempo num ambiente fechado e superaquecido. Fazia já quase duas horas que se encontrava naquele grande empório, percorrendo suas inúmeras seções, a olhar as coisas e a perguntar *How much?* Começara pelo último andar e viera depois descendo pela escada rolante, coisa que fazia sempre com um alvoroço de provinciana. *Jau môche?* Estava com a cabeça cansada de fazer cálculos, transformando mentalmente dólares em lunas. E agora lhe vinha aquela espécie de tontura, parecida com esse enjoo de mar que sentimos mais na cabeça que no estômago. A tontura era agravada pelo embaralhamento, ante seus olhos, das cores variegadas das mercadorias expostas e das caras e roupas dos numerosos fregueses em movimento e ainda pelo esplendor das rútilas decorações especiais com que a casa celebrava a entrada da primavera. Havia ainda a luz fluorescente, o vozerio incessante, cortado por aqueles sons de sineta — *den! den!* — que de instante a instante ela ouvia, com uma regularidade de relógio, e que não conseguira ainda descobrir de onde vinham ou para que serviam. E o pior é que tinha em cima do corpo roupas de lã que lhe davam um calorão formigante, pondo-lhe riscos de fogo na pele. *Dios mío!*

Parou um instante, fechou os olhos, espalmou a mão gorda e curta sobre o peito, à altura do coração. Estaria com palpitações? Não. Não era nada. Ia melhorar. Mas onde se teria metido Rosalía? Avistou-a perto da escada rolante e dirigiu-se para ela. Não resistiu, porém, à tentação de examinar os artigos de cozinha que a cercavam por todos os lados e pareciam gritar: "Por favor, senhora, leve-nos para sua casa!".

Parou junto duma prateleira onde se alinhavam os pratos-pirex, pelos quais tinha uma predileção particular. Havia-os agora coloridos e estampados: azul-turquesa, rosa-coral, vermelho... Tinha já comprado, desde que chegara a Washington, mais de uma dúzia daquelas ricas coisas. Imaginava o sucesso que iam fazer quando as exibisse a suas amigas sacramentenhas...

Uma empregada da casa aproximou-se e perguntou-lhe sorridente, em inglês, em que podia servi-la. D. Ninfa sorriu também e respondeu com a frase habitual: *Ai ême jôs lúquingue*. A moça afastou-se. Foi nesse momento que a esposa do general teve a luminosa ideia. Por que não comprar muitas dúzias de pratos-pirex nos mais variados tamanhos e cores, mandá-los para Cerro Hermoso e vendê-los a pessoas de suas relações? Podia ganhar bem uns dois dólares em cada um... Enviaria os pratos junto com as mercadorias que o Hugo estava sempre a despachar para o Sacramento. Dois dólares de lucro. Quem sabe, três... Estava nesse devaneio quando Rosalía lhe tomou do braço.

— Ah! — exclamou Ninfa. — Vamos comer alguma coisa, preciosa. São onze e quarenta, mas meu estômago já bateu meio-dia. É bom a gente ir para o restaurante cedo, para poder arranjar lugar.

Lançou um último olhar guloso para os artigos de cozinha: panelas e chaleiras de alumínio, objetos de cobre e níquel, panos de prato (ai que ricos!) e todo um arsenal de facas — coisas de deixarem uma criatura louca da vida! — e saiu a andar com a amiga na direção da escada.

— A senhora não acha que para hoje basta de compras? — perguntou a mulher de Pancho Vivanco. — Estou com os pés em petição de miséria.

— Primeiro vamos forrar o estômago, filhota, e depois podemos dar uma olhadinha no *basimento* — respondeu Mme Ugarte, enriquecendo sua língua com um neologismo.

Conseguiram uma mesa no restaurante e puseram-se logo a estudar o cardápio. Quando a garçonete se aproximou — loura, limpa, colorida —, cada qual escolheu um prato, pelo número.

A mulher do general tirou os sapatos e soltou um suspiro de alívio. Enfim sentada! Apanhou o copo que tinha à sua frente, e no qual havia mais gelo moído que água, e bebeu dele avidamente. Rosalía sorriu.

Dentes naturais — pensou Ninfa com certo orgulho nacionalista — e não dentes com capas artificiais como os dessas beldades americanas do teatro, do cinema e da televisão.

Quando vieram os pratos, Mme Ugarte olhou para o de Rosalía com uma inveja em que havia uma pontinha de rancor: folhas de alface, rodelas de ovo cozido, de cenoura e beterraba, a metade dum abricó em conserva e um punhadinho de requeijão. Só! Nada engordante. Não era de admirar que a cadelinha conservasse a linha — e que linha, Nossa Senhora! Olhou para o próprio prato em que as costeletas de porco reluziam de gordura, nadando num molho espesso, cercadas duma cordilheira em miniatura feita de purê de batatas.

Começaram a comer. Manequins vivos, esguios e elegantes, passeavam por entre as mesas, exibindo modelos de primavera, ao som da suave música saída de alto-falantes que Ninfa não conseguia localizar. Andava no ar um perfume de colônia de flores de macieira.

A esposa do general, de quando em quando, erguia os olhos para examinar a companheira. Rosalía comia como um passarinho, em pequenas bicadas. Era também linda... como um passarinho? Não. Como um animal de raça. Falava com um ceceio quase imperceptível que ia muito bem com o nariz levemente arrebitado. Seus olhos, com uns curiosos pontinhos dourados nas íris, eram castanhos e ternos na superfície: a sensualidade escondia-se no fundo deles (calculava a quarentona) e só viria à superfície quando seu macho a manipulasse convenientemente.

Ninfa sentia pela amante do Embaixador essa ternura temperada de hostilidade que a mãe que ainda tem veleidades juvenis sente pela filha que se tornou mulher e que, além da ameaça de fazê-la avó, passa a ser também uma séria concorrente na disputa da atenção dos homens.

Rosalía por sua vez olhava furtivamente para a matrona. Seus sentimentos para com ela eram ambivalentes. Ninfa às vezes causava-lhe um mal-estar difícil de explicar. Era autoritária, desabrida e — pior que tudo! — adonara-se dela, Rosalía, desde o dia em que se haviam conhecido. Queria governar sua vida, nas menores coisas: "Não compra isto, compra aquilo" — "O azul não te senta bem, escolhe o cinza" — "Hoje tens de sair comigo para fazer compras". Havia, entretanto, momentos em que a criatura lhe parecia simpática com seu ar bonachão e despachado. Tinha tiradas engraçadíssimas tão frequentes quanto suas grosserias e vulgaridades. Andava sempre com os dedos cheios de anéis; broches de gosto duvidoso enfeitavam-lhe o farto peito. Dias havia em que Ninfa Ugarte usava tantos berloques, medalhas e pregadores, que chegava a lembrar o Marechal Göring nos seus tempos de festa e glória. Agora por exemplo — refletia Rosalía, mastigando um pedaço de cenoura — o vermelho do batom saía dos limites daqueles polpudos lábios que a gordura das costeletas de porco lambuzava, e riscava-lhe o queixo. E por que ela não depilava o buço? Ai, Jesus! De repente Rosalía compreendeu que aquele buço tornava Ninfa parecida com tia Micaela, da qual ela, Rosalía, tinha as piores recordações. Era ríspida, incapaz de carinho e vivia a lembrar-lhe sua condição de órfã pobre. ("Pensas que és alguma princesa? Queres te casar com o filho do Presidente da República? Agarra logo esse tal Vivanco. Não é nenhum artista de cinema, mas é um rapaz direito, diplomata, e dizem até que agora vai ser mandado para Paris.")

— Preciosa — murmurou Ninfa —, estou meio preocupada.

— Ora, por quê?

— As coisas no Sacramento não andam boas. Estamos em ano de eleição e a Constituição proíbe o Generalíssimo de ser candidato outra vez.

— Eu não entendo de política, Doña Ninfa.

— Não se trata de política, filha, mas da nossa vida. Se a oposição vence a eleição, estamos *jodidos*.

Rosalía corou. Ninfa percebeu e pensou: envergonha-se de palavras mas não se envergonha de enfeitar a cabeça do marido.

Quando a garçonete trouxe a sobremesa (*apple pie à la mode* para a matrona e gelatina de groselhas para a moça), a conversa tomou o rumo que a mulher de Pancho Vivanco mais temia.

— Vamos abrir o jogo, preciosa — disse Ninfa, fitando na outra os olhinhos safados. — Franqueza nunca fez mal a ninguém. Eu sei do teu caso com Don Gabriel Heliodoro.

— Que caso? — defendeu-se a outra, automaticamente.

— Não adianta negar. É um segredo de polichinelo. Já em Cerro Hermoso toda a gente sabia, menos a mulher de Don Gabriel Heliodoro, é claro. Doña Francisquita vive no astral.

Os lábios de Rosalía tremeram como tremeu o rosado pedaço de gelatina que ela equilibrava na colher, a caminho da boca.

— Não te impressiones — tranquilizou-a a outra. — Não te censuro. No teu lugar eu teria feito o mesmo. Don Gabriel Heliodoro é um homem e tanto. Teu marido é uma porcaria.

De olhos baixos, Rosalía brincava com a sobremesa, cortando-a com a colher em muitos pedaços que acabava esmagando, sem comê-los.

— Vamos! — animou-a a outra. — Somos ou não somos amigas? Ontem à noite o Pancho telefonou para minha casa, perguntando se estavas *ainda* conosco. O Hugo, macaco velho, compreendeu tudo e mentiu dizendo que tu e eu tínhamos ido juntas a um cinema. Rosalía, bobinha, podes contar conosco. Somos todos do lado de Don Gabriel Heliodoro. Todos do *teu* lado.

A outra continuava a olhar embaraçada para o mingau rosicler que tinha no prato.

— Olha, preciosa, vais precisar muitas vezes dum... dum... como é essa coisa que a gente vê sempre em filme policial, quando um sujeito quer provar que está em outro lugar na hora em que alguém foi assassinado? Alibili?

— Álibi — murmurou Rosalía.

— Pois é. Vais precisar de muitos. Daqui por diante poderás jantar tranquilamente com o Embaixador e etc.... etc.... Eu chamo o Pancho pelo telefone e digo que eu e tu temos um programa especial. Tu combinas tudo com Don Gabriel Heliodoro e pedes a ele que mande o carro da embaixada me buscar na minha casa. Com o Aldo, naturalmente. Podemos começar hoje... Tu ficas com teu homem e eu vou dar um passeio por aí... Arlington, Mount Vernon, Bethesda... — piscou um olho. — Haverá álibi mais perfeito?

Rosalía criou coragem e disse:

— Para nós duas, não?

Ninfa soltou uma risadinha.

— Claro, para nós duas. És uma menina inteligente. Temos de ser aliadas. A vida é curta e os homens são todos uns cachorros. Todos. E agora, meu bem, mudando de assunto. Olha só que costume bonito aquele. Ai, meu Deus! Se eu tivesse o teu corpo, Rosalía, eu comprava um costume assim... E faria outras coisas mais, muitas coisas mais...

Fez um sinal para a empregada, pedindo a nota.

— Hoje quem paga sou eu — declarou, piscando novamente o olho.

Naquele momento Rosalía odiou-a. E teve desejo de sumir-se.

9

Aquela tarde Pablo Ortega sentiu necessidade de ver o Dr. Leonardo Gris. Chamou-o dum telefone público.

— Que me diz da ideia de jantarmos juntos hoje num desses restaurantes de Georgetown?

— A ideia me encanta — respondeu o exilado. — Mas você está certo de que não vai se comprometer?

— Está falando sério, professor?

Foi com prazer que ouviu a risada quente e clara do amigo.

— Bem, há *alguma* seriedade na minha pergunta, mas não muita. Às sete, então, no Carriage House.

— Perfeito!

Cinco minutos antes dessa hora, Pablo Ortega estacionou o seu carro numa das ruas transversais da Wisconsin Avenue e encaminhou-se para o restaurante. Curioso, a fachada do Carriage House, com seu pórtico de madeira pintada de preto e ornado de lanternas de carruagens dos tempos coloniais, lembrava-lhe sempre uma casa mortuária.

Entrou no restaurante e não levou muito tempo para avistar o amigo. Leonardo Gris estava sentado a uma mesa, num dos cantos da sala principal, àquela hora já completamente lotada.

— Que alívio! — exclamou Pablo ao sentar-se. — Ter alguém com quem conversar, desabafar... Passei um dia péssimo, com uma dor de cabeça tremenda.

— Como foi a cerimônia?

— Melhor do que se podia esperar. Muito melhor. Parece mentira, mas nosso embaixador fez um figurão. Portou-se como um diplomata experimentado.

— Que tem *le physique du rôle*, ninguém pode negar.

— Mais que isso. Irradia um certo magnetismo. Não tenho a menor dúvida: o Presidente Eisenhower ficou gostando de nosso bugre. Não é de admirar. Até agora não encontrei na vida um patife que não fosse simpático.

Quando terminavam os coquetéis, Gris disse:

— Quando lhe perguntei hoje se não tinha medo de se comprometer, a pergunta não foi totalmente gratuita. Que dirá Gabriel Heliodoro quando souber que você ainda mantém relações de amizade com este renegado?

— Já deve saber disso.

Gris sacudiu lentamente a cabeça, num assentimento.

— É possível e é provável. Nestas duas últimas semanas, um desconhecido me segue como uma sombra. Já o vi no campus da universidade. Quando venho para casa, ele me acompanha no seu carro azul. Às vezes espio pela janela do meu apartamento e vejo o sujeito parado a uma esquina próxima...

— Tem certeza de que é sempre o mesmo homem?

— Absoluta. Estou certo também de que, daqui a pouco, ele vai aparecer à porta desta sala, fazendo questão de que eu o veja. Essa insistência em se fazer notado me leva a crer que a intenção de quem o manda me seguir é apenas a de me intimidar.

— Oxalá que seja só isso. Mas tome cuidado. — Pablo começou a mastigar a azeitona do martíni. — Como é o tipo? Latino?

— Não. É um homem alto, corpulento e louro. Não sei por quê, me parece de origem irlandesa. Mas falemos em coisas agradáveis. Que é que vamos comer? Sugiro uma lagosta à Newberg.

— Excelente.

— Vinho?

— Fica à sua escolha. Mas não esqueça que fui eu quem o convidou para jantar...

— Brigaremos na hora de pagar.

Enquanto o professor examinava a carta de vinhos, Pablo ficou a observá-lo. Aos cinquenta e sete anos, Leonardo Gris conservava o vigor físico e intelectual dos tempos em que, havia mais de uma década, ensinava Literatura na Universidade Federal, em Cerro Hermoso. Tendo enviuvado aos quarenta e poucos anos, jamais tornara a casar-se. Como não tinha filhos, ele como que adotara seus estudantes, aos quais dedicava, além dum interesse de mestre, uma afeição de pai. Era surpreendente a capacidade de expressão de seus olhos, que podiam ser alternadamente (ou ao mesmo tempo?) ternos e enérgicos, sérios e brincalhões, cheios de fé e cépticos. A pele do rosto, dum trigueiro de marfim, era ainda lisa e firme, e suas sobrancelhas, completamente negras, contrastavam com a cabeleira grisalha com reflexos de prata. Sua voz, grave e rica de modulações, constituía como que um instrumento de precisão que Gris sabia usar à maravilha como professor e conferencista. "Este homem", pensou Pablo, "é das pouquíssimas pessoas no mundo em cuja presença me sinto completamente à vontade, tão à vontade que tenho ímpetos de abrir minha torneira confessional e deixar que escorram meus problemas, dúvidas e perplexidades..."

— A noite passada — disse Gris quando, ao cabo de alguns minutos, vieram os pratos — tive um sonho estranho com o Doutor Júlio Moreno. Encontramo-nos numa rua deserta e sombria. Corri para ele, queria abraçá-lo, mas, ao ver-me, fugiu, apressou o passo e foi dando a entender com gestos de cabeça e de mãos que se negava a falar comigo. Acordei angustiado. Analisando o sonho, concluí que ele foi fabricado por um sentimento de culpa.

— Não vejo por que tenha de sentir-se culpado com relação ao seu velho companheiro. Por ele estar morto e o senhor vivo?

Gris fez um gesto de dúvida.

— Conscientemente rejeito a culpa... Eu quis ficar com Moreno até o fim. Foi ele quem insistiu para que eu escapasse. Não apenas insistiu, *ordenou*.

Pablo olhava para a carapaça escarlate da lagosta no prato do outro e de repente lhe passou pela cabeça a pintura abstrata que deixara incompleta num cavalete, havia meses.

— Aquela noite, na Embaixada do México — murmurou ele, sempre a olhar para a mancha viva —, não pudemos conversar direito, lembra-se? Depois que seu asilo foi formalizado, o Embaixador confinou-o aos seus aposentos no andar superior, incomunicável... Confesso que nas muitas vezes em que nos encontramos aqui em Washington, tive o desejo de tocar nesse assunto, mas senti escrúpulos...

— Está vendo? — riu Gris.— É porque, no fundo, você acha que eu não devo me sentir muito orgulhoso por ter sobrevivido à Noite Trágica.

— Vamos, professor! Eu apenas não queria reavivar lembranças tristes. E quer saber o que penso do problema, com toda a franqueza? Bom, este seu exílio lhe é agradável, sua posição moral e material neste país é excelente, seus colegas e alunos da Universidade o admiram e estimam, o senhor vive com razoável conforto, frequenta a Biblioteca do Congresso, visita galerias de arte, tem a oportunidade de ir a bons concertos, de ver bom teatro... Ora, tudo isso pode fazer que aquele fantasma execrável (ou admirável) que habita o fundo de nossas cavernas interiores aproveite o seu sono para lhe sussurrar ao ouvido a acusação que tanto o senhor como eu tanto tememos... Sim, porque, segundo a "sintaxe mitológica", o adjetivo que qualifica a palavra *exílio* tem de ser necessariamente *amargo*.

— Talvez você tenha razão.

Houve um curto silêncio em que Pablo Ortega ficou entretido a descarnar sua lagosta com o garfo. Quando ergueu os olhos para o amigo, este lhe disse:

— Estou certo de que o Doutor Júlio Moreno *não* se suicidou.

— Quê? — espantou-se Ortega, franzindo a testa.

— Conheci Moreno melhor que ninguém. Tinha uma enorme reverência pela vida, não só pela dos outros como também pela própria. Jamais usou uma arma. Não tinha sequer um canivete em seu poder naquela noite... Você se lembra da situação... Estávamos perdidos. Gabriel Heliodoro marchava com seus mercenários contra o Palácio. Éramos uns duzentos homens prontos a resistir até a morte. Moreno chamou-nos e disse: "Não quero o sacrifício de ninguém. Detesto a ideia da morte inútil. Deponham armas e façam depois o que entenderem: entreguem-se ou fujam. Eu os liberto de qualquer compromisso para com o meu Governo. Obrigado. E que Deus os abençoe!". Quando objetei que ele seria fuzilado caso fosse preso, Moreno replicou: "De qualquer maneira, morto ou vivo, serei um problema para eles".

Gris bebeu um gole de vinho, lançou um olhar para a porta do restaurante e depois tornou a encarar o amigo.

— Quinze minutos antes do Palácio ser invadido, eu discutia ainda com Moreno. Estávamos os dois sozinhos no casarão. Ele estava lívido, suava frio e respirava com dificuldade. Eu insistia em ficar a seu lado, mas o homem me mandava embora. Conseguiu me convencer com um argumento: o de que eu poderia continuar no exterior a revolução, pois ele considerava seu Governo uma "revolução branca". "Estou muito velho e muito doente para te acompanhar", disse. E praticamente me empurrou para fora do Palácio deserto. Abandonar meu amigo naquela situação foi a resolução mais dura que tive de tomar em toda a minha vida. Minutos depois, Pablo, eu batia à sua porta. E o resto você sabe.

— Mas por que Carrera e seus bandidos criaram essa ficção do suicídio?

— É que se poupassem a vida de Moreno, homem respeitado, não só no país como no estrangeiro, ficariam com uma batata quente nas mãos. Se o fuzilassem às claras, a opinião mundial se ergueria contra eles, prejudicando-os tremendamente. Inventando a história do suicídio, os facínoras não só se livraram do problema como tiveram elementos para uma infâmia ainda maior: a mentira de que Moreno se suicidara porque temia que se fizesse uma devassa na sua administração e se descobrissem todos os "negócios ilícitos" que ele fizera em proveito próprio. Compreende agora?

Ortega estava atônito.

— Então o Doutor Júlio Moreno talvez tenha sido assassinado... pelo próprio Gabriel Heliodoro?

Gris deu de ombros.

— Quanto a isso nada posso afirmar. Imagino que o levaram ainda vivo do Palácio do Governo para alguma prisão fora da cidade e só depois é que resolveram matá-lo em segredo. A verdade é que nenhum jornalista, nenhum correspondente estrangeiro teve permissão para ver o cadáver. Os jornais sacramentenhos limitaram-se a dar uma notícia sucinta do "suicídio". Nenhuma fotografia do corpo foi publicada. Ninguém sabe até hoje onde o enterraram.

Gris fez uma pausa e depois repetiu:

— Tenho a certeza de que o Doutor Júlio Moreno não se suicidou. — Percebendo que a revelação deixara Pablo perturbado, mudou de assunto: — Que notícia tem de Don Dionisio?

— Há dois dias recebi uma carta de casa... mas não a abri. A inibição continua.

— E dizer-se que fui eu quem meteu você nessa enrascada! — Gris tocou cordialmente no braço de Pablo. — De vez em quando penso na nossa corrida dramática naquela noite... Não sei como agradecer a você pelo que fez por mim.

— Nem fale nisso, professor. Essa ajuda que lhe dei talvez tenha sido a coisa mais útil e decente que fiz em toda a minha vida.

— Acredite que não foi em vão, meu amigo — murmurou Gris, olhando furtivamente para os lados. — Sabemos que Carrera não vai permitir que se façam eleições este ano, como manda a Constituição. Nem mesmo com um candidato títere de sua escolha. A vitória de Fidel Castro em Cuba veio ajudar enormemente a nossa causa. Posso lhe assegurar que a revolução está em marcha...

— Por favor! — interrompeu-o Pablo — não me conte nada.

Gris sorriu.

— Tenho a mais absoluta confiança em você.

— Mas não quero saber de nada, nem de fatos nem de nomes. O conhecimento dessas coisas todas só poderá aumentar minha confusão...

— Não imagine que eu mesmo saiba de todos os pormenores do movimento. Mas compreendo sua posição, Pablo. Falemos então de outros assuntos. Tem escrito? Tem pintado?

Ortega sacudiu a cabeça numa lenta negativa desalentada.

— Não tenho feito nada. Sinto-me vazio. Ando inquieto, desconfiado das palavras. Tomo aspirina e tranquilizantes como se essas drogas pudessem resolver meus problemas. Quanto ao mais, continuo obedecendo a um controle remoto manejado por uma operadora habilíssima, Doña Isabel Ortega y Murat, que usa um aparelho velho como a vida, mas muito eficiente: o coração humano, que no caso acontece ser o de meu próprio pai.

— E assim você se comporta como um satélite em órbita — disse Gris.

— E o pior, professor, é que gravito agora em torno de um sol canalha. Não é vergonhoso?

Leonardo Gris bateu com o indicador no próprio peito, à altura do coração.

— Usando um velho eufemismo, como vai a sua nobre víscera?

— Amor? Mulheres? Nada de sério. Pego uma semiprostituta hoje, outra daqui a três ou quatro dias... Tudo comigo permanece no morno domínio do *semi*. Sou um semipoeta, um semipintor. Durmo com semiprostitutas. Fico semissatisfeito sexualmente. E o pior de tudo é que me sinto apenas semienvergonhado de toda a situação...

— Lá está a minha sombra! O sujeito com a capa de chuva clara...

Pablo voltou a cabeça e procurou o homem indicado.

— O louro, de chapéu na mão?

— Esse! Veja, está olhando fixamente na nossa direção...

Pablo ergueu-se, decidido a aproximar-se do desconhecido para o interpelar, mas Gris puxou-o resoluto pela aba do casaco, obrigando-o a sentar-se, enquanto o homem da capa clara fazia uma brusca meia-volta e saía para a rua.

— Calma, Pablo. Estou certo de que querem apenas me atemorizar. Não pretendo me dar por achado. Esta manhã recebi um chamado telefônico a propósito da minha carta ao diretor do *Post*, publicada hoje. Você a leu? Bom. A voz dizia, em inglês, sem sombra de sotaque: "Escute, irmão, se tem amor à pele não escreva mais cartas aos jornais". Mas vamos falar noutro assunto. Você tem ao menos ouvido música ultimamente?

— Sim. Ouço sempre. É o que me salva do embrutecimento completo. Os quartetos de Béla Bartók me lembram de tal modo a fragmentação do nosso mundo, dando-me uma tão fiel imagem sonora do labirinto em que estamos perdidos, que não tenho mais coragem de ouvi-los. Me fazem mal. Prefiro os primitivos italianos. Eles me falam dum mundo angélico, talvez fictício mas belo. Sim, e há sempre o velho Johann Sebastian, o homem que fala e entende a linguagem de Deus. Toda essa gente me faz crer que a vida e o mundo podem ser simples e o amor possível. E por falar em música, professor, como vai o violoncelo?

— Mal. Criando bolor a um canto. Faz semanas que nem me aproximo dele.

— Não esqueço a noite em que o senhor tocou para mim e para o Gonzaga aquela *partita* de Bach. Lembra-se? A sala estava em penumbra, a janela aberta, havia uma lua cheia e era outubro. Tudo perfeito.

Gris sorriu com certa tristeza. E Pablo pensou: "Eu quisera que esse homem fosse meu pai". A ideia lhe pareceu intelectualmente tão piegas, que ele sentiu o rosto e as orelhas em fogo. Tomou um largo trago de vinho, num gesto automático.

Quando veio o café, Gris perguntou:

— Você acha possível um homem estar tocando Bach no seu violoncelo, digamos... uma *passacaglia*, e ao mesmo tempo estar maquinando uma revolução, pensando onde comprar armas e munições, como contrabandeá-las para dentro do Sacramento... que contatos militares estabelecer, que pontes estratégicas fazer saltar pelos ares, etc...

etc...? Mais ainda: acha possível que esse mesmo homem possa ser visceralmente um pacifista que repele a violência e cujo ideal é ficar no seu canto, lendo Platão ou escrevendo um ensaio sobre Góngora?

Pablo hesitou um instante.

— Acho possível. E é isso que me assusta. — Pegou uma migalha de pão, rolou-a entre os dedos, pensou em seu amigo Bill Godkin, que sempre trazia no bolso provisões para os pássaros e os esquilos. Depois perguntou:

— Na sua opinião, Doutor Gris, que é que faz um bom revolucionário?

— Como dizia aquela personagem de Malraux, o bom revolucionário é um maniqueísta com gosto pela ação.

— E como é que o senhor se avalia como revolucionário?

— Grau três, no máximo, Pablo. A verdade é que nós, os chamados intelectuais, seremos sempre péssimos homens de ação. Por alguma razão Stalin detestava esse tipo de gente. Repelimos os absolutos políticos e filosóficos. Não aceitamos a ideia de que as coisas só possam ser pretas ou brancas, acreditamos nos matizes, na complexidade dos homens e de seus problemas. Tudo isso são pedras de tropeço no caminho da revolução, coisas que enfurecem os homens de pura ação revolucionária. É ainda, creio, uma personagem de Malraux quem diz que muitas pessoas procuram encontrar no Apocalipse a solução para seus problemas individuais...

Pablo brincava pensativo com a bolota de miolo de pão. Gris confidenciou:

— Veja a minha situação. Não sou maniqueísta nem amo a ação. Considero-me mais um contemplativo. Se fico indiferente à sorte da minha terra, minha consciência me condena. Se me envolvo na conspiração revolucionária, o homem do violoncelo, o leitor de Platão e Góngora me olha desconfiado e me condena também à sua maneira. E é bem possível que se a revolução triunfar, um dia eu seja condenado pelos meus próprios companheiros. Em suma, o intelectual é um condenado por definição.

— Deve haver uma saída!

— Seja como for, tenho de cumprir a palavra que empenhei a um amigo que morreu. Fechei os olhos e entrei na conspiração. Irei até o fim.

Quando o garçom ia entregar a nota da despesa a Gris, Ortega interceptou-a, sob protestos do amigo.

Quando saíram do restaurante e deram alguns passos na direção da Rua Q, Gris avistou o homem da capa clara parado a uma esquina. Ortega também o viu e resmungou uma ameaça.

— Não faça caso — disse o professor.

Pablo, porém, deixou-o para trás, estugou o passo, aproximou-se do desconhecido e perguntou-lhe à queima-roupa:

— Que é que você deseja com o meu amigo?

O outro deu um passo à retaguarda, como para se defender duma agressão física.

— Não sei no que é que você está falando — retrucou.

De punhos cerrados, músculos faciais contraídos, Ortega continha-se para não esmurrar o outro, mesmo sabendo que levaria desvantagem numa luta corporal com o brutamontes.

— Você sabe muito bem! Mas está perdendo seu tempo. O Doutor Gris não se atemoriza. Diga isso a quem lhe está pagando para fazer esse serviço sujo.

— Está louco — murmurou o outro, com um sorriso amarelo. Fez meia-volta e afastou-se. Gris aproximou-se do amigo.

— Pablo, você arriscou-se a levar uma sova mestra. O homem tem todo o jeito de boxeador.

Ortega vibrava de indignação. O cigarro apagado colava-se-lhe aos lábios. Caminharam os dois por alguns instantes em silêncio. Pablo pensava na cara do homem da capa clara: rubicunda, maxilares quadrados, a boca dura e cruel. Quem o estaria pagando para fazer aquele serviço? Ugarte? Sim, só podia ser o velho cão policial.

Cuspiu fora o cigarro.

Gris tomou do braço de seu antigo discípulo e procurou afastar-lhe o espírito do incidente.

— Estou convidado para fazer uma conferência na American University, em maio. Vou dizer algumas verdades sobre o nosso Governo...

— Estarei lá, pode ficar certo.

— Não, Pablo, peço-lhe que não vá. Você se arrisca inutilmente.

Subiram em silêncio até à Rua Q, onde seguiram na direção de leste. O edifício em que o Dr. Gris tinha o seu pequeno apartamento erguia-se na quadra onde antigamente estava situada a embaixada russa dos tempos do Czar.

— Quer subir, Pablo?

— Naturalmente. Não descansarei senão depois que o vir fechado em casa, seguro.

O apartamento do professor ficava no terceiro andar. Só depois de verificar que não havia ninguém escondido lá dentro é que Pablo decidiu sair. O outro sorriu.

— Você está enxergando fantasmas. Seja como for, muito obrigado... mais uma vez. Quer ficar para um conhaque? Ou para uma dose de Bach ou Vivaldi?

— Não. Preciso dormir cedo hoje. Foi um dia duro.

Apertaram-se as mãos. De volta à calçada, Pablo olhou em torno, mas não viu nos arredores nenhum vulto suspeito. Pôs-se a andar na direção do lugar onde deixara o carro.

Q Street... Q Street? De repente lembrou-se. Era naquela rua que morava Glenda Doremus! A moça havia deixado seu endereço escrito a lápis azul na capa de cartolina da sua tese. *3050, Q Street.* Bastou-lhe dar mais alguns passos para encontrar o edifício que tinha esse número. Em que andar teria Glenda seu apartamento? Desse pormenor não se lembrava...

Parou um instante e quedou-se a olhar para as várias janelas iluminadas do prédio.

10

Estendida no sofá, completamente vestida, mas descalça, Glenda Doremus olhava para o quadro do televisor onde se moviam figuras em cujas palavras e ações em vão ela se esforçava por concentrar a atenção. Durante todo aquele dia, nas horas de trabalho, conseguira até esquecer que possuía um estômago. Mal, porém, voltara para casa, a sensação desagradável, aquela espécie de "dor de fome" misturada com uma sensação de náusea, recomeçara. Suspeitava de que tinha uma úlcera gástrica ou coisa pior. A última radiografia, batida havia menos de uma semana, nada revelara de anormal em seu aparelho digestivo. O médico insistia em afirmar que tudo quanto ela sentia era de origem psicossomática. Aconselhara-a a procurar um analista. Ah! Isso não. Nunca!

Aquela noite Glenda recusara o convite dum colega da União Pan-Americana para jantarem juntos no *Aldo's*. Agora, só de pensar em comida sentia engulhos. No entanto sabia que só com algum alimento poderia aliviar aquela sensação de "vácuo dolorido" no estômago.

No quadro do televisor, caubóis trocavam tiros. Glenda levantou-se, desligou o aparelho, foi até a cozinha, tirou do refrigerador uma garrafa de leite, despejou um pouco de seu conteúdo num copo e bebeu um gole, a medo. Não havia nada que lhe evocasse mais sua casa do que o cheiro e o gosto de leite. Voltou para o *living*, pensando no pai e na mãe. Ficou por um instante a contemplar o retrato de ambos, em cima da papeleira, ao lado dum vaso de flores. Tirou duma das gavetas do móvel a carta que recebera do pai aquela manhã, sentou-se numa poltrona e releu-a:

Querida filha:

Por que não voltas para casa? Sei que Washington deve estar linda agora com as cerejeiras floridas, mas aqui em Atlanta os pessegueiros estão também em plena floração. Tua mãe e eu não podemos compreender por que ainda não tomaste uma resolução firme quanto ao que queres estudar. O ano passado foi Inglês e Literatura. Este ano é essa tolice de História da América Latina. Que utilidade prática isso pode ter?

Tua mãe não anda se sentindo bem, está com flebite, presa à cama, e andamos todos muito preocupados com sua saúde. Como eu, tua mãe ficou triste porque não nos visitaste nas tuas últimas férias de verão e porque nos comunicas agora que talvez não possas estar conosco nas de Natal. Por que odeias tanto o Sul? No fim de contas, em Washington há mais negros que brancos. Tu te queixas em tuas cartas de que não tens amigos aí e de que não te sentes feliz. Por que é então que te obstinas em viver nessa cidade que tu mesma achas monótona e desinteressante? Vem para casa, baby. *Acho que não deves permitir que tua vida seja estragada por coisas que aconteceram há tantos anos e das quais não tiveste a menor culpa. E, se algum culpado há em tudo isso, sou eu, e Deus é testemunha de que não estou arrependido do que fiz.*

Glenda rasgou a carta num gesto brusco, atirando seus pedaços num cesto de papéis. Seu pai não tinha direito de tocar naquele assunto!

Sentiu um inopinado desejo de tomar um banho. Isso lhe acontecia várias vezes durante o dia, mesmo nas horas de trabalho. Era a repentina (absurda, ela reconhecia, mas invencível) sensação de que estava suja, cheirava mal, e de que os outros se afastavam dela com repugnância. Essa ideia lhe dificultava os contatos sociais, tornando-a uma pessoa retraída, desconfiada, intratável.

Entrou no quarto de banho, despiu-se. Antes, porém, de banhar-se, ficou a mirar-se no espelho do penteador, a apalpar os seios, o abdômen, o púbis — não com volúpia ou vaidade, mas com uma espécie de curiosidade clínica. Procurava no corpo algum ponto duro que pudesse ser sinal de tumor maligno. Vivia obcecada pela ideia de que ia morrer de câncer, possivelmente do útero. Procurava, mas em vão, chamar-se à razão. Havia momentos em que até ria dessa obsessão. Mas era inútil: o mau pressentimento continuava, escurecendo-lhe o pensamento, atormentando-lhe a vida.

De súbito lhe veio a desconfiança de que olhos invisíveis de homem a estavam espiando naquele momento. Num acesso de assustado pudor enrolou-se numa toalha. Só a deixou cair quando foi para baixo do chuveiro e abriu a torneira. Esfregou-se com sabão, produzindo muita espuma. Era bom limpar-se. Não amava o próprio corpo. Ao contrário, tinha-lhe um certo asco. Era difícil ser mulher. Quando lhe vinha o fluxo menstrual, tinha a impressão de que seu cheiro empestava toda a cidade. Ficava então irritadiça, arisca. Tinha ímpetos de esconder-se, desaparecer da face da Terra. E, pensando agora nessas coisas, Glenda esfregava-se com tanta fúria que chegava a arranhar com as próprias unhas os braços, os seios, as pernas...

Tenho de fazer alguma coisa — pensou —, senão acabo louca.

Enxugou-se, acalmada pela água morna. Voltou para o quarto de dormir, meio a sorrir de seus exageros. Claro, menina. Tudo isso são fantasias. É uma questão de dominar os nervos. Calma!

Vestiu um pijama, voltou para o *living*, sentou-se junto da escrivaninha onde estavam os originais da dissertação que ia apresentar na universidade, no fim daquele ano letivo. Achara que a República do Sacramento, por ser um país pequeno e pouco conhecido, não lhe ofereceria muitas dificuldades para um estudo interpretativo. Às vezes chegava até a acreditar em que havia feito um bom trabalho. Mas as horas de dúvida predominavam sobre as de otimismo. Achava a tese superficial, pueril. Talvez o melhor tivesse sido concentrar-se em Biologia. Ou Sociologia. Ou em nada!

Pegou o envelope que estava junto dos originais. Continha um convite para a recepção que o novo Embaixador do Sacramento oferecia ao mundo diplomático na próxima sexta-feira. Na parte de baixo havia um recado de Pablo Ortega, escrito à mão: *Não deixe de vir. Já li sua tese. Conversaremos sobre ela. Prometo-lhe que não se aborrecerá na festa.*

Glenda tornou a estender-se no sofá e ficou pensando em Pablo. Não sabia ainda o que pensar dele, mas já desconfiava do que sentia —

e isso a deixava um tanto apreensiva. Achara o rapaz atraente, dum modo que não saberia definir com clareza. Talvez o sacramentenho fosse o primeiro homem que a tivesse interessado... um pouco. Gostara daquela cara séria e varonil, daquela voz seca e quase monocórdia, destituída dessa teatralidade hipócrita, tão comum nos círculos diplomáticos. Também lhe agradava a ideia de que Pablo Ortega, diferente da maioria dos latinos que ela conhecia, não tinha ar de gigolô, nem a tratara como se a considerasse presa fácil. Era uma pena que sua tez fosse tão morena. Mas que lhe importava que ele fosse escuro ou claro? — reagiu ela, revolvendo-se no sofá e ficando deitada de bruços com uma almofada apertada contra o estômago.

Pensou no convite, viu mentalmente a letra de Pablo, analisou-a. Era graúda, resoluta, clara: parecia indicar generosidade, franqueza e hombridade. Sim, era uma pena que o rapaz tivesse aquele tom mouro...

Que teria ele achado de sua tese? Se não gostou, por que não disse logo? Pensará que pode me atrair à festa só com a garantia de que não me vou aborrecer? Terá tanta certeza de que sua companhia me vai ser agradável?

Passou mentalmente em revista os vestidos que poderia usar na recepção. Não eram muitos. Talvez o mais apropriado fosse o preto de tafetá... Mas não estava ainda certa de que ia à festa. Conhecia aquele tipo de reunião. Ficavam as pessoas amontoadas numa sala, a se acotovelarem, a beberem e a gritarem, sem saberem o que bebiam nem o que se diziam umas às outras. Atordoavam-se apenas. Na realidade ninguém se divertia. Não ia! Por que haveria de ir? Só por causa do pós-escrito de Ortega? Poderiam discutir a tese em outra ocasião. Tentou apagar da memória a imagem de Pablo. Não conseguiu.

O rapaz devia ter algum problema. Isso se lhe via na cara. Problema ou problemas. E a ideia de que ele pudesse *não* ser feliz dava-lhe uma certa vontade de ajudá-lo, atraí-lo, obrigá-lo a confessar-se. Talvez Ortega fosse o amigo de que ela precisava. Mas precisaria mesmo dum amigo? E deveria esse amigo ser necessariamente do sexo oposto? Temia complicações. Arrependera-se todas as vezes em que consentira em sair à noite com algum conhecido. Oito em dez tentaram beijá-la. Cinco em dez procuraram levá-la para a cama à força.

Tirou do bolso do pijama um comprimido antiácido e meteu-o na boca, deixando-o dissolver-se sobre a língua. Pablo Ortega y... quê? Havia outro nome de que ela não se lembrava. Que sangue teria nas veias? Índio e espanhol? Suas feições não eram de índio nem de negro... Os mouros haviam ocupado a Península Ibérica durante muitos séculos. Pablo devia ter nas veias sangue mouro. Os mouros eram africanos... Mas que lhe importava o sangue daquele secretário duma embaixada centro-americana? Todo o sangue era sujo. Todos os seres humanos estavam condenados à sujeira, tanto do corpo como do espírito. Todos. Ó Deus! Precisava encher mais uma noite. Os programas de televisão estavam intoleráveis. Ler um livro? Os livros que agora se publicavam só tratavam de temas sórdidos: homossexualismo, violência racial, ressentimento, desespero. Quando não eram escritos por negros, eram da autoria de judeus: duas raças que odiavam o americano branco.

Glenda pensou em telefonar para uma colega. Mas para dizer-lhe o quê? Podia entrar no carro e sair a rolar pelas estradas à beira do Rio Potomac, sem rumo certo. Depois voltaria, tomaria um barbitúrico e procuraria dormir... Por que não tomar duma vez cinquenta comprimidos de seconal?

Talvez o suicídio fosse a solução. Mas estava mesmo sendo sincera quando pensava em matar-se? Não. Só se mataria se tivesse a certeza de que em suas entranhas um câncer crescia como uma flor mortífera.

Apertou com mais força a almofada contra o estômago.

Cerca das dez horas daquela mesma noite, o telefone do apartamento de Clare Ogilvy tilintou.

— Alô? Quem é? — perguntou ela, contrariada, pois estava entretida diante do televisor, vendo seu programa favorito.

— Aqui fala M. Michel.

— Que é que há?

— Miss Ogilvy — disse o mordomo em surdina —, é um assunto confidencial...

— Fale mais alto, homem! De que se trata?

— Estou numa situação difícil, Miss. É a respeito da recepção de sexta-feira... Desculpe, mas achei perigoso falar-lhe neste assunto na chancelaria. — Clare ouviu o pigarro social do mordomo, vindo da outra extremidade do fio. — *Bien*, como sabe, há dez anos os Beauchamps Frères são nossos fornecedores. Firma respeitável, comida de primeira ordem, empregados atenciosos, em suma, um serviço impecável...

— Eu sei, Michel, eu sei. Mas qual é o problema?

— Aconteceu algo de lamentável. O General Ugarte desta vez invadiu minha seara, tomou a seu cargo o serviço de fornecimento e deu o contrato à firma Parker & Baker, Caterers.

— Talvez tenha conseguido condições mais favoráveis — alvitrou Clare, sem nenhuma convicção, olhando para o quadro do televisor, cujo som tivera de diminuir para atender o telefone.

— Qual, Miss Ogilvy! Vinte por cento mais caro. E não preciso dizer-lhe quem vai embolsar essa bela percentagem...

— Paciência, Michel. Quem perde com isso é o Tesouro da República do Sacramento. Sinto muito, mas não posso fazer nada...

— Mas, Mademoiselle, veja a minha situação. Eu já me havia comprometido com os Beauchamps Frères, como todos os anos. *C'est calamiteux!*

Clare ansiava por voltar a seu programa. Pensava na cara do mordomo: o orifício rosado da boca, que o longo nariz quase escondia, os olhinhos piscos, a expressão entre obsequiosa e azeda.

— Pois é, Michel. Que desgraça! Desta vez *você* vai perder seus dez por cento habituais, hem?

— Mademoiselle!

Clare Ogilvy cortou a ligação.

Cerca das oito horas daquela noite, o carro da Embaixada do Sacramento havia parado diante do pórtico da residência do Embaixador. Aldo Borelli saltara para fora, abrira a porta do veículo, de dentro do qual saíra Rosalía Vivanco, com a gola do casacão erguida, cobrindo-lhe metade do rosto, a cabeça envolta num lenço amarrado debaixo do queixo. Premiu o botão da campainha da porta, que Michel lhe abriu, e entrou na mansão. O chofer voltou para seu lugar, e a dama que permanecera dentro do automóvel ordenou: "Toque agora devagarinho para o Rock Creek Park". Aldo Borelli obedeceu. Estava começando a alarmar-se... Pelas coisas que vira e ouvira naquelas últimas semanas, poucas dúvidas podia ter quanto às intenções da gorda vaca que se repimpava no banco traseiro do carro... Seu perfume ativo e enjoativo chegava-lhe às narinas como uma espécie de convite libidinoso. *Mamma mia!* O que ele queria mesmo era viver em paz com sua mulher, juntar um dinheirinho extra para mandar buscar da Itália o irmão caçula... Se a generala fosse moça e bonita, não haveria nenhum problema a não ser, talvez, o risco de ser apanhado em flagrante pelo general.

— Linda noite, Aldo!

— Muito linda, senhora.

O italiano mirou a passageira pelo retrovisor. Ela lhe lembrava fisicamente certas mulheres sicilianas e calabresas, corpulentas e bigodudas. Mas as sicilianas e as calabresas em geral tinham um alto senso de honra e decência. Eram fiéis a seus maridos. Na Sicília e na Calábria, honra se lavava com sangue.

Havia pouco movimento de carros no parque. Numa encruzilhada, Aldo hesitou.

— Para onde vamos, senhora?

— Vamos ver as cerejeiras. Siga pela beira do rio e passe depois pelo monumento de Jefferson. Até o obelisco.

O obelisco! Ninfa Ugarte ficou a acariciar em pensamento a imagem de carne que a de pedra lhe evocara. O que estava fazendo era arriscado e, por ser arriscado, excitante. Uma amiga lhe dissera certa vez que a emoção de perseguir a caça era mais forte até mesmo que a de matar a caça...

— Você é casado, Aldo?

— Sou, minha senhora.

— Quantos anos tem sua mulher?

— Vinte e oito.

— É bonita?

— Eu acho, madame.

— Tem filhos?

— Dois, senhora. Um menino e uma menina.

Ninfa olhava fascinada para a nuca forte e moça do italiano.

Minutos depois, quando o Mercedes-Benz passava pelo monumento a Jefferson, Ninfa elogiou a beleza de Washington. Aldo conhecia o Sacramento? Não? Era pena. Devia conhecer. Cerro Hermoso ficava num vale verde. O clima era ameno. A cidade, uma joia, com suas mansões antigas, dos tempos coloniais. A Catedral — *Dios mío!* — era preciosa. Puro estilo plateresco. (Se ele me pergunta o que é plateresco, estou frita.)

Quando de novo se aproximavam das margens do Potomac, o chofer perguntou:

— E agora, senhora?

— Temos que fazer tempo, Aldo. Prometi ir buscar minha amiga lá pelas onze e meia. Vamos para a Virgínia!

Madonna! — vociferou Aldo Borelli mentalmente. Se o General

Ugarte fica sabendo disto, posso perder o meu emprego e até levar uma surra...

O carro atravessou a Memorial Bridge e depois tomou o caminho de Alexandria. Quando já se avistavam as luzes azuis do Aeroporto, Ninfa ordenou:

— Pare o carro ali pertinho do rio.

Velha maldita! Aldo desviou o carro da estrada asfaltada e aproximou-o da beira d'água. Do centro do Aeroporto subia para o céu um raio vertical de luz violácea.

Ninfa Ugarte remexeu-se no seu banco, e, gemendo baixinho do esforço, abriu a porta e saiu. Aldo Borelli estava já um pouco excitado, a contragosto, pela expectativa... Tudo aquilo, além de perigoso, era ridículo. Imaginou-se a contar a história à sua mulher, quando chegasse à casa aquela noite: "Imagina tu, Antonietta, que a esposa do general me fez parar o carro num lugar deserto, perto do rio, e...". Seus pensamentos foram interrompidos pelo ruído do trinco da porta, à sua direita... A quente, volumosa e perfumada presença de Ninfa Ugarte se fez sentir a seu lado. "Aqui do banco da frente", desculpou-se ela, "posso ver melhor os aeroplanos." De fato, a curtos intervalos aviões aterravam no Aeroporto ou decolavam dele, voando a pouca altura da água. Aldo Borelli segurava forte o volante, os músculos faciais retesados.

— Um homem como você, Aldo — ciciou Ninfa, cuja mão gorda pousou no joelho do chofer —, não devia contentar-se com esta profissão. Podia até ser artista de cinema ou televisão.

Um avião passou roncando na direção do Aeroporto.

Aldo Borelli cerrou os dentes e permaneceu em silêncio, olhando fixamente para a água, onde se refletiam tremulamente as luzes das margens. Ninfa Ugarte arfava, sentindo o coração bater-lhe com mais rapidez e força. E de súbito, com um açodamento e uma gula de menina gorda, puxou o fecho-relâmpago das calças de Aldo Borelli.

Bill Godkin chegou ao seu apartamento da Rua R cerca das onze e meia. Antes de ir para a cama, decidiu fumar mais um cachimbo. Ficou sentado no *living*, olhando para suas coisas. Um caçador de feras — refletiu — tem em suas paredes as cabeças empalhadas de tigres, leões, panteras, javalis... Um caçador de homens como ele guarda os retratos de suas "vítimas". Suas paredes estavam cheias de quadros com fotografias de personalidades famosas que entrevistara durante suas três décadas de vida jornalística. Tinha retratos autografados de Gómez da Venezuela, Sandino, Cárdenas, Pérez Jiménez, Vargas, Ubico, Somoza, Santos-Dumont, Gabriela Mistral... Ergueu-se para examinar de perto, com uma curiosidade particular, a ampliação que mandara fazer da fotografia que em 1925 ele próprio tirara de Juventino Carrera cercado de seu Estado-Maior, no alto da Serra da Caveira. Lá estavam os barbudos bandoleiros, com seus chapéus de abas largas, cartucheiras a tiracolo, facões e revólveres nos cintos. Concentrou a atenção no mais alto dos homens. Mesmo naquele instantâneo já amarelado pelo tempo, o observador podia sentir que, de todo o grupo, Gabriel Heliodoro era o que tinha a cara mais expressiva.

Bill tornou a sentar-se. Em cada canto do apartamento guardava *recuerdos* dos países da América Latina que visitara. Havia colocado em cima do consolo da lareira a árvore-da-vida que comprara dum artista mexicano índio: ali estava ela, na sua inocente policromia, com seus passarinhos, flores, meninos e anjos. O *torito* de Pucará que se encontrava ao lado da árvore lhe fora dado por Haya de la Torre no dia em que ele entrevistara pela primeira vez o líder aprista. As boleadeiras retovadas, ele as ganhara dum político uruguaio. Espécimes de cerâmica negra do Chile, maracás da Colômbia, tapetes peruanos, mexicanos e equatorianos adornavam o *living* e seu quarto de dormir — e cada objeto tinha uma história. Junto da poltrona, onde ele estava agora sentado, e ao pé da jarra de fumo, em cima duma mesinha redonda, luzia a faca de prata, de cabo e bainha lavrados, que Getulio Vargas lhe presenteara, e que ele usava como corta-papel.

Terminado o cachimbo, Godkin encaminhou-se para o quarto de dormir, tirou a roupa, vestiu o pijama, entrou no quarto de banho e começou a escovar os dentes (oitenta por cento das pessoas — refletiu — põem a mão esquerda na cintura enquanto escovam os dentes...). Fazia o possível para não ver a cara que o espelho insistia em lhe mostrar. Houve, porém, um momento em que lhe pareceu que o homem do espelho queria falar-lhe: não teve outro remédio senão encará-lo.

E então? — pareceu perguntar o outro. — Nada — respondeu ele em pensamento —, absolutamente nada. A vida continua a mesma e é melhor não discutir o assunto.

Com a espuma do dentifrício a escorrer-lhe por um dos cantos da boca larga e de desenho mal definido, Godkin ficou a analisar-se. Se Deus lhe houvesse dado uma dessas caras de que as mulheres gostam, por exemplo, como a de Pablo Ortega... ou mesmo como a de Orlando Gonzaga — sua vida teria sido muito diferente do que fora? E se ele tivesse um metro e noventa de altura e uma face de ídolo maia, como Gabriel Heliodoro? Melhor: se o animassem todas as paixões, os impulsos e as ousadias do novo Embaixador do Sacramento — ele, Godkin, seria hoje apenas um viúvo solitário, chefe do Bureau Latino-Americano da Amalpress?

Pensou na esposa morta. Pobre Ruth! Que teria visto nele para aceitar a tímida e intempestiva proposta de casamento que ele lhe fizera no terraço daquele hotel do Caribe? Pobre menina! Tinha a alma duma missionária. Ficaria muito bem num uniforme do Exército da Salvação. Bill sorriu. Muitas vezes imaginara Ruth assim vestida a cantar e tocar pandeiro numa esquina do West Side de Nova York... E essa ideia o enternecia.

Tornou a examinar sua própria imagem, com olho crítico. Cabelos cor de ruibarbo, já ralos. Pele dum branco rosado, pintalgada de sardas. Olhos claros, quase vazios de expressão, como o das estátuas. E por pensar em estátua, alguém já lhe dissera que, com aquele nariz quebrado, ele se parecia um pouco com Michelangelo. Lembrou-se de sua viagem à Europa em companhia de Ruth — a viagem com que ela se despedira do mundo. Na Igreja de Santa Maria del Fiore, em Florença, tivera a maior emoção artística de sua vida diante da *Pietà* de Michelangelo. Ao vê-la, ele, que até então pouco entusiasmo tinha pela escultura, sentira como que um soco no peito, num impacto que lhe cortara a respiração. Lágrimas lhe vieram aos olhos. Ruth apertara-lhe ternamente o braço, sussurrando-lhe ao ouvido: "Meu bem, como se parece contigo a figura que está segurando o Cristo morto!". Grande consolo ter um nariz partido como o de Michelangelo Buonarroti!

Godkin deitou-se e pôs-se a ler o jornal da tarde. Fidel Castro continuava a fazer notícias. O ditador dominicano rosnava ameaças ao Governo Revolucionário cubano. Dulles estava perdido, um novo Secretário de Estado ia ser nomeado. Dwight Eisenhower havia declarado ao Conselho da Nato, reunido em Washington, que seus membros deviam estar preparados para viver num estado de tensão e de contendas diárias com a União Soviética. A China vermelha invadira o Tibet. Belo mundo! Bravo mundo!

Godkin passou às notícias não políticas. Uma nota informava que existia agora um "esporte" muito popular entre os estudantes, e que era cultivado desde a África do Sul até a Califórnia. Procurava-se a resposta para uma dúvida de importância transcendente. "Quantas pessoas podem caber dentro duma cabina de telefone?" O St. Mary's College da Califórnia alegava ter ganho o campeonato mundial, metendo vinte e dois estudantes dentro duma dessas casinholas. Bill sacudiu a cabeça lentamente, resmungando. "Não terão mais nada que fazer?"

Numa outra página do jornal leu que Mrs. Eleanor Roosevelt havia comprado em Israel por setenta e sete dólares um camelo para dá-lo de presente a sua neta, mas que o Departamento da Agricultura não permitira a entrada do animal nos Estados Unidos por causa do perigo de ser ele portador de germes da febre aftosa. *Well*... Mas nem tudo estava perdido — pensou o jornalista. Na noite anterior, sessenta milhões de americanos haviam assistido pela televisão à cerimônia da entrega dos Oscars de 1958, irradiada dum cinema em Hollywood. Sessenta milhões! — pensou Bill, atirando o jornal no chão e apagando a luz. Sessenta milhões de pares de olhos postos num quadro luminoso em que se desenrolava uma fantasia em torno de outra fantasia, uma mentira inspirada por outra mentira. Era a glorificação máxima, o triunfo supremo do mundo do faz de conta. E por trás daquele tolo espetáculo havia como sempre uma fábrica que queria vender um produto.

Fechou os olhos. Pensou em Ruth. Depois (curioso!) numa adolescente que ele vira aquela tarde deitada na relva, sob as cerejeiras floridas: o busto bem modelado metido num suéter justo dum amarelo vivo, e que lhe punha em relevo os seios. Parecia uma fruta recém-caída de sua árvore. Não! Era uma flor amarela, ou, melhor, a Deusa das Forsítias. Ele a mirara com olhos que eram ao mesmo tempo de homem e de pai. Não sabia ao certo se desejava a jovem criatura para filha ou para amante. De qualquer modo, a Deusa das Forsítias lhe aguçara a sensação de tempo perdido e irrecuperável.

II

O Dr. Jorge Molina amava sua solidão e as coisas de seu apartamento com um amor que às vezes lhe parecia não ser apenas do espírito, mas também da carne. Sempre que olhava em torno da pequena peça que lhe servia de escritório — as paredes forradas de prateleiras rústicas atestadas de livros, o chão de tábuas estreitas e lustradas, mas sem tapetes, a mesa que comprara num leilão de Alexandria, a velha e ampla mesa, com seu lampião de desenho colonial, e onde se espalhavam dicionários, velhas brochuras, papéis e toda uma coleção de canetas baratas de madeira, com penas Mallat, iguais às que ele usava na escola nos tempos de menino. Sempre que tocava com as pontas dos dedos o dorso dos livros raros que possuía, encadernados em couro, ou abria-os para cheirar suas páginas (olor amarelado de tempo), chegava a sentir como que uma série de miúdos e repetidos orgasmos secos.

Fazia já mais de duas horas que estava sentado à mesa, tratando de pôr em ordem suas notas e planos para a biografia de D. Pánfilo Arango y Aragón. Como lhe doesse o dorso, ergueu-se e, com ambas as mãos na cintura, começou a andar dum lado para outro. Não podia ficar muito tempo sentado. Sofria — dissera-lhe seu médico em Cerro Hermoso — duma discopatia degenerativa. Depois de lhe mostrar a radiografia que revelava também uma escoliose da coluna vertebral, o doutor ajuntara sorrindo: "Esses desvios da espinha, meu caro, são o preço que pagamos por ser bípedes". Nos dias úmidos a dor que Molina sentia no ombro e braço esquerdos era surda, quase permanente mas suportável. Se, porém, ele fazia qualquer movimento brusco com os braços ou a cabeça, a dor que lhe relampagueava da nuca até a ponta dos dedos era tão aguda e dilacerante que, se durasse mais de meio minuto, seria insuportável.

Esfregando o braço e procurando empertigar o busto, o Ministro-Conselheiro agora andava de lá para cá — da parede onde se via um mapa do Sacramento do século XVIII (autêntico) até a parede oposta, onde pendia o retrato de D. Pánfilo, com uma dedicatória afetuosa. A única outra fotografia que Molina possuía em casa era a de sua própria mãe, e ele a conservava numa moldura de prata, em cima da mesinha de cabeceira, no quarto de dormir.

Sempre que trabalhava à noite em casa, o Ministro-Conselheiro, em vez dum roupão comum, vestia um hábito de frade franciscano, e metia os pés em sandálias. Isso lhe dava um esquisito prazer que ele não saberia explicar... Imaginava o ridículo a que ficaria exposto, caso alguém o visse assim vestido. Poderiam pensar que ele era um maníaco, um louco e até mesmo um pervertido. Tratava-se, entretanto, dum perigo remoto: ele jamais convidava quem quer que fosse a seu apartamento. Nenhuma das pessoas de suas relações sabia de seu endereço, nem mesmo os companheiros de trabalho da chancelaria. Não tinha nem desejava telefone. Usava os públicos, quando necessário.

Aquela noite, desde que começara o trabalho, mantivera silenciosos diálogos imaginários com D. Pánfilo. Agora, porém, lhe vinha à cabeça a voz de Leonardo Gris: "Repito a pergunta: como vai tratar seu biografado? Com paixão de amigo ou com a fria serenidade dum historiador?".

Era uma pergunta pertinente que ele próprio muitas vezes fizera e continuava a fazer a si mesmo. O atual Arcebispo Primaz do Sacramento era uma figura controvertida. Seus desafetos o acusavam de seguir uma linha política sinuosa, maquiavélica, em virtude da qual sempre estava nas boas graças do Presidente da República, fosse este quem fosse. Orador famoso por sua eloquência, sabia calar-se — e como! — quando o silêncio lhe convinha ao jogo político.

Olhe, Leonardo — pensou o Ministro-Conselheiro —, uma frase de meu querido amigo Don Pánfilo pode servir de chave para o segredo da sua conduta político-social. Um dia ele me disse: "Meu caro Molina, às vezes para defender a Igreja de Deus temos que fingir que transacionamos com o Demônio e seus representantes na Terra". Ouviu a risada do exilado: "A teologia política de seu amigo me diverte!".

Jorge Molina tratou de apagar da mente a figura de seu inimigo político, como um monge que em sua cela exorciza um espírito mau. Fez alto, empertigou o busto, moveu a cabeça dum lado para outro, depois tornou a sentar-se à mesa e ficou a manusear livros e papéis. Possuía tudo quanto se escrevera — biografias, panfletos, artigos — sobre D. Pánfilo Arango y Aragón. Tinha sob os olhos a famosa autobiografia do Arcebispo Primaz — *Confiteor* — vazada em castelhano castiço. Conseguira também cópias fotostáticas de quase toda a correspondência de seu biografado, desde as cartas que escrevera aos pais, quando menino, interno dum ginásio, até as que lhe haviam saído da pena privilegiada nos tempos do seminário. (Que joias, estas últimas, que preciosas gemas de límpido brilho!) Entre elas, as mais importantes eram as que o jovem seminarista dirigira ao então Arcebispo Primaz, D. Herminio Ormazabal, seu amigo e conselheiro espiritual. Para reunir todo aquele material, que só agora terminava de classificar, Molina levara mais de dois anos.

Apanhou o papel em que esboçara o plano da obra — a ordem dos capítulos, todos eles com notas remissivas (ver tal e tal carta, ou a página tantas de tal ou qual livro) — e ficou a acrescentar-lhe novas sugestões. Ao cabo de menos de meia hora, as pálpebras começaram a pesar-lhe de sono.

Apagou a luz do lampião, entrou no quarto de dormir, preparou-se para deitar-se e, como fazia sempre, ajoelhou-se junto da cama e repetiu a *Sequentia*. *Veni, Sancte Spiritus, et emitte caelitus lucis tuae radium*. — *Veni, pater pauperum; veni, dator munerum; veni, lumen cordium*.

Enquanto murmurava a prece, sentia no quarto a presença invisível de Gris. Em vão tentava chamar Don Pánfilo em seu socorro. O exilado lhe cochichava: "Você não percebe que está mandando uma mensagem sem endereço?". *Lava quod est sordidum, riga quod est aridum, sana quod est saucium*.

Invocou uma recordação grata: D. Pánfilo, nos seus tempos de monsenhor, esplêndido em suas vestes sacerdotais, pregando do púlpito da Catedral... Sua voz — em que se alternavam metal, madeira e veludo — enchia o recinto plateresco do templo, casava-se de tal modo com a fumaça do incenso que ambas pareciam participar da mesma fragrância. — *Flecte quod est rigidum* — "Há rigidezes periódicas que a Mãe Natura provoca, Jorge, e que o horrorizam. Mas por quê, se são naturais? Por que essa vergonha do corpo?" — Por um instante Molina pareceu perdido. Conseguiu, porém, retomar o fio da oração: *Da tuis fidelibus, in te confidentibus, sacrum septenarium. Da virtutis meritum, da salutis exitum, da perenne gaudium. Amen*.

Deitou-se e cerrou os olhos. Pensou em que tudo estaria perfeito se ele pudesse recuperar sua fé em Deus.

Quando em 1933 o Ministério do Exterior do Sacramento deu a D. Alfonso Bustamante a incumbência de redecorar a seu gosto o interior da embaixada em Washington, até então pobre e incaracteristicamente mobiliada — o velho diplomata entregou-se à tarefa com tamanho zelo e entusiasmo, que acabou suplementando, com dinheiro de seu próprio bolso de viúvo rico e sem herdeiros, a insuficiente verba que seu Governo votara para tal fim. Através das vinte e tantas salas e alcovas da mansão da Massachusetts Avenue, D. Alfonso homenageou vários Luíses de França, sem contudo deixar de pagar expressivos tributos à sua admiração pelo Renascimento italiano e sem olvidar seus deveres culturais e sentimentais para com *Madre España*, terra de seus maiores. Grande admirador de Isabel a Católica, figura sobre a qual escrevera uma monografia (edição fora de comércio, 1924),

D. Alfonso teve a delicada lembrança de mandar decorar os aposentos presidenciais — inaugurados anos mais tarde pelo próprio Generalíssimo Juventino Carrera, por ocasião de sua primeira e última visita aos Estados Unidos, a convite de Franklin D. Roosevelt — no mais puro estilo isabelino, que o diplomata-humanista costumava descrever como sendo "uma combinação da sensualidade mudéjar com o misticismo gótico e o refinamento renascentista".

Era, pois, num amplo leito isabelino que estavam agora deitados, completamente despidos, Gabriel Heliodoro Alvarado e Rosalía Vivanco. Tinham feito amor dum modo capaz de honrar tanto a sensualidade mudéjar, como o misticismo gótico e o refinamento renascentista. E, pelo menos naquele momento, achavam-se ambos satisfeitos, uma lassidão morna a amolentar-lhes os corpos.

Gabriel Heliodoro gostava de amar com todas as luzes acesas, mas, como Rosalía preferisse a penumbra — pois tinha ainda pudor da própria nudez —, havia no quarto apenas uma discreta lâmpada azul acesa a um canto.

O Embaixador achava-se estendido de costas, as pernas um pouco afastadas uma da outra. Rosalía estava deitada sobre o amante, como que montada na sua coxa esquerda, a cabeça repousando no largo peito do seu homem. Gabriel Heliodoro acariciava com a mão esquerda os cabelos da rapariga, enquanto fazia a direita apalpar de leve seu dorso, desde a nuca até a extremidade da espinha, gozando o prazer, agora quase inocente, que lhe proporcionava o contato daquela pele acetinada e a elasticidade firme e cálida daquela carne. Fazia já vários minutos que estavam ambos em silêncio, e pelo ritmo da respiração de Rosalía, cujo bafo ele sentia no peito, Gabriel Heliodoro pensou que ela estivesse adormecida. Procurou então respirar com cuidado, sem inflar demasiadamente o tórax, para não acordá-la. De repente ela perguntou, baixinho:

— Como irá acabar tudo isto?

Por um instante ele ficou calado, como se não tivesse ouvido a pergunta. Depois disse:

— Para ti tudo acabará bem. És jovem. És bonita. O mundo é teu. Mas tenho o pressentimento de que *eu* vou acabar de maneira violenta.

— Não digas isso — resmungou ela, beijando-lhe repetidamente o peito.

— O preço duma vida violenta, meu amor, é uma morte violenta.

— Nem sempre.

Agora ela passava a mão pelos ombros do amante, de olhos fechados, como se o estivesse esculpindo às cegas.

— Tens o corpo dum homem de quarenta anos.

Gabriel Heliodoro não pôde nem mesmo tentou esconder a alegria que essas palavras lhe causavam.

— Sempre amei o meu corpo desde menino. Gostava de olhar a minha cara no espelho das águas, nos rios, nos córregos, nas lagoas...

— Não havia espelhos na tua casa?

Ele não respondeu. Lembrou-se de que sua mãe possuía um espelho barato, desses de moldura dourada que se compram nas feiras. Era diante dele que ela costumava pentear-se e pintar-se. Muitas vezes Gabriel Heliodoro vira os machos que dormiam com sua mãe arrumarem na frente daquele vidro trincado suas gravatas e seus dólmãs militares, seus chapéus e seus quepes. Era por isso que ele odiava aquele espelho. Um dia quebrara-o com uma pedrada...

Gabriel Heliodoro franziu o cenho. Teria mesmo quebrado o espelho de sua mãe ou tudo havia sido um sonho? Ultimamente, quando pensava em cenas de seu passado, era-lhe difícil separar o que tinha realmente acontecido das coisas que havia sonhado ou simplesmente imaginado.

— Não tinhas espelho em casa? — repetiu Rosalía.

— Não me lembro. — E, num tom de voz de quem conta um sonho, continuou a falar. — A coisa mais importante para mim no mundo foi sempre o meu corpo. Nunca tive vergonha dele nem das coisas que ele me pedia. Costumava pensar assim: “Se Deus me deu um corpo, foi para eu usar e usar bem. Para que poupar o corpo? Para ser comido pelo tempo? Ou pelos vermes da terra?”.

Fez uma pausa para beijar os cabelos de Rosalía.

— E sabes duma coisa? A inteligência duma pessoa não está na cabeça, mas no corpo. O corpo sabe o que quer. É preciso a gente aprender a linguagem do corpo.

Ela escutava sorrindo, os olhos ainda fechados, admirando-se de ouvi-lo dizer aquelas coisas belas e perturbadoras.

Gabriel Heliodoro sentia contra o peito os seios de Rosalía, que lhe lembravam as mangas maduras de sua infância, nos matos de Soledad del Mar. Ele os sentia pesados e ao mesmo tempo tenros, e isso lhe produzia uma estranha emoção. Tomou-os delicadamente em suas grandes mãos, fechou os olhos, estava na montanha, tinha quinze anos, acariciava os seios de Juana la Sirena, a primeira fêmea que ele amara na vida. Era uma lembrança verde que recendia a relva, terra quente, mato e vento do mar...

— Que horas serão? — perguntou Rosalía.

— Não penses no relógio.

— Doña Ninfa prometeu vir me buscar antes de meia-noite.

— Ela que espere!

Rosalía, porém, já estava de pé junto do leito, enrolada no roupão do amante.

— Tem paciência, querido, preciso me aprontar para ir embora.

Inclinou-se sobre ele, deu-lhe um rápido beijo na boca e, descalça, correu para o quarto de banho.

Gabriel Heliodoro ficou a pensar, com antecipado aborrecimento, na solidão de sua noite. Ia ficar sozinho naquele casarão. Não gostava de dormir cedo. Que fazer, então? Não via os programas da televisão porque não entendia inglês. Poderia sair sozinho, numa caminhada pelos arredores. Ou escrever uma carta a Francisquita... Talvez o melhor fosse preparar o rascunho de seu relatório ao Generalíssimo, narrando-lhe seu primeiro encontro com o Presidente Eisenhower. Depois pegaria um livro qualquer para ler e chamar o sono... Mas o bom mesmo seria adormecer e amanhecer abraçado com Rosalía...

De novo lhe voltou com tal força um desejo dela que, ao ouvir o som de água que lhe chegava da peça contígua, teve uma ideia que lhe nasceu do corpo e tomou conta da cabeça. Ergueu-se da cama e correu para o quarto de banho. Viu a amante debaixo do chuveiro, uma touca de borracha a proteger-lhe os cabelos, água e espuma a escorrerem-lhe pelo corpo desnudo...

Ao vê-lo, Rosalía fez um gesto instintivo de pudor. Ele se aproximou dela e estreitou-a inteira contra seu corpo também nu.

— Não! — balbuciou ela.

Sem dizer palavra, ele a fez deitar-se e possuiu-a ali mesmo, com a água do chuveiro a cair-lhe quente e fumegante sobre o lombo.

Pancho Vivanco havia estacionado seu automóvel numa rua transversal da Wisconsin, perto do cruzamento dessa avenida com a Massachusetts, e fazia já quase meia hora que estava a caminhar abaixo e acima, na calçada fronteira à embaixada, os olhos postos na mansão. Não via luz em nenhuma das janelas do andar superior, onde ficavam os quartos de dormir, mas tinha a certeza de que àquela hora Rosalía estava na cama e nos braços de Gabriel Heliodoro. Essa ideia chegava a produzir-lhe uma dor física, no peito, na cabeça. Sentia a respiração um pouco ofegante. Enfiou a mão direita no bolso da gabardina e fez rolar entre os dedos, obsessivamente, o cilindro feito com uma cédula de dólar.

Que fazer, santo Deus? Que fazer? Parou meio escondido atrás duma árvore do parque e ficou ali a esperar nem mesmo ele sabia o quê. Havia momentos em que pensava em entrar na embaixada, meter uma bala na própria cabeça, lá no vestíbulo, ao pé da escadaria. Essa ideia lhe produzia o gozo mórbido de imaginar o remorso de Rosalía, o escândalo que poderia prejudicar a situação de Gabriel Heliodoro tanto em Washington como no Sacramento. Se ele, Pancho, se suicidasse, deixaria uma carta pedindo que seu corpo fosse enterrado em Cerro Hermoso. Rosalía teria de acompanhar o cadáver de volta à pátria. Toda de negro, a hipócrita! Mas não. Ela não tinha culpa, coitadinha. O culpado era ele. Um homem baixo, gordo, feio, de pele oleosa. Mas por que Rosalía se casara com ele? Claro, sua tia Micaela a tinha obrigado a isso, para livrar-se dela. E Rosalía queria libertar-se da megera...

Talvez naquele exato instante os dois amantes estivessem nus e enlaçados, a falar mal dele, Vivanco, a ridicularizá-lo. Ela contaria ao Embaixador que costumava, à hora de dormir, trancar a porta do quarto para não se entregar ao marido. E o índio soltaria uma gargalhada. Era possível e provável que Rosalía revelasse ao amante outras intimidades que o rebaixassem, a ele, Vivanco, como homem. Cadela! Ordinária! Outra desavergonhada era Ninfa Ugarte, que fora buscar Rosalía à sua casa às sete e meia, sob o pretexto de que iriam juntas a um cinema, e no entanto a levara diretamente para o quarto do Embaixador. A alcoviteira!

A imagem de Gabriel Heliodoro ocupava agora inteira a mente de Pancho Vivanco, que se imaginou metendo cinco balázios de revólver naquele corpo enorme. Um na cara. Um no peito. Outro no ventre. Dois nos órgãos genitais... Mas teria mesmo coragem de fazer uma coisa dessas? Qual! A solução era o suicídio — concluiu, apertando o cilindro de papel entre os dedos. Mas o melhor mesmo era recuperar Rosalía... Sentiu-se então invadido por um ardente, furioso desejo do corpo dela. Era estranho... Não compreendia nem queria compreender: era exatamente por saber que a adúltera ia chegar à casa saciada, suja da saliva, do suor e do sêmen dum outro homem que ele a desejava mais que nunca.

E ali atrás da árvore, olhando para a fachada da mansão, onde agora três janelas se iluminavam, fez planos para a noite. Entraria no quarto de Rosalía antes que ela tivesse tempo de fechar a porta a chave, e a obrigaria a ter relações carnais com ele nem que para tanto tivesse de violentá-la, espancá-la, esganá-la... E havia de possuí-la da maneira que mais a emporcalhasse!

Avistou o vulto dum homem que rondava a embaixada. O guarda-noturno... Saiu a andar, assobiando baixinho, pela calçada da Massachusetts, na direção da Wisconsin Avenue. Chegou à esquina desta última quase sem fôlego. Encaminhou-se para um *drugstore* próximo, entrou nele, sentou-se ao balcão, pediu um café, tomou-o sem açúcar, distraído, pensando no plano da noite. Olhou em torno. Gostava da luz fluorescente dos *drugstores*, de sua miscelânea de cheiros, da rútila atmosfera policrômica... Pagou o café, aproximou-se da prateleira das revistas, apanhou um número da *Time*, folheou-o com a atenção vaga, repô-lo no lugar e depois se dirigiu para a prateleira onde estavam expostos alguns artigos de escritório. Pegou uma caixa de *Crayolas*, abriu-a, e o cheiro dos bastões de cera trouxe-lhe à mente a imagem de seu mais querido amigo de infância. Chamava-se Sidney, era americano e filho dum alto funcionário da United Plantations Co. Pancho achava-o belo como um príncipe dos contos de Andersen; invejava-lhe não só o azul dos olhos, a pele rosada e seca, como também suas roupas compradas em Nova York, sua bicicleta, seus brinquedos mecânicos e principalmente as dezenas de bastões de cera coloridos (*Made in USA*) com que o rapaz fazia seus fantásticos desenhos... Vivanco lembrava-se perfeitamente (como poderia esquecer!) do nome dos lápis, Colorola, escrito em letras negras contra um céu azul sob o qual índios peles-vermelhas perseguiam a cavalo uma manada de búfalos. Desde que chegara aos Estados Unidos, Vivanco procurava Colorolas em *drugstores* e papelarias, como quem procura a infância perdida. — Não! — Como se o simples nome Colorola pudesse ter a mágica virtude de ressuscitar Sidney. (O amigo — sabia Pancho — morrera em ação, em Guadalcanal, como capitão dos US Marines.) Ninguém, porém, parecia conhecer em Washington essa marca de lápis... e agora, cheirando as *Crayolas*, Vivanco via mentalmente o menino dos cabelos de ouro com quem fumara seu primeiro cigarro às escondidas atrás do muro duma escola... O menino que lhe ensinara aqueles excitantes jogos de mãos proibidos pelos grandes.

Aquela hora, o Dr. Leonardo Gris recebia em seu apartamento uma visita especial. As luzes estavam apagadas e a sala como diluída numa penumbra de crepúsculo matutino, que lembrava ao exilado um certo momento de sua adolescência em que, depois duma noite passada em claro, debruçado sobre livros, às vésperas de exames, ele saíra a andar pelas ruas de seu subúrbio, à espera do nascer do sol. O tardio visitante achava-se sentado numa poltrona, no canto mais sombrio da peça. Havia já mais de meia hora que ambos dialogavam em voz baixa.

— Eu lhe disse e repito que é perigoso para o senhor vir até aqui — murmurou Gris.

— Por quê?

— Nestas últimas semanas estou sendo seguido por um homem que com toda a certeza está a soldo da nossa embaixada.

Miguel Barrios esboçou um gesto de impaciência:

— Bom, seja como for, este será nosso último encontro em Washington. Deixo a cidade dentro de dois dias. Se alguém me seguir, saberei despistá-lo. Tenho prática dessas coisas...

Barrios era um homem de quarenta e poucos anos, alto e anguloso, de longo pescoço com um pomo de adão saliente. Seus olhos, metidos no fundo das órbitas, possuíam um brilho e uma fixidez tão intensos que perturbavam o Dr. Gris por uma razão que ele ainda não conseguira descobrir. Havia em seu rosto, como no de Jorge Molina, algo de ascético. O homem falava com uma precisão meticulosa de mestre-escola. Na realidade tinha sido professor secundário, Gris lembrava-se de tê-lo encontrado pelo menos uma vez, numa festa colegial, nos seus tempos de Ministro da Educação.

— Consegui as armas e as munições que nos faltavam.

— Onde?

— Na Flórida. Um amigo nosso, um americano rico que possui um iate, ofereceu-se para transportar esse material de Miami para Havana. Costuma fazer viagens de recreio pelo Caribe. Ninguém suspeitará dele. Costuma ir também todos os anos a Puerto Esmeralda, para jogar nos cassinos.

— Pessoa de confiança?

— Ninguém é inteiramente de confiança, Doutor Gris. Mas, nesta conspiração em que estamos metidos, somos obrigados pelas circunstâncias a usar a técnica do risco calculado. O americano a quem me refiro diz-se apaixonado pela nossa causa. Quero crer que esteja apenas seduzido pela ideia da aventura, do perigo. Durante a Grande Guerra foi tenente do SSO.

Curioso — pensou Gris —, o chefe da revolução que pretendia derrotar Carrera, aquele estranho homem pálido, vestido de preto, ali no canto, as longas mãos magras agarradas aos braços da poltrona, era para ele ainda um enigma.

— Onde pretendem fazer o primeiro desembarque? — perguntou. Mas acrescentou logo: — Não. Não me diga. É melhor que eu não saiba.

— Não lhe deixarei nenhuma informação escrita, mas é preciso que o senhor tenha uma ideia geral do que pretendemos fazer. Quase todos os sargentos e pelo menos dois terços da oficialidade das guarnições de Puerto Esmeralda, San Fernando, Oro Verde, Los Plátanos, Páramo e Soledad del Mar estão conosco. Esperam apenas a notícia de nosso primeiro desembarque para se revoltarem. Temos em Cuba vários contingentes de exilados sacramentenhos bem armados e adestrados, prontos para a invasão. Se nosso plano inicial falhar, iremos para a *Sierra*, e de lá, com nossas guerrilhas, procuraremos galvanizar a opinião nacional e mundial. No momento em que as tropas revolucionárias pisarem o solo pátrio, começará a agitação, na Universidade, nas fábricas, nas ruas, nos campos: atos de sabotagem, resistência passiva, agitações de toda a espécie. Mas, se a guarnição de Puerto Esmeralda passar imediatamente para nosso lado (o que é, mais que uma possibilidade, uma probabilidade), então nossa vitória será rápida e fulminante.

Leonardo Gris aproximou-se da janela, olhou para fora. Não viu nenhum vulto suspeito nos arredores. Voltou-se para o visitante e perguntou:

— E que posso fazer para melhor ajudar o movimento?

— Continue publicando seus artigos e fazendo suas conferências, doutor. Procure esclarecer a opinião oficial e a opinião pública deste país, tão necessárias ambas ao sucesso de nosso movimento libertário.

— Os diretores de jornais parecem já cansados de minhas cartas. Já tive rejeitada a publicação de várias...

— Resta-lhe a plataforma das conferências. A sua cátedra, até certo ponto. E sua simples presença aqui, Doutor Gris.

O professor sacudiu a cabeça afirmativamente.

— Toma um café? — perguntou de repente como para aquecer o frio do silêncio que se seguiu.

— Não, obrigado. O café me causa insônia.

Coisa estranha! — refletiu Gris. — Aquele era o terceiro encontro que tinha com Barrios, e no entanto não se havia estabelecido entre ambos nada que semelhasse, mesmo de longe, um sentimento de camaradagem ou sequer de cordialidade. Culpa de quem? — perguntava mentalmente o exilado. — Minha ou dele? Ou de ambos? — Olhou para Miguel Barrios e teve a nítida impressão de que ele já estava sentado no trono ou, melhor, na sua cadeira de Presidente da República do Sacramento.

Ouviu-se, vindo de longe, o som duma sereia. Um incêndio talvez — pensou o professor. Lembrou-se da Noite Trágica, em que uivos prolongados como aquele cortavam a intervalos a madrugada, e da janela de seu quarto, na Embaixada do México, ele via o clarão dos incêndios em vários pontos da cidade agredida.

O silêncio continuava e Gris procurava lembrar-se das coisas que lhe haviam contado de Miguel Barrios. Sabia que o homem estivera preso e sofrera vexames e maus-tratos nas mãos da polícia de Carrera.

Foi Barrios quem quebrou o silêncio:

— Sei que o senhor mantém boas relações com um dos secretários da embaixada...

— É verdade. Pablo Ortega. Foi ele quem na noite da queda de Moreno me levou, com o risco da própria vida, até a embaixada onde pedi asilo. É pessoa da minha inteira confiança.

— Filho de latifundiário. Membro de uma das poderosas famílias que governam e infelicitam nossa terra e nossa gente. Lacaios todos da Sugar Emporium e da Uniplanco.

— Asseguro-lhe que Pablo não se sente feliz com sua situação e que no fundo está do nosso lado.

— É muito fácil dizer essas coisas quando se vive em Washington, se ganha um bom ordenado e se tem um automóvel caro. Esses sentimentos e opiniões políticas que o senhor diz que Ortega nutre *no fundo* precisam vir o quanto antes à superfície e transformarem-se em ação. Essa é a única maneira de eu acreditar que ele está mesmo conosco.

— Bom, só o tempo poderá confirmar ou negar o que eu lhe disse a respeito de Pablo Ortega.

— Mas não falemos mais desse moço. Conhece Roberto Valencia?

— Tenho ideia de que já ouvi esse nome.

— Valencia é um revolucionário sincero. Lutou ao lado de Fidel

Castro em Sierra Maestra. Depois da vitória da revolução em Cuba, não dormiu nos louros. Começou a trabalhar conosco. Vai ser o meu braço direito.

Gris tornou a sentar-se. Agora se lembrava de Valencia. Nos tempos de estudante, o rapaz fazia um trabalho intenso de agitação e propaganda revolucionária na Universidade. Tinha sido preso mais de uma vez.

— Valencia tem boa cabeça — disse Barrios —, sabe o que quer, conhece como ninguém a técnica de guerrilhas. É, em suma, um homem de pensamento e ação, coisa pouco encontradiça entre nossa gente, doutor.

Gris arriscou uma pergunta, da qual imediatamente se arrependeu:

— Tem ideia de quando vai começar o movimento armado?

O outro teve uma pequena hesitação.

— Talvez dentro duns dois ou três meses. Terá de eclodir antes das eleições de novembro. Tudo indica que Carrera, para evitá-las, vai dar um golpe de Estado, fechar o Congresso, prender seus adversários e continuar no poder. No momento só lhe falta o pretexto...

Miguel Barrios ergueu-se.

— Bom. Vou retirar-me. Agora talvez só nos vejamos em Cerro Hermoso...

Disse estas últimas palavras num tom sério em que havia mais solenidade que esperança.

— Tem alguma coisa a me pedir?

— Não. Só quero lhe dizer, Doutor Gris, que, se decidirmos criar um Governo sacramentenho no exílio, o senhor será escolhido para chefiá-lo.

— Contem comigo. E obrigado pela confiança.

Ajudou Barrios a vestir o sobretudo.

— Não sei se o senhor está lembrado, professor, de que minha mulher e meus filhos foram assassinados pela polícia de Zabala...

— Sinto muito! — murmurou o exilado, canhestro.

— Eu também senti muito, doutor, creia-me. Mas a hora não é para condolências ou sentimentalismos, e sim para agir e odiar.

Será indispensável *odiar*? — ia perguntar Gris, mas conteve-se.

— Um momento — disse. Acercou-se de novo da janela, debruçou-se nela, olhou demoradamente para a direita e para a esquerda. A rua estava deserta. Voltou-se para o visitante.

— Acho melhor eu sair agora na direção do rio. Marque cinco minutos no seu relógio e depois saia desta casa na direção da cidade. Se o homem da capa clara andar por aí, na certa ele me seguirá.

Barrios sacudiu afirmativamente a cabeça. Gris enfiou sua gabardina. Desceram. À porta da rua, o chefe revolucionário disse:

— Acho que a próxima notícia que o senhor vai ter de mim será pelos jornais...

Apertaram-se as mãos e separaram-se.

Parte II

A festa

12

Na opinião de Bill Godkin, um homem só pode ser natural, espontâneo e livre depois que, chegando a casa ao anoitecer, ao desfazer-se da máscara que foi obrigado a usar nos seus contatos sociais, despe também a indumentária com que andou fantasiado o dia inteiro, e enfia umas calças velhas e uns sapatos que tenham verdadeira intimidade com os pés. Era por tudo isso que o chefe do Bureau Latino-Americano da Amalgamated Press não se sentia à vontade ao entrar, naquele anoitecer de sexta-feira, na Embaixada da República do Sacramento, envergando sua fatiota de sarja azul-marinho, a melhor peça de seu reduzido guarda-roupa de viúvo negligente em matéria de vestuário. Estava demasiado consciente não só de que vestia uma roupa um pouco amassada, como também da cor talvez excessivamente viva de sua gravata. (Ruth costumava dizer que as gravatas de tons avermelhados vão bem com roupa de qualquer cor.) Os sapatos, que ele mesmo lustrara, apertavam-lhe um pouco os pés. E, como se tivesse barbeado às pressas, fazia apenas meia hora, sua pele sensível rebentara em pontos de sangue que se haviam coagulado, e que agora ele sentia em ardidos relevos quando passava a mão pelas faces. Aborrecia as grandes reuniões sociais, tanto quanto gostava de conversar com dois ou três amigos em recantos quietos e discretamente iluminados. Comparecia às recepções diplomáticas apenas por dever de ofício.

Ficou por algum tempo parado no vestíbulo central da embaixada, com o chapéu na mão e o cachimbo apagado no bolso, fazendo votos para que ninguém lhe exigisse a apresentação do convite, pois esquecera o seu em casa ou no escritório.

Michel acercou-se dele, fez uma pequena curvatura, e perguntou-lhe o nome, a fim de poder anunciá-lo ao senhor Embaixador, que estava à porta do salão de festas, encabeçando a fila de recepção. O mordomo não lhe havia entendido ainda direito o nome (Bodkin? Godpin?) quando Gabriel Heliodoro avistou o jornalista e, aproximando-se dele de braços abertos, exclamou: "*Hombre!* Há quanto tempo!". Abraçou-o com tanta efusão que, meio encabulado, Godkin quase se sentiu uma pessoa importante. Descobriu que a presença de Gabriel Heliodoro ainda lhe era bastante agradável, apesar das histórias nada edificantes que sabia dele.

O Embaixador tirou o chapéu das mãos do jornalista e atirou-o para o mordomo, como quem faz um passe numa partida de futebol americano. Michel aparou aquela "coisa" preta e informe sem perder seu aprumo continental.

— Entre, Godkin — disse Gabriel Heliodoro, puxando o outro pelo braço. — Esta casa é sua. Mas não vá embora sem antes falar comigo. Temos muito que conversar...

Apresentou-o à segunda pessoa da fila.

— Esta é a Senhora Vivanco, que hoje está fazendo as honras da casa.

Godkin apertou a mão da morena, que achou linda, e pensou, comovido: "Outro recado de Deus? Não. Este deve ser do Diabo. O Embaixador tem bom gosto". Mas Rosalía já o apresentava ao homem que estava a seu lado:

— Conhece o Senhor Ministro-Conselheiro?

— Claro — murmurou Bill. — Como está, Doutor Molina?

Pelo jeito cerimonioso e seco com que o outro o cumprimentou, Godkin concluiu que sua cotação com o diplomata sacramentenho estava baixa. Devia ser por causa dumas notícias que o correspondente da Amalpress em Cerro Hermoso mandava agora à sua agência, em geral desfavoráveis ao Governo de Juventino Carrera.

A próxima figura na fila era a do Gen. Ugarte, enfarpelado num uniforme vistoso: túnica azul-turquesa com botões dourados, calças pretas com uma listra carmesim de cada lado. Ostentava no peito várias condecorações, inclusive a da Ordem do Puma de Ouro.

— Como está, general? — perguntou Godkin.

O outro apertou-lhe a mão, de cara vazia. De súbito, sua fisionomia se iluminou, arreganharam-se-lhe os lábios, dois dentes de ouro cintilaram, os olhinhos sorriram:

— Ah! O nosso *Gringo Rubio*! Então como le vai? — e abraçou o jornalista. Voltando-se para a dama que estava ao lado, perguntou: — Ninfa, não te lembras deste senhor que jantou lá em casa, em Cerro Hermoso? Em que ano foi mesmo, mister?

Entregando a Bill Godkin a mão gorda e tenra como uma pomba-rola, a esposa do general exclamou:

— Se não vou me lembrar! — E confidenciou: — Sei que o senhor é apreciador das nossas comidas. Pois vou lhe dar uma notícia sensacional. Don Gabriel Heliodoro mandou buscar de avião uma cozinheira de Soledad del Mar especialmente para fazer as famosas *empanadas sacramenteñas* para esta recepção. Não deixe de provar! — Amontoou os dedos contra os lábios e depois abriu-os como quem solta um beijo. — São divinas! Mas entre, fique à vontade.

E praticamente empurrou Bill na direção da porta.

Àquela hora havia já mais de duas centenas de convidados no salão de festas, de dimensões majestosas e profusamente iluminado. Sempre que entrava naquela dependência da embaixada, Bill Godkin se sentia um tanto aturdido pela riqueza extravagante de sua decoração. Do alto teto de madeira, com pinturas a óleo inspiradas em quadros de artistas do século XVIII, pendia imponente lustre, como uma rígida e iridescente flor de cristal. Em desenhos que embaralhavam a visão, predominavam no brocado de seda que revestia as paredes, bem como no estofo das cadeiras, sofás e canapés, as cores da bandeira sacramentenha: amarelo-ouro e vermelho. O lustre refletia-se nos dois grandes espelhos de Veneza, de molduras douradas, embutidos no centro das paredes principais, frente a frente, e acima de consolos de mármore róseo. Contava-se que era diante de um desses espelhos que D. Alfonso Bustamante costumava dialogar com sua própria imagem, tarde da noite, depois que os últimos convidados de suas festas deixavam a mansão.

Num gesto automático, Godkin tirou do bolso o cachimbo vazio, prendeu-lhe a haste entre os dentes e saiu a andar devagarinho por entre a cálida e perfumada multidão. Tinha a impressão de que caminhava sem mapa nem bússola por entre as árvores duma floresta tropical, não necessariamente virgem.

A festa — calculou — chegava àquele ponto em que o gelo da superfície começa a trincar-se, os primeiros copos de bebidas alcoólicas esvaziam-se, enchendo estômagos e excitando cabeças, e as vozes, a princípio abafadas e cerimoniosas, se alteiam, ganhando um timbre mais metálico, e os pálidos sorrisos convencionais dos primeiros minutos ousam transformar-se em risos que em breve serão risadas.

Passou um garçom carregando uma bandeja cheia de copos com um líquido amarelado. Para fazer alguma coisa, Godkin apanhou um deles. Bebeu um gole: era uísque da melhor qualidade. Começava a avistar conhecidos. O primeiro foi o Embaixador do Peru, que lhe sorriu e fez um sinal amistoso. Cumprimentou com um aceno de cabeça um alto funcionário do Department of State. Viu o Encarregado de Negócios da Embaixada do Brasil a conversar com uma das "vacas sagradas" de Washington.

Cruzou um grupo em que se falava francês e em seguida outro em que a língua usada lhe pareceu escandinava. (Uma amiga lhe dissera um dia: "Se a Morte fala alguma língua, aposto como é sueco".) Parou um instante para ouvir o que diziam quatro senhoras de aspecto latino-americano que, num espanhol frenético, discutiam os méritos duma liquidação de vestidos de inverno num dos grandes empórios locais. Na maioria daqueles grupos — verificou Godkin — predominava a língua castelhana. Considerava-se um especialista no espanhol falado na América Latina. Os uruguaios e os argentinos temperam o idioma de Cervantes com o alho e o orégano da Itália. (Um dos secretários da Embaixada da Argentina ficara zangado com ele, Bill, quando o ouvira descrever humoristicamente o argentino como "um italiano que fala espanhol mas está convencido de que é inglês".) O castelhano falado no México tem uma entonação entre afetuosa e gaiata que nos leva a pensar que todos os mexicanos são primos de Cantinflas. (*Mejorando los presentes!*) Os cubanos falam um espanhol fofo com muito vento e bochechas flácidas. Quanto aos venezuelanos e à maioria das populações do Caribe, dão, ao falar, a impressão duma fita magnética tocada de trás para diante, a toda velocidade. Bill gostava especialmente do claro espanhol da Colômbia e do Chile.

— Bill, meu velho!

O jornalista viu surgir a figura de Clare Ogilvy, envolta nas gazes dum vestido azul-celeste.

— Clare! Como é bom a gente encontrar uma cara conhecida quando está perdido em terra estrangeira!

Apertaram-se as mãos. Depois ela puxou o amigo para um canto onde pudessem conversar um pouco, ouvindo-se mutuamente sem a necessidade de gritar. La Ogilvita fez com a cabeça um gesto que abrangia o salão.

— Que lhe parece?

— Uma festa e tanto.

A secretária fungou forte, repuxando o nariz e a boca para um lado.

— Eu queria organizar uma recepção menor, limitada apenas à faixa latino-americana, alguns funcionários do Department of State, cronistas sociais e gente de imprensa. Seria mais barato e até mais divertido. Mas qual! Don Gabriel Heliodoro insistiu em fazer uma festa em grande estilo. Você sabe que temos mais de oitenta representações diplomáticas em Washington... Convidamos todas! — Soltou uma risada, apertou o braço de Bill. — Queria que você visse o olhar de espanto, misturado com alegria e encanto, de Don Gabriel Heliodoro quando chegaram o Embaixador de Gana e o do Iraque nos seus trajes nativos. Quase bateu palmas quando viu a Embaixatriz da Índia, num belo sari cor de maravilha. Nosso Embaixador diverte-se como um menino num circo...

— Vocês convidaram também o embaixador soviético?

— Claro. Por determinação expressa de Don Gabriel Heliodoro. O russo já chegou. O encontro foi memorável. Ficaram os dois homenzarrões num apertar e sacudir de mãos que não acabava mais, sorrindo um para o outro. O russo, como você sabe, fala um inglês fluente, mas o nosso Don Gabriel Heliodoro não *habla* senão o espanhol. E, por falar nisso, tenho estado ao lado dele como intérprete desde que começaram a chegar os primeiros convidados. Deixei agora o Pablo no meu lugar para eu poder recobrar o fôlego. — Pôs-se na ponta dos pés para olhar por cima das cabeças na direção da porta. — Preciso voltar para meu posto. Até já, Bill. E divirta-se!

Clare Ogilvy se foi, como que levada por uma nuvem azul, na direção do vestíbulo. Bill Godkin seguiu-a com um olhar cheio de simpatia. Colocou o copo em cima duma mesinha e pôs-se a encher o cachimbo.

Pablo Ortega estava no centro do salão a olhar dum lado para outro, à procura de Glenda Doremus — mas sem muita esperança de encontrá-la — quando sentiu nas costas a pressão dum dedo e ouviu uma voz amiga: "Mãos ao alto!, gritou Buffalo Bill".

— Gonzaga! — exclamou, voltando-se e estreitando contra o peito o amigo brasileiro, que murmurou:

— Refreia essa exuberância latina. Vejo olhares anglo-saxônicos e escandinavos postos em nós, com uma expressão de censura...

— Estou esperando a minha convidada de honra...

— A japonesinha?

— Não. É uma americana. Só a vi uma vez, mas telefonei-lhe hoje de manhã e ela prometeu vir.

— Interessante?

— Ainda não estou bem certo disso. Mas acho que sim.

Gonzaga olhava para o teto, murmurando:

— Quem tem razão é o Titito. Na decoração desta sala estão entreverados pelo menos três Luíses de França, o XIV, o XV e o XVI. Eu não me admiraria se encontrasse aqui neste ambiente Don Gabriel Heliodoro vestido à Luís XV e sentado num trono... — Baixou a voz para acrescentar: — Tive há pouco o gosto de apertar a suave mão de Madame de Pompadour...

Pablo não prestou atenção às últimas palavras do amigo, porque havia avistado alguém e estava à beira do pânico.

— Olha quem vem lá — disse ele a Gonzaga, e já procurando um meio de fugir ao encontro. — A mulher magra e pálida, de preto...

— Quem é? A Morte?

— Então não conheces? É Augusta Schneider, homem! Correm as mais estranhas histórias a respeito dessa vienense. Dizem que ficou presa num campo de concentração nazista por um ano e perdeu a razão. Tipo de loucura mansa, tu compreendes... Libertada pelas forças americanas, veio para este país. Tinha aqui um tio que morreu, deixando-lhe uma pequena fortuna. Vive nas festas das embaixadas. Ninguém lhe manda convites mas ela aparece sempre. Tem a mania de falar espanhol e um certo fraco por latino-americanos do nosso tipo, Gonzaga. É uma chata, todos fogem dela. Vamos disfarçar e sair direito para a outra sala...

Tarde demais. Augusta Schneider estava diante deles, sorrindo o seu pálido sorriso. Parecia um retrato pintado a aquarela — cabelos cor de palha, olhos dum cinza desbotado, pele alva, feições vagas —, uma figura que poderia apagar-se para sempre se não fosse oportunamente restaurada. Augusta sorria para Pablo, que por sua vez sorria para Augusta. Gonzaga, esse sorria para ambos. Ortega sabia que ia repetir-se o diálogo de sempre.

— Eu conheço você — murmurou a austríaca, apontando para ele com seu indicador longo e descarnado e entrecerrando os olhos numa expressão coquete.

— Está claro que conhece, senhorita.

— Você é chileno, não?

— Não, senhorita, eu...

— Não me diga, deixe-me adivinhar. Equatoriano!

— Não — respondeu Pablo, sério a despeito das caretas que Gonzaga lhe fazia, postado atrás da vienense.

— Mexicano?

— Não.

— Mas é diplomata...

— Sim.

— Peruano?

— Não.

— Então deve ser...

— Sacramentenho.

— Isso! Eu sabia que o conhecia. Meu nome é Augusta. E o seu?
— Ortega. Pablo Ortega.
— Muito prazer — disse a moça, estendendo a frágil mão, que o diplomata reteve na sua por um par de segundos.
De repente, o rosto de Augusta Schneider iluminou-se. Tinha avistado a Embaixatriz da China, uma das figuras femininas mais prestigiosas do mundo diplomático de Washington. Esqueceu Pablo e caminhou para a chinesa, exclamando: "Ah! Mistress Koo!".
— Salvo pelo gongo! — suspirou Ortega.
— Agora chegou a minha vez — disse Gonzaga, resignado. — Lá vem a minha "namorada". Deus castiga!
Mrs. Patricia K. Woodward — já na casa dos setenta — era uma dama muito conhecida nos círculos sociais da capital. Gabava-se de ser amiga e comensal da esposa do Presidente. Tinha ternuras maternais pelos latino-americanos em geral: estudava espanhol com um grupo de senhoras — em sua maioria esposas de deputados e senadores americanos — e, segundo Gonzaga costumava dizer, ao cabo de três anos de estudos, apenas conseguira aprender meia dúzia de frases como: "*Buenos días, amigos!*" — "*Hasta la vista*" — "*Que rico!*" — "*Muchas gracias!*".
Segurou e sacudiu por segundos o queixo de Pablo Ortega, dizendo:
— Gosto muito de você, Pablito, mas confesso que Gonzaga é o meu latino-americano favorito. Quero apresentá-lo a uma moça encantadora. Precisamos casar este solteirão incorrigível. Vamos, Orlando!
Saíram ambos na direção da grande sala de jantar, onde estava posta a mesa com os comestíveis. Pablo seguiu-os com o olhar. Alta, descarnada, a pelanca do rosto flácida e caída, apesar das muitas operações plásticas, o cabelo pintado dum louro de moranga, Mrs. Woodward era famosa, entre outras coisas, por seus colares, pulseiras e penduricalhos, em geral de tipo exótico: relíquias, amuletos e fetiches da África, da Polinésia e da Malásia. Pintava-se e vestia-se com espalhafato. Pablo achava que ela parecia imitar na vida real essas atrizes características que imitam no palco as damas espalhafatosas da vida real.
Quando Ortega se voltou com a intenção de ir até ao vestíbulo, viu-se diante de Miss Kimiko Hirota.
— Ah! — fez ele, apertando a mão que ela lhe estendia. — Quando chegou?
— Faz poucos minutos.
A cabeça da rapariga, de cabelos negros e lustrosos, mal chegava à

altura do ombro do amigo. Sua face redonda, dum bonito de boneca de porcelana, despertava sempre em Pablo ternuras de irmão mais velho, apesar da inocente insistência com que aqueles olhos oblíquos provocavam nele o macho.

Ortega fez parar o garçom que passava com uma bandeja carregada de copos.

— Que é que bebe?

— *Ginger ale*.

Conseguiu descobrir na bandeja a bebida que a amiga pedia.

— Precisamos qualquer dia tomar chá juntos — disse ele, distraído, olhando para a porta do salão.

Sentia-se bem. A cabeça não lhe doía, e a possibilidade dum encontro com a americana, cuja imagem não lhe saíra da cabeça durante o dia inteiro, produzia-lhe uma exaltação a que ele chamava "embriaguez branca", pois ainda não havia bebido nada.

— Você me deve um haicai — murmurou Miss Hirota.

— É verdade. Tenho-o aqui comigo.

Entregou um cartão à amiga.

INVERNO
Na alva neve,
A rígida mancha azul
Da ave morta.

Kimiko ficou longo tempo a ler e reler o haicai. Depois, ainda de cabeça baixa, balbuciou:

— É tão triste!

— De acordo. Mas isso aconteceu. Vi o quadro duma das janelas da chancelaria, o inverno passado.

— Mas estamos na primavera! — exclamou a japonesa.

Pablo mal ouvia o que a amiga dizia, pois estava com os olhos e a atenção voltados para a porta do salão.

— Está esperando alguém? — perguntou Kimiko.

— Um amigo, quero dizer, uma amiga. Como não conhece ninguém aqui, preciso estar a seu lado quando ela entrar.

Inclinou-se, segurou ambos os braços de Miss Hirota com o cuidado de quem pega numa estatueta frágil e rara, e disse:

— Quer me dar licença por um instantinho? Fique à vontade, que eu já volto.

Kimiko sacudiu a cabeça repetidamente, como uma criança obediente. E, quando Pablo Ortega se afastou, ela ficou onde estava. O cartão parecia pesar-lhe inerte na mão, como uma ave morta.

13

Desde que os primeiros convidados começaram a chegar, Gabriel Heliodoro Alvarado, como Clare Ogilvy lhe pedira e o protocolo exigia, se tinha mantido na fila de recepção. Mas com a indocilidade dum cavalo fogoso no partidor, ansioso por precipitar-se pista em fora. De instante a instante ia espiar o salão... No princípio a coisa tinha sido divertida: havia a expectativa da surpresa, uma espécie de jogo de adivinhar (quem virá agora?), e era sempre bom conhecer caras novas, elementos daquele grande mostruário de raças e países que era o mundo diplomático de Washington.

À medida, porém, que o salão se enchia e o ruído de vozes e risadas aumentava, Gabriel Heliodoro já não mais prestava atenção às apresentações. Estava inquieto como quem, tendo comprado entrada para um espetáculo, quer vê-lo e gozá-lo desde o princípio. Seria o cúmulo se ele não pudesse tomar parte na sua própria festa. Houve um momento em que, não resistindo mais, pediu a Molina que tomasse seu lugar e soltou-se...

A sala, agora completamente cheia, oferecia um animado jogo calidoscópico para cuja riqueza e variedade muito contribuíam os vestidos coloridos das mulheres, as pinturas do teto, o brocado das paredes, os espelhos que multiplicavam as luzes do grande lustre, dos candelabros... Tudo isso produziu no Embaixador do Sacramento um gozo que não era apenas do espírito como também e principalmente do corpo. Aspirava com prazer aquele cheiro bom de gente perfumada, temperado pelo bafo alcoólico das bebidas, pela fumaça de cigarros e charutos e — sim! sim! sim! — como era bom aquele odor indescritível mas excitante dos ambientes em que há muitas mulheres limpas e de classe juntas... Um estremecimento percorreu-lhe o corpo inteiro, desde o couro cabeludo até à sola dos pés. *Cojones!* Era um festaço!

Várias pessoas aproximaram-se dele, e as que sabiam espanhol elogiavam a casa e a festa. Gabriel Heliodoro agradecia. Se o interlocutor era uma mulher, e bonita, ele lhe tomava da mão e beijava-a. Se era homem, dava-lhe uma batida amistosa no ombro, e continuava a andar por entre os convidados. "Não está bebendo nada?", perguntou a um cavalheiro alto, louro e de ar entediado. O outro, num polido encolher de ombros, murmurou: "*Sorry, sir, I don't speak Spanish*".

— O.k.! O.k.! — exclamou o Embaixador. Gritou para um garçom que passava: — Eh, moço! Traga alguma coisa para o nosso amigo aqui! — O empregado também não entendia espanhol, mas isso não o impediu de interpretar corretamente o gesto do anfitrião.

Um alto funcionário da Embaixada da República Dominicana, que já havia chupado o seu terceiro coquetel e estava de olhos brilhantes e língua solta, pegou Gabriel Heliodoro pelo braço, levou-o para perto dum dos espelhos e, com a voz um pouco arrastada, disse:

— Meu caro Embaixador, por que não juntamos as forças do seu país com as do meu para invadir Cuba, hem? Que lhe parece a sugestão?

— *Hombre* — sorriu o sacramentenho, levando a coisa na brincadeira —, é uma ideia. Mas quem financia a operação? Os gringos?

— E por que não? E por que não? Têm todo o interesse. Mas não compreendem! — E o dominicano sacudiu a cabeça, ao mesmo tempo em que deixava cair os braços num desalento. — São obtusos. O Benefactor encomendou a empresas deste país aviões, tanques, metralhadoras, munições... e que é que faz o Pentágono? Simplesmente aconselha Eisenhower a decretar o embargo da remessa de material de guerra para a zona do Caribe! — Apertou com vigor o braço do Embaixador do Sacramento. — Mas vou lhe contar uma coisa, amigo. No que diz respeito à Força Aérea, estamos mais preparados que Cuba. Temos uns oitenta aviões de combate, dos quais cinquenta e poucos a jato. Os cubanos não possuem mais de sessenta. É como lhe digo. Temos que invadir a ilha de Fidel Castro antes que seja tarde demais. Esse barbudo é comunista, acredite, é comunista. Ele pode negar a coisa em público, mas já está dominado por Che Guevara *et caterva*. Esta é a hora! — perorou o dominicano com ar profético. E deixou subitamente o interlocutor para sair no encalço dum garçom que passava com uma bandeja cheia de copos.

Gabriel Heliodoro ficou a mirar-se no espelho, compondo o nó da gravata. Se Trujillo pensava que seu compadre Carrera ia entrar numa aventura como aquela, estava doido.

Tornou a voltar-se, deu alguns passos e postou-se no centro do salão, debaixo do grande lustre. De que país seria aquele preto elegante, vestido à ocidental mas com um chapeuzinho de mico de realejista na cabeça? Da Guiné? Ou de Gana? Não. O de Gana era o de camisolão branco.

Examinou com olho crítico a chinesa miúda que conversava com a Embaixatriz do Paquistão. Achou excitante sua saia cortada dum lado, mostrando a perna. Ah, mas eram umas gâmbias finas e malfeitas. Não gostava também da cara, duma palidez amarelada, com olhos de bicho.

Nesse ponto, um senhor de barbas negras ("Este é hindu, aposto!") com longos cabelos femininos cobertos por um turbante, mas vestido à maneira ocidental, acercou-se dele, apertou-lhe a mão e disse-lhe algo em... inglês ou francês? Gabriel Heliodoro sorriu e exclamou, automaticamente: "*Merci, beaucoup, mister, merci!*". Deu uma palmadinha no ombro do *sikh*, que se afastou na direção da porta do vestíbulo.

O Embaixador lembrou-se dum sargento do 5º de Infantaria, grande, moreno e barbudo, que ele conhecera e odiara quando menino. Soou-lhe, apagada na mente, uma voz que lhe pareceu vir dos confins do tempo, através de mares e montanhas:

— *Gabiliodoro! Gabiliodoro! Vem pra casa!*

Gabriel Heliodoro mirava sua própria imagem num dos espelhos. "Eu queria que ela me visse agora", pensou. Mas, se visse, não ia compreender. Nem mesmo acreditar... Era uma mulher ignorante. Nunca aprendera a ler. Seu corpo era seu único talento, seu capital e seu instrumento de trabalho... Por sua cama havia passado todo o Regimento de Infantaria de Soledad del Mar. Aos sábados (era verdade ou ele tinha imaginado?) ela fazia descontos especiais para os praças. *Gabiliodoro! Gabiliodoro!*

Foi através do espelho que o Embaixador viu Ernesto Villalba entrar no salão, de braço dado com uma mulher loura de porte majestoso, bastante mais alta que ele. Voltou-se, rápido, e foi ao encontro dos recém--chegados. Por um momento perdeu-os na multidão, mas seu instinto de caçador acabou por levá-lo direito à bela fêmea desconhecida.

— Don Gabriel Heliodoro — disse Titito, mesureiro —, quero ter o prazer e a honra de lhe apresentar minha amiga Frances Andersen Warren. Mistress Warren, este é o senhor Embaixador do Sacramento, nosso anfitrião.

Gabriel Heliodoro tomou na sua a mão que a mulher lhe ofereceu, e depositou nela um beijo sonoro, que Titito achou barbárico na sua avidez. A dama voltou-se para o secretário e repreendeu-o em espanhol.

— Você se esquece de que não sou mais Warren. Meu divórcio foi legalmente efetivado a semana passada.

Titito inclinou o busto e pediu-lhe que o desculpasse. Gabriel Heliodoro olhava deslumbrado para a convidada e admirava-se: "Por que será que esses maricões andam sempre com mulheres bonitas?". A que estava agora em sua frente — descreveu-a ele em pensamentos — tinha um trigal maduro na cabeça, um mar nos olhos, neve na pele, sim, mas neve tocada pelo rosicler do primeiro sol da manhã. E aqueles seios, Virgem da Soledade, minha madrinha! E as feições! Uma verdadeira estampa. A boca era rasgada (ele tinha um fraco por mulheres de boca grande), o nariz reto e fino, e a linha do pescoço e dos maxilares só poderia ter sido traçada por um artista como Deus Nosso Senhor. E enquanto Villalba lhe dava uma biografia sucinta de Miss Andersen (nascera no Middle West, tinha avós dinamarqueses, seu ex-marido fora adido naval dos Estados Unidos em várias capitais sul-americanas), Gabriel Heliodoro entregava-se à excitante tarefa de despir a biografada. Seus quadris, diferentes dos de Rosalía, eram escorridos e prometiam coxas longas e roliças. E, só de pensar na palavra *divorciada*, o Embaixador sentia um incêndio na imaginação e nas entranhas. Tomou de novo a mão de Miss Andersen, dessa vez entre ambas as suas, murmurando: "Minha querida senhora, esta é a sua casa e eu sou o seu criado". Largou a longa e morna mão quando viu, com o rabo dos olhos, aproximar-se dele a mancha rubra do vestido de Rosalía.

— Ah! Miss Andersen, quero lhe apresentar a Senhora Vivanco, representante em Washington da beleza sacramentenha. Rosalía, minha filha, esta é Miss Frances Andersen. Vou conseguir a promoção de Titito a primeiro-secretário por ele ter trazido à nossa festa tamanha preciosidade.

Numa fração de segundo, as duas mulheres trocaram-se olhares avaliadores. A americana sorriu e inclinou a cabeça, ficando, porém, com ambos os braços caídos ao longo do corpo. Rosalía, que já tinha começado a erguer o braço direito, com a intenção de apertar a mão da outra, conteve-se. Ainda não havia compreendido os hábitos sociais americanos. Ao ser apresentada a uma pessoa, fosse de que sexo fosse, nunca sabia se devia oferecer-lhe a mão ou limitar-se a um simples inclinar de cabeça.

— Lindo vestido, o seu — sorriu Frances.

— Não tanto como o seu, senhora — replicou Rosalía. — É cor de gelo, não?

— Exatamente.

A sacramentenha ficou a examinar a gringa da cabeça aos pés, crítica e já meio hostil, enquanto Titito e Gabriel Heliodoro, ambos de isqueiros acesos, disputavam o privilégio de acender o cigarro que Miss Andersen havia levado aos lábios.

A pequena distância, Pablo Ortega e Bill Godkin observavam a cena. Viram quando Gabriel Heliodoro, empurrando Titito para um lado, acendeu o cigarro da dama loura e depois disse qualquer coisa ao secretário, que se afastou imediatamente na direção da sala de jantar, em sinuosa marcha bamboleante por entre os convidados.

Ortega, que conhecia Frances Andersen de outras festas e lugares, deu ao jornalista algumas informações sobre a beldade. E Orlando Gonzaga, que conseguira livrar-se de Mrs. Woodward, juntou-se aos dois amigos e, vendo para onde olhavam, disse:

— Ou muito me engano ou a Senhora Vivanco tem rival pela frente. Ela que tome cuidado...

— Não te impressiones — murmurou Pablo. — Rosalía já deve ter pressentido o perigo. Vejam como está estudando a outra...

— E, no meio dessas duas potrancas de raça, lá está o nosso Gabriel Heliodoro, como um garanhão em véspera de aposentadoria. Francamente, se tivesse de escolher entre essas duas mulheres, ficaria com a morena. Tem mais calor, um passado de *sangre y arena*, guitarras, amendoeiras floridas, algo de Arábia, misturado com o sol e o vento das Caraíbas... ao passo que a outra me lembra uma deusa saída das névoas dos fiordes escandinavos. As suecas e as norueguesas, eu sei de experiência própria, são hígidas e ardentes, mas quem é que pode passar a vida numa dieta de peixe?

Godkin limitava-se a sorrir, contemplando o trio através da fumaça de seu cachimbo. Pablo pegou no braço de cada um dos amigos e disse:

— Miss Andersen me dá a impressão dum diamante: algo de precioso, cintilante, raro, caro, mas duro e um tanto frio.

— Vejam que seios magníficos essas duas fêmeas possuem! —

observou Gonzaga. — Parecem couraçados armados de canhões, um diante do outro, prontos para a batalha. E observem como chamam a atenção dos homens... Repare, Bill, na cara basbaque daquele seu colega da Associated Press e na do sujeito que está ao lado dele... Estão ambos em êxtase! Bill, meu velho, seus compatriotas encontram-se ainda na fase oral. Babam-se por seios de mulher. São psicologicamente bebês lactentes. Veja o sucesso que conseguem neste país as atrizes de TV e cinema que têm peitos grandes... Nós na América Latina liquidamos esse assunto no devido tempo. Quanto a mim, mamei até aos dois anos de idade... e nas tetas duma preta.

Bill lançou-lhe um olhar enviesado.

— Vocês latino-americanos devem estar agora na fase anal...

Naquele momento D. Gabriel Heliodoro, segurando com uma das mãos o braço da loura e com a outra o da morena, encaminhou-se com ambas rumo duma das portas do salão. Clare Ogilvy surgiu no encalço de seu chefe e tocou-lhe o ombro com a ponta dos dedos. O Embaixador voltou-se e a secretária disse-lhe algo ao ouvido. Ele fez uma careta de contrariedade e voltou sobre seus passos, mas sem largar as belas presas.

Houve uma súbita comoção num dos setores do salão. Era como se um inesperado vento tivesse encrespado a superfície das águas. Miss Potomac fazia sua entrada triunfal! Vinha cercada de admiradores, em lenta marcha majestosa, interrompida aqui e ali. Parecia uma grande caravela embandeirada, as velas enfunadas, navegando num mar de sargaços. Apertada num vestido de seda preta bordado de vidrilhos, trazia, entre os dedos faiscantes de anéis, uma longa piteira com um cigarro fumegante metido nela. Vinha já fazendo com sua voz rouca e meio masculina os seus habituais epigramas, que provocavam risos subservientes nos que a cercavam. Era famosa pelas suas perfídias. No exato instante em que o anfitrião se aproximou dela para saudá-la, Miss Potomac falava mal duma colunista, sua competidora, que costumava dar grandes festas, além de suas posses, para gente de sangue azul e milionários e por isso vivia num estado crônico de insolvência financeira.

Os três amigos deram à "vaca sagrada" apenas alguns segundos de atenção. Godkin virou-lhe as costas e perguntou a Gonzaga:

— Então, como conseguiu escapar das garras de Mistress Woodward?

— Ora, quem me salvou foi o Embaixador da Coreia do Sul, que puxou com ela uma conversa sobre o "espaço exterior". Aproveitei a oportunidade para sair de órbita...

— Mistress Woodward — sorriu Pablo — é um dos monumentos de Washington.

— E sabem vocês o que descobri? — perguntou Gonzaga. — Essa dama é altamente representativa de alguns milhões de mulheres deste país que pautam seu comportamento de acordo com uma série de ideias feitas que na realidade não passam de mitos...

Bill Godkin pediu a Gonzaga que explicasse melhor sua ideia, mas já prevendo que seu amigo brasileiro, como sempre, ia carregar na caricatura.

— Ora, alguns desses mitos podem ser sintetizados nas seguintes frases: "O modo americano de vida é o melhor do mundo...", "O que é bom para a General Motors é bom para os Estados Unidos...", "Os negros são uma raça irremediavelmente inferior...", "Quase todos os democratas são criptocomunistas...", "Os chineses (principalmente os vermelhos) são bandidos e Mao Tsé-tung é uma nova encarnação do Doutor Fu-Manchu...".

Godkin sorriu.

— Acho que você está fazendo uma grande injustiça às mulheres americanas, tomando Mistress Woodward como representante delas...

Gonzaga segurou cordialmente as lapelas do jornalista.

— Pode haver excesso de sátira no que acabo de dizer, mas há também muita verdade. Este país se alimenta de mitos dourados, açucarados e finalmente impingidos ao público pelo vosso *mass media*. As revistas, os jornais, o cinema, a televisão, o teatro de vocês, que constituem a mais prodigiosa, rica, atraente e eficiente rede de propaganda jamais inventada pelo homem, dedicam-se à divulgação de lendas e mitos. Alimentam o público com contos de fadas ou aventuras de horror. Oscilam entre Poe e Pollyana, com escalas por Dick Tracy e pelo Super-man.

— Quem ouve você falar, Gonzaga — disse Godkin —, não pode compreender como é que, com tantos defeitos, ilusões e inocências, os americanos puderam construir um dos países mais ricos e confortáveis do planeta...

Gonzaga soltou uma risada.

— Não te zangues, Bill, nem me leves muito a sério. Tomei já três uísques e ainda não comi nada. — Voltou-se para Ortega e perguntou: — Dá a Bill a receita que descobriste para "fabricar" um americano.

Pablo, que na ponta dos pés olhava na direção da porta principal do salão, na esperança de descobrir Glenda Doremus, murmurou:

— Não vale a pena.

— Vamos, homem! O Bill sabe que tu e eu criticamos os gringos apenas com malícia, nunca com maldade.

Ortega voltou-se para o jornalista.

— Para fazer um americano, deite-se numa panela uma porção de *Homo faber* e outra, um pouco menor, de *Homo ludens* e depois acrescente-se uma pitada de farisaísmo e ponha-se a mistura a ferver em fogo lento.

Godkin ia formular o seu protesto (pois, para principiar, achava que ele próprio tinha um pouco de *Homo ludens* mas quase nada de *Homo faber*) quando viu Clare Ogilvy aproximar-se.

A secretária puxou Pablo pelo braço e segredou-lhe:

— Tenho uma confissão a fazer.

— Faça.

— Hoje eu traí você.

— Com quem?

— Com Don Gabriel Heliodoro. Logo que cheguei, ele me abraçou e beijou, imagine! É um feiticeiro. Você pode dizer o que quiser dele, que *hoje* não acredito. Adoro esse homem, perdoe-me, Pablo — acrescentou no tom de quem escreve o final duma carta de suicida. — Sua para sempre, Ogilvita.

— Quando é que vamos comer? — indagou o brasileiro.

— Don Gabriel vai neste momento comboiando uma loura e uma morena na direção da sala de jantar — informou a secretária. — Teremos primeiro a solenidade da apresentação à sociedade de Washington das famosas *empanadas sacramenteñas*. Vamos, antes que os bárbaros assaltem a mesa e a limpem.

No caminho contou a Pablo de como D. Gabriel se havia portado no seu encontro com Miss Potomac. Agradecera-lhe pelo que ela dissera dele em sua coluna. Beijara-lhe a mão, elogiara-lhe o vestido, achara-a jovem... Um verdadeiro sedutor. "É claro que na tradução de seus galanteios tive o cuidado de eliminar alguns exageros e inconveniências. Mas duma coisa estou certa: nosso Embaixador é um sucesso."

Contrastando com o esplendor do salão de festas, a sala de jantar que lhe ficava contígua, em estilo do baixo Renascimento, era duma sobriedade repousante. O pavimento era todo de ladrilhos — agora sem tapetes — e viam-se, nas paredes, umas tapeçarias belgas inspiradas em desenhos de Rafael. A mobília falava dum tempo em que a nostalgia da Roma imperial e da Grécia clássica não se fizera ainda aguda entre os artistas da Itália e seus mecenas. D. Alfonso Bustamante, porém, achara de bom aviso quebrar a severidade do ambiente, mandando estofar as cadeiras de alto respaldo com uma imitação de veludo veneziano do século XV: alcachofras estilizadas em meio de guirlandas bordadas a fio de ouro contra um fundo cor de vinho. A mesa era de desenho simples, quase monástico, e em torno dela o velho diplomata, em jantares que haviam marcado época em Washington, costumava fazer sentarem-se mais de vinte convivas.

Era essa longa mesa de nogueira lavrada que Parker & Baker, Caterers haviam transformado num *buffet froid*. ("*Dégoûtant!*", murmurara Michel Michel, franzindo o nariz ao ver as comidas.) Por entre arranjos florais que o mordomo achava detestáveis ("*Le goût américain, vous savez...*"), alinhavam-se travessas com perus aparentemente inteiros mas na realidade já cortados para serem servidos; fatias de pernil de porco e carneiro; presuntos cozidos e caramelados, crivados de cravos e cercados de rodelas de abacaxi; uma rica variedade de saladas que mais pareciam produtos de litografia que de cozinha; fatias de língua de vaca em molho picante; pratarraços de arroz quente (que Miss Ogilvy encomendara à última hora, pensando nos convivas latino-americanos e orientais). Havia também peixes — enormes peixes inteiros, cobertos duma branca camada de gelatina (ou fosse lá o que fosse!) sobre a qual se desenhava ("*Quelle vulgarité!*") a bandeira do Sacramento.

Sem largar do braço de suas damas, Gabriel Heliodoro fê-las aproximarem-se do *buffet* e assim deu o sinal esperado pelos convivas que se amontoavam ao redor da mesa. Sob o olhar crítico do mordomo, garçons azafamados andavam dum lado para outro, e alguns deles começavam já a servir os primeiros convivas que lhes apresentavam seus pratos. De repente aconteceu algo que produziu grande sensação na sala renascentista. Entraram três *waiters* trazendo longas travessas cheias de pastéis quentinhos e dourados, polvilhados de açúcar de confeiteiro.

"*Las empanadas!*", exclamou Ninfa Ugarte, num êxtase. Um bando de compatriotas suas precipitou-se ao encontro dos garçons, soltando gritinhos de gula cívica. D. Ninfa, que já havia metido na boca um pastel e estava com o buço e o queixo salpicados de açúcar, ergueu os braços e, com voz lubrificada, exclamou: "Esperem, *chicas*! Sejam civilizadas! Onde está a hospitalidade sacramentenha? Deixem primeiro os visitantes provarem os pastéis". Suas palavras perderam-se, inócuas, em meio do frenético vozerio, e sua própria pessoa física foi envolvida no entrevero que se formou em torno dos empregados. Ao pé da porta, o Embaixador de Gana, um preto alto, de aspecto imponente, metido numa túnica branca, sorria para a cena com seus belos dentes alvos e regulares. E Orlando Gonzaga, que também se aproximara faminto das comidas, de braço com Godkin, cochichou ao ouvido deste: "Será que providenciaram um assado de carne humana para esses representantes das novas repúblicas africanas?". E Godkin, chupando o cachimbo apagado, resmungou: "Aposto como esses pretos são mais civilizados e cultos que você, que eu e que a maioria das pessoas que aqui estão esta noite. Muitos deles cursaram as Universidades de Oxford ou Cambridge".

Junto duma das extremidades da mesa, Michel olhava para a "bacanal" com uma expressão de repugnância que lhe acentuava os sulcos que habitualmente lhe fechavam a boca num parêntese de nojo. Gabriel Heliodoro fez-lhe um sinal.

— Michel, mande trazer uma bandeja de pastéis para nós!

O mordomo fez cumprir a ordem recebida. O Embaixador do Sacramento convidou Frances Andersen e Rosalía Vivanco a se servirem. A sacramentenha pegou uma *empanada* e levou-a à boca quase com o ar de quem cumpre um ritual sagrado. A americana imitou-lhe o gesto, mas, com uma cerimoniosa indiferença de ponta de dedos, mordiscou apenas o pastel. A morena trincou-o com gosto, mal conseguindo evitar que o fino recheio lhe escapasse pelos cantos da boca. Gabriel Heliodoro, que não desviava o olhar do rosto de Miss Andersen, viu quando suas dentadinhas ganharam mais animação e por fim ela meteu metade duma *empanada* na boca — gesto que inflamou a imaginação erótica do Embaixador do Sacramento.

— Que tal? — perguntou ele, alvoroçado. — Que tal?

— Delicioso! — respondeu a americana, servindo-se de outro pastel.

O Embaixador exultava.

— Já comeu em toda a sua vida massa mais delicada? Mas o segredo, minha senhora, está no recheio.

— Galinha? — perguntou Frances.

— Galinha misturada com carne de gado e camarão, tudo isso temperado com ervas que só existem em nosso país. A receita desses pastéis vem dos tempos coloniais. Ó Michel, traga-nos champanha!

Pouco depois, de taças em punho, os três trocavam brindes.

A sala de jantar estava agora completamente atopetada de gente, e ao redor da mesa a algazarra era infernal. Dois dos peixes já tinham sido cortados. Um sacramentenho saudoso tivera o cuidado de tirar o seu pedaço sem desmanchar a bandeira da pátria, que comeu, reverente e lambuzado.

Ninfa Ugarte e o marido estavam junto da mesa a servirem-se com entusiasmo.

— O pernil de porco está precioso — avisou ela.

— Mas... e o meu colesterol? — hesitou ele.

— *Mierda* para o teu colesterol!

No meio da inquieta aglomeração, Gabriel Heliodoro acabou por perder de vista tanto Frances como Rosalía. Ia servir-se duma coxa de galinha, bem tostada, como gostava, quando viu, do outro lado da mesa, a sorrir para ele, um general americano fardado.

Com a velocidade da luz, o pensamento do Embaixador transportou-o a Soledad del Mar. Um anoitecer de verão, em 1915. Ele tinha doze anos e estava espiando o bivaque dos *marines* dos Estados Unidos. Um sargento brandiu no ar uma perna de galinha. Os meninos descalços, esfarrapados e famintos da vila ergueram os braços magros e gritaram: "Atira! Atira!". O americano jogou na direção deles o pedaço de galinha. Gabriel Heliodoro, o mais alto de todos, apanhou-o antes que ele caísse ao solo, apertou-o contra o peito e tratou de safar-se. Um dos companheiros agarrou-o pelos joelhos e ele tombou, esborrachando o nariz contra o chão, mas não largou a perna de galinha. Os outros atiraram-se em cima dele, aos gritos, rasgaram-lhe a camisa, arranharam-lhe as costas, morderam-lhe os braços, golpearam-lhe a cabeça, e só o deixaram em paz quando outros fuzileiros surgiram e puseram-se a atirar para o meio deles umas moedas de níquel que tinham a imagem dum búfalo em relevo numa das faces. Gabriel Heliodoro precipitou-se para a igreja, onde entrou, ofegante da luta e da corrida. Pôs-se a comer vorazmente a coxa de galinha, que sabia a tempero de gringo, suor de seu corpo, poeira e sangue — o sangue que lhe escorria morno do nariz. Enquanto comia, olhava para a imagem da Virgem, sua madrinha. Estava meio envergonhado por ter aceito restos de comida daquela tropa estrangeira que havia desembarcado em Soledad del Mar especialmente para matar Juan Balsa e seus guerrilheiros.

Por um instante mágico, Gabriel Heliodoro conseguiu recapturar as imagens e sensações daquele episódio remoto de sua vida.

Sorria agora, olhando para o prato. Num impulso, espetou um garfo na perna de galinha que havia escolhido para si mesmo e praticamente atirou-a no prato do general, que a princípio pareceu um pouco chocado mas em seguida, descobrindo cordialidade no gesto do anfitrião, sorriu, agradecido.

14

Pablo tinha já perdido a esperança de ver Glenda Doremus aquela noite, quando a moça surgiu à porta do salão. No primeiro momento não a reconheceu. Curioso como nossa fantasia deforma as imagens da memória! Glenda parecia-lhe agora mais bonita e menos dramática do que na primeira vez em que a vira. Encaminhou-se para ela, apertou-lhe calorosamente a mão e agradeceu-lhe por ter vindo.

— Tenha paciência comigo — murmurou a americana, com aquela voz crepuscular, de que Pablo tanto gostava. — Esta é a primeira vez que compareço a uma recepção diplomática.

— Em toda a sua vida? — admirou-se ele.

— Em toda a minha vida.

— Bom! Vamos dar um passeio pela sala. É uma fauna interessante. Aquele homem alto é o Embaixador da Etiópia. — Glenda não pareceu interessada no diplomata africano. — O cavalheiro gordo e moreno, com a cara dum buda simpático que fez regime para emagrecer, é o Embaixador da Tailândia. E ali está a Embaixatriz da França, uma das damas mais elegantes de Washington...

Tomou do braço de Glenda e sentiu (ou seria ilusão?) que a moça se encolhia ao contato de sua mão, como se o achasse desagradável. Nem por isso, porém, afrouxou a pressão de seus dedos.

— Ah! Aqui está o meu amigo Orlando Gonzaga, primeiro-secretário da Embaixada do Brasil. Cuidado, é um homem perigoso...

O brasileiro apertou a mão que a americana lhe estendeu. Pablo continuou a andar com sua convidada, deixando o amigo para trás.

— Bill! — exclamou ele. — Venha conhecer uma compatriota sua.

Depois de passarem pelo jornalista, aproximaram-se dum homem que se esgueirava por entre convidados com movimentos graciosos e aéreos de bailarim.

— Este, Miss Doremus, é o meu colega Ernesto Villalba.

Titito mirou Glenda Doremus da cabeça aos pés, e classificou-a imediatamente: funcionária da União Pan-Americana. As festas não são o seu forte. Maquila-se mal. Não tem boa saúde. O vestido é horroroso. Mas o Pablo está caidinho por ela.

— Vocês me deem licença — disse ele. — Vou cumprir uma missão dolorosa. Nosso Embaixador me mandou mostrar a casa a cinco damas da sociedade de Washington, todas elas VIPs e interessadas na América Latina. Adeus! Prazer em conhecê-la, miss...

Quando Pablo apresentou a amiga a um cavalheiro moreno, de bigodes negros, este beijou-lhe a mão.

— A seus pés, senhorita.

Pouco depois, já longe do galanteador, ela perguntou:

— Por que "a meus pés"?

— É uma velha fórmula de cortesia espanhola. Não lhe agrada?

— Detesto todas as fórmulas — disse ela, ácida. — Principalmente as de cortesia.

Pablo sorriu. Sentia-se feliz. Com a presença de Glenda, a festa ganhava para ele um sentido novo e excitante. Agora tinha a certeza de que gostava fisicamente de Glenda Doremus, mas sua intuição lhe dizia, quase aos berros, que ia ter problemas com ela, diferenças de opinião, atritos, conflitos de toda sorte. Mas por que pressentia isso se haviam conversado tão pouco um com o outro, e a dissertação acadêmica daquela moça da Georgia era tão impessoal como uma notícia de jornal?

— Pablo! Não me apresentas à beldade?

Surgira-lhes pela frente Gabriel Heliodoro, que terminava de esvaziar sua terceira taça de champanha. Fizeram-se as apresentações. O Embaixador derramou seu encanto sobre a americana, que reagiu com uma frieza quase hostil.

— Fique à vontade, senhorita, está em sua casa. Pablo, tome conta dela. Faça-a comer as *empanadas sacramenteñas*. Nos veremos mais tarde, miss.

— Ele tem sangue índio? — perguntou Glenda, acompanhando com os olhos o Embaixador, que se afastava na direção duma bela mulher toda vestida de encarnado.

— Deve ter — respondeu Pablo. E, sabendo que ia provocar uma discussão, acrescentou: — Isso tem alguma importância?

— Isso quê?

— O tipo de sangue que uma pessoa possa ter nas veias...

— Você acha que não?

Ele exprimiu numa careta sua indiferença ao assunto. Glenda fez então a segunda tentativa para libertar o braço da mão dele. Pablo, porém, não o largou.

Foi nesse momento que avistou o Embaixador do Haiti e decidiu fazer uma experiência.

— Quero que você conheça um amigo meu... — murmurou, conduzindo a moça na direção do diplomata haitiano, que se achava no centro da sala, com um copo vazio na mão. Percebendo que ia ser apresentada a um preto, Glenda tentou desviar-se. "Não!", exclamou. Pablo, porém, apertou-lhe o braço com mais força e continuou a arrastá-la. Por que esta ferocidade? — perguntava-se ele. Por que este desejo de dominá-la e magoá-la?

— Por favor — suplicou ela, tentando desvencilhar-se. — Não quero. Não quero. Você não tem o direito de me obrigar!

Pablo, porém, sem cessar de sorrir, forçou-a a aproximar-se do representante do Haiti.

— Senhor Embaixador, esta é minha amiga, Miss Glenda Doremus.

O diplomata sorriu, fez uma curvatura e estendeu a mão. A americana hesitou um instante, deu ao haitiano a ponta dos dedos, mas retirou-os rapidamente. Pablo notou que ela empalidecera.

— Com licença, senhor Embaixador — murmurou Ortega. E continuou a andar com a sua prisioneira. Sim, Glenda era sua prisioneira. "Agora eu sei", pensava ele, "agora tenho a certeza. É racista. Deu a mão a um negro: seu estômago deve estar em convulsões." Notou gotas de suor na testa da americana, que pela terceira vez tentou escapar-lhe.

— Você está me machucando o braço — queixou-se ela, lançando-lhe um olhar rancoroso.

— Está bem. Vou libertá-la. — Ele sorria ainda. — Mas não fuja. Temos que conversar.

Andaram alguns passos em silêncio. De repente ela estacou.

— Por que fez aquilo? Eu disse que não queria ser apresentada àquele negro.

— Antes de ser negro, ele é uma criatura humana.

— Não vim aqui para receber lições de ética e moral.

— Não seja tola! — exclamou Pablo, surpreendendo-se de seu próprio comportamento. Jamais em toda a sua vida se portara dessa maneira com uma mulher. — Apelo para o seu espírito esportivo — disse, oferecendo um cigarro a Miss Doremus. Ela sacudiu a cabeça negativamente. Ele acendeu o seu e tornou a falar. — Esta embaixada é legalmente território da República do Sacramento, portanto estou na minha pátria.

— Mais uma razão para portar-se como um cavalheiro — replicou ela, olhando em torno. Aquela aglomeração de gente, a temperatura da sala, o vozerio, os cheiros de comida que vinham da outra peça, tudo contribuía para deixá-la estonteada. Começou a sentir o estômago. — Vou-me embora — murmurou.

Ele tornou a tomar-lhe do braço, mas dessa vez com ternura.

— Não vá, por favor. Preciso muito falar com você. Ainda não discutimos a sua tese.

— Não vim aqui para isso.

— Por que veio, então?

Ela pareceu surpreendida.

— Que pergunta idiota! Vim porque fui convidada. Vim porque você insistiu no convite e eu lhe prometi que viria. Está bêbedo?

— Não bebi nada ainda. Nem água.

— Tomou alguma droga?

— Não costumo tomar drogas. Que é que você pensa que eu sou?

Ficaram por alguns segundos em silêncio, a se entreolharem, carrancudos ambos.

— Mas pretende discutir a minha dissertação no meio deste inferno?

— Não. Detesto tanto quanto você estas reuniões sociais. Vou agora quebrar o regulamento da embaixada, que proíbe a seus secretários darem atenção exclusiva a um único convidado. Vamos buscar o que comer e o que beber e depois nos refugiaremos num canto tranquilo. De acordo?

Ela deu de ombros, como que resignada a tudo. Passaram para a outra sala. Pablo fez dois pratos e pô-los numa bandeja juntos com uma garrafa de champanha e duas taças.

— Vamos verificar se a biblioteca está deserta.

Saíram por uma porta, entraram num corredor que passava debaixo da grande escadaria do vestíbulo central e entraram na biblioteca. A um canto, dois homens conversavam. Pablo reconheceu-os. Eram o Dr. Jorge Molina e um professor da George Washington University. Dizia o primeiro com sua voz didática:

— ... assim que o Destino é a direção da existência rumo da essência. Eu lhe diria até que...

Baixou a voz quando viu os recém-chegados. Inclinando-se para a amiga, Pablo sussurrou:

— Aquele retrato a óleo ali em cima da lareira é do Presidente Juventino Carrera.

Glenda não se interessou pela pintura em que o Generalíssimo parodiava a pose clássica de Simón Bolívar.

Deixaram a biblioteca e, depois de passarem por corredores e peças de tamanho vário, que pareceram a Glenda imitações em miniatura da galeria dos espelhos do Palácio de Versalhes, chegaram a uma pequena sala no fundo da ala esquerda da mansão.

— Este é o meu recanto favorito da embaixada — disse Pablo. — Segundo os entendidos, a mobília é puro Renascimento espanhol. Está vendo aquela papeleira ali no canto? É um *vargueño* autêntico.

Miss Doremus nunca tinha ouvido falar em *vargueño* nem se interessou por saber a história do móvel.

Pablo pôs a bandeja em cima duma mesa baixa, na frente do sofá no qual Glenda se sentara. Por um instante ficou ocupado com abrir a garrafa de champanha. Por fim a rolha saltou com um estouro, bateu num querubim pintado no teto e caiu sobre o fofo tapete, enquanto a espuma jorrava pelo gargalo. Pablo encheu ambas as taças.

— Vamos beber e fazer as pazes — propôs, sentando-se numa poltrona à frente da moça, que pegou apenas na taça, enquanto Pablo sorvia o primeiro gole.

— Não bebe?

— Pode me fazer mal ao estômago...

— Qual! Beba. Essas doenças do estômago, em geral, são produtos da nossa imaginação. Não me diga que também não vai comer...

Ela olhou para os pratos onde, com fatias de peru e uma salada com molho de cor e aspecto suspeitos, viu dois pastéis reluzentes de gordura. Pablo esvaziou rapidamente a sua taça.

— Por que me forçou a apertar a mão daquele preto? Não havia necessidade. Não o encontramos no nosso caminho. Foi você que me dirigiu propositalmente para o lado dele. Quis me testar?

— Exato.

— Pois bem, agora já sabe que detesto os negros. A questão está encerrada. Respeito seus gostos e convicções e você deve, em troca, respeitar os meus. Mas, seja como for, acho que você foi incivil.

Pablo reencheu sua taça.

— Está furiosa comigo, não?

— Para falar com franqueza, estou.

— Aceita meu humilde pedido de desculpas?

— Já lhe disse que detesto as fórmulas. E, por favor, não use mais essa palavra detestável.

— Qual?

— Humilde.

— Está bem. Vamos comer.

Entregou um dos pratos a Glenda, que ficou a remexer a salada com o garfo, sem apetite.

Pablo ergueu-se, aproximou-se da porta por onde haviam entrado e fechou-a a chave.

— Por que fez isso? — perguntou Glenda, pondo-se de pé, alarmada.

— Não quero que nos perturbem.

— Abra essa porta! — ordenou ela, ríspida.

Ele voltou para junto da americana, como se não tivesse ouvido a ordem.

— Sente-se, Glenda. Fique tranquila. Não vou tentar violentá-la.

Ela empalideceu e por um momento uma expressão de ódio contraiu-lhe o rosto, dando-lhe um brilho mau aos olhos.

— Jamais torne a pronunciar essa palavra na minha frente — disse ela com voz fosca.

Sentou-se, abriu a bolsa com mãos trêmulas e tirou de dentro dela uma carteira de cigarros. Pablo ofereceu-lhe o fogo do seu isqueiro. O cigarro tremeu nos lábios da rapariga. Finalmente, depois de expelir nervosamente uma baforada de fumaça, ela olhou para o diplomata.

— Mister Ortega...

— Por favor, chame-me Pablo.

— Pois bem. Pablo, você é um sujeito estranho. A primeira vez que o vi na embaixada, tive uma impressão diferente. Pareceu-me um homem equilibrado, discreto... como é que vou dizer?... suave. Uma pessoa, enfim, em quem eu podia confiar. Agora vejo que é como todos os outros.

Ele a encarou por alguns instantes em silêncio.

— Glenda, para falar com toda a franqueza, desde o momento em que você entrou aqui, estou representando. Pablo Ortega no papel do homem forte e dominador. Não sou nada disso, acredite...

— Mas por que está fingindo o que não é?

— Não sei. Talvez porque você me desperta instintos adormecidos — sorriu — ou então porque no fundo... bom, não sei, talvez eu queira ser o tipo que estou representando. Mas não é nada disso! Fiquemos amigos, isso é que importa.

— Francamente, não sei ainda o que pensar. Estou arrependida de ter vindo. E se vim foi por sua causa. — Fez uma pausa e depois perguntou: — Por que não vai dar sua atenção aos outros convidados? Por que este interesse especial por mim?

— Você acha desagradável que um homem se interesse por você?

— Acho, porque, sempre que isso acontece, a coisa acaba mal.

— Você é muito pessimista, Glenda. Mas, vamos! Coma e beba alguma coisa.

Ela lançou um olhar indeciso para o prato que repudiara, repondo-o sobre a mesa.

15

Minutos depois, mais calma, tinha conseguido comer, além de dois pequenos pedaços de peru, a metade dum pastel, cujo recheio achara excessivamente temperado e enjoativo. A instâncias de Pablo, bebera alguns goles de champanha, mas cautelosamente, quase a medo, pensando em como ia sentir-se no dia seguinte.

Ortega, entretanto, esvaziara já sua terceira taça de champanha, e, de pé diante da americana, estava disposto a dizer-lhe francamente o que pensava de sua dissertação sobre o Sacramento.

— Quero uma crítica sincera — insistiu ela, cruzando os braços e apertando com eles o estômago, por simples precaução, pois não sentia ainda nenhuma dor ou náusea.

— Pois bem — disse Pablo, sem saber ao certo por que encontrava tanto prazer em agredir a rapariga. — Sua dissertação não revela o menor senso de perspectiva histórica e está cheia de inverdades.

Ela franziu a testa, tensa, sentindo aquelas palavras não só com o espírito, mas com todo o corpo.

— Inverdades? Como? Por quê?

— Para principiar, você usou fontes de informação contaminadas.

— Mas os dados que usei me foram fornecidos em grande parte pela sua própria embaixada!

— É exatamente por isso que eu os declaro impuros, falsos.

— Você está bêbedo.

— Pode ser, mas isso não torna menos verdadeiro o que acabo de lhe dizer...

Glenda olhava fixamente para o desenho do tapete, a seus pés.

— Claro, há na sua tese coisas indiscutíveis — prosseguiu Pablo. — O Sacramento é realmente uma ilha, fica no Mar das Caraíbas, foi descoberto em 1525 por um dos capitães do conquistador espanhol Francisco Fernando de Córdoba, um certo Leandro García Escala, que fundou Puerto Esmeralda na costa noroeste da ilha e mais tarde Cerro Hermoso, no platô central. Mas a história do puma fulvo que montava guarda à boca duma mina de prata e só devorava os espanhóis, ao passo que poupava os nativos, cujas mãos lambia, não é mais verdadeira do que a da loba que amamentou Rômulo e Remo.

— Li, num livro que o Doutor Molina me emprestou, que a existência desse puma ficou provada em antigos documentos dos tempos coloniais, tanto que hoje esse animal aparece no escudo do Sacramento.

— Um mito, acredite.

Glenda inclinou o busto, segurando as faces com as mãos, apoiou os cotovelos nos joelhos e ergueu os olhos para o diplomata.

— Mas não se salvará nada do que escrevi?

— Salva-se você.

— Não me venha com galanteios! Abomino essas coisas. Estou falando sério. Tenho de entregar minha dissertação o mês que vem.

Pablo encolheu os ombros. O vinho tornava-o loquaz, feliz, aéreo. Achava agradável, dum modo sadomasoquista, a companhia de Glenda Doremus.

— A parte em que você disserta sobre a libertação do Sacramento do jugo espanhol e sobre o papel que meu país representou como parte do Império Mexicano de Iturbide e mais tarde na Confederação Centro-Americana está bem em suas linhas gerais.

— Que é, então, que lhe parece tão mau ou errado no meu trabalho?

— O resto.

Ela empertigou o busto e protegeu de novo o estômago com os braços cruzados.

— Não aceito uma crítica assim tão sumária e vaga. Aponte os erros, cite trechos. Por que não trouxe os originais?

Ela sentia ainda o ressaibo das especiarias que temperavam o pastel. Abriu a bolsa, tirou dela uma pastilha de leite de magnésia e meteu-a na boca.

— Para principiar — disse Pablo, acendendo outro cigarro —, a história do Sacramento não é tão linear como você a apresenta. E a nossa história secreta é muito mais pitoresca e humana do que a oficial que nos impingem os textos escolares.

— Ainda não sei aonde você quer chegar...

— Como boa americana alimentada desde a infância por histórias de bandidos e mocinhos, você procurou heróis absolutos e bandidos absolutos na história do meu país. A coisa não é tão simples assim. Você pintou seu quadro com cores primárias, em grandes chapadas. O resultado foi um cartaz sem matizes.

Ela sacudiu a cabeça lentamente dum lado para outro como que perdida.

— Vamos por partes... — disse. — Está errado o que escrevi sobre Don Antonio María Chamorro? Era ou não era ele um ditador cruel que governou o Sacramento despoticamente durante quase vinte e cinco anos?

Pablo divertia-se com a exaltação da rapariga.

— No seu trabalho você apresenta Don Antonio María como um bandido vulgar, um ignorante e um ladrão. Pelo menos foi essa a impressão que tive...

— E que era ele então? Um santo? Um sábio?

— Não. Era um certo tipo de homem. Tinha um pouco de sábio, um pouco de santo e muito de neurótico.

Ela soltou um suspiro de impaciência e engoliu o que lhe restava da pastilha na boca.

— Estou esperando a sua versão da história do Sacramento.

— Bom... Em 1899, Don Antonio María Chamorro, um cidadão de pouco mais de cinquenta anos, médico que nunca exerceu a profissão, e membro duma rica família de nossa chamada aristocracia rural, apresentou-se candidato à Presidência da República pelo Partido Liberal, que havia quase vinte anos se encontrava na oposição. Vencido pelo candidato conservador, e alegando ter sido vítima duma fraude eleitoral, preparada pela máquina política e policial do Governo, Antonio María entrou a conspirar com os chefes oposicionistas e em 1900, com o apoio de grande parte do então diminuto Exército Nacional, tomou o poder num golpe de Estado...

— Tudo isso está na minha tese — avançou Glenda.

— Eu sei. Encorajado pelo "sucesso" da ditadura de Don Porfirio Díaz no México, mas principalmente empolgado pelos seus próprios planos políticos e administrativos, Chamorro fechou o Congresso e instituiu o que ele chamava de "ditadura paternalista provisória". Sua ideia era a de que o país necessitava de preparar as elites para governarem e ao mesmo tempo alfabetizar o povo para que este pudesse exercer conscientemente o direito de voto. Para cumprir seu programa, deu todo o seu apoio e atenção à velha Universidade Federal, destinando-lhe verbas substanciais, aumentando o ordenado dos professores e contratando mestres na França e na Alemanha para enriquecer seu corpo docente. Por outro lado, ordenou que se construíssem escolas primárias em todo o país...

— Ordem que nunca se concretizou — interrompeu-o Glenda, veemente.

— Exato. Mas escute... Don Antonio María era um humanista, com uma comovedora vocação para o mecenato. Dava bolsas de estudos na Europa a artistas e cientistas nacionais... Ávido ledor de história, apaixonado da Grécia e da Roma antigas, amante da música e da poesia, procurou transformar Cerro Hermoso numa capital das artes, como Luís I da Baviera fizera com Munique. Queria que sua cidade fosse conhecida como a Atenas das Antilhas.

— O que não impediu que ele próprio acabasse sendo conhecido como *El Chacal del Caribe*.

— Título que na minha opinião não merecia. Não estou defendendo a "ditadura paternalista provisória" de Don Antonio María nem qualquer outra forma de tirania. O que desejo é chamar sua atenção, Glenda, para os aspectos humanos de Chamorro. Era um homenzarrão de testa nobre, barbas alouradas, olhos azuis, peito largo, um tanto parecido com o malfadado Maximiliano do México. Recusou o título de *El Magnífico* que lhe quiseram dar e também o de General Honorário do Exército. Era medularmente um civilista com vocação patriarcal. Preferia ser chamado *El Protector*, e ficava feliz por saber que entre o povo era conhecido como *El Tata Grande*.

— Tata? Ele talvez tivesse sido um Pai no princípio da ditadura, antes que sua verdadeira natureza de déspota se tivesse revelado.

— Sua "verdadeira natureza"? Essa talvez só Deus conheça.

— Deus e você, Pablo.

Ele gostou da ironia.

— Exatamente. Deus e eu. Imagine Don Antonio María no velho Palácio do Governo a organizar bailes, tertúlias literárias, concertos (seus compositores prediletos eram Berlioz e Wagner), jogos florais...

— E a todas essas o povo morria de fome.

— É verdade. Ainda hoje continua morrendo. Mas isso é outra história... Deixe-me continuar... Um dos muitos erros de Don Antonio María foi o de viver fechado no seu palácio ou, melhor, no mundo criado pela sua fantasia. Nunca quis saber do que acontecia no resto do país. Passava o tempo a assinar papéis e a fazer projetos grandiosos para a nação, lendo os clássicos gregos e romanos ou jogando xadrez com seu amigo do peito Don Herminio Ormazabal, Arcebispo Primaz do Sacramento. Dedicava as horas da madrugada (levantava-se sempre ao raiar do dia) a um ensaio que estava escrevendo, mas que nunca terminou, sobre Aristóteles. E, para poder levar esse tipo de vida, entregava as províncias ao arbítrio de seus governadores, em geral representantes do patriciado rural, agricultores, criadores de gado, donos de usinas de açúcar, homens, enfim, que se portavam como barões feudais, despojando às vezes os pequenos proprietários de suas terras, explorando os camponeses da maneira mais iníqua. O que Chamorro exigia de seus governadores era lealdade política e obediência filial e, claro!, todo o apoio para que o *Tata Grande* pudesse continuar no poder.

Glenda ergueu-se subitamente, acendeu outro cigarro, soltou duas baforadas de fumaça e perguntou:

— Mas você acha crível que um homem inteligente pudesse ter vivido vinte e cinco anos nessa ilusão?

— Acho. Seus ministros e áulicos tudo faziam para mantê-lo alienado da realidade. O Chefe de Polícia amordaçava a imprensa. *El Protector* só lia o diário oficial. O Exército unido mantinha a oposição inerme e submissa. Don Antonio María, figura pirandeliana, era em última análise um prisioneiro.

— De quem?

— Psicologicamente, de sua neurose, pois tudo indica que tinha uma personalidade esquizoide. Física e politicamente, do grupo que o cercava e o usava como figura de proa, já que ele tinha passado a ser para o país e, até certo ponto, para o resto da América, uma respeitável imagem. E sabe quem estava à frente desse grupo de carcereiros, quem era a verdadeira "força por trás do trono"? A mulher de Chamorro.

— Doña Rafaela?

— Exatamente, essa personagem ambiciosa, autoritária e também neurótica, que você esqueceu em sua tese.

— Eu não pretendi escrever uma novela — defendeu-se Glenda.

— Pois olhe... A história lucraria muito se, de vez em quando, usasse a técnica da novela...

Calou-se. Ambos voltaram o olhar para a porta, cuja maçaneta se movia, produzindo um ruído metálico. Ouviram-se passos e vozes na sala contígua. Pablo continuou:

— Doña Rafaela, acumpliciada com alguns ministros da República, montou uma eficientíssima máquina de opressão e corrupção que valeu a ela e seus "sócios" uma fortuna fantástica.

— Os livros de história de vocês apontam Chamorro como o chefe onipotente dessa quadrilha.

Pablo sacudiu negativamente a cabeça.

— Foi durante o Governo de Chamorro que capitais norte-americanos entraram e fincaram pé no Sacramento. Mas os contratos entre o Governo e os representantes dos banqueiros de Nova York eram antes submetidos a Doña Rafaela, que os estudava, assessorada pelos seus cupinchas. Nada era aprovado sem sua chancela... E, entre 1905 e 1915, a Caribbean Sugar Emporium comprou terras no valor de quarenta milhões de dólares e começou a plantar canaviais intensivamente e a construir usinas de açúcar. Foi também nessa época que a famosa United Plantations Company, conhecida, temida e admirada, ou odiada pela sigla Uniplanco, se estabeleceu no Sacramento e se entregou ao cultivo e à exportação de banana, cacau, sisal, chicle e óleos vegetais. Todas as empresas ferroviárias do país passaram a ser controladas por capitais norte-americanos. O mesmo aconteceu com o fornecimento de energia elétrica e com a rede telefônica nacional. Nessas transações todas, Doña Rafaela e seus sócios ganhavam a sua parte em ações dessas companhias ou em dinheiro, em troca de facilidades concedidas às firmas investidoras.

— E você quer me fazer crer que a todas essas Chamorro ouvia Berlioz e escrevia seu ensaio sobre Aristóteles?

— E por que não? Estava encantado com o progresso do país. O Sacramento atraía capitais estrangeiros! A velha, pequena e ronceira estrada de ferro nacional fora substituída por outra maior, mais moderna, rápida e eficiente... A energia elétrica e os serviços telefônicos também aumentavam e melhoravam. A Uniplanco e a Sugar Emporium construíam portos próprios, drenavam rios e banhados, saneavam as terras do litoral onde a malária era endêmica... Quando Don Antonio María visitava as províncias (o que raramente acontecia), era recebido com paradas e festas preparadas pelos Governos Provinciais: meninos e meninas das escolas acenavam-lhe com bandeiras nacionais, senhoras e senhoritas jogavam-lhe pétalas de rosas na cabeça, a populaça gritava: "Viva nosso Protetor!". E Chamorro voltava para seu palácio, convencido de que governava um povo feliz, que o idolatrava!

Glenda esmagou a ponta do cigarro contra o fundo do cinzeiro, ao mesmo tempo que lançava para Pablo um olhar quase manso.

— E depois? — perguntou.

— Ainda bem que você se interessa pela minha história! Pois... Doña Rafaela, além de dominar o marido, enganava-o.

— Com Don Porfirio Díaz, do México? — perguntou Glenda, séria.

— Com vários homens. Revelava uma predileção especial por tenentes e capitães de menos de trinta anos. Já avançada na casa dos cinquenta, teve por um deles uma paixão carnal desesperada. Ora, o rapaz um dia cansou-se da matrona e passou a dormir com a famosa Doña Viridiana Ortiz, uma das mulheres mais belas e invejadas de Cerro Hermoso. Quando Doña Rafaela descobriu a traição, sabe o que fez?

— Mandou envenenar a rival?

— Não. A vingança foi um pouco mais requintada. Quando se convenceu de que tinha perdido mesmo o tenente, mandou emasculá-lo por um "especialista" de sua polícia secreta, e, num estojo forrado de veludo verde, enviou como um presente para Doña Viridiana os órgãos genitais de seu amante, naturalmente acompanhado dum delicado bilhetinho elucidativo... Conta-se que Doña Viridiana desmaiou.

— Pablo! — exclamou Glenda, contraindo o rosto num esgar de nojo e horror.

— Perdoe-me o detalhe realista. Isso não precisa aparecer na sua tese. Mas acho Doña Rafaela uma personagem fascinante. Aos setenta e poucos anos caiu numa crise mística, arrependeu-se de todos os seus pecados, começou a fazer obras de caridade, ganhou o título de Mãe dos Pobres, confessava-se com o então Monsenhor Don Pánfilo, ia à missa, comungava todos os dias, fazia penitências... Um ano antes da queda de Chamorro, ela se retirou para um convento, onde morreu em odor de santidade. Antes de exalar o último suspiro, conta-se que teve uma visão: bandos de anjos numa nuvem cor-de-rosa a esvoaçarem ao redor de seu leito, tocando harpa e prontos para levá-la à presença de Deus. E sabe duma coisa? Não faltou quem afirmasse ter visto nas mãos da moribunda os estigmas do Crucificado.

— Você é um cínico, Pablo.

Ele se limitou a sorrir, tornou a beber um gole de champanha, e seguiu-se um silêncio que a americana quebrou para perguntar:

— E por que as histórias oficiais do Sacramento omitem todos esses fatos... quero dizer, os relativos ao despotismo e à corrupção de Doña Rafaela?

— Ora, é o velho cavalheirismo sacramentenho! Por que destruir postumamente a reputação da primeira-dama do país? Por outro lado, o Arcebispo Primaz, que se acomodou logo à nova situação política, conseguiu de Juventino Carrera que a memória de sua amiga fosse respeitada. A solução mais simples e prática foi a de apresentar Don Antonio María como *El Chacal del Caribe*, tal como você o pintou na sua dissertação.

Glenda soltou um suspiro que tanto podia ser de resignação — interpretou Pablo — como de impaciência.

— E Juventino Carrera?

— Antes de falar em Carrera, falemos em Juan Balsa, o pequeno agricultor espoliado que em 1913 juntou e armou um grupo de camponeses e se refugiou na Serra, de onde, de vez em quando, descia com eles para atacar patrulhas e quartéis e buscar víveres, armas e munições nas aldeias e vilas. Aos poucos, suas façanhas ficaram conhecidas em todo o país, e o povo passou a adorá-lo como um símbolo de liberdade. Essas guerrilhas, que duraram dois anos, irritavam e esgotavam o Exército Federal mal-armado, mal municiado e mal pago. Como não podia impedir que o marido soubesse da existência dos rebeldes, Doña Rafaela chamava os guerrilheiros de Juan Balsa de bandidos. Quando eles começaram a incendiar as plantações da Sugar Emporium e as da Uniplanco, o Governo do Sacramento pediu oficialmente aos Estados Unidos que mandassem um regimento de fuzileiros navais para ajudar o Exército Nacional na captura dos bandoleiros "incendiários". Assim, em 1915, os *marines* desembarcaram em Soledad del Mar e dentro de poucos meses capturaram Juan Balsa, que foi entregue às autoridades sacramentenhas e fuzilado, quase secretamente, certa madrugada pouco antes do nascer do sol...

— Não encontrei em nenhum dos jornais de Cerro Hermoso ou Puerto Esmeralda qualquer referência ao fato de o Governo sacramentenho ter pedido a intervenção dos nossos fuzileiros especificamente para perseguir e capturar Juan Balsa e seus companheiros.

— Claro que não. Uma notícia como essa poderia perturbar o mundo de Don Antonio María e da sua gentil "corte" e por outro lado equivaleria a uma constrangedora confissão pública de impotência da parte do Exército Nacional. Noticiou-se apenas que o Governo de Chamorro havia dado permissão a um batalhão de soldados da amiga República norte-americana para fazer manobras de desembarque num certo ponto do território nacional.

Glenda sorriu pela primeira vez desde que entrara naquela casa.

— Se tudo isso que você está me contando é mesmo verdade, minha dissertação não vale um centavo. Mas... continue.

— Começa o ano de 1925. Doña Rafaela repousa no seio de Abraão. Don Antonio María entra em plena esquizofrenia. Velho, encurvado, abatido, as barbas completamente embranquecidas, vagueia pelas salas do Palácio a conversar com seus fantasmas. O Governo se desintegra. O povo está descontente. A luna se desvaloriza. As oposições se organizam e conspiram. A Universidade é um ninho de agitadores. Alguns oficiais do Exército, principalmente capitães e tenentes, confabulam secretamente com os líderes civis da Revolução. Marca-se uma data para o levante: 15 de junho daquele ano...

— No entanto a Revolução rebentou a 12 de abril...

— Sim, porque um dos heróis da sua dissertação, Glenda, o Tenente Juventino Carrera, que estava encarregado de levantar, no dia e na hora combinados, o regimento de Los Plátanos, onde exercia as funções de intendente, antecipou-se... Na sua tese você explica essa "precipitação" como tendo sido motivada pelo temperamento impetuoso desse oficial de vinte e oito anos.

— E não foi?

— Não. Eis a versão verdadeira. Uma tarde de abril de 1925, o coronel comandante do regimento chama Carrera a seu escritório e diz-lhe à queima-roupa: "Acabamos de descobrir que você se apropriou indebitamente de fundos pertencentes ao regimento. Faltam cem mil lunas na caixa! Há muito que vimos observando desconfiados o seu alto padrão de vida, tenente. Dou-lhe o prazo de quarenta e oito horas para repor essa importância no cofre!". Nesse momento "funcionou" o ímpeto do valoroso tenente. Não teve um minuto de hesitação. Tirou o revólver do coldre e meteu três balas no corpo do coronel. Saiu do gabinete da sala do comando, dando vivas à Revolução. Dentro de uma hora, os oficiais que não aderiram ao movimento estavam presos ou mortos. Carrera mandava incendiar o arquivo do regimento e fazia à nação uma proclamação heroica, dizendo que tinha soado a hora de liberdade, etc... etc... Tomados de surpresa, os outros revolucionários do país a princípio hesitaram, mas, aos poucos, se foram pronunciando. Enquanto isso, Carrera, com seiscentos homens, vai para a Sierra de La Calavera, depois de ter dado combate ao 5º Regimento de Infantaria de Soledad del Mar, que no primeiro momento não aderira à Revolução. E começaram então as operações de guerrilhas que você, Glenda, descreveu com tanto entusiasmo... E, assim, Juventino Carrera, que estava destinado a ser apenas um dos muitos oficiais da Revolução, tornou-se o seu chefe. O resto é sabido. Seis meses mais tarde, Carrera entrou triunfalmente em Cerro Hermoso, a cujas portas foi recebido pelo Arcebispo Don Herminio, que lhe apertou a mão e lhe entregou as chaves simbólicas da capital, pedindo-lhe clemência para Don Antonio María Chamorro, que àquela hora estaria possivelmente almoçando na companhia de Luís da Baviera, Wagner, Plutarco e Platão...

Glenda começou a sentir uma leve náusea. Maldito pastel! Meteu na boca outra pastilha alcalinizante.

Pablo tornou a encher sua própria taça.

— No dia da grande parada da vitória, sabe quem estava no palanque oficial, ao lado de Carrera? Um jovem de pouco mais de vinte anos, nosso garboso Gabriel Heliodoro, ajudante de ordens de Carrera, a quem uma vez salvara a vida na montanha. — Pablo fez uma pausa, bebeu um gole de vinho. — Bom. Chegamos agora à parte de sua dissertação que considero fundamentalmente errada: aquela em que você afirma que o Governo Revolucionário foi justo e clemente para com os vencidos. Pura fantasia! O Sacramento viveu pelo menos uma semana de terror, apesar de todos os protestos do Arcebispo Primaz. Criaram-se os famosos "tribunais revolucionários", começaram os julgamentos sumários dos membros do Governo deposto e os fuzilamentos. Pelo menos durante três dias e três noites, Carrera permitiu que elementos do povo, embriagados de vitória e de rum, saqueassem a cidade, incendiassem as casas de alguns dos membros do Governo de Chamorro, violassem suas mulheres e filhas e linchassem o Chefe de Polícia, expondo depois seu corpo mutilado em praça pública... O Arcebispo Primaz, horrorizado ante esses excessos, apelou para Carrera, o qual lhe explicou que tinha feito vista grossa àquelas "manifestações de alegria" porque, que diacho!, o povo sofrera vinte e cinco anos sob a tirania do *Chacal* e precisava de "aliviar o peito".

Mas, para agradar ao prelado, pôs imediatamente nas ruas as tropas regulares e restabeleceu a ordem. Dentro de mais algumas semanas extinguiu os Tribunais Revolucionários, fez cessarem os fuzilamentos, e num discurso pomposo, feito da sacada do Palácio do Governo, anunciou que naquele dia se iniciava na República do Sacramento uma nova era de ordem, paz, prosperidade e justiça. Conta-se que, de pé ao lado de Juventino Carrera, o Arcebispo Don Herminio Ormazabal sacudia gravemente a cabeça, aprovando o que o novo Chefe da Nação dizia... Era um dia de garoa e havia muita umidade no ar. O Arcebispo espirrou duas vezes. Na manhã seguinte caiu de cama, com febre alta: pneumonia dupla. Não se esqueça, Glenda, que não se haviam descoberto ainda os antibióticos. Ao cabo de uma semana Don Herminio entregou a alma ao Criador. Don Pánfilo Arango y Aragón, figura curiosíssima, misto de político, sacerdote, intelectual e homem do mundo, foi escolhido para substituir seu velho amigo e protetor, como Arcebispo Primaz. Mas esse é um capítulo especial que vou deixar de lado...

16

Gabriel Heliodoro conseguira levar Rosalía para uma das saletas que ficavam no fundo da ala oriental da mansão e, uma vez lá dentro, acendeu a luz, fechou a porta a chave, estreitou a amante contra o peito e aplicou seus lábios contra os dela à maneira de ventosa, chupando-os com tamanha fúria que a rapariga soltou um gemido de desconforto.

— Ai! — queixou-se ela, depois que conseguiu libertar a cabeça e atirá-la para trás. — Tu me tiras o fôlego...

Encostou a face no peito dele e assim ficou, ofegante, ouvindo um bater de coração que não sabia ao certo se era o seu, o dele ou o de ambos. Gabriel Heliodoro não afrouxava o abraço. Beijava agora os cabelos dela, passava-lhe as mãos pelas costas, pelos seios, pelas nádegas, e ela sentia uma turgidez latejante contra seu ventre. Veio-lhe à mente a imagem dum velho médico de sua família, um homúnculo amarelo, calvo e descarnado, metido numa espécie de bata branca. E ele lhe dizia, com um estetoscópio na mão: "Você é uma vagotônica e está fadada a sentir todas as emoções da vida, tanto as boas como as más, de maneira mais intensa do que as outras pessoas. Mas não se preocupe. Essa coisa nem chega a ser uma doença...". Se um verso, uma melodia, uma cena de romance, de filme ou de peça de teatro a comoviam, ela sentia essa emoção na forma dum arrepio que lhe ia da cabeça aos pés. Em certos dias tinha a sensação de que partes de seu corpo estavam como que anestesiadas. Agora tinha a certeza de que, ao fim das fortes sensações daquela noite, ela se sentiria como se tivesse sido espancada — espancada não somente na carne como também no cérebro.

— Quero que passes esta noite comigo — murmurou Gabriel Heliodoro ao seu ouvido, mordiscando-lhe o lóbulo da orelha.

— Mas como? Que é que vou dizer ao Pancho?

— O que quiseres.

— Impossível! Anteontem à noite ele se meteu no meu quarto e recusou sair. Me obrigou a ir para a cama com ele à força...

— E vocês dormiram juntos?

Ela hesitou por um instante.

— Ele ameaçou me bater... Não tive outro remédio.

— Cachorro!

— Esqueces que ele é meu marido.

— Sim, mas eu, *eu* sou o teu *homem*.

Rosalía continuava com a cabeça aninhada no peito do amante.

— Não aguento mais esta situação — disse baixinho. — Minha vida é um inferno. Quando estamos em casa, sentados na sala, um diante do outro (o que raramente acontece), ele fica em silêncio, me olhando com aqueles olhos de cachorro, tristes, cheios de mágoa... Suspira, solta seus passarinhos de papel, torna a me olhar, parece que quer me dizer alguma coisa mas não tem coragem. Quando chega a hora de dormir, me suplica que não feche a chave a porta do quarto. — Ela fez uma pausa, ajeitou com dedos distraídos o lenço no bolso superior do casaco de Gabriel Heliodoro. — De vez em quando lhe vem um acesso de fúria, ameaça me matar, se matar, fazer um escândalo, atirar-se da janela do apartamento, afogar-se no rio... Hoje, quando estávamos nos preparando para vir para cá, de repente ele desatou o pranto. Nem tive coragem de lhe perguntar por que chorava. Depois ficou distraído a desenhar coisas com seus lápis de cor, como se eu não existisse... Toma drogas de noite para dormir e de manhã engole comprimidos de outro tipo para ficar desperto. Onde é que vamos todos parar? Onde?

Como única resposta, Gabriel Heliodoro tornou a beijar os lábios da amante, dessa vez com mais ternura que sensualidade.

— Ficas ou não?

— Mas como?

— Mando o Ugarte inventar um trabalho especial e urgente na chancelaria, para prender o Vivanco até ao raiar do dia. Diremos que vais com Ninfa para a casa dela.

— Mas é uma loucura!

Ele a libertou do abraço. Ela endireitou o busto. Ficaram ambos frente a frente, silenciosos. Rosalía deixou então escapar as palavras que pareciam trancar-lhe a garganta:

— Pensas que não vi teus olhos para a americana?

— Deus me deu olhos para olhar.

— Estás encantado com ela, confessa.

— Nenhum homem normal pode ficar indiferente à beleza duma mulher.

— Queres dormir com a gringa, não?

Gabriel Heliodoro sorriu.

— E tu... queres ouvir uma resposta de verdade ou de mentira?

— De verdade.

— Pois fica então sabendo que quero e vou dormir com ela. Mas que nem por isso deixo de te desejar como um louco, Rosalía, porque tu é que és a minha mulher legítima!

A imagem de Francisquita relampagueou-lhe na mente: às nove da manhã, tomando seu chá com torradas na cama, uma touca de renda na cabeça, uma *mañanita* sobre os ombros...

Rosalía voltou as costas para o amante, aproximou-se do espelho e ficou diante dele a arranjar o cabelo, a empoar o rosto e retocar os lábios com o batom. Gabriel Heliodoro mirava-a, com o desejo a pulsar-lhe em todo o corpo. Rosalía era a sua fêmea, mas ele desejava também a outra, a loura com ar de deusa. Não que a achasse mais apetecível que a morena, nunca! Havia, porém, em Frances Andersen um ar de orgulho que ele desejava quebrar, uma certa limpeza que ele desejava sujar. Descobria naquela mulher alva e radiosa, a despeito de suas muitas prováveis aventuras sexuais, uma certa virgindade que ele queria romper.

Rosalía, que via a imagem do Embaixador refletida no espelho, disse-lhe:

— Passa o lenço nos teus lábios, que estão manchados de batom. Limpa também tuas lapelas onde encostei minha cara...

Gabriel Heliodoro sorriu.

— Todas estas manchas são condecorações. Os outros homens me invejarão quando as virem.

Rosalía fez meia-volta, aproximou-se dele e, com seu lencinho, limpou-lhe os lábios, e depois passou de leve os dedos pelas lapelas, dizendo:

— Vamos voltar ao salão.

— Sim, meu amor.

Junto da porta, enquanto dava volta à chave, ele murmurou:

— Ficas ou não?

— Por que não convidas a americana?

— O teu ciúme me excita ainda mais! Fica. Prometo que será a melhor noite da tua vida.

— Não sei, não sei. Por amor de Deus, me deixa pensar!

Ela abriu a bolsa, tirou de dentro dela um pequeno frasco de Belergal, abriu-o, despejou na palma da mão dois daqueles comprimidos, meteu-os na boca e engoliu-os.

— Quem sai primeiro? — perguntou.

— Sairemos juntos, minha vida.

Gabriel Heliodoro abriu a porta, tomou do braço da amante e conduziu-a na direção do salão de festas. A meio caminho, Rosalía decidiu meter-se no *ladies' room*. Precisava de alguns minutos para recompor as ideias em sossego. O Embaixador entrou sozinho no salão.

A primeira pessoa que encontrou foi Bill Godkin, que fumava placidamente seu cachimbo, encostado solitário na ombreira da porta, observando a animação crescente dos convidados.

— Ó *Gringo Rubio*! — exclamou o Embaixador, passando o braço por cima dos ombros do jornalista. — *Hombre*, por que não veio ainda me visitar? Faz mais de uma semana que estou em Washington... Estava esperando convite? Mas você é de casa... Pensa que me esqueci daquele nosso memorável encontro na Sierra de la Calavera, em 1925? Ó Doutor Molina! — exclamou, avistando o Ministro-Conselheiro, e convidando-o a aproximar-se.

— Este salafrário — sorriu o Embaixador, olhando para Godkin — andou escrevendo coisas contra nosso Governo. Olhe, Bill, o Generalíssimo está sentido com a Amalpress. Afinal de contas, vocês têm sido muito injustos e ingratos com ele.

Bill Godkin, que já esperava aquele reproche, limitou-se a sorrir e a cachimbar.

— Você precisa visitar o Sacramento — prosseguiu o Embaixador. — Vá ver as obras que *El Libertador* tem realizado. Considere-se convidado oficialmente. Doutor Molina, formalizaremos depois o convite. Mas vá, Bill. Quando quiser e como quiser. Todas as despesas são por nossa conta. Terá a oportunidade de ver as casas novas que o Governo está construindo para os operários, as estradas que foram inauguradas nestes últimos três anos... Encontrará o Congresso funcionando normalmente, a imprensa livre e o povo feliz. Como é que vocês podem chamar meu compadre de ditador, hem? Como é?

Avistando Titito Villalba, que saía da sala de jantar, de braço dado com Frances Andersen, Gabriel Heliodoro esqueceu imediatamente o jornalista e precipitou-se na direção do par, pensando, meio irritado: "Será possível que ela só gosta de frescos?".

O Dr. Molina trocou duas palavras com Godkin, mas foi logo arrebatado por um cavalheiro alto, todo vestido de negro, com colete afogado e colarinho de clérigo. Depois que os dois homens se afastaram, Godkin identificou o sacerdote. Naturalmente! Aquele padre mundano era figura obrigatória nas festas das embaixadas latino-americanas. Autor duma biografia laudatória do *Benefactor* (*Trujillo: um retrato*), era famoso por seu fraco por ditadores e comendas. Havia sido já condecorado por Pérez Jiménez, Rojas Pinilla, Anastasio Somoza e Rafael Leónidas Trujillo. Tudo indicava que seu último artigo sobre Juventino Carrera lhe poderia valer pelo menos a comenda da Ordem do Puma de Prata.

De novo a sós, Godkin reacendeu o cachimbo e perguntou ao seu fantasma predileto: "Qual é a explicação, Ruth? Qual é a resposta?". A imagem da mulher visitou-lhe a mente tal como ele a vira nos últimos dias de sua vida, magra e lívida, a acabar-se aos poucos em cima duma cama. Antes de expirar, Ruth lhe pedira que continuasse na "busca". Um dia talvez lhe fosse dado entender a linguagem de Deus... dispor numa mensagem reveladora aquelas lindas "palavras" que o Criador espalhara no Universo e que estavam na natureza, representadas pelas cores do céu, a grandeza dos astros, as corolas das flores, o riso das crianças, a pureza dos lagos, a plumagem dos pássaros, a força e o mistério do mar e, acima de tudo, a capacidade que o Criador dera ao homem de amar e produzir beleza... E, no momento em que Ruth, com sua voz débil, lhe dizia essas coisas, passara-lhe maldosamente pela cabeça (ah! como lhe doía isso agora!) a ideia de lhe perguntar que papel teriam na sintaxe divina "palavras" como o câncer, a lepra, a guerra, a capacidade do homem de odiar e destruir seus semelhantes...

Agora, Bill Godkin tinha ali no salão daquela embaixada centenas de palavras soltas, e em vão tentava dispô-las de maneira a que fizessem sentido numa mensagem ou pelo menos numa frase, por mais tola que fosse.

O padre mundano durante alguns minutos dissertou na frente de Jorge Molina sobre a personalidade de Juventino Carrera, que ele tivera o privilégio de conhecer pessoalmente por ocasião da visita que fizera ao Sacramento, havia menos de um ano. Molina não lhe prestava muita atenção. Limitava-se a sacudir afirmativamente a cabeça, numa crescente impaciência. Sentiu um alívio quando o sacerdote o deixou para ir ao encontro do Embaixador da Colômbia.

Voltou então à sua solitude, à sua esquisitamente agradável reclusão em meio daquelas centenas de pessoas. Sentia uma certa volúpia em vaguear por entre os convidados, sem amar ninguém, sem se interessar por ninguém, sem pertencer a ninguém, limitando-se a ouvir aqui e ali farrapos de diálogos em muitas línguas. Quanta futilidade! Quanta insinceridade! Achava hipócrita o sorriso de bom-moço do Embaixador da União Soviética, que havia pouco anunciava ao Embaixador da França, no seu inglês fluente e com seu sorriso de rotariano, que a Rússia pretendia colocar dois ou mais astronautas na Lua antes de 1970. Não tinha também a menor simpatia pela perigosa inocência daqueles funcionários do Departamento de Estado, encarregados do Bureau Latino-Americano, os famosos "especialistas" tão preocupados com estatísticas, aqueles homenzarrões de porte atlético e faces inexpressivas, que pensavam poder relegar às máquinas eletrônicas a tarefa de raciocinar.

Seus compatriotas também o desgostavam e às vezes embaraçavam. Fazia poucos minutos entreouvira numa daquelas salas menores um diálogo cômico entre duas jovens sacramentenhas. Estavam ambas diante dum desenho original de Van Gogh, que pendia numa das paredes.

— Quem pintou isso? — perguntou uma delas.

A outra aproximou-se do quadro, olhou a assinatura e disse: "*Ban Gô*". A primeira repetiu: "Bangô?". E a amiga: "Aquele pintor que se cortou a orelha. Não viste a história dele no cine?".

Molina sentia as costas doloridas. Veio-lhe o desejo de deitar-se nas tábuas duras do chão, para fazer passar a dor. Pensou então na sua cama. Consultou o relógio de pulso. Quase oito e meia... Olhou em torno e não viu nenhum sinal de esmorecimento no entusiasmo daquela gente que comia, bebia, ria, conversava...

Pensou em Gabriel Heliodoro, que havia pouco ele vira escapulir-se do salão, levando pelo braço a amante. Indignava-se de ver, como embaixador de seu país nos Estados Unidos, um homem daquele estofo moral e intelectual. Era um patife e um primário. Só tinha estampa e audácia. Onde estaria o Presidente Carrera com a cabeça quando decidira nomear seu compadre para aquele posto? Os manes de Don Alfonso Bustamante deviam estar agora a revolver-se na sepultura.

Avistou o Embaixador de Gana a dois passos de onde estava. O esplêndido negro lhe sorria. Molina limitou-se a inclinar a cabeça e continuou seu caminho. Não tinha preconceitos raciais como os americanos, mas não morria de amores pelos negros. Irritava-se de ver ali naquela festa os representantes das novas repúblicas africanas. Repúblicas? Não passavam de conglomerados de tribos semibárbaras ou completamente selvagens. Muita gente agora repetia com orgulho a expressão "fim do colonialismo". Ah! O mundo ainda haveria de sentir a nostalgia do tempo em que o sol nunca se punha sobre o Império Britânico! E os culpados indiretos daquela ridícula proliferação de Estados africanos eram os intelectuais da grei de Leonardo Gris, os famosos liberais que viviam a falar e escrever sobre liberdade e autodeterminação, como se pudesse haver liberdade onde não existia senso de responsabilidade e nem mesmo senso comum, e como se fosse possível autodeterminarem-se aquelas pseudonações formadas (ou deformadas) por tribos que se devoravam umas às outras não só no sentido figurado do verbo como também às vezes até no próprio.

Ao voltar-se bruscamente para um lado, para ver de onde partia uma risada estentórea, Molina sentiu uma dor lancinante, risco de fogo que lhe correu da nuca à ponta dos dedos da mão esquerda. Ficou por alguns segundos, de lábios apertados, a gemer baixinho. Depois, aliviado, concluiu que o remédio agora era sentar-se numa cadeira de respaldo reto e duro. Encaminhou-se para a biblioteca, esperando em Deus (Deus?) que ela estivesse deserta. Apanharia um livro qualquer e ficaria ali a ler até o fim daquela insuportável festa.

Por alguns instantes, o cônsul acompanhou o Ministro-Conselheiro com o olhar. Não gostava do Dr. Molina mas respeitava-o.

Dele, Vivanco, ninguém gostava — refletiu, suspirando. A ele ninguém respeitava. Nem ele próprio. Era um corno. Um corno manso. Um covarde. Todo o mundo sabia que sua mulher dormia com o Embaixador. Sentia isso no jeito como o olhavam. Uns revelavam piedade no olhar. Outros ironia. Muitos, desprezo.

Voltou-se e viu a própria imagem no espelho veneziano e se disse mentalmente mais uma série de insultos. Sentiu dentro de si mesmo três pessoas diferentes: o insultador, cheio duma raiva frenética, o insultado, pobre homem triste e deprimido, e um terceiro *eu*, que censurava o insultador e compadecia-se do humilhado. Mas não o amava.

Voltou bruscamente as costas para o espelho. O que lhe dava uma certa expressão de debilidade à fisionomia — concluiu — era a quase ausência de queixo. Limpou os óculos com o lenço, com meticulosa lentidão, e depois, repondo-os no nariz, ajeitando-lhes as hastes entre as orelhas e a cabeça, saiu a andar pelo salão, sem destino certo. Onde estaria Rosalía? Onde o Embaixador? Tratava de não perdê-los de vista e ao mesmo tempo não queria que ninguém percebesse que ele os vigiava. Quando desconfiava de que alguém o descobrira naquela ânsia de localizar os amantes, disfarçava, metia a mão no bolso, acariciava o cilindro de papel, punha-se a assobiar baixinho.

O interesse que Gabriel Heliodoro revelara aquela noite pela linda desconhecida que Titito lhe apresentara causara a Pancho Vivanco uma certa irritação que ele próprio não sabia explicar com clareza. Não seria uma solução se o Embaixador se apaixonasse pela americana e esquecesse Rosalía? Haveria então uma esperança de que ele, Vivanco, pudesse recuperar a mulher. Pediria sua transferência para qualquer outra embaixada ou consulado e poderia então começar com a esposa uma nova vida. O estranho, porém, era que ele se sentira quase insultado pessoalmente ao perceber que Gabriel Heliodoro devorava a loura com os olhos, cercando-a de atenções especiais.

Viu mais tarde Rosalía voltar ao salão. Notou algo de estranho nos olhos dela. Sim, sua mulher chorara... Ele conhecia aquela expressão... Que teria acontecido nos longos minutos em que ela e o amante haviam permanecido ausentes do salão? Teriam subido para o quarto de dormir? E ali estava ela agora, a olhar dum lado para outro, certamente a procurar seu macho. Rameira! Mulher de beco! As palavras lhe explodiam na mente, mas sem força, sem ecos.

Lembrou-se do que acontecera havia duas noites. Quase tivera de bater em Rosalía para obrigá-la a ir para a cama com ele. Ela se entregara com lágrimas nos olhos, mas isso, longe de o deixar inibido, aguçara-lhe o desejo. "Por favor, Pancho, apaga a luz." — "Não, querida, quero ver o teu rosto." — "Por amor de Deus, anda depressa, que estou morta de cansada." Ele tivera então seu momento de coragem: "Dormiste hoje com o Embaixador, não?" — "Pancho, me deixa em paz!" — "Dormiste ou não dormiste?" Ela cerrara os olhos, num desalento. "Se sabes, por que perguntas?" E então ele começou a despi-la com uma lentidão voluptuosa. Rosalía continuava imóvel, de olhos fechados. E ele lhe lambeu o corpo todo, ávido, açodado, ofegante. Exasperava-o a indiferença dela. Estava como um louco. "Gostas dele porque ele é um gigante, não?" Ela continuava em silêncio. E ele lhe dava mordidas rápidas no pescoço, nos seios, nas coxas, no púbis, nos joelhos, nas pernas. E cheirava-a, procurando naquele corpo o cheiro de Gabriel Heliodoro. "Ele te faz gozar muito, não faz?" Lágrimas continuavam a rolar pelas faces dela, que mordia os lábios para não rebentar em pranto. Por fim, trêmulo, ele a cobriu com sua nudez branca e flácida, penetrou-a com fúria, e no momento do orgasmo, sentindo na cama a presença do outro homem, teve um gozo tão agudo, que se pôs a gemer, como que ferido. Rosalía empurrou-o, saltou da cama, correu para o quarto de banho e fechou a porta a chave. Ele ficou deitado de bruços, abraçado ao travesseiro, e de súbito rompeu a chorar como uma criança.

17

Glenda agora estava de pé, recostada no *vargueño*, e Pablo caminhava dum lado para outro na frente do sofá, a uns cinco metros de distância da interlocutora. Discutiam ainda a personalidade de Juventino Carrera. Não tinha sido ele um bom Presidente? — perguntava ela. Não convocara imediatamente eleições para a Constituinte? Não se aprovara em menos de seis meses uma nova Constituição para o país?

Enquanto ela falava, Pablo, sem cessar seu vaivém, as mãos nos bolsos, sacudia afirmativamente a cabeça.

— Sim, e a Constituinte elegeu o "Generalíssimo" Presidente da República por um período de cinco anos.

— Essa não foi uma época de relativa tranquilidade para o país, com a imprensa livre, o Congresso funcionando sem pressões?

Pablo encolheu os ombros.

— Imprensa livre? Em que país do mundo a imprensa é realmente livre? Nos regimes totalitários ela é diretamente controlada pelo Governo. Nos chamados democráticos, ela é indiretamente dirigida pelos grupos econômicos que, em maior ou menor grau, pressionam também o Congresso.

— Você é irritante com essa sua mania marxista de influências secretas.

Veio-lhe um ímpeto de perguntar a Pablo por que, então, servia ele um Governo em cuja sinceridade e pureza não acreditava. Mas refreou-se.

Achou que o secretário da Embaixada do Sacramento estava já meio embriagado. Falava quase sem cessar, compulsivamente, como que procurando transformar sua própria narrativa numa cortina atrás da qual pudesse esconder-se... Mas de quê? De quem? E por quê?

— Pablo, pare de caminhar!

— Está bem. Então venha sentar-se perto de mim. Não tenha medo.

— Por que havia de ter medo?

Ortega sentou-se no sofá e Glenda fez o mesmo. Ficaram, porém, sem estabelecer o menor contato físico. Quanto à distância psicológica que os separava — refletiu ele —, a situação não lhe parecia nada melhor. Se ele tentasse beijá-la... como reagiria ela? Claro, tomaria aquilo como uma tentativa de estupro... Mantinha as mãos enlaçadas no regaço, naturalmente para impedir que ele as tomasse nas suas.

Ela olhou o relógio.

— Faz quase uma hora que estamos aqui a conversar. Você não devia voltar para sua festa?

— Devia mas não quero. Agora é que chegamos à parte mais interessante (pelo menos para mim) da história do Sacramento.

Por alguns segundos ele olhou com o rabo dos olhos para as pernas bem torneadas de Glenda, para a linha arfante e tenra de seus seios.

— Nas primeiras semanas de seu Governo — disse — Juventino Carrera recebeu em audiência os diretores da Sugar Emporium e os da Uniplanco e estabeleceu com eles um *modus vivendi* que, na minha opinião, explica pelo menos o princípio da fabulosa fortuna que *El Libertador* hoje possui.

Glenda olhava para Pablo obliquamente, com uma expressão de incredulidade.

— Dentro de uma semana seu Governo foi reconhecido pelo dos Estados Unidos, que mandou para Cerro Hermoso um novo embaixador, pois o anterior era comensal de Don Antonio María Chamorro, embora nunca tivesse notado, parece, que muitas vezes ao sentar-se à mesa do *Chacal* ele tivera a seu lado figuras ilustres como Erasmo de Roterdam, Leonardo da Vinci, Napoleão Bonaparte...

Glenda voltou vivamente a cabeça para o diplomata.

— Você nunca é capaz de falar sério?

— Nunca, porque no fundo sou um homem triste.

O álcool soltara-lhe a língua — sentia ele — mas conservava-o lúcido.

— Escute, Glenda — continuou, cruzando as pernas e acendendo outro cigarro. — No fim do primeiro quinquênio, como era de esperar, o Generalíssimo candidatou-se à reeleição. Surgiu um vago candidato oposicionista, que conseguiu uma votação irrisória. É que a máquina eleitoral governista estava já montada e funcionando. O Coronel Hugo Ugarte, aquele sujeito indiático fantasiado de general que você deve ter visto no salão de festas, organizou uma das polícias mais eficientes, cruéis e implacáveis de toda a zona do Caribe. Começou então o período de maior roubalheira da nossa história, tudo isso à sombra da Constituição, do Congresso e duma fachada democrática. Nosso Gabriel Heliodoro Alvarado, companheiro de guerrilha de Carrera, exerceu, apesar de muito jovem, papel importantíssimo no Governo. Era um misto de capanga, moço de recados, *public relations man* e ministro sem pasta. Uma espécie de ponte entre Carrera, e os interessados em fazer negócios ou, melhor, negociatas com o poder público. Em suma, um traficante de influências. Vivo, insinuante, audacioso, aparecia sempre como testa de ferro da maioria dessas transações secretas: compras, vendas, concessões, isenções de impostos, soluções de dificuldades... Gordas comissões entravam nos bolsos do *Libertador* e seus cupinchas... Don Gabriel Heliodoro prosperava economicamente, ao mesmo tempo em que subia na escala social. Foi a princípio repelido pela "aristocracia" mas finalmente, com a proteção não só do Presidente como também do Arcebispo Primaz, começou a frequentar as altas rodas e acabou casando com uma herdeira rica, moça feia e alguns anos mais velha que ele. Esse casamento lhe valeu uma alta posição no Banco das Antilhas, do qual ele é hoje o diretor principal, e uma certa respeitabilidade, pelo menos de superfície.

Que era que causava agora a náusea que ela sentia? — perguntava Glenda a si mesma. — Os temperos do pastel sacramentenho ou as sórdidas histórias que Pablo lhe contava com tanta naturalidade? Por que posava ele de cínico se não *era* cínico? Por que perdia tanto tempo com ela? Por que insistia em degradar o Governo que servia?

— Foi durante a segunda gestão de Carrera que apareceram os cassinos e cabarés que tornaram Puerto Esmeralda um dos centros turísticos mais famosos das Américas, a única zona do país onde o jogo era livremente permitido. Bordéis proliferavam na bela cidade. Sabia-se que Ugarte era coproprietário das máquinas de caça-níqueis instaladas em restaurantes e cabarés de Puerto Esmeralda, e que recebia também percentagem dos donos ou donas dos prostíbulos. Estou certo de que boa parte dessas comissões acabavam e ainda acabam nas mãos do *Libertador*.

— Não é possível!

— Ora, Glenda, esses ditadores latino-americanos são todos feitos do mesmo estofo. Mas ouça esta história edificante. Aproximava-se o fim do segundo mandato do Generalíssimo. Existia na nossa Constituição uma cláusula que proibia sua segunda reeleição. Mas Carrera tomara gosto pelo poder. Não só isso: sua "fábrica" de dinheiro seria destruída se um adversário fosse eleito. Um movimento de oposição esboçava-se no Congresso. O povo estava descontente. Havia inquietação nos meios intelectuais, principalmente na Universidade. Alguns jornais começaram a atacar o Governo. É evidente que Carrera devia ter pensado em impor ao eleitorado um candidato seu que, uma vez eleito, ele poderia manejar como um fantoche. Mas concluiu, parece, que seria perigoso correr o risco duma eleição normal. E que se faz numa situação dessas, minha prezada senhorita? Está claro que se inventa um perigo, se fabrica uma conspiração que torne necessárias medidas de exceção. E qual é a desculpa óbvia? A iminência dum golpe comunista.

— Mas esse perigo existiu realmente em várias repúblicas latino-americanas, em 1935. No Brasil houve até um levante, se não me engano...

Pablo ergueu a mão e deixou-a cair num gesto de quem corta um fio invisível.

— Deixemos o Brasil em paz. Nosso Chefe de Polícia e seus especialistas prepararam todos os documentos necessários para provar a existência duma conspiração, inspirada e financiada por Moscou, para subverter a "ordem democrática sacramentenha". Bombas foram jogadas em lugares públicos pelos próprios agentes da polícia secreta de Ugarte. Encenou-se até um atentado (naturalmente frustrado) contra a vida do *Libertador*. A burguesia estava assustada. Os diretores e gerentes da Uniplanco e da Sugar Emporium começaram a receber cartas anônimas contendo ameaças. E assim, uma bela manhã, o país amanheceu sob um golpe de Estado. Carrera fechara o Congresso, decretara estado de sítio e instituíra a ditadura, dando ao seu gesto o título de Movimento de Salvação Nacional.

— Quer dizer então que não houve mesmo nenhuma conspiração?

— Nenhuma. Os comunistas que existiam no Sacramento eram uns gatos-pingados, em geral intelectuais e estudantes, em sua maioria marxistas teóricos.

Glenda relutava ainda em aceitar aquelas histórias.

— Como é que você ficou sabendo desse "plano" de golpe de Estado?

— Parte dele foi tramada na minha própria casa.

— Na sua casa? — exclamou ela. — É incrível!

— Eu também achei incrível. Tinha dezesseis anos. Vi entrar uma noite na mansão dos Ortega y Murat uns homens solenes, com ares misteriosos: o senhor Arcebispo, alguns amigos de meu pai, latifundiários como ele, diretores de jornais conservadores, oficiais do Exército... o próprio Ugarte. Depois que o golpe triunfou, o assunto foi comentado claramente à nossa mesa, e minha mãe, exultante, me contou os pormenores da elaboração do plano do Movimento.

— Quer dizer então que seu pai...

— Meu pai, Glenda, é todo um capítulo especial no qual não estou disposto a entrar agora. Talvez um dia... É um homem profundamente religioso e de boa-fé. Devo, em sã justiça, dar-lhe o benefício da dúvida, imaginar que ele acreditou honestamente nos documentos terríveis da "conspiração" que os agentes de Carrera lhe apresentaram... Para ele, não há na face da Terra nada mais abominável do que o comunismo.

— Quer dizer então que minha tese...

Pablo interrompeu-a:

— Voltaremos oportunamente ao seu trabalho. Ouça o fim da minha história. Juventino Carrera tornou-se ditador absoluto do Sacramento. O Embaixador dos Estados Unidos foi chamado a Washington para consultas e voltou uma semana depois, sorridente: seu país reconhecia a "situação de fato" que se criara na "República irmã". Por esse tempo a ameaça nazista começava a crescer na Europa e isso de certo modo ajudou indiretamente Carrera. Além do fantasma de Stalin, aparecia agora o de Hitler. E quando em 1939 rebentou a Segunda Guerra Mundial, o poder do Generalíssimo se consolidou, pois seu país entrou no esquema de defesa do hemisfério ocidental. Depois do ataque a Pearl Harbor, o Sacramento, acompanhando os Estados Unidos, declarou guerra ao Japão, e mais tarde à Alemanha e à Itália:

— Li, num dos textos de história do Sacramento que o Doutor Molina me deu, que, poucos anos depois de terminada a Grande Guerra, Carrera espontaneamente decidiu entregar o poder a um substituto legalmente eleito pelo povo e retirar-se à vida privada...

— Espontaneamente? Ridículo! O que aconteceu é que, depois da vitória dos Aliados, surgiu na Universidade Federal um movimento libertário animado por homens como o Doutor Leonardo Gris e o Doutor Júlio Moreno e apoiado por estudantes, escritores, artistas e elementos da classe média... Improvisavam-se nas ruas comícios contra a ditadura de Carrera. A polícia tentava dissolvê-los mas era repelida a pedradas e cacetadas. Os jornais começavam a pedir a volta do país ao regime democrático. O Embaixador dos Estados Unidos (e isto eu sei porque meu pai um dia confirmou o fato à mesa do jantar) visitou Juventino Carrera, lá por fins de 1948, e fez-lhe sentir que seu país veria com bons olhos o restabelecimento da democracia no Sacramento. Pois bem. Poucos meses depois dessa visita, convocou-se uma Constituinte, que formulou uma nova Constituição, que foi em seguida adotada, e três meses mais tarde realizavam-se eleições livres que fizeram o Doutor Julio Moreno em 1949 o primeiro Presidente de nossa Terceira República.

— Você vai negar que Moreno tinha tendências vermelhas?

— Com esse seu daltonismo, Glenda, com essa sua incapacidade de distinguir as cores umas das outras, você daria uma excelente funcionária para o Departamento de Estado. Segundo o meu dicionário, Júlio Moreno era um liberal, um humanista. Como se esperava, fez um governo exemplar.

— Do ponto de vista da esquerda, talvez. Uma das primeiras medidas que tomou foi a de reconhecer a legalidade do Partido Comunista.

— Moreno deu liberdade a todos os partidos. Libertou todos os prisioneiros políticos. Aboliu por completo a censura aos jornais. Determinou uma série de devassas em vários setores da administração anterior e exigiu que Carrera e seus sócios, ministros e afilhados explicassem, perante a Justiça e o povo a origem de suas fabulosas fortunas. Mal começaram as investigações, o Generalíssimo (que, sentindo-se seguro até então, permanecera no país) tomou seu avião particular e fugiu com toda a família, buscando asilo na República Dominicana, junto de seu compadre Rafael Leónidas Trujillo. Ugarte fez o mesmo. Mas Gabriel Heliodoro ficou em Cerro Hermoso, escudado pelo prestígio do sogro e principalmente pela sua habilidade política... Portou-se como esses bichos que se fingem de mortos quando se sentem em perigo. E sobreviveu.

— Livre por fim de seus inimigos — disse Glenda, sarcástica —, Moreno entregou-se à tarefa de socializar o país, não é verdade?

— Na minha opinião o que ele fez foi governar com os olhos voltados para a classe média e para as massas, abolindo o privilégio da alta burguesia urbana e rural, e tratando de promover a justiça social.

— A expressão "justiça social" é um dos muitos disfarces usados pelo comunismo.

— Está enganada, Miss McCarthy.

Os olhos da moça fuzilaram.

— Meu nome é Doremus.

— E o meu é V. I. Ulyanov, mais conhecido como Lenin.

— Você devia parar de beber.

Pablo gozava a fúria da americana. Teve um súbito desejo de tomá-la nos braços e beijar-lhe a boca. Limitou-se, porém, a sorrir, continuando:

— Durante o exílio, Carrera fez várias excursões pela Europa, hospedando-se nos melhores hotéis. Deu entrevistas atacando Moreno e chamando-lhe "lacaio de Moscou". Mas passou a maior parte do tempo a conspirar em Santo Domingo, preparando sua volta ao poder. Gabriel Heliodoro por sua vez trabalhava para o seu compadre, o que lhe era possível graças à atmosfera de liberdade que existia no país durante a gestão do Doutor Moreno.

— Você não vai negar, espero, que esse Governo dito liberal era nitidamente antiamericano.

— Nego! O Doutor Julio Moreno estudou na Universidade Harvard e tinha grande afeição e admiração por este país. O que ele fez foi retirar alguns dos muitos privilégios de que gozavam a Sugar Emporium e a Uniplanco.

Pablo tornou a erguer-se e despejou na sua taça o champanha que restava na garrafa.

— Ouça mais esta — disse, depois de beber um largo gole. — Quando a Grande Guerra terminou, o Sacramento tinha nos Estados Unidos um crédito de mais de quinhentos milhões de dólares em ouro. Cedendo a ofertas tentadoras de firmas de Manhattan, nosso Exército, nossa Força Aérea e nossa Marinha "descobriram" que precisavam de um cruzador, três destróieres, alguns aviões, tanques e canhões antiaéreos, você compreende... Por sua vez, os espertalhões de Nova York queriam impingir-nos sobras de guerra numa transação vultosíssima. Moreno vetou-a e com esse veto ficou malvisto pelas nossas Forças Armadas. Por outro lado chamou sobre sua cabeça a ira dum poderoso grupo nacional de intermediários que ia ganhar uma gorda comissão em dólares na indecente negociata... As companhias americanas que praticamente sustentavam os principais jornais sacramentenhos com anúncios começaram a exercer pressão sobre eles no sentido de que iniciassem uma campanha contra o Governo, o que foi feito imediatamente. Don Pánfilo Arango y Aragón fazia também seu sutil trabalho de sapa. Nas igrejas, dos púlpitos, os padres se puseram a pregar contra Moreno, chegando ao ponto de chamar-lhe "O Anticristo". E assim, em fins de 1951, forças mercenárias desembarcaram em vários pontos da costa da ilha: Puerto Esmeralda, Los Plátanos, Oro Verde e Soledad del Mar... Em todos esses lugares, as guarnições federais, trabalhadas de longa data pelos conspiradores, aderiram aos invasores, e as tropas revolucionárias convergiram todas para Cerro Hermoso, onde apenas alguns soldados, homens do povo e um punhado de estudantes se mantinham fiéis a Moreno. Gabriel Heliodoro, que comandava a quinta-coluna dentro da capital, foi o primeiro a entrar no Palácio do Governo. Você conhece o resto do drama.

— Moreno suicidou-se.

Pablo fez um gesto de dúvida.

— Ponto controvertido. Moreno apareceu morto. Pela sua própria mão ou pela mão de seus inimigos? O Doutor Gris, com quem conversei esta semana, inclina-se pela segunda hipótese...

Glenda sentia-se perdida, estonteada, num desagradável sentimento de frustração. Estaria Pablo zombando dela? Se estava... qual era o seu propósito? Se não estava, podia-se dar crédito a *tudo* quanto ele contara?

Pablo esvaziou a sua taça. Por um instante fitou a moça, excitado, com um súbito desejo de deitá-la naquele sofá e possuí-la. Para fugir a essa tentação, continuou a refugiar-se na sua narrativa.

— Pois bem, Glenda Doremus! Um dia o Generalíssimo Juventino Carrera entrou triunfante na cidade de Cerro Hermoso, à frente de suas tropas. Badalaram os sinos de todas as igrejas... Don Pánfilo esperou o triunfador às portas da capital e entregou-lhe, como de hábito, a chave simbólica. As ruas, porém, estavam vazias, as portas e as janelas das casas fechadas. Essa era a maneira do povo exprimir sua tristeza e seu protesto. Apenas às sacadas de algumas das mansões dos membros da alta burguesia apareceram homens e mulheres, que acenaram com bandeiras para Carrera e atiraram-lhe flores. E, para não encompridar demais esta história, de 1952 a 1954, o Sacramento foi governado por um triunvirato do qual fazia parte, como figura central, o Generalíssimo. As terras expropriadas por Moreno voltaram às companhias americanas. Zabala, o novo Chefe de Polícia, começou uma lenta, meticulosa e implacável "operação de limpeza": prisões, torturas, arbitrariedades. As classes conservadoras respiravam, aliviadas. Em fins de 1954, Carrera foi eleito novamente Presidente sob a égide duma nova Constituição, da qual, por insistência dos representantes das velhas oligarquias, consta uma cláusula que proíbe a reeleição do Presidente. Entramos assim na nossa Quarta República. Os Estados Unidos reconheceram imediatamente o novo Governo sacramentenho. E desse modo termina a nossa edificante história.

Glenda sentia agravar-se-lhe a náusea. Um suor frio como que lhe anestesiava o rosto, as mãos, o corpo inteiro. Devo estar pálida como um cadáver — pensou.

— E agora vamos à sua tese propriamente dita — sorriu Pablo. — Se bem entendi seu trabalho, o que você pretende provar é que, governado por um ditador despótico e *branco* como Chamorro ou por um mestiço como Carrera, que você imagina um democrata, um país como o Sacramento dificilmente ou nunca poderá atingir sua maturidade política e uma ordem social e econômica próspera e estável pela simples razão de que seu povo é formado em sua maioria de elementos mestiços... Certo?

— Certo.

— Pois está errado.

Glenda levantou-se.

— Só não compreendo uma coisa — desconversou ela, não reconhecendo a própria voz. — Como é que um "liberal" como você, que sabe todas as podridões de seu Governo, está aqui em Washington a servir esse Governo?

Pablo Ortega encolheu os ombros.

— Decerto porque estou podre também.

Sentiu que ele próprio não acreditava nessa explicação simplista, mas a natureza melodramática e autopunitiva do que dissera lhe dava um momentâneo alívio e um mórbido prazer.

— Que pretende fazer com sua dissertação? — perguntou.

— Ainda não sei. Acho que não vou alterar nada do que escrevi. Quanto à conclusão final, fique você com sua opinião que eu ficarei com a minha. E agora quero ir-me embora.

Pablo encaminhou-se para a porta e abriu-a. Tinha a impressão de que estava no ar, numa levitação em que seu corpo se mantinha em posição vertical. A cabeça começava agora a doer-lhe surdamente.

No corredor, tomou do braço de Glenda e conduziu-a na direção da grande sala, à porta da qual a americana estacou, como uma menina que hesita à beira da floresta emaranhada e escura que tem de atravessar. Orlando Gonzaga veio ao encontro de ambos. Pablo, que conhecia bem o amigo, percebeu que ele estava "alegre".

— Querem ouvir uma boa piada? Estive discutindo há pouco problemas raciais com um americano do Texas e contei-lhe a minha versão do Juízo Final. Escutem! Soam as trombetas celestiais, uma voz apocalíptica reboa no Universo, anunciando que vai começar o julgamento. A humanidade estremece. Os texanos levam automaticamente a mão ao revólver mas logo compreendem que o gesto é inútil, porque Deus deve ser mais rápido no gatilho. A população do mundo inteiro concentra a atenção no céu, onde aparece, imenso e luminoso, o trono do Todo-Poderoso. Ouvem-se sons de trombetas, harpas, liras, cantos celestiais de anjos, et cetera, et cetera. O Arcanjo Gabriel, o mestre de cerimônias, anuncia que o Criador acaba de sentar-se no trono... Os texanos erguem o olhar para o céu e verificam apavorados que Deus Nosso Senhor é um negro! Que tal, hem? É boa, não? Pois o meu texano não gostou. Que é que tu achas, Pablo?

— Depois conversaremos, Gonzaga. Miss Doremus está um pouco indisposta.

Ortega não precisava olhar para o rosto de Glenda para sentir que a história do brasileiro a chocara.

— Vamos, Pablo.

Deixaram Gonzaga para trás e começaram a "furar" a multidão, rumo do vestíbulo. Glenda sentiu que a sensação de náusea aumentava. Decerto era por causa daquele calor de corpos em combustão, do cheiro dos pastéis sacramentenhos que andava no ar, misturado com o fétido suor dos negros que ali se encontravam... Colidiu com uma senhora gorda que trazia no peito uma orquídea já murcha. A senhora lhe sorriu — "*Sorry, dear!*" — e Glenda se imaginou a comer a orquídea, o que lhe aumentou o enjoo. Deu de repente com a cara negra e lustrosa dum embaixador africano. Em seguida vislumbrou uma senhora morena com os lábios reluzentes de banha, o buço pintalgado de açúcar. Muitos hálitos recendiam àquele horrível tempero. Glenda caminhava, estonteada, conduzida por Pablo, apertando a bolsa contra o estômago, suando frio, sentindo uma fraqueza nas pernas. Os pastéis... As axilas dos negros... A orquídea a fermentar-lhe no estômago... O zunzum das vozes... O calor abafado...

— Depressa, que eu estou me sentindo mal...

Conseguiram chegar ao vestíbulo, sair finalmente para o pórtico. A frescura da noite aliviou-a um pouco. Ela se recostou numa das colunas.

— Glenda, posso ir buscar-lhe algum remédio?

— Não, por favor, peça que tragam o meu carro imediatamente.

Disse-lhe o número, a marca e a cor de seu automóvel — informações que Pablo transmitiu ao porteiro da embaixada.

— Eu vou com você — disse o diplomata, quando o carro de Glenda parou à frente do pórtico.

— Não, Pablo, por amor de Deus, me deixe em paz!

Precipitou-se para o auto, entrou e sentou-se.

— Glenda, você está doente, não pode ir para casa sozinha.

Ela estava lívida. Seus lábios fremiam. Ficou um instante com as mãos sobre os olhos, o estômago convulso.

— Tenha paciência, Pablo, compreenda...

— Está bem, eu compreendo. Quando nos vemos de novo?

Ela sacudiu negativamente a cabeça, ao mesmo tempo que punha o motor do auto em movimento.

— Não sei. Não sei.

O auto arrancou de maneira abrupta. Pablo seguiu-o com o olhar, até vê-lo desaparecer. Depois acendeu um cigarro e, desgostoso consigo mesmo, a cabeça a latejar de dor, voltou para a festa.

Parte III

O carrossel

18

Foi na terceira semana de abril que o Embaixador do Sacramento tomou posse de sua cadeira no Conselho da Organização dos Estados Americanos. Ao entrar no edifício da União Pan-Americana, foi logo atraído por vozes estrídulas que despertaram o menino que dormia dentro dele. Afastou-se dos assessores que o acompanhavam e precipitou-se para o Pátio Tropical, onde duas araras de cores tão rútilas que pareciam recender ainda a tinta — escarlate, verde, azul, amarelo — gingavam e gritavam, assanhadas, nos seus poleiros. Gabriel Heliodoro aproximou-se duma delas, tentou pegar-lhe o bico, o que excitou ainda mais a colorida criatura, e ficou depois a dizer-lhe coisas numa língua que Titito Villalba jamais ouvira em sua vida. Em vão o secretário tentava mostrar a seu chefe as outras curiosidades do pátio. Sem dar-lhe atenção, o Embaixador aproximou-se da outra arara e repetiu a brincadeira.

Naquele instante, um grupo de turistas surgiu a uma das entradas do pátio, e o guia chamou a atenção dos visitantes para as árvores tropicais que ali se encontravam representadas por uma seringueira, uma bananeira, um cafeeiro e uma erva-mate. A fonte central — explicou o guia — era de mármore róseo e "os senhores turistas observem que as figuras esculpidas nessa fonte são de influência maia, asteca e zapoteca, e os desenhos dos mosaicos do pavimento...". Inútil! O vozeirão de Gabriel Heliodoro e os guinchos das araras criavam tamanho pandemônio, que o guia teve de calar-se, contrariado, e esperar...

Compreendendo a situação, Titito sugeriu ao senhor Embaixador que subissem ao andar superior, pois se aproximava a hora da solenidade. Fascinado ainda pelos pássaros, Gabriel Heliodoro perguntou: "São nossos compatriotas, Villalba?". Nos tempos de menino, costumava ir aos matos, nas cercanias de Soledad del Mar, para apanhar vivas araras exatamente como aquelas. Vendia-as depois aos turistas americanos por dois dólares cada uma! Titito respondeu que lamentava informar que os dois espécimes presentes eram oriundos da Guatemala. "Pois toma nota, Villalba. Mandaremos buscar duas araras sacramentenhas para dá-las de presente à União Pan-Americana, em nome de nosso Governo. Um macho e uma fêmea, porque não sei se sabes que a arara é monógama..." Titito sacudiu a cabeça negativamente, pensando: "Pois não lhe gabo o gosto".

Minutos depois, seguido do Dr. Jorge Molina — que se afastara, constrangido, ao ver a "cena" no Pátio Tropical —, de Pablo Ortega e de Ernesto Villalba, Gabriel Heliodoro Alvarado subiu lentamente as escadarias de mármore que levam ao andar superior. Era outro grande momento de sua vida! Encontrou, no Hall dos Heróis e das Bandeiras, os outros embaixadores, que ali o aguardavam. Saiu a distribuir apertos de mãos e abraços: "*Mi querido Embajador!*" — "*Y qué tal, amigo?*" Depois encaminharam-se todos para a Sala do Conselho.

Na chancelaria, Gabriel Heliodoro trabalhava sentado ao seu *bureau ministre*, sob o olhar de tinta — mas que realismo, que vida tinham aqueles olhos! — de D. Alfonso Bustamante, que o fitava da parede fronteira com expressão severa. O retrato, de meio corpo, havia sido pintado academicamente por um artista americano, e apresentava o ilustre diplomata vestido de preto. O botão da comenda da *Légion d'Honneur* era como um glorioso pingo de púrpura na lapela do fraque. O carnudo e róseo rosto de D. Alfonso, coroado de brancas e cetinosas melenas, destacava-se contra um fundo rubro de incêndio. Como já observara o artístico Titito, o esquema de cores do quadro ia muito bem com a decoração do gabinete: as paredes apaineladas de nogueira, o veludoso tapete cor de cereja, os pesados móveis de mogno, dum castanho profundo...

Sempre que levantava os olhos dos papéis que despachava, Gabriel Heliodoro dava com a presença de D. Alfonso, que parecia observá-lo com uma expressão crítica. E, quando o novo Embaixador do Sacramento se erguia e começava a andar dum lado para outro — pois descobrira que pensava melhor de pé, a caminhar, do que sentado ou deitado —, tinha a impressão de que o velho diplomata o seguia com o olhar. Não havia como fugir. Gabriel Heliodoro disse um dia a Miss Ogilvy:

— Você já observou, Clare, que o diabo do pintor fez esse retrato de tal jeito que, onde quer que uma pessoa se coloque nesta sala, os olhos de Don Alfonso estão sempre em cima dela?

— Se me permite a brincadeira, Don Alfonso é o símbolo da consciência nacional.

O Embaixador soltou uma risada e replicou que seu país merecia uma consciência mais jovem e alegre.

Gabriel Heliodoro examinava agora os documentos relativos ao projeto de construção da grande estrada asfaltada que devia atravessar a Cordilheira dos Índios, subindo e descendo encostas de montanhas, entrando em numerosos túneis e realizando, por fim, um velho sonho dos sacramentenhos: a ligação mais rápida entre os importantes centros do Norte e as atrasadas províncias meridionais de Oro Verde e San Fernando.

O Dr. Molina aparecia-lhe frequentemente no gabinete, trazendo papéis, esquemas, notas explicativas — santo Deus! que homem pernóstico e cacete! —, e sempre com aquele seu ar grave e cauteloso de quem sente o peso e a responsabilidade do muito saber. Quando se referia a ele, em conversa com os secretários, Gabriel Heliodoro chamava-lhe "Mr. Enciclopédia Britânica".

Às vezes o Embaixador ficava a olhar fixamente para as cópias heliográficas dos projetos, para os mapas e orçamentos da companhia americana que se ia encarregar da gigantesca obra — lia a cópia dos pareceres técnicos que engenheiros sacramentenhos, representantes do Governo, haviam dado sobre o assunto... E bocejava, coçava a cabeça, sentia o chumbo da sonolência nas pálpebras, gritava por Miss Ogilvy (ainda não se habituara a apertar o botão da campainha), pedia um café, acendia um charuto, saía a andar dum lado para outro, lançando olhares enviesados e meio hostis para o retrato de Don Alfonso, parava junto da janela, olhava para fora, depois bebia o café, tornava a sentar-se e tentava compreender o que estava desenhado ou escrito naquela papelama... Dentro de poucas semanas teria de enfrentar no Department of State o Subsecretário de Estado para Assuntos Latino-Americanos. Precisava saber sua "lição" na ponta da língua, para impressionar favoravelmente o gringo. Claro, o importante era conseguir o empréstimo. Teria também de confabular muitas, muitas vezes com os diretores do Banco Interamericano de Desenvolvimento. A luta ia ser dura mas — que diabo! — ele gostava de lutar.

Em certas tardes, tomado por uma aguda sensação de mal-estar, quase de asfixia, por se sentir preso naquele ambiente superaquecido, precipitava-se para fora do gabinete, gritava ao passar por Miss Ogilvy: "Não aguento mais este mausoléu, vou tomar ar!" — saía da chancelaria sem chapéu e ficava a passear no parque, a falar consigo mesmo, a pensar em voz alta nos seus problemas e planos. Amava a serra, o ar livre, os espaços sem limites, e nunca *en su perra vida* se sentira mais desoprimido e feliz do que quando estivera nas montanhas com os guerrilheiros de Juventino Carrera. Era bom dormir sob as estrelas, mesmo quando amanhecia com geada na cara, e as pálpebras e as faces, de tão frias, chegavam a dar a sensação de queimadas.

* * *

Quando o ar daquele fim de abril perdeu o ressaibo de inverno e os dias se amornaram, os aparelhos de calefação, tanto os da embaixada como os da chancelaria, foram desligados. E certa manhã, ao chegar ao seu Gabinete, Gabriel Heliodoro disse à secretária: "Abra as janelas, Clare, e convide a primavera para entrar...".

Agora, quando interrompia o trabalho, costumava vir até à janela e ficava a observar os passarinhos nas árvores do parque, e, com a curiosa impressão de estar "dentro dum cartão-postal estrangeiro", quedava-se a contemplar as chaminés que se empinavam solenes sobre os telhados da Embaixada da Grã-Bretanha. Enchia voluptuosamente os pulmões de ar perfumado e fresco. Duma feita, ao sentir um cheiro verde de grama, uma imagem se lhe desenhou na mente: Juana la Sirena! Viva, tão viva como se a tivesse ali diante dos olhos do corpo.

Ele tinha dezesseis anos e, por duas lunas por semana, pastoreava cabras nos montes, perto de Soledad del Mar. Quando lhe vinha o desejo de mulher, ele o saciava no corpo das pacientes cabras. Sabia que aquilo era pecado, mas o desejo de sua carne era mais forte que o medo do inferno ou das reprimendas do padre confessor. Um dia acariciava o dorso de sua cabra favorita, preparando-a para o ato do amor com palavras mágicas de sua invenção, quando ouviu uma voz de mulher: "Gabriel Heliodoro, por que fazes isso com os bichos?". Sobressaltado, voltou-se na direção da voz e viu Juana. Era uma das morenas mais lindas da vila. Um dia Amalio, o pescador, saiu para o mar sozinho no seu barco e ao anoitecer voltou trazendo aquela mulher. Quando lhe perguntavam quem era, Amalio respondia sorrindo: "Uma sereia que apanhei no mar com minha rede".

Gabriel Heliodoro olhava agora para ela, envergonhado, com seu documento de macho, intumescido e cnristado, a latejar de desejo. Quando deu pela situação, encolheu-se, virou as costas para Juana e, manejando o chapéu de palha no movimento presto de quem prende um passarinho, escondeu a coisa.

Juana aproximou-se dele com um sorriso bom, acariciou-lhe a cabeça e perguntou: "Não sabes para que Deus fez as mulheres?". Ele olhava para o chão, ofegante. O afago daquela mão arrepiava-o todo. Sentia o calor do corpo de Juana la Sirena, que cheirava a mar, sal e sol... Ela o tomou pela mão e conduziu-o a um bosque. Sem dizer palavra, deitou-se sobre a grama, levantou o vestido, desnudando as pernas, as coxas, o ventre. As comadres de Soledad del Mar mentiam. O corpo de Juana não era escamado como o dos peixes. Era liso, limpo e cor de sapota. E, pela primeira vez em sua vida, o menino via nudez de mulher. Juana ergueu os braços: "Vem". Com olhos úmidos, trêmulo de desejo, de temor e duma vergonha sem nome, ele se deitou em cima dela. Teve um espasmo quase de morte, seus gemidos de gozo transformaram-se em soluços de alegria e gratidão. A mulher de Amalio ergueu-se, baixou o vestido, tornou a acariciar-lhe os cabelos: "Viste como é fácil e bom?". Ele sacudia a cabeça, sem poder olhar direito para Juana. E, quando teve a coragem de encará-la, foi como se a visse pela primeira vez. Era a mais formosa criatura de toda a ilha, de todo o mundo. Sua voz tinha qualquer coisa do sonido dos búzios. "Não tenhas medo, não conto a ninguém. Espero que tu também não contes... É um segredo só nosso, está combinado?" Ele disse que sim com todo o corpo. Compreendia, compreendia, ah! como compreendia! E, quando recobrou a fala, jurou pela Virgem que jamais contaria aquilo a ninguém, nem ao seu padre confessor. E então Juana lhe disse algo que lhe encheu o peito dum orgulho tão grande que quase não cabia nos largos horizontes da cordilheira e do mar: "Tu és um homem". Deu alguns passos, parou, voltou-se e acrescentou: "Podes me esperar todas as sextas-feiras, a esta hora. Eu volto". Ele sacudiu a cabeça, deslumbrado. As cabras pastavam quietas; o vento bulia nos cabelos e nas vestes de Juana. E ela se foi, encosta abaixo, na direção da vila.

Aquele foi o dia mais feliz da vida do guardador de cabras. Mas houve outros. Todas as sextas-feiras à mesma hora, Juana voltava, e eles se amavam sob as árvores, em cima da grama. Um dia ele percebeu que estava apaixonado e começou a ter ciúmes daquele pescador que dormia todas as noites na mesma cama com Juana. Rondava a casa deles pelas madrugadas, com uma dor no peito, e desejando a morte de Amalio. Dormia e acordava pensando na amante. Agora os montes sem a presença de Juana pareciam desertos. Sentia nojo das cabras. Mas Juana vinha sempre no dia e na hora marcados.

Ah! Aquela terrível quinta-feira de dezembro... A vila acordou alvorotada. Amalio, voltando tarde do mar e surpreendendo sua mulher na cama com um sargento do Regimento de Infantaria, assassinara a ambos com seu facão de limpar peixe. Gabriel Heliodoro, desesperado, não teve coragem de ir ver o corpo de sua amada. Foi chorar na igreja, ajoelhado ao pé da imagem da Virgem, sua madrinha. Seguiu de longe o enterro de Juana la Sirena. Trepado no muro do cemitério, viu quando desceram seu caixão ao fundo da cova e depois o cobriram de terra. No dia seguinte, subiu ao monte com suas cabras. Era uma sexta-feira. À hora em que Juana costumava chegar, ele imaginou que ela tinha vindo e os dois, de mãos dadas, entravam no bosque. Ela se deitou no lugar de sempre e ele a cobriu com seu corpo. O cheiro de relva era o cheiro de Juana. A terra era Juana. E então ele amou a terra naquele primeiro dia de sua viuvez. E deixou a relva úmida de seu sêmen e de suas lágrimas.

19

Gabriel Heliodoro detestava a burocracia, achava que naquela embaixada havia um excesso de *papeleo*. Disse um dia a Titito: "Não achas que os homens seriam mais felizes se escrevessem menos, se usassem menos papel? Para que então Deus nos deu o dom de falar?". Villalba respondeu: "Na minha opinião, os homens dividem-se, *grosso modo*, em dois grupos: os orais e os gráficos. Oscar Wilde, por exemplo, era um oral". (Para mim ele era outra coisa... — pensou Gabriel Heliodoro.) "André Gide era um gráfico", continuou Titito, "isto é, exprimia-se melhor escrevendo do que falando. E Vossa Excelência, Embaixador, é um oral." E mentalmente terminou a frase: "... e um primário". Gabriel Heliodoro olhou por alguns segundos para seu secretário, com gana de mandá-lo a uma certa parte. Engoliu, porém, o palavrão. Pegou os papéis que ele lhe trouxera e, resignado, pôs-se a assiná-los.

Clare Ogilvy fazia o que podia para diminuir a papelada na chancelaria, mas seus esforços eram na maioria dos casos anulados pela estupidez de Ugarte e seus pupilos, pelo pedantismo do Dr. Molina e pelo amor carnal que Vivanco votava aos papéis e ao ritual burocrático. Três vezes por semana, pela manhã, La Ogilvita dava lições de inglês a Gabriel Heliodoro. Achava o aluno inteligente, senhor duma boa memória, capaz de entesourar com relativa rapidez as palavras de inglês que aprendia. Seu problema era a pronúncia. Sempre que procurava dizer alguma coisa no idioma de seu querido Lincoln, sua língua parecia adquirir um peso de estanho. Tinha — achava a professora — defeitos prosódicos difíceis de erradicar.

— Diga *very well.*

— *Bêri guêl.*

Trocava o *v* pelo *b* e pronunciava o *w* como se fosse um *g*. Se uma consoante desprevenida lhe aparecia no fim duma palavra, o aluno a devorava sem piedade. Em vez de *that* dizia *zé*. Para ele *United States* era simplesmente *Unai Estêi*. La Ogilvita esforçava-se para não rir-se dessas coisas. Mas Gabriel Heliodoro, esse ria francamente da sua incapacidade de aprender "aquela língua de bárbaros". E, fechando o livro com força e soltando uma gargalhada bonachona, dava a lição por terminada.

Gabriel Heliodoro tinha uma espécie de alergia pela presença de Pancho Vivanco, não apenas porque aquela "bola de sebo" era marido de Rosalía, mas também, e talvez principalmente, porque o cônsul era tediosamente meticuloso e amigo de minúcias nos assuntos de serviço. Se ao menos o homem fizesse e dissesse todas aquelas coisas com certa discrição e naturalidade, ainda se poderia suportar. Mas o molusco era obsequioso, servil. "Com licença." — "Vossa Excelência permite?"... Enquanto assinava papéis, Gabriel Heliodoro detestava tê-lo a seu lado, de pé junto da mesa, a rolar entre os dedos a sua famosa nota de dólar. Era como se o olhar de Vivanco o lambuzasse duma baba fria e viscosa que cheirava mal.

Às vezes, terminado o assunto, o cônsul recolhia os papéis assinados e permanecia onde estava, como se quisesse dizer ao chefe alguma coisa. "Está bem, Vivanco. Pode retirar-se." O marido de Rosalía hesitava ainda por um segundo ou dois, como se não houvesse entendido as palavras do Embaixador. Por fim fazia meia-volta e se ia. Gabriel Heliodoro acompanhava-o com um olhar cheio de má vontade, com gana de erguer-se e aplicar um bom pontapé nas carnudas nádegas de seu cônsul...

Já com referência ao Dr. Jorge Molina, seus sentimentos eram outros. Gabriel Heliodoro admirava (com relutância) o Ministro-Conselheiro, mas não o estimava. Ter de comer quase sempre pela mão dele nos assuntos da chancelaria não era situação que o tornasse feliz. Evitava o mais que podia fazer-lhe consultas diretas. Esperava, com um alvoroço de ginasiano, o dia em que pudesse apanhar o Dr. Molina em erro. O diabo do homem, porém, não se enganava nunca. Sabia tudo. Fazia tudo bem. Bom, não era para menos, pois estudara durante dez anos num seminário católico! Por outro lado — refletia Gabriel Heliodoro nos seus melhores momentos — não deixava de ser uma sorte poder contar com um homem do calibre de seu Ministro-Conselheiro, a quem podia entregar a tarefa, em geral aborrecida e às vezes delicada, de representar a República do Sacramento nas muitas comissões da OEA.

Mas sua má vontade para com Jorge Molina aumentou no dia em que Titito, num cochicho de conspirador, lhe contou que o homem era casto. Gabriel Heliodoro deu um murro na mesa e exclamou: "Agora eu sei por que é que esse padreco nunca ri!".

Titito... O Embaixador tinha sentimentos ambivalentes com relação a seu segundo-secretário. Achava que seus ademanes efeminados, seu andar grácil de bailarim, sua voz de contralto e suas roupas em tons de pastel, não só desmoralizavam aquela embaixada, como também eram uma mancha no escudo da República. Claro, não haveria em todas as oitenta e tantas representações diplomáticas de Washington uma só que não tivesse entre seu pessoal pelo menos um pederasta, claro ou oculto. Mas ele preferia ter ali na sua chancelaria auxiliares que fossem indiscutivelmente machos.

Tinha, porém, de admitir que Ernesto Villalba, além de inteligente, era espirituoso e com frequência amenizava a rotina da chancelaria com suas piadas, mexericos e opiniões. Gabriel Heliodoro quase morrera de tanto rir, quando um dia, com o ar mais sério deste mundo, Titito lhe confessara estar convencido de que La Ogilvita na realidade era um homem que tinha virado mulher, graças a uma operação plástica.

Havia também uma razão poderosa pela qual o Embaixador tolerava seu secretário. Titito era amigo íntimo de Frances Andersen.

— E nossa deusa? — perguntou um dia, pouco depois que Ernesto Villalba voltou duma rápida viagem a Nova York. — Não tornei a vê-la depois da recepção...

— Miss Andersen? — requebrou-se o secretário. — Encontrei-a em Manhattan, no saguão do Metropolitan, no intervalo do espetáculo de balé do Bolshoi. Estava com um diadema na cabeça, um vestido de...

— Espera! Pouco se me dá a maneira como Miss Andersen estava vestida. Quero saber quando é que posso despi-la... Ela volta para Washington?

— Dentro de uma ou duas semanas, foi o que me disse.

— Escuta, Titito, não ignoras que estou interessado nessa criatura...

— Embaixador, posso ser tudo menos obtuso.

— Bom. Quando Miss Andersen chegar, quero que me proporciones um encontro com ela, mas tudo sob o maior sigilo. O resto fica por minha conta.

Villalba baixou de leve a cabeça e levou a mão espalmada ao peito, à altura do coração.

— Se Vossa Excelência me permite, sugiro que lhe mande flores, logo que ela chegar.

— Mandarei toneladas. E que tal se eu lhe desse uma joia de presente, hem?

Titito hesitou.

— Temos de ir devagar. Ela pode ficar ofendida...

Gabriel Heliodoro de repente teve consciência do ridículo da situação. Ele — logo ele! — estava recebendo dum pederasta lições sobre como conquistar uma mulher. Teve um acesso de riso, passado o qual tirou um charuto do bolso, mordeu-lhe a ponta, prendeu-o entre os dentes, acendeu-o e ficou a fumar e andar dum lado para o outro, sob o olhar implacável de D. Alfonso Bustamante.

— Vou te fazer uma pergunta muito importante, Titito. Miss Andersen tem... tem algum caso?

O secretário encolheu os frágeis ombros.

— Só sei que tem muitos pretendentes. Conheço um *playboy* da Filadélfia, menino rico, que anda atrás dela. O inocente tem vinte e poucos anos e é lindo!

Gabriel Heliodoro fez um gesto de desprezo.

— Que idade tem nossa amiga?

— Já deve ter dito adeusinho aos trinta.

— Era o que eu calculava. Boa idade! Mas não acredito que uma mulher inteligente e madura queira ir para a cama com um rapazote de vinte anos.

Pois eu iria, com muito gosto — pensou Villalba.

Por aqueles dias, Gabriel Heliodoro recebeu uma carta confidencial do Presidente Carrera, dentro dum envelope lacrado.

Meu querido compadre:

A situação aqui não anda boa. Como sabes, conforme determina a Constituição, temos de fazer eleições presidenciais em novembro deste ano. Pensei que estava preparado para entregar o Governo ao meu sucessor legal e retirar-me definitivamente para a minha granja de Los Plátanos, pois ando meio doente e muito cansado. Infelizmente minha missão não está ainda cumprida, quero deixar pelo menos começadas as grandes obras da estrada transacramentenha, e terminados muitos outros empreendimentos que já iniciei. Por outro lado não acho que nosso país esteja preparado para resistir às comoções dum pleito presidencial. Dizem que o Diabo sabe muito mais por ser velho do que por ser diabo. Pois este teu compadre, raposa velha, anda farejando algo no ar. Sinto uma certa inquietação não só na Universidade, entre professores e estudantes, como também nas ruas e até nas camadas mais altas da nossa sociedade.

Reuni anteontem o Ministério para indagar em que pé se encontrava a sugestão que fiz há tempos de encaminhar ao Congresso um projeto de emenda à Constituição que permita a minha segunda reeleição. Tinham-me garantido que a emenda seria aprovada até princípios de março último, o mais tardar. Estamos quase em maio e até agora, nada! O Ministro do Interior me disse que, na sua opinião, e na da maioria de seus companheiros de ministério, a discussão dessa emenda seria uma coisa perigosa, pois iria acirrar os ânimos e oferecer às esquerdas um pretexto para começar a agitação. Perdi as estribeiras e gritei um par de desaforos ao Allende, que ficou vermelho, baixou a cabeça mas não disse palavra. Quando lhe perguntei, por pura ironia, se os ilustres ministros já tinham escolhido um candidato à minha sucessão, respondeu que sim. Imagina tu quem! O Doutor Ramón Tejera, Presidente do Supremo Tribunal! O Allende entrou numa lenga-lenga, disse que se trata dum cidadão culto e íntegro, figura respeitável de magistrado, homem apartidário, capaz de conquistar a confiança da maioria do eleitorado. Perdi de novo a paciência e berrei: "O Doutor Tejera pode ser mas é candidato a um asilo de velhos! Tem quase oitenta anos. Vocês estão doidos!". Ninguém reagiu. O que eles querem é um presidente-títere que esses fazendeiros, banqueiros e industriais possam manejar a seu bel-prazer. Sabem que comigo não podem fazer isso. Agora vejo que tinhas razão quando me dizias que estou cercado de gente desleal. É o cúmulo! Haviam já articulado uma candidatura sem me consultarem, e viviam me engambelando com a promessa de conseguirem a aprovação da emenda.

Que providências tomar, então, para evitar que este país caia nas mãos dos comunistas ou dessa plutocracia sacramentenha que no fundo nunca me aceitou, nunca se conformou de ser governada por um homem de origem humilde como eu? O remédio, me parece, é um novo golpe de Estado. Conferenciei ontem sigilosamente com o Ministro da Guerra, que pensa como eu e me garante o apoio total e incondicional do Exército. Temos de agir antes de novembro, mas precisamos, como bem sabes, dum bom pretexto para fechar o Congresso e decretar o estado de sítio. Afinal temos de levar em conta a opi-

nião mundial e principalmente a dos Estados Unidos e a da OEA. Almocei ontem aqui no Palácio com o embaixador americano e com o arcebispo, e tu bem podes imaginar por que convidei essas duas figuras. Sondei o gringo, que tem ar e riso de bobo, mas é matreiro, e cheguei à conclusão que ele também quer me ver pelas costas. Perguntei a Don Pánfilo, sem mais rodeios, qual era a sua opinião sobre a emenda. O homem fez um discurso muito bonito, com aquela habilidade e aquela elegância que conheces, mas desconversou. É natural que o arcebispo queira ver no Governo um papa-hóstias como o Doutor Tejera, que vai todos os domingos à missa.

Assim sendo, compadre, o remédio é esperar que os agitadores botem a cabeça de fora para agirmos. Se não botarem, antes de novembro, seremos obrigados a inventar um novo plano subversivo e assustar mais uma vez com o fantasma do comunismo tanto o Departamento de Estado como essa classe que teu "amigo" Gris, esse crápula apátrida, chama de "oligarquia rural".

O diabo é que qualquer comoção político-social nesta hora poderá prejudicar esse negócio do empréstimo. Não preciso repetir que o sonho da minha vida é deixar pelo menos começada a transacramentenha, e que eu seria o homem mais feliz do mundo se essa rodovia viesse a ter o meu nome.

Manda-me com a possível brevidade tua opinião sobre todos estes problemas. Às vezes me arrependo de ter-te mandado para a nossa embaixada em Washington. És dos poucos homens de cuja lealdade e amizade não duvido nem nunca duvidei. Mas vai ficando por aí, por enquanto, e trata de desencavar esse empréstimo, que é vital para nossa terra. Quanto ao mais, vamos deixar o barco correr. Confio na minha boa estrela. Antes de novembro, encontraremos um bom pretexto para o golpe.

Autorizo-te a mostrar esta carta ao Ugarte e a mais ninguém. O melhor será depois queimar estas páginas. Sempre tive horror a coisas escritas. Recebe um abraço afetuoso do velho amigo e compadre

Juventino

A carta deixou Gabriel Heliodoro excitado. Havia muito suspeitava daquela "revolução branca" comandada por Ignacio Allende, Ministro do Interior, com a finalidade de evitar a reeleição de Carrera e impor-lhe um candidato das chamadas "elites sacramentenhas". E o Department of State e o arcebispo estavam no jogo. Agora ele compreendia — ah! que estúpido tinha sido! — a razão por que o Ministro do Exterior tivera tanta pressa em mandá-lo para Washington e por que o Congresso aprovara com tamanha rapidez e unanimidade sua nomeação para o cargo de embaixador. É que Gabriel Heliodoro era uma pedra no sapato de Allende e de seu grupo. E ele, idiota, caíra na armadilha... Por quê? Por quê? Decerto ficara deslumbrado com o título de embaixador, com a oportunidade de apertar a mão de Eisenhower, de passar pelo menos um ano na bela mansão da embaixada, sim, e também de prestar um serviço a seu país, negociando o grande empréstimo... Mais ainda: era-lhe agradável a ideia de vir morar perto do Monumento de Lincoln, experimentar o sabor das reuniões sociais de Washington, gozar duns meses de liberdade com Rosalía... E — que diabo! — um homem deve ter franqueza consigo mesmo e reconhecer certas coisas: queria descansar um pouco, tanto da rotina bancária como da familiar, afastar-se dos achaques de Francisquita, da voz de Francisquita, daquela cara branca de creme que ele era obrigado a ver na cama todas as noites, daquela mulher que jamais sentira o menor prazer sexual e que sempre tivera vergonha do próprio corpo... e do corpo dos outros. E, afinal de contas, não tinha ele apostado consigo mesmo e com o mundo que um dia na vida havia de exercer um cargo muito, muito importante?

Mandou chamar Ugarte, e quando o general entrou no gabinete, Gabriel Heliodoro fechou a porta a chave e entregou-lhe a carta de Juventino Carrera. Impacientou-se com a lentidão com que o outro a lia. Em vão procurava qualquer reação naquela cara larga e bronzeada. Nada. Era como a face duma esfinge analfabeta. Os olhos? Eram os duma cobra a cocar um pinto. Depois de vários minutos, que para Gabriel Heliodoro pareceram intermináveis, o adido militar dobrou a carta de seu Presidente e devolveu-a, em silêncio.

— Então? Que me dizes?

— Digo que a coisa não está nada bonita.

— Sim, mas haveremos de sair desta enrascada como saímos de outras até mais sérias. Não podemos entregar o Governo à corja do Allende e muito menos à canalha da esquerda.

— Achas mesmo que esse velho borrado que o Allende escolheu para candidato tem chance de vencer a eleição? E, se vencer, pensas que ele pode governar sem o apoio de Carrera, que tem o Exército de seu lado?

— Claro que não. Isso me tranquiliza um pouco, mas só um pouco. A solução verdadeira seria um golpe de Estado. Palavra, tenho vontade de tomar o avião amanhã para Cerro Hermoso e ir sacudir aquele Ministério, aquele Congresso, chamar aquela gente à razão. Mas tu sabes, não posso abandonar essas negociações do empréstimo... Já tenho audiência marcada no Departamento de Estado, embora agora eu desconfie que esses gringos vão nos cozinhar em água fria...

Ugarte rompeu num riso mudo que se lhe notava mais no sacudir de ombros.

— Talvez a gente possa ajudar melhor o Presidente daqui mesmo. — Tirou do bolso um papel, que entregou ao amigo. — Recebi este comunicado hoje, *Confidencialíssimo*, como verás.

O papel tinha o timbre do Ministério da Guerra. Gabriel Heliodoro leu:

Temos razões para acreditar que o Dr. Leonardo Gris é o centro, aí em Washington, duma conspiração que visa a invasão da nossa ilha e o levante de tropas federais bem como de camponeses em todo o território nacional. É imprescindível e urgente descobrir não só os planos desse movimento subversivo como também o nome das pessoas com quem os revolucionários contam aqui no Sacramento para atos de sabotagem e terrorismo e para pegar em armas ao primeiro sinal. A melhor maneira de conseguir o que queremos é entrar no apartamento de Gris e revistar todos os seus papéis. Já que isso não se pode fazer dentro da lei, que se faça fora dela. Recomendamos o máximo cuidado na operação para evitar complicações com as autoridades americanas.

Gabriel Heliodoro devolveu a Ugarte o papel, rápido, como se ele lhe queimasse os dedos. O Embaixador agora imaginava o plano que seu adido militar estava arquitetando.

— Faze de conta que não me mostraste esse documento, compreendes? Estás subordinado ao Ministério da Guerra e não a mim. Faze o que entenderes, mas uma coisa te peço: não me contes nada. Absolutamente nada, haja o que houver.

— Quer dizer então que tenho carta branca para agir?

— Se tens, não é com minha assinatura. Lavo as mãos. Lavo com bastante água e sabão. Não as quero sujas de sangue. Já sei o que estás pensando... Não endosso violências.

O adido militar sorriu.

— Quem foi que falou em violência?

— Olha que a polícia americana é muito eficiente...

— Mas não é infalível.

Antes de sair do gabinete, Hugo Ugarte disse:

— Uma coisa quero que saibas, Gabriel Heliodoro. Se a situação piorar mesmo, eu me mando para a Suíça, de onde ninguém me pode extraditar. Estou muito velho para aguentar cadeia. E tu sabes que, se a oposição vencer, minha cabeça será posta a prêmio. Me botam contra o paredão e me condecoram o peito a bala.

O ex-Chefe de Polícia disse essas palavras e se retirou. Gabriel Heliodoro esperou um instante, mal contendo a ira. Olhou para o retrato de D. Alfonso e, como se o velho embaixador o pudesse escutar, explodiu: "O covarde! O ingrato! O egoísta! O corno! Foge para a Suíça com a vaca da mulher, que o engana com o meu chofer, dentro do *meu* Mercedes!".

Sentiu então uma grande necessidade de aliviar o peito, conversando com alguém que fosse uma pessoa de verdade. Quem poderia ser? Molina era um bloco de gelo e um pedante. Miss Ogilvy, uma estrangeira. Titito, uma mariposa frívola. Vivanco? Nem era bom pensar na lesma. O homem era Pablo. Mas Pablo não gosta de mim — pensou Gabriel Heliodoro —, por mais que eu faça para agradar esse menino, ele continua distante e indiferente. Além do mais, Pablo era amigo de Gris! Tinha sido graças à intervenção do filho de D. Dionisio Ortega y Murat que Gris havia escapado de ser preso e morto na Noite Trágica.

Ah! O remédio era telefonar para Rosalía, marcar com ela um encontro em qualquer parte. Sim, podia ir buscá-la de carro, iriam passear no parque...

Pegou o fone. Ouviu imediatamente a voz de La Ogilvita.

— Pronto, senhor Embaixador.

— Ligue-me com "aquele" número.

20

Pablo Ortega tornou a visitar o Dr. Leonardo Gris no seu apartamento na Rua Q. Não havia lugar em toda a Washington em que ele se sentisse mais "em casa" do que naquela sala que seu amigo aos poucos fora mobiliando de acordo com seu gosto tão inclinado para o colonial americano e o primitivo inglês. As coisas que ali se encontravam, Gris as havia comprado, durante os seus anos de exílio, nos "mercados de ladrões", em remotos subúrbios da capital, ou nos leilões de Georgetown. Escolhia tapetes, móveis, lâmpadas, quadros com o afetuoso cuidado de quem seleciona amigos. Era decerto por isso que tinha conseguido dar àquela sala um ar tão acolhedor, como se cada objeto ali dentro tivesse uma misteriosa carga de tempo, sonho e sofridas vivências. Nas paredes, onde quer que as prateleiras atopetadas de livros deixassem um espaço aberto, viam-se contra o rosa desbotado do papel que as forrava reproduções de gravuras de Goya, principalmente dos *Caprichos* e dos *Desastres de la guerra*. E a um canto da sala, fechado no seu estojo negro, o violoncelo era quase uma presença humana.

Naquele entardecer de princípios de maio, Gris recebeu o amigo com um "café especial", que beberam em calma, a conversar ociosamente sobre música e literatura. Depois dum silêncio que Pablo sentiu como uma espécie de símbolo gráfico destinado a separar dois parágrafos, o exilado contou:

— Tornei a sonhar com Moreno a noite passada. Não me lembro dos pormenores do sonho, mas a coisa foi mais ou menos assim. Eu era menino, tinha de levantar da cama para ir à escola, mas relutava, os olhos me pesavam, eu queria dormir mais... Ouvi então uma voz que me chamava: "Leo! Leo! levanta, vadio!". Abri os olhos com grande dificuldade e vi junto da cama um vulto que era ao mesmo tempo o de meu pai e o do Doutor Moreno, numa fusão...

— É curioso como certas pessoas (ou serão todas?) têm uma consciência antropomórfica... A sua toma a forma do Doutor Moreno.

— Creio que posso explicar o sonho. Passei estes últimos dias a trabalhar no meu ensaio sobre Góngora, a ouvir música barroca e a cuidar de meu curso na Universidade. Foi, em suma, uma semana tranquila e feliz. O Doutor Moreno me apareceu no sonho para me obrigar a "levantar da cama e cumprir o meu dever"... É que eu havia perdido por completo o contato com os revolu... — Calou-se de repente, sorriu e acrescentou: — Bom, sei que você prefere não ouvir falar nesse assunto... — Fez nova pausa, e depois: — Quem é a sua consciência, Pablo? — perguntou. — Seu pai?

O outro sacudiu negativamente a cabeça.

— Não. Maestro Natalicio.

— O artista popular de Soledad del Mar?

— Exatamente. Conhece-o?

— Conheço-lhe os trabalhos, mas nunca vi o homem.

— Para mim, Maestro Natalicio simboliza a dignidade e o sofrimento do povo, do nosso povo, Doutor Gris. Não sei se será fantasia minha, mas creio que senti isso desde o momento em que o conheci, ainda nos meus tempos de menino. Ouvia dizer que ele poderia ficar rico se aceitasse as ofertas que lhe faziam para industrializar sua produção de bonecos. Mas o artista se negava... Tinha até uma certa vergonha de mercadejar suas esculturas. Preferia vender as frutas de seu pomar. Continuou sendo o que sempre foi: um homem da terra, queimado de sol, descalço, com sua roupa de algodão branco, seu chapéu de palha...

— Acho seus bonecos admiráveis — disse Gris. — Lembro-me duns cavalos coloridos com asas de águia e chifre de unicórnio, duns pumas com cara de gente, de figuras que eram um misto de vegetal e animal, ah! e duns deliciosos anjos...

— Maestro Natalicio é analfabeto, aprendeu apenas a desenhar o nome, que grava nos seus trabalhos. Jamais teve professor de modelagem. Sua pele tem um pouco a cor do barro com que trabalha. Sempre achei suas mãos impressionantes... mãos com uma fisionomia particular, mãos com integridade... eu diria... mãos de santo. Talvez São Francisco de Assis possuísse mãos assim.

— Está vivo ainda?

— Creio que sim. Deve andar hoje perto da casa dos setenta. Não o vejo há mais de seis anos. — Pablo sorriu para suas lembranças. — Quando rapazote, eu gostava de visitar a casa do Maestro. Era um rancho pobre, coberto de palha, chão de terra batida, quase à beira do mar. Natalicio tinha cinco ou seis filhos. Todos mexiam em barro. Faziam calungas, uns bem, outros mal... Uma coisa que me deliciava naquela casa era o cheiro limpo e "gordo" de argila que andava no ar. Eu ficava horas vendo Don Natalicio modelar ou pintar seus bonecos. Às vezes ele me permitia brincar com suas tintas. Mas a maior parte do tempo, eu passava fascinado, vendo aqueles dedos ágeis que davam forma ao barro... Eu pensava que Deus decerto tinha feito o mundo e o primeiro homem daquela maneira. E, por falar em Deus, um dia olhei para alguns exemplares da estranha fauna do artista e perguntei: "Mas esses animais existem mesmo, Maestro?". Ele piscou o olho, sorriu com toda a cara e respondeu: "A gente pode fazer bichos que existem, mas pode também inventar, com o devido respeito, os que não existem, os que Nosso Senhor se esqueceu de fazer, decerto por falta de tempo, pois seis dias é mui pouco para aprontar um mundo".

Gris sorriu.

— Se não me falha a memória, a polícia de Chamorro andou incomodando Natalicio...

— Exatamente. O artista de vez em quando deixava o território de sua fantasia para fazer o que hoje se costuma chamar de "arte engajada". Quando Juan Balsa estava na Serra com seus guerrilheiros, Don Natalicio fazia retratos do herói em barro pintado, e essas figuras andavam de mão em mão, eram postas em nichos, quase adoradas como imagens de santos. Também esculpia grupos que às vezes pareciam panfletos de crítica política e social. Um soldado da polícia espancando um camponês. Um gringo da Uniplanco montado num peão, o chicote na mão, um charuto nos beiços... O Juiz de Direito recebendo dinheiro dum graúdo para dar-lhe uma sentença favorável... Havia (me contaram) em Soledad del Mar um delegado de polícia cruel que costumava maltratar os prisioneiros. Maestro Natalicio fez em argila uma caricatura do homem, apresentando-o com um chicote na mão a açoitar um homem do povo, cujo torso lanhado sangrava. A parecença do boneco com o delegado era tamanha, que a estatueta correu de mão em mão, na vila, como uma espécie de boletim clandestino. Mas não faltou um delator. A casa do Maestro Natalicio foi invadida por soldados da polícia, que lhe quebraram todos os bonecos e instrumentos de trabalho e espancaram o artista, a mulher e os filhos. Se não fosse a intervenção do Padre Catalino, Natalicio teria apodrecido na cadeia. Mas o homem remontou sua oficina e continuou a trabalhar. E como a polícia não o perdia de vista, dedicou-se a esculpir anjos, servindo-se dos filhos menores como modelos.

Pablo ergueu-se, debruçou-se na janela, olhou dum lado para outro para ver se ainda andava pelos arredores o homem da capa de chuva clara, que ele avistara ao entrar. Mas Gris com uma pergunta fê-lo voltar-se.

— E que é que Natalicio representa para você, *hoje*?

Pablo encarou o amigo.

— Muitas coisas. Para principiar, ele possui várias qualidades que eu cordialmente e *quase* humildemente invejo: integridade artística, autenticidade humana, intimidade com a natureza... como se a argila com que ele trabalha lhe transmitisse, através dos dedos, mensagens secretas da Terra... Sim, e também imunidade à sofisticação.

— Só isso?

— Não! Como eu disse, ele é a minha consciência viva. Sempre que recebo meu cheque mensal na chancelaria, penso no povo miserável do Sacramento que Natalicio, de certo modo, representa para mim. Não me lembro de ter sonhado com ele, mas sua figura me vem ao pensamento com uma frequência às vezes obsessiva. É claro que posso passar dias sem pensar nele, mas, sempre que numa festa estou começando a me divertir, a gostar da companhia, em suma, a me sentir feliz, lá me "aparece" a imagem de Maestro Natalicio e eu fico logo picado de remorso, com a impressão de que o preço de meu prazer e de meu conforto é a doença, a fome e a desgraça do meu povo. Em geral eu o "vejo" acocorado no chão, na frente de seu rancho, o sol a bater-lhe na cara, o vento do mar a mexer-lhe com o bigode e a barbicha grisalha. Ele me olha e não diz nada. Não pede nada. Em certas ocasiões apenas suas mãos me falam...

Pablo deu alguns passos na sala, deteve-se diante das gravuras de Goya, em silêncio. Gris sacudia lentamente a cabeça, compreendendo.

— Será que Gabriel Heliodoro tem também uma consciência? — perguntou.

Pablo voltou-se para o amigo.

— É o que me tenho perguntado muitas vezes. Talvez a consciência do Embaixador seja sua mãe. O senhor não ignora que ela era uma prostituta... Dizem os que a conheceram que era uma mulher até bonita, mas, roída de doenças venéreas e de maus-tratos, aos quarenta anos, parecia uma velha de mais de sessenta. Quando Juventino Carrera voltou da Serra, vitorioso, e deu uma posição economicamente boa a Gabriel Heliodoro, muita gente esperou que ele voltasse a Soledad del Mar para socorrer a mãe, tirá-la da miséria e da mais baixa prostituição. Mas ele não voltou. Quando visitou sua terra dois anos mais tarde, a Velha tinha morrido e ninguém, nem o vigário, sabia ao certo onde seu corpo havia sido enterrado...

Gris ficou um instante pensativo e depois indagou:

— Como vão as suas relações com esse homem?

— Gabriel Heliodoro? Bom, tudo me seria mais fácil se eu conseguisse odiá-lo, desprezá-lo ou, melhor ainda, não tomar conhecimento da existência dele. Mas o tipo é insinuante, envolvente, e, cada vez que me sinto inclinado a gostar dele, não posso evitar o pensamento de que, nessa hora, estou atraiçoando mais uma vez Maestro Natalicio e seu povo.

— Acho que a amoralidade desse tipo tem para você um forte elemento de fascínio.

— Acha mesmo?

— Todos os intelectuais se parecem muito nisso, Pablo. Invejamos secretamente os homens que usam seu corpo sem escrúpulos, e que não lhe negam nada.

Ortega tornou a sentar-se.

— Mas acredite que, apesar de todos os seus rompantes e da sua ruidosa alegria exterior, Gabriel Heliodoro tem suas horas de abatimento. Já o apanhei em muitos desses momentos sombrios em que seu "lado índio" prevalece sobre o outro ou outros e ele fica encolhido, imóvel num canto, a cara triste... Sempre que cai numa dessas depressões, acaba fazendo uma visita ao Lincoln Memorial...

— Tem cometido muitas gafes diplomáticas?

— Não. Pelo contrário. O homem é um sucesso. Assisti à conversa que, assessorado pelo Doutor Molina e por mim, ele manteve com o Subsecretário de Estado, que fala e entende bem o espanhol. Gabriel Heliodoro nos surpreendeu pelo conhecimento não só da parte financeira como também da técnica dos planos para a grande rodovia que nossos jornais chamam de "transacramentenha". O Subsecretário me pareceu bem impressionado. Don Gabriel teve o cuidado de inserir habilmente em dissertações algumas anedotas, que fizeram o americano rir com gosto. Apesar de tudo, nada ficou decidido em definitivo sobre o empréstimo. Parece que o Governo dos Estados Unidos prefere adiar a solução do assunto para depois das nossas eleições de novembro...

— E como é que o Embaixador trata você? Derrama sobre sua cabeça toneladas de *charme*, suponho...

— Vou lhe contar uma história. Ontem o homem me chamou a seu gabinete e me convidou para ir passear com ele no Rock Creek Park. Pareceu-me muito deprimido. Achei o convite extravagante mas aceitei. Descemos do automóvel em certo ponto do parque e saímos a andar ao longo do arroio. Primeiro, Gabriel Heliodoro falou em passarinhos, árvores e flores. Contou-me do quanto gosta dum bordo vermelho que tem no jardim da embaixada. Disse-me uma coisa interessante: "Sabes o que sinto diante dessa árvore, Pablo? Sinto que não tenho intimidade com ela. Não posso tuteá-la como eu tuteava os cedros, os cactos, os plátanos e as palmeiras de Soledad del Mar. E este país é bem como aquela árvore de bronze. Bonito, bem-arrumado, rico... mas sei que nunca poderei ser seu amigo do peito". Ficou uns momentos calado, olhando um bando de patos brancos que marchavam em fila indiana à nossa frente. Olhei para a cara do homem e vi nela uma tão grande expressão de tristeza e solidão que tive pena dele e ao mesmo tempo me irritei comigo mesmo por me estar apiedando dum salafrário, do comensal dum ditador, dum negocista, dum usurário, dum explorador da miséria do nosso povo. Claro, Gabriel Heliodoro tem muito de farsante, mas não sei... naquele momento me pareceu que não estava representando... Sua tristeza era genuína. De repente, me perguntou: "Por que não gostas de mim, Pablo?".

Gris desatou a rir.

— Ah! Como eu conheço esse tipo de homem! Apesar de toda a sua formidável masculinidade, de seu descomunal orgulho de macho, tem um acentuado componente feminino. Está claro que o bruxo, o sedutor consumado, não pode admitir que alguém resista aos seus encantos.

— Resmunguei meia dúzia de palavras que não queriam dizer nada... Ele me agarrou o braço cordialmente e entrou numa animada narrativa autobiográfica. Falou em todos os maus-tratos, prisões, espancamentos e violências de que tinha sido vítima na infância, na adolescência e na primeira mocidade, nos tempos da ditadura de Chamorro. Por fim disse: "Não me deves julgar apressadamente. Conta-se muita mentira a meu respeito. Talvez um dia possas compreender".

Gris mexeu-se na cadeira, cruzou as pernas.

— E você acha que pode?

— Talvez. Esse homem não deve ser tão simples como parece. E afinal de contas, que sabemos uns dos outros? E de nós mesmos?

O exilado sacudiu negativamente a cabeça.

— Não. Deixemos o Julgamento Final para Deus, se Deus existe. Não estou interessado em considerações filosóficas sobre o caráter e a *alma* do seu Embaixador, Pablo. Não se trata de julgá-lo *sub species aeternitatis*, mas sim à luz do tempo histórico, que se exprime em milhões de vidas e destinos humanos. Não estou interessado nos pecados teológicos de Gabriel Heliodoro, mas nos sociais. Ele simboliza uma situação que, a meu ver, é criminosa, cruel e injusta, e que portanto precisa ser eliminada, se quisermos arrancar nossas massas do nível quase animal em que sofrem e trazê-las para um nível humano.

— De acordo, professor, de acordo. Isso entretanto não me deve impedir de observar Gabriel Heliodoro do ângulo do artista, com a *imparcialidade* que deve ter, por exemplo, o novelista, se ele quiser compreender as outras pessoas e, através delas, a si mesmo.

Gris tornou a discordar com um vigoroso movimento de cabeça.

— Permita-me que lhe diga que, nesta hora e neste caso especial, a imparcialidade não é apenas absurda como também criminosa. Você sabe o quanto detesto as afirmações categóricas. Mas a única esperança para nossa terra e nossa gente está na queda de Carrera e da oligarquia que o sustenta. Precisarei repetir que odeio a violência? Tenho pensado muito no assunto nestes últimos dias. Muito, mesmo. Concluí que há um tipo de violência que aceito, com tristeza, confesso, mas aceito. É a violência que se emprega para responder à violência. Não mudo uma vírgula no que lhe disse a respeito de minha incapacidade como revolucionário... Mas já tomei uma posição.

— Com um grão de sal?

— Talvez com uma gota de sangue.

Ortega tomava agora consciência dum grande desconforto. A cabeça começava a latejar-lhe de dor. Tirou do bolso um comprimido de aspirina, meteu-o na boca, mastigou-o e engoliu-o, bebendo, em seguida, o café que lhe restava, frio, na xícara.

— Doutor Gris, temo que, de agora em diante, a sua imagem comece a funcionar na minha cabeça, junto com a do Maestro Natalicio, como a encarnação dum sentimento de culpa.

— Perdão, Pablo, perdão! — disse Gris, pondo a mão no ombro do amigo. — Não quero que você pense que estou procurando fazer-lhe qualquer censura... Sou um desastrado! Já discutimos o assunto tantas vezes! Compreendo sua posição. Sei que você é dos nossos mas por ora não pode fazer nada, por causa do estado de saúde de seu pai.

— Não tenho tanta certeza disso. Talvez eu também faça chantagem comigo mesmo, usando essa situação como uma desculpa para não fazer o gesto decisivo, dar um pontapé no meu cargo e ir me juntar a esses revolucionários onde quer que eles estejam neste momento... É muito cômodo e agradável viver em Washington, ganhar mil dólares por mês, ter um Thunderbird, poder, de vez em quando, visitar a Galeria Nacional de Arte, passar os fins de semana em Nova York, vendo boas peças de teatro...

Gris levantou-se, voltou as costas ao amigo, aproximou-se do violoncelo, tirou-o da caixa, sentou-se com ele entre as pernas, ficou uns instantes a afiná-lo e depois murmurou:

— Agora, para desfazer a má impressão, só lhe posso oferecer isto...

Pôs-se a tocar em surdina algo em que Pablo reconheceu a voz de Bach.

— Conheces? — perguntou o exilado. — É o segundo movimento do *Oratório da Páscoa*. Escrito para oboé e orquestra. A transcrição é minha. Mesmo mal tocada, esta melodia tem um efeito sedativo maior que o duma aspirina... Talvez um pouco melancólica... Não pense mais no assunto... Nem me queira mal...

Pablo, agora recostado no sofá, escutava, de olhos cerrados. Os sons quase humanos do violoncelo entravam-lhe no cérebro, procurando amortecer as batidas da dor com a paina da melodia.

— Está vendo? — perguntou Gris, ao terminar a peça. — Quem é que vai acreditar num revolucionário como eu?

Depois, enquanto repunha o instrumento na caixa, indagou:

— Gosta de comida chinesa? Que tal se jantássemos juntos no Orient? Fica perto... Podíamos ir até lá a pé...

Pablo recusou o convite. Explicou que tinha um compromisso com Orlando Gonzaga. Apertou a mão do amigo e se foi.

Entrou em seu carro mas, antes de pôr o motor em movimento, quedou-se a olhar intensamente para o edifício onde Glenda Doremus tinha seu apartamento. Apesar de todas as suas muitas tentativas, não conseguira tornar a vê-la depois da recepção na embaixada. Telefonara-lhe no dia seguinte ao da festa, para lhe pedir perdão pelo seu abominável comportamento. Ela respondera que não era necessária nenhuma explicação ou escusa, já que não iam continuar a ver-se. Ele insistiu: "Mas eu quero ser seu amigo". — E ela perguntou seca: "Por quê?". Ele sorriu. "Que pergunta! Porque gosto de você." Fez-se, então, um desses terríveis silêncios telefônicos. Depois a voz da rapariga, menos dura, chegou-lhe aos ouvidos: "O melhor mesmo é não nos encontrarmos mais". E a ligação foi bruscamente cortada.

Ele chamara Glenda ainda várias vezes para o escritório onde ela trabalhava. Uma voz de mulher, com sotaque espanhol, respondera que Miss Doremus não estava. Evidentemente Glenda pedira a uma colega que dissesse aquela mentira... Por mais duma vez Pablo pensara em ir esperá-la à porta da União Pan-Americana, na hora em que ela deixava o trabalho, mas tivera de desistir da ideia porque era justamente entre as cinco e as seis da tarde que o Embaixador costumava chamá-lo a seu gabinete para lhe fazer alguma consulta, encomendar-lhe a redação de alguma carta ou simplesmente para conversar.

Pablo ficou a perguntar a si mesmo como seria recebido se fosse *agora* bater à porta do apartamento de Glenda. Imaginou uma cena de tal maneira desagradável, que sentiu arderem-lhe as orelhas de vergonha. Pôs o carro em movimento e dirigiu-o para o centro da cidade. A dor continuava a martelar-lhe as têmporas.

21

Em abril e maio daquele ano, nenhum outro diplomata em Washington teve seu nome mencionado mais vezes nas crônicas sociais que D. Gabriel Heliodoro Alvarado.

Noticiavam-se os jantares íntimos que com frequência ele oferecia na sua residência a personalidades como o Subsecretário de Estado para Assuntos Interamericanos, os diretores do Fundo Monetário Internacional e do Banco Interamericano de Desenvolvimento, além de outras altas personalidades do *top set* local.

Uma das colunistas mais conhecidas da capital contou, numa crônica mirabolante, que D. Gabriel Heliodoro, como uma espécie de potentado oriental, mandara buscar de seu país natal uma coleção de pedras preciosas e semipreciosas que distribuíra entre os cronistas sociais (a Miss Potomac coubera uma água-marinha enorme) e algumas das mais famosas *hostesses* de Washington, as quais lhe pagaram pelos presentes com jantares e recepções. Espalhava-se assim a fama de sua generosidade de anfitrião, a excelência de sua cozinha e de sua adega, e seus ditos espirituosos — "um humor telúrico" — como dissera outro cronista —, "muito perto da terra e da vida".

Um dia, ao entrar no gabinete de Miss Ogilvy, na ponta dos pés, Titito Villalba perguntou num cicio: "Como vai o nosso Califa de Bagdá?". Mas, na ironia do segundo-secretário, era fácil notar-se um tom de admiração e ternura pelo chefe.

A verdade era que, exceção feita ao Dr. Jorge Molina, o erudito caramujo, todo o pessoal da embaixada estava encantado com Gabriel Heliodoro. Ele era afável, comunicativo, generoso; entrava todas as manhãs na chancelaria, dando sonoros e largos bons-dias, os dentes à mostra. Certa vez chegou a parar um instante junto da mesa de Mercedita para passar-lhe a mão pelos cabelos. "Então, filhota, como vai essa vida?" A pobre moça retorceu-se toda, de tal maneira sensibilizada, que lágrimas lhe vieram aos olhos.

La Ogilvita, essa estava como que mesmerizada pelo patrão. Quanto a Ugarte, via-se claramente que o velho bandido queria um grande bem ao antigo companheiro de armas.

O próprio Vivanco, que tinha todas as razões para odiar o homem que dormia com sua mulher, não conseguia esconder nem de si mesmo nem dos outros a fascinação que o Embaixador exercia sobre ele.

Em meados de maio, como a estação social estivesse quase a findar, Gabriel Heliodoro mandou buscar do Sacramento, por via aérea, dois grupos folclóricos: Los Indios Bailarines, de Páramo, e Los Campesinos Cantores, de Oro Verde.

Ambos os conjuntos passaram apenas uma semana em Washington, mas, no dizer de Clare Ogilvy, foram "sete dias que abalaram o mundo". Eram trinta pessoas ao todo: dezoito homens e doze mulheres. Por ordem do Embaixador, La Ogilvita tomou conta de ambos os bandos, acumulando as funções de empresária, intérprete, governanta e guia turística. Nenhum de seus trinta pupilos falava inglês. O primeiro problema foi o da hospedagem. Dois ou três hotéis menores recusaram aceitar como hóspedes os melenudos índios de Páramo, de pele cor de cuia. La Ogilvita fez então um apelo patriótico aos membros da colônia sacramentenha local, para que cada família recebesse em sua casa pelo menos três bailarins — no que foi atendida. Ela própria levou para seu apartamento duas moças, e Mercedita fez outro tanto. Titito escolheu o mais jovem e belo dos dançarinos para seu hóspede. Pablo encarregou-se de dar cama e comida a dois cantores. Um pequeno grupo ficou instalado na própria embaixada, para horror de M. Michel. Poucas horas depois de sua chegada, estavam os trinta artistas devidamente aboletados, e La Ogilvita pôde respirar. Seus problemas, porém, haviam apenas começado. Titito apaixonou-se pelo hóspede, a quem chamava "o meu apolo de bronze". Fez-lhe uma noite uma proposta indecente: o rapaz, indignado, aplicou-lhe um soco na cara, pô-lo para fora do apartamento e fechou a porta a chave. Villalba, com o olho cercado por um halo dum negro arroxeado, teve de ir dormir num hotel. Mercedita lamuriava-se, dizendo que suas hóspedes emporcalhavam-lhe o apartamento. As moças, tanto as do grupo das cantoras como as do corpo de baile, quiseram ir às compras. Clare Ogilvy levou-as ao porão dum dos grandes empórios da cidade que anunciava uma liquidação. Diante dos artigos espalhados sobre as mesas ou alinhados nas prateleiras, apossou-se das raparigas sacramentenhas uma tal fúria aquisitiva, que elas se puseram a gritar e a engalfinhar-se umas com as outras ("É minha!" — "Eu vi primeiro!" — "Estúpida!" — "Cretina!" — "Larga isso!") na disputa de vestidos, colares, chapéus, meias, sapatos, calcinhas, lenços... No meio delas, imponente como um sargento, La Ogilvita tentava restabelecer a ordem, berrando: "*Muchachas! Muchachas!*".

Dois tocadores de guitarra e harpa, homens de meia-idade, tomaram um dia uma bebedeira, promoveram uma desordem num bar e foram parar num posto de polícia, de onde Pablo Ortega, a muito custo, conseguiu libertá-los. Uns três ou quatro membros do grupo de cantores, rapazes com muita brilhantina nos cabelos e exibindo uma rica coleção de negros bigodes, saíram uma noite em busca de fêmeas, pois queriam a todo o custo dormir com "*gringas rubias*". Como não as encontrassem com a facilidade que imaginavam, puseram-se a falar mal daquela cidade tão atrasada onde não existia um único bordel. Então aquilo era civilização? Aquilo era progresso?

A nota mais patética da famosa semana foi o acesso de melancolia que se apossou da maioria dos índios bailarins de Páramo, que, nostálgicos de sua terra natal, ficavam metidos dentro de casa, assustados ante aquela cidade estrangeira de língua bárbara e estranhos costumes. Não comiam, não falavam, recusavam sair para os ensaios, e não raro desatavam o pranto.

"Se isto durar mais uma semana, eu me suicido!", exclamou um dia Miss Ogilvy. O Embaixador ofereceu aos dois grupos um almoço nos jardins da embaixada. Michel olhava com o maior desdém para aqueles selvagens, e, ao vê-los comer como animais, franzia a boca de botão de rosa numa expressão de civilizada repugnância.

Finalmente os dois conjuntos folclóricos, nos seus trajes típicos de cores deslumbrantes, exibiram-se no salão de festas da União Pan-Americana, diante dum numeroso público que os aplaudiu com entusiasmo.

Gabriel Heliodoro sentiu-se como um empresário de circo em noite de espetáculo de gala e boa bilheteria. Tinha ímpetos de subir à plataforma para anunciar e explicar ele próprio cada número, antes de sua execução. Vibrou com as danças e cantos de sua pátria. E, quando os cantores, acompanhados de plangentes harpas e guitarras, interpretaram uma balada popular de Soledad del Mar que sua mãe costumava cantar, seus olhos se turvaram e o homenzarrão ficou a fungar, inquieto, esforçando-se para não chorar.

No dia 27 de maio, Gabriel Heliodoro representou seu país nos funerais de John Foster Dulles, no Cemitério de Arlington. A cerimônia foi tocante na sua singeleza. O incansável secretário de Estado, que a serviço de seu povo e da paz percorrera de avião distâncias que correspondiam a uma viagem de ida e volta à Lua, repousava agora, mudo e imóvel, no cemitério dos heróis.

Retornando a Washington, sozinho no seu automóvel, Gabriel Heliodoro sentia-se abatido. Pensava em sua própria morte e mais uma vez lhe vinha não só o pressentimento de que seu fim não tardaria, como também a quase certeza de que não teria enterro de herói. Talvez lhe atirassem o corpo dessangrado e crivado de balas numa vala comum. Ou deixassem seu cadáver insepulto para ser devorado por negras aves do espaço...

— Para onde vamos, senhor Embaixador? — perguntou Aldo Borelli.

— Direito para a embaixada.

Naquele dia jantou só. Trocou algumas palavras com Michel, que chamara para junto de si. A sala estava em penumbra. Havia duas velas acesas sobre a mesa, espetadas em longos castiçais de prata.

— Apague essas velas e acenda todas as luzes! — exclamou Gabriel Heliodoro para o mordomo, que se apressou a obedecer-lhe. — Isto não é um velório!

Terminado o jantar, ficou a caminhar sem rumo, de sala em sala, a comparar sua solidão com a de D. Alfonso Bustamante. Olhou nostálgico para o retrato das filhas e dos netos. Chegou a começar uma carta à sua Francisquita, mas não foi além da segunda linha. Acendeu o televisor: uma história de faroeste ia em meio. Gabriel Heliodoro esperou para ver o duelo final. Desligou o aparelho quando um sujeito de belos dentes apareceu a cantar louvores a uma conhecida marca de pasta dentifrícia.

Sentou-se numa poltrona e, folheando revistas, ficou a esperar a chegada de Rosalía. E, quando, por volta das oito horas, ela telefonou, comunicando-lhe que não podia vir, pois surgira um contratempo sério — ele esteve a pique de lhe dizer grosserias.

Que fazer aquela noite? Podia chamar Ugarte e mais dois companheiros para um joguinho de pôquer. Mas a ideia de ver durante horas a cara do adido militar, que não cessava de fungar e chupar os dentes, não lhe era nada atraente. O ex-Chefe de Polícia era um péssimo parceiro: queria ganhar sempre, tornava-se desagradável quando a sorte não o favorecia.

Antes das nove, Titito telefonou-lhe para comunicar que Frances Andersen havia chegado aquela tarde a Washington e que havia pedido notícias de seu "querido Embaixador".

Gabriel Heliodoro sentiu-se muito gratificado.

— Foi mesmo? — exclamou sorridente. — E quando achas que possa ver essa maravilha da natureza?

— Esta noite, se Vossa Excelência desejar. Frances talvez aceite um convite para ir a um *nightclub*. Se me permite, sugiro o *Blue Room* do Shoreham. Tem lápis, Embaixador? Vou dar-lhe o número do telefone da deusa dos fiordes...

— Deusa do quê?

— Dos fiordes escandinavos.

— Ah! Bueno. Diga lá.

22

Pablo Ortega e Kimiko Hirota não só trocavam haicais pelo correio, com certa regularidade, como também se encontravam pessoalmente, pelo menos uma vez por mês, numa casa de chá da Rua F. O diálogo entre ambos processava-se numa surdina, que na voz dele adquiria uma quente secura de folha de outono, e na dela era a duma caixinha de música a tocar melodias em ritmo *staccato*, com apenas três ou quatro notas. Em geral, evitavam os assuntos íntimos e os temas políticos. Comportavam-se como se estivessem fora do tempo, dentro do espaço mágico dum país sem nome nem mapa.

Um dia, Orlando Gonzaga perguntou a Pablo Ortega que prazer podia ele encontrar em beber chá de jasmim na companhia daquele "esboço de mulher". Ortega respondeu que os encontros com Miss Hirota equivaliam a uma fuga para uma espécie de quarta dimensão em que ele descansava da rotina da chancelaria, da mesmice da vida de Washington... e de si mesmo. Acrescentou: "Quando estou na frente dela, tenho a impressão de que me transformei numa imagem — peixe, ave, árvore, inseto — dessas pinturas esfumadas dos caquemonos japoneses". O amigo, malicioso, retorquiu: "Na minha opinião, você está satisfazendo aos trinta anos o desejo que reprimiu, quando menino, de brincar com bonecas".

Naquela noite de sábado, Pablo e Kimiko foram jantar no Genghis Khan, onde comeram sukiyaki, beberam saquê e conversaram sobre a arte do haicai.

Ela trajava um vestido de seda dum azul ultramarino, de grande simplicidade, que lhe ia muito bem com o tom de porcelana trigueira da pele.

— Na arte do haicai — disse a rapariga — há uma série de pequeninos mistérios; alusões, citações, imagens de duplo sentido, palavras-chaves...

Falava dum jeito que lembrava a Pablo, esquisitamente, o voo duma borboleta.

— Por exemplo — continuou Miss Hirota — o poeta, com um simples vocábulo, pode dar ao leitor uma ideia da estação do ano e da hora a que o poema se refere...

— Eu sei que *flor é* sempre de cerejeira e portanto corresponde à primavera.

— Sim. *Grilo* sugere noite. O *cuco* anuncia o anoitecer. Se o poeta fala em *sino*, o leitor sabe que a hora do dia é o crepúsculo vespertino, porque os sinos dos templos do Japão soam sempre a essa hora. E assim por diante...

— Para mim, o badalar de sinos me evoca coisas matinais: luz dourada, glórias, páscoas, aleluias...

Kimiko sorriu, seu zigomas cresceram, e por um instante suas negras pupilas ficaram quase escondidas por trás de dois riscos oblíquos.

— Os sinos japoneses — cantarolou ela — são muito discretos. Têm um som crepuscular, de pouca ressonância... — fez pequena pausa e depois acrescentou: — física.

Ficaram ambos a comer em silêncio o sukiyaki que o garçom preparara ali diante deles.

Miss Hirota segurou a tigela de saquê com as mãos delicadas, levou-a aos lábios, bebeu um gole, sem desviar o olhar do rosto do amigo. Depois rompeu a dissertar sobre o zen-budismo. Repetiu a conhecida história. Um dia, um discípulo de Gautama Buda acercou-se dele, entregou-lhe uma flor de ouro e pediu-lhe que fizesse um sermão sobre sua doutrina.

— Buda tomou a flor — prosseguiu Kimiko —, afastou-a dos olhos e ficou a contemplá-la longamente, em silêncio. Sabe o que ele queria sugerir com isso? Que a verdade não está na descrição, mas na contemplação das coisas.

— Talvez um dia eu me torne monge budista — brincou Pablo —, fique contemplando uma flor... você, por exemplo, e de repente, num relâmpago, consiga ter a intuição da Verdade.

— Mas é preciso disciplina para conseguir esse "relâmpago" intuitivo. E paciência. E humildade. Certos monges só tiveram a revelação depois de dez anos de vida contemplativa.

Kimiko disse que ia contar uma história confidencial a respeito duma família norte-americana de suas relações. Pediu ao amigo que não lhe perguntasse nomes, porque ela não os revelaria. Pablo imaginou que Miss Hirota ia confiar-lhe um tenebroso segredo, um caso de assassínio ou incesto.

— Imagine — murmurou ela — que essa família possui em sua casa um jardim... Todos os sábados, o chefe corta a grama. Na época apropriada, poda as árvores, de vez em quando borrifa remédios nas plantas para matar os parasitas... O jardim é lindo. Os membros da família o fotografam em cores, no verão comem e bebem à sombra de suas árvores... No entanto, jamais comungam com o jardim, não têm intimidade com ele, não meditam sobre suas flores, sua grama, sua terra... Só pensam em comprar mais coisas para enfeitá-lo e torná-lo mais confortável: bancos, mesas, uma piscina pneumática, estatuetas de gesso... E o jardim continua incompreendido, um estranho... Não é horrível?

Pablo soltou uma risada que chocou um pouco a japonesinha. Depois, baixando a voz à surdina oficial daquelas conversações, disse:

— Compreendo o que você quer dizer. Mas o homem americano, minha amiga, em geral tem do mundo a visão do engenheiro. E é essa visão que predomina no Ocidente. Queremos conquistar a natureza, domesticá-la, usá-la, enfim, em nosso benefício.

— Benefício puramente material — protestou ela. — E, como resultado disso, os ocidentais se alienam não só da natureza como uns dos outros e cada um de si mesmo.

— Sim, o nosso problema maior tem sido o de vencer a distância psicológica que separa o sujeito do objeto. Você acha que os filósofos orientais conseguiram isso?

— Sem a menor dúvida.

— Admitindo que os japoneses sejam em sua maioria budistas e portanto contemplativos, como explica essa industrialização acelerada e quase obsessiva de seu país, depois da Guerra?

— Essa mentalidade industrial está para nossa verdadeira maneira de ser assim como a pérola artificialmente cultivada está para a legítima. Nós ainda temos tempo e gosto para contemplar a natureza e receber suas mensagens. — Tornou a sorrir. — Sim, e para pintar e escrever poesia. Sabe que quase um milhão de japoneses cultivam a arte do haicai?

Pablo tornou a encher de saquê ambas as tigelas.

— Os americanos — sussurrou Kimiko, olhando cautelosa para os lados — não têm tempo nem mesmo capacidade para realmente gozarem as coisas que fazem. Pior ainda. Pensam que *fazer* é mais importante que *ser*; *agir* melhor que *contemplar*.

Fez-se uma curta pausa, ao cabo da qual Pablo tornou a falar.

— Um dia toquei nesse assunto numa conversa com meu amigo Bill Godkin. (Lembra-se dele? O jornalista ruivo e sardento que fuma cachimbo...) Ele me escutou com a paciência habitual e depois disse: "Que seria de nós se não fossem os inventores, os engenheiros, os 'promotores' e principalmente os cientistas? Se o homem ocidental, diante das asperezas, desconfortos e pragas da natureza, tivesse permanecido em estado de contemplação budista, olhando para o Absoluto ou para o próprio umbigo, em que situação estaríamos nós, hoje? Para principiar, a humanidade seria periodicamente dizimada pelas pestes... Pense só no progresso da Física e da Bioquímica...". E o meu amigo enumerou em seguida uma série de descobertas e invenções ocidentais que têm contribuído não só para melhorar como também para prolongar a vida do homem sobre a Terra. — Pablo riu. — Nesse momento meu outro amigo, Gonzaga, interveio: "Ó Bill, o que falta a vocês, americanos, é a capacidade de magia. Este povo é prosaicamente prático". Godkin deu uma cachimbada, olhou para o brasileiro e replicou: "Vocês, latinos, fazem mágicas com palavras. Nós, com fatos e coisas. Quer magia maior que essa que estamos fazendo agora, de transformar a água do mar em água potável?".

Kimiko narrou alguns casos de amigos seus que já haviam recebido mensagens do Absoluto. Pablo escutou-a num silêncio um tanto céptico, e depois disse:

— Pense nesta monstruosa contradição. O Estado-Maior japonês que planejou e executou o traiçoeiro ataque a Pearl Harbor era todo composto de zen-budistas... E a bomba atômica foi inventada, fabricada e lançada sobre uma cidade aberta por um país confessadamente cristão... Onde está o nexo disso tudo?

Ortega arrependeu-se em seguida de ter pronunciado estas últimas palavras. Porque uma grande tristeza sombreou por instantes o rosto da secretária da Embaixada do Japão.

Saíram do Genghis Khan e entraram num cinema. Pablo estava inquieto, mexia-se na cadeira, não conseguia interessar-se pelo filme. A presença quente e perfumada de Kimiko, ali a seu lado na penumbra da sala, começava a perturbá-lo. Por mais duma vez pensou em pegar-lhe da mão, mas conteve-se. O gesto equivaleria a lançar um pingo de gordura na pintura daquele delicado caquemono japonês. Pensou em Glenda Doremus e sentiu uma saudade física da americana. Rememorou o bilhete que lhe escrevera àquela manhã: *Não seja teimosa. Obedeça ao espírito da lei de seu país e conceda a este "acusado" o benefício da dúvida. Insisto em vê-la. Telefone para meu apartamento ou para a embaixada.*

23

Na segunda-feira seguinte, cerca das nove da manhã, como de costume, Pablo estacionou seu carro atrás da residência do embaixador e atravessou o parque a pé, na direção da chancelaria. Sob um céu de límpido azul, um sol morno e dourado, já com tímidas promessas de verão, irisava as asas das libélulas e a água dos repuxos que girandolavam sobre os canteiros de relva.

O primeiro-secretário caminhava de mãos nos bolsos, a cabeça baixa, pensando em Glenda e desejando encontrar sobre sua mesa de trabalho uma mensagem dela. No momento em que ergueu os olhos, viu partir da janela do gabinete de Pancho Vivanco um objeto leve e claro — ave? dardo? — que cortou o ar num voo sereno e desapareceu, atufado na copa duma árvore. Pablo sorriu. O senhor cônsul começava o dia soltando passaritos de papel! Entrou na chancelaria, cumprimentou o homem taciturno da portaria, disse algumas palavras amáveis a Mercedita (a piedade que às vezes a feia criaturinha lhe despertava!), murmurou um bom-dia neutro a um dos tenentes de Ugarte — o que vivia a pedir-lhe "números de telefones de pequenas" —, fez um sinal para La Ogilvita, que avistou no fundo do corredor, entrou no seu gabinete, fechou a porta, sentou-se à mesa, tomou duma caneta e duma folha de papel em branco e escreveu um bilhete a Miss Hirota, agradecendo-lhe pelo prazer que sua companhia lhe dera na noite de sábado e dedicando-lhe um haicai:

SERVIÇO CONSULAR
Com cartas brancas,
O senhor cônsul solta
Pombos de papel.

Ainda à janela de seu gabinete, Pancho Vivanco olhava para o freixo onde pousara seu pássaro de papel, mas depois de algum tempo a imagem que lhe ocupava a mente era a de sua própria mulher. Por que Rosalía andava tão triste e abatida ultimamente? Qual a causa daquelas repentinas crises de choro, daqueles olhos pisados, daquelas insônias inquietas? Ela se recusava a falar, repelia as tentativas que ele fazia para a confortar. E agora, ali à janela, sentia avultar-se a suspeita que havia dias lhe vinha assombrando o pensamento e que em vão ele tentava repelir. *Rosalía estava grávida.* Essa era a terrível verdade. E por que não? Só podia ser isso — pensou, enrolando e desenrolando entre os dedos a nota de dólar, e procurando fazer dela um cilindro cada vez mais apertado e fino. Se Rosalía está grávida, o filho não é meu. Tenho a certeza absoluta disso. Sempre tomei precauções, a pedido dela. Mas a esse porco egoísta pouco importa fazer um filho na amante, sem pensar nas consequências...

A brisa buliu nos galhos do freixo, o pássaro de papel tombou ao solo. E, olhando fixamente para aquela mancha branca sobre a relva (as gaivotas da lua de mel esvoaçavam em sua dorida memória), Pancho Vivanco ficou a pensar naquela desgraça. Que fazer? Se Rosalía optasse pelo aborto, a quem iria recorrer? Os lábios do cônsul tremeram, um suor frio umedeceu-lhe a testa e as mãos. O estúpido! Agora estava tudo claro. Rosalía estava mesmo grávida, mas tinha vergonha de revelar seu segredo. Ela, logo ela que não queria filhos! Tinham discutido o problema durante a lua de mel. "Mais tarde, Pancho, depois que tivermos aproveitado bem nossa mocidade. Dentro duns cinco ou seis anos, quem sabe... Agora não. Não quero nem imaginar o que vai ser minha vida em Paris a cuidar dum bebê... Não."

Vivanco levantou a cabeça e fixou o olhar na residência do Embaixador. O miserável! O esperma nojento daquele índio tinha maculado o útero de Rosalía, agora crescia dentro dele, como um tumor maligno. Que fazer, santo Deus? Que fazer? A pobre rapariga podia, em desespero de causa, recorrer a um charlatão qualquer. Ninfa, a indecente alcoviteira, devia conhecer endereços de fazedores de anjos, havia de levar a amiga a um desses antros... Rosalía correria então um perigo mortal. Era preciso obrigá-la a confessar tudo, para que ele, seu marido, pudesse tomar todas as providências que a situação exigia.

Tirou os óculos, bafejou-lhe as lentes e ficou a limpá-las com o lenço. E enquanto fazia isso, imaginava uma cena horrível: Rosalía esvaindo-se em sangue em cima da mesa dum sórdido consultório médico. "Alô! Quem fala? Mister Vivanco? Venha imediatamente ao necrotério. Sua mulher acaba de ser encontrada morta dentro dum táxi. Hemorragia." Quem haveria de lhe telefonar? A polícia, naturalmente. Haveria escândalo. Notícias nos jornais. Mas o pior era a morte de Rosalía. Lívida, hirta, gelada dentro duma gaveta do necrotério...

Vivanco olhou para um avião que passava no céu, não muito alto, já se preparando para aterrar no Aeroporto. Consultou o relógio. Bom. Era hora de iniciar o trabalho do dia. Sentou-se à mesa, tirou da gaveta alguns lápis de cor e ficou-se a fazer com eles os desenhos habituais no bloco de notas. Ao cabo de alguns minutos, já quase calmo, começou a visar passaportes e assinar faturas, com o amoroso interesse de sempre.

O Dr. Jorge Molina estava também sentado à sua mesa, estudando os documentos relativos à questão que ia ser debatida aquela tarde na reunião do Conselho da OEA. Tratava-se de mandar uma comissão de investigação à Nicarágua para verificar a procedência da queixa apresentada por esse país de que seu território fora invadido por um grupo de rebeldes, vindos em aviões da Costa Rica.

Não conseguia, porém, concentrar-se no texto datilografado que tinha sob os olhos: a atenção fugia-lhe a cada passo para os apontamentos que deixara sobre a escrivaninha, em seu apartamento, e que refletiam as dúvidas que começavam a preocupá-lo quanto a certos aspectos da vida e do caráter do homem em cuja biografia trabalhava.

Ergueu-se e sentiu imediatamente no esternoclidomastóideo uma dor súbita que lhe desceu, fulgurante, pelo ombro, até o pulso da mão esquerda. Pôs-se a andar dum lado para outro. O espectro de Gris — o habitual visitante daquela hora — lá estava no seu canto, na poltrona de sempre, metido naquele seu eterno casaco esporte de *tweed* cinza, calças cor de chumbo, camisa de colarinho mole e meio amassado, gravata escura, num desleixo de professor universitário que no fundo não deixava de ter paradoxalmente a sua elegância. Molina sabia o que o fantasma lhe ia perguntar.

— Então, acha que pode *honestamente* escrever uma biografia laudatória do Arcebispo Primaz do Sacramento, depois de tudo quanto você sabe sobre ele?

— E por que não? É uma personalidade fascinante.

— Não nego isso. Mas o homem me parece mais um discípulo de Maquiavel que de Cristo.

— Questão de ponto de vista.

— Sinto também que você está começando a ficar preocupado com uma personagem inesperada que lhe surgiu pela frente, ameaçando deitar por terra seus planos iniciais...

— Sei que vai falar no Padre Catalino. É verdade. Nunca imaginei que esse obscuro vigário provinciano pudesse ser mais que uma vaga sombra no pano de fundo da minha história. No entanto...

Gris sorria. Molina continuava a andar, com ambas as mãos nos quadris, empertigando o busto e movendo a cabeça dum lado para outro.

— No entanto a vida desse pároco de aldeia corre paralela no tempo com a de Don Pánfilo, e constitui um parâmetro perigoso para o julgamento moral de seu herói, Molina. Por coincidência, nasceram ambos no mesmo ano: 1890. Pánfilo, numa suntuosa mansão de Páramo, filho duma família rica e tradicional, com fumos de nobreza, e cuja fortuna foi feita principalmente na exploração de minas de prata, em fins do século XVIII... Estou certo? Bom. Catalino, filho de camponeses, nasceu, como Jesus, num estábulo...

— Com toda essa sua proclamada lógica, que tanto o afasta de Deus, você não passa dum incurável romântico, Gris. Catalino nasceu, é verdade, numa cabana pobre de paredes de barro e teto de palha, e seus pais eram camponeses, mas não me parece justo que se lance em rosto dum homem, como um insulto, o fato de ter sido bem ou malnascido. Ignacio de Loyola era nobre e rico de nascimento e isso não o impediu de vir a ser o que foi. Gabriel Heliodoro nasceu também num estábulo (para usar a sua expressão) e você e eu sabemos que isso não o tornou nenhum santo. Ao contrário!

A risada de Gris soou na memória de Molina.

— Enquanto Don Pánfilo Arango y Aragón, comensal e amigo do ditador, cultiva a amizade de políticos e milionários (sem jamais discutir-lhes a moral e os costumes), enquanto seu biografado frequenta as altas rodas mundanas, vive, em suma, uma vida de príncipe, o Padre Catalino Sender exerce seu sacerdócio na obscuridade duma paróquia pobre, partilha cristãmente sua tortilha amarga de cada dia com os camponeses, pelos quais, com frequência, intercede junto aos poderosos donos da terra.

Quem falava agora? Ele, Molina, ou aquele diabólico exilado? Ou seria porventura uma terceira pessoa, fusão de ambos, numa simbiose monstruosa? Porque o Ministro-Conselheiro ouvia mentalmente uma voz impessoal, sem cor nem tom, que, ora se lhe apresentava na forma de palavras, ora na de ideias ou imagens-sínteses.

— Quando Juan Balsa revoltou os camponeses contra a ditadura de Antonio María Chamorro e refugiou-se com seus guerrilheiros na montanha, o jovem Padre Catalino, então recém-ordenado, deixava muitas vezes seu rancho de Soledad del Mar e subia à Serra da Caveira, com risco da própria vida, para ouvir as confissões dos rebeldes, ministrar-lhes a comunhão ou a extrema-unção, conforme fosse o caso. Enquanto isso, Don Pánfilo pregava na catedral de Cerro Hermoso sermões furibundos nos quais se referia a Juan Balsa como "esse bandido ateu e sanguinário" e atraía sobre sua cabeça a ira de Deus. Don Pánfilo não só era a menina dos olhos do velho Arcebispo Don Herminio Ormazabal, que o fez seu secretário particular, como também *enfant gâté* da sociedade da Capital, que enchia a catedral aos domingos para ouvir os belos sermões de sabor literário daquele jovem sacerdote, eloquente como Cícero e belo como um Deus pagão da Grécia antiga. E Don Pánfilo sabia (ah! se sabia!) que inspirava verdadeiras paixões nada espirituais nas mulheres do grande mundo, cujas mesas (e camas, possivelmente) frequentava, e cujos vinhos antigos bebia. Naqueles tempos ir à missa em Cerro Hermoso, nos domingos em que Don Pánfilo predicava, era tão agradável como ir a um bom teatro. Porque o seu herói, Molina, é antes de tudo um ator que sabe modular a voz, fazer pausas dramáticas, sublinhar as frases com os gestos oportunos e ensaiados previamente. E você já notou a admiração que ele tem por si mesmo, por tudo quanto pertence à sua pessoa: o porte, as feições, a inteligência, a cultura, o estilo, a voz, as mãos, sim, aquelas mãos patrícias? Um triunfador, em suma, Molina! Mas pense no Padre Catalino a arrastar, ano após ano, a fímbria de sua batina ruça pelo pó ou pela lama de Soledad del Mar, a consolar os doentes e os aflitos, a chorar e a orar quando não pode salvar uma vida ou dar de comer a um faminto...

Jorge Molina aproximou-se da janela e olhou para fora, mas realmente sem ver nada, atento apenas ao seu mundo interior. A *voz* continuava, implacável, uma voz que ele agora começava a reconhecer como sua, muito sua.

— Um dia, os soldados do Governo quiseram obrigar o Padre Catalino a guiá-los até ao esconderijo de Juan Balsa, que ali, em Soledad del Mar, só ele sabia onde ficava. O vigário recusou. Ameaçaram fuzilá-lo, torturá-lo, mas o padre continuou a dizer não. Foi então que o Ministro da Guerra de Chamorro conseguiu que Don Herminio convocasse o sacerdote rebelde ao Palácio Arquiepiscopal, para uma reprimenda em regra. O arcebispo perguntou ao vigário se ele não compreendia que com aquele comportamento estava comprometendo a Igreja... O Padre Catalino sacudiu a cabeça: não, não compreendia. Don Herminio perguntou ainda se dali por diante ele ia mudar de atitude. O Padre Catalino replicou que continuaria cumprindo seu dever de sacerdote, isto é, dando conforto espiritual aos que o procurassem, mas que não esqueceria seu dever de homem, que era o de ajudar os que tinham fome de justiça... e do pão que alimenta o corpo, acrescentou, com sua voz plácida. E então o velho arcebispo, irado, castigou o padre, exilando-o para uma paróquia ainda mais pobre que a de Soledad del Mar, nos confins da Província de San Fernando.

Agora Molina, com a mão direita, fazia massagens no braço esquerdo, movendo a cabeça para a direita e para a esquerda. De pouco lhe adiantara ter dormido a noite passada deitado no soalho duro, sem travesseiro...

— Vamos, Ministro, vamos. Encare o problema com coragem. Ninguém nos está ouvindo ou vendo. Quem era o confessor de Doña Rafaela, a mulher de Chamorro, nos anos derradeiros de sua vida? Todos sabiam que era o então Monsenhor Don Pánfilo. Ele conhecia todas as mazelas morais da matrona, sabia que ela manejava o pobre marido como um ventríloquo maneja seu boneco. Sabia que ela era uma adúltera e uma mulher cruel e egoísta. No entanto continuava a cultivar sua amizade, a frequentar-lhe a casa. E quando a devassa teve a sua crise mística (e você naturalmente procurará convencer os leitores de que Don Pánfilo foi o responsável por essa "mudança"), quando dona Rafaela se retirou para um convento, onde veio a morrer pouco depois, numa aura de santidade, Don Pánfilo Arango y Aragón fez na catedral, diante do esquife, uma oração fúnebre que por pouco não representou um prelúdio à beatificação da morta.

Molina voltou para a mesa, apanhou o lápis e escreveu numa folha de papel: *Não esquecer que, em fins de 1924, Don Pánfilo magnanimamente pediu ao velho arcebispo que permitisse a volta do Padre Catalino à sua paróquia de Soledad del Mar, no que foi atendido.*

Agora o Ministro-Conselheiro sentia que o próprio D. Pánfilo estava também na sala, sentado a um canto, esplêndido nas suas vestes episcopais, as nobres mãos pousadas nos braços da poltrona, um sorriso ao mesmo tempo irônico e benevolente naquele rosto já marcado de rugas, mas ainda belo.

— Estamos em 1925. Juventino Carrera levanta um batalhão no quartel do 5º de Infantaria de Soledad del Mar e vai com seus soldados para a montanha. Outras guarnições se revoltam. O Padre Catalino é preso por tropas do Governo, acusado de ajudar os rebeldes, levando-lhes munições de guerra e boca e açoitando na casa paroquial os rebeldes fugitivos.

Molina torna a escrever:

Quanto ao auxílio que o Padre Catalino prestava aos revolucionários de Carrera, ninguém melhor que Gabriel Heliodoro para dar testemunho disso e fornecer pormenores. O próprio G. H. passou dois ou três dias escondido na Igreja de Nossa Senhora da Soledade, esperando a oportunidade para subir à Serra da Caveira, onde se juntou aos rebeldes. Parece fora de dúvida que o Padre Catalino serviu-lhe de guia pessoalmente.

Jorge Molina caminha entre seus dois fantasmas. Vai de um para outro. D. Pánfilo estava silencioso, mas Gris dizia:

— E que fez seu amigo Pánfilo quando percebeu que o Exército de Chamorro fraquejava, a agitação começava na Universidade e nas ruas de Cerro Hermoso e de outras cidades e vilas? Procurou Don Herminio e pediu-lhe autorização para ir secretamente até ao alto da Serra da Caveira com o fim de parlamentar com Juventino Carrera. O velho arcebispo ficou perplexo ante a ideia. "Perdeste o juízo?", perguntou. "Não, Eminência", respondeu o monsenhor. "Estou certo da vitória de Carrera, Chamorro está no fim e a Igreja precisa ficar do lado dos vencedores." Que respondeu Don Herminio? Vamos, Molina, você sabe, tem o testemunho do próprio Don Pánfilo, seu querido amigo, que tanto se orgulha desse brilhante e ardiloso feito político...

Quem fala agora é o próprio Don Pánfilo, e sua voz enche a abóbada da catedral que Molina tem na memória.

— Don Herminio me disse: "Vá. Mas sem minha *autorização*. Vá por sua conta e risco. Se Juventino Carrera for derrotado, como espero e desejo, e essa sua tentativa de mediação, Pánfilo, vier a ser descoberta, declararei publicamente que não sabia de nada. E entregarei ao Governo sua cabeça, com dor de alma, mas entregarei". Eu sorri e repliquei: "Aceito as condições, Eminência". Saí de Cerro Hermoso ao anoitecer daquele mesmo dia e na manhã seguinte cheguei a Soledad del Mar, metido na batina dum simples pároco de campanha. O Padre Catalino me levou até o chefe dos rebeldes, que me recebeu com surpresa e desconfiança. Perguntou: "Não foi Vossa Reverendíssima quem há poucos meses fez um sermão contra mim na catedral de Cerro Hermoso?". Sorri e sacudi a cabeça afirmativamente. "Não estou aqui para me justificar nem desculpar, mas sim para fazer um acordo que julgo ser do interesse tanto dos revolucionários como da minha Igreja." Ele então resolveu escutar-me. Minha proposta era simples. Eu me comprometia a trabalhar imediatamente certas guarnições-chaves como a de Páramo e a de Puerto Esmeralda, para que se revoltassem dentro de poucas semanas, abreviando o fim da campanha e evitando a perda inútil de mais vidas humanas. Mandaria cessar também de imediato em todas as igrejas qualquer pregação contra os revolucionários. Carrera me escutou, com um ar de desconfiança. Perguntou-me que lhe pedia eu em troca. Dei então minhas condições. Queria que ele me prometesse sob palavra, dada na presença dos membros de seu Estado-Maior, o seguinte: *a*) respeitar a Igreja, seus sacerdotes, suas propriedades, seus direitos até então adquiridos; *b*) não permitir que em parte alguma do país se cometessem violências, vinganças e saques; *c*) entrar em Cerro Hermoso à frente de suas tropas, formadas em ordem, e receber a chave simbólica da cidade das mãos do Arcebispo Primaz, cujo anel devia beijar em público. Carrera afastou-se e confabulou com seus homens. Voltou pouco depois e disse que aceitava a proposta, mas que seria um acordo entre cavalheiros, e que não assinaria nenhum documento escrito. Selamos o acordo com um aperto de mãos e eu desci para Soledad del Mar. Cumpri o prometido. Dentro de duas semanas, as guarnições federais de Puerto Esmeralda e Páramo (o comandante desta última era meu primo em segundo grau) revoltaram-se, e Chamorro caiu.

Gris interveio:

— Mas Carrera não cumpriu um dos itens do acordo. Permitiu violências, saques e vinganças pelo menos nos primeiros dias da vitória. E os famosos tribunais populares então instituídos não passaram duma farsa.

D. Pánfilo fez um gesto esvoaçante.

— Ninguém, nada é perfeito neste mundo. Mas a verdade é que as outras cláusulas do contrato verbal foram cumpridas à risca. Ah! Esqueci um dispositivo importantíssimo do acordo. Carrera prometera também que, passado o período de consolidação da vitória, convocaria uma Constituinte, aprovaria uma Constituição e faria eleições. Não faltou à sua palavra.

Molina ficou a olhar fixamente para um canto da sala, pensando outra vez nas notas que escrevera a noite passada. Lembrava-se dum parágrafo: *Ocorre-me agora que Don Pánfilo representa a alta burguesia da Igreja e o Padre Catalino o proletariado.*

Gris apareceu-lhe de novo na mente.

— Ah! Folgo em saber que o meu amigo está usando a nomenclatura marxista. Pois eu diria mais simplesmente que o Padre Catalino representa a verdadeira Igreja de Cristo, a do Bom Samaritano, a Igreja dos santos e dos mártires...

— Pense bem, Gris. Sem homens como Don Pánfilo, a Igreja não poderia subsistir no plano da História. Ela precisa tanto de cabeças como de corações. É graças à ação combinada dessas duas "forças" representadas por Don Pánfilo e pelo Padre Catalino que a Igreja mantém seu admirável equilíbrio entre o espiritual e o temporal.

Houve um silêncio. Molina esfregava outra vez o braço dolorido, olhava em torno da sala, reconhecendo que devia voltar ao estudo do documento da Nicarágua, mas sentindo que agora não o poderia ler com a necessária atenção.

— Mas não fuja ao resto do problema. Deixemos o ano de 1925. Sei que o apavora a ideia de trazer a História até nossos dias. Carrera foi eleito, reeleito, roubou, matou, torturou, enriqueceu, exerce hoje a ditadura, disfarçada por trás duma fachada democrática de papel pintado, apoiado por um Congresso submisso, todo seu, um Congresso sem espinha dorsal, sem ideias, sem princípios... Durante todos esses anos, houve paz entre a Igreja e o Estado, no Sacramento. E Don Pánfilo continuou a ser um comensal do Palácio do Governo, possivelmente apaziguando sua consciência com a paródia duma frase bíblica: "A Carrera o que é de Carrera e a Deus o que é de Deus".

— Você simplifica, Gris, porque odeia Don Pánfilo. Os homens não são esferas ou cubos, mas poliedros muito mais complexos do que a gente imagina. Não quero traçar uma caricatura do meu biografado, mas um retrato. Don Pánfilo tem também grandes qualidades de alma, de coração.

— Está bem. Quando a polícia de Carrera inventou uma conspiração comunista como pretexto para um golpe de Estado, o famoso *Movimiento de Salvación Nacional*, você pensa, então, que Don Pánfilo, homem inteligente e arguto, não sabia que tudo aquilo era uma mentira? E, se sabia, por que se calou? Por que se tornou conivente nesse crime de lesa-democracia? Outra coisa! Por que jamais ergueu a voz para fazer cessar as torturas a que eram submetidos os presos políticos nas prisões de Cerro Hermoso?

— Um momento! Mais duma vez Don Pánfilo fez apelos nesse sentido a Carrera. Tenho provas disso. Gabriel Heliodoro é testemunha.

— Eu sei. Instado pelo arcebispo, Carrera mandou fazer um "inquérito" em que ficou provado que tudo quanto se dizia de mau de seu Chefe de Polícia e de suas prisões políticas era pura intriga do inimigo...

— Don Pánfilo — continuou o exilado —, mancomunado com o Embaixador dos Estados Unidos, contribuiu para derrubar Moreno e trazer Carrera de volta ao poder!

— Você não deve esquecer as inúmeras tentativas que o arcebispo fez para se fazer amigo de Moreno, frequentar-lhe o palácio, chamá-lo ao caminho da moderação. Moreno repeliu-o sempre. Deus julgará Don Pánfilo Arango y Aragón. Deus, e não você ou eu, dirá a última palavra sobre esse Príncipe da Igreja.

— Você não acredita em Deus, Molina.

— Então, como disse aquela personagem de Dostoievski, se Deus não existe, tudo é permitido.

— Não se esqueça de contar do sermão que Don Pánfilo pregou na catedral, poucos dias depois da Noite Trágica e no qual condenou a alma do Doutor Júlio Moreno ao inferno, irremediavelmente, por causa do suicídio. E eu duvido que ele estivesse realmente convencido de que Moreno se suicidara mesmo.

— Você não pode me apresentar Don Pánfilo como um cínico, um amoral!

— Por alguma razão Dante mandou para o inferno alguns dos bispos, na sua Comédia...

— Poderei provar nessa biografia que Don Pánfilo correu o risco de perder a alma na Eternidade para salvar sua Igreja no tempo histórico. De certo modo, isso o torna também um mártir.

— Muito engenhoso! Mas não se esqueça de apresentar Padre Catalino como um agente de Moscou, um mensageiro de Satanás.

O Ministro-Conselheiro sentou-se à mesa e cobriu o rosto com as mãos. A voz continuava...

— Jorge Molina, desafio você a escrever uma biografia sincera de Don Pánfilo Arango y Aragón. O verdadeiro herói de sua história é o Padre Catalino Sender! Sabe menos teologia que o arcebispo mas sempre tem vivido de acordo com o espírito do Sermão da Montanha. Don Pánfilo é detentor de várias comendas, que ostenta em público. O pároco de Soledad del Mar tem, como única condecoração, uma úlcera gástrica. Ele simboliza a verdadeira Igreja de Cristo, a Igreja do amor e da compaixão, a Igreja eterna e invencível, Jorge Molina!

O ex-seminarista pegou um lápis e começou a tamborilar com ele sobre a mesa. A verdade era que, se quisesse revelar em sua biografia tudo quanto sabia da vida e do caráter do arcebispo, por dedução, indução ou conhecimento direto e documentado, acabaria não só perdendo a amizade do biografado como também prejudicando a Igreja, que tanto amava. A Igreja à qual ansiava por reintegrar-se profundamente, através do redescobrimento de Deus.

Gris, como um anjo das trevas, ciciava-lhe agora ao ouvido:

— Tenha a coragem de ir até o fundo de seus motivos! Você não quer desgostar de maneira nenhuma seu amigo o Arcebispo Primaz porque tem a esperança de que um dia ele possa soprar no ouvido do Presidente Carrera a sugestão de fazer você Embaixador do Sacramento junto ao Vaticano... O sonho da sua vida!

Jorge Molina agarrou o lápis com ambas as mãos e partiu-o pelo meio.

24

Clare Ogilvy olhou o relógio-pulseira e pensou: "O Embaixador hoje está atrasado. Que terá acontecido?". Examinou a agenda do dia. Às onze horas em ponto, D. Gabriel Heliodoro receberia no seu gabinete o Embaixador da Nicarágua. Às doze e meia, devia estar no Restaurante Occidental para almoçar com um dos diretores do Eximbank. Teria de ir às seis a uma recepção na Embaixada do Equador.

E à noite? La Ogilvita sorriu maliciosamente. À noite, naturalmente, seu chefe levaria Miss Frances Andersen a algum *nightclub*. Depois, só Deus sabia o que ia acontecer. Pobre Rosalía! Por alguns instantes a secretária ficou a revisar o texto dum discurso que Pablo Ortega escrevera em inglês para D. Gabriel Heliodoro pronunciar na quinta-feira próxima, num almoço no National Press Club, onde seria o convidado de honra. A ela cabia agora a tarefa nada fácil de fazer uma versão fonética da oração, de tal modo que o Embaixador a pudesse ler em inglês. *Good heavens!*

Tornou a olhar para o relógio.

A algumas milhas de distância da chancelaria, no vestíbulo dum motel à beira da Lee Highway, na Virgínia, Aldo Borelli olhava para o grande relógio elétrico incrustado na parede, à sua frente. Dez e vinte. Tinha de voltar para a embaixada ao meio-dia, o mais tardar, para levar seu Embaixador ao Occidental.

Ninfa Ugarte, que havia pedido ao recepcionista do motel um quarto para repousar durante algum tempo (*jôs tu rest uís mai hôsban*), assinou o cartão de registro com os nomes, Sr. e Sra. González, e pagou os doze dólares da diária. Era a terceira ou quarta vez que tomavam aposentos naquele hotel. Aldo Borelli sentia-se contrafeito, sem saber onde pôr as mãos ou para onde olhar. Notou que o recepcionista o mirava de modo equívoco. Estava claro que o rapaz compreendia tudo. Sabia que não se tratava de marido e mulher. O chofer de Gabriel Heliodoro corou. A situação lhe era desagradável e constrangedora. Pior que isso: quanto mais analisava o caso, mais apreensivo ficava. E se sua mulher descobrisse tudo? Já andava meio desconfiada das histórias que ele lhe contava para explicar a origem do dinheiro extra que levava para casa. "Não é nada, querida, o novo embaixador, muito generoso, sempre me dá gorjetas grossas. Estas gravatas? Foi Don Gabriel Heliodoro também quem me deu. São usadas, estás vendo? Os sapatos também. Por sorte calçamos o mesmo número. As camisas me ficam um pouco folgadas, mas também não é para menos, o homem tem um pescoço de touro." Ah! Mas se o General Ugarte descobrisse a coisa — *mamma mia!* — era capaz de dar-lhe um tiro.

Em todo o caso, era um alívio saber que o Embaixador estava do seu lado, sabia de tudo e não o censurava. Pelo contrário, protegia-o, permitia que ele saísse duas vezes por semana àquela hora, sem uniforme. Era assim que D. Gabriel Heliodoro pagava os serviços da alcoviteira.

— Número vinte e cinco, Madame — disse o recepcionista, sorridente, entregando uma chave à cliente. — Fica no fundo do corredor, à direita, *please*.

Ela se encaminhou para o quarto e Aldo seguiu-a. Um gigolô, nada mais que um gigolô... Recebia dinheiro e presentes para dormir com aquela matrona. A roupa que vestia (Raleigh's Haberdasher, sessenta dólares) lhe havia sido presenteada pela "amante". E agora ele a seguia através daquele longo corredor fresco e limpo como o dum hospital. Aldo observava os movimentos das nádegas da mulher de Ugarte, fitava seu cachaço nédio, os cabelos reluzentes... Vinha daquele corpo um perfume ativo de heliotrópio... ou junquilho? Fosse o que fosse, era enjoativo. O perfume da sua vergonha, o cheiro daquelas ligações para ele frias e sem sabor. Mas a verdade era que, dentro de mais dois ou três meses, teria dinheiro suficiente para mandar buscar o irmão. Sabia que o rapaz ia rir-se quando ele lhe contasse como conseguira tão depressa aqueles dólares. "*Guarda*, Gino, vendi este corpo. Como um prostituto." E soltariam ambos grandes gargalhadas.

Entraram no quarto, fecharam a porta. Ninfa estreitou o rapaz contra o peito, esfregou-se nele, soltando gemidos, e depois lhe ofereceu a boca, de olhos cerrados. Aldo beijou com repugnância aqueles lábios úmidos que sabiam a batom e sarro de cigarro. Os seios da matrona pareciam de espuma de borracha. Ninfa havia quase perdido a forma humana. Era uma caricatura de mulher. Sempre que se deitava com ela, Aldo tinha a impressão de que ia ser devorado. Durante o ato do amor (*amor* não era a palavra exata, jamais!) fechava os olhos e pensava na esposa, no seu corpo limpo, belo e firme.

Ninfa Ugarte começou a despir-se. Aldo tirou o casaco. Não tinha nada a dizer. A mulherona cantarolava uma cantiga de ninar da velha Espanha.

Aldo Borelli desfazia com relutância o nó da gravata e, quando avistou o próprio rosto num espelho inesperado, não teve coragem de encarar-se.

Depois que o Embaixador deixou sua residência, rumo da chancelaria, Michel Michel saiu a inspecionar as salas para ver se as limpadeiras e camareiras haviam feito bem o seu serviço. Desceu à cozinha, deu instruções ao cozinheiro sobre o cardápio para o jantar e finalmente, soltando um suspiro de alívio, que no fundo era uma palmadinha simbólica que dava no próprio ombro, felicitando-se pelo dever cumprido, trancou-se no próprio quarto, apanhou o seu diário e escreveu com sua letra miúda e regular:

Venho observando o novo embaixador com um interesse quase científico. O tipo é indubitavelmente um primário, mas possui um misterioso encanto. (O pessoal da embaixada o adora.) Não tem cultura, nem a menor noção de literatura, pintura ou música. Mas é inegavelmente inteligente. Possui a inteligência do instinto. Em suma, um dionisíaco. Enche frequentemente estes salões da embaixada com suas gargalhadas. (Diga-se de passagem que, na minha opinião, nada existe em todo o mundo e na vida tão humorístico ou feliz que mereça risadas desse quilate.) Mas é curioso. De vez em quando Don G. H. tem momentos de depressão, fica sentado numa cadeira, encolhido como um bugre, olhando fixamente para um ponto do espaço, no mais profundo silêncio. Uma noite destas, fui despertado pelo ruído de passos no andar superior. Enfiei um roupão e subi. Encontrei o Embaixador metido nas calças de seu abominável pijama listado a caminhar pelas salas, coçando a cabeça e bocejando. Contou-me que fora despertado por um pesadelo e que perdera o sono. Pediu-me que lhe fizesse um café: ia passar o resto da noite em claro. "As horas de sono, Michel, são tempo que roubamos à vida." Levei-lhe o café. Ele me convidou gentilmente a sentar. Aceitei o convite. Ofereceu-me uma xícara de café. Recusei. E então o homem me contou a história da sua vida, mistura de Georges Ohnet e Dumas Pai: o pobre órfão, o cura da aldeia, a revolução... Que romance! (Ou se tratará dum mitômano?) Meus olhos ardiam de sono. Lembrei-me duma noite, há muitos anos, em que, alta madrugada, encontrei Don Alfonso Bustamante a vaguear como um revenant *pelas salas desta mansão. Mas que diferença! Don Alfonso vestia seu elegante roupão de seda, estava bem penteado, tinha os pés metidos nos seus* "pantoufles à la Anatole France", *como costumava dizer. Ficamos até o raiar do dia a discutir problemas filosóficos. Don Alfonso me contou que costumava acordar no meio da noite, apavorado com a ideia de morrer, acabar-se, "não ser mais". Nas nossas conversas tresnoitadas, ele discorria sobre o Nada.* "Qu'est-ce que c'est le néant, Michel?" *Que lhe podia eu responder?* "Le néant c'est le néant, Monsieur l'Ambassadeur, c'est tout!" *Ele sacudiu a cabeça tristemente. Pobre Don Alfonso! Vivia obcecado pelo medo de morrer. Don Gabriel Heliodoro vive obcecado pelo desejo de viver.*

Orlando Gonzaga estava sentado à sua mesa de trabalho, na chancelaria da Embaixada do Brasil, examinando uns papéis confidenciais.

Chamou a secretária e pediu-lhe:

— Consiga-me uma ligação *urgente* para o Brasil. Chame a Secretaria de Estado.

Releu os documentos. Estava assombrado. O Brasil ia importar feijão dos Estados Unidos! Era o fim do mundo. A compra ia ser efetuada por intermédio duma firma americana a respeito da qual a Embaixada Brasileira, graças a gestões dele próprio, Gonzaga, havia obtido de bancos de Nova York as piores referências. Era preciso transmitir com a maior urgência essas informações à Secretaria de Estado, a fim de evitar que a transação se consumasse.

Orlando Gonzaga acendeu um cigarro e ficou a fumar, pensativo. Lembrava-se de que, mal terminada a Segunda Guerra Mundial, o Brasil, que economicamente não havia sido afetado por ela — ao contrário, terminara até com um saldo credor de várias centenas de milhões de dólares-ouro nos Estados Unidos —, tivera de importar batatas da Holanda, desse minúsculo país que havia sido obrigado a abrir seus diques e inundar suas terras para conter a invasão nazista, e que tivera várias de suas cidades e portos arrasados pelos bombardeios da Luftwaffe.

Gonzaga ia transmitir a informação apenas para varrer a testada, a fim de que a embaixada não fosse, no futuro, acusada de negligência ou de cumplicidade. Mas não tinha muita esperança de que aquelas informações bancárias fossem levadas na devida consideração. Começava a farejar patifaria no negócio do feijão. Às vezes tinha a impressão de que, no Brasil, quase todas as figuras responsáveis pelo Governo haviam perdido a dignidade. As chamadas elites haviam falhado por comissão ou omissão. Salvava-se pouquíssima gente. Era um descalabro...

Foi até à janela, olhou para o jardim da embaixada, sentou-se numa poltrona, pegou de cima duma mesinha, a seu lado, o exemplar dum tabloide que lhe chegara de Nova York pela mala postal da manhã. Folheou-o, com a atenção vaga, e acabou descobrindo, por puro acaso, uma referência que o interessou, na coluna dum desses famosos cronistas que se preocupam com noticiar mexericos sociais: quem anda com quem, em que lugares, e como...

O flamboyant *embaixador duma República do Caribe, personalidade muito popular, apesar de nova, nos círculos diplomáticos e sociais de Washington, tem sido visto com frequência, em vários lugares da capital da nação — no Espionage, no Pierre's e no Blue Room do Shoreham —, na companhia duma deslumbrante loura recentemente divorciada. O citado diplomata latino-americano não só é casado como também avô, embora não o pareça.*

Orlando Gonzaga sorriu, ergueu-se e comunicou-se com Pablo Ortega pelo telefone:

— Pablito, que tal?

A voz do outro pareceu-lhe alegre.

— Pois olha, Gonzaga, amanheci sem dor de cabeça. Isso para mim é quase o nirvana!

— Pablo, eu te chamei porque acabo de descobrir num jornal de Nova York uma "pílula" que fala no teu embaixador. Escuta. — Leu o trecho a que se referia. — Que achas? Só falta escrever o nome de Don Gabriel Heliodoro, letra por letra...

— Que queres que eu faça, rapaz? Nosso herói parece disposto a dar provas concretas da decantada *virilidad latina*...

— Pois é. Ele não pôde conseguir o empréstimo para construir a "transacramentenha", mas parece que já conseguiu Miss Andersen, escalou-lhe os seios, fincou sua bandeira naqueles maravilhosos picos de neve... Sim, e abriu túneis!... Que glória para tua pátria, Pablito!

— Gonzaga, tu és um cínico.

— Não, filho, o que eu sou é invejoso!

Em mangas de camisa, cachimbo aceso na boca, um lápis azul na mão, Bill Godkin examinava dois comunicados, chegados aquela manhã, do correspondente da Amalgamated Press em Cerro Hermoso:

Correm, nesta capital, rumores insistentes de que o Presidente Carrera vai reformar seu Ministério, demitindo todos os ministros civis e preenchendo as vagas com militares de sua confiança. A crise que se anuncia é motivada pelo fato de o atual Gabinete, com exceção apenas do Ministro da Guerra, ter-se manifestado contra a aprovação duma emenda à Constituição que permitiria ao Generalíssimo reeleger-se pela segunda vez. Por outro lado, a Câmara dos Deputados tem protelado, sob os mais variados pretextos, a discussão do projeto dessa emenda. E acredita-se que a maioria dos deputados e senadores pretende com essa manobra evitar que a dita emenda seja posta em votação antes do recesso de ambas as casas do Congresso, em julho próximo.

Godkin trançou as mãos contra a nuca e ficou a fumar e a pensar. O outro comunicado rezava:

Empresta-se a maior significação, nos altos círculos desta capital, ao jantar que S. Rev.ma D. Pánfilo Arango y Aragón ofereceu ontem à noite, no Palácio Arquiepiscopal, ao Dr. Ignacio Allende, Ministro do Interior, e aos demais membros civis do seu gabinete, tendo causado grande estranheza o fato de o Generalíssimo Juventino Carrera, íntimo amigo do Arcebispo Primaz, não ter sido convidado para o mesmo.

Bill Godkin sorriu. Os dias de Carrera como Presidente estavam contados, a menos que... Bom, os acontecimentos no Sacramento poderiam, nos próximos meses, desenvolver-se de várias maneiras. O Congresso negaria a aprovação da emenda exigida pelo Generalíssimo e a situação permaneceria inalterada... mas a agitação no país continuaria até a data das eleições, que se realizariam... ou não. Se se realizassem, Carrera apresentaria um candidato títere, que seria eleito ou não. Se fosse eleito, o *Libertador* continuaria a governar, movendo os cordéis do fantoche. Se não o fosse, restaria ao Generalíssimo dar um golpe de Estado para não entregar o Governo ao seu sucessor legal, e, nesse caso, o Sacramento estaria de novo sob uma ditadura indisfarçável.

Bill ergueu-se, aproximou-se da janela, ficou a olhar, com a atenção vaga, o tráfego de veículos na Rua K e os pedestres que iam e vinham na calçada oposta, sob o claro sol daquela manhã quase estival. Ah! Mas havia ainda outras possibilidades. Carrera poderia dar o seu golpe agora, já, hoje, amanhã... dali a duas ou três semanas. Para isso, porém, precisava dum bom pretexto, pois a situação na América Latina havia mudado nos últimos cinco anos. Rojas Pinilla, Pérez Jiménez e Fulgencio Batista haviam sido derrubados, por movimentos populares, e acusados de corrupção e outros crimes. A opinião pública do continente americano era decididamente desfavorável às ditaduras, tanto as civis como as militares.

Bill bateu o cachimbo contra a beira dum cinzeiro de metal de pé alongado, esvaziou-o, tornou a enchê-lo e acendê-lo. O que Carrera precisava, pois, era dum bom "motivo" para dar o golpe. Havia ainda uma outra possibilidade. Antes desse golpe e antes das eleições de novembro, os revolucionários desembarcariam em vários pontos da costa do Sacramento. Bill estava seguramente informado de que havia contingentes de exilados sacramentenhos em Cuba, armados e municiados, prontos para a invasão. Sabia até o nome do chefe do movimento: um certo Miguel Barrios.

Se a invasão se concretizasse, Juventino Carrera proclamaria imediatamente o estado de guerra em todo o país e trataria de resistir da maneira mais desesperada. E que chances teriam os revolucionários?

Bill retornou à mesa, sentou-se e concluiu: teriam as melhores chances. O povo sacramentenho estava cansado de Carrera. Nos muros da capital já apareciam frases incitando o povo à revolução armada. Boletins clandestinos contra o Governo circulavam... A Universidade, como sempre, era um "foco infeccioso revolucionário", como noticiara um dos jornais de Carrera. E o Exército Nacional? Os oficiais e suboficiais que haviam permanecido imunes à corrupção possivelmente adeririam aos rebeldes, levando consigo suas tropas...

Godkin soltou um prolongado suspiro, junto com uma baforada de fumaça. Ruth, querida Ruth! Se tivesses visto como eu vi, há quase trinta e cinco anos, na Serra da Caveira, as caras moças e curtidas de vento e sol de Juventino Carrera e Gabriel Heliodoro Alvarado! Quanto entusiasmo e coragem naqueles peitos! Quantas ideias libertárias naquelas cabeças! Que brilho de esperança e quantas curiosidades, apetites e promessas naqueles dois pares de olhos! Eles queriam libertar seu povo da tirania, estabelecer a justiça social... No entanto, vê, minha querida, o que eles são agora... Qual é a resposta, Ruth? Será que tudo se deteriora com o tempo? Tudo?

Passou os olhos pelas notícias da política internacional. Negras. Que quereria Deus dizer com tudo aquilo? Qual o sentido do colossal quebra-cabeça? Se ao menos houvesse um serviço de teletipos direto entre o Todo-Poderoso e os escritórios da Amalgamated Press... Não. Mesmo assim — refletiu Godkin, sorrindo e vestindo o casaco para descer ao *drugstore* do andar térreo do edifício, onde comeria o seu sanduíche, solitário —, mesmo assim haveria o perigo de o chefe da agência adulterar as mensagens divinas, toda a vez que as julgasse lesivas aos interesses das grandes corporações dos Estados Unidos. Sim, porque, segundo a política da Amalpress, o que era bom para a United States Steel, para a DuPont, para a Esso e para a Alcoa, teria de ser necessariamente bom para Deus e para o Universo. Esse pelo menos era o espírito da teologia que os bispos, arcebispos e cardeais da Propaganda procuravam divulgar *urbi et orbi*.

Mas não devo ser pessimista — concluiu, ao deixar seu gabinete. — Estou vivo e com fome. E o sol ainda brilha.

Aquela hora, dentro de seu Impala, parado junto ao meio-fio da calçada, o Gen. Hugo Ugarte esperava a saída dos estudantes duma *high school*, em Arlington. Fazia aquela "espera" pelo menos duas vezes por semana, com uma excitação de menino que gazeia a aula.

O divertimento lhe custava apenas a gasolina que o carro consumia para ir da chancelaria até ali e os dez centavos que ele metia no relógio que marca o tempo do estacionamento.

Seu estômago roncava de fome. Ugarte esperava e fumava, os olhos postos no longo edifício dum pavimento só, todo de tijolo nu, que se erguia no fundo dum vasto tabuleiro de relva.

De repente, de suas portas começaram a sair meninas e meninos entre as idades de doze e quinze anos. A caminhar ou a correr, atravessaram o relvado em algazarra, na direção da rua.

Que espetáculo! As normalistas de Cerro Hermoso — pensava Ugarte com nostalgia — usavam blusas brancas e saias azul-marinho. As americanas ostentavam, em geral, saias dos tipos mais variados, e vestiam suéteres coloridos que lhes acentuavam as formas do busto. Havia meninas já com peitos de mulher, mas, em outras, os seios apenas apontavam — e eram estas (de onze a treze anos) as que Ugarte mais apreciava e desejava. Um bando atravessou a rua na direção do Impala. O general sorria para as caras coradas, algumas feias, outras neutras, mas muitas bonitas, sim, quantas! E — à medida que elas se aproximavam, em número cada vez maior — ele não sabia se olhava para as faces, para as pernas ou para os bustos... Algumas das raparigas dançavam, outras cantavam, outras ainda simulavam brigas, portando-se como se se encontrassem num palco, conscientes de que estavam sendo observadas pelas pessoas mais velhas que passavam ou que estavam numa fila, a uma parada de ônibus. Oh! Os joelhos! — pensou o general, ofegante. — Não havia nada mais gostoso no mundo do que os joelhos das meninas de treze anos. E como as soquetes lhes davam uma graça picante às perninhas!

O cigarro colado ao lábio, Ugarte lançava para as colegiais um olhar comprido de velho cão faminto.

Naquele mesmo instante, a poucos quilômetros dali, Glenda Doremus, sentada à sua mesa, numa das salas do edifício administrativo da União Pan-Americana, comia um sanduíche, sem apetite. Dissera não a duas colegas que a tinham convidado, fazia pouco, para almoçarem juntas no Jenny's Pan Asian. Se aceitasse, teria de conversar com elas, e não estava disposta a isso. Mandara buscar um sanduíche e um copo de café preto. Por que o café? Ela o bebia sem prazer, como quem toma um amargo remédio. Era uma espécie de penitência que se impunha todos os dias. À tardinha, sempre que alguma colega lhe perguntava: "Queres que te traga um café?" — ela respondia automaticamente: "Quero, sim, sem creme e sem açúcar". Dava um níquel à companheira e, depois que recebia o copo de papel, ficava a olhar para o líquido como uma suicida que do alto da ponte contempla o negro lago em que se vai atirar. Sabia que café lhe fazia mal, provocava-lhe azia. Mas tomava-o assim mesmo, fazendo empenho em beber até à última gota.

Agora mastigava sem entusiasmo o sanduíche, sentindo na mão o calor do copo. Havia deixado pingar uma gota de café no bilhete de

Pablo, que estava em cima da mesa, e que ela lia pela décima vez. Devia ou não ver o rapaz? Mas ver... para quê? Apenas porque ele pedia? Não era mais sensato continuar dizendo não, antes que fosse tarde demais? Mas tarde para quê... por quê? Ora, antes que se apaixonassem um pelo outro e tudo depois se precipitasse e ela fosse de novo ferida, violada e maculada no corpo e no espírito!

Tomou um gole de café. Naquelas últimas semanas tinha pensado em Pablo muitas vezes, com o desejo de revê-lo. O Pablo que lhe aparecia nos pensamentos não era o homem cínico, sarcástico que se fechara com ela numa sala da sua embaixada para lhe contar aquela sórdida história de ditadores, adúlteras, bandidos e ladrões. O Pablo que lhe visitava os pensamentos era o homem que ela encontrara um dia no seu gabinete, sereno, até um pouco paternal, sério de gestos e de palavras. Qual dos dois seria o verdadeiro? Qual dos dois ela encontraria, caso aceitasse o convite para um novo encontro?

Mas precisava duma vez por todas resolver a sua vida. Dum modo ou de outro. Devia ou não devia tornar a ver Pablo Ortega?

25

Numa daquelas noites, o Dr. Leonardo Gris fez na American University sua anunciada conferência pública: "Duras verdades sobre a República do Sacramento". Ortega, Gonzaga e Godkin lá estavam, como uma guarda pretoriana, sentados juntos na primeira fila.

Às oito em ponto, o conferencista foi trazido até a plataforma por um dos professores do Departamento de Ciências Sociais, um homem alto e magro, com óculos de aros de metal, e que, com a voz vaga como as feições, fez a apresentação do orador da noite, tendo o cuidado de advertir o público de que as ideias que o Prof. Gris ia emitir não seriam necessariamente as de seu Departamento nem as da Universidade. Estava claro — acrescentou — que o conferencista teria toda a liberdade para dizer o que entendesse, sob sua própria responsabilidade.

Terminada a apresentação, Leonardo Gris aproximou-se da estante, sobre a qual havia um microfone e um copo cheio d'água, e tirou do bolso do casaco uma folha de papel. Não ia ler um texto previamente redigido: tratava-se apenas dum roteiro em que os assuntos e ideias eram indicados por simples palavras ou frases.

Pablo cochichou ao ouvido de Gonzaga: "Estou nervoso como uma senhora gorda que vai ver e ouvir o filhinho recitar em público pela primeira vez". Gonzaga sorriu. "Por que *gorda?* E por que nervoso?" Ortega encolheu os ombros. Na realidade não tinha nenhum motivo para estar apreensivo. Assistira já a várias conferências de seu antigo mestre: sabia-o um orador calmo e seguro. Seu inglês, aperfeiçoado nos tempos que passara em Oxford, tinha ainda um acentuado sotaque espanhol, mas era claro, fluente e de boa sintaxe.

Leonardo Gris mediu o auditório com o olhar. Havia na sala umas quatrocentas e poucas pessoas, em sua maioria do sexo feminino: estudantes da Universidade, moradores de Washington interessados em assuntos latino-americanos, três ou quatro sacerdotes, uns poucos correspondentes de jornais estrangeiros, e uma escassa dúzia de exilados sacramentenhos.

"Senhoras e senhores", começou o Dr. Gris, "todo o conferencista que fala, nos Estados Unidos, sobre um país da América Latina, corre sempre o perigo de sucumbir à tentação de dizer coisas leves e agradáveis, dando ao público o que este, em geral, espera em tais casos: descrições de pessoas e paisagens exóticas: feiras populares animadas pelo colorido das frutas e das flores tropicais, peças de cerâmica, tapetes e cestos feitos por índios... uma anedota aqui, uma lenda ou conto folclórico mais adiante... enfim, todas essas coisas que, em atraentes tricromias, os cartazes de turismo prometem à vossa compreensível fome de pitoresco..."

Fez uma pausa e depois continuou:

"Estou porém decidido a não ceder a essa tentação. Vou fazer uma conferência realista e portanto desagradável. Possivelmente hei de parecer-vos agressivo e arrogante quando analisar a parte de responsabilidade que cabe aos Estados Unidos pela situação econômica, social e política da América Latina em geral e de meu país em particular. Preparem-se, portanto, para cinquenta minutos de impaciência e irritação."

Gonzaga tocou com o cotovelo o braço de Pablo, que se remexeu na cadeira. Godkin, apertando entre os dentes a haste do cachimbo apagado, lançava, de quando em quando, olhares hostis para o aviso pregado na parede fronteira: *No smoking, please.*

Não passou despercebida a Pablo uma breve mas curiosa expressão no rosto de Gris: um súbito franzir de cenho, um apertar de olhos como quem procura focar melhor um objeto, e por fim um encrespar irônico de lábios. Era como se tivesse de repente descoberto entre o auditório uma pessoa que não esperava (ou esperava?) encontrar ali.

Pablo voltou a cabeça para trás, aguilhoado por uma suspeita, mas nada conseguiu ver além da cara carnuda e plácida duma simpática senhora que estava sentada à sua retaguarda, e que lhe sorriu socialmente.

"Como alguns dentre vós não ignoram", prosseguiu o conferencista, "a República do Sacramento não passa duma falsa democracia, como é o caso de tantos outros países de nosso continente. A liberdade de pensamento e expressão que seu Governo proclama lá existir é tão fictícia quanto a decantada dignidade de suas duas casas do Congresso. O Sacramento é governado por uma oligarquia formada por umas trinta famílias proprietárias de terras, plantações e indústrias pastoris ou agrícolas, mancomunadas com duas poderosas companhias norte-americanas: a United Plantations Co. e a Caribbean Sugar Emporium. Naturalmente haveis de perguntar que papel representa então o Presidente da República... A resposta é simples mas nem por isso menos vergonhosa. Juventino Carrera é na realidade um ditador que goza do beneplácito dessa oligarquia e das citadas companhias estrangeiras. Esses poderosos grupos econômicos fazem vista grossa a todas as imoralidades e arbitrariedades praticadas pelo Generalíssimo contanto que, em troca, ele mantenha o *status quo* econômico e social, esmagando com o apoio de sua polícia e de seu exército todo e qualquer movimento de oposição.

"A Câmara dos Deputados e o Congresso do Sacramento são formados por elementos eleitos pelos dois velhos partidos nacionais, o Liberal e o Conservador, os quais por sua vez representam direta ou indiretamente os interesses dessas grandes famílias e consórcios, e os das duas poderosas companhias norte-americanas. Assim, o Congresso faz exatamente o que os donos do poder esperam dele. E a oposição? Seus chefes encontram-se exilados ou então apodrecem no fundo de cárceres, sem processo formado, sem julgamento, sem nada! E a imprensa? Os escassos jornais antigovernistas que existiam no país foram aos poucos desaparecendo, não porque o Governo os fechasse sumariamente ou porque exercesse sobre eles uma censura policial constante e insuportável. (Oh não! Pois não estamos numa democracia?) A destruição dessa imprensa livre foi levada a cabo por meios mais sutis. O Governo, que controla todas as importações, negou a esses diários da oposição uma quota regular de papel e assim os foi liquidando, um a um. Outra maneira de controlar a imprensa é através da distribuição da publicidade, a maior fonte de renda desses jornais. E o diário que hoje ouse publicar qualquer notícia ou editorial lesivo aos interesses desses grupos econômicos corre o risco de morrer à míngua de anúncios.

"E que dizer do povo? A parte da população do Sacramento que sabe ler e é capaz de pensar reprova essa situação vergonhosa e opressiva, mas não dispõe de meios materiais para reagir pela palavra ou pelas armas. As massas, essas vivem intimidadas, embrutecidas pela miséria e pela ignorância, na mais pavorosa das alienações imagináveis."

Nos vinte minutos que se seguiram, o Dr. Gris discorreu sobre a personalidade e a situação econômica dos principais membros do Governo do Sacramento.

"O Generalíssimo", disse ele, "é um dos homens mais ricos das Américas, senhor de terras, plantações, imóveis, usinas, ações de companhias as mais variadas — presentes que ganhou em troca de vantagens concedidas a grupos econômicos nacionais e estrangeiros e prejudiciais aos interesses da nação. Seu apetite de lucro é insaciável. Calcula-se que tenha alguns milhões de dólares depositados em conta numerada num banco da Suíça, como é o caso de Gabriel Heliodoro Alvarado, que agora *representa* meu desgraçado país junto à Casa Branca e ao Conselho da OEA.

"Juventino Carrera é um homem sem nenhuma grandeza. Revelou, é certo, coragem física e tenacidade na campanha revolucionária que chefiou vitoriosamente contra o ditador Chamorro. Isso, porém, não deve obscurecer o fato de que é um egoísta, vaidoso e vingativo, capaz de todas as crueldades e crimes. Na famosa Noite Trágica, em fins de 1951, entrou em Cerro Hermoso à frente das tropas rebeldes que o repuseram no poder, e fez questão de dirigir em pessoa um ataque ao jornal *A Ordem*, e ele próprio assassinou a tiros o redator-chefe desse jornal, sob o pretexto de que esse homem o tinha difamado em numerosos editoriais, durante o tempo em que ele, Juventino Carrera, estivera exilado na República Dominicana, sob as negras asas de seu amigo e compadre, Rafael Leónidas Trujillo!"

De Gabriel Heliodoro o Dr. Gris disse que se tratava dum dos mais simpáticos patifes que conhecia.

"É também homem de extraordinária coragem pessoal", acrescentou, "e até capaz, segundo me contam, de algumas generosidades. Mas trata-se dum simulador, dum mercador de influências, dum peculatário. Tendo, através dum casamento de conveniência, chegado a diretor dum estabelecimento outrora respeitável, o Banco das Antilhas, acabou por transformá-lo numa casa de agiotagem."

Gris fez uma súbita pausa, passeou o olhar pelas faces que tinha diante de si e depois, num tom de voz parentético, disse:

"Tendes o direito de perguntar que espécie de homem é este que não tem pudor de dizer tanto mal do Governo de seu próprio país perante um auditório estrangeiro."

Abriu os braços num gesto dramático que Pablo não esperava e que o chocou um pouco.

"Mas, senhoras e senhores, sejamos lógicos. Trata-se mais duma questão de semântica geral que de ética. O vergonhoso não é estar eu a vos descrever com palavras a situação política, social e econômica da República do Sacramento. O vergonhoso mesmo é *existir de fato* essa situação!"

"Muito bem", murmurou Gonzaga, voltando a cabeça para Pablo, que por sua vez passou o lenço pelo rosto, onde o suor escorria. Como quem vislumbra longe na estrada um vulto odiado, ele via aproximar-se aos poucos, com surdos passos, a sua dor de cabeça, aquela incômoda visita cotidiana. Apalpou o bolso para ver se havia trazido aspirinas. Godkin pigarreou e depois ficou a chupar, melancólico, o cachimbo frio. Alguém tossiu numa das últimas filas de cadeiras. Gris retomou a palavra:

"Já deveis ter ouvido falar muitas vezes em Puerto Esmeralda, a Joia do Caribe, cidade portentosa, com sua baía de águas glaucas, suas praias de areias brancas bordadas de palmeiras, seus suntuosos e confortáveis hotéis e cassinos, onde se joga livremente, e seus *nightclubs* que apresentam *shows* tão ricos e interessantes como os melhores de Nova York e Paris... Pois eu vou levar-vos agora, rapidamente, nervosamente talvez e, sem a menor dúvida, cheio de indignação e vergonha, numa excursão através da vida noturna da Joia do Caribe. Andemos por suas principais ruas e avenidas, à luz dos letreiros luminosos que, pelo colorido e pela extravagância dos desenhos, lembram os de Las Vegas. Estão vendo aquelas prostitutas que ali vão? Não chegam sequer a ser mulheres: são meninas entre doze e quatorze anos que vagueiam pelas calçadas a caçar homens. De onde vêm essas pobres coitadas? Geralmente do campo ou das pequenas vilas e aldeias do interior. Não sabem ler. Não têm a menor experiência da vida. Foram selecionadas por proxenetas para serem exibidas e alugadas no grande mercado de carne humana que é Puerto Esmeralda, onde turistas nacionais e estrangeiros, portadores de lunas ou dólares e apetites depravados, periodicamente vêm entregar-se a feriados lúbricos.

"Entre certas camadas pobres da população sacramentenha, tornou-se um bom negócio possuir uma filha bonita. Mal a criaturinha entra na puberdade, os pais a entregam a esses agentes dos prostíbulos, uma 'madama' compra-lhe vestidos, calça-lhe sapatos de salto alto, pinta-lhe a cara, ministra-lhe algumas lições na arte de agradar aos homens e daí por diante a rapariguita está *in business*. E sabeis por que a transação da parte dos pais se processa em geral sem maiores hesitações? É porque cada uma dessas pobres meninas pode ganhar numa só noite, com seu corpinho, muito mais do que toda a sua família num mês inteiro de trabalho duro nas plantações. Aos trinta anos, essas precoces prostitutas parecem velhas de mais de sessenta, roídas pelas doenças venéreas ou pela tuberculose, ou dominadas pelo vício dos entorpecentes."

Pablo ouviu atrás de si a senhora gorda soltar um suspiro e murmurar "Oh, não!". Sentiu que suas orelhas deviam estar vermelhas de vergonha, como se ele próprio fosse um cáften ou sócio dos lupanares de Puerto Esmeralda. De braços cruzados, Gonzaga olhava, fascinado, para Gris. Sempre admirara a urbana serenidade daquele homem que uma noite vira abraçado a um violoncelo, numa sala em penumbra, a tocar peças barrocas. Agora ali estava ele sobre a plataforma, os olhos fulgurantes, a falar com a paixão dum profeta antigo.

"Porque o tráfico de cocaína, heroína e maconha", continuou o conferencista, "é um dos mais rendosos negócios da bela cidade do Caribe, onde existem mais de duzentos prostíbulos entre os populares, os de preço médio e os de luxo. E nossos homens de Governo, nosso *Libertador* e seus cupinchas recebem uma percentagem não só no lucro dos milhares de máquinas de caça-níqueis espalhadas pelos lugares públicos da cidade, como também no resultado dos bordéis e no da venda de tóxicos.

"Existe, no Sacramento, um curioso neologismo, o verbo *esmeraldar-se*. Significa muitas coisas, como tirar um feriado sexual, fugir da rotina duma vida de fachada respeitável, *mudar*, soltar por momentos — dias ou semanas — o animal que mora dentro de cada um de nós. A cidade parece ter um efeito catártico sobre os que a visitam. Cavalheiros considerados respeitáveis bastiões de nossa ordem social e que aos domingos, na missa da Catedral de Cerro Hermoso, batem no peito, ajoelham-se e rezam, de quando em quando dão uma escapada até à Joia do Caribe para uma espécie de cura pela libidinagem. Muitos desses esteios da nossa sociedade são secretamente sócios das casas de jogo e até dos bordéis. Sabem que é muito fácil obter periodicamente uma absolvição de seu padre confessor, pois — que diabo! — afinal de contas eles contribuem regularmente com apreciáveis somas em dinheiro para obras de caridade, coisa que imaginam agradável aos olhos de Deus."

Gris fez uma pequena pausa e depois, como quem se lembra de algo importante, sorriu e continuou:

"O Arcebispo Primaz do Sacramento mantém um tácito convênio com o Generalíssimo. O Governo proíbe taxativamente o jogo e a existência da prostituição aberta em todo o território nacional e, em troca, Sua Reverendíssima fecha os olhos ao que se passa em Puerto Esmeralda. E assim, com o beneplácito do poder temporal e do espiritual da República, a encantadora cidade marítima se tornou o bordel oficial da nação e um dos maiores centros de prostituição e jogatina de toda a região do Caribe. E os dólares que os turistas trazem e gastam com mulheres ou nas mesas e máquinas de jogo de certo modo retornam ao país de origem, pelas mais estranhas e complicadas vias, ou vão parar em contas particulares que os exploradores do vício mantêm nos bancos dos Estados Unidos ou da Suíça. Em suma: não trazem nenhum benefício para o povo."

Gris passou a descrever os conglomerados de ranchos miseráveis que se foram formando através do tempo nos arredores das cidades mais populosas do Sacramento e mesmo dentro delas, como monstruosos quistos que não cessam de crescer como células cancerosas. Nessas vilas de pesadelo, amontoam-se criaturas esquálidas, subnutridas, doentes e infelizes, mal abrigadas em casinholas feitas de barro e taquara e pedaços de madeira e latas de querosene, ao longo de fétidos labirintos onde as pessoas pisam no próprio excremento.

"Oh, não!", tornou a suspirar a senhora gorda. Pablo agora sentia o crânio pulsar de dor. Godkin mexia-se também inconfortavelmente na sua cadeira. Gonzaga murmurou: "Nosso amigo está com o diabo no corpo...".

O conferencista retomou a palavra após um breve silêncio:

"Quando o Doutor Júlio Moreno foi eleito Presidente da República e nós (digo *nós* porque tive a honra de fazer parte de seu Governo, como Ministro da Educação) tentávamos melhorar as condições de vida dessa desgraçada gente, muitas vezes tive a oportunidade de visitar pessoalmente essas vilas. Lembro-me do diálogo que entretive certa vez com uma mulher indiática, de rosto como que talhado em pedra, mas suavizado por um par de olhos negros de expressão a um tempo terna e triste. Como eu lhe tivesse feito várias perguntas sobre sua família, contou-me que dos quatorze filhos que tivera em vinte anos só lhe haviam sobrado três, pois os outros tinham morrido de diarreia, tuberculose ou desnutrição. (Está claro que ela deu outros nomes a essas doenças...) Jamais poderei esquecer suas palavras finais, pelo que continham de grotescamente dramático. 'Pois imagine, doutor, a gente gastava tudo o que tinha nos enterros das crianças, não havia ano que um filho nosso não morresse duma coisa ou de outra. A sorte é que conheço um defunteiro de muito bom coração que me faz desconto quando compro caixão de anjinho, pois, o senhor sabe, eu sou freguesa antiga.' 'Eu sou freguesa antiga!'", repetiu Gris com voz indignada, dando na estante uma palmada que fez o copo oscilar e a água quase transbordar.

"Ao assumir o poder, o Doutor Moreno mandou fechar as casas de jogo e prostituição de Puerto Esmeralda e declarou guerra de morte ao tráfico de tóxicos. Essas medidas lhe valeram a inimizade, o ódio de todas as pessoas e grupos econômicos interessados na existência desse câncer social. O novo Governo começou a construir hospitais e escolas, bem como casas decentes para gente pobre e, segundo planos muito bem organizados, esperávamos dentro de cinco anos ter queimado a última favela em Sacramento! Durante o Governo de Moreno, a imprensa gozou da mais completa liberdade. Muitos dos jornais, dominados pela oligarquia ou pelas duas poderosas companhias americanas, atacavam sem cessar, com uma violência crescente, o que chamavam de 'governo esquerdizante' de Moreno, incitavam as classes armadas à revolução, chegando às vezes ao ponto de dirigir insultos pessoais ao Presidente e aos membros de seu gabinete."

O Professor de Ciências Sociais, que, desde a referência feita pelo conferencista ao Arcebispo Primaz do Sacramento, começara a dar sinais de inquietação, agora roía as unhas, e seus óculos relampejavam ao ritmo de seus bruscos, nervosos movimentos de cabeça. Godkin continuava a morder a haste do cachimbo e, com seu instinto de jornalista, imaginava o que ia acontecer quando o conferencista entrasse no capítulo das "responsabilidades". Gris bebeu um gole d'água, passou o lenço pelos lábios, e prosseguiu:

"Um dia, o Doutor Moreno tomou medidas que equivaleram por assim dizer à sua sentença de morte. Expropriou mais de quatrocentos mil acres de terras pertencentes aos grandes latifundiários, à Uniplanco e à Sugar Emporium. Pagou essas terras com títulos do Governo, o que desagradou profundamente seus antigos proprietários, e distribuiu-as entre quase vinte mil famílias de camponeses. Seu plano de reforma agrária era um primor de lucidez e bom senso. Pela primeira vez em mais de cinquenta anos, senhoras e senhores, começou a soprar na minha terra um vento de esperança."

Deixou cair os braços ao longo do corpo, encolheu os ombros e disse:

"O resto é história recente. Um dia, tropas mercenárias arregimentadas em vários pontos do Caribe e transportadas em navios da Uniplanco e da Sugar Emporium (existem fotografias que comprovam este fato) desembarcaram na ilha. Compradas com o dinheiro dos oligarcas, forças do Exército Nacional aderiram à Revolução, que teve uma vitória fulminante. O povo, esse assistiu passivo e atônito aos acontecimentos. *El Libertador* voltou ao poder com o beneplácito das trinta famílias e, através duma série de ficções legais, instituiu a *sua* democracia, redigiu a *sua* Constituição. Puerto Esmeralda voltou a ser o grande centro de vício do passado. Restabeleceram-se as velhas firmas, criaram-se novas, aumentou o número de bordéis e casas de jogo, e os pilares da nossa sociedade, agora aliviados do peso da 'ameaça comunista' que pairava sobre suas venerandas cabeças, puderam continuar a *esmeraldar-se* como nos velhos tempos!"

Leonardo Gris fez uma pausa respiratória. Tornou a fitar um ponto da sala para onde, desde que começara a falar, seu olhar de quando em quando se dirigia. Depois, erguendo a mão como quem quer mostrar ao auditório um belo quadro, disse:

"Quem hoje visita Cerro Hermoso pode ver, na Praça de Armas, erguer-se aos poucos um enorme palácio de linhas majestosas, destinado a ser a sede do Governo Federal... Sua construção foi iniciada há quatro anos e não será exagero afirmar que levará mais dez para ser terminada, pois isso convém à quadrilha que se locupleta com a obra. Sim, porque esse edifício, que, segundo afirma nossa imprensa, será o mais suntuoso palácio governamental das três Américas, está custando tão caro aos cofres da Nação como se seus tijolos fossem de ouro maciço e de ouro também a argamassa de seu cimento. Filhos, irmãos, sobrinhos, primos, amigos, afilhados e protegidos do *Libertador* estão de algum modo tirando lucros fabulosos dessa construção que vem sendo dirigida por um cunhado do ditador. O Congresso diz amém a todos os pedidos de verba para a obra, aprova sem discutir todas as suas contas.

"A imprensa elogia o 'monumento', orgulho e prova de nossa civilização. Mercê dum sistema de falso faturamento, todo o material de construção para esse palácio fica custando mais do dobro de seu preço real. E a diferença, que sobe a milhões de dólares, vai para os bolsos do ditador, de seu cunhado e sócio e do resto dessa quadrilha que criminosamente enriquece à custa da miséria do povo!"

26

Leonardo Gris bebeu um gole d'água, lançou um olhar rápido para suas notas, e tornou a encarar o público.

"Podeis com boa razão perguntar: 'Que culpa têm os Estados Unidos desse deplorável estado de coisas na República do Sacramento? De que somos acusados?'. Ora, a resposta, caros amigos e vizinhos, está longe de ser simples ou fácil. Tentarei formulá-la em termos sumários.

"Alex de Tocqueville escreveu que a América fora como que mantida pela Deidade como uma reserva para o mundo. O vosso Thomas Jefferson afirmou que este país representava a segunda chance da raça humana. Éreis um mundo novo que nascia cheio de fé nos grandes destinos da humanidade. Foi ainda Jefferson quem disse haver jurado no altar de Deus eterna hostilidade contra qualquer forma de tirania sobre a mente do homem. No século XVIII, os Estados Unidos foram, por assim dizer, o porta-estandarte das reivindicações de liberdade no mundo inteiro, e principalmente a esperança e o apoio dos povos deste continente que procuravam livrar-se de sua condição colonial. A Revolução Francesa contou com a simpatia de vosso ministro na França, o qual disse também palavras de estímulo a alguns jovens brasileiros que sonhavam com a independência de sua terra.

"Não preciso recordar-vos o que foi a vossa marcha épica para o Oeste. Vossa juventude, vossa coragem e audácia, vossa capacidade de criar e construir e mais a consciência de vossa superioridade racial sobre os índios e mestiços do México vos forneceram a justificativa (se é que precisáveis de alguma) para a anexação da Califórnia, do Texas e do Novo México ao vosso território. E o sonho do Destino Manifesto desta nação vos acompanhou tempo em fora, e ainda hoje vos deslumbra e perturba.

"A política do *big stick* instituída pelo Presidente Theodore Roosevelt é de ontem. A quem duvidar que o Irmão Grande do Norte exerceu pressões econômicas e fez intervenções militares em alguns países deste continente, recomendo a leitura dum livro edificante, intitulado *War is a racket*, escrito em 1931 pelo Major-General Smedley D. Butler, do Corpo de Fuzileiros Navais dos Estados Unidos. A obra está hoje esgotada mas podereis encontrar um exemplar dela na vossa Biblioteca do Congresso. Pois bem, nessa autobiografia o referido militar — que recebeu a Medalha Congressional de Honra por sua participação na captura da cidade mexicana de Vera Cruz em 1914 e na tomada do Fort Rivière, no Haiti, em 1917 — narra principalmente seus trinta e três anos de serviço, no United States Marine Corps, que ele classifica como 'a mais ágil força militar dos Estados Unidos'. Lá pelas páginas tantas, conta-nos o biógrafo, com uma candura admirável, de como em 1914 ele contribuiu, com seus soldados, para tornar o México e especialmente Tampico uma zona segura para os investimentos de companhias americanas de petróleo, e de como ele e sua força ajudaram a transformar Cuba e o Haiti em 'lugares decentes' para os negócios dos rapazes do National City Bank.

"Narra também como, entre 1909 e 1912, colaborou na 'purificação da Nicarágua', em favor duma outra casa bancária americana, e como mais tarde foi mandado com seus fuzileiros a Honduras, a serviço dos interesses das companhias de frutas de seu país. Lembro-me perfeitamente das cínicas palavras com que o autor termina esse sumário de suas proezas: *Olhando para todo esse passado, sinto que poderia dar a Al Capone algumas sugestões. O mais que ele conseguiu foi operar seu* racket *em três distritos duma cidade. Nós, os Marines, operamos em três continentes.*

"Ora, direis que tudo isso são águas passadas, mas eu vos replicarei que a roda do moinho dos interesses das companhias americanas, na América Latina, continua a girar, movida agora por outras forças e táticas."

Leonardo Gris acariciou com a mão, num gesto distraído, o microfone, lançou um olhar rápido, acompanhado dum sorriso quase imperceptível, para o homem que tinha a seu lado na plataforma, e que continuava inquieto, a cruzar e descruzar as pernas.

"Os Estados Unidos", prosseguiu, "emergiram da Segunda Guerra Mundial como a nação mais poderosa da Terra. Vossa incomparável prosperidade econômica e financeira, protegida por um poderio militar só igualado pelo da Rússia Soviética, e mais o vosso alto padrão de vida, jamais atingido por qualquer outro povo em toda a história, constituem ameaças muito sérias, possivelmente mortais, para o Sonho Americano. A bela Imagem ideal que pintastes de vós mesmos para uso interno e externo começa a deformar-se... É que — rica, farta, respeitável, acomodada — esta nação se tornou conservadora a ponto de parecer reacionária, tendo jogado por terra o estandarte libertário que com tanta coragem, nobreza e desprendimento agitou no século XVIII. Ora, os comunistas apressaram-se a empolgar essa bandeira, e agora a estão usando com diabólica habilidade em benefício de sua causa!

"Na minha opinião, só uma coisa iguala a boa vontade deste povo norte-americano: é a sua inocência. Tendes os mais modernos e interessantes jornais do mundo e no entanto sois uma nação mal informada, principalmente no que diz respeito aos outros países e povos. Não podeis compreender como é que, gastando bilhões de dólares na ajuda a governos estrangeiros, os Estados Unidos, em vez de fazerem amigos, estão *comprando* inimigos...

"Qual a explicação? No caso da América Latina, que me interessa particularmente, passarei a sugerir uma... Começarei com um exemplo concreto e atual: o problema cubano. No século passado, os Estados Unidos ajudaram Cuba a libertar-se do jugo espanhol. Temo, porém, que hoje estão mais interessados em proteger os capitais de cidadãos americanos investidos naquela ilha do que em compreender as razões e objetivos da revolução de Fidel Castro e ajudar o pequeno país vizinho a encontrar o caminho da libertação econômica e da autodeterminação. Não sou forte em profecias, mas aventuro-me a dizer que, com essa vossa política imediatista, possivelmente acabareis atirando Fidel Castro e seus Revolucionários nos braços do comunismo.

"As boas intenções de vosso Governo e o vosso sacrifício como pagadores de altos impostos são prejudicados pela ganância de algumas companhias e grupos financeiros deste país que têm investimentos na América Latina. Parece interessar ao vosso *big business* que continuemos a ser *banana republics*, sem indústria própria, eternos produtores de matérias-primas a baixo preço. Creio que esses grupos de pressão americanos lograram convencer vosso Governo de que seus interesses privados são os próprios interesses de *todo o povo* dos Estados Unidos, e como resultado disso conseguem que esta grande nação empregue seu prestígio, sua força política e, se necessário, sua força militar, para garantir, nos países subdesenvolvidos da América Latina, a continuação dos privilégios que esses trustes e monopólios ianques lá gozam e que — notem bem! — as próprias leis desta nação lhes negam aqui dentro!

"Seria absurdo esquecer os grandes benefícios que os capitais e a técnica norte-americanos levaram para nossos países e o papel que representaram em certa época de nosso balbuciante desenvolvimento. Agora, porém, atingimos um ponto crítico em que esses grupos estrangeiros que na América Latina exploram o petróleo, a energia elétrica, o serviço de telefones e a extração de minérios... etc... — adquiriram tamanho poderio que chegam a influir decisivamente nos nossos destinos políticos, mantendo ou derrubando governos, dominando a imprensa, subornando membros do Congresso e conseguindo assim privilégios em matéria de lucros, além de leis que lhes permitam retirar regularmente de nossos países — na forma de *royalties*, juros, serviços técnicos, dividendos etc. — grandes somas que constituem sangrias quase fatais para a nossa débil economia. E assim, senhoras e senhores, muitas dessas repúblicas latino-americanas se têm transformado (pensem bem no absurdo!) em verdadeiros *exportadores de dólares*!

"Vosso Governo apoiou e prestigiou durante muitos anos ditadores cruéis e desonestos como Trujillo, Somoza e Batista pela simples, claríssima (mas imoral) razão de que eles convinham aos interesses dos capitais privados americanos investidos nos países que aqueles tiranos infelicitavam e desonravam.

"Reconheço que a posição dos Estados Unidos com relação às ditaduras latino-americanas está longe de ser fácil. Se vosso Department of State coopera com elas, nós, os liberais, protestamos, exclamando: 'Vós amais os ditadores!'. Se, pelo contrário, vosso Governo aplica sanções contra essas tiranias, são ainda os mesmos liberais que gritam: 'Intervenção!', e invocam o direito de cada país à autodeterminação...

"Durante a Grande Guerra vosso Pentágono pedia que, em benefício do plano militar de defesa do hemisfério, vossos homens de Governo tolerassem esses ditadores que no fundo talvez sempre desprezaram, mas com os quais frequentemente trocavam brindes e amabilidades, sentados à mesma mesa. E, terminada a guerra, que desculpa vos resta? A ameaça comunista? O temor da Terceira Grande Guerra?"

Gris fez uma pausa, como que esperando que alguém se erguesse na sala para responder às suas perguntas. Gonzaga inclinou a cabeça para o lado de Godkin e murmurou: "Nosso amigo está se enterrando. Apesar de estar dizendo muitas verdades, não devia ir mais longe... Que é que você acha?". Godkin limitou-se a encolher os ombros e a tirar o cachimbo da boca e metê-lo no bolso, ao mesmo tempo em que soltava um suspiro. "Eu preferia que o Doutor Gris terminasse a conferência agora", sussurrou Pablo. Tirou do bolso um comprimido de aspirina, meteu-o na boca e pôs-se a mastigá-lo. Por um momento a imagem de Glenda passou-lhe pelo pensamento. O professor de Ciências Sociais pigarreou com tanta força, que o conferencista voltou a cabeça para ele, julgando que o homem lhe houvesse feito alguma interpelação.

"Compreendo vosso problema", continuou Gris, "permiti que vos diga isto sem parecer presunçoso. Viveis uma grande contradição. Alimentais um grande sonho de liberdade, igualdade e fraternidade, mas a experiência tem mostrado que, se fordes absolutamente fiéis a esse sonho, não só na teoria como também na prática, não podereis manter o vosso alto e crescente padrão de vida. Porque me parece que quando existem países, grupos ou indivíduos extremamente ricos, é porque esse enriquecimento se fez à custa de outros países, grupos e indivíduos que tiveram de permanecer extremamente pobres. (Estarei enunciando uma heresia econômica?)

"Creio que não há nação no mundo inteiro em que a religião seja levada tão a sério como nesta. Vossos templos vivem cheios de fiéis. Tenho, porém, a impressão de que erguestes, sem perceber, um muro de concreto entre vossas igrejas e vossos escritórios comerciais, tentando uma separação incoerente. E, assim, com uma das mãos afagais o Cordeiro de Deus e com a outra, o Bezerro de Ouro."

Gonzaga falou baixo por um canto da boca: "Nosso amigo enlouqueceu". Pablo sacudiu a cabeça dolorida. Ante seus olhos, a imagem de Gris começava a ficar esfumada e parecia pulsar ao ritmo das batidas do sangue em suas têmporas.

"O mundo ocidental transformou-se no vosso jardim, mas não vos iludais com a calma das árvores, a colorida serenidade das flores, os belos jogos de sombra e luz. Há grandes, terríveis fermentações no solo desse vasto *playground*, criando miasmas que vos podem destruir espiritualmente, se não materialmente. Esse belo jardim bem pode transformar-se num cemitério.

"Julgo ler nas faces de muitos de meus ouvintes uma interpelação. Que direito — parecem perguntar —, que direito tem esse estrangeiro, que hospedamos tão generosamente, de nos dizer essas coisas duras e insultuosas? Vós mesmos — responderei — me destes esse direito através da vossa própria pregação democrática, das vossas constantes invocações dos princípios cristãos.

"Creio que chegou a hora de esta nação, por tantos títulos admirável, decidir sobre o que é mais importante: se manter a sua autoridade moral de líderes do mundo ocidental, promovendo realmente o progresso e a felicidade dos povos que dela dependem, ou se continuar aumentando sua riqueza e melhorando seu padrão de vida a qualquer preço...

"Creio que nesta conferência cheguei, sem premeditação, a um *point of no return*. Agora devo dizer tudo. Uma das maiores pedras de tropeço no vosso caminho espiritual é o vosso absurdo orgulho racial, que exclui de vosso convívio, de vossa admiração, de vosso respeito e principalmente da vossa afeição, pelo menos dois terços de toda a raça humana!"

"Oh, não!", tornou a gemer a senhora gorda que estava sentada atrás de Pablo Ortega. O professor de Ciências Sociais tirou os óculos e limpou-os com o lenço, num gesto nervoso.

"E agora", prosseguiu Gris, depois duma pausa durante a qual passeou lentamente o olhar por toda a sala, "agora quero fazer um esclarecimento importante. Com toda esta minha arenga franca e rude, acreditem, eu não quis e não quero atirar sobre os largos ombros dos Estados Unidos toda a responsabilidade de nossas desgraças políticas, econômicas e sociais. Ela cabe *principalmente* aos nossos homens de Estado, aos nossos capitães de indústria, às nossas chamadas elites... Somos nós mesmos que temos de derrubar nossos ditadores, expulsar do poder os exploradores do povo, destruir, liquidar as oligarquias, corrigir os nossos erros e estabelecer a justiça social. Em todos os países da América Latina — creiam-me! — existem grupos de homens de boa vontade, inteligentes, corajosos e decentes. São, em geral, liberais, socialistas moderados (por favor, não se assustem da palavra *socialista*!), homens enfim que jamais aceitarão um regime totalitário, tanto de direita como de esquerda. Essa é a gente que deve merecer vossa simpatia, vossa confiança e vosso apoio!

"E agora, para terminar, um esclarecimento. Eu seria, além dum ingrato, um insensato, se deixasse de reconhecer que, para nossos países, é muito mais seguro e conveniente viver à sombra de Tio Sam do que no flanco do urso soviético. Não esquecerei também que se aqui, nos Estados Unidos, prevalecesse o espírito de censura e intolerância da Rússia comunista, eu não teria sequer podido pronunciar as primeiras três palavras desta conferência. Tenho a certeza de que, ao sair daqui, não serei chamado à ordem nem castigado pelo reitor desta universidade ou por qualquer agente da polícia pelas coisas que vos disse esta noite. Sei também que amanhã vossos jornais não hesitarão em reproduzir algumas de minhas observações críticas a este país. Quero também deixar claro que, se busquei asilo nestes Estados Unidos, é porque ainda confio nas reservas de bondade e no espírito de justiça de seu povo, que não deve ser confundido — repito — com seus grupos financeiros e econômicos.

"Muito obrigado!"

Ouviram-se alguns aplausos, breves e fracos. O professor dos óculos metálicos levantou-se e Pablo teve a estranha impressão de que o homem havia crescido ainda mais, durante os cinquenta minutos que durara a conferência. Gris passava o lenço pelo rosto suado. Seu olhar estava fixo num ponto do auditório. Pablo soergueu-se, voltou a cabeça e viu o homem da capa clara sentado ao lado dum senhor moreno, de barba cerrada, e cuja fisionomia lhe era vagamente conhecida.

O professor de Ciências Sociais anunciou que o conferencista estava disposto a responder às perguntas que porventura lhe quisessem fazer. Quem primeiro se ergueu foi um sacerdote católico, que perguntou:

— Doutor Gris, é verdade que o senhor é ateu?

Ouviu-se um murmúrio no recinto. "Golpe sujo...", murmurou Gonzaga. Godkin, não resistindo ao desejo de fumar, ergueu-se e saiu da sala na ponta dos pés. Gris olhava, sorrindo com benevolência, para o sacerdote.

— Não, não sou ateu, mas agnóstico, o que, como o meu amigo sabe, não é a mesma coisa. Asseguro-lhe que tenho uma grande veneração pela vida e uma genuína afeição pelos meus semelhantes. Não será isso o que mais importa no mundo dos homens? Suponhamos que Deus existe, possibilidade que não excluo... Amando suas criaturas, estarei amando indiretamente Deus. Uma vez que não tenho certeza da existência de Deus (coisa que sinceramente lamento), não amo o meu próximo apenas para agradar ao Criador e garantir para minha alma um bom lugar no Céu. Esse sentimento de afeição, de solidariedade humana me vem duma misteriosa fonte interior, de algo que existe no âmago de meu ser e que eu não saberia descrever com palavras...

O padre sorriu e disse:

— Pois essa força inefável, meu caro doutor, *é* Deus.

Sentou-se. Gris sacudiu gravemente a cabeça e murmurou:

— Espero que seja, reverendo! Espero sinceramente que seja!

Seguiram-se duas perguntas absolutamente idiotas, que fizeram Pablo esconder o rosto nas mãos. A ambas o conferencista respondeu com uma paciência tingida de humor.

O homem moreno que Pablo julgava já ter visto antes ergueu-se. Tinha uma cara severa, maxilares quadrados, olhos muito negros.

— Apesar de suas negativas, estou certo de que você é um comunista! — disse ele. Tinha uma voz áspera, e falava inglês com sotaque espanhol.

— Você não está fazendo uma pergunta, mas uma afirmação categórica — sorriu o conferencista. — Não, não sou um comunista, mas um velho liberal até meio romântico, um homem, enfim, que, se decidisse seguir suas inclinações mais profundas, passaria o resto da vida a cultivar o seu jardim no meio de bons amigos, bons livros e boa música, e que, se não faz isso, é porque tem a consciência permanentemente assombrada pela lembrança da miséria de seu povo, e um senso dolorosamente agudo de sua responsabilidade para com esse mesmo povo.

O homem moreno sentou-se, carrancudo. Ouviram-se estalidos de cadeiras, tosses, arrastar de pés, murmúrios. Alguém ergueu o braço para fazer uma pergunta, mas Gris deteve-o com um gesto.

— Um momento, por favor! — disse. — A afirmativa desse cavalheiro cuja face e voz não me são estranhas, pois creio que já o vi e ouvi em algum lugar, há muito tempo... talvez no meu próprio país... creio até que metido num uniforme do Exército Nacional... (Estarei certo ou a memória me está traindo?) Bom, seja como for, a intervenção desse cavalheiro me traz à lembrança um diálogo que mantive com um professor inglês da Universidade de Oxford. Conversávamos sobre ideologias quando, em certo trecho do diálogo, ele me disse as seguintes palavras que me surpreenderam pela sua verdade e ao mesmo tempo pela sua desarmadora simplicidade: "A antítese comunismo/democracia é falsa". Explicou que o contrário do comunismo não é a democracia, mas o capitalismo, e a antítese da democracia não é o comunismo, mas a ditadura. O que ocorre é que, quando queremos dizer que somos capitalistas, achamos mais simpático afirmar que somos democratas!

Pablo voltou a cabeça para trás e viu uma escura expressão de mal contida fúria na cara do desconhecido que interpelara Gris. O homem da capa de chuva sorria a seu lado.

Vieram outras perguntas. Estudantes queriam saber que oportunidades de trabalho teriam, na América Latina, os jovens americanos dotados de conhecimentos técnicos. Gris respondeu-lhes com um jeito entre paternal e didático.

Finalmente ergueu-se o homem da capa clara. Gris franziu a testa e preparou-se para rebater a pergunta.

— Doutor, é verdade que o senhor é o chefe aqui em Washington duma conspiração que visa derrubar por meio duma revolução o Governo da República do Sacramento?

Cabeças voltaram-se para ele, curiosas, e depois para Gris. "Temos barulho", sussurrou Gonzaga. Pablo rosnou uma ameaça. Os óculos do professor de Ciências Sociais fuzilaram. Gris sorriu, calmo.

— Invoco a famosa *Fifth Amendment* da Constituição dos Estados Unidos para não responder a essa pergunta.

Romperam risadas em vários pontos da sala. O homem da capa de chuva continuava de pé. Insistiu:

— Mas o senhor é ou não é partidário duma revolução armada para derrubar o Presidente Carrera?

— Sim! — exclamou Gris. E repetiu com intensidade. — Sou! Sou!

O homem fez menção de sentar-se, mas o conferencista gritou:

— Um momento! Continue de pé. Agora eu é que lhe vou fazer uma pergunta. — Encarou o interlocutor. A atmosfera da sala parecia carregada de eletricidade. — Há dois meses que você me segue por toda a parte como uma sombra. Quem lhe paga para isso? O Embaixador do Sacramento? Vamos, responda, quem é?

O outro sentou-se intempestivamente, mordendo o lábio, a cara mais rubicunda que de costume. O homem moreno que estava a seu lado segredou-lhe qualquer coisa ao ouvido. Houve um princípio de tumulto. Ortega ergueu-se, mas Gonzaga puxou-o pela aba do casaco, fazendo-o sentar-se de novo. O professor de óculos metálicos levantou a mão e pediu silêncio.

— Senhoras e senhores, em nome de meu Departamento e no meu próprio, agradeço ao Professor Leonardo Gris pela gentileza que teve em vir nos dirigir a palavra esta noite. Mais uma vez lembro-vos de que as opiniões emitidas por ele não são endossadas pelo meu Departamento nem pela Universidade. — Um segundo depois, acrescentou. — Nem por mim.

Voltou-se para o conferencista.

— Doutor Gris, muito obrigado. — Voltou-se de novo para o público. — Meus amigos, declaro encerrada esta sessão. Muito obrigado, e boa noite!

Houve aplausos, mas chochos. Gonzaga e Pablo aproximaram-se de Gris, apertaram-lhe a mão e depois ficaram a seu lado — pois iam acompanhá-lo até ao seu apartamento — enquanto algumas pessoas, em geral compatriotas exilados, vinham cumprimentar o conferencista.

27

Rosalía jurou a si mesma que jamais tornaria a pôr o pé na residência do Embaixador. Estava tudo acabado entre ela e Gabriel Heliodoro! Sabia que à noite ele era visto em *nightclubs* e restaurantes na companhia de Frances Andersen. Possivelmente ambos iam depois para algum hotel ou para a própria embaixada, onde passavam a noite juntos, enquanto ela ficava em casa a aguentar as lamúrias e súplicas de Pancho. "Rosalía, minha vida, vou te fazer uma pergunta muito séria e quero que me respondas com a maior sinceridade. Estás ou não grávida?" Teve gana de soltar uma gargalhada na cara do idiota. "Grávida, eu? Se estivesse, fosse de quem fosse o filho, eu tomaria veneno, fica tu sabendo." Com um desajeitamento ridículo de mau ator, Pancho ajoelhou-se, rindo e chorando ao mesmo tempo, e beijou-lhe a mão, murmurando: "Graças a Deus! Graças a Deus!". Nunca, em toda a sua vida, Rosalía desprezara mais o marido do que naquela hora. E o desgraçado passou o resto da noite em silêncio, sentado a um canto, a fazer seus desenhos com lápis coloridos e a olhar para ela de quando em quando, com uma expressão bovina. E como eram longas aquelas horas no seu apartamento! Sua solidão aumentava quando o marido ficava em casa. Que fazer? Seu inglês precário a impedia de interessar-se nos programas de televisão e de cinema. Não tinha amigas. Detestava os membros da colônia sacramentenha de Washington. Ficava então com o sentido no telefone. Gabriel Heliodoro podia chamá-la a qualquer momento. Fazia quase uma semana que não se viam. Seu corpo estava faminto do corpo dele, mas, ferida no seu orgulho, ela se negava a tomar a iniciativa de lhe telefonar... E era curioso, Pancho também parecia esperar ansiado que o telefone tilintasse, como se ele também desejasse que Gabriel Heliodoro levasse de novo a amante para sua cama.

Uma noite, vendo-a ansiosa a olhar para o telefone, ele não se sofreu e perguntou: "Será que ele não vai te chamar?". — "Ele quem?" — "O Embaixador..." — "Pancho! Eu não te compreendo..." O marido encolheu os ombros. "Eu também não me compreendo..." — E se pôs a rolar o cilindro de papel entre os dedos, a andar dum lado para outro, sem olhar para ela. — "Mas se isso te faz feliz, não serei eu quem vá te impedir de estar com aquele homem. O que não quero é que andes triste. Nem que me abandones. Para continuar a viver contigo, sujeito-me a tudo. Tudo!" Ela sentiu uma espécie de náusea. Aquelas palavras tinham um visgo frio, enchiam a sala, grudavam-se nas paredes, escorriam pelos móveis, como uma baba... Aquelas palavras a sujavam por fora e por dentro. Ela sentiu um arrepio de epiderme, nas costas, ao longo dos braços e das pernas. Veio-lhe uma "canseira" de cabeça, uma estonteada sensação de crânio vazio, e o rosto — principalmente os lábios e a pele em torno da boca — estava bem como quando seu dentista lhe anestesiava as gengivas.

Naquela noite, o telefone permaneceu mudo. Prepararam-se para dormir pouco depois das onze. Pancho, no seu horrendo roupão cor de malva por cima do pijama raiado, saiu do quarto de banho e, com uma voz que recendeu a dentifrício, lhe suplicou: "Posso entrar no teu quarto?". Ó Deus! Se ao menos ela pudesse apiedar-se daquele pobre-diabo! Fechar os olhos, "apagar" os pensamentos, morrer durante meia hora, entregar o corpo àqueles beijos moles, à carícia daquelas mãos úmidas, ouvir as coisas absurdas e abjetas que o marido lhe dizia... Mas era impossível. "Não, Pancho. Estou com uma enxaqueca horrível. Tem paciência. Amanhã." Ele baixou a cabeça, resignado. E, antes de lhe dizer boa-noite, murmurou: "Não há de ser nada. Decerto amanhã ele te chama!".

Que ia ser de sua vida? Na colônia sacramentenha local (Ninfa encarregava-se de contar-lhe os falatórios...) era conhecida como a Concubina do Embaixador. Glorioso título! Uma mulher de vinte e seis anos que, se quisesse, poderia ter a seus pés os mais belos e jovens amantes, estava presa, submissa a um homem que tinha idade para ser seu pai!

Tentava, então, analisar seus sentimentos para com Gabriel Heliodoro. Fora ele o primeiro macho que conseguira dar-lhe o prazer completo do orgasmo, a sensação plena de ser mulher. Junto dele ela sentia que estava "viva de corpo inteiro". As coisas que ele lhe dizia davam-lhe a sensação de ser importante, de existir mesmo. Não negava que no fundo de sua atração física por aquele homem que tanto lhe lembrava certas figuras de ídolos maias que ela via em revistas e livros, quando menina — havia um elemento de temor. Quantas vezes ela beijara, num misto de fascínio e repulsa, a cicatriz esbranquiçada que lhe riscava a testa tostada? E na deliciosa agonia do orgasmo, quando aquele corpo enorme a cobria e aqueles braços musculosos a apertavam, quantas vezes ela desejara absurdamente que ele a matasse, esmagando-a contra seu peito? Mas quase sempre, passado o momento espasmódico do gozo, ela rompia a chorar, transformava-se numa pobre menina órfã e abandonada, que nada mais queria de Gabriel Heliodoro senão que ele lhe afagasse a cabeça, deixando-a aninhar-se no seu corpo quente e firme, e lhe dissesse coisas que nada mais tivessem a ver com o amor da carne.

E o ingrato agora a enganava com a americana. E não negava, o cínico!

Um dia, à hora do entardecer, o telefone tilintou. Pancho não havia ainda chegado da chancelaria. Ela saltou, sôfrega, apanhou o fone: "Alô". — "Rosalía, minha querida!" Era a voz dele. "Boa tarde, Gabriel Heliodoro." — "Que indiferença é essa, meu bem? Estou sentindo uma falta danada de ti. Por que não vens esta noite?" Ela ficara em silêncio, sem saber que dizer. Começou a tremer e, num esforço, conseguiu balbuciar: "Não sei se posso...". — "Claro que podes! Espero-te com uma ceia, como de costume." — "Não sei..." — "Como não sabes? Vou mandar o Aldo te buscar às oito em ponto. Está combinado!"

E agora aqui estava ela — ela, que jurara nunca mais pôr os pés na embaixada —, a descer do Mercedes do Embaixador, e a apertar a campainha da entrada principal. Michel veio abrir-lhe a porta e, como sempre, fez uma curvatura, sem mirá-la (sua obrigação era não ver, não identificar a visitante da noite). *Bonsoir, madame!* E de novo ela estava no vestíbulo. Os "cheiros da embaixada" (tapetes, madeira dos móveis, a remota fragrância de pinheiro dum desinfetante) entraram-lhe pelas narinas, associando-se a lembranças eróticas e a uma vaga vergonha. E de novo ela sentiu que *voltava* por completo e que tudo estava como antes.

Gabriel Heliodoro desceu as escadas de braços abertos. "Rosalía! Que bom teres vindo! Que bom!" E ela se deixou abraçar, beijar e levar para o andar superior.

Só depois de se terem amado com uma fúria de possessos é que Rosalía falou em Frances Andersen. Estavam ambos ainda deitados.

— No fim de contas, querida, quem deve preocupar-se com esse assunto é a minha esposa legítima e não tu. O importante é que eu te quero e não posso viver sem ti.

— Estás dizendo a verdade?

— Que é a verdade? Se tu sabes o que é a verdade, quero que me digas. Eu não sei. Só sei o que sinto.

Apesar de todos os seus esforços, Rosalía não pôde evitar que lágrimas lhe viessem aos olhos. Gabriel Heliodoro sentiu-as a escorrerem-lhe por entre os cabelos do peito.

— Que é isso, minha flor?

— Que é que vai ser de mim?

— Nada. Já te disse mil vezes e agora repito. Nada de mau pode acontecer a quem possui a tua juventude e a tua beleza. Olha para mim. Estou no fim. — Ela agora soluçava. Ele lhe afagava a cabeça. — Se eu te contasse as coisas que penso quando estou sozinho neste casarão... Imaginas, por acaso, que não tenho sentimentos, que sou um bruto? Antes fosse. No princípio da minha vida tudo e todos conspiraram para fazer de mim um bandido vulgar, um eterno revoltado. Mas venci todos os meus inimigos. Pensa no tempo em que eu andava descalço, esfarrapado, com o estômago doendo de fome. O que tenho hoje só o devo a mim mesmo e a mais ninguém.

Teve ímpetos de confessar-lhe: "Minha mãe era uma prostituta. Não sei quem é meu pai. Eu até podia dizer que minha *fabricação* custou três lunas. Era essa a tabela de preços da *chingada*. Havia um desconto especial aos sábados para os soldados do 5º Regimento". Mas calou-se.

— Nunca pensas na tua mulher — perguntou Rosalía —, nas tuas filhas, nos teus netos?

— Claro que penso, e muito. Mas minha família não me preocupa. As filhas, com exceção da mais moça, estão todas bem casadas. Sou um homem rico. Se me acontecer alguma coisa, Francisquita e as meninas ficarão protegidas. Não sou nenhum inconsciente. Penso na minha gente. Se o Governo cair, mandarei todos para a Ciudad Trujillo. Poderão depois vir para este país... ou ir para a Europa.

— E tu?

— Eu vou para o inferno. Mas não desacompanhado. Levarei muita gente comigo...

Rosalía brincava agora com a pequena medalha de alumínio que pendia do pescoço de Gabriel Heliodoro, que sorriu e disse:

— É a efígie de Nossa Senhora da Soledade, minha madrinha. Conheces a história da imagem que está na igreja do meu *pueblo*? Não? Pois um dia houve um furacão medonho, parecia um fim de mundo, o mar ameaçou invadir a terra. O vigário de Soledad del Mar rezou uma missa na hora da tormenta, pediu a Deus que tivesse compaixão de toda aquela boa gente. Durante a noite inteira, a ventania continuou uivando, o mar batendo na praia. Os que moravam na parte baixa da vila se refugiaram nas casas de parentes e amigos na parte alta. Um raio caiu na cadeia municipal, matou dois guardas, e todos os presos fugiram. (Nesse tempo eu devia ter uns dez ou onze anos.) Fiquei na janela do meu rancho boa parte da noite, olhando para a montanha, que eu avistava longe, ao clarão dos relâmpagos... para a montanha onde Juan Balsa se escondia com seus guerrilheiros. Eu rezava, pedia a Deus que poupasse os revolucionários mas atirasse seus raios contra o quartel do 5º Regimento de Infantaria. Quando o dia raiou, o furacão tinha passado, o céu estava limpo, o sol de novo apareceu. E então os pescadores descobriram na areia, à beira do mar, um vulto estendido. A princípio pensaram que era o cadáver de algum náufrago. Depois viram que era a imagem de madeira duma santa, que as ondas tinham atirado na praia. Veio o pároco e mandou levar a figura para a igreja. Durante muitos dias procuraram saber de onde tinha vindo a imagem. Ninguém sabia dizer. Não se tinha notícia de nenhum naufrágio. Só podia ser um milagre... Então o cura mandou restaurar a escultura, e Maestro Natalicio veio com suas tintas e pintou a santa. E ela ficou mais bonita que a Virgem de Macarena que está numa igreja de Sevilha e é a padroeira dos toureiros. E o arcebispo veio em pessoa de Cerro Hermoso a Soledad del Mar para consagrar a imagem, que recebeu o nome de Nossa Senhora da Soledade, foi posta num nicho na igreja e passou a ser padroeira da vila... e minha madrinha...

Gabriel Heliodoro calou-se. Rosalía revolvia a medalhinha entre os dedos. Não podia compreender aquele homem. Mas... podia ela compreender-se a si mesma?

28

O bilhete de Glenda dizia apenas: *Amanhã às dez e meia, na Galeria Nacional de Arte, na sala 8, na frente da* Madonna de Alba, *de Rafael.* Era um sábado. Pablo chegou primeiro mas não teve de esperar mais que três minutos. Apertaram-se as mãos e puseram-se a conversar logo sobre pintura, como se retomassem um diálogo interrompido na véspera. Glenda disse que não admirava particularmente Rafael. Achava-o demasiadamente olímpico, sua arte tinha a frieza da perfeição, faltava-lhe vibração humana. Que era que Pablo pensava? Ele? Ah! Estava de completo acordo...

Começaram a andar lentamente, lado a lado, de quadro em quadro. Na realidade pouca atenção prestavam às pinturas. Observavam-se furtivamente. Pablo achava Glenda muito atraente, vestida de branco, os cabelos soltos, um ar fresco de quem acaba de sair do banho. À frente da *Madona e o Menino*, de Botticelli, fazendo o possível para falar com ar casual e não parecer pedante, Pablo disse:

— Este painel foi pintado em Florença quando Sandro Botticelli tinha apenas vinte e seis anos.

— Nunca vi nessas pinturas antigas um Menino Jesus que parecesse realmente um bebê — observou ela —, que tivesse uma cara inocente e olhos límpidos.

Pablo assentiu com um aceno de cabeça e lançou para a companheira um olhar mais prolongado e pessoal.

— Estás muito bem, Glenda.

— Obrigada — disse ela. E esteve a pique de acrescentar: "Havia alguma razão para que eu não estivesse?". Mas conteve-se.

Pararam em silêncio diante da *Adoração do Menino*, de Filippino Lippi, e Pablo ia dizer: "Conta-se que Filippino é filho de Frei Filippo Lippi com uma freira que ele seduziu". Mas não disse. Glenda parecia receber mal qualquer referência a sexo. Poderia até com muita razão replicar que não estava interessada em mexericos do século XV.

— Ah! — exclamou ele. — Aqui está um dos meus quadros favoritos.

Aproximaram-se da tela. Era o *Retrato dum jovem*, de Botticelli.

— Não lhe parece, Glenda, que na face deste rapaz está escrita toda uma história? Que é que você vê nesses olhos?

— Uma mistura de curiosidade, apetite de vida e perplexidade... e um pouquinho de medo, talvez.

Pablo teve desejos de segurar o braço da rapariga, mas refreou-se. Glenda por sua vez desejava que Pablo fizesse o gesto, mas de certo modo achava bom que ele não tomasse tão depressa essa liberdade com ela. E assim se foram pelas salas da ala ocidental da galeria. Glenda confessou que El Greco não lhe dizia muita coisa. Pablo replicou que com ele se passava justamente o contrário.

Passaram, numa marcha de turista que dispõe de pouco tempo, pelas salas onde se alinhavam telas dos pintores flamengos, e Glenda declarou que Rembrandt, esse sim, lhe parecia muito bom. E Pablo, que começava a ficar impaciente, teve vontade de gritar: "Pois diga isso em voz bem alta, senhorita, que o autorretrato de Rembrandt é capaz de sorrir de pura satisfação". Mas continuou calado.

Que lhe parece *A menina do chapéu vermelho*? Glenda confessou que, quando vira pela primeira vez aquele original de Vermeer, ficara um tanto surpreendida e até decepcionada por suas dimensões tão exíguas. Mas achava-o uma joia.

Pararam sob a grande rotunda central do edifício junto da fonte, silenciosos um diante do outro. De repente, desataram ambos a rir.

— Que dois idiotas somos, hem, Pablo?

Então ele lhe tomou do braço e, deixando de todo o tom formal, disse:

— Vamos ver os pós-impressionistas, Glenda. Você precisa acostumar-se comigo. Quero ser seu amigo. É desagradável para mim ter de ficar sempre no temor de ferir você com palavras ou gestos. — E, enquanto pronunciava estas palavras, conduzia a amiga na direção de Gauguins e Van Goghs de sua intimidade. — Eu sei que aquela noite, na embaixada, eu lhe deixei uma péssima impressão. Não é de admirar, porque eu também fiquei com uma triste impressão de mim mesmo. Até agora não compreendi por que (e acredite que estou falando com a maior sinceridade, pensando até em voz alta), não compreendi por que tratei você daquele modo. Nunca fiz isso com ninguém...

Ela sorria em silêncio, deixando-se levar. E como era bom — sentia e pensava Pablo — ter aquele corpo quente e perfumado junto do seu. Mas cuidado, *hombre*, cuidado. No volume que ele carregava lia-se um letreiro invisível: *Cuidado. Frágil.*

— Quando estiver enfarada de mim — continuou ele —, pode me dizer francamente, pode me mandar embora, está combinado? Que acha deste autorretrato de Gauguin? Quem me dera poder escrever...

sim, e pintar também como este sujeito pintava. Olhe aquelas árvores de Van Gogh. Não lhe parecem humanas na sua retorcida expressão de agonia?

Ela sacudia afirmativamente a cabeça. Não estava interessada nos quadros, que já vira incontáveis vezes em suas visitas anteriores àquele museu. Estava interessada em Pablo, agora tinha a certeza disso, embora a ideia ainda a alarmasse um pouco. Ah! Se pudessem continuar naquela boa e limpa camaradagem, serem bons amigos, encontrarem-se periodicamente para longas conversas... Talvez um dia ela lhe pudesse contar tudo. Tudo? Não. Impossível! Mas pelo menos teria alguém com quem se comunicar, embora sem tocar nos seus segredos mais íntimos, na carne viva de seu ser, na venenosa raiz de sua angústia. Ortega era um homem sensível. Glenda gostava de suas feições, de sua voz, de sua presença. Havia, porém, dentro dela um núcleo de resistência, uma pequena cidadela que ainda lutava, negando render-se.

— Está cansada? Podíamos sentar-nos um pouco.

Sentaram-se num sofá diante dum quadro de Manet: um toureiro morto na arena.

— Pablo — disse ela, voltando-se para o companheiro e olhando-o nos olhos. — Devo parecer a você uma pessoa muito estranha, não?

Ele teve uma pequena hesitação e depois sacudiu a cabeça afirmativamente. Mas apressou-se a perguntar:

— Mas quem foi que lhe disse que prefiro as pessoas que *não são* estranhas?

— Se eu lhe fizer uma pergunta, você promete responder com sinceridade?

— Prometo.

— Que é que você quer comigo? Que é que eu represento para você? Será que, como a maioria dos homens de sua raça, de sua idade e posição, você não passa dum colecionador de mulheres? Você quer me usar como uma criança usa um brinquedo? Que é que pretende de mim? Fale com franqueza. Não tenha medo de me ferir ou desapontar.

— *Gosh!* — exclamou ele. — Você me faz cem perguntas e quer uma única resposta? Creio que poderia resumir tudo assim: gosto de você, sua companhia me é muito agradável e eu quero tê-la a meu lado com a maior frequência possível. Está satisfeita?

— Você disse que gosta de mim... Mas gosta só fisicamente, não?

— Ora! Você não é um quadro, uma melodia, uma ideia. Você é um ser humano, tem um corpo... Haverá algum mal em que eu goste de você na sua expressão física, visível, palpável?

— Há. Porque, se seu interesse é só carnal, nosso destino será fatalmente... o que você sabe.

Ele não pôde conter um suspiro de impaciência.

— Glenda, meu bem, tente me compreender. Eu olho para você, sua figura, seus traços, seu corpo, tudo quanto você tem de concreto me atrai. Quanto ao resto, à sua mente, ainda não sei como ela é, porque você a traz fechada a sete chaves. Você é arisca, você se nega, você me repele; você não quer saber de intimidades. Eu amo (e já me escapou a *palavra*, está vendo?), eu amo em você o que vejo. Quanto ao seu espírito, ele se encolhe atrás desse muro com cacos de vidro que você ergueu entre nós. Como é que posso amar o que não conheço? Quanto ao que você chama de destino fatal... não vejo por que isso tenha de ser necessariamente mau ou trágico...

Ela ficou a olhar em silêncio para o toureiro morto do quadro.

Agora, pela primeira vez, ele observava o perfil de Glenda de perto, detidamente e em calma. Imaginou-se a pintar-lhe o retrato com voluptuoso cuidado, viu-se a esboçar a carvão a testa docemente arredondada, o nariz reto e nobre, os lábios carnudos (onde estaria o segredo?), que eram a nota mais sensual daquele rosto... A carne da rapariga era enxuta e firme sobre a bem formada ossatura da face. Sua pele não tinha esse branco de poros demasiadamente abertos, comum em certas mulheres muito claras e que, quando exposta ao sol, adquire manchas que lembram a parte machucada das frutas. A epiderme de Glenda sugeria antes uma pétala de magnólia, não só pela contextura cetinosa como também pelo tom levemente creme. E os olhos, que agora exprimiam uma serena melancolia, uma espécie de nostalgia, eram cor de violeta, num belo contraste com o castanho profundo dos cabelos. E Pablo concluiu para si mesmo que, se aqueles olhos, aquela testa, aquela face, tinham algo em comum com os rostos das muitas madonas que se viam em tantos dos quadros daquela galeria — os lábios de Glenda nada tinham de angélicos, eram lábios de fêmea que ele desejara beijar desde o primeiro dia em que os vira... Sim, gostava também daquele corpo duma falsa e rija magreza, sem demasia de carne, as pernas longas e bem formadas, as ancas escorridas... Mais uma vez verificava que Glenda era ainda muito mais atraente ao vivo do que a imagem que ele guardava dela na memória. Mas por que estava a rapariga assim calada e triste, a olhar para o toureiro morto?

— Escute, Glenda, você precisa aprender a não ter medo de mim. Ou melhor: precisa ter confiança em mim.

Ela voltou a cabeça para o amigo, que teve ímpetos de beijá-la.

— Eu não tenho medo de você. Mas também não tenho confiança.

Ele sorriu.

— Está bem. Proponho-lhe uma experiência. Vamos encontrar-nos com mais frequência, conversar... Ah, Glenda, mas conversar de verdade, sem reservas, sem mistérios. Se no fim de alguns dias... ou semanas... ou meses (como você preferir) não nos tivermos entendido bem, você então pode me mandar embora. Está combinado?

Ela se limitou a encolher os ombros.

Encostado à ombreira duma porta, um dos guardas da galeria observava-os furtivamente.

Fez-se um novo silêncio. E mais uma vez Glenda olhou para o toureiro morto estendido na arena, ao lado de sua capa rosada e de sua espada. Escornado por um touro. Os homens eram como touros. Investiam contra as mulheres e rasgavam-lhes o sexo, o ventre. E elas ficavam na posição daquele toureiro, deitadas, as pernas abertas, inermes, mortas...

Que vá tudo para o diabo! — pensou Pablo, tomando nas suas uma das mãos da rapariga. Ela olhou para ele com uma expressão quase de susto, mas não retirou a mão.

— Glenda, meu bem, vamos jantar juntos, hoje. Passarei pela sua casa para buscá-la. Está combinado? — E, para que ela não começasse a imaginar coisas, esclareceu. — Você me espera à porta do edifício, às sete em ponto. Combinado?

Glenda Doremus sacudiu a cabeça, numa afirmativa quase imperceptível. Estava de novo com o olhar focado no quadro. O que ela via agora não era um toureiro, mas um rapaz negro caído ao solo, coberto de sangue, castrado, mutilado. Seu rosto fora de tal maneira espancado, pisoteado, que havia perdido por completo as feições.

— Glenda, mas por que é que você está chorando? Eu disse alguma coisa que a ofendeu ou magoou?

Jantaram naquela noite no Rive Gauche. Glenda mostrou-se mais loquaz, menos inibida que de costume, embora continuasse a evitar assuntos pessoais. Encontraram-se outras vezes, em noites de sextas-feiras ou de sábados. Num domingo — dia luminoso e morno — foram ao Glen Echo Park, comeram cachorros-quentes, andaram na montanha-russa e, pela primeira vez, Pablo ouviu Glenda rir, mas rir alto e claro como uma menina que se diverte. E como o riso lhe iluminava o rosto!

Aos poucos ele a ia habituando ao seu "estilo", isto é, às suas atitudes mentais um tanto irreverentes e críticas — porque Glenda, diferente da maioria das americanas que ele conhecia, parecia não ter nenhum senso de humor.

Agora, com os primeiros calores do verão, achavam agradável passear de automóvel, pelos subúrbios, com a capota arriada. Rolavam pela Mount Vernon Memorial Highway e iam até a histórica mansão que pertencera a George Washington. Caminhavam lado a lado ao redor da Tidal Basin, deitavam-se na relva e ficavam a ver as acrobacias dos esquilos nas árvores e a observar os pássaros. Faziam-se entre ambos longos silêncios perigosos em que, tomando consciência da solidão em torno e da presença daquele corpo moço e desejável a seu lado, Pablo entregava-se a fantasias eróticas que o perturbavam, pois temia fazer qualquer gesto que pudesse ferir e afugentar a companheira.

Glenda olhava para o céu azul e quente, por entre as copas das árvores, e sentia, pela primeira vez em muitos meses, uma espécie de relaxamento de tensão, tanto de músculos como de nervos. Pablo era um companheiro admirável e até agora nada dissera ou fizera que a pudesse decepcionar. Muitas vezes ela se surpreendeu a desejar que ele a tomasse nos braços e a beijasse na boca. Era isso que ela esperava e *temia* que um dia acontecesse.

Mas não seria melhor continuarem apenas como bons amigos? Até quando? Às vezes em casa, à noite, ela se revolvia na cama, pensando nele, desejando sua presença física, imaginando como seria a sensação de entregar-se a ele... Pablo não podia ser um bruto como os outros homens. Tinha sensibilidade, era um artista, um... Acabava por concluir que o melhor mesmo era tomar um banho frio e não pensar mais naquilo.

Os primeiros calores fortes vieram na segunda quinzena de junho. Uma noite, Glenda e Pablo saíram juntos de automóvel, estacionaram o carro perto da Tidal Basin, no East Potomac Park, e caminharam a pé pela beira do rio, até Hains Point. Deitaram-se na relva debaixo dum salgueiro e quedaram-se a olhar em silêncio para as estrelas e a ouvir o ruído abafado do tráfego da cidade... A brisa quente chegava até eles, cheia de fragrâncias estivais. Glenda fazia o possível para afastar da mente as recordações daquele horrível verão em Cedartown, ao passo que Pablo se entregava por inteiro à lembrança dos estios de sua infância e adolescência. E as vozes, imagens e sensações desse tempo, evocadas agora pelo perfume e pela temperatura da noite, foram aos poucos produzindo nele uma espécie de torpor nostálgico. E então, em voz baixa e lenta, quase como se estivesse a falar consigo mesmo, descreveu a Glenda sua casa paterna de Cerro Hermoso, a velha mansão em estilo colonial espanhol, cheia de móveis e odores antigos, com um parque de cedros e carvalhos centenários e ciprestes tristes que faziam o menino pensar em cemitérios. Sim, e mais a fresca fonte de azulejos de Talavera de la Reina, e as estátuas de pedra que orlavam a senda pavimentada de lajes que levava da fonte ao alpendre, as velhas estátuas que de certo modo eram pessoas vivas de seu mundo de criança.

— Eram as nove Musas e eu me orgulhava de saber o nome de todas, e o que elas representavam. Clio tinha um dos braços decepados. Faltava um pedaço à máscara que Talia tinha na mão. E aos doze anos apaixonei-me por Érato, que tinha a cabeça coroada de rosas e mirtas, e fiz-lhe um poema... Mas quando eu cursava o liceu, minha preferida era Melpômene. Inspirado nela, escrevi a minha "tragédia grega" e me meti na pele de seu herói, uma espécie de Orestes perseguido pelas fúrias.

Fez-se um silêncio, dentro do qual Glenda pensou: "Onde teriam enterrado os despojos do negro linchado?". Contava-se (ó Deus, por que o verão sempre lhe trazia à mente aquelas sórdidas lembranças?), contava-se que alguém atirara os órgãos genitais do rapaz a cães famintos, que os devoraram. E Glenda sacudia a cabeça dum lado para outro, tentando afugentar aquelas negras memórias.

— É curioso... — continuou Pablo, que tinha agora no pensamento a imagem do pai. — Há cenas da infância, coisas às vezes aparentemente sem importância, mas que a gente jamais esquece. Por exemplo, um certo anoitecer... Fazia um pouco de frio (Cerro Hermoso está a mais ou menos oitocentos metros acima do nível do mar), eu teria dez ou onze anos e, debruçado na janela do meu quarto, estava a observar meu pai, que caminhava sozinho no parque, dum lado para outro, com um xale sobre os ombros, a cabeça baixa, pensativo. Não sei por quê, senti uma enorme pena dele. Decerto porque o menino que eu era teve a intuição da profunda, irremediável solidão daquele homem. Tive ímpetos de descer, tomar de sua mão e caminhar a seu lado, mesmo sem dizer nada. Minha timidez me tolheu. Nunca tive verdadeira intimidade com Don Dionisio...

— Como é seu pai? — perguntou Glenda.

Pablo hesitou antes de responder. Saberia ele como era mesmo seu pai?

— Um homem alto, magro, um pouco encurvado, uma cara descarnada, de olhos tristes, umas mãos longas de fidalgo, uma voz cansada. Isso exteriormente. Quanto ao resto, um homem fechado, amigo de leituras, que fala pouco e que todos respeitam. Passei a infância ouvindo dizer que era preciso não contrariar Don Dionisio... não fazer barulho para Don Dionisio... não causar nenhum desgosto a Don Dionisio, porque ele estava muito doente... O médico da família me disse um dia: "Seu pai é um homem ainda moço, mas seu pobre coração já está muito fatigado. Tem mil anos". O menino tomou essas palavras ao pé da letra e ficou convencido de que o coração de seu pai era mesmo milenário...

— E sua mãe?

— Se meu pai era e ainda é para mim uma figura quase lendária... digamos assim, uma sombra no parque entre as estátuas, já minha mãe, completamente diferente, tem uma presença concreta, forte, dominadora. Uma dama de porte imponente. Tomou conta de mim com a eficiência duma governanta dedicada. Filho único, você compreende... Misturou mimos com exigências, beijos com disciplina. Até à aritmética ela me tutorou. Quando cheguei à álgebra, ela me entregou a Don Dionisio. Não preciso dizer-lhe que não sei álgebra. O pouco que aprendi se foi... Fizeram-me tirar um curso de Direito apenas porque achavam (a ideia era defendida principalmente por minha mãe) que um homem precisa ser doutor, ter um diploma. Mas, voltando a Doña Isabel: é uma mulher autoritária, bem-nascida e com uma consciência aguda de seu *rango*. (Ah! você precisava ouvi-la falar na árvore genealógica dos Ortega y Murat!) Minha mãe foi sempre a ponte entre o marido, ilha solitária, e o continente do mundo. Uma espécie de intérprete. Era como se tivesse procuração dele para entender-se em seu nome com a vida. Graças a ela, os negócios dos Ortega y Murat prosperaram. E, veja bem, isso num país nitidamente patriarcal!

— Mas, a todas essas, que fazia seu pai?

— Suspeito que vivia e ainda vive num mundo meio onírico, alimentando fantasias e repudiando a realidade, que não corresponde a seus sonhos. Estou convencido de que Don Dionisio tem a vocação monástica. Viveria feliz num convento, como um irmão leigo...

Pablo estava deitado de costas, com as mãos trançadas entre a nuca e a relva. Como Glenda continuasse calada, ele prosseguiu:

— É preciso levar em conta que Don Dionisio, desde moço, vive obcecado por dois terrores. Um é o de morrer, e isso o levou para a Igreja. Conhece teologia talvez tão bem como o Arcebispo Primaz. O outro terror é o de que uma revolução comunista lhe confisque os bens e lhe tire a liberdade de culto e as outras liberdades sem as quais não poderia viver. Mas é um homem profundamente bom, Glenda, acredite. Fez tentativas comoventes, apesar de desastradas, para se comunicar comigo.

— E você, como reagiu a essas tentativas?

— Ora... quando menino, eu sentia por ele uma afeição mesclada de respeito e compaixão. Quando me fiz homem, rebelei-me... A rebelião culminou no meu gesto da Noite Trágica, de que já lhe falei. Acho que salvei a vida de Gris não só por amizade ao meu velho mestre, mas também "contra" meu pai e minha mãe, cujo mundo as ideias de Gris, agnóstico e socializante, ameaçavam. Está claro que só compreendi isso muito mais tarde...

— Ah, Pablo! — suspirou Glenda. — Como a vida é complicada!

— Quando eu tinha quinze anos, numas férias em Soledad del Mar, onde os Ortega y Murat têm sua casa de campo e suas plantações, apaixonei-me pela filha dum peão. Devia ter a minha idade e chamava-se Pia. Nós nos metíamos nos canaviais, ficávamos deitados entre as plantas, comendo frutas, rindo, trocando histórias. E o inevitável aconteceu, já que estávamos vivos... Uma tarde fizemos amor da maneira mais desajeitada que você possa imaginar. Foi Pia quem tomou a iniciativa. E então... nos *apaixonamos* um pelo outro. Continuamos a nos encontrar secretamente, naquele verão, às vezes nos amávamos nas moitas à beira do rio e depois, completamente nus, nos atirávamos n'água para nadar... Curioso, até hoje, quando sinto cheiro de melaço, de coisas verdes, de terra quente de sol, ainda me lembro de Pia. Pois bem. Um dia fui descoberto e denunciado, e o mundo veio abaixo... Você pode imaginar a reação de dona Isabel Ortega y Murat. O seu filho, carne de sua carne, sangue de seu sangue, fazia indecências nos canaviais com a filha dum peão! Fui expulso do Jardim do Éden. Minha mãe chorou, me amaldiçoou e por fim, enxugando os olhos, perguntou: "Queres matar o teu pai?

Não sabes que seu coração não resiste a esses desgostos?". Decidiu não contar-lhe o "crime" do filho. O escândalo foi abafado. O pai de Pia, despedido, teve de ir-se para outra plantação com toda a família. Quanto a mim, mandaram-me para um internato de jesuítas, onde aprendi religião e fui ameaçado com o fogo do inferno. Creio que os dois anos que passei nesse colégio constituem o alicerce de meu agnosticismo. Achei a religião uma coisa triste e Deus um pai demasiadamente severo... O ideal de minha mãe era o de manter-me virgem até um casamento prematuro, com uma moça da minha classe, e do qual sairiam muitos filhos para perpetuar e carregar, tempo em fora, o nome, as terras e a senhoria dos Ortega y Murat. Aos dezoito anos, quando entrei para a Universidade, já me haviam apontado as *candidatas*. Eram três ou quatro, moças de grandes famílias de Cerro Hermoso. Rebelei-me outra vez. Sem vocação nenhuma para um casamento de conveniência, sem amor, e por outro lado sem a menor inclinação para a castidade, tive muitas mulheres, nem todas necessariamente prostitutas. Mas tudo isso lhe causa asco, não, Glenda?

Ela não respondeu imediatamente. Por um instante lhe pareceu que tinha a seu lado outro homem mutilado.

— Não, Pablo, por que havia de me causar? Tudo isso me entristece... Não me conformo com a gratuidade da vida.

— No ano em que eu ia receber meu diploma de bacharel, tive de abandonar o Sacramento pelas razões que você conhece. E agora aqui estou, procurando não fazer nada que possa ferir o coração de Don Dionisio ou o orgulho de Doña Isabel.

Calou-se. Ficou olhando para as luzes piscas dum avião que passava a pouca altura, rumo do Aeroporto, e concluindo — agora com certeza — que Glenda tinha fisicamente algo que lhe lembrava Pia. A boca, talvez... As pernas longas. Havia, entretanto, uma grande diferença no tom da pele... Pia era morena. E seus olhos: de que cor eram? Não se lembrava.

— Apesar de tudo, você gosta mais de seu pai que de sua mãe, não, Pablo?

— É curioso, mas procuro não pensar nisso. É verdade que tenho atritos com a Velha quando nos encontramos e mesmo quando nos correspondemos. E minha impaciência para com ela me causa um certo sentimento de culpa. Sempre tive mais ternura (ou seria apenas piedade?) pelo Velho. Uma das mágoas que carrego comigo é a de nunca ter tentado a sério uma comunicação mais íntima com ele, depois que fiquei adulto...

Vultos passavam sob as árvores. Luzes tremeluziam do outro lado do rio. Acima da cidade erguia-se uma espécie de halo luminoso, dum amarelo tingido de vermelho.

— E você quer voltar para casa? — perguntou Glenda, sentindo que a pergunta não era dirigida apenas a Pablo, mas também a ela própria.

— Quero e não quero. Tenho medo. Acho que meu mundo é muito diferente do deles. Ou talvez receie descobrir que, no fundo, sou como eles, o que me deixaria decepcionado comigo mesmo. É uma complicação dos infernos.

— Um dia seu Velho tem de morrer — murmurou Glenda, depois de alguma hesitação.

— E nesse dia minha mãe descobrirá outro tipo de chantagem com que procurará continuar seu domínio sobre minha vida. O coração de meu pai terá cessado de bater, seu corpo estará no jazigo perpétuo dos Ortega y Murat, e então Doña Isabel começará a explorar a memória de Don Dionisio, que terei a obrigação sagrada de honrar. Então ela me dirá todas as coisas que o Velho esperava de mim, isto é, a manutenção das propriedades da família, a aceitação do sistema econômico e social do qual ele era um dos sustentáculos mais poderosos... um sistema que pessoalmente acho cruel, injusto e absurdo.

— Você é socialista, Pablo?

— Engraçado como vocês, americanos, têm medo da palavra *socialismo*. E é apenas à palavra, porque não sei de outro povo da Terra mais preparado que este para o socialismo. De certo modo já existem formas de socialismo aqui dentro. Bom, mas vou responder à sua pergunta. Aplique-me o rótulo de socialista, se quiser. Socialista utópico, liberal socializante, humanista. O nome não me interessa. O que me preocupa é o estabelecimento da justiça social. Meu país tem cerca de dois milhões de habitantes e, em última análise, é dominado por apenas umas trinta famílias ricas e duas poderosas companhias americanas. O resto não é apenas silêncio, mas miséria, fome, doença, morte prematura, desgraça... Acha que posso voltar para o Sacramento e ajudar a manter esse estado de coisas?

— Qual é a outra alternativa?

Ele rolou o corpo, ficou deitado de bruços.

— É o que estou procurando descobrir.

29

Michel Michel meteu-se em seus aposentos e fez mais um pequeno registro no diário íntimo:

Oito e vinte da noite. Esta tarde, G. H., piscando o olho dum modo que revelou mais uma vez sua falta de classe, encomendou-me uma ceia especial para dois, que deverá ser servida às dez horas, depois que ele descer do quarto com a amante.

Quando há poucos minutos ouvi soar a campainha e fui abrir a porta, tive uma surpresa. Em vez de ver Madame V., como esperava, tive diante de mim Mademoiselle F. A., a bela americana loura, que sorria o seu sorriso de anúncio de dentifrício. "Bon Dieu!" Estão agora os dois lá em cima, possivelmente já despidos e a se rebolcarem no leito isabelino: a estátua de mármore branco e o fauno de cobre. Esquisito contraste! Gostaria de assistir à cena, metade por interesse científico e metade por espírito fescenino. "Hélas!"

Antes de despir-se, Rosalía sempre exigia de Gabriel Heliodoro que apagasse todas as luzes do quarto, consentindo em que ficasse acesa apenas a lâmpada azul, a um canto. Frances Andersen, porém, despira-se com naturalidade, num tranquilo *striptease* à luz de ambas as lâmpadas de cabeceira, e o Embaixador, tendo agora a cobrir-lhe o corpo apenas um leve roupão de seda, contemplava-a da porta do quarto de banho, antegozando o prazer que aquela mulher branquíssima lhe ia proporcionar. Levados em conta sua impaciência, seu açodamento e seu desejo, a "campanha" fora de longa duração, e houvera momentos em que ele tivera de fazer um grande esforço para não explodir. Quantas andanças por cabarés e restaurantes, quantas palavras murmuradas na orelha um do outro, enquanto dançavam, quantas promessas não cumpridas, quantas negaças, avanços, recuos! Dera a Miss Andersen vários presentes, joias com pedras semipreciosas e preciosas de sua terra; mandara engastar num anel de platina — que agora ela tinha num dos dedos — uma grande pérola negra pescada no Golfo do México.

Frances Andersen jazia sobre a cama, completamente nua, os olhos cerrados, os seios arfando ao ritmo duma respiração que a Gabriel Heliodoro pareceu normal. Branca, tão branca e limpa... Nunca tivera em toda a sua vida uma fêmea que lhe desse tamanha impressão de pureza, de coisa distante e inatingível.

Aproximou-se vagarosamente do leito. Não tinha nada que dizer. Podiam amar-se em silêncio. Falariam apenas a linguagem dos gemidos.

Sentou-se na cama. Frances sorriu, sentindo a proximidade do homem. Continuou, porém, de olhos fechados. Gabriel Heliodoro inclinou-se e depositou um beijo leve no bico de cada um dos seios da americana. Ela teve um pequeno estremecimento e cruzou automaticamente as coxas. Ele despiu o roupão e atirou-o no soalho. Espalmou a mão sobre o ventre da mulher e agradou-lhe ver o contraste das epidermes. Fez a mão descer ventre abaixo, mas Frances continuava de pernas cruzadas, protegendo o sexo. Ele procurou-lhe a boca, mas ela a negou. Ele beijou-lhe os cabelos, a têmpora, a face, o queixo, o pescoço, de novo os seios, o ventre e então, abrindo-se toda, ela lhe segurou, gemendo, os cabelos, com ambas as mãos, como se quisesse arrancá-los. Depois ele se deitou ao lado dela, a respiração acelerada, as narinas palpitantes, abraçou-a e apertou-a contra o peito; de novo tentou beijar-lhe a boca mas não conseguiu, pois Frances atirou a cabeça para trás, e, agastado, ele teve gana de morder-lhe o pescoço.

Terá nojo de mim? — pensou. — Mas eu te ensino, cadelinha branca orgulhosa, eu te domo. E teve um desejo feroz de degradar aquele corpo, conspurcá-lo. E, enquanto pensava isso, apertava-a mais e mais, inteira, contra seu corpo.

— Devagar, Gabriel Heliodoro — murmurou Frances a seu ouvido. — Não seja tão apressado. Está pensando no relógio? Temos a eternidade diante de nós. Deixe-me respirar um pouco.

Ele a largou, súbito, e ficou deitado de costas ao lado dela. O quarto estava refrigerado mas ele começava a sentir que seu corpo se umedecia de suor. Frances sorria, a cabeça voltada para ele, os olhos agora abertos.

— Que foi que você sentiu quando matou o primeiro homem?

Ele ficou quase chocado pela inesperada pergunta.

— Quem foi que lhe disse que eu matei alguém?

— Ora, Gabriel Heliodoro, eu conheço bem a história da sua vida. Conte-me o que sentiu. Matou com um ódio frio ou foi uma paixão, uma labareda?

— Nunca matei ninguém a sangue-frio.

— É difícil acreditar.

— Por quê?

— Porque você tomou parte em mais duma revolução. Um guerrilheiro ataca em geral à noite, de surpresa. Prefere matar as sentinelas à faca, sem ruído. Vamos, conte o que sentiu.

— Não me lembro da primeira vez em que matei. Tenho uma memória péssima. Detesto o passado.

— Mas que é que uma pessoa sente quando mata?

— Num combate? Alegria. É quase um jogo. A regra é mandar o inimigo para o inferno, antes que ele faça o mesmo com você.

— E depois? Sente remorso?

— Por que quer saber essas coisas? Acha que, se eu disser que sou um assassino, você vai gozar mais comigo?

— Quem sabe? Estou cansada de dormir com meios homens, com belos, sadios rapazes que me tratam como se eu fosse metade amante e metade mãe. São sempre tão puros, inocentes, e *nice* que me fazem perder o desejo.

— Não sou seu filho, mas também não sou seu pai, embora tenha idade para isso. Acho que já é tempo de terminar esta conversa.

Ele procurou de novo a boca de Frances, que tornou a esquivar-se.

— Quantos homens você matou na sua vida, Gabriel Heliodoro? — perguntou ela. — Quantos?

Ele fazia naquele corpo todas as carícias que sabia, mas Frances continuava insensível, negando entregar-se.

— Quantos? — repetiu ela. — Dez, vinte, cinquenta?

— Nunca contei! — gritou ele já com ímpetos de esbofeteá-la.

— Mas que é que a gente sente?

— Quando eu tinha uma metralhadora na mão, eu apertava no gatilho e espalhava balas em leque. Os corpos dos que tombavam mortos ou feridos pelas minhas balas não eram de homens, mas de inimigos. Não tinham cara nem nome.

— Mas quantos?

— Cinquenta, cem, duzentos... que importa?

— E você era capaz de me matar se eu não me quisesse entregar agora?

— Não. Não quero matar você, quero dar-lhe mais do que nunca a impressão de que está mesmo viva.

— Mas eu sinto que você é um assassino, Gabriel Heliodoro. Por que nega? Você deve ter matado alguém não apenas com granadas ou metralhadoras, mas com suas próprias mãos. Conte, vamos, conte!

Ele não queria lembrar-se. Enterrara os seus cadáveres no cemitério da memória, numa vala comum. Não tinham epitáfio. Nem mereciam. Ardendo de desejo, enlaçou Frances, tornou a apertá-la contra o próprio corpo, a cama rangeu e de repente ele se lembrou...

— Está bem. Eu tinha vinte e um anos e andava foragido da polícia do ditador, porque havia tomado parte numa conspiração gorada para atirar uma bomba no automóvel do Presidente Chamorro...

— E era você quem ia atirar a bomba... com suas mãos, com o risco da sua vida?

— Éramos quatro. Ainda não tínhamos tirado a sorte para ver quem ia sacrificar-se. Alguém nos denunciou, a polícia deu uma batida na casa onde costumávamos nos reunir, os três companheiros foram presos mas eu consegui fugir...

— E se fosse sorteado... você aceitaria a missão de matar o Presidente e morrer estraçalhado pela mesma bomba?

— Não! Eu odiava o ditador. Seus soldados tinham assassinado amigos meus... muitos camponeses inocentes da vila onde nasci. Mas eu era muito moço, queria viver. Viver para continuar odiando. Os mortos não podem odiar.

Ela sorriu.

— Não teria sido você quem denunciou os companheiros para se livrar da responsabilidade?

Gabriel Heliodoro de novo teve o ímpeto de dar um tapa na cara de Frances. Conteve-se e disse:

— Sua pergunta é um insulto e nem merece resposta.

Ela agora passava a mão ao longo da espinha do amante. Soprou-lhe ao ouvido:

— Continue. Você fugiu... Onde se refugiou?

— No quarto duma prostituta, minha amiga... Chamava-se Elvira.

— Como era ela? Bonita? Moça?

— Nem bonita nem feia. Cabelos oxigenados. Mas tinha mais de quarenta anos. Eu, naquele tempo, a considerava quase uma velha...

— Ela estava apaixonada por você?

— Não sei. Gostava de mim.

— Como foi que ela o escondeu?

— Num pequeno quarto alugado, numa casa velha na zona da prostituição, em Cerro Hermoso. O quarto era pobre e tinha o cheiro do corpo dela, de seus perfumes baratos, do suor dos homens que se serviam dela...

— Que acontecia quando um "freguês" entrava?

— Elvira costumava ficar debruçada na janela, caçando os homens que passavam na calçada. Antes do "freguês" entrar, eu subia para o forro do quarto e ficava lá escondido, entre ratos e aranhas...

— E você ouvia ou via o que se passava no quarto enquanto os homens estavam na cama com sua amiga?

— Procurava não ouvir. Ficava deitado, suando, morrendo de calor. Mas o teto era baixo, havia frestas, eu não podia deixar de ouvir. O pequeno quarto era uma espécie de teatro por onde passavam as personagens mais estranhas. Pervertidos sexuais. Meninos que tinham mulher pela primeira vez... Bom. Depois que o homem ia embora, eu descia e esperava o seguinte. De madrugada, quando Elvira fechava a porta à chave, eu estava morto de cansado e então dormia em paz.

— Com ela?

— Só havia uma cama.

— Quanto tempo durou isso?

— Duas semanas, quinze dias... vinte, não me lembro. Elvira me trazia comida, cigarros, até roupa. Mas eu precisava fugir da cidade...

— Agora me conte do homem que você matou.

Gabriel Heliodoro hesitou um instante.

— Não sei ao certo se matei...

— Você disse que tinha matado. Vamos!

— Pode ter sido um sonho, um pesadelo.

Frances soltou uma risada.

— Conte então esse pesadelo.

— Uma noite, deitado na cama da marafona, eu me sentia mal, ardia em febre, tremia como um maleitoso, mas não disse nada a Elvira. Ela estava debruçada na janela. Eu ouvia batidas de passos na rua. Homens paravam, falavam com ela, discutiam preços, continuavam a andar. Lá pelas tantas, um deles resolveu entrar. Elvira me fez um sinal. Subi com grande dificuldade para o forro, deitei-me em cima duma das traves... O corpo me doía todo, eu estava tonto, com calafrios, acho que comecei então a delirar... ou dormi e sonhei... O freguês entrou. Pela voz, me pareceu um homem de meia-idade. Despiu-se, exigiu que Elvira ficasse também completamente nua. Ouvi a cama ranger. O homem começou a falar. Queria que Elvira lhe pedisse coisas...

— Que coisas?

— "Me faz um filho." Ela respondeu: "Não seja bobo. Ande depressa". Mas o homem insistiu: "Te dou mais duas lunas se disseres que queres que eu te faça um filho". Ela perguntou: "Mas por quê? Não quero filho de ninguém". E ele: "É só um faz de conta. Eu gozo mais assim. Cinco lunas a mais! Diz: 'Me faz um filho, me faz um filho'". Muito desajeitada, ela começou a repetir essas palavras. Me veio de repente um ódio, um nojo daquele homem ou, antes, daquela voz. "Diz outra vez: 'Me faz um filho!'. Outra vez... Ai!" E Elvira dizia, ria, e dizia. E o homem roncava como um animal.

Gabriel Heliodoro pegou a ponta do lençol e enxugou com ela a testa úmida de suor.

— Não me lembro direito do que então aconteceu. Tudo ficou confuso... Parece que saltei do forro, caí em cima do homem que estava em cima de Elvira, e enterrei-lhe a lâmina da faca nas costas... Ele soltou um grito, Elvira também gritou. Vi que estava perdido, o remédio era fugir... Corri para a porta, para a calçada, enveredei pelo primeiro beco, e me fui...

— Acha que foi mesmo um pesadelo?

— Não sei. Não sei. Quando o dia raiou, eu estava nos arredores da cidade, já sem febre, suando, a testa fresca. Tinha algum dinheiro no bolso. Tomei um trem e fui para Soledad del Mar. Saltei antes do comboio chegar à estação, me escondi no mato, esperei a noite para entrar na vila, onde todo o mundo me conhecia, e me dirigi para a casa do Padre Catalino, que era meu amigo.

— E você contou ao padre que tinha assassinado um homem?

— Contei. Foi ele que me disse que tudo talvez tivesse sido produto do meu delírio...

— Por quê?

— Porque eu não tinha nas roupas nem nas mãos mancha nenhuma de sangue. E porque não me lembrava de andar armado de faca.

Gabriel Heliodoro ergueu-se, foi ao quarto de banho, apanhou uma toalha, enxugou com ela os braços e o torso, passou um desodorizante nas axilas e voltou para a cama.

— Fiquei escondido no campanário da igreja dois dias. O Padre Catalino me trouxe os jornais de Cerro Hermoso dos últimos três dias. Nenhum deles noticiava qualquer crime na zona da prostituição... Uma noite consegui sair da vila, subi à Serra e me juntei aos guerrilheiros de Juventino Carrera...

A americana sorriu.

— Suponhamos que tudo tenha sido mesmo um sonho... ou um delírio. Mas que foi que você sentiu quando esfaqueou aquele homem?

— É curioso. Senti uma coisa meio parecida com a alegria que me deu a primeira mulher que tive na vida. Só que mais rápida e violenta...

De súbito, Frances atirou-se em cima de Gabriel Heliodoro, beijou-lhe vorazmente os lábios, sua língua entrou como um réptil na boca dele, e ambos rolaram na cama, ansiados, ofegantes, numa espécie de luta corporal.

Aquela hora, Pancho Vivanco caminhava acima e abaixo na calçada da Massachusetts Avenue, à frente da embaixada. Fazia um calor pesado, o ar estava imóvel, subia das pedras e do asfalto um bafo quente e úmido. O marido de Rosalía sentia a camisa molhada de suor, colada ao corpo, desagradavelmente. Passava com frequência o lenço pelo rosto, não cessava de andar, os olhos postos na residência do Embaixador, a atenção concentrada principalmente na luz daquelas duas janelas do andar superior... Lá naquele quarto, estava Gabriel Heliodoro com sua amante americana, enquanto Rosalía, coitadinha, sofria em casa, os olhos pisados e vermelhos de tanto chorar, sentada ao pé do telefone, esperando um chamado que não vinha...

Vivanco estacou, meio ofegante, encostou-se no tronco duma árvore e ficou a observar o guarda da embaixada, que naquele momento cruzava o parque na sua ronda noturna.

Ficou a imaginar o que se estaria passando naquele exato momento, nos aposentos presidenciais. Sentiu um prazer esquisitamente voluptuoso em pensar não só na nudez da americana, como também na de Gabriel Heliodoro. E houve um momento em que ele se pôs na carne do Embaixador e possuiu a gringa e ao mesmo tempo, confusamente, ele era a mulher e se sentia abraçado pelo homenzarrão, e metia-lhe no pescoço uma faca e sangrava-o como a um porco. (*Morcilhas de Páramo! Olha as morcilhas de Páramo. Duas lunas cada uma! As morcilhas de Páramo!*) E, quando o porco estivesse grunhindo e se esvaindo em sangue e empalidecendo em cima da cama, ele, Francisco Vivanco, lhe diria: "É para pagares o mal que nos fizeste!".

Tornou a enxugar o rosto. (O lenço estava ensopado.) Ardia-lhe a garganta. Não. O melhor seria mesmo a tiros. Meteria cinco balas no corpo do monstro. Seria preso e levado para El Sacramento, onde seria julgado e fatalmente condenado a trinta anos de prisão. Gabriel Heliodoro era amigo do peito do Presidente. Nenhum júri teria a coragem de absolver seu assassino. Trinta anos numa penitenciária imunda. Talvez descobrissem um meio de envenená-lo... Ou de matá-lo com torturas requintadas. Não. A única saída era o suicídio. Tinha perdido Rosalía para sempre. Uma bala na cabeça? Demasiadamente brutal. Podia atirar-se do alto de um dos viadutos... (Ouviu o ruído de seu próprio crânio a bater e partir-se contra o pavimento de concreto.) Teve uma enorme pena de si mesmo. O melhor era tomar barbitúricos em grande quantidade e entrar na morte pela porta do sono...

Lentamente Vivanco subiu para a Wisconsin Avenue, onde havia deixado o carro. Sentia sede. Encontrou um *drugstore* ainda aberto. Entrou, sentou-se na banqueta junto do balcão. Pediu uma limonada, que bebeu dum sorvo só, e depois, um gelado de baunilha.

— Com *fudge* ou sem *fudge*? — perguntou a empregada.

O médico lhe havia proibido comer coisas engordantes, mas Vivanco gostava muito de *fudge*. Precisava emagrecer oito ou dez quilos, pelo menos. Mas que lhe importava isso agora, se ia suicidar-se?

— Com *fudge* — disse, resoluto.

A empregada pegou uma bisnaga de plástico e esguichou o molho de chocolate quente sobre o gelado. E Pancho começou a comê-lo com uma gula de menino.

Metido no seu hábito de franciscano, Jorge Molina achava-se estendido no soalho de seu quarto de dormir, a cabeça pousada num travesseiro baixo. As luzes estavam apagadas, a temperatura ambiente era primaveril e o único som que ali se ouvia era o zunzunar do aparelho condicionador de ar.

Tinha sido uma noite frutífera de trabalho — pensava o Ministro-Conselheiro, de olhos cerrados. — Uma grande noite! Ao cabo de muitas dúvidas e discussões consigo mesmo, chegara a uma decisão final quanto à orientação que deveria seguir na composição da biografia do Arcebispo Primaz do Sacramento. Fiel ao plano original, faria de D. Pánfilo o herói da história. O Padre Catalino seria mantido na sua obscura condição de pároco de aldeia: talvez nem sequer fosse mencionado no livro. Afinal de contas, devia-se a admirável permanência da Igreja no tempo histórico aos seus príncipes, bispos, arcebispos e cardeais, homens que não só conheciam teologia como eram também dotados de habilidade e malícia política, senso da história e senso comum — homens que pensavam, falavam e agiam à sombra ou, melhor, à luz da figura imensa do Papa. Se a orientação da Igreja fosse entregue a sacerdotes sentimentais, ignorantes ou inocentes como o vigário de Soledad del Mar (e nesse caso específico a inocência política era um pecado mortal!), o catolicismo resvalaria aos poucos para a esquerda e iria fatalmente cair na boca voraz e insaciável do dragão comunista...

Deitado exatamente na posição recomendada pelos iogues para levar o corpo ao estado ideal de relaxamento e repouso em que ele deixa de ser um peso para o espírito — Molina procurava agora ver mentalmente as figuras e as cenas do primeiro capítulo de sua biografia. Estava decidido a não seguir uma ordem rigorosamente cronológica. Usaria com discrição a técnica de certos romances. Assim... São quase dez horas duma luminosa manhã de maio do ano de 1915. (Descrever Cerro Hermoso, seus telhados coloniais, as torres das igrejas, etc..., etc... Não esquecer o lago, o ar fino do planalto.) Ouve-se o badalar festivo dos sinos. É a hora da missa, e uma verdadeira multidão enche a catedral, na Plaza de Armas. (Descrever a fachada do templo plateresco e contar rapidamente sua história.) Sente-se que algo de extraordinário vai acontecer. (Talvez eu deva dar um diálogo entre dois cavalheiros idosos à porta da catedral: "Então não sabia? Pois hoje o jovem Padre Pánfilo Arango y Aragón vai pregar o seu primeiro sermão!". E o outro, surpreendido: "O filho de Don Ramiro?". Não! Não! Não! O melhor seria fugir a esses artifícios baratos. O autor mesmo deve dizer com suas palavras o que vai acontecer.)

Molina *vê* a cena. Mais que isso, ouve todos os ruídos, aspira todos os cheiros que enchem a catedral. Os altares barrocos laminados de ouro. A luz das velas nos candelabros. As esculturas das colunas internas do templo. As imagens antigas — algumas delas, duas e mesmo três vezes centenárias — nos seus nichos. A fumaça e o olor do incenso. O som do órgão "englutindo" a catedral. (Curioso como certas palavras vivem irremediavelmente associadas umas às outras em nossa mente.) A missa começa. Vem depois o momento por todos esperado em que o jovem Padre Pánfilo sobe ao púlpito. Ouve-se um murmúrio abafado no interior do templo. Alguém tosse. Um banco range. Outra tosse. Depois o silêncio. O Padre Pánfilo, esplêndido em sua casula bordada a fio de ouro (presente de Dona Rafaela Chamorro) contempla o auditório. Ergue o braço num gesto dramático e sua voz grave e máscula enche o recinto. (Ver o texto exato de seu primeiro sermão. Encontra-se no primeiro volume de sua obra *Sermões e pastorais*.) Mostrar a reação dos fiéis, descrever a expressão de alguns rostos vistos do ângulo de Don Pánfilo. Analisar as sensações do jovem sacerdote ao pronunciar seu famoso sermão contra a guerra e a violência, condenando Juan Balsa e seus bandidos.

E o segundo capítulo? Seria interessante que o autor desse um pulo para trás, no tempo, e levasse o leitor à mansão dos Arango (1890), onde se ouve o choro duma criança que acaba de nascer...

Mas a casa que agora o Ministro-Conselheiro tem na mente não é a mansão do velho D. Ramiro Arango, mas a sua própria casa. Ouve-se o choro duma criança recém-nascida e também os soluços dum homem. Esse homem é o seu próprio pai.

Jorge Molina entregou-se por inteiro a um pensamento do qual procurava sempre fugir: o de que sua mãe morrera ao dá-lo à luz.

30

Naquela segunda quinzena de junho, castigada por uma onda de calor que durou quase duas semanas, Washington parecia uma fornalha acesa. Era um calor maciço, úmido, pegajoso, implacável, que atingia as temperaturas mais altas por volta das quatro da tarde e continuava noite adentro sem o menor alívio e conservava a mesma intensidade no dia seguinte.

Gabriel Heliodoro fugiu para uma das praias da Virgínia e levou consigo Frances Andersen.

Rosalía Vivanco, emagrecida, passava os dias sozinha, fechada em casa, deitada na cama a ver revistas com a atenção vaga, alternando crises de desejo carnal com crises de choro. Quando o marido chegava da chancelaria, ela se trancava no quarto de dormir e negava-se a vê-lo. Pancho ficava então a andar dum lado para outro na sala de estar, agoniado. Às vezes saía à noite, jantava sozinho num restaurante ou outro, depois ficava a caminhar pela beira do Potomac, pensando em jogar-se em suas águas e deixar-se morrer afogado. Quando voltava para casa e sua mulher de novo o repelia, ele choramingava por alguns minutos diante da porta fechada, e depois ia examinar o revólver que comprara, fazia pouco, e mais uma vez imaginava a cena em que ele assassinava Gabriel Heliodoro. Havia, porém, noites em que seu desejo carnal era tão intenso que ele se masturbava, de olhos fechados, estendido no sofá, pensando em Rosalía nua nos braços do Embaixador.

Molina pouco sentia o calor. Continuava a rotina de sua vida de solitário, e agora andava particularmente feliz, pois conseguira já escrever, de maneira para ele satisfatória, três capítulos da biografia de D. Pánfilo.

Aos domingos ia à missa na Igreja de St. Thomas, em Georgetown. Ajoelhava-se, orava, procurava penetrar com os cinco sentidos o mistério da missa, e pensava em como seria bom se pudesse procurar um padre, confessar-se a ele, limpar a cabeça e o coração, e depois gozar do privilégio da comunhão. Por que Deus se recusava a existir para seu cérebro como ideia, se existia como sentimento em seu coração?

Os Ugarte refugiaram-se também numa praia de mar, onde o general encontrou facilmente parceiros para a prosa e o pôquer, gente de *habla española*. Enquanto isso Ninfa, exibindo os untos num costume de banho que comprara numa liquidação no Woodward *&* Lothrop, olhava o mar, suspirava de saudade de Aldo Borelli e procurava namorar — mas sem resultados positivos — os jovens e atléticos salva-vidas profissionais.

Titito, esse continuava em Washington, numa alegria ágil e traquinas de esquilo. Contou a sua amiga Clare Ogilvy que se estava preparando para dar em seu apartamento (todo decorado em rosa e negro) uma festa que havia de ficar famosa nos anais de Washington. "Só para homens", explicou, entrecerrando os olhinhos e sorrindo maliciosamente. "E sabes quem vai ser o convidado de honra? Adivinha." Miss Ogilvy sacudiu a cabeça: não podia imaginar. Titito então, glorioso, atirou a bomba: "Vic Troy!". Ela sabia que se tratava dum dos mais populares atores de cinema do momento, um *big boy* de dois metros de altura, espadaúdo, de cabelos louros e feições um pouco femininas. As mulheres eram loucas por ele. Quando o encontravam, assaltavam-no, histéricas, rasgavam-lhe a roupa, cortavam-lhe com tesoura a gravata e até mechas de cabelo: queriam guardar relíquias de seu ídolo, daquela maravilha da espécie humana. Pois Vic Troy, que Titito conhecera havia pouco numa reunião íntima em Nova York, aceitara o convite para vir a Washington em princípios do próximo outono para tomar parte na festa de Mr. Villalba. Não era mesmo um amor? La Ogilvita deu de ombros. Sentia-se estafada. Via ir se águas abaixo seu plano de fazer suas férias de verão coincidirem com o festival de música de Aspen, no Colorado. Mercedita e outras datilógrafas encontravam-se fora de Washington, nas montanhas. A chancelaria estava agora silenciosa como um jazigo perpétuo... e um jazigo perpétuo em pleno deserto do Saara. "Oh Titito! Como eu invejo o teu entusiasmo. Pensar em festa com este calor!" Mas o secretário não esmorecia. "Vai ser uma espécie de *bal masqué*, um travesti, compreendes?" Se ela compreendia!

* * *

Orlando Gonzaga tinha deixado Washington para passar suas férias no Brasil. Era-lhe muito conveniente — contara ele a Pablo — fugir àquele "inferno à beira do Potomac" para gozar das amenidades do "inverno" do Rio de Janeiro.

Godkin continuava na mesma vida. Às vezes, encontrava-se com Pablo, almoçavam ou jantavam juntos. O rapaz parecia-lhe preocupado.

Uma noite pôs-lhe o dedo direitinho na ferida.

— Não vai bem a coisa com Glenda, hem?

— Palavra de honra, Bill, quanto mais convivo com essa menina, menos a compreendo. Há momentos em que ela parece caída por mim, disposta a tudo. De repente procede como se me odiasse.

— Você não tem medo... — hesitou o jornalista... — desculpe a minha intromissão nos seus assuntos íntimos, mas você não tem medo de complicar sua vida, metendo-se com uma... ah... ah... neurótica?

— Tenho, um pouco. Mas vou me meter ou, melhor, já estou metido. Sinto por essa moça uma atração física quase obsessiva.

— Acha que ela... bom, quero dizer, já teve alguma experiência sexual?

— Se teve, foi algo muito desastroso que lhe provocou um trauma do qual ainda não se refez.

— Essas nossas mulheres do Sul são mais complicadas, digamos, que as do Oeste ou as do Oeste-Médio. Creio que a presença do negro...

Pablo cortou vivamente a frase do amigo:

— Você não acha que o problema de Glenda tem muito a ver com seu ódio ao negro? Um dia destes, comentei com ela uma notícia de jornal sobre um livro para crianças que um senador estadual do Alabama exigiu que fosse queimado só porque num de seus contos um coelhinho branco se casa com uma coelhinha preta. Naturalmente eu disse que achava a coisa absurda, ridícula. Glenda me olhou com uma expressão de fúria e gritou: "Você também é um *negro lover?*".

Godkin sacudiu lentamente a cabeça.

— Outro dia — prosseguiu Ortega — andávamos os dois de mãos dadas, olhando as vitórias-régias, os jacintos e os lírios aquáticos dos jardins de Kenilworth, quando, de repente, tomei Glenda nos braços, beijei-lhe a boca e esperei dela a pior das reações: uma bofetada, um insulto... Mas não. A rapariga aceitou o beijo, e de maneira ativa, você compreende? Meu sangue ferveu, meu corpo latejava de desejo... Já lhe contei, Bill, que a cor verde, combinada com o azul do céu e com cheiro de grama, de plantas, de frutas, de natureza, enfim, são coisas que me excitam sexualmente... Glenda, sentindo o meu desejo de forma *concreta*, me repeliu. Às vezes penso que o que a assusta em mim é a cor da minha pele. Decerto imagina que eu tenho sangue negro nas veias.

— Tolice. Você tem a Espanha escrita na cara!

Aquela onda de calor durava já vários dias e, segundo os jornais, tinha causado a morte de mais de dez pessoas.

Uma tarde, sentado ao volante de seu carro, a camisa empapada de suor, os olhos turvos, o crânio a estalar de dor, Pablo Ortega esperava a uma esquina o sinal do guarda do trânsito, quando viu este cair, vitimado por uma insolação. Voltou para casa com a impressão de que ia desmaiar. Deitou-se, vestido como estava, teve sonhos obsessivos de febre, e só acordou no dia seguinte com a cabeça e o peito desoprimidos. Verificou que uma chuva torrencial desabara durante a noite e o ar agora estava limpo, fresco e leve, e a cidade e o mundo pareciam aliviados dum pesadelo infernal.

Para celebrar sua reconciliação com a estação estival, Pablo compôs um haicai e mandou-o a Kimiko Hirota:

VERÃO
Moscardo verde,
Fruta madura no chão...
Ó mel da vida!

Glenda Doremus, porém, obstinava-se em dar-lhe fel em vez de mel. Ocasiões havia em que sua acidez estomacal parecia contaminar-lhe as ideias e as palavras. As enxaquecas de Pablo agravavam-se agora quando ele estava na presença da moça da Geórgia. Era frequente, nos passeios que davam juntos, entrarem num *drugstore* — ela para tomar um comprimido de Alka-Seltzer, e ele, um ou dois de aspirina. Duma feita, Ortega murmurou, desconsolado: "Às vezes procuro imaginar o que sairia duma cruza de tuas dores de estômago com as minhas dores de cabeça". Para espanto e encanto seu, Glenda desatou a rir.

No dia seguinte, à tardinha, iam os dois de automóvel pela Connecticut Avenue, rumo do restaurante chinês onde haviam combinado jantar, quando Pablo fez parar o carro junto da calçada, à frente do edifício onde tinha seu apartamento. Abraçou intempestivamente

Glenda, beijou-lhe a boca com voracidade e sentiu desejo na maneira como ela respondeu a seu beijo. Então ousou: "Vamos subir até ao meu apartamento?". Ela baixou os olhos e fez que sim com a cabeça. Pablo a princípio não acreditou no que via. Mas Glenda saltou do carro para a calçada e encaminhou-se resoluta para a porta do edifício. No elevador mantiveram-se em silêncio. Nem sequer se olharam. Ela acendeu um cigarro com mãos trêmulas. Ele sentia as batidas do sangue nas têmporas num desejo desesperado pela rapariga.

Entraram no apartamento.

— Fique à vontade — disse Pablo, fechando a porta. Mas ele próprio não se sentia à vontade. Para fazer alguma coisa, pôs-se a mostrar a Glenda, atabalhoadamente, seus livros, seus quadros, seus discos, os bonecos de Maestro Natalicio... Ela gostava de Vivaldi? Ele tinha um *hi-fi* estereofônico excelente. Podiam ouvir um disco...

Ao dizer essas coisas, sentia que sua voz se tornara mais fosca que de costume. Era melhor que Glenda continuasse de costas voltadas para ele, porque seu desejo tomara agora uma forma física grotesca e visível, como uma deformidade.

De súbito, Glenda voltou-se e exclamou:

— Por favor, Pablo, não vamos fingir um para o outro que não sabemos por que viemos até aqui!

Sem dizer mais uma palavra, Pablo estreitou-a contra o peito, beijou-lhe os lábios, e depois, erguendo-a nos braços, levou-a para o quarto de dormir e pô-la em cima da cama. Ela ali ficou, imóvel, na meia-luz, os olhos fechados. Ele se sentou a seu lado, beijou-lhe de leve e repetidamente as pálpebras, as faces, e depois, com mais força, os lábios, longamente. Os braços de Glenda, que até então haviam permanecido estendidos ao longo do corpo, ergueram-se, e ela segurou a cabeça de Pablo com ambas as mãos.

— Não posso mais — gemeu baixinho. — Preciso me livrar desta dúvida... senão fico louca...

— Calma, meu bem, calma... — ciciou ele.

— Não me trate como se eu fosse uma criança. Sou uma mulher...

Abriu os olhos, embaciados agora por uma lustrosa névoa de desejo. Pablo então começou a despi-la. Tirou-lhe os sapatos, depois as meias, e ia desabotoar-lhe a blusa quando Glenda o repeliu com um gesto, dizendo: "Saia do quarto por uns minutos. Eu mesma me dispo".

Ele obedeceu. Quando voltou, encontrou-a nua, encolhida debaixo do lençol. Deitou-se, também despido, junto daquele corpo cálido e fremente. Tudo aquilo lhe parecia irreal. A penumbra do quarto, a zoada contínua do condicionador de ar, o retrato de D. Isabel em cima da mesinha de cabeceira ("Um filho meu fazendo imoralidades nos canaviais com a filha dum peão! Queres matar o teu pai?"). Glenda estava dobrada sobre si mesma com as mãos entre as coxas. Pablo ficou na mesma posição, puxou a rapariga para dentro do recôncavo que ele formava com seu próprio corpo e beijou-lhe a nuca, o lóbulo da orelha, acariciou-lhe os seios, e depois procurou fazer que ela distendesse o corpo. Glenda, porém, continuou como estava.

— Por favor... — sussurrou ele.

Ela gemeu:

— Tem paciência, Pablo. Tenho medo.

Ele continuou a beijá-la — ombros, braços, costas — enquanto suas mãos deslizavam ao longo das coxas da rapariga, e seus dedos buscavam o sexo que ela continuava a escudar.

Vinha de fora o ruído do rolar dos automóveis na avenida, e de quando em quando se ouvia o bufido das portas pneumáticas dos ônibus que se abriam ou fechavam na parada da esquina próxima.

De repente, Glenda voltou-se e abraçou Pablo, não como uma amante que se entrega, mas como uma menininha que pede proteção. E, com voz alterada, exclamou:

— Você tem que compreender! Uma coisa horrível me aconteceu quando eu era menina...

Ele lhe acariciou os cabelos.

— Está bem, Glenda, seja o que for, eu compreenderei. Conte. Conte a este seu amigo...

Sentia contra o peito o bater acelerado daquele pobre coração solitário. Glenda abriu a boca para falar mas, por um momento, seus maxilares ficaram como que paralisados, seus lábios tremeram numa gagueira nervosa e deles não saiu o menor som. De repente ela recobrou a fala e explodiu:

— Fui violentada por um negro!

Uma fração de segundo antes de Glenda começar a frase, Pablo já a havia adivinhado. (Ou teria sido ilusão?) Continuou a acariciar a cabeça da rapariga, murmurando: "Conte, conte tudo...". Ela encostou o rosto escaldante no peito dele e começou:

— Eu devia ter uns treze anos...

Calou-se. Pablo achou que podia encorajá-la com uma pergunta casual.

— Foi na sua cidade natal?

— Sim. Em Cedartown. Havia na casa de meus pais um empregado, um rapaz... um negro. Seu corpo cheirava mal, seus pensamentos eram sujos, seus olhos eram malvados, me despiam, me perseguiam, me sujavam...

— Sim, Glenda... e depois?

— Um dia, eu estava brincando sozinha no fundo do quintal, dentro de uma espécie de celeiro... e ele apareceu de repente... caminhou para mim, dizendo coisas imundas, fazendo gestos horríveis... Eu tentei gritar mas não consegui. Quis fugir, mas estava paralisada. O negro me derrubou no chão... ergueu meu vestido... e me... me... não sei, desmaiei de pavor...

Pablo beijava os cabelos da mulher que tinha nos braços, e que parecia arder em febre.

— Quando meu pai me encontrou caída no chão, não sei quanto tempo depois... eu contei que tinha sido atacada... Tinha ouvido falar em casos como aquele, acontecidos a outras meninas... Meu pai ficou possesso, cego de ódio, reuniu parentes, vizinhos, amigos e saíram todos pela cidade à caça do negro...

De repente, Glenda desvencilhou-se dos braços de Pablo, virou-se bruscamente e ficou deitada de bruços, a cara contra o travesseiro.

— Foi medonho — disse com voz abafada. — Encontraram o negro escondido numa casa abandonada e o castraram; quebraram-lhe os braços, as pernas... deram-lhe tantas pauladas e pontapés na cara que as feições do negro ficaram irreconhecíveis...

Calou-se, desatou o pranto, soluços sacudiam-lhe o corpo.

Pablo sentiu uma estranha e repentina inibição, como se aquela revelação tivesse tornado o corpo de Glenda intocável.

— Há quantos anos isso aconteceu?

— Quinze...

— Glenda, meu bem. Procure esquecer todas essas coisas que se passaram há tanto tempo. Pense assim: *eu não tive culpa*. Você não pode passar o resto da vida escrava desse passado terrível. Liberte-se.

Conseguiu, persuasivo, fazer que Glenda ficasse deitada de costas, com o rosto descoberto. Os olhos dela, porém, estavam fechados e lágrimas escorriam-lhe pelas faces.

— Quer um cigarro? — perguntou ele.

— Não.

— Abra os olhos. Encare a vida de frente. Você não teve absolutamente culpa do que aconteceu.

Ela puxou a ponta do lençol até à testa, mas ele tornou a descobrir-lhe o rosto.

— Pablo, procure compreender...

— Eu compreendo. Quem não *quer* compreender é você. Seu corpo é moço, você não pode continuar a negar o prazer que ele legitimamente reclama. Não tenha vergonha de sua carne, Glenda. O que passou, passou. Imagine que acaba de nascer agora, neste momento. Você nem pode calcular o bem que lhe quero!

Ao terminar essas palavras, ele segurou a ponta do lençol que a cobria, puxou-o num gesto brusco e lançou-o ao soalho. Glenda permaneceu imóvel, os seios empinados, o ventre liso, a cintura fina, as coxas longas e roliças... Pablo sentiu o desejo voltar-lhe numa onda tão violenta que teve de fazer um esforço para não se atirar sobre a fêmea como um animal.

Começou então a excitá-la com carícias, e, quando sentiu que ela estava preparada para o receber, cobriu-a com seu corpo. Glenda resistiu por alguns segundos mas por fim, mordendo os lábios, os olhos sempre fechados, entregou-se. Quando, porém, ele começou a penetrá-la, ela soltou um grito — "Não!" — e tentou empurrá-lo, afastá-lo de si, mas ele agora parecia querer transfixá-la numa espécie de fúria punitiva, e ela continuava a gemer: não! não! não! — suas unhas laceravam as costas de Pablo, e, bem no momento em que este sentiu que atingia o orgasmo, ela conseguiu desvencilhar-se dele, saltou da cama, enrolou-se no lençol, correu para um canto do quarto e ali ficou, encolhida e trêmula, como uma criança assustada, enquanto o homem derramava a seiva de seu amor no lençol, espasmodicamente, deitado de bruços, ofegante, exasperado pelo procedimento da mulher e ao mesmo tempo já sentindo o ridículo de tudo aquilo. E, quando, momentos depois, aturdido e frustrado, ele se sentou na cama, teve a surpresa de ver sobre o lençol uma inequívoca mancha de sangue.

— Glenda, você era virgem!

Ela nada disse nem fez o menor movimento.

— Mas eu não compreendo... — murmurou ele, ao mesmo tempo que uma suspeita horrível lhe despontava na mente.

Ergueu-se e, achando-se ridículo na sua nudez, vestiu o roupão que deixara ao pé da cama. As costas lhe ardiam, como queimadas.

— Mas você não disse... — começou ele.

Glenda apanhou as suas roupas em silêncio, entrou no quarto de banho e fechou a porta. Pablo sentou-se numa cadeira, confundido e trêmulo, acendeu um cigarro e pôs-se a fumar e a coordenar ideias, já com medo do que pudesse descobrir... Seria possível o que estava imaginando?

Ouviu o ruído da água do chuveiro. Ergueu-se, foi até a janela e ali ficou a olhar para fora. As luzes da cidade estavam já acesas, mas havia ainda um vago rubor no horizonte.

Quando, minutos depois, Glenda saiu do quarto de banho, completamente vestida, e se dirigiu para o *living*, ele a seguiu.

— Você não sai daqui sem me dar uma explicação.

— Vocês, homens, são todos iguais. Querem das mulheres sempre a mesma coisa. Uns porcos!

— Glenda, essa sujeira pode estar apenas na sua cabeça.

— Quê?

— Na sua imaginação. Você nunca foi violada.

Havia agora na cara dela uma expressão de terror, mesclada de espanto. Sentou-se no sofá e continuou a olhar para Pablo, como que perdida.

— Vamos, Glenda, conte a verdade.

Ela escondeu o rosto nas mãos.

— Por favor, Pablo, não me torture.

— Eu só quero ajudá-la a livrar-se dum pesadelo. Você vive prisioneira duma fantasia, duma mentira!

— Mas ele era um negro sórdido. Vivia me espiando. Roubava minhas roupas íntimas, levava-as para seu quarto... Era um animal. Seu fedor me perseguia noite e dia, noite e dia...

Pablo acercou-se dela, segurou-a com força pelos ombros, sacudiu-a e obrigou-a a encará-lo.

— Mas ele *não tocou* em você... Fale a verdade!

— Era um negro sujo, pensava e fazia coisas sujas... Empestava toda a casa.

— Mas ele não tocou em você!

— Pare com isso, Pablo, pelo amor de Deus!

— Confesse que foi tudo uma fantasia sua.

— Não sei, não sei, deixe-me em paz, não sei!

— Você não *quer* saber, mas é preciso encarar os fatos. Confesse que o rapaz nem sequer tocou no seu corpo.

— Como é que vou saber? Eu era uma menininha de treze anos...

— Por que não impediu que seu pai e os outros fossem atrás do rapaz?

— Eu não sabia que eles iam matar o negro!

Pablo não pôde dominar-se.

— Sabia, sim! — bradou. — Sabia e desejava que isso acontecesse!
— Ela se estendeu no sofá e de novo rompeu a chorar.

Ele agora caminhava na sala, dum lado para outro. Que fazer? Que fazer? Continuar torturando Glenda com suas perguntas? Mandá-la embora, deixá-la em paz?

Sentou-se ao lado dela, tornou a passar a mão pelos seus cabelos, esforçando-se por falar com ar paternal.

— Agora é melhor contar tudo, livrar-se desse peso que você tem na consciência. Diga-me uma coisa. Depois desse... desse fato, você não foi examinada por um doutor?

Ela hesitou por alguns segundos e por fim disse de olhos baixos:

— Fui.

— E ele verificou que você nem sequer tinha sido tocada, não é verdade?

Ela não respondeu. Continuava a chorar, agora em soluços convulsivos.

— É verdade ou não?

De repente Glenda voltou para ele a face desfigurada e gritou:

— É! É verdade! Todo o mundo ficou sabendo da história. Meu pai e os outros responderam a processo, foram absolvidos. Mas tivemos de abandonar Cedartown. E isso destruiu a vida de todos nós, de meu pai, de minha mãe... a minha. Está satisfeito? Está satisfeito?

— Glenda, já lhe disse que só quero ajudá-la.

— Ninguém pode me ajudar. Nem Deus.

— Não diga uma coisa dessas. Eu me sinto responsável por você. Agora mais que nunca.

— Se me falar em casamento, por causa... do que aconteceu, eu vou rir na sua cara.

Glenda ergueu-se, apanhou a bolsa, ficou um instante a olhar dum lado para outro, como que atônita.

De novo ele perdeu o domínio sobre si mesmo.

— Afinal de contas, você realizou o desejo secreto de sua infância: foi violada por um homem sórdido de pele escura. Agora eu é que pergunto se está satisfeita.

— Mas quem me assegura que o que aconteceu há pouco lá no quarto não foi também uma fantasia minha?

— Glenda, seja razoável. Deixe-me ajudá-la.

Ela o encarou em silêncio por alguns instantes e depois disse, com uma raiva que se sentia na maneira com que ela mordia as palavras:

— Você talvez me tenha ajudado mais do que imagina. Convenceu-me de que, na verdade, eu não sinto tanto remorso como pensava pelo que fizeram àquele outro negro...

Disse isso e encaminhou-se para a porta. Ele não fez nenhum gesto para detê-la.

31

Pablo Ortega não tinha lembrança de haver passado em toda a sua vida uma semana mais desagradável do que a que se seguiu ao seu "incidente" com Glenda Doremus. Ao acordar, pela manhã, depois dum sono turbado por sonhos confusos e aflitivos, sentia a cabeça doer-lhe surdamente. Na chancelaria, evitava comunicar-se com os colegas, passava minutos a olhar fixamente para o telefone, a um tempo querendo e não querendo chamar Glenda. Pensava: se chamo, que é que lhe vou dizer? E havia alguma coisa mais a dizer depois de tudo quanto acontecera? Não seria melhor, tanto para ele como para ela, se deixassem de ver-se para sempre?

Não conseguia concentrar-se no trabalho. Ficava, às vezes, horas inteiras a encher seu bloco de notas com desenhos: o perfil de Glenda, tal qual o vira naquele dia, na galeria de arte; uma rua estreita e tortuosa a descer para a praia (Soledad del Mar); a cara de Maestro Natalicio; o vulto dum homem encurvado sob ciprestes; e outra vez Glenda: os olhos e a boca, principalmente a boca...

Com frequência metia na boca um comprimido de aspirina. De vez em quando, cerrava os olhos, inclinava-se para trás na sua cadeira rotativa, ficava a escutar o ruído do condicionador de ar e a lembrar-se daquele entardecer... Sentia necessidade de desabafar com alguém... Mas com quem? E teria ele coragem de contar *tudo*, a quem quer que fosse? Gonzaga continuava ausente do país, mas, mesmo que pudesse vê-lo naquela hora, não teria coragem de confessar-se a ele, pois sabia que o amigo brasileiro, com toda a certeza, acabaria rindo de seus problemas. ("Ó Pablo, você complica as coisas mais simples. Todo o mistério das mulheres está mais na imaginação tímida dos homens do que na própria alma delas.") Godkin? Ortega admirava e respeitava o jornalista, mas previa sua reação à terrível história. Bill o escutaria com atenção, fumando placidamente seu cachimbo, e depois resmungaria algo de afetuoso mas neutro. Gris! Sim, Gris era o homem. Podia abrir-se com seu velho professor como a um pai... Pai?

Numa daquelas manhãs pediu à telefonista uma linha externa, discou o número do apartamento do exilado mas não obteve resposta; chamou seu escritório na Universidade e uma voz feminina lhe informou que o Dr. Leonardo Gris àquela hora devia estar ainda em seu apartamento, pois só tinha aulas à tarde.

Pablo deixou seu gabinete e saiu a andar pelo longo corredor, de cabeça baixa, perdido em pensamentos. Quando deu acordo de si, estava no escritório de Clare Ogilvy.

— Pablo Ortega y Murat!

— O Embaixador está?

— Não. Foi à União Pan-Americana com o Ministro-Conselheiro. Ainda o caso da Nicarágua...

Pablo sentou-se à frente da mesa da amiga, que lhe ofereceu um cigarro. Ele fez que não com a cabeça. E ela:

— Você pode enganar os outros, mas a mim não me engana. Há dias que o venho observando. Qual é o problema?

— Não há nenhum problema — murmurou Pablo, desejando que ela insistisse na pergunta, *obrigando-o* a contar tudo.

— Glenda Doremus?

Ele sacudiu afirmativamente a cabeça e em seguida despejou toda a história, sem omitir pormenores, nem mesmo os mais escabrosos. Terminou a narrativa com uma pergunta: "Você acha que procedi mal?".

La Ogilvita ergueu as sobrancelhas, mirou-o com seus olhos aquáticos, e aos poucos suas feições equinas se enterneceram.

— Você procedeu como um homem normal. Glenda reagiu como uma neurótica. De resto, com relação aos negros, mais da metade da população branca deste país alimenta fantasias idênticas, semelhantes ou pelo menos aparentadas de longe com as dessa menina... Agora, se você quer ser o Agnus Dei e carregar sobre os ombros todos os pecados do mundo... bom, não conte comigo para cantar o "*Miserere nobis*".

— Mas que é que devo fazer agora?

— Nada. Entregue o problema ao tempo.

— Mas eu me considero responsável por Glenda...

— Se é por causa desse detalhe anatômico da virgindade, descanse o peito, *boy*, que neste país essa coisa não é tomada tão a sério como no chamado mundo latino. E, se você quer que eu leve mais longe minha franqueza, direi que nenhuma mulher boa do juízo e com todo o seu "aparelhamento" funcionando normalmente recusaria o seu amor, Pablo, minha paixão impossível...

Soltou uma risada. Mas ele se pôs a sacudir as pernas nervosamente.

— Pare com essa dança de são vito, homem!

Pablo obedeceu. Depois resmungou:

— Eu gostaria de saber como e onde está Glenda. Temo que ela faça alguma loucura.

— Espere — disse La Ogilvita, estendendo o braço para o telefone e pedindo um número à operadora. Ficou a esperar a chamada, com o fone encostado no ouvido, e de quando em quando piscava para Pablo como se estivesse a fazer alguma picardia.

— Alô! É da União Pan-Americana? Desejo falar com Miss Glenda Doremus... — Uma pausa. — Sim. — Outra pausa, mais longa. — Quando?... Ah! Muito obrigada.

Clare repôs o fone no lugar e olhou para o amigo.

— Miss Doremus há mais de uma semana pediu demissão de seu cargo em caráter definitivo e há três dias voltou para a casa dos pais em Atlanta.

— E agora?

— Quer mesmo um conselho? Tire umas férias. Pegue uns livros... nada de sério, novelas policiais, *science fiction*... e vá para a montanha ou para o mar. Caminhe a pé, pinte, escreva versos e esqueça essa moça.

Pablo Ortega obteve facilmente licença para gozar duas semanas de férias. O Embaixador foi cordialíssimo: "Mas claro, homem, quanto tempo você quiser! Duas semanas, até três... Vá descansar!".

Pablo fez as malas, meteu nelas alguns livros, suas tintas, pincéis, telas e velhos cadernos com esboços a carvão e lápis. Saiu no seu Thunderbird, sem destino certo, e acabou hospedando-se num motel sossegado nas proximidades do Skyline Drive, na Virgínia, com vista para o vale de Shenandoah. Havia lá muitos turistas, que Pablo evitou, notando a contragosto que, desde que Glenda lhe chamara negro, ele se sentia pouco à vontade quando na companhia de americanos, especialmente de sulistas, de sotaque facilmente reconhecível. Que idiotice! Conhecia americanos não negros de pele mais escura que a sua. Que fossem para o diabo aqueles gringos vermelhos como camarões ou brancos como ventre de peixe!

No pequeno motel viveu sua vida sem se comunicar com ninguém. Tinha um quarto com janelas que se abriam para o vale. Pela manhã, fazia longos passeios e, antes de almoçar, nadava na piscina, ao sol. Às primeiras horas da tarde, lia ou dormia e, quando o sol começava a declinar, escalava algum monte para, de seu topo, contemplar o poente.

Um dia decidiu pintar. Armou o cavalete, preparou as tintas e pensou em reproduzir na tela aquele imenso vale que se desdobrava enorme a seus olhos e onde tantos tons de verde, azul, pardo e vermelho se haviam encontrado numa espécie de congresso cromático em que a luz do dia tinha sempre a última palavra.

A princípio ficou inibido, como se alguém lhe prendesse a mão, impedindo-a de aproximar o pincel da tela. Pensou nas suas primeiras pinturas — têmperas e aquarelas —, feitas durante as férias de verão nas plantações da família, em Soledad del Mar. Seu assunto predileto era a vila e seus habitantes — as casas caiadas na encosta do morro, suas ruas estreitas e tortuosas onde tantas vezes vira o desfilar de procissões ou enterros. Eram quadros em que o pitoresco e o decorativo predominavam — os muros e paredes caiados, o azul do céu, as sombras arroxeadas, as mulheres de preto, os homens de branco, as crianças descalças e esfarrapadas, aqui e ali a mancha escarlate, rosada ou amarela duma flor, dum tapete ou dum lenço... Mais tarde, em seu "exílio" em Paris, ele esquecera Soledad del Mar, os canaviais, a Sierra de la Calavera no horizonte, e, aos poucos, as figuras humanas foram desaparecendo de seus quadros (sim, e também de seus versos, que antes haviam seguido o mesmo tema das telas) e ele entrara na sua fase abstrata. Lidava então apenas com cores, e suas pinturas, como lhe lembrara um crítico, pareciam labirintos, ao mesmo passo que "em seus poemas se repetia o tema do dédalo, em áridos e contorcidos corredores verbais numa espécie de caos sonoro, sem a mais remota esperança duma saída para o ar livre da dimensão humana...".

Que pintar agora? — perguntava Pablo diante da tela branca. Consultou o caderno de esboços feitos por ocasião de sua última visita a Soledad del Mar. Encontrou nele várias faces — a do Padre Catalino, a do Maestro Natalicio, as dos filhos do artista... Havia também, no caderno, muitas caras de crianças, e só agora Pablo via como eram descarnadas, tristes e de aspecto doentio. Ele empregara aquelas figuras como elementos decorativos, em vários quadros de sua fase figurativista (*Meninos jogando bola*, *A criança e a flor*, *Cabra-cega*).

Pegou um carvão e começou a riscar a tela. Esboçou no primeiro plano a face dum menino e ao fundo a perspectiva duma rua por onde descia um cortejo fúnebre, de gente pobre acompanhando um pequeno esquife de madeira rústica. Terminado o esboço, Pablo começou a usar as tintas, sem nenhum plano consciente, e o que resultou de meia hora de trabalho, deixou-o assustado. Ao pintar os olhos da figura do primeiro plano, ele se lembrara das crianças atacadas de tracoma que ele tantas vezes encontrara, quando rapaz, em suas caminhadas por Soledad del Mar. Nessas ocasiões, mais nauseado que compadecido, ele voltava o rosto, fechava os olhos para não ver o triste e desagradável quadro. E não fora sempre essa a sua atitude ante todas as misérias de sua terra — fechar os olhos, voltar o rosto? E agora, ao pintar a primeira imagem humana, naqueles últimos sete anos, o que lhe saía do pincel era a cara citrina duma criança cujas pálpebras hipertrofiadas, duma contextura granulosa, semelhavam horrendas framboesas purulentas. E esses olhos o miravam agora fixamente, e Pablo se sentia prisioneiro, não mais de seus labirintos literários e estéticos, mas daquelas pupilas que um catarro embaciava. Pintou uma mosca sobre uma das framboesas e duas outras na face emaciada. (Ele e Pia comiam framboesas nos matos do Jardim do Éden, enquanto moscardos verdes esvoaçavam em torno de seus corpos nus.) Numa espécie de frenesi, Pablo pôs-se a pintar as figuras do fundo, uma procissão de caras trágicas — homens, mulheres e crianças, todos com seus olhos ulcerados acusadoramente focados no homem que os pintava.

Uma das veranistas do motel, vendo Pablo diante de seu cavalete, aproximou-se, alvoroçada, imaginando talvez que ele estivesse a pintar o tranquilo Shenandoah, mas, quando viu a face do menino no quadro, contraiu o rosto numa careta de repugnância, soltou uma exclamação de desgosto, voltou as costas e se foi...

Aquela noite Pablo sonhou que andava meio às cegas pelas ruas estreitas e tortas duma cidade noturna em que reconhecia ora Soledad del Mar ora o cemitério de Cerro Hermoso. Levava nos braços uma criança doente, que ardia em febre, e essa criança era a um tempo ele próprio e o menino da pintura. Tropeçava a cada passo, estava perdido num labirinto sem saída, procurava em vão uma luz, o calor duma presença humana, batia com a cabeça dolorida nas portas, estas se abriam e então surgiam vultos de homens sem face a quem ele perguntava sem falar onde estava o doutor, porque precisava dum médico para salvar o menino, e os homens sem face encolhiam os ombros ou sacudiam negativamente a cabeça, pois ninguém parecia interessado em salvar a vida da criança enferma...

Acordou cedo. Doía-lhe a cabeça, as pálpebras pesavam-lhe, sua visão estava turva e ele não conseguia distinguir com clareza a própria imagem no espelho. Estonteado ainda de sono, teve a impressão de que estava ficando cego. Quase alarmado, lavou as pálpebras com água fria e depois pingou colírio nos olhos, piscou por alguns instantes, e só ficou tranquilo quando verificou que sua visão continuava normal.

Tratou então de pescar na memória — peixes esfumados e ariscos — detalhes do sonho da noite. Lembrou-se de que, sempre que uma porta se abria, o nome que ele pronunciava mentalmente era o do Dr. *Ceniciento*. Mas por quê? Claro, o médico, o Dr. Cinzento, era o Professor Gris. Sorriu para a descoberta.

À mesa do café, lançou sua rede mais fundo e pescou outro peixe precioso. O Dr. Martínez, velho médico da família Ortega y Murat — morto havia quase vinte anos —, sempre que era chamado para diagnosticar alguma indisposição do menino Pablo, costumava sentar-se na sua cama, mandava-o abrir bem a boca e fazer: “ah!”; tomava-lhe o pulso, punha-lhe o termômetro na axila e, terminada sua função de médico, contava-lhe histórias. E a preferida dele, Pablo, era a da *Cenicienta*, a Gata Borralheira. Pablo atribuía ao Dr. Martínez qualidades de mago. Só a presença dele no quarto fazia-o sentir-se melhor: era como a companhia de Leonardo Gris para o Pablo adulto. E não seria, por acaso, Gris o homem que estava pensando num *remédio* para salvar os meninos e os pais dos meninos de todo o Sacramento? Talvez aquela interpretação do sonho fosse errada, mas a verdade era que ele *queria* aceitá-la como válida.

Aquela manhã, nem sequer olhou para a tela pintada no dia anterior. Saiu a caminhar e levou consigo um pequeno livro que Kimiko Hirota lhe dera de presente: *Um jardim chinês de serenidade*, reflexões de um zen-budista. Subiu a encosta dum morro, sentou-se debaixo duma árvore, ficou por um momento a contemplar o vale, depois abriu o volume ao acaso e leu: *Quando o vento sopra nos bambuais esparsos, estes não retêm o som do vento. Quando os gansos selvagens voam sobre um lago frio, a água não guarda a sombra dos pássaros que passaram. Assim a mente do homem superior começa a trabalhar apenas quando algo acontece; e torna-se um vácuo quando o caso termina.* Pablo ergueu os olhos e pensou em Glenda. Que estaria ela fazendo naquele exato instante? Tornou a baixar a cabeça: *Em cada coração humano* (mentalmente ele "ouvia" a voz minúscula de Kimiko, lendo aquelas mesmas palavras) *existe um Livro da Verdade encadernado com cordéis gastos e papéis de bambu rasgados. Em cada coração humano existe também uma Sinfonia da Natureza abafada por canções sensuais e danças voluptuosas. Um homem deve varrer fora tudo quanto é externo e fazer buscas no seu ser íntimo a fim de encontrar a felicidade.*

Fechou o livro, impaciente. Como podia alguém ficar sentado de pernas cruzadas como um zen-budista fazendo, no seu lago interior, aquele escafandrismo místico, completamente alheio às desgraças e injustiças do mundo chamado exterior? E, se ele, Pablo, agora cerrasse os olhos e mergulhasse no seu poço... que haveria de encontrar? A pérola da sabedoria, o coração mesmo da verdade ou apenas os olhos purulentos dos meninos de Soledad del Mar?

A amplidão luminosa e tranquila do vale aumentou-lhe a sensação de soledade. Fechou o livro, ergueu-se e voltou para o motel.

No saguão central, sentados ao redor dum rádio, alguns hóspedes escutavam o noticiário das dez da manhã. Pablo, que desde sua chegada ali, havia vários dias, não lia nenhum jornal, não se interessou pelo que dizia a voz grave e bem modulada do locutor. Pediu na portaria a chave de seu quarto e estava já a caminho da escada quando o som dum nome, *Leonardo Gris*, encheu o ar, envolvendo-o e prendendo-o como um laço, e obrigando-o a estacar e a prestar atenção à voz:

... exilado político do Sacramento e que há alguns anos é professor de História e Literatura da América Latina na American University, de Washington, D. C., continua desaparecido. O Professor Gris, que em numerosos artigos e conferências tem acusado duramente de corrupção o atual Governo daquela República do Caribe, foi visto pela última vez, há cinco dias, pela moça encarregada da portaria do edifício onde tem seu apartamento. A polícia, notificada do fato, começou imediatamente as investigações para descobrir o paradeiro do Doutor Gris. Parece definitivamente removida como improvável a hipótese de que o ex-secretário da Educação do Sacramento tenha sido vítima dum acidente. Aventa-se a hipótese, que nos parece também improvável, de que o Doutor Gris haja aban-

donado o país por vontade própria. Alguns jornais começam a perguntar se não se tratará de um novo "caso Galíndez". Como nossos ouvintes devem estar lembrados, o Doutor Jesús Gallindez, professor da Universidade de Columbia, desapareceu misteriosamente nas vésperas da publicação dum ensaio em que fazia acusações altamente comprometedoras ao Governo da República Dominicana. Mais tarde, a polícia dos Estados Unidos descobriu indícios de que o Doutor Galíndez havia sido raptado e levado para fora do país e possivelmente assassinado por agentes a soldo do Governo do General Leônidas Trujillo. O Embaixador do Sacramento em Washington escreveu uma carta ao citado jornal, protestando contra a insinuação, que considera absurda, além de insultuosa.

Pablo estava estonteado. De certo modo pré-consciente esperava que aquilo acontecesse. Começou a subir a escada, lento, a garganta contraída, a boca seca. Já não tinha mais dúvidas. Gris fora raptado e possivelmente àquela hora estava já morto... Pensou no homem da capa clara que costumava seguir-lhe os passos. Tudo devia ter sido obra de Ugarte, o bandido!

Calculou que àquela hora poderia encontrar Bill Godkin em seu escritório. Pediu à operadora uma ligação telefônica para a Amalgamated Press. Dentro de poucos minutos tinha o amigo na outra extremidade do fio.

— Bill? Pablo Ortega. Acabo de ouvir pelo rádio a notícia do desaparecimento do Doutor Gris. Por favor, conte o que aconteceu. Há alguma esperança?

— Pablo, meu velho, a coisa me parece feia. A princípio pensou-se que pudesse ter sido um acidente... mas se fosse, o corpo já teria sido descoberto dum modo ou de outro. Cinco dias, você compreende...

— A polícia revistou o apartamento do Doutor Gris?

— Claro. Encontrou tudo em ordem. Nenhum sinal de violência. E as fatiotas do homem estão no *closet*, com as malas... a roupa branca nas gavetas... Os óculos de ler ficaram em cima da mesa de trabalho do nosso amigo.

— E que é que diz a embaixada?

— Alega que não sabe de nada. E que o Doutor Gris nem sequer estava registrado como membro da colônia sacramentenha em Washington.

— Você não acha também que pode ser um caso semelhante ao do Doutor Galíndez?

O outro pareceu hesitar.

— Bom... é o que pensamos aqui na Amalpress.

— Ugarte, esse facínora, deve ter sido o mandante do rapto...

— O general está ausente de Washington há mais de duas semanas.

— Natural! Para evitar suspeitas. É um crápula!

— Alô! Pablo, não se excite. Não adianta. Trate de descansar e deixe que o FBI tome conta do caso.

— Descansar? Volto hoje mesmo para Washington.

— Está bem, mas escute. Prometa-me uma coisa. Não faça nem diga nada precipitadamente. Se quer ajudar mesmo seu amigo, mantenha a cabeça fria e lúcida.

— Mas esses assassinos merecem ser denunciados!

— É evidente, homem, mas, para denunciá-los precisamos de provas concretas. Para provar que houve mesmo homicídio, a primeira coisa que temos de apresentar é um cadáver...

— A esta hora, o corpo de Gris deve estar no fundo do mar.

— É uma hipótese. Mas há ainda outras. Tenha calma... A que horas você espera chegar aqui?

Pablo consultou o relógio.

— São dez e meia. Ao meio-dia estarei em Washington.

— Não corra, homem! Dirija seu carro com cuidado. Ah! E prometa-me que, antes de ir à sua chancelaria, vem falar comigo.

— Está bem.

32

Aquela tarde, o Gen. Hugo Ugarte chegou da praia, mais tostado que de costume, e entrou pachorrento na chancelaria e notou logo que a atmosfera estava carregada. Mercedita lançou-lhe um olhar cheio de temerosa expectativa. Molina, que ele encontrou no corredor, descobriu um pretexto para não cumprimentá-lo. Ernesto Villalba, entretanto, aproximou-se saltitante e perguntou:

— Então, já sabe do caso Gris?

— É por isso que estou aqui. O Embaixador mandou me chamar com urgência. Se não fosse essa droga, eu ia ficar veraneando até o fim do mês. O calor em Washington está de rachar.

Ugarte entrou no escritório de Miss Ogilvy. Ela estava de tal maneira perturbada que nem lhe ocorreu saudar o recém-chegado.

— O Embaixador está à sua espera. Pode entrar.

O ex-Chefe de Polícia de Juventino Carrera entrou e fechou a porta atrás de si. Gabriel Heliodoro, que estava sentado atrás de seu *bureau*, ergueu-se e investiu para ele, como se o fosse esbofetear.

— Estúpido! Desastrado! Onde pensas que estás? Na Nigéria? Na Cochinchina?

Ugarte não perdeu a calma. Esperava a explosão verbal.

Sentou-se, acendeu um cigarro, soltou uma baforada de fumaça, olhou para o Embaixador com uma expressão batraquial e disse:

— Agora me explica por que me atiraste na cara todos esses "elogios"...

— Que fizeste com o Doutor Gris?

— Eu? Nada.

— Não mintas. Vocês raptaram o professor e provavelmente o levaram para fora do país para matá-lo.

Havia uma expressão de rancor na cara de Gabriel Heliodoro. Sua cicatriz estava inflamada.

— Eu não te disse — prosseguiu ele, de dentes cerrados — que não endossava violências? O Doutor Gris era um apátrida, um traidor, mas era uma criatura inofensiva, no fundo. Por que é que vocês foram fazer uma barbaridade dessas?

— Já te disse que não fizemos nada. Passei todos estes dias deitado na areia da praia, de barriga para o ar.

— Não acredito.

O general encolheu os ombros. O Embaixador estava de punhos cerrados, com gana de esmurrar o outro.

— Onde está o Doutor Galíndez? — perguntou.

— Quem?

— Digo, onde está o Doutor Gris?

Ugarte pôs-se de pé, puxou os fundilhos das calças que lhe haviam entrado no rego entre as nádegas, e com o cigarro a um canto da boca, confidenciou:

— Quem fez o "serviço" não fomos nós.

— Quem foi então?

— Tu te lembras do comunicado confidencial do Ministério da Guerra? Pois bem. Respondi dizendo que a operação era arriscada, podia comprometer a embaixada e opinei que o melhor seria que eles encarregassem outros da "operação" sem nos dizerem quem nem como. Também lavei as mãos.

— Mas por que não me notificaste disso?

— Porque tu mesmo me disseste que não mais querias saber do assunto, fosse como fosse.

Gabriel Heliodoro aproximou-se da janela e ficou a olhar para as sólidas e tranquilas chaminés da Embaixada Britânica. Voltou-se depois para o adido militar e ficaram ambos frente a frente.

— Mas que foi que fizeram com Gris?

— Não tenho a menor ideia.

— Foi gente nossa, quero dizer, compatriotas nossos que... que... tu sabes o que quero dizer.

Ugarte mordeu o cigarro e apertou os olhos, com ar reflexivo.

— Desconfio que contrataram uns gringos especialistas nessas coisas. Não sei direito nem quero saber. Estou cansado de levar a culpa de tudo quanto se faz de ruim, só para proteger os outros...

Gabriel Heliodoro deixou-se cair com todo o peso do corpo no sofá. Seu compadre Carrera era um homem rancoroso, não perdoava a Gris os insultos que este lhe dirigia em seus artigos e conferências.

— Já leste os jornais, Hugo? Começam a nos acusar de assassinos. Isso pode nos prejudicar tremendamente. Com que cara vou agora aparecer aos meus amigos americanos, aos meus colegas da OEA? O que fiz até agora com as mãos e a cabeça, o teu Ministro desfez com as patas!

Ugarte enfiou uma das mãos no bolso da calça e coçou a virilha. A cinza do cigarro caiu-lhe sobre a gravata.

— E agora? — perguntou.

— Vou escrever uma carta franca ao compadre Juventino, dizendo o que penso de toda essa sujeira.

Ugarte olhou para o calendário que estava sobre a mesa.

— Estamos no fim de julho. Nada da tal emenda! Se não damos o golpe antes de novembro, estamos fritos.

Gabriel Heliodoro encolheu os ombros com indiferença.

Pablo Ortega passou boa parte daquela noite no apartamento de Bill Godkin, onde estudaram o desaparecimento de Gris de todos os ângulos possíveis. O *Star* daquele dia publicava uma notícia já curta sobre o "caso Gris". (Com que rapidez as notícias envelheciam! Que pouco apreço se dava à vida dum homem!) O FBI informava à imprensa que as buscas continuavam em todo o país. Nenhuma companhia de aviação ou navegação tivera na sua lista de passageiros, naquela última semana, o nome de Leonardo Gris. Nenhuma agência anotara qualquer reserva de passagem para essa pessoa. O Potomac fora esquadrinhado desde Washington até à Baía de Chesapeak. Retratos de Gris foram enviados à polícia de centenas de cidades americanas.

Na manhã que se seguiu ao dia de sua volta à capital, Pablo foi até ao edifício onde Gris tinha seu apartamento e conversou com a moça da portaria, que era sua conhecida. Ela lhe repetiu a história já divulgada pela imprensa. Havia mais ou menos uma semana, o Dr. Gris saíra às seis e meia da tarde para jantar num dos restaurantes de Georgetown. Ela se lembrava do fato porque, ao passar pela portaria, ele, como de hábito, ficara a conversar brevemente com ela, falara do calor, dissera que a temperatura da capital de seu país era sempre amena e que aquele verão ele não tencionava sair de Washington.

— Ele lhe pareceu preocupado?

— Não... que me lembre.

— E tem a certeza de que não o viu mais?

— Tenho, porque no dia seguinte ele não passou pela minha mesa a caminho da Universidade. Nem voltou à tardinha. Pensamos que ele estivesse doente. Batemos à porta de seu apartamento e não obtivemos nenhuma resposta. No dia seguinte, o diretor do Departamento da Universidade ao qual o Doutor Gris pertencia notificou a polícia...

Pablo falou com outras pessoas do edifício. Ninguém se lembrava de ter visto, por ali, naqueles últimos dias, gente que pudesse despertar suspeita.

Pablo percorreu vários restaurantes de Georgetown onde Gris costumava jantar. Em nenhum deles conseguiu colher a menor informação útil. Andou a pé repetidas vezes, naqueles dias, pela Wisconsin e adjacências, na esperança — que ele próprio achava absurda — de avistar o homem da capa clara. Como era possível alguém andar metido numa capa de chuva em dias de sol e calor como aqueles? Confiava, porém, na sua boa retentiva: lembrava-se perfeitamente das feições e da voz do homem que costumava seguir Gris. Devia ser um detetive particular. O Federal Bureau of Investigation devia ter as fichas de todos os americanos que exerciam essa atividade. Passou uma tarde inteira numa das seções do FBI a examinar centenas de fotos, mas sem nenhum resultado positivo.

À noitinha, telefonou a Clare Ogilvy.

— Pablo, você na cidade? — estranhou ela.

— Faz já três dias que cheguei por causa dessa história do Doutor Gris.

— Eu não quis mandar dizer-lhe nada para não perturbar seu descanso. Confio no FBI. Mas, *chico*, como está?

— Você pode imaginar. Gris era meu amigo.

— Não seja pessimista: diga *é* e não *era*!

— Estou começando a perder a esperança de que ele esteja ainda vivo.

— Quando é que vem à chancelaria?

— Amanhã.

La Ogilvita pigarreou significativamente. Baixou o tom da voz:

— Pablo, meu bem, tome um tranquilizante. O ambiente aqui anda... como é que vou dizer?... fúnebre.

— Essa chancelaria é um túmulo. Você é a única pessoa viva que existe aí dentro, Clare.

— Obrigada. Mas o caso é outro. Seja bonzinho. Não perca a calma.

— Não aguento mais. Acho que vou estourar...

— Não estoure. Lembre-se de Don Dionisio.

— Don Dionisio que se dane! Há um limite para tudo.

— Pablo, meu amor, tome *dois* comprimidos antes de vir para cá.

Na manhã seguinte, Ortega entrou na chancelaria, apertou a mão de Mercedita e das outras datilógrafas, entrou na sala do Ministro-Conselheiro, cumprimentou-o friamente e interpelou-o, sem rodeios:

— Na sua opinião, que foi que aconteceu ao Doutor Leonardo Gris?

— Não posso imaginar. Por quê?

— Pois eu acho que ele foi raptado, conduzido para fora deste país e assassinado por gente a soldo desse canalha do Ugarte!

Jorge Molina uniu as pontas dos dedos de ambas as mãos, como se fosse orar, encostou ambos os indicadores nos lábios e no queixo e olhou plácido para o secretário.

— Não se pode acusar um cidadão sem provas concretas. Há várias outras possibilidades no caso Gris, além dessa de rapto e assassínio.

— Doutor Molina, eu gostaria de ter a sua serenidade, a sua paz de espírito e esse gelado amor à lógica. Mas a verdade é que não tenho. Cada vez que entro neste edifício, sinto-me diminuído, emporcalhado, com vergonha de mim mesmo.

Molina parecia um iogue em comunhão profunda com o cosmos. Depois duma pausa, murmurou:

— Espero que não me esteja acusando de ter participado nesse... rapto, jovem!

— Não, Doutor Molina. O senhor é absolutamente inocente. Digo-lhe mais. É talvez a pessoa mais inocente que tenho encontrado em toda a minha vida!

Disse essas palavras, voltou as costas para o Ministro-Conselheiro e se foi.

Clare Ogilvy, avisada por Mercedita da presença de Pablo na chancelaria, esperava-o no corredor.

— Venha até ao meu escritório — convidou ela, alarmada, pois temia um encontro de Pablo com Ugarte, cujo vulto avistara no fundo do corredor.

Pablo deixou-se levar.

— O Embaixador ainda não chegou. Sente-se. E preste bem atenção ao que lhe vou dizer. Ontem entreouvi furtivamente a conversação que Don Gabriel Heliodoro manteve com o general. Não é, nunca foi o meu hábito fazer isso, e se o fiz, foi pensando em você.

— Que foi que descobriu?

— O Embaixador está furioso. Pensava que tinha sido Ugarte o culpado do que aconteceu ao Doutor Gris.

Contou-lhe o resto do diálogo. Pablo escutou-a num silêncio soturno.

— Tudo isso não teria sido uma coisa encenada para que você ouvisse e depois contasse a outros?

Ela sacudiu a cabeça numa negativa decidida. Pablo enfiou os dedos pelos cabelos, murmurando: "Não sei... não sei...". E, levantando-se de súbito, exclamou:

— Não posso continuar a servir esse Governo de assassinos!

La Ogilvita fungou forte, repuxando a boca e franzindo o nariz.

— Vai escrever a seus pais?

— Talvez...

— E essa sua atitude não irá tornar impossível sua volta ao Sacramento?

— O mundo é muito grande.

— Pense nos seus Velhos.

— Tenho pensado muito ultimamente em outros velhos, e moços e crianças...

Contou-lhe a história do quadro que pintara durante as férias.

Clare ficou pensativa e depois disse:

— O tracoma foi eliminado por completo do Sacramento há mais de dez anos pela Organização Mundial de Saúde. Você está usando elementos colhidos na sua adolescência.

— Ora, Clare! Não seja tão estatística, tão... tão americana.

— Está bem. Os olhos desses meninos pobres e doentes, com tracoma ou sem tracoma, perseguem você. Mas acha que, pedindo demissão de seu cargo de secretário *agora*, você vai salvar essas crianças?

— É pelo menos o princípio de alguma coisa. Uma forma de protesto. Vou ficar livre para denunciar essa quadrilha indecente que assaltou o poder na minha terra.

— E tomar o lugar do Doutor Gris?

— Exatamente, embora sem as qualidades e a autoridade dele...

A secretária do Embaixador, com um cigarro a fumegar num canto da boca, começou a andar ao redor da cadeira em que o amigo estava sentado.

— Está bem — disse por fim, parando às costas de Pablo e pousando nos ombros dele as grandes mãos pintalgadas de pardo. — Se é isso que você acha que deve fazer, faça. Mas não hoje. Volte agora para casa. Sua licença ainda não terminou. Não veja mais ninguém. Durma sobre todas essas resoluções, desconfianças, sentimentos de culpa etc... etc...

— Por que deixar para amanhã o que posso fazer agora?

— Vou ser mais explícita. Não lhe será mais fácil descobrir alguma coisa sobre o paradeiro do Doutor Gris se continuar trabalhando nesta chancelaria?

— Não vejo por quê... E depois, Clare, estou começando a ter vergonha da minha própria cara quando me vejo todas as manhãs no espelho...

— Por motivos diferentes dos seus — sorriu ela — eu também costumava ter vergonha de mim mesma quando via minha cara no espelho. Mas a gente se acostuma a tudo. Não pense que o estou aconselhando a conformar-se. Mas ninguém deve sacrificar-se por nada. Venda caro a sua demissão. Consiga elementos que possam arrasar esse Governo.

Pablo ficou pensativo por um instante.

— Não sei, não sei, não sei...

— Está bom. Mas vá embora antes que o Embaixador chegue. Ele também anda abatido, preocupado, triste. A situação no Sacramento não está nada boa... quero dizer, para o Governo. Se vocês dois se encontram aqui hoje, duas coisas podem acontecer, ambas indesejáveis.

— Que quer dizer com isso?

— Você o insulta e ambos se atracam em luta física... e não sei se você, a despeito da diferença de idade, pode levar vantagem... Ou então Don Gabriel abraça-o, domina-o com seu encanto e você sai daqui mais derrotado do que quando entrou.

33

Na noite desse dia, por volta das onze horas, Pancho Vivanco caminhava acima e abaixo na calçada fronteira à sua embaixada. Fazia já mais de uma hora que andava por ali, olhando as luzes das janelas dos aposentos presidenciais onde ficava o famoso quarto isabelino que ele conhecia das descrições que conseguira arrancar, aos poucos, de Rosalía. Dentro em breve, o Mercedes surgiria do fundo do parque e pararia à frente da mansão... A porta se abriria: Gabriel Heliodoro e Frances Andersen, de braços dados, desceriam os degraus do pórtico e trocariam um longo beijo antes de ela entrar no carro...

Pancho acariciava o cabo do revólver, dentro do bolso do casaco. Fazia um calor abafado, o suor escorria-lhe abundante da testa, entrava-lhe nos olhos, turvando-lhe a visão. O cônsul pensava na sua desgraça, que se agravara na última semana. Dias havia em que ele passava atormentado pelo temor de que Rosalía se suicidasse, ingerindo os comprimidos de seconal dos três frascos que tinha escondidos em algum lugar; e sentado à sua mesa, na chancelaria, incapaz de trabalhar, olhando abúlico para os papéis a despachar, ficava a rabiscar sem entusiasmo no bloco de notas com os lápis de cor. Se o telefone tilintava, sobressaltava-se, o ritmo de seu coração se acelerava, vinha-lhe uma contração de garganta e ele se punha a tremer, hesitando em pegar no fone, horrorizado à ideia de que alguém lhe fosse dizer que sua mulher fora encontrada morta...

No dia anterior, ao anoitecer, a campainha do telefone de seu apartamento soou... Ele se apressou a atender o chamado mas percebeu que Rosalía tinha já erguido o fone da extensão, no quarto de dormir onde, como de costume, estava fechada à chave. A curiosidade picou-o. Quem estaria chamando? Pensou em tomar também do fone, mas uma invencível inibição tolheu-lhe o gesto. A conversa durou alguns minutos. Vivanco começou a suspeitar de que o chamado era de Gabriel Heliodoro: o primeiro desde que ele voltara de suas férias na praia. Começou a andar impaciente, dum lado para outro. Por fim um clique anunciou que a ligação havia sido cortada. Esperou. Achava que algo ia acontecer. Meia hora depois, Rosalía saiu do quarto, trajando um vestido verde-cinza, muito decotado. Estava excessivamente pintada — notou — e tinha se perfumado com exagero.

— Vou jantar fora — disse ela, sem olhar para ele.

— Queres que te leve de carro?

— Não. Ainda tens que tomar teu banho. Deixei, no refrigerador, galinha fria e salada. Acho que não volto muito tarde, mas não me esperes acordado.

Ele sacudiu a cabeça, num submisso acordo. Os olhos dela brilhavam. Suas mãos tremiam. Com movimentos bruscos, apanhou a carteira de cigarros e o isqueiro, meteu-os na bolsa e saiu.

Ele aproximou-se da janela, baixou os olhos para a calçada: viu quando Rosalía se aproximou do meio-fio e ficou a olhar dum lado para outro. Ergueu o braço e um táxi amarelo parou à sua frente. Ela entrou no carro, que arrancou, seguindo pela avenida na direção do centro.

Pancho olhou o relógio. Sete e cinco. Daqui até o Dupont Circle — pensou — o táxi leva uns cinco minutos... Do círculo à embaixada, uns oito ou dez. Digamos: ao todo quinze minutos... ou vinte.

Afastou-se da janela, pôs o televisor a funcionar, sentou-se no sofá à frente dele e esperou... Quê? Estava meio ofegante, com uma sensação de vácuo na boca do estômago, um formigamento na pele. Era como se tivesse marcado um encontro com a amante e agora esperasse, alvorotado, sua batida na porta... Ficou a ver e ouvir, sem real interesse, as imagens que se moviam no quadro do televisor. Uma mulata de voz quente e oleosa cantava um *blue*. Ele meteu a mão num dos bolsos e começou a rolar entre os dedos o cilindro de papel. Olhava o relógio, de instante a instante. Rosalía devia estar feliz. Reconciliava-se com o amante. Voltaria para casa mais alegre. Claro! O caso de Gabriel Heliodoro com a americana ia terminar. Os colunistas sociais já haviam anunciado que Miss Andersen ia casar-se, em breve, com um milionário de Chicago, também divorciado. Cerrou os olhos, aspirou o perfume que sua mulher deixara no ar. De novo olhou o relógio. Sete e meia. Rosalía devia estar entrando na embaixada... Gabriel Heliodoro em pessoa lhe abria a porta. Abraçavam-se, beijavam-se demoradamente. Ela chorava com a cabeça pousada no ombro do amante...

No quadro do televisor agora um quarteto misto cantava um *jingle*, enumerando as qualidades duma famosa marca de cigarros, *king-size*. Gabriel Heliodoro era um homem *king-size*. Enlaçava a cintura de Rosalía e juntos subiam a escadaria da mansão, entravam no quarto, acendiam a lâmpada azul... Rosalía começa a despir-se, Gabriel Heliodoro aproxima-se dela pelas costas, segura-lhe ambos os seios com as mãos e beija-lhe a nuca, os ombros... O arrepio que ela sente transmite-se a ele, Vivanco, que se retorce no sofá. Agora estão os dois, nus, sobre o grande leito, onde rolam enlaçados...

Cobriu o rosto com as mãos trêmulas. Devia estar doente, muito doente... Desligou o televisor, apagou a luz da sala, estendeu-se no sofá e ali ficou num torpor que não era sono nem vigília, mas uma espécie de estado cataléptico que o mantinha imóvel, incapaz de mover um dedo, porém com o cérebro a trabalhar obsessivamente ao redor de duas ou três imagens. Só despertou por completo quando a luz da sala se acendeu. Pôs-se de pé, os olhos piscos, e viu Rosalía junto da porta, a face desfeita, os olhos inchados como se tivesse chorado muito. Lançou-lhe um olhar patético. "Que foi que aconteceu?" Aproximou-se dela. "Estiveste com o Embaixador?" Ela sacudiu a cabeça afirmativamente. De súbito seus olhos fuzilaram e ela exclamou: "Aquele homem é um monstro!".

Precipitou-se para o quarto de banho, entrou e fechou a porta à chave. Ele a seguiu e ficou a ouvir, excitado, todos os ruídos que vinham de lá de dentro. Sentiu um desejo feroz de possuir fisicamente a mulher aquela noite. Ficou de tocaia à porta do quarto de banho, durante longos minutos, como uma fera faminta que espera a presa para saltar sobre ela. Quando Rosalía saiu, agarrou-a.

— Me deixa, Pancho!

— Só hoje, meu amor — arquejou ele —, só hoje...

Ela conseguiu desvencilhar-se do abraço.

— Basta um porco por noite! — gritou.

E então, possesso, ele lhe deu uma bofetada que a apanhou em cheio na boca.

Agora, ali na calçada da embaixada, num misto de horror e vergonha, Vivanco rememorava tudo aquilo... Saíra de casa pela manhã, mas não tivera coragem para entrar na chancelaria. Ficara a andar à toa pela cidade, depois atravessara o Potomac rumo do Aeroporto, no meio do caminho fizera parar o carro à beira do rio e procurara distrair-se, vendo os aviões que decolavam ou aterravam. Mais tarde, seguiu para Alexandria, onde comeu um sanduíche num *drugstore*. Meteu-se à tarde num cinema, sem deixar de pensar em Rosalía. Como poderia aparecer diante dela, depois de seu estúpido gesto de violência? Nunca em toda a sua vida batera numa mulher... Saiu do cinema, aturdido, pensou em telefonar a Ninfa Ugarte para lhe pedir que fosse ver Rosalía, ficasse ao pé dela para evitar que a pobre menina cometesse algum ato de loucura. Não telefonou. Continuou a andar, sem rumo, pelas ruas comerciais de Alexandria, olhando as vitrinas. Entrou numa papelaria e estava a examinar alguns artigos de escritório quando um nome, em letras negras sobre um fundo multicor, lhe feriu a retina, produzindo-lhe, ao mesmo tempo, no peito, uma sensação estranha, como se dedos invisíveis lhe tivessem tocado de leve o coração. Colorolas... Pancho exultou. Era como se de repente tivesse reencontrado Sidney e a infância. Pegou a caixa de lápis de cera com dedos ternos e gratos, abriu-a, cheirou-a, examinou a figura da tampa... Que pena! Não era mais a paisagem do faroeste, índios perseguindo búfalos, mas sim a fotografia colorida dum trecho do Yellowstone Park no outono. Mas, que diabo!, eram as Colorolas... Comprou a caixa e meteu-a no bolso.

Agora, na calçada da Massachusetts Avenue, ele tornava a acariciar com as pontas dos dedos "os lápis de Sidney". Ah! Mas que importância tinham aqueles bastões de cera comparados com sua desgraça?

Que fazer? Ideias confusas passavam pela mente do cônsul. Devia subir os degraus do pórtico, meter uma bala nos miolos e cair à frente da porta da embaixada, para que ao sair com a amante, Gabriel Heliodoro pisasse no seu cadáver? Mas... suicidar-se sem que esse supremo sacrifício pudesse ser útil a alguém? Devia antes escrever uma carta à imprensa, denunciando Gabriel Heliodoro como responsável pelo rapto e assassínio de Leonardo Gris... Outra carta a Doña Francisca, contando-lhe dos adultérios do marido. Sim, outra a Rosalía, pedindo-lhe perdão por tudo. Amanhã escreveria todas essas cartas...

Apertou com a mão direita o cabo do revólver ao passo que passava os dedos da esquerda pelas pontas das Colorolas.

Viu apagarem-se as luzes das janelas dos aposentos presidenciais. Passaram-se alguns minutos. Pancho olhou o relógio à luz dum combustor. Quase meia-noite. Viu o vulto do Mercedes emergir do fundo do parque e estacionar diante do pórtico, negro como um carro fúnebre. Entrou no parque, caminhou na direção da residência do Embaixador e escondeu-se atrás duma árvore, a poucos metros da mansão, e ali ficou à espera... Ruídos no vestíbulo. Um riso de mulher. A porta abriu-se. Aldo Borelli saltou do carro e ficou junto dele, perfilado, o boné na mão... E então, à luz da lâmpada do pórtico, Pancho Vivanco viu seu Embaixador, metido num roupão escuro, trazendo pelo braço a americana loura. "Canalha", murmurou, "traidor..." Um repentino acesso de raiva sacudiu-lhe o corpo, turvou-lhe a mente.

Ao pé do último degrau, Gabriel Heliodoro beijou Frances Andersen na boca. Depois ela entrou no carro, que se pôs em movimento. O Embaixador permaneceu onde estava por alguns instantes, acenando para a amante até que o Mercedes desapareceu. Pancho Vivanco tremia da cabeça aos pés. Achava-se a poucos passos do culpado de todas as suas desgraças. Aquele homem merecia ser castigado para que não continuasse a espezinhar os outros... Via-o agora subir os degraus do pórtico, de volta para o conforto de sua casa — gigantesco, espadaúdo, *king-size*, dono da vida, jogando com os destinos dos outros como quem brinca com bolas... Numa espécie de transe, Pancho Vivanco saiu de seu esconderijo, seguiu os passos de Gabriel Heliodoro, que já estava prestes a fechar a porta. Interpelou-o com voz engasgada: "Embaixador!".

Gabriel Heliodoro cerrou o cenho. "Vivanco", murmurou, com ar de surpresa. Esboçou até um sorriso, mas quando viu que o marido de Rosalía tinha na mão um revólver, recuou, exclamando: "Está louco? Me dê essa arma!". Pancho, na realidade, não estava ali de revólver em punho, estava, isso sim, sonhando aquilo tudo e portanto não era responsável por nada... sonhando que ia matar o amante que o enganava... era naquele momento um anjo vingador. Com mão trêmula apontou o revólver para os órgãos genitais de Gabriel Heliodoro Alvarado e puxou o gatilho... A explosão ecoou no vestíbulo. O Embaixador, com o rosto contorcido pela fúria, avançou para ele. "Louco! Louco!" Cinco balas, pensou Vivanco, recuando —, cinco balas nos escrotos. Era preciso cinco pedras para derrubar o gigante Golias... Ia puxar de novo o gatilho quando, simultaneamente com outra detonação, sentiu no lado esquerdo do tórax um impacto que o derrubou. Deixou cair o revólver. Os óculos também tombaram. Rompeu a rolar sobre o soalho, numa grande agitação, soergueu-se, engatinhou por breves segundos, balbuciando incoerências — "Crayola... caray... canalha... não vai... não vai crayolanalha... colorolaslolas... lolas...". Fez um esforço para se pôr de pé, mas em vão. Algo se rompera dentro dele, uma enorme onda interna lhe engolfava o peito, subia pela garganta, e um frio começava a tomar-lhe conta do corpo... Babujou ainda meia dúzia de palavras incompreensíveis, chegou a tocar os óculos com os dedos, como se quisesse repô-los... Tudo foi escurecendo em torno, e finalmente Pancho Vivanco caiu estatelado, de costas, os olhos já vidrados, e a última imagem que lhe chegou à retina foi a dum grande foco luminoso: o olho de Deus pendente do firmamento...

O Embaixador olhava agora para a porta junto da qual o guarda-noturno se encontrava, com o revólver ainda fumegante na mão. "Vi quando esse homem entrou, senhor Embaixador...", murmurou ele, no seu espanhol precário, a voz incerta.

Michel entrou no vestíbulo e ficou a olhar a cena, com uma expressão de espanto no rosto pálido. Gabriel Heliodoro aproximou-se do corpo de seu cônsul, ajoelhou-se junto dele, tentou tomar-lhe o pulso... Teve a impressão de que não batia mais. Meteu a mão por baixo do casaco de Vivanco, estendeu-a sobre o lado esquerdo do peito: não sentiu o pulsar do coração. Por um instante ficou a olhar o reflexo do grande lustre nas pupilas do morto. Ergueu-se. Estava intrigado: não via vestígios de sangue. Começou a procurar o ferimento e finalmente descobriu que a bala tinha entrado no tórax pela região axilar. Devia ter seccionado a aorta. Conhecia casos como aquele... Pôs-se de pé. O mordomo perguntou se devia chamar um médico. Gabriel Heliodoro respondeu que era inútil. O cônsul estava *jodido*.

— Vossa Excelência está ferido, senhor Embaixador? — indagou Michel.

— Não. O homem tinha uma pontaria miserável.

— Que fazemos agora? — quis saber o guarda.

— Nada. Esperem. Ninguém me saia desta casa! — Olhou para o revólver caído a pequena distância do cadáver. — Ninguém toque nessa arma...

Sentiu-se de repente na Serra da Caveira. Era o chefe duma guerrilha. Precisava pensar rápido e claro, e executar o plano sem perda de tempo. Olhou em torno, procurando alguma coisa. A bala de Vivanco — verificou — passara-lhe rente ao quadril esquerdo, chegando a furar-lhe o roupão... Descobriu depois que o projétil se alojara na madeira do segundo degrau da escadaria central.

— Michel! Telefone para o General Ugarte e diga-lhe que venha *imediatamente*, que algo de *muito grave* aconteceu. Mas não lhe conte o que foi! Está entendendo? Depressa!

O mordomo deixou o vestíbulo, quase a correr. Gabriel Heliodoro olhou para o guarda.

— Peça ao Michel que lhe dê uma boa dose de uísque.

— Obrigado, senhor Embaixador.

— Quem lhe agradece, sou eu. Mas vá, e não saia desta casa nem se comunique com ninguém sem minha autorização.

Sozinho com o cadáver, Gabriel Heliodoro lançou-lhe um olhar de fria piedade. Pobre-diabo desastrado!

Acendeu um cigarro e começou a andar em passadas largas dum lado para outro, murmurando: "Era só o que me faltava, depois do escândalo com Gris... só o que me faltava...". Mas não lhe seria difícil provar que tinha havido realmente um atentado contra sua vida. Os jornais não poderiam duvidar de sua autenticidade. O depoimento do guarda-noturno seria definitivo. Havia ainda o testemunho de Michel. Mas... e Rosalía — ocorreu-lhe de repente. Estacou. Fez um gesto de contrariedade. Como contar a história à rapariga?

Tornou a olhar para o defunto. Na morte, Pancho Vivanco não estava mais atraente do que fora em vida. A barba meio crescida punha-lhe na cera das faces uma sombra meio esverdeada. Vozes da infância ecoaram na memória de Gabriel Heliodoro, que se inclinou e fechou os olhos do morto.

Michel tornou a aparecer, trazendo numa bandeja um copo com uísque puro.

— O general não tarda, senhor Embaixador.

— Obrigado, Michel — disse Gabriel Heliodoro, segurando o copo e tomando um gole largo. — Prepare bastante café, e bem forte. Terei de passar a noite em claro. Você por ora pode recolher-se. Chamarei quando precisar.

O mordomo fez uma inclinação de cabeça e retirou-se. Agora, de copo na mão, o Embaixador de novo caminhava ao redor do cadáver. Podia esperar tudo de Vivanco, menos aquela agressão. Afinal, a gente nunca conhece direito as pessoas... Fora em todo o caso um gesto quase de macho. Por que a mão do miserável tremera na hora de atirar? Como podia alguém errar um alvo de seu tamanho, de tão curta distância?

O Gen. Hugo Ugarte chegou poucos minutos depois. Quando deu com o morto, ficou de boca aberta, num espanto. Gabriel Heliodoro resumiu o caso:

— Esse cachorro tentou me assassinar à bala, mas o guarda-noturno chegou a tempo e liquidou-o com um tiro certeiro.

— E agora?

Gabriel Heliodoro sorriu.

— Usa os miolos, *hombre*. Então não compreendes ainda a história?

— Que história? Ciúmes?

— Qual nada! Pensa bem. Não vês que foi um atentado cuidadosamente preparado para me eliminar?

— Preparado por quem?

— Hugo, tu ainda não despertaste direito. Queres um café bem forte?

O general olhava perplexo para o defunto. Gabriel Heliodoro tomou outro trago e disse:

— Aí está a oportunidade que esperávamos. Vivanco fazia parte duma conspiração esquerdista. O meu assassínio seria o sinal para começarem os atos de terrorismo e sabotagem no Sacramento, compreendes?

— E as provas?

— As provas, meu velho, nós, tu e eu, vamos fabricar agora. Telefona para um de teus tenentes que saiba escrever à máquina... ah! e que seja da mais absoluta confiança.

Sem desviar o olhar do morto, Ugarte sacudia lentamente a cabeça. O outro prosseguiu:

— Prepararemos documentos que provem a ligação de Francisco Vivanco com os revolucionários. É preciso não esquecer que a polícia americana *deve* encontrar no bolso deste sujeito uma carta em que alguém comunica a alguém (inventa nomes, é a tua especialidade) que o Doutor Gris deixou os Estados Unidos secretamente, por vontade própria, e já está com os exilados sacramentenhos em Cuba. Precisamos duma lista grande de nomes de pessoas do Sacramento “implicadas” no movimento, para que nossa polícia possa começar as prisões... — Pousou uma das mãos no ombro do adido militar. — Tu então não vês que vamos oferecer numa bandeja de ouro o pretexto que meu compadre Juventino está esperando para justificar aos olhos do mundo um novo Movimiento de Salvación Nacional?

Ugarte agora sorria, compreendendo tudo.

Gabriel Heliodoro acocorou-se ao pé do corpo de Vivanco e vasculhou-lhe os bolsos. Tirou deles um lenço úmido e sujo, uma nota de dólar enrolada como um cigarro e uma caixa de lápis de cor. Ergueu os olhos para o cúmplice e sorriu.

— Acho que estas provas não são suficientes...

Tornou a pôr-se de pé.

— Depois que tivermos todos os documentos prontos, meteremos a carta a respeito de Gris no bolso do defunto e guardaremos os outros "papéis comprometedores" na gaveta da mesa dele, na chancelaria. Mas olhe, é preciso que a chave dessa gaveta seja encontrada também nos bolsos deste tipo... — E ao dizer isso, apontou com o pé para o cadáver.

Empinou o copo.

— Terminada a "operação" — prosseguiu, estralando a língua —, notificaremos à polícia o fato, seja a que hora for. E, amanhã de manhã, mandarei uma nota a respeito ao Departamento de Estado, e convocarei a imprensa para uma entrevista coletiva... Queres um trago?

Ugarte respondeu que preferia café. E, quando disse que ia telefonar a um de seus assistentes, Gabriel Heliodoro deteve-o com um gesto.

— Outra coisa. Pede à Ninfa que dê a "notícia" à Rosalía, mas amanhã pela manhã, não agora, estás compreendendo? Ah! O Molina e os outros não podem, não devem nem *desconfiar* de nossa tramoia. O segredo será meu, teu e do tenente que vai datilografar a papelama.

Ugarte fez com a cabeça um sinal de assentimento e retirou-se. Gabriel Heliodoro de novo começou a andar ao redor do defunto, com os olhos postos nele: "Pela primeira vez em tua *perra* vida", murmurou, "vais ter alguma utilidade para a tua pátria."

34

Pouco antes do raiar do dia, sonolento, o Embaixador conseguiu uma ligação telefônica para Cerro Hermoso, falou com seu Presidente e contou-lhe, em poucas palavras, o que havia sucedido. Informou que os documentos comprobatórios da conspiração seguiriam pela mala diplomática, no avião daquele mesmo dia. Seu compadre soltou uma risada satisfeita, compreendendo logo o jogo. "Obrigado, amigo velho", exultou ele. "Mas não estás ferido mesmo?" Gabriel Heliodoro respondeu: "Acho que o Vivanco nunca tinha disparado um tiro em toda a sua vida. Ah, compadre! Telefone para a Francisquita e diga-lhe que estou perfeitamente bem, e que hoje mesmo lhe vou escrever uma carta contando tudo com pormenores".

Era quase meio-dia quando a polícia de Washington terminou sua peritagem no vestíbulo da embaixada. Tomou também os depoimentos do Embaixador, do guarda-noturno e do mordomo. Antes de ser levado para a morgue, onde seria submetido a uma necropsia — o cadáver de Francisco Vivanco foi fotografado de vários ângulos.

Ninfa Ugarte transmitira a Rosalía a notícia da morte do marido, que a rapariga recebeu com uma indiferença patológica. Queria ela levar o corpo para enterrá-lo no cemitério de Cerro Hermoso? — perguntaram-lhe. "Pouco me importa", respondeu. E fechou-se num mutismo de pedra.

Ernesto Villalba, alternando momentos de sincera consternação com essa excitação ligeirinha que lhe vinha sempre que havia escândalo, "novidades" a seu redor, foi encarregado pelo Embaixador das cerimônias fúnebres de Vivanco — tudo, naturalmente, por conta da embaixada. E ao ouvir este último pormenor, Titito não resistiu à tentação de comentar: "*Noblesse oblige*". Mas a história da conspiração absolutamente não o convencia. Calava-se, porém, porque duvidar seria para ele um perigo mortal...

Molina andava extremamente nervoso. Não queria ser envolvido naquela história sórdida. Gabriel Heliodoro encarregara-o de redigir a nota em que o Embaixador do Sacramento comunicaria oficialmente a "dramática ocorrência" ao Department of State. Passara boa parte da manhã a fazer isso, ajudado por Clare Ogilvy. Havia já quatro versões da nota, e nenhuma delas satisfazia o Ministro-Conselheiro. Achava ele que sua falta de convicção na veracidade dos fatos que lhe narrara o Embaixador contaminava a redação da nota.

Ele ditava agora a quinta versão, olhando para a secretária e temendo que ela, de repente, lhe perguntasse se ele acreditava mesmo naquela "novela". La Ogilvita, que se forrara de tranquilizantes, pensava mais em Pablo do que em qualquer outra pessoa ou instituição. Onde estaria ele? Como teria reagido à notícia do assassínio de Vivanco? Que iria *fazer* agora? Tentara várias vezes comunicar-se com o amigo por telefone aquela manhã, mas em vão...

Mercedita tinha os olhos injetados de tanto chorar. Vivanco sempre a maltratara, fazendo dela seu bode expiatório. Parecia experimentar um certo gozo em torturá-la com impertinências, insultos verbais e toda a sorte de perversidades miudinhas. Ela, porém, jamais lhe quisera mal. Tinha-lhe até uma certa pena. E agora, de instante a instante, murmurava: "Pobrezinho, pobrezinho!".

Às dez horas, Gabriel Heliodoro irrompeu na chancelaria, de cara fechada, e não cumprimentou ninguém. Encontrou Miss Ogilvy já de volta a seu posto.

— Está pronta a comunicação para o Departamento de Estado?

— Sim, senhor Embaixador. Está em cima da sua mesa, com a tradução em espanhol.

Gabriel Heliodoro sentou-se, leu a nota, achou-a satisfatória e assinou-a, enquanto a secretária, de pé a seu lado, esperava ordens.

— Quem havia de dizer, hem, Clare?

Ela fungou forte, repuxou a boca e o nariz para um lado, mas permaneceu calada.

— Que é que se comenta na chancelaria? — perguntou ele.

— Não sei, senhor Embaixador. Não dou atenção a murmurações.

— Mas você não duvida que o Vivanco tentou mesmo me matar... duvida?

— Não, senhor Embaixador. Além da sua palavra, temos as conclusões da polícia técnica, que a corroboram.

— E você sabe que encontramos no bolso do cadáver e nas gavetas de sua mesa de trabalho, aqui, documentos altamente comprometedores?

La Ogilvita olhava firme para seu chefe, os lábios apertados, a cara impassível. Gabriel Heliodoro não resistiu à expressão de honestidade daqueles olhos claros, que pareciam ler seus pensamentos. Baixou a cabeça.

— Bom, onde está o Pablo?

— Ainda não chegou.

— Como? A esta hora? Telefone para o apartamento dele.

— Já telefonei várias vezes. Ninguém responde.

— A que horas vem o pessoal da imprensa?

— Daqui a vinte minutos.

— Quero que Pablo seja o meu intérprete.

— Se o senhor Embaixador me permite uma sugestão... Pablo não é a pessoa indicada para esse serviço.

— E por quê?

— Por uma razão que ele próprio lhe vai explicar hoje, amanhã... ou depois.

Gabriel Heliodoro ficou a olhar fixamente para o retrato de D. Alfonso Bustamante.

— Está bem. Você então fará a interpretação.

— Muito bem, senhor Embaixador.

— Na sua opinião... que devo dizer aos jornalistas?

— Conte exatamente o que aconteceu. E, quanto menos comentários fizer ao fato, tanto melhor.

Gabriel Heliodoro sacudiu lentamente a cabeça, pegou o corta-papel de marfim e pôs-se a bater com ele contra a coberta de vidro da mesa.

— Você acha que o pessoal da imprensa vai pedir para ver esses documentos? Quero dizer, as provas da participação de Vivanco na conspiração?

— Sem a menor dúvida.

— Mas os papéis já estão na mala diplomática a caminho de Cerro Hermoso! Não temos cópias fotostáticas.

— Pois diga isso aos repórteres, senhor Embaixador.

— Clare, que é que você tem hoje?

— Nada, senhor Embaixador.

— Está bem, quando os rapazes da imprensa chegarem, faça-os entrar para a sala de reuniões. E mande trazer-nos café... uísque... ou arsênico!

A secretária retirou-se. Gabriel Heliodoro sentiu que alguém o mirava. Ergueu a cabeça e deu com o olhar austero de D. Alfonso Bustamante. Atirou o corta-papel contra o retrato.

Os jornais americanos publicaram com algum relevo a notícia da tragédia na Embaixada do Sacramento. O *Post*, o *Star* e o *News* deram ao caso uma atenção maior que a dos diários de outras cidades. A entrevista do Embaixador foi, em geral, reproduzida sem comentários, mas um tabloide de Nova York divulgou um editorial céptico sobre o caso, sob o título de "Outro dia negro na embaixada do Sacramento". E, como era de esperar-se, o desaparecimento de Gris foi relembrado e relacionado com o assassínio de Vivanco.

Foi Bill Godkin quem levou em pessoa a Pablo a notícia da tragédia. Foram tomar juntos o café da manhã no *breakfast room* do Hotel Statler. Depois de dizerem ao garçom o que queriam, ficaram a entreolhar-se em silêncio. Foi o americano quem falou primeiro:

— Que é que você pensa de tudo isso?

— Acho que a história está muito mal contada... E você?

— De acordo, mas há certos fatos que foram comprovados claramente pela polícia local. Na realidade, houve uma tentativa de homicídio contra a pessoa de Gabriel Heliodoro, o revólver realmente pertencia a Vivanco e tinha, no cabo, suas impressões digitais, e o projétil disparado por essa arma foi encontrado metido num degrau da escada. A bala que matou Vivanco saiu mesmo do revólver do guarda-noturno. Mais importante que tudo isso é o depoimento inequívoco do próprio guarda-noturno, que foi corroborado pelo do Embaixador e pelo do mordomo. Não houve discrepâncias nem ficaram dúvidas...

— Mas a história da conspiração é falsa, foi forjada por Gabriel Heliodoro e pelo seu adido militar, que é especialista nesses assuntos. A carta referente à fuga de Gris é dum ridículo de matar. O homem não teria a menor necessidade de "fugir" deste país. Poderia viajar normalmente para Cuba ou para qualquer outra parte, se quisesse. E como se explica que não conste seu nome na lista de passageiros de nenhuma companhia aérea ou marítima nestas últimas duas ou três semanas? E alguém viaja por livre e espontânea vontade, deixando para trás suas roupas, seus livros, seus negócios e até seus óculos de leitura? Um homem como Gris não sairia do país sem primeiro pagar o aluguel do apartamento e as outras contas. E sem pelo menos dizer uma palavra ao chefe de seu Departamento na Universidade. Sim, e sem despedir-se de mim, nem que fosse pelo telefone.

O garçom tinha trazido as coisas pedidas: um café preto com torradas secas para Pablo e um *breakfast* completo — ovos estrelados, salsichas, cereais, torradas, manteiga — para Godkin, que se pôs logo a comer com apetite.

— Estou de acordo com você — resmungou ele.

Um pingo de gema de ovo manchava-lhe o queixo. Limpou-o com o guardanapo. Pablo bebia seu café mas não tocava nas torradas.

— Passei uma noite de cachorro, sem dormir, pensando no que devo fazer... Escrevi uma carta longa a meus pais, explicando a situação e dizendo-lhes claramente por que vou pedir demissão de meu cargo...

— Já mandou a carta?

— Desci de madrugada para a rua e meti o envelope numa caixa de correio, antes que me arrependesse... Quando sairmos daqui, vou passar um cabograma ao Ministério do Exterior, formalizando minha demissão.

Godkin passava geleia num pedaço de torrada.

— E depois?

— Irei amanhã à chancelaria para enfrentar o Embaixador.

— E que reação você pensa que Gabriel Heliodoro vai ter?

— Não me interessa.

— E como é que você imagina que *El Libertador* vai usar esses famosos "documentos subversivos"?

— É óbvio que esse era o pretexto que Carrera esperava para cancelar as eleições de novembro e dar os primeiros passos para se perpetuar no poder.

— Aposto como ainda esta noite teremos novidades em sua terra, Pablo. E eu seria capaz de redigir agora, aqui, sem medo de erro ou exagero, a notícia do que vai acontecer...

No dia seguinte, os jornais traziam cabeçalhos sensacionais sobre um novo *coup d'État* na República do Sacramento. O Generalíssimo Juventino Carrera dissolvera seu gabinete, fechara ambas as casas do Congresso e decretara o estado de sítio para todo o país. As prisões de elementos envolvidos na "conspiração esquerdista que visava derrubar o Governo pela força", foram feitas às centenas em todo o território nacional. Só na Universidade Federal, mais de duzentas pessoas, entre professores e alunos, haviam já sido detidas, incomunicáveis. Num discurso transmitido por uma cadeia de rádio, o Presidente explicara os motivos das medidas tomadas, pedia ao povo que o apoiasse, depositando nele toda a sua confiança. Declarava que seu desejo de ser justo não o impedia de mostrar-se "inflexível para com os traidores que ameaçam a ordem pública, o sistema democrático e as tradições cristãs de nossa pátria".

La Ogilvita leu a notícia no *Post*, franziu o nariz, fungou espetacularmente e depois soltou um suspiro puxado do âmago do peito. Mais um golpe de Estado!

O Embaixador passou boa parte da manhã a comunicar-se pelo telefone com seus colegas da OEA. Pediu que se convocasse com urgência uma sessão extraordinária do Conselho, na qual ele pudesse explicar a situação política em seu país.

Molina estava arrasado. Lera num dos jornais a notícia de que D. Pánfilo Arango y Aragón já se manifestara publicamente sobre o golpe de Carrera, e fizera um apelo aos católicos para que apoiassem sem hesitação o Presidente, na hora dramática de sua luta contra o bolchevismo.

Mais um capítulo para a biografia! — pensou o Ministro-Conselheiro. O que, porém, mais o preocupava não era isso, e sim as consequências daquele estado de coisas. Tinha o pressentimento de que algo muito grave estava por acontecer. A ilha seria invadida a qualquer momento por um exército formado por exilados: no interior do país, uma quinta-coluna, possivelmente bem adestrada e armada, esperava o sinal para deflagrar a Revolução.

Se a Revolução vence... que vai ser de mim? — pensou ele. Carrera era um ambicioso vulgar, um homem desonesto, sem grandeza, mas seu Governo era preferível a uma ditadura de esquerda. Molina pensava agora, com horror, nos fuzilamentos em Cuba e sentia sobre sua cabeça a sombra do *paredón*. De morrer não tinha medo. A vida, às vezes, atemorizava-o mais que a morte. Estava decidido a não voltar à pátria, na eventualidade duma vitória dos rebeldes. Preferia morrer por suas próprias mãos a sujeitar-se às indignidades e baixezas dum julgamento por um tribunal popular revolucionário, à sordidez dum calabouço, ao sarcasmo e ao vitupério de seus inimigos. Mil vezes a morte! Uma morte rápida, limpa e digna.

Onde estava Deus? — perguntava ele a si mesmo. — Onde estava Deus? E onde estava Gris? Deus. Gris. Deus. Gris. Deus. Gris.

Clare Ogilvy entrou no gabinete de seu chefe e voltou um minuto depois, dizendo a Pablo, que a esperava na sala contígua:

— Pode entrar. Mas tenha cuidado.

Ortega entrou e estacou diante da mesa do Embaixador.

— Sente-se, Pablo.

— Obrigado. Estou bem assim.

Gabriel Heliodoro não insistiu. Pegou o corta-papel com ambas as mãos e perguntou com voz embaciada:

— Que é que há?

— Comunico-lhe que acabo de telegrafar ao Ministério do Exterior, pedindo minha demissão do serviço diplomático, em caráter irrevogável.

O Embaixador ficou por um instante em silêncio, pensativo, olhando para as próprias mãos. Depois perguntou:

— Por quê?

— Quer mesmo saber?

— É lógico.

Pablo engoliu em seco, cerrou os punhos e disse:

— É porque não posso continuar a servir um Governo de assassinos e ladrões.

Esperou uma reação violenta do outro. Chegou a olhar para o peso de papel que estava em cima da mesa, e que ele podia usar como arma em caso de necessidade. Ficou surpreendido pelo sereno e triste silêncio de Gabriel Heliodoro, que mantinha os olhos baixos.

— Você pensou bem no que vai fazer? Pensou no seu pai, na sua mãe? Pensou também que a notícia de sua demissão só pode agravar a minha situação, aqui em Washington, já tão má depois... depois de todos os outros acontecimentos?

— Não estou interessado na sua situação.

— Está bem. Mas procure compreender este momento difícil para a nossa pátria.

— Foi você mesmo quem criou esse "momento", quem deu pretexto ao seu compadre para o golpe que o manterá no poder como ditador.

— Você não acredita então nos documentos que descobrimos em poder de Vivanco?

— Não é bem isso. Não acredito que tenham sido realmente encontrados documentos subversivos em poder desse pobre homem.

Pablo estava espantado ante a apatia de Gabriel Heliodoro. Viera preparado para uma reação violenta da parte do outro, e, no entanto, o Embaixador ali estava, afundado na cadeira, como que diminuído de estatura, apertando com tanta força o corta-papel, que as juntas das mãos haviam empalidecido. E o olhar que ele lhe dirigia agora era de tal modo humilde (o índio, o índio descalço, o índio espezinhado, olhando para o filho do rico dono da plantação!) que Ortega, a contragosto, foi tomado dum sentimento de piedade por aquele homem que não amava, mas que não conseguia odiar.

Gabriel Heliodoro sacudia a cabeça num gesto lento.

— Está bem, Pablo, está bem. Faça o que entender. Não lhe quero mal por isso. Se prefere não voltar mais à chancelaria, não volte. Espere em casa a solução do Ministério do Exterior. Mas não se esqueça duma coisa. Procurei ser seu amigo. Você não quis a minha amizade. Pode ir. Seja feliz.

Os olhos do Embaixador estavam úmidos. Pablo deixou o gabinete sem dizer palavra. Clare Ogilvy esperava-o na sala contígua. Tomou-lhe do braço e levou-o corredor em fora. Pablo narrou-lhe a cena que acabara de se passar. Então a secretária contou:

— Há poucos minutos, comunicaram a Don Gabriel Heliodoro que Rosalía Vivanco tentou suicidar-se, tomando uma grande quantidade de barbitúricos...

— Está perdida?

— Não sei. Encontra-se em coma e o caso parece mau.

Pablo entrou em seu próprio gabinete, abriu gavetas, rasgou papéis. Encontrou sobre a mesa uma carta da mãe, que destruiu sem ler, e outra de Miss Hirota, que meteu no bolso.

La Ogilvita acompanhou-o até a porta da rua.

— E então, Pablo?

Ele sorriu.

— Quer saber duma coisa? Estou me sentindo muito bem. A dor de cabeça desde ontem não aparece. E nunca me senti mais desoprimido em toda a minha vida. É como se tivesse tomado um banho por dentro...

— Deus o abençoe, rapaz.

Despediram-se. Ele se foi, meio aéreo, parque em fora. Lembrou-se do envelope azul que metera no bolso. Abriu-o. Uma fragrância de jasmim evocou-lhe a figura de Kimiko. O papel azul continha apenas um haicai:

Gota de orvalho
Na corola dum lírio:
Joia do tempo.

Parte IV

A montanha

35

Num dia quente e abafado da primeira semana de agosto, os jornais noticiaram que "forças mercenárias, possivelmente vindas de Cuba", sob o comando dum certo Miguel Barrios, haviam desembarcado no Sacramento, nos arredores de Soledad del Mar, onde contavam com a adesão da guarnição federal. Como esta oferecesse inesperada resistência, os invasores tinham sido obrigados a buscar refúgio na Sierra de la Calavera, de onde — presumia-se — desencadeariam a clássica ação de guerrilhas. Corriam rumores não confirmados de que também se haviam verificado desembarques nas províncias meridionais da ilha.

Antes do raiar do dia, Gabriel Heliodoro Alvarado estava já a par desses acontecimentos. O Presidente Carrera em pessoa lhe telefonara de Cerro Hermoso às cinco da manhã, apanhando-o ainda na cama. Estremunhado, o Embaixador levou alguns segundos para absorver as notícias, mas, ao perceber a gravidade da situação, soltou sua costumeira interjeição anatômica.

— Quantos homens desembarcaram em Soledad del Mar, compadre?

— Uns setecentos ou oitocentos... talvez mil, não sei, e muito bem armados.

— Foi esse o único desembarque?

— Desgraçadamente houve outros dois, em Oro Verde e San Fernando. Não estou informado dos efetivos dos rebeldes no Sul. As notícias são confusas. Estou mandando minha Força Aérea bombardear e metralhar as posições do inimigo.

Gabriel Heliodoro notou que a voz do Presidente denunciava tensão de espírito.

— Compadre, escute, estou pensando em embarcar para aí imediatamente.

— Não faça isso!

— Ouça, Presidente, conheço aquela Serra como as palmas de minhas mãos. Ainda estou em plena forma, posso comandar guerrilhas. Nossa experiência nos diz que guerrilha só se combate com guerrilha. Não devemos cair no erro dos generais de Chamorro... lembra-se?

— Fique aí por enquanto, Gabriel Heliodoro. Preciso dum trabalho muito importante seu. Temos provas de que esse cachorro do Fidel Castro está ajudando a invasão. Barrios e seus mercenários foram transportados em navios cubanos! Você precisa convocar uma sessão extraordinária do Conselho da OEA e acusar Cuba de agressão. Alô!

Compadre, outra coisa. Converse com o Subsecretário de Estado, exponha-lhe francamente a situação. As munições de que dispomos não podem durar mais de dois ou três meses... Se os Estados Unidos não nos ajudarem, não poderemos aguentar por muito tempo. Eles que pensem no caso de Batista, que é de ontem. Foi o embargo à venda de armas ao Governo de Cuba que deu a vitória a Fidel Castro. Confio na sua habilidade, compadre. Não me falhe!

Gabriel Heliodoro ofegava, o suor escorria-lhe pelo torso nu, uma grande sede começava a queimar-lhe a garganta e o peito.

— Como está a situação aí na capital?

Houve uma hesitação da parte do Presidente.

— Bueno, bonita mesmo não está... A coisa de sempre. Boletins subversivos aparecem nas ruas e nas casas, sem se saber quem os distribui... Muros e paredes pichados com frases insultuosas à minha pessoa... Uma estação clandestina de rádio que não cessa de atacar meu Governo e incitar o povo à revolta... — Uma pausa. Depois: — Alô? Os estudantes ontem à noite feriram a pedradas dois soldados da polícia militar, que reagiu à bala, matando dois ou três rapazes e ferindo uma meia dúzia... ou uma dúzia, sei lá! É o diabo... mas não houve outro remédio. Se mostramos fraqueza, estamos perdidos.

— Claro, claro. Olhe, compadre. Continue me mantendo informado da marcha dos acontecimentos por telefone ou cabograma. Ah! Vou lhe pedir um favor. Mande um de seus secretários telefonar à Francisquita, dizendo que estou bem, que tudo está bem... quero dizer, aqui.

— Gabriel Heliodoro, abra o jogo com o Subsecretário. Me consiga armas automáticas e munições. Do contrário estamos perdidos.

O Embaixador meteu-se no quarto de banho, barbeou-se com um tão desastrado açodamento, que lanhou uma das faces. Tomou um banho frio, depois bebeu às pressas seu café; às sete horas telefonou para o Ministro-Conselheiro e para o Adido Militar, convocando-os a seu gabinete com urgência.

Às nove horas, como de costume, chegaram à chancelaria os demais funcionários. Uma espécie de sombra escurecia todos os rostos. Mercedita, encolhida no seu canto, não conseguia trabalhar: o medo paralisava-lhe os dedos sobre o teclado da máquina de escrever. Titito Villalba teve uma crise de nervos, Miss Ogilvy empurrou-lhe goela abaixo dois comprimidos de seu tranquilizador favorito e depois fez o rapaz deitar-se num sofá. Os militares do gabinete do Gen. Ugarte tiveram as reações mais variadas. Dois deles — os mais jovens — pediram licença ao chefe para voltarem à pátria imediatamente: queriam pegar em armas contra os invasores. O coronel ficou por alguns instantes sentado à sua mesa, mudo, atordoado, a beber repetidos goles d'água, e, quando se sentiu melhor, tratou de verificar o saldo de sua conta no Chase Manhattan Bank. O major teve uma disenteria nervosa que o manteve em frequentes e dramáticas incursões ao gabinete sanitário durante boa parte da manhã.

— Doutor Molina! — exclamou Gabriel Heliodoro Alvarado, que caminhava dum lado para outro no seu gabinete, indócil como uma fera recém-enjaulada. — Telefone ao Departamento de Estado e me marque uma entrevista urgente com o Subsecretário. O Conselho da OEA está em recesso, mas precisamos conseguir imediatamente uma sessão extraordinária e pedir que se convoque o Órgão de Consulta. Vou denunciar Cuba como nação agressora!

Sentado no sofá, Ugarte olhava, deprimido, para as pontas dos próprios sapatos. O moreno carregado de seu rosto tomara uma tonalidade arroxeada de berinjela. ("É a maldita asma", explicara ele ao chegar, dispneico, à chancelaria.) O remédio — refletia agora —, a única saída era fugir para a Suíça. Sabia que, se Carrera caísse — e tudo indicava que a situação era gravíssima —, ele, Hugo Ugarte, seria extraditado e fuzilado. Sim, a Suíça não tinha tratado de extradição com o Sacramento... A canalha não me pega — pensava. Afrouxou a gravata, desabotoou o colarinho. Olhou para o Embaixador. Mas não vou contar nada ao Gabriel Heliodoro — decidiu. E a Ninfa só vai saber da coisa na véspera da viagem. Mulher tem estômago frio.

— Ugarte! — gritou o Embaixador. — Faça alguma coisa.

— Mas que é que posso fazer, homem de Deus?

— Na primeira reunião da Junta de Defesa, exponha a situação a seus colegas e vá para cima do representante de Cuba. Dê duro nele! Precisamos movimentar esse negócio, galvanizar a opinião pública das Américas. Temos que denunciar ao mundo a agressão cubana. Isso não é uma revolução, mas uma guerra não declarada entre países!

Lançou um olhar rancoroso para o retrato do Dr. Bustamante, tão tranquilo no seu mundo de tela, tinta e verniz. Depois voltou-se para o Ministro-Conselheiro.

— Doutor Molina, convoque os correspondentes de jornais para uma entrevista coletiva aqui na chancelaria, entre hoje e amanhã. Prepare uma declaração escrita para distribuir às agências de notícias. Precisamos convencer o mundo democrático de que Fidel Castro e seus asseclas são comunistas. Se a Revolução desse tal Barrios triunfar, os russos ficam por assim dizer com dois porta-aviões fixos no Caribe, de onde poderão despedir projéteis atômicos contra o território dos Estados Unidos!

O Ministro-Conselheiro encaminhou-se para a porta, mas o Embaixador o deteve.

— Outra coisa, doutor. Informe a imprensa de que Barrios é um homem de mau caráter, procurado pela polícia por crime de... de estelionato... ou estupro... seja lá o que for!

— Mas... — começou Molina, sabendo que tudo aquilo era mentira.

— Invente qualquer coisa, professor, use a imaginação. Todas as armas são válidas nesta hora em que a pátria está em perigo. — Aproximou-se do Ministro, segurou-o pelas lapelas e, as narinas palpitantes, os olhos entrecerrados, disse por entredentes: — Não só a pátria, doutor, mas a nossa pele. Se os revolucionários vencem, eles nos metem contra o paredão e nos costuram a balaços!

Quatro dias depois, num cair de tarde, Gabriel Heliodoro Alvarado sentiu-se tão só no silêncio de seu gabinete, que resolveu fazer companhia a si mesmo e rompeu a cantar em voz alta umas *coplas* pornográficas que aprendera com a ralé, quando adolescente. Na sala contígua, Clare Ogilvy teve um sobressalto, aguçou o ouvido e ficou a escutar, vagamente alarmada...

O Embaixador pensava nos acontecimentos do dia anterior. Na sessão extraordinária do Conselho da OEA fizera um ataque direto, contundente a Cuba, acusando-a de ter ajudado a invasão do Sacramento. Num dado momento, sem poder governar a língua, lançou insultos pessoais a Fidel Castro e Ernesto Guevara. O representante de Cuba ergueu-se, furibundo, para revidar ao ataque e, no calor da contenda, gritou: "Patife! Mentiroso!". Ele então perdeu por completo as estribeiras e precipitou-se sobre o cubano com a intenção de esbofeteá-lo. Foi, porém, agarrado e imobilizado por três de seus colegas. E a sessão encerrou-se sem nenhum resultado positivo.

Naquele mesmo dia, Gabriel Heliodoro tivera uma entrevista com o Subsecretário de Estado, e expusera-lhe francamente a situação do Sacramento. "Se meu Governo não for ajudado pelos Estados Unidos com armas e munições, *imediatamente*, não poderemos responder pelo futuro. Creio que o ilustre amigo compreende bem o que significa termos mais um país do Caribe nas mãos dos inimigos da democracia..."

O americano escutou-o em silêncio, sentado na sua cadeira, as longas pernas cruzadas, as mãos trançadas contra o ventre magro. Sua cara de missionário protestante não revelava a menor emoção. Deu por fim uma resposta indefinida. Ia estudar cuidadosamente o assunto, consultar o Secretário de Estado... E despediu-se com um sorriso social, como se houvesse recebido uma simples visita de cortesia.

Recordando essas coisas agora, Gabriel Heliodoro impacientava-se. Que mais podia fazer? Telefonemas quase diários do Ministério do Exterior do Sacramento traziam-no a par dos acontecimentos. Lutava-se nas ruas da capital de Oro Verde. Na Província de San Fernando, um regimento legalista aderira aos revolucionários, que preparavam uma ofensiva contra Soledad del Mar. Noticiava-se também, mas sem confirmação, um desembarque na região de Canaviales, no flanco ocidental da ilha. Santo Deus! Onde teria Barrios conseguido recrutar tanta gente para a invasão? Era fora de dúvida que havia, em suas fileiras, centenas de cubanos e de mercenários de outras nações centro-e sul-americanas.

Gabriel Heliodoro acendeu um charuto, fumou-o distraído, olhando fixamente para o retrato de D. Alfonso. Pensou em Rosalía... Os médicos haviam conseguido salvar-lhe a vida e agora — coitadinha! — ela se encontrava internada numa clínica psiquiátrica. Depois que lhe dessem alta, ele pretendia mandá-la de volta para Cerro Hermoso, onde ficaria aos cuidados da velha tia que a criara.

Pensou em Frances Andersen. A americana deixara Washington havia duas semanas para casar-se com um milionário. "E eu aqui sozinho... e, por cima de tudo, essa maldita Revolução!"

Por alguns segundos quedou-se a olhar a fumaça do charuto e a pensar nas suas mulheres. Teve-as na memória e na imaginação: fez acrobacias eróticas com ambas no leito isabelino. E esse ruminar de passados prazeres — beijos, gostos, cheiros, sussurros, gemidos, requintes — aumentou-lhe a sensação de abandono e solitude. Nas últimas semanas recebia, à noite, na embaixada, as mulheres que Titito lhe arranjava. Mas aquelas hígidas americanas não o satisfaziam. Achava-as demasiadamente inexperientes, ainda com ranço universitário, sim, e até com algo de Escola Dominical. Faziam amor com a estudiosa aplicação de quem prepara um tema colegial, esperando tirar boa nota. Ou como quem joga uma partida de tênis, com regras fixas e contagem de pontos.

Soltou um suspiro, olhou para a mesa completamente limpa de papéis. Pensou em Pablo, o ingrato que recusara sua amizade e que o insultara. Que teria sido feito dele? Ocorreu-lhe que o rapaz agora talvez decidisse unir-se aos revolucionários... Qual! Os intelectuais da marca de Ortega não passavam de teóricos. Viviam num mundo falso de sonhos e livros. Tinham tanto horror ao sangue e à violência quanto as crianças aos quartos escuros.

Ergueu-se, acercou-se da janela, encostou a testa na vidraça, olhou as árvores do parque: imagens familiares passaram-lhe rápidas pelo pensamento — as filhas, os netos, um trecho do jardim de sua residência em Cerro Hermoso...

Tornou a sentar-se e pediu à secretária que o pusesse em comunicação telefônica com o Embaixador da Nicarágua.

— Olá, amigo! — exclamou no fone. — E que tal? Não... Muito bem. Natural. Ora... quem pede desculpas sou eu. Perdi por completo a tramontana. Mas uma coisa lhe digo, meu caro Embaixador, se não tomarmos alguma providência séria, Fidel Castro vai acabar incendiando todo o Caribe!

Escutou durante alguns instantes o que o outro lhe ponderava. Depois sugeriu:

— Devemos conseguir que o Conselho constitua com a maior urgência o Órgão Provisório de Consulta e mande uma comissão a Soledad del Mar para averiguar *in loco* a procedência de minhas acusações. Os navios que transportaram as tropas de Barrios foram fotografados no momento em que lançaram âncora numa enseada a vinte e poucos quilômetros da vila. Há dezenas de testemunhas oculares do fato. Os soldados do 5º Regimento de Infantaria prenderam dois revolucionários feridos e deixados para trás pelos companheiros, e obtiveram deles confissões assinadas que provam a participação do Governo de Cuba na invasão do Sacramento... Claro, amigo. Bueno, nos veremos!

Ao anoitecer daquele mesmo dia, ele entrou no seu Mercedes e pediu a Aldo Borelli que o levasse ao Lincoln Memorial. Nas horas de tristeza ou solidão, costumava fazer uma visita ao Patriarca. Subiu lentamente a escadaria do monumento. Entrou, parou ao pé da figura de mármore cristalino e fitou-lhe longamente a face iluminada. Ficou depois a andar ao redor da estátua, pensativo, as mãos nos bolsos, a cabeça baixa... E seus passos — *poc! poc! poc!* — ecoavam no recinto, àquela hora vazio.

Abraham Lincoln parecia contemplar serenamente a cúpula do Capitólio, que branquejava na distância, para além do Mall. Gabriel

Heliodoro permaneceu por alguns instantes recostado numa das colunas, à entrada do templo, a mirar o longo lago quadrangular em que se refletiam as cores afogueadas do poente e o vulto claro do obelisco. Sentiu doer-lhe no peito uma funda, trêmula saudade, ele mesmo não sabia de quê nem de quem.

Antes de ir para a cama aquela noite, Michel Michel escreveu em seu diário:

12 de agosto. Quarta-feira. Outra revolução. Bon Dieu! Chegou o fim de Juventino Carrera e eu não me sinto com coragem nem com saúde para enfrentar mais um embaixador. Estou decidido a me demitir do cargo de mordomo desta embaixada e voltar para a minha terra. Tenho no banco economias em dólares que me permitirão viver em paz o resto de minha vida. Estou pensando em abrir em Avignon um restaurante de comidas típicas latino-americanas. Talvez até me case por lá com uma senhora de meia-idade, não muito feia, econômica, trabalhadora e cuja carne não seja muito exigente. Por falar em carne, tenho a receita das famosas empanadas sacramenteñas. *Darei ao restaurante um nome exótico: Páramo ou Cerro Hermoso, ou então o óbvio Chez Michel. Em Avignon escreverei minhas memórias. E esperarei a Morte. "Entrez, chère madame. Vous êtes en retard!"*

Alta noite, Michel foi despertado por gritos. Reconheceu a voz de seu patrão, saltou da cama, enfiou o roupão e subiu para o andar superior. Encontrou Gabriel Heliodoro a caminhar no corredor, descalço, vestindo apenas as calças do pijama. Gesticulava e gritava: "Canalhas! Covardes! Não fujam! Atirem essas granadas de volta contra o inimigo!". Estacou e calou-se quando viu o mordomo.

— Deseja alguma coisa, senhor Embaixador?

— Quem foi que chamou você?

— Bom, Excelência, eu pensei... — murmurou Michel, inclinando a cabeça e fazendo menção de retirar-se.

— Espere! Vamos descer.

O sacramentenho segurou o braço do francês, com uma intimidade que até então não lhe havia dado, e ambos desceram assim as escadarias, lado a lado. Michel estava constrangido, sem saber que dizer, e a proximidade daquele busto nu, quente e úmido de suor a seu lado lhe causava um estranho mal-estar.

Entraram na biblioteca. O mordomo acendeu as luzes. Gabriel Heliodoro ficou a caminhar no salão por alguns instantes, como em estado sonambúlico, e por fim, voltando-se para o outro, pediu: "Me traga a garrafa de conhaque e dois copos. E me faça um café bem forte. Rápido!".

Minutos depois estavam ambos sentados em poltronas de couro, frente a frente. Michel sentia mais uma vez seu profundo desprezo por aquele homem rude que convidava seu *valet de chambre* para sentar-se a seu lado e partilhar com ele duma garrafa de conhaque. (Don Alfonso era diferente. Fazia aquelas coisas com *finesse*.)

— Tive um sonho, Michel. Estava na Sierra de la Calavera, no aceso dum combate, e meus soldados desertavam, me abandonavam, corriam serra abaixo, deixando cair no chão suas granadas de mão e suas pistolas. Uns capados! Então me botei a gritar... Acordei, pulei da cama e, para desabafar, continuei gritando. Afinal de contas, estou ou não estou na minha casa?

Bebeu o resto de conhaque, empinando o copo. Michel serviu-lhe a primeira xícara de café.

— Você me acha muito velho?

— Ora, senhor Embaixador, eu lhe daria quando muito quarenta e quatro ou quarenta e cinco anos...

— Pois é. Olhe estas mãos. São de moço. Você não vê nelas essas manchas pardas que aparecem nas mãos dos velhos... vê? Não vê. Miss Andersen me disse que nunca tinha dormido com um homem como eu. Faça funcionar o condicionador de ar. Está muito quente.

O mordomo obedeceu.

— Pois aqui onde me vê, Michel, estou do lado errado nessa guerra. Sempre fui contra o Governo. Tantas voltas a vida deu, que agora fiquei com a legalidade. Imagine, eu, eu do lado do 5º de Infantaria! Eu, Gabriel Heliodoro Alvarado, vou ter que combater os rebeldes. Não é mesmo uma ironia do destino?

Michel sacudia repetidamente a cabeça, como um autômato. O Embaixador ergueu-se e começou a andar ao redor das poltronas e do sofá, falando todo o tempo, mas num tom de voz de quem conversa consigo mesmo.

— Era um paraíso lá no alto da Serra. Ar fino e transparente como um cristal. Não existe nada mais grandioso que o romper do dia visto lá de cima. Parece que o útero do mar se abre para parir o Sol. Os picos ficam dourados. Mas sente-se, Michel, não faça cerimônia. Esta noite não sou seu patrão. Sou um rapaz de Soledad del Mar, um tal de Gabriel Heliodoro, *hijo de una chingada*. Minha casa era a latrina do regimento. Ponha isso nas suas memórias. Mas lá em cima tudo ficava limpo. Até o Ugarte! Nunca esqueci o dia em que derrubamos a tiros um avião de caça do Governo que voava baixo sobre a montanha para metralhar nossas posições. Atiramos com nossas armas automáticas, escondidos entre as pedras. *Prrrá!* vi o avião explodir no ar e cair em chamas. Que beleza! Um espetáculo de encher o peito! Ah!... E como era bom também a gente ficar olhando o voo dos condores acima dos picos! Aquilo sim era vida. Um mundo sem paredes nem protocolo. E agora aqui estou nesta sepultura de ar-condicionado, nesta cidade de jazigos perpétuos, neste cemitério grande à beira do Potomac. Por quê, Michel? Por quê? — Uma pausa. — Que horas são? Três? Sabe o que me deixa meio aflito? É a falta de latidos de cachorros nas noites de Washington. E de cantos de galos ao amanhecer. Tome nota. Vou ser fuzilado às cinco da manhã. Não me pergunte o dia. Só sei a hora... Agora vá dormir, Michel, que estes problemas são meus, só meus. Esqueça o que lhe disse. Não cheguei a conhecer minha mãe legítima. A adotiva é a Virgen de la Soledad, que está na igrejinha do meu *pueblo*. O vigário é o Padre Catalino Sender, meu amigo...

Ficou um instante pensativo, depois acrescentou:

— ... que a esta hora decerto está na Sierra, cuidando dos vivos e dos mortos. Vá dormir, Michel. Obrigado. Boa noite!

— Boa noite, senhor Embaixador.

Aquela hora, estavam apagadas as luzes da casa dos Ugartes, numa quieta rua de Bethesda, mas no quarto do casal, que recendia a heliotrópio e suor humano, havia um lusco-fusco, pois a escuridão era empalidecida pela luminosidade que vinha das lâmpadas da rua, através das vidraças.

Ninfa Ugarte não tinha ainda conseguido dormir. Revolvia-se inquieta na cama, pensando na inesperada viagem. Ai! Desde a hora em que o marido lhe comunicara sua decisão de embarcar dentro de dois dias para a Suíça — já que se tornara inevitável a queda de Carrera — ela começara a sentir uma opressão no peito, a respiração curta, palpitações... *Dios mío!* Que triste vida! Rosalía perdera o juízo. Sacramento fora invadido por bandidos comunistas. A Suíça devia ser um monótono cartão-postal verde, com montanhas, vales, chalés, queijos e vacas. Ainda bem que era a terra dos bons chocolates... Mas ela ia perder Aldo Borelli. E seus lindos pratos-pirex. E todas aquelas formosas coisas que havia comprado em Washington e mandado para sua casa em Cerro Hermoso...

Ninfa soltou um longo suspiro entrecortado, que lhe sacudiu os peitos. Lágrimas começaram a rolar-lhe pelas bochechas lambuzadas de creme. A seu lado, o marido dormia um sono intranquilo, soltando a intervalos gemidos agoniados. A respiração do gato gordo e velho era um contínuo chiar ofegante. Ela lançou para o vulto do general um olhar cheio de ressentimento, carregado de queixas.

Houve um instante em que o ex-Chefe de Polícia começou a gemer mais alto, enquanto seu corpo estremecia em convulsões epileptiformes. Ninfa sacudiu-o pelos ombros. "Hugo! Hugo! Acorda!" Ele despertou, sentou-se na cama, olhou em torno, acendeu a luz, ficou um instante com a cabeça caída sobre o peito arfante.

— Que foi, homem?

Ele levou algum tempo para responder:

— Um pesadelo... horrível. Estava no alto da Serra... derrotado num combate... não tive outro remédio. Me atirei... encosta abaixo... uma pedra enorme, rolando atrás de mim, ia me esmagar... senti um chumbo... nas pernas, não podia correr mais. Foi quando me acordaste...

— Também, estavas deitado de barriga para cima. Deita-te de lado.

Ele obedeceu. Ela apagou a luz e cerrou os olhos. Contra o fundo escuro das pálpebras, como numa tela de cinema, viu passarem figuras. Aldo Borelli nu no quarto do motel... Os pratos-pirex numa revoada multicor... Aldo na cama junto dela... Veja que lindo prato, Doña Francisquita, encarnado com enfeites brancos... Sim, comprei em *Guácinton*... Não, não é nada barato... Ai, Aldo! *Adiós, mi vida!* Vais me olvidar, amor?... Mas veja também este verde, senhora Presidenta... E podem ser levados ao fogo sem perigo. Ai, Aldo! Tenho fogo no útero, quero um filho teu!... Sim, vizinha, os azuis são mui delicados... eu podia ter feito uma fortuna com eles, se não fosse essa *mierda* de Revolução, com o perdão da má palavra... Aldo, eras capaz de abandonar tudo... mulher, filhos, irmão... tudo, para me acompanhar nesta viagem à Suíça? Não respondas. Sei que é impossível. (Os pratos-pirex!) Tu não me amas. Tu me exploras. Fazes tudo isso por dinheiro. Ai, como sou desgraçada!

Rebolcou-se na cama, procurando uma posição mais cômoda. Ficou frente a frente com o marido, cujo hálito ácido lhe bafejava a face. De repente lhe veio um tamanho rancor pelo homem adormecido a seu lado, que teve um ímpeto de esmagar com o joelho seus escrotos murchos e inúteis.

No dia seguinte, Gabriel Heliodoro chegou tarde à chancelaria. Fazia já dois dias que o Presidente não lhe telefonava. Os jornais daquela manhã noticiavam que Oro Verde e San Fernando estavam definitivamente em poder dos revolucionários, mas que uma tentativa de desembarque nos arredores de Puerto Esmeralda havia sido repelida por tropas fiéis ao Governo.

O Embaixador chamou Titito a seu gabinete.

— Algum recado do Departamento de Estado?

— Nenhum, Excelência.

— Idiotas! Vão perder a liderança do mundo ocidental por pura falta de habilidade diplomática. Mister Herter devia contratar, o quanto antes, um estadista inglês para dirigir a política exterior deste país!

— Viu a sua entrevista nos jornais?

— Não. Saiu tudo direito?

— Cortaram mais da metade de suas declarações. A coisa toda ficou meio vaga... A triste verdade, senhor Embaixador, é que os assuntos de nosso país são considerados sem importância pela imprensa americana. Os diários, hoje, dão mais espaço para a notícia da invenção de dentaduras de aço inoxidável para vacas do que para sua entrevista...

Gabriel Heliodoro sorriu, fez um gesto resignado e disse:

— Está bem, Titito. Se houver alguma novidade, me comunique.

No seu gabinete, sentado à sua mesa, o Dr. Jorge Molina escrevia a lápis numa folha de papel.

SITUAÇÃO DO SACRAMENTO

1. *Todo o sul da ilha em poder dos rebeldes.*
2. *As tropas de Barrios descem periodicamente da Serra em comandos desnorteantes. Suas fileiras são engrossadas dia a dia por dezenas, centenas de voluntários.*
3. *Desembarque de forças rebeldes (não confirmado) em Canaviales.*
4. *Em Puerto Esmeralda, um batalhão inteiro revoltou-se, mas, não conseguindo a adesão do resto da guarnição federal, abandonou a cidade, rumo à cordilheira. (Possivelmente.)*

5. *O embargo ao embarque de armas para a ilha continua.*
6. *A Revolução espalha-se como uma mancha de azeite.*
7. *A opinião pública das Américas parece simpatizar com a causa revolucionária.*

O Ministro-Conselheiro cerrou os olhos. A situação do Governo de seu país era crítica. Quantos meses mais poderia Carrera resistir? Dois? Três? Quatro? Recordou seus pensamentos e sentimentos da noite anterior, em seu apartamento. Metera-se no seu hábito de monge para escrever, tentando concentrar toda a atenção na personalidade de D. Pánfilo. Vão esforço! A figura do Padre Catalino insistia em assombrar-lhe a mente, como um fantasma molambento — vulto negro contra a encosta azulada e longínqua da Serra. Viera-lhe então uma espécie de inveja daquele cura de aldeia que agora com toda a certeza repetia suas façanhas de trinta e quatro anos passados, subindo e descendo, no lombo dum burro, a encosta da cordilheira, para dar assistência espiritual aos revolucionários. O Padre Catalino poderia encarar Deus (se Deus existisse) com olhos claros e impávidos. Se Deus não existisse, o pároco de Soledad del Mar estava preparado pelo menos para contemplar os outros homens e a história sem pestanejar, a face e o coração serenos. E sua fé e sua bondade pareciam agora a Molina tão grandes, que poderiam até constranger Deus a existir.

O ex-seminarista traçou com o lápis no papel uma linha sinuosa como o perfil duma cordilheira. Pensou na mocidade... Da janela de seu quarto, no Seminário Maior de Páramo, em dias de ar transparente podia divisar ao longe o vulto da Cordilheira dos Índios. Sempre sentira pela montanha um certo fascínio tingido de temor. Quando menino, imaginava que era da Serra que vinham o raio e o trovão: era na montanha que moravam os ventos. Mais duma vez, nos seus momentos de dúvida quanto à existência de Deus — isso a menos dum ano de sua ordenação — ele como que mandava mudas perguntas aos contrafortes da serra, e sentia que essas indagações lhe voltavam sem resposta e, duras como basalto, tornavam a bater-lhe no peito.

O Ministro-Conselheiro sentiu uma dor lancinante no ombro. Valeria a pena continuar a viver? Poderia voltar para o Sacramento se Carrera fosse apeado do poder? Não. Jamais. Por outro lado não se achava com coragem para começar vida nova onde quer que fosse. Não tinha nenhum motivo forte para viver. Não amava ninguém. Não era amado de ninguém.

Então, ali sozinho naquele gabinete frio e impessoal, Jorge Molina tomou uma resolução. Até o momento final (a melhor forma de suicídio era a que a Sra. Vivanco escolhera) procuraria olhar os acontecimentos com um olho objetivo e até mesmo cínico. Queria divertir-se um pouco com a situação. Não seria pedir demais à vida que lhe desse, como uma espécie de magro dividendo pela sua longa permanência na Terra, o amargo, cinzento prazer de testemunhar aquela derrocada? Queria observar a reação de seus colegas da embaixada diante dos acontecimentos no Sacramento. Ia saborear, cena por cena, aquela tragicomédia. Estava principalmente curioso por saber qual seria a atitude de Gabriel Heliodoro. Teria ele a dignidade de voltar a Cerro Hermoso para ajudar a defender seu compadre e chefe? Estava claro que não. Era um homem sem nobreza, um aventureiro vulgar. Com toda a certeza voaria para a Suíça como acabava de fazer Ugarte.

Também quero observar minhas próprias reações — pensou Molina. — Terei a hombridade do gesto definitivo? Ou serei um egoísta covarde e acomodado como os outros?

36

Quando Pablo Ortega leu nos jornais a notícia do primeiro desembarque de tropas rebeldes nos arredores de Soledad del Mar, compreendeu que uma nova porta se lhe abria e que seu destino agora estava claro. Não lhe restava outra alternativa senão juntar-se às forças de Miguel Barrios. Várias imagens e vozes em seus pensamentos apontavam-lhe o caminho da Revolução.

Decidiu não pensar mais no estado do coração do pai, e começou a preparar-se para partir. Estudou os caminhos mais seguros para chegar à Serra. E todos aqueles preparativos — desfazer o contrato de aluguel do apartamento, pagar as contas, rasgar e queimar papéis — produziam-lhe um alvoroço de menino em véspera dum longo feriado com possibilidades de aventura. Suas dores de cabeça desapareceram e ele ficou a ponto de se reconciliar com o "sujeito" que todas as manhãs lhe aparecia no espelho, à hora de barbear-se.

Mas uma carta da mãe, chegada por aqueles dias, deixou-o por alguns momentos conturbado:

Meu filho:

Tua decisão intempestiva de deixar o serviço diplomático nos surpreendeu e abalou profundamente. Primeiro pensei em ocultar o fato a teu pai, pois ultimamente ele anda sentindo palpitações, dores no peito e um pouco de falta de ar. Compreendi, porém, que mais tarde ou mais cedo, ele viria a saber de tudo por um amigo desavisado ou uma notícia de jornal, e então o choque seria muito mais forte. Contei-lhe a história aos poucos, da maneira mais suave possível. Não podes imaginar o quanto teu gesto o deixou magoado e triste.

Por mais que me esforce, não posso compreender por que não tiveste ao menos a delicadeza de nos consultar antes de dar esse passo que tanto vai dificultar tua volta à tua terra e ao teu lar.

Suplico-te pelo amor de Deus que ao menos nos dês uma ideia do que pretendes fazer agora. Sentimos muita falta de ti. Não fosse o estado de saúde de teu pai, iríamos os dois imediatamente a Washington para te visitar, embora eu já nem acredite mais que na verdade nos queiras rever.

Bem diz o ditado que uma desgraça nunca vem só. Estamos também abaladíssimos pelas notícias da invasão de nossa pátria por tropas mercenárias vindas de Cuba. É uma calamidade. As igrejas aqui vivem cheias de fiéis que rezam e fazem promessas, pedindo a Deus que não consinta na vitória dos comunistas. Teu pai diz que prefere morrer a cair nas mãos desses bárbaros.

Voltando a teu caso, seria muito triste se Dionisio viesse a falecer sem tornar a ver-te. Talvez possamos conseguir que Sua Reverendíssima o Arcebispo intervenha junto ao Presidente para que este consinta na tua volta, sem que sejas molestado pelas autoridades.

Teu pai te manda a sua bênção e o mesmo faz tua mãe, que a despeito de tudo ainda te quer e te beija carinhosamente.

Isabel

A despeito de tudo? Pablo meteu a carta no bolso, num brusco gesto irritado, e procurou esquecer as palavras da mãe — coisa que conseguiu com uma facilidade que o surpreendeu. É que o rapto e a provável liquidação do Dr. Gris e mais a sórdida intriga em torno do assassínio de Vivanco, pretexto para Juventino Carrera dar seu golpe de Estado e desencadear uma nova série de arbitrariedades e violências — tinham agido em seu espírito como uma espécie de vacina que o tornava imune ao vírus da chantagem materna.

Uma noite convidou Orlando Gonzaga para vir a seu apartamento. Como costumava fazer sempre que ali entrava, o diplomata brasileiro aproximou-se da lareira, sobre cujo consolo se alinhavam os vários grupos de bonecos de barro pintado da autoria de Maestro Natalicio, representando os Passos da Cruz. Sempre que os examinava, Gonzaga descobria um pormenor que lhe havia escapado nas vezes anteriores. Natalicio modelara as personagens da Paixão com roupagens modernas, e entre elas — segundo explicara Pablo — era possível reconhecer algumas personalidades da política do Sacramento em 1915. A figura de Jesus Cristo era a do próprio Juan Balsa, que os soldados de Chamorro haviam martirizado. Pablo costumava chamar àquele conjunto "A Paixão segundo São Natalicio".

Enquanto preparava as bebidas, Ortega sorria, levantando o olhar de quando em quando para o amigo.

— Vou te dar uma boa notícia. Sempre cobiçaste essas peças... Uma vez chegaste a me oferecer por elas quinhentos dólares... te lembras? Pois fica sabendo que agora vais ganhar o grupo inteiro, de presente.

Gonzaga voltou-se rápido.

— Estás brincando? — E no momento mesmo de pronunciar essas palavras, teve a intuição do que o outro lhe ia dizer em seguida.

— Decidi ir para a *sierra*.

— Eu já desconfiava.

— Por quê?

— Ora... certas coisas que vens dizendo ou perguntando nestes últimos dias! Teus silêncios, teu ar apreensivo... Tudo estava claro como água.

— E que achas da ideia?

O brasileiro sacudiu os ombros, pegou o copo de uísque que o amigo lhe oferecia, sentou-se e disse:

— É um assunto que só tu podes resolver. A princípio imaginei que ias para Paris...

— Isso seria apenas mais uma fuga, uma simples mudança de cenário. Meu problema não é geográfico. O draminha continuaria. E eu levaria para a Rive Gauche e para os Champs-Élysées este meu sentimento de culpa, como uma espécie de mau cheiro.

Gonzaga olhava pensativo para o copo. Teve uns segundos de hesitação antes de perguntar:

— E Don Dionisio?

Pablo tirou do bolso a carta que recebera da mãe e entregou-a ao amigo, que a leu com atenção.

— Que me dizes? — perguntou Ortega, quando o outro lhe devolveu o papel.

— A doce chantagem materna.

— Doce? Isso me vem amargurando a vida há muitos anos.

Gonzaga soltou uma risada seca.

— Tu achas, Pablo, que teus pais te castraram. A operação começou com tua aventura com a... como era mesmo o nome dela? Pia... E agora, desde que rebentou essa Revolução, tu te meteste na cabeça a ideia (meio confusa, apenas semiconsciente) de que teus órgãos genitais estão no alto do Pico de la Calavera, e que tens de escalar a montanha, através de durezas e perigos, para recuperar teu sexo e tua dignidade de macho. Certo?

— A coisa não é tão simples assim.

Ortega bebia também, mas com o ar um pouco ausente. Desejava pôr o amigo a par de seus planos, mas queria fazer isso de maneira natural, sem melodrama. Temia a malícia do outro... e também a própria.

Fez-se um longo silêncio em que o brasileiro ficou a mirar os bonecos de Natalicio, mas sem vê-los. Pensava na resolução de Pablo, e via-o mentalmente num uniforme cáqui, empunhando uma metralhadora portátil, a cartucheira a tiracolo...

— Ó Pablo, vou te ser franco. Tens tamanho horror à violência, que não te posso imaginar dando tiros e matando gente. Pensaste nisso?

— Claro. Muitas noites fiquei sem dormir, refletindo sobre todas essas coisas...

— No calor do combate, nossa parte animal vem à tona e matar deve ser coisa relativamente fácil. Mas pensa no dia seguinte, quando a arma e a cabeça do guerreiro esfriam. Pensa na "ressaca" do combate...

Orlando ergueu-se, acendeu um cigarro, acariciou com as pontas dos dedos o dorso "ensanguentado" de Juan Balsa, que estava vergado ao peso da cruz, enquanto um centurião o esbordoava.

— Pensa também na vitória, que é outro problema. Todas as paixões desencadeadas... as vinganças... o *paredón*... a injustiça misturada inextricavelmente com a justiça... os tribunais populares... Achas que tens estômago para aguentar tudo isso?

Pablo pôs-se também de pé, impaciente.

— E achas que devo ter estômago e cabeça para aguentar *isto*? E depois, Gonzaga, uma decisão como a que tomei não pode ser analisada friamente, como se se tratasse dum problema de matemática. As incógnitas são muitas, eu sei. Mas, se eu quiser embarcar racionalmente nessa aventura, com todas as dúvidas satisfeitas, todas as garantias asseguradas... bom, acabarei apático, acovardado, imobilizado aqui em Washington. E não me estimarei por isso. Ao contrário.

— És um masoquista, filho.

— Besteira. Sabes que não sou. Gosto da boa vida tanto como tu.

— Já te passou pela cabeça a ideia de que eu também tenho um problema parecido com o teu? Pensas acaso que me sinto bem dentro desta bolha de sabão irisada que é o mundo diplomático, enquanto, na minha terra, milhões e milhões de compatriotas meus vivem mais como bichos do que como gente? Mas acontece que penso também nos perigos duma guerra civil num país do tamanho do Brasil... Dirás que sou comodista. Sou mesmo, não nego. Mas não me quero mal por isso. Tentei uma vez me desprezar, mas não fui bem-sucedido. Gosto muito de mim. Tenho uma tolerância ilimitada pelas minhas fraquezas e defeitos. Sei também que, se me metesse num movimento armado e fosse obrigado a matar, ficaria doido. Talvez até me seja menos desagradável a ideia de ser morto. Não! Não! Nem isso. Não sei... Dirás que sou um covarde. Talvez. Mas não sou insensível. Olho às vezes para o mapa do Brasil, o gigante adormecido, penso nos seus problemas, na sua eterna, sórdida politicagem e me pergunto: que fazer? com quem? como? em que direção? E concluo que seria loucura meter-me numa conspiração revolucionária só para satisfazer meu sentimento de responsabilidade... se é que verdadeiramente o tenho. O importante é salvar o Brasil e não o Senhor Orlando Gonzaga. E, como vês, esse raciocínio também não me leva a parte alguma...

— Não te convidei ao meu apartamento para te acusar, mas para discutir contigo meus problemas. Estou decidido a me juntar às forças de Barrios, sem pensar em consequências... E agora vou responder à pergunta que fizeste há pouco. Para todos os efeitos *já* assassinei meu pai.

— E como te sentes?

— Por enquanto... não sinto nada. Estou como que anestesiado. E preciso permanecer assim até o fim da Revolução.

— Quando pretendes embarcar?

— O mais depressa possível. Daqui a dois ou três dias. Ou antes mesmo.

— E como esperas chegar à *sierra*?

— Vejo dois caminhos possíveis. Primeiro: tomar um avião da Pan American de Nova York para Puerto Esmeralda e lá me meter num aparelho menor duma linha nacional, que me levará a Soledad del Mar.

Gonzaga fez uma careta pessimista.

— E se te prenderem quando desembarcares na *Joya del Caribe*? E se os voos comerciais para Soledad del Mar estiverem cancelados por causa da Revolução?

— Bom, posso também voar de Nova York para a Jamaica e lá fretar um avião pequeno que poderá descer num campo de pouso existente nas terras de meu pai...

— Esse plano me parece o mais seguro. E depois?

— Os canaviais dos Ortega y Murat estendem-se dos arredores de Soledad del Mar até à encosta da Serra. Estou certo de que o Padre Catalino me ajudará a encontrar Barrios e seus soldados.

— Como ajudou Gabriel Heliodoro a encontrar Carrera, há vinte e cinco anos...

— Exatamente — sorriu Pablo, atirando-se no sofá, onde ficou reclinado.

Gonzaga não parecia satisfeito.

— E se esse táxi-aéreo cair no mar?

— Não deixará de ser também uma solução.

Ortega percebeu de imediato o sentido negativo do que acabava de dizer. Então ele ia também em busca duma penitência ou dum castigo e não apenas da conquista duma vida melhor para seu povo? Ficou alarmado...

Depois dum curto silêncio o outro perguntou:

— Quem mais sabe dessa tua resolução?

— Só duas pessoas: tu e Bill Godkin.

— E Clare? E a bonequinha japonesa?

— Vou me despedir de ambas entre hoje e amanhã. Direi que embarco para a Europa. Ou mesmo para Cerro Hermoso. Não importa. Mas... agora preciso tratar contigo de assuntos de ordem prática. Serás não só um dos meus herdeiros como também meu testamenteiro.

— Ainda não morreste, homem! Espero que estejas vivíssimo no dia em que Carrera e seus bandidos morderem o pó.

— Também espero e desejo. Mas devo proceder como se não fosse voltar mais. Tudo pode acontecer. — Fez um gesto largo que abrangeu a sala. — Escolhe alguns livros e discos para ti e dá os que sobrarem ao Godkin. — Apontou para a lareira. — "A Paixão segundo São Natalicio" é tua. Podes levá-la agora.

— Ficarei apenas como depositário dela.

— Não. É tua. Definitivamente. E não se discute mais... O *hi-fi* fica para Miss Hirota, com alguns livros de poesia que vou deixar separados. Os móveis deste apartamento que me pertencem (uns dois ou três) darei a Mercedita. A Clare lego meu Thunderbird. Deixarei uma lista completa dos meus "bens" para que possas fazer a partilha.

— Cala essa boca!

Mau grado seu, Gonzaga começava a comover-se. Para disfarçar, rompeu a chiar por entredentes o "Tico-tico no fubá".

— Já fiz cheques para pagar todas as minhas dívidas.

— Queres me fazer chorar, sadista filho da mãe?

Pablo levantou-se, dando por terminada a dicussão dos "assuntos de ordem prática".

— Engraçado — disse —, quando me despedi de Gris, na noite em que ele fez sua última conferência, queixei-me de dor de cabeça... Sabes que foi que ele me disse? "O ar da montanha te curará dessas enxaquecas." Sim, foram essas exatamente suas palavras, não estou fantasiando.

— Acreditas então que...

— Sim, Gris sabia que em breve haveria revolucionários na Sierra de la Calavera. E mais ainda: tinha a certeza de que eu estaria entre eles...

Pablo pôs o *hi-fi* a funcionar. Tirou da estante um disco, ao acaso. Era um dos concertos de Brandemburgo. Ficaram ambos a escutá-lo em silêncio.

— Não terás Bach lá na Serra — murmurou Gonzaga depois de alguns minutos —, mas sim a explosão das granadas e o ratatá das metralhadoras.

— Estou desconfiado de que és um agente secreto de Carrera encarregado de me desencorajar...

— Qual! Acho que estou com inveja de ti.

Pablo mediu o amigo com o olhar.

— É uma pena que sejas mais baixo e corpulento que eu.

— Por quê?

— Porque, se não fosses, poderias herdar também minhas roupas...

— Ora, vai-te à...

Gonzaga não soltou o palavrão. Mas, empostando a voz como se estivesse num palco, recitou:

— Não terás dificuldade em encontrar o caminho da Serra mesmo na noite mais escura, ó heroico mancebo! Porque teus órgãos genitais estarão brilhando como um farol no alto do Pico de la Calavera!

37

Na manhã seguinte, sentado à sua mesa no escritório da Amalgamated Press, Bill Godkin examinava as últimas notícias chegadas do Sacramento. Confirmava-se o desembarque vitorioso de contingentes revolucionários na Província de Canaviales. Oro Verde e San Fernando estavam definitivamente em poder dos invasores, cuja marcha na direção de Soledad del Mar, no entanto, se processava muito vagarosamente, não só por causa do mau estado das rodovias e das dificuldades de abastecimento das tropas, como também porque os aviões de caça legalistas metralhavam repetidamente as colunas dos rebeldes, em voos rasantes.

Miguel Barrios, confirmado agora como chefe supremo da Revolução, instalara seu Quartel-General na Sierra de la Calavera. Soledad del Mar, porém, continuava em poder dos *federales*. A tomada da vila era de importância vital para os revolucionários, pois o 5º Regimento de Infantaria, reforçado agora por um Regimento de Artilharia, dominava a estreita faixa do litoral que oferecia a passagem mais fácil e segura para o norte da ilha, contornando a cordilheira.

Godkin releu a carta confidencial que acabara de receber do correspondente da Amalpress em Cerro Hermoso, e que, para escapar à implacável censura da polícia de Carrera, fora mandada por intermédio da Embaixada dos Estados Unidos, na mala diplomática. Contava o jornalista que se estava tornando cada vez mais difícil saber o que realmente se passava no resto do país, pois o Governo sacramentenho proibia aos correspondentes estrangeiros deixarem a capital, ao mesmo tempo que lhes censurava os despachos. Corriam boatos de que havia agitação nas ruas de Puerto Esmeralda e de Páramo. Cerro Hermoso — continuava o correspondente — parecia uma cidade sitiada. Seus habitantes eram obrigados a recolher-se a suas casas depois das oito da noite. As reuniões, tanto as públicas como as privadas, estavam rigorosamente proibidas. A Universidade fora fechada, e o mesmo acontecera com todos os cafés, clubes, teatros e cinemas da capital. À noite, nas ruas desertas, viam-se apenas cachorros sem dono e as patrulhas do Exército, com armas embaladas. Continuavam a verificar-se prisões de "elementos suspeitos". Murmurava-se sobre fuzilamentos sumários, torturas infligidas a prisioneiros políticos — negras histórias que nenhum jornal ousava divulgar. As classes conservadoras estavam em pânico, e corriam rumores de que alguns membros do

Congresso dissolvido por Carrera já procuravam secretamente entendimentos com agentes de Miguel Barrios. O fim da carta rezava:

Seria excessivo otimismo contar com a derrota completa de Carrera nas próximas semanas ou mesmo durante o próximo mês. A Força Aérea inteira ainda se mantém fiel ao Governo, bem como as poderosas guarnições de Cerro Hermoso e Puerto Esmeralda. Mas há um problema que está começando a perturbar seriamente o ditador e seus generais: a escassez crescente de armas e munições, agravada pelo embargo imposto pelos Estados Unidos à venda de material de guerra tanto aos legalistas como aos rebeldes. Assim sendo, não será exagero afirmar que El Libertador não poderá festejar o próximo Natal no Palácio do Governo. Terá de fazê-lo no exílio ou no inferno.

Godkin ergueu a cabeça, enlaçou as mãos contra a nuca e ficou a fumar, o olhar fito na janela. Se o Governo dos Estados Unidos mantinha o embargo de armas, era porque o Departamento de Estado não estava mais interessado na continuação de Juventino Carrera e de sua quadrilha no poder. Por outro lado, parecia também claro que, sendo Miguel Barrios ainda uma incógnita política, não era nada seguro ajudá-lo a tomar *sozinho* o poder. A solução ideal para os interesses norte-americanos seria então um acordo — assinado sobre o cadáver de Carrera — entre os rebeldes e a alta burguesia sacramentenha. Era possível que o embaixador americano em Cerro Hermoso estivesse já a trabalhar nesse sentido, ajudado pelo Arcebispo Primaz e pelos membros do antigo gabinete do Generalíssimo.

Godkin tomava agora consciência duma sensação de desconforto — uma vaga ansiedade, espécie de "medo branco". Sentia isso sempre que se aproximava a hora de fazer alguma coisa perigosa, difícil ou apenas desagradável... De súbito descobriu a causa daquilo. Dentro de pouco teria de levar ao Aeroporto Pablo Ortega, que embarcava para Nova York, de onde tomaria um avião para a Jamaica, rumo da Sierra de la Calavera.

Pobre Pablo! Forçava sua natureza, avessa à violência, porque se lhe tornara insuportável o sentimento de culpa por não estar fazendo nada para salvar seu povo da miséria e da opressão.

Godkin bateu com o bojo do cachimbo contra a borda do cinzeiro. Haveria no mundo — perguntou a si mesmo mais uma vez — algum homem completamente liberto duma consciência culpada?

Encheu o cachimbo de fumo, acendeu-o, soltou uma baforada de fumaça e concluiu que ele próprio se sentira responsável pela morte de

Ruth. Não havia nada que ele ou qualquer outro mortal pudesse ter feito para salvá-la. Sua doença era incurável. No entanto sentira como uma traição à companheira o simples fato de ter-lhe sobrevivido.

Estavam agora os três amigos no automóvel de Gonzaga, que rodava sobre o asfalto da Constitution Avenue em demanda do Aeroporto. Sentado ao lado de seu amigo brasileiro, Pablo Ortega olhava para fora, sentindo na boca do estômago uma espécie de "miniatura" da sensação de vertigem de quem se balança num trapézio sobre o vácuo, a grande altura. Refestelado no banco traseiro, Bill Godkin fumava, procurando, mas em vão, encontrar alguma coisa para dizer.

Chovera na véspera e o céu, como o ar, estava límpido. A luz da manhã dava um lustro novo aos verdes das árvores e dos relvados. Quando o carro passou pela frente do edifício administrativo da União Pan-Americana, o fantasma atormentado de Glenda Doremus instalou-se por alguns segundos na mente de Ortega.

Surgiu à esquerda do Oldsmobile o Lincoln Memorial. A imagem do Embaixador apagou a da moça da Geórgia. Aquela manhã de abril... Eisenhower sorridente no alto da escada, à entrada da Casa Branca, e Gabriel Heliodoro, os olhos brilhantes, um sol na cara, subindo os degraus, a mão já estendida...

O carro atravessava agora a Memorial Bridge. As águas do Potomac estavam dum rosa turvo. Para os lados de Georgetown apareciam, acima dum maciço de árvores, os telhados cor de ardósia da universidade jesuítica. Pablo lembrou-se da conferência que Gris pronunciara numa daquelas casas, o outono passado. O assunto era Góngora, e o professor estava numa de suas grandes noites: passeava na frente do público — estudantes de literatura espanhola — com a desenvoltura dum ator consumado, recitando a *Fábula de Polifemo e Galateia*. Pablo murmurou:

... infame turba de nocturnas aves
gimiendo tristes y volando graves

— Hem? — fez Gonzaga, voltando a cabeça para ele.

— Nada. Estou me lembrando dum poema.

— Ah!

O brasileiro começou a assobiar o seu sambinha. O auto rolava ao longo da outra margem do rio. Ao avistar o monumento erigido pelo Governo americano, em memória de todos os homens mortos no mar — um breve e leve haicai em bronze esverdeado: uma revoada de gaivotas na crista duma onda que se quebra —, Ortega pensou em Kimiko. Tinham-se encontrado na véspera na casa de chá de costume. Ele dissera à japonesinha que aquilo era uma despedida. Ela respondera, serena, que sabia que mais tarde ou mais cedo a triste hora haveria de chegar. Ele lhe contou que voltava para sua terra. E ela: "Terra é uma palavra muito grande, Pablo. Dentro dela cabem cidades, campos, rios, vales... e também montanhas". E então ele compreendeu que ela adivinhara seu verdadeiro destino: não podia enganá-la. Despediram-se à frente do edifício onde Kimiko tinha seu apartamento. Ele apertou a amiga contra o peito e beijou-lhe a testa. Ela se desvencilhou dele e enveredou para a porta do edifício, quase a correr, e sem olhar para trás.

Também não fora possível enganar Clare Ogilvy. "Para mim você foi sempre transparente como vidro, Pablo. *Well*, então vai para Paris, hem? Pois não acredito. Vai para a Serra." Fungou, repuxando a face numa careta, os olhos já úmidos. "Clare, quero que você fique com o meu Thunderbird." — "Posso tomar conta dele durante a sua ausência." — "Não! Estou lhe dando o carro de presente." Espanto na cara da secretária. "Está *chiflado*? Como vou aceitar um presente desses?" Ele sorriu. "Clare, meu bem, vocês, americanos, são mestres na arte de dar, mas precisam aprender a cultivar também a de receber. A ideia de deixar com você meu carro, como uma lembrança, me é muito agradável. Portanto aceite-o sem fazer perguntas éticas ou técnicas." E aquele mulherão vivido, sazonado e eficiente desatou a chorar como uma menina.

No Aeroporto, depois que Pablo apresentou sua passagem no guichê da Pan American Airways, onde despachou também suas malas, ficaram os três amigos, sem rumo nem assunto, a andar dum lado para outro: um curioso trio a tocar uma sonata desencontrada de pigarros, assobios, cachimbadas, tosses falsas... Ortega aproximou-se dum *stand* e comprou uma novela policial em edição de bolso, leitura para matar o tempo no avião. Matar o tempo era fácil. O difícil seria matar seres humanos. Mesmo os piores inimigos. O certo mesmo era não pensar naquilo... Só devia ter uma ideia: chegar à Serra. Ia concentrar-se nela. Ergueria uma muralha para esconder o passado e outra para barrar o futuro. E, no espaço limitado mas vivo, urgente e elástico do presente, ia mover-se, implacável, rumo de seu objetivo.

De quando em quando os três amigos olhavam furtivamente para o relógio grande do Aeroporto ou então consultavam discretamente o que tinham no pulso. Quando a voz que saía dos alto-falantes anunciava a partida dum avião, os três ficavam subitamente tensos.

Por fim Gonzaga falou.

— Posso te fazer uma pergunta de ordem pessoal, Pablo?

— Naturalmente, homem!

— Lá em cima, pretendes deixar crescer a barba como Fidel Castro?

Ortega soltou uma curta risada nervosa e respondeu que não tinha ainda pensado no magno problema. Os olhos de Godkin riram também por trás da fumaça do cachimbo. Por fim, a partida do avião em que Pablo viajaria foi anunciada. Os três homens encaminharam-se para o portão indicado. Godkin apertou a mão de Ortega longamente, murmurando, sem tirar o cachimbo da boca: "Cuide-se bem, rapaz". Gonzaga abraçou-o sem dizer palavra. E, mal Pablo Ortega desapareceu no corredor que levava ao avião, seus companheiros, sempre em silêncio, voltaram para o carro.

38

Certa noite, em fins de setembro, Bill Godkin teve um sonho que o deixou perturbado. Escalava uma alta montanha, experimentando uma esquisita sensação, misto de alegria e medo. Procurava chegar a todo o transe ao ponto mais alto da serra, embora tivesse a certeza de que a Morte o esperava lá em cima. Se sei disso — perguntava-se ele —, por que continuo a subir? E ele mesmo respondia: "Porque devo. Porque devo. Porque devo". Afastava-se cada vez mais da terra dos homens, sem penas nem arrependimentos. Não queria olhar para baixo, para evitar a vertigem. Sentia-se limpo, leve, lépido. O ar das alturas era um cristal gelado. As estrelas estavam ao alcance de suas mãos. Mas, de súbito, viu seu próprio cadáver tombado sobre uma laje, coberto de urubus que lhe comiam as carnes. Compreendeu então por que subia a montanha. Tinha marcado um encontro com Ruth no alto do Pico de la Calavera. Como pudera esquecer aquela entrevista tão importante e definitiva? Ruth e a Morte eram uma única e só pessoa.

Despertou alta madrugada, ficou sentado na cama, procurando recompor o sonho e sentindo, mais que nunca, o mistério e a magia da vida.

Deixou a cama cedo no dia seguinte e, enquanto se barbeava, lhe veio à mente mais duma vez o primeiro verso dum poema de Auden que Pablo costumava recitar com uma frequência quase obsessiva na última semana antes de embarcar: *Conheço um dentista aposentado que só pinta montanhas.*

Sentado à mesa da cozinha, bebendo seu café, percebeu que uma ideia se lhe delineava na cabeça. Ao chegar ao escritório da Amalpress, tinha já tomado uma resolução que lhe dava uma sensação de novidade e de rejuvenescimento repentino. Foi direito ao gabinete do diretor da agência.

— Fred, tive uma ideia.

— Bom dia ao menos, Bill.

— Desculpe, Fred, bom dia. Você deve saber que comecei minha carreira de correspondente entrevistando o atual Presidente Juventino Carrera no tempo em que ele estava na *sierra*, procurando derrubar o ditador Chamorro.

— É óbvio, homem! Isso já é história.

— Pois bem. Aproxima-se a hora da minha aposentadoria. Achei que seria interessante fechar o círculo de minha vida profissional entrevistando agora, nessa mesma montanha, o homem que quer derrubar o ditador Carrera...

O outro mirou-o com uma expressão neutra no rosto cor de pó de tijolo.

— Um homem da sua idade subir montanhas? Está doido.

— Ora, antes de mais nada, a coisa não é tão difícil como parece. Ainda existem burrinhos em Soledad del Mar. O Padre Catalino continua na sua paróquia. Deus está no Céu. E eu não sou tão velho como você pensa!

— Mas como espera chegar à Serra? Não me refiro às dificuldades físicas, mas às burocráticas. Você sabe o que quero dizer.

— Nossa embaixada em Cerro Hermoso pode me ajudar.

Fred sacudiu a cabeça, pessimista.

— Não creio que o Department of State queira imiscuir-se no assunto. A situação é muito delicada. Não se esqueça de que na capital do Sacramento temos um correspondente que nem sequer consegue licença das autoridades para deixar a cidade.

— Não ignoro nada disso. Mas ainda assim acho que vale a pena tentar.

— Bill, que é que você está procurando provar?

O jornalista ficou um instante pensativo, mordendo a haste do cachimbo.

— Não sei ainda. Foi uma ideia que me ocorreu hoje, e que me agrada.

— Não conte com minha aprovação *oficial* para a aventura. Mas fique certo de que nada farei para tolher seus passos. Vá por sua conta e risco. Mas desconfio que as dificuldades começarão aqui em Washington. Don Gabriel Heliodoro não autorizará o visto em seu passaporte.

Dias mais tarde, os jornais noticiavam que Miguel Barrios descera da *sierra* com suas forças e, ajudado pelas colunas revolucionárias vindas do Sul, estabelecera o cerco da cidade de Soledad del Mar, cuja guarnição se rendera ao cabo de curta resistência. Estava agora aberto aos insurretos o caminho para o Norte. Anunciavam-se também desembarques bem-sucedidos de contingentes revolucionários na costa ocidental da ilha, visando a captura da cidade de Páramo, passagem obrigatória para a capital.

Godkin ouvia agora, todas as noites, o noticiário da estação de rádio que os revolucionários haviam instalado em Soledad del Mar. Por esse meio, veio a saber, entre muitas outras coisas, que Miguel Barrios estabelecera seu Quartel-General na casa da plantação dos Ortega y Murat, e que Pablo Ortega estava com ele na qualidade de secretário da Coluna. Teve uma noite a agradável surpresa de ouvir a voz do amigo a ler um comunicado do Comando Revolucionário. Agora — refletiu — podia conseguir facilmente seu colóquio com Barrios! Preparou-se para a viagem.

Outubro entrou com sua placidez de âmbar e violeta. Uma tarde, Kimiko Hirota aproximou-se da janela de seu escritório, na Embaixada do Japão, e ficou a contemplar o jardim, onde esquilos corriam sobre a relva e subiam nas árvores, cujas folhas estavam agora cor de ouro ou dum vermelho de ferrugem.

Pensou em Pablo e mandou-lhe em pensamentos um haicai.

OUTONO
Bosque de cobre,
Borboleta amarela,
Esquilo fulvo.

Voltou depois, tristonha, para sua mesa, sentou-se e começou a decifrar um despacho em código que chegara havia pouco de Tóquio.

À janela de seu gabinete, na chancelaria, Gabriel Heliodoro Alvarado olhava para as folhas secas que o vento arrastava sobre a relva do parque. Estava deprimido. Comunicara-se aquela manhã por telefone com o Presidente Carrera. Seu compadre lhe declarara que a situação era muito grave, embora não fosse ainda desesperadora. Mas ele, Gabriel Heliodoro, não tinha ilusões... Sabia que a vitória dos revolucionários era apenas uma questão de tempo...

Lançou um olhar invejoso, quase ressentido, para as repousadas chaminés da Embaixada Britânica. Sentia-se derrotado. Apesar de todos os seus esforços, não conseguira que o Conselho da OEA declarasse Cuba nação agressora. Não pudera também convencer o Departamento de Estado a levantar o embargo à remessa de armas para seu Governo. Além do mais, estava revoltado ante as deserções que se haviam verificado naqueles últimos dias entre o pessoal da chancelaria.

Voltou-se, olhou para o retrato de D. Alfonso Bustamante com um desejo de cuspir naquela cara imbecil. Chamou Miss Ogilvy.

— Diga ao Doutor Molina que venha até aqui imediatamente.

Minutos mais tarde, o Ministro-Conselheiro entrava. Gabriel Heliodoro encarou-o.

— Mal pressentiram que o navio começava a afundar, os ratos fugiram do porão. O primeiro a escapar foi o Ugarte, que se tocou para a Suíça com a mulher. E nem sequer me disse até logo. O miserável! O covarde! Você sabia de alguma coisa?

— Dou-lhe minha palavra que não sabia de nada. O general e eu sempre tivemos relações muito cerimoniosas...

— Que o Titito tenha fugido para Paris, não é de admirar, porque esse sujeitinho nem homem é.

Olhou seu Ministro-Conselheiro bem nos olhos.

— E você... quando vai?

— Para onde?

— Sei lá! Você é que deve saber. — Fez meia-volta, ficando de costas para o interlocutor, como se a cara deste lhe fizesse mal. — O Michel também me deixou a semana passada... Só esperou pelo cheque mensal. Não teve a coragem de me enfrentar. Despediu-se numa carta. E em francês!

Agora que Ugarte havia desertado e seus assistentes tinham sido chamados de volta ao Sacramento, para o serviço ativo, a chancelaria estava quase deserta, e isso dava ao Embaixador a sensação de que fora traído e abandonado.

— Leu as últimas notícias? — perguntou.

— Sim — respondeu o Ministro-Conselheiro, que procurava degustar aquele momento. Não queria perder sequer uma palavra, um gesto, uma expressão daquele homem vaidoso e prepotente cuja degringolada começara.

— E qual é a sua opinião?

— A situação me parece desesperadora para nosso Governo.

— É o que penso também. E o diabo é que não tenho mais nada a fazer aqui. Por que não se senta, Doutor Molina?

Gabriel Heliodoro sentou-se e suas feições, de súbito, se desmancharam como uma máscara de cera que se derrete. E o índio ficou visível nele, o olhar embaciado, triste, parado, os ombros curvados. De repente, porém, endireitou o busto, sua face se recompôs, os olhos tornaram a cintilar.

— Clare! Clare! — gritou. E, quando a secretária apareceu, ordenou: — Telefone para a Pan American e me reserve uma passagem de avião. Só de ida.

— Para onde? — perguntou La Ogilvita.

— Considero essa pergunta um insulto. Está claro que para Cerro Hermoso! Veja se me consegue um lugar no voo de amanhã.

Clare retirou-se. O Ministro-Conselheiro estava de testa franzida. Aquela cena não constava na sua versão da farsa!

— Doutor Molina, deste momento em diante, você está encarregado dos negócios da República do Sacramento em Washington. Comunique isso ao Departamento de Estado... Minta que fui chamado com urgência pelo Presidente. E mande esses gringos para o inferno, com meus cumprimentos!

Molina estava estupefato.

— Ouviu bem o que eu lhe disse?

— Perfeitamente, senhor Embaixador. Mas... posso saber que pretende fazer no Sacramento?

Antes de responder, Gabriel Heliodoro passou a mão pelo rosto, num gesto cansado.

— A esta hora, toda a minha família está segura em Ciudad Trujillo: mulher, filhas, genros, netos... Mas *eu*, eu vou para junto do meu compadre, para resistir até ao fim. E para morrer ao lado dele, se for necessário.

Pela primeira vez, Jorge Molina olhou para seu chefe pelo menos com a sombra dum sentimento de admiração e respeito.

39

Bill Godkin teve de esperar três dias em Havana para conseguir lugar num avião que o levasse a Soledad del Mar. E, quando o aparelho fazia as manobras para a aterragem, primeiro sobrevoando a vila e depois aproximando-se dos contrafortes da Serra, para finalmente descer no Aeroporto, Bill pensava no mistério do tempo e da vida, e buscava na paisagem e dentro de si mesmo o homem de vinte e cinco anos que ele fora quando de sua primeira e última visita àquelas paragens.

O mar estava dum azul desbotado com tons de violeta, manchado aqui e ali por largos retalhos de verde-jade. Suas ondas quebravam-se mansas sobre as claras areias. As casas da vila, brancas e pequeninas, davam a impressão dum rebanho de carneiros imóveis nas encostas verdes do outeiro.

"Ruth! Ruth! Aqui estou de novo e ainda não consegui ler a mensagem. Continuo analfabeto, minha querida." E olhava para a cordilheira com a impressão absurda, mas nem por isso menos perturbadora, de que sua mulher o aguardava no alto da Serra.

Pablo Ortega esperava-o no Aeroporto. Envergava um uniforme cáqui de campanha — blusão, calças, botas de cano curto — e tinha na cabeça uma boina.

Precipitou-se para o amigo e abraçou-o.

— Bill, meu velho! Mas que alegria! Como vai essa vida? E que tal foi a viagem? Como ficou o Gonzaga? E a Clare? Quantas malas trazes? Onde estão os *tickets*?

O jornalista levou um tempão a vasculhar os bolsos, antes de achar os papeluchos amarelos. Dez minutos mais tarde estavam ambos dentro dum jipe em movimento, dirigido por um soldado negro, de cara alegre e aliciante. Bill fumava, olhando a intervalos para o companheiro. Pablo estava queimado de sol, um pouco mais magro, e a antiga expressão de mal disfarçada ansiedade ainda lhe marcava a face.

O jipe rolava por uma estreita faixa de asfalto, por entre canaviais que a brisa agitava. De quando em quando, branquejava por entre árvores uma mansão. Pablo dizia o nome da família a quem a herdade pertencia. Ou então era uma usina e um cheiro morno e doce de melaço saturava o ar.

Durante alguns minutos Ortega esteve muito loquaz, mas absolutamente impessoal. Falava espanhol, chamava a atenção do amigo para a cor do solo, para o desenho duma que outra árvore, para a configuração da enseada ou para alguma figura humana pela qual passavam. Bill escutava-o, contemplava a paisagem, integrava-se em sua ampla e luminosa beleza. A brisa fresca do mar atenuava o calor do sol.

De repente, Ortega calou-se. Godkin lançou-lhe um olhar oblíquo e perguntou em inglês:

— Que é que há com você?

— Depois conversaremos.

Chegaram finalmente à plantação. Uma avenida orlada de plátanos levava à mansão duas vezes centenária, em estilo colonial espanhol, com paredes espessas como de fortaleza, e construídas em torno dum pátio interno. Tinha um ar repousado e patriarcal e a sua fachada, dum branco de osso, ostentava com dignidade as marcas do tempo e da intempérie.

Dois soldados armados de metralhadoras montavam-lhe guarda à porta. Ao entrar, Bill Godkin ouviu o matraquear de máquinas de escrever e um ir e vir de homens e mulheres em uniforme, de sala para sala, todos com o ar eficiente — notou ele — e rigorosamente militarizados.

Pablo conduziu-o a seus aposentos.

— Ali é o banheiro. Abra as malas, tome o seu chuveiro (se quiser, é claro) depois almoçaremos juntos e às quatro da tarde você verá o Chefe.

Pouco antes dessa hora, armado de sua máquina fotográfica, dum gravador de som, Bill Godkin foi levado a uma ampla sala onde se viam móveis escuros e pesados, muitos livros em prateleiras rústicas, e uma grande lareira de aspecto medieval. Foi recebido por Valencia em pessoa. Apertaram-se as mãos. Godkin lançou para o lugar-tenente de Barrios um olhar fotográfico e avaliador. Roberto Valencia não poderia ter muito mais de quarenta anos. Era um homem de estatura mediana, duma corpulência atlética, mas a impressão de força e autoridade que dava — refletiu o jornalista — não vinha apenas do largo peito e da solidez dos bíceps, mas de algo localizado na face morena, fina, com relação ao resto do corpo, e de nariz adunco e boca obstinada. Em seus olhos vivos parecia arder uma paixão sem chama, mas lenta e duradoura como o fogo duma brasa. Sem saber bem por quê, Bill concluiu que Valencia devia ter ascendência vasca. Na realidade, a cara do homem não lhe desagradou, mas, por alguma razão misteriosa, fez soar dentro dele uma campainha de alarma.

— Mister Godkin — disse o chefe do Estado-Maior da Coluna Revolucionária —, o General Barrios lhe concederá exatamente cinquenta minutos. Nem um segundo mais. Vejo que tem um gravador. Magnífico. A entrevista será então registrada em fita magnética. O senhor terá a liberdade de perguntar o que quiser. O Chefe responderá *se* e *como* quiser. Quanto às fotografias, teremos de limitar seu número a três. Mas veremos esses pormenores depois.

Curioso, a voz de Roberto Valencia parecia-se um pouco com a de Gonzaga. Godkin sacudiu a cabeça, num assentimento. O outro prosseguiu:

— Terminada a entrevista, o senhor naturalmente fará a sua transcrição gráfica. Exigimos que nos apresente o trabalho em sua versão definitiva, para que o estudemos, aprovando-o ou não. Guardaremos a fita como comprovante até que a entrevista seja publicada. No fim do colóquio, o senhor deverá declarar ao microfone que nada mais foi dito nem perguntado além do que ficou registrado na fita. Ficará assim autenticado o diálogo.

Godkin sorriu.

— Vejo que não confia em mim...

— Não confio em ninguém, mister — replicou Valencia. — Às vezes nem em mim mesmo.

Às quatro horas em ponto, Miguel Barrios entrou na sala. Os oficiais presentes ergueram-se, fizeram continência e se retiraram. Vendo aquela figura alta e magra como um Quixote, as barbas longas e negras num acentuado contraste com a amarelidão malsã da testa e dos malares, Godkin se perguntou a si mesmo por que os caudilhos da América Latina, quando não imitavam Simón Bolívar, procuravam parecer-se com Jesus Cristo.

Barrios estendeu-lhe a mão. Godkin apertou-a, murmurando a fórmula de cortesia habitual. O chefe da Revolução sentou-se numa poltrona, cruzou as pernas e os braços e, com sua maneira didática de pronunciar as palavras, disse:

— Entendo que existe um formulário com as perguntas...

Valencia olhou para o americano, que se apressou a explicar:

— Não trago perguntas escritas, general. Achei que a entrevista ficaria melhor se tivesse um ar casual de improvisação. Mas está claro que já sei o que lhe vou perguntar.

Barrios replicou:

— E acredite que eu sei o que lhe vou responder. Podemos começar.

Godkin preparou o gravador, testou-o e finalmente pôs as bobinas a rodar.

— Fala aqui William Godkin, da Amalgamated Press. Estou no Quartel-General das Forças Revolucionárias do Sacramento, em Soledad del Mar, e vou entrevistar seu chefe, o General Miguel Barrios. São quatro e dez da tarde de 18 de outubro de 1959. — Colocou o microfone em cima duma mesinha, equidistante dele e do entrevistado. — General Barrios, qual é o objetivo desta Revolução?

— Suponho que se trate duma pergunta retórica, senhor jornalista. Mas vou responder. Nosso objetivo é duma clareza meridiana: deitar por terra o Governo atual e instituir um Governo popular, capaz de promover nesta República a justiça social e o progresso.

— Pretende o Governo Revolucionário seguir o exemplo de Cuba?

— Consideramos os cubanos nossos amigos e aliados, mas seremos independentes tanto de Cuba como de qualquer outra nação do mundo. Buscamos uma verdadeira autodeterminação para a nossa pátria, situação da qual ela jamais gozou.

— Espera então restabelecer a democracia nesta ilha...

Barrios uniu as longas e pálidas mãos numa postura de prece e respondeu:

— *Restabelecer* não é o termo exato, Mister Godkin. Não se pode restabelecer o que nunca foi estabelecido.

— Bom, substituo o verbo, digamos *estabelecer* a democracia...

— Sim, queremos para o Sacramento a democracia de que falava Lincoln: do povo, pelo povo e para o povo. Mas devo advertir à imprensa americana e à do resto do mundo de que não estamos interessados em definições verbais e acadêmicas do termo *democracia*. Procuraremos principalmente atingir a democracia econômica, sem a qual a social e a política não poderão realmente existir.

As bobinas rodavam. Valencia fumava, soltando baforadas para o teto, com o ar entediado de quem achava toda aquela conversa pura perda de tempo. Sentado ao lado de Godkin, Pablo Ortega fazia rabiscos num papel com um toco de lápis.

— Qual será a atitude do Governo Revolucionário com relação às companhias americanas? — perguntou o jornalista.

Barrios pigarreou. Valencia ficou subitamente tenso. Pablo ergueu a cabeça.

— No devido tempo elas e o mundo saberão — respondeu o Chefe.

— O Governo Revolucionário tratará imediatamente da reforma agrária?

— É evidente.

— Em que bases?

— Também não estamos interessados numa definição literária dessa reforma. Procuraremos a que der resultados mais positivos e rápidos para o país. Em suma, faremos o que julgarmos melhor para o povo.

— Pode me dizer o que entende por *povo*?

Barrios entesou o busto, olhou para Valencia rapidamente, depois respondeu:

— Considero sua pergunta fútil e jocosa. Não perderei tempo com ela.

Godkin não resistiu à tentação de olhar de soslaio para Pablo, cuja face se manteve impassível. Depois continuou a fazer as outras perguntas: esperava o Governo Revolucionário um pronto reconhecimento dos outros países das Américas? Como se explicava, na sua maneira de ver, o desaparecimento do Doutor Leonardo Gris? Que pensava de Fidel Castro?

Barrios respondeu a essas indagações com a precisão dum mestre-escola pedante. Houve um momento em que, como ele hesitasse por uma fração de segundo, em busca dum vocábulo, Pablo tentou ajudá-lo. Valencia interveio, brusco:

— O Chefe dispensa tutores.

— E eu também! — replicou Ortega.

Godkin quis saber se a chefia da Revolução aceitaria um acordo com a burguesia para evitar mais derramamento de sangue — um acordo, explicou, baseado na renúncia imediata de Juventino Carrera.

— Meu caro jornalista — respondeu Barrios —, a resposta é simplesmente *não*. Temos a vitória final à vista. Não faremos acordos com ninguém. Dentro de poucas semanas ou mesmo de dias, entraremos em Cerro Hermoso. O país está quase todo em nossas mãos!

— Espera fazer política de boa vizinhança com os Estados Unidos?

— Não só com os Estados Unidos, mas com todas as nações do mundo, tanto do ocidental como do oriental.

— Deseja mandar por nosso intermédio alguma mensagem às Américas?

Barrios olhou primeiro para o relógio, depois para a bobina do gravador e, de súbito, ergueu-se, dizendo:

— Esta não é a hora para mensagens, senhor jornalista. Estamos ainda em luta. Oportunamente o Comando Revolucionário se manifestará...

Posou, um tanto irrequieto, para três fotografias (Valencia recusou-se a aparecer nelas) e depois, com um "Passe bem" seco, voltou as costas para Godkin e saiu da sala.

— Quando espera ter a transcrição desta entrevista? — indagou Valencia.

— Ao entardecer. Quero remetê-la para Washington no avião de amanhã. Mas antes desejaria passar um cabograma à Amalpress com um resumo do colóquio.

— Redija o despacho, Mister Godkin, que eu me encarregarei de expedi-lo. Estarei no meu escritório até à noite.

40

Bill Godkin passou as duas horas que se seguiram a bater máquina em seu quarto. Às sete em ponto, entregou a Valencia a transcrição da entrevista juntamente com a fita em que havia sido gravada.

— Antes das dez desta noite terá de volta estes papéis — assegurou o revolucionário.

Ortega sugeriu a Godkin que fossem caminhar pelas ruas de Soledad del Mar enquanto havia um resto de luz solar. Depois poderiam jantar numa das tavernas locais.

Subiram para o jipe. Dessa vez Pablo tomou o volante. Godkin notou que ele dirigia de maneira um tanto nervosa, fazendo o carro correr desnecessariamente. Mas nada disse. Pouco conversaram no caminho entre a herdade dos Ortega y Murat e a vila.

O disco esbraseado do sol descia lentamente sobre a cordilheira, cujo perfil tomava um tom arroxeado. Fazendo com a cabeça um sinal na direção do oceano, Pablo murmurou: "As famosas manchas cor de vinho dos mares de Homero...".

Deixaram o carro estacionado perto da praça central da vila, no topo de sua colina principal, e puseram-se a andar a pé, vagarosamente. Havia no ar quedo uma languidez de fim de tarde, recendente a pedra e terra quentes de sol.

— Que paz! — exclamou Godkin, olhando para as mulheres morenas de caras tristes que se debruçavam nas suas janelas. — Parece que o tempo aqui parou...

Uma velha toda vestida de negro, sentada num portal, tinha nas mãos lívidas e gretadas um rosário de grandes contas de madeira. Uma criança nua brincava na sarjeta com uma boneca mutilada. Junto de sua porta, sentado numa banqueta, um sapateiro batia sola. Andavam pela rua homens descalços vestidos de algodão branco, com chapéus de palha na cabeça. Olhavam para Pablo e Godkin com arisca curiosidade, desciam respeitosos da estreita calçada para deixá-los passar.

Godkin achou que a Plaza de la Madre de Dios não havia mudado nada naqueles últimos trinta e poucos anos. Ainda lá estava a *pila*, aonde as comadres vinham buscar água e conversar. E os lampiões antigos. E o Café de los Pescadores, com suas mesas de pinho sem lustro, na calçada, cercadas de cadeiras rústicas com assento de palha. E as tendas dos vendedores de frutas, onde moscas e abelhas enxameavam ao redor das mangas, dos abacaxis e das sapotas. A velha igreja, que datava do tempo dos Conquistadores, tinha um quarto de sua fachada coberto por uma buganvília carregada de flores cor de púrpura.

— É uma pena que o Padre Catalino não esteja na vila — disse Pablo. — Foi chamado a Cerro Hermoso pelo Arcebispo.

— Para uma nova reprimenda?

— Não. Desta vez Sua Reverendíssima parece que vai usar o pároco como um emissário seu para sondar Barrios quanto à sua disposição para um acordo com a burguesia...

— E como vai o nosso Padre Sender?

— Ora, cultivando sua úlcera... e cuidando das úlceras alheias, principalmente das espirituais... Tivemos lá em cima, na Serra, conversas muito proveitosas para mim. É um homem estranho.

— Estranho ?

— Talvez a palavra não seja essa. É um homem... raro. Na presença dele, sinto mais agudamente que nunca meus defeitos e fraquezas...

Sentaram-se num banco e ficaram a olhar o vaivém na praça: garotos que jogavam bola; um gato que, tenso sobre um muro, olhava para uma gaiola em que verdejavam dois periquitos; mulheres que carregavam na cabeça as latas de querosene cheias d'água e desciam as ruas que da praça se irradiavam para a enseada.

— E as suas dores de cabeça? — indagou Godkin.

— Desapareceram. Mas... vamos caminhar.

Saíram na direção da boca duma longa rua que ia dar na praia. Um cachorro magro e sarnento seguiu-os, cheirando as botas de Pablo, os sapatos de Godkin. De uma das casas próximas, veio o choro duma criança. Os dois amigos deram vários passos em silêncio.

— Godkin, você soube... a respeito de meu pai?

— Não. Que aconteceu?

— Morreu.

— Quando?

— Faz duas semanas. Eu estava ainda "lá em cima". — Pablo fez um movimento de cabeça na direção da Serra.

— Mas... como ficou sabendo?

— Costumávamos ouvir a estação oficial de Cerro Hermoso, que todas as noites noticiava mentiras a nosso respeito. Davam também notícias de outra natureza. Fizeram um grande ruído em torno da morte de Don Dionisio, dum colapso cardíaco. Disseram claramente que foi vitimado pelo desgosto de me ver com a "canalha revolucionária". Entrevistaram minha mãe, fizeram a Velha gravar uma entrevista na qual confirmava a causa da morte do marido, chamava-me de assassino e declarava que não me queria ver nunca mais...

— Era mesmo a voz dela?

— Sem a menor dúvida. Está claro que a estação de rádio oficial aproveitou a oportunidade para me chamar de traidor, apátrida e patricida...

— E você... como se sentiu?

Pablo encolheu os ombros.

— Não tão mal como era de se esperar. Há qualquer sortilégio lá na montanha. Deve ser a rarefação do ar. As coisas ficam diferentes. A gente olha o mundo dum ângulo singular... tem uma nova perspectiva da vida e dos homens. Mas... está claro que senti a morte do Velho.

— Espero que você não aceite a culpa que lhe querem imputar. Segundo você me contou, seu pai tinha já um coração enfermo ao tempo em que você ainda usava calças curtas. Imagine um homem do estofo moral de Don Dionisio compelido, por medo ao comunismo, a apoiar com repugnância um Governo criminoso e corrupto como o de Carrera. Na minha opinião foi essa contradição, que o roía por dentro, que acabou por matá-lo. Querem agora fazer você de bode expiatório. Não aceite o papel!

Godkin notou que Pablo, de quando em quando, voltava a cabeça para trás, disfarçadamente. Pararam ambos diante duma vitrina onde se exibiam brinquedos baratos de plástico. Pablo murmurou:

— Olhe para a direita... Está vendo aquele sujeito de uniforme cáqui? Está nos seguindo desde que apeamos do jipe.

— Mas por quê?

— Possivelmente por ordem de Valencia, que quer saber aonde vamos, o que fazemos e, se possível, sobre que conversamos...

— Quer dizer então que ele desconfia também de você?

— Exato. Explicarei minha situação depois. Vamos preparar uma cilada para o "alcaguete".

Dobraram a primeira esquina. Pablo segurou o braço do amigo e fê-lo parar e ficar, como ele, cosido a uma parede. (Godkin divertia-se.) Ouviram passos na calçada, e finalmente o homem que os seguia surgiu — um tipo retaco e indiático. Ao ver Pablo, teve um sobressalto que lhe cortou súbita e audivelmente a respiração.

— Por que está nos seguindo? — gritou Ortega, aproximando-se do soldado, como se o fosse agredir. — Por ordem de quem?

O outro perfilou-se.

— Mas... senhor capitão — tartamudeou —, estou só passeando...

As narinas de Pablo fremiam, ele mirava o mestiço de alto a baixo.

— Diga a quem mandou você me seguir que está perdendo o seu tempo. E agora, desapareça da minha vista!

O outro fez uma continência, desapontado, e se foi rua abaixo, em passo quase acelerado. Godkin sorria. Pablo continuava sério, mas de repente, olhando para a cara do companheiro, desatou a rir.

— Olhe, Bill, você fica terminantemente proibido de mencionar esta cena em seus artigos. Tenho muita coisa mais a lhe contar, mas sob uma condição. Você me dará sua palavra que considerará tudo quanto eu lhe disser daqui por diante como estritamente confidencial, impublicável.

— Você tem a minha palavra.

— Então vamos comer alguma coisa. Conheço uma taverna cuja especialidade é comida de mar. Fica lá embaixo, quase no fim da rua. O ambiente é pobre, mas em todo o caso é saudável a gente descansar um pouco da monotonia dos *drugstores* e cafeterias dos Estados Unidos, com suas coisas de fórmica, plásticos, metal cromado e suas luzes fluorescentes. E, por falar em luz, nossa energia elétrica está racionada. Teremos de comer à luz de velas.

— Excelente! Excelente!

No pálido céu do anoitecer tremeluzia a estrela vespertina, acima do Pico de la Calavera. Vinha de algum quintal uma fumaça que azulava o ar, dando-lhe uma fragrância de mel queimado.

— Este cheiro me evoca a infância, os prados do Kansas... — murmurou Godkin, respirando fundo, e lembrando-se de sua casa, o vulto da mãe fritando bolinhos na cozinha, o pai no alpendre, sentado numa cadeira de balanço, lendo o *Daily Gazette* de Emporia.

— É fumaça de jacarandá queimado. Esse aroma me lembra Pia e as nossas tardes no Jardim do Éden.

Chegaram à taverna cujo nome, La Sirena Pensativa, estava escrito em grandes letras verdes na parede caiada, abaixo do beiral. Entraram e foram sentar-se a uma mesa, num dos ângulos da pequena sala, perto duma janela que abria para a enseada. Godkin olhou em torno. As paredes, como o chão, estavam cobertas de esteiras. Das traves do teto pendiam redes de pescadores e grandes garrafões de vinho vazios. Pendurada acima da porta que dava para a cozinha, via-se uma pintura a óleo em que uma gorda sereia de escamas douradas e seios róseos estava reclinada numa praia deserta, os olhos cerrados — obra dum pintor primitivo local, explicou Pablo.

Não havia ninguém mais na sala sombria. Um homem gordo, grisalho e de pele tostada, com bigodões de turco, veio perguntar que era que os cavalheiros desejavam. Reconhecendo Pablo, apertou-lhe a mão e manifestou ruidosamente sua alegria por vê-lo ali.

— Bill, este é o meu velho amigo Macario, dono da taverna. Ó Macario, aperte a mão de Mister Godkin. É gringo e jornalista. Entrevistou hoje o Chefe.

— Que é que vão comer? — perguntou o taverneiro.

— Confiamos em você — disse Pablo. — Traga-nos primeiro os camarões à moda da casa e depois um bom peixe, a seu critério. Com vinho, pão e queijo, naturalmente.

Godkin aprovou a escolha. Olhou para os trapiches da enseada, aos quais vários barcos de pescadores estavam atracados. O mar agora parecia puro vinho.

Pablo apontou para uma casa branca ao fim da rua, perto da areia da praia.

— Ali vivia Maestro Natalicio.

— Vivia? — estranhou o outro.

— Sim. Morreu a semana passada, por ocasião de nosso assalto final à vila.

— Como?

— Uma bala perdida. Estava sentado no seu portal, modelando um boneco. O combate nem sequer o perturbou. Nunca ninguém ficará sabendo de que lado partiu a bala que o matou.

— Onde estão os filhos?

— Conosco. Todos bons soldados.

Godkin continuava a olhar para a enseada.

— Estou ansioso por ouvir a sua história, Pablo — disse, após breve silêncio.

Naquele momento, dois homens entraram na taverna e sentaram-se a uma das mesas perto da porta da rua. Pareciam pescadores.

— Você tem de me prometer mais uma vez que guardará o maior sigilo sobre tudo quanto lhe vou contar.

— Repito que lhe dou minha palavra de honra.

— Bom, como já sabe, não tive muita dificuldade em chegar às tropas de Barrios. Desci ao anoitecer num táxi-aéreo no campo de pouso da plantação. Nessa mesma noite me embrenhei pelos canaviais e subi a encosta, guiado por um peão, e levando comigo todas as armas e munições que me foi possível conseguir.

— E Barrios... como o recebeu?

— A princípio com certa desconfiança. Mas não teve outro remédio senão me aceitar. Fez-me secretário da Brigada, no posto de capitão. Tudo isso tem o seu lado cômico, reconheço. Capitão Ortega!

— Soa bem.

— Mas não rima com nada, Bill.

— E por que havia de rimar? Adiante.

Decidiram que seria melhor falarem inglês. A sala aos poucos se enchia de fregueses, entre os quais havia homens em uniforme. Alguém reclamou luz em voz alta. O dono da taverna começou a acender as velas, que estavam em cima das mesas, metidas em gargalos de garrafas.

— Do alto da *sierra* — prosseguiu Pablo — os revolucionários saíam em comandos para atacar as vilas dos arredores e as patrulhas federais. Faziam isso quase sempre à noite. Eu ficava junto do Chefe, e minha função era não só redigir as ordens do dia como também manter uma espécie de diário da Brigada. Como você pode imaginar, eu não me sentia muito bem nessa cômoda função de amanuense... Ficava seguro lá em cima, numa barraca, enquanto os companheiros desciam a serra e arriscavam a vida. Muitos não voltavam...

— Afinal de contas — interrompeu-o Godkin — você não veio *expressamente* para morrer. Ou veio?

— Está claro que não.

— Que é que há entre você e Valencia?

— Ora, sendo eu um intelectual, filho de latifundiário e ainda por cima um ex-diplomata, desde o primeiro dia fiquei sob a suspeita de Valencia. E sua má vontade para comigo revelava-se nas menores coisas.

Caíra a noite por completo. Estrelas lucilavam sobre a vila, a cordilheira e o mar.

— Que espécie de homem é esse Barrios?

— Uma figura carismática, sem sombra de dúvida. Tenho provas abundantes de sua sinceridade à causa, da sua coragem física e de sua tenacidade. O que me intriga é que, nem nos seus mais altos instantes de arrebatamento profético nem nas horas das grandes decisões de caráter militar, ele jamais negligencia a gramática e a retórica. — Pablo segurou firme o braço do amigo por um instante. — Mais uma vez, Bill: tudo isto que lhe estou contando é rigorosamente confidencial.

O jornalista sacudiu lentamente a cabeça, num mudo acordo.

— E Valencia?

— Ah! Esse é o ideólogo, o verdadeiro cérebro desta Revolução. Não precisarei dizer que é marxista. Treinado em Moscou. Mestre na arte de guerrilhas. Um organizador habilíssimo, de cabeça fria. Sabe e consegue o que quer... e sem olhar os meios.

— E qual é a sua atitude para com o Chefe?

— Está claro que vê em Barrios a figura de proa do barco da revolução. Mas quem está no timão é ele, Valencia, que *usa* o Chefe para conseguir seus fins.

— E quais são seus fins? — perguntou Godkin, por puro hábito jornalístico, pois já sabia qual seria a resposta.

— Primeiro, derrubar o Governo, e depois levar a Revolução para a esquerda, tão perto quanto possível do comunismo.

— E você acha que Barrios seguirá essa direção?

Pablo deu de ombros.

— Acabará enredado. Por um lado temos a habilidade infernal de Roberto Valencia e por outro a proverbial falta de habilidade do seu Department of State, Bill. Além do mais, Barrios respeita e admira Valencia, ouve seus conselhos, segue-os... Valencia, como um escultor, teve o cuidado de modelar uma imagem ideal: a do salvador do povo, o predestinado, e ofereceu-a simbolicamente ao Chefe, que agora procura viver de acordo com ela. Eu vi Barrios transformar-se aos poucos lá em cima da Serra. A mudança se notava nas palavras, nas atitudes, nas opiniões...

O taverneiro trouxe uma travessa fumegante — em que camarões estavam imersos num rico molho de azeite, dum amarelo alaranjado — e depô-la sobre a mesa juntamente com um garrafão de vinho e um prato com fatias de queijo de leite de cabra e de pão feito em casa. Os dois amigos puseram-se a comer e a beber.

— Valencia precisa *ainda* de Barrios — continuou Ortega. — Os camponeses o adoram. O mais notável é que nestes curtos meses de Revolução, já se criou toda uma mitologia em torno da figura do Chefe. Entre a gente humilde, correm histórias de milagres feitos por Barrios. Conta-se que o simples toque de seus dedos na testa dum doente é o bastante para curá-lo. Uma vez espalhou-se a lenda de que Miguel Barrios tinha sido visto ao mesmo tempo em três lugares muito distantes um do outro: a Serra, Oro Verde e Páramo. O que muito o ajuda, Bill, é que, com sua barba negra, ele tem uma semelhança extraordinária com Juan Balsa, o grande santo do martirológio popular da ilha.

Godkin olhava agora para a lanterna que luzia na proa dum barco que entrava na enseada, vindo do mar alto.

— Quando foi que você e Valencia começaram a desavir-se?

— Como lhe contei, desde a hora em que cheguei, ele me olhou com um misto de desconfiança e desdém. A situação se agravou no dia em que uma de nossas patrulhas prendeu um camponês que se havia aproximado à noite de nosso acampamento. Afirmava-se que era um soldado do 5º Regimento de Infantaria (coisa que nunca ficou provada) e que trazia a incumbência expressa de assassinar Barrios.

— Estava armado?

— Tinha em seu poder um machete, mas isso é comum entre nossos camponeses. Valencia decidiu passá-lo pelas armas sumariamente. Protestei, exigi um julgamento. Valencia me chamou de "pequeno-burguês sentimental" e declarou em voz alta, na frente de outros oficiais, que homens como eu não estavam nem física nem psicologicamente preparados para a ação revolucionária.

Macario trouxe o peixe numa panela de barro, que fumegava, recendendo a alho e manjerona.

— E depois? — perguntou Godkin.

— Insisti no julgamento. Barrios, para surpresa minha, me apoiou. Encarreguei-me da defesa do réu. Meu argumento era simples. Por que não lhe dar crédito quando ele afirmava que tinha vindo juntar-se aos revolucionários? Mas Valencia replicou: "Por que então fez isso à noite, de rastros, tentando iludir nossas sentinelas?". Para resumir o caso, um júri de sete oficiais declarou o homem um "risco". Se o mandássemos embora, ele poderia revelar aos *federales* nossas posições e nosso dispositivo de segurança. Se o conservássemos, constituiria um perigo permanente, pois poderia matar à traição algum de nossos oficiais ou mesmo o próprio Barrios.

— E o homem foi condenado à morte...

— Que era uma vida? Como não nos podíamos dar o luxo de gastar munição com aquele índio, fuzilando-o, um de nossos soldados meteu-lhe a faca na garganta. Mas vamos ao peixe!

Godkin serviu-se. Pablo fez o mesmo. Houve um silêncio em que ambos comeram com apetite e trocaram brindes mudos.

— Daí por diante — disse Ortega, retomando a narrativa — minhas relações com Roberto Valencia deterioraram-se por completo. Falávamos um com o outro apenas o necessário, em assuntos de serviço. Certa vez eu o entreouvi referir-se a mim, num grupo, como "o nosso poeta guarda-livros". Senti gana de atirar na cara dele a caneca cheia de café que tinha na mão. Aquelas palavras ficaram me doendo... Um dia pedi a Barrios para entrar em ação.

— E...?

— Apresentei-me voluntário para chefiar um de nossos comandos noturnos contra esta vila. Era uma operação toda especial, e uma das mais audaciosas. Éramos vinte ao todo. Oito especialistas no uso do machete iriam na frente para matar as sentinelas sem fazer ruído, e assim abrir caminho para o resto do grupo. Os restantes, sob meu comando, tinham a missão de se aproximar da parede do quartel do 5º Regimento de Infantaria que dá para o oeste, metralhar as janelas e atirar para dentro das salas o maior número possível de granadas de mão. Havia doze janelas. Éramos exatamente doze. A mim tocou a última janela, ou, melhor, a primeira a começar da extremidade norte do quartel...

Com o garfo no ar, esquecido do peixe, Godkin escutava, atento. Pablo rolava entre os dedos um pedaço de miolo de pão, transformando-o numa bolota. (A imagem de Pancho Vivanco fuzilou-lhe na mente por uma fração de segundo.)

— Bom, escolhemos uma noite de lua nova e descemos... Um dos filhos de Maestro Natalicio nos serviu de vaqueano. Eu sei que é grotesco: Pablo Ortega aprendiz de herói, numa expedição contra o 5º Regimento de Infantaria... Bom. Os homens que foram na frente fizeram bem seu serviço, e conseguimos nos aproximar do quartel sem sermos descobertos. Chegamos tão perto que ouvíamos o ruído de vozes e risadas lá dentro... Ficamos alguns segundos deitados de bruços no chão. O filho de Natalicio, estendido a meu lado, me cochichou ao ouvido: "Está ouvindo?". Perguntei: "Ouvindo quê?". E ele: "O rio correndo debaixo da terra". Encostei a orelha no chão e só ouvi as batidas do meu coração. Sentia a boca seca, uma constrição na garganta, uma opressão no peito. Mas a cabeça estava lúcida. Eu tinha de cumprir aquela missão, custasse o que custasse. De repente me ocorreu que eu estava em guerra não contra os *federales*, mas contra Roberto Valencia. *Era contra ele que eu comandava aquele assalto noturno!*

Ouviu-se uma risada estentórea na sala. Macario passou com outra panela de peixe. Chegavam agora até eles os sons duma guitarra, vindos da praia.

— Dei a ordem de avançar — continuou Pablo. — Cada qual se aproximou de sua janela, num marche-marche, todos meio agachados. Estava combinado que eu seria o primeiro a atirar. Rompi a vidraça da "minha" janela com uma rajada de metralhadora... ouvi as outras onze descargas... e imediatamente tirei o pino duma granada e joguei-a para dentro da sala e me deitei no chão. Ouvi sua explosão seguida de outras... Atirei a segunda e a terceira granada. Depois fiz trilar um apito, que era o sinal para a retirada.

— É fantástico!

— Não me admiro que você ache isso fantástico. Eu mesmo lhe estou contando a história como quem conta um sonho... ou uma mentira.

— Houve reação no quartel?

— Quando ouvimos toques de corneta e o pipocar das metralhadoras dos *federales*, já estávamos subindo a Serra e encontrando nossas próprias patrulhas. Conseguimos voltar sem perder um homem. Chegamos ao acampamento ao raiar do dia.

— E que disse Valencia?

— Nada. Nem sequer olhou para mim. Naturalmente achava que eu nada mais tinha feito que meu dever. E nisso tinha razão.

— E você... que sentiu, depois que a coisa passou?

— Não consegui dormir. Pensava: quantos homens estariam dentro da sala onde atirei minhas granadas? Quantas pessoas teria matado? E admirava-me de não estar *muito* impressionado com isso. Repito que lá em cima as coisas ficam diferentes... Só depois que tomamos Soledad del Mar é que fiquei sabendo que naquela noite nosso comando havia matado pelo menos vinte soldados, ferindo talvez o dobro desse número. Desde que desci, tenho pensado em muitas coisas. E sabe o que é pior? É que não consigo enquadrar esse meu ato... quero dizer, o de atirar granadas contra soldados desarmados e desprevenidos... não consigo encaixá-lo no contexto da minha ação revolucionária. Eu me apresentei voluntário para a missão porque queria provar a mim mesmo, aos outros e principalmente a Valencia que não sou covarde. E o preço dessa prova foi a vida de vários homens. Mas o que me assusta mais é a ideia de que procedi como se fosse matar abstrações, símbolos e não criaturas humanas...

— Essas criaturas humanas, por sua vez, defendiam também outras abstrações: a legalidade, o Governo, a honra do Regimento, etc...

— Isso! Não é terrível?

— *C'est la guerre*, como diria nosso inefável Michel Michel.

— Curioso, Godkin, minha mãe ficou abalada por eu ter perdido a inocência com Pia nos canaviais. Mas um homem, na realidade, perde a inocência não quando conhece a primeira mulher, mas quando mata pela primeira vez...

Agora um dos soldados cantava. Um outro fez um sinal amistoso para Pablo, erguendo seu copo. Ortega imitou-lhe o gesto, sorrindo.

— E agora? — perguntou Godkin.

— A vitória está à vista. É questão de semanas, ou mesmo de dias. Confesso que tenho mais medo dela que da própria ação revolucionária. Devemos pagar o preço da mudança que Valencia deseja? Valerá a pena? Ou, melhor, não haverá mesmo outro caminho para a justiça social?

Olhou para a enseada, que um barco a gasolina agora singrava, com uma lanterna vermelha na proa.

— Quando nos instalamos na nossa... quero dizer, na fazenda dos Ortega y Murat, Valencia e eu um dia tivemos uma altercação na frente de Barrios. Ele me acusou de ser um indeciso, um intelectual ambivalente que procura o impossível meio-termo, obcecado por um sentimento de culpa mais mitológico que real. "Afinal de contas (perguntou ele) você quer libertar seu povo da tirania e da miséria ou quer apenas apaziguar sua consciência de indivíduo?" Fiquei furioso porque o diabo do homem havia tocado no nervo vivo do meu problema. Procurou me convencer de que o meio-termo não leva a parte nenhuma, pois a história tem provado que só a violência pode partejar as grandes mudanças sociais. Repliquei-lhe que, se uma ideologia não for mantida dentro de certos limites de moralidade, ela acabará por desumanizar-se. Deixa de ser um meio para se transformar num fim em si mesma. Iríamos mais longe se Barrios não nos mandasse terminar a discussão com uma de suas frases olímpicas.

— E agora... que pretende fazer?

— Continuar. Ir até ao fim. Não fazer como a maioria dos intelectuais que, em situações como esta, recuam, ressentidos, e começam a sua contrarrevolução particular. Pretendo ser um espinho no flanco do Coronel Roberto Valencia. *Mas sempre fiel a esta Revolução.*

Godkin fez um muxoxo pessimista.

— Temo que mais tarde ou mais cedo sejas esmagado. Já te imagino refugiado em Miami. Ou...

— Preso? Fuzilado?

— *Quien sabe?*

41

Do caderno de notas de William B. Godkin:

22 de outubro — *Sou agora* persona grata *do Supremo Comando Revolucionário. Valencia aprovou o texto de meu colóquio com Barrios sem lhe cortar sequer uma vírgula. A Amalpress, para minha surpresa, distribuiu-o também sem mutilações. Tenho já comigo um exemplar do* Washington Post *em que minha entrevista com Barrios foi publicada na íntegra, em três colunas, e com um retrato do herói. Nela apresento o barbudo líder a uma luz muito favorável, e lanço um apelo às nações da América para que deem seu apoio moral aos rebeldes. Em suma, faço minha penitência por ter um dia, na medida de minhas possibilidades, contribuído para que Juventino Carrera tomasse o poder.*

Tinha razão o Professor Leonardo Gris quando afirmava que os chamados "homens de consciência" no fundo são uns penitentes crônicos.

23 de outubro — *Boas notícias! A guarnição federal de Puerto Esmeralda revoltou-se inteira, aderindo à causa dos rebeldes. Por ordem do Comando Revolucionário, marchou sobre Los Plátanos, cuja queda está iminente.*

Preparamo-nos (cá estou a usar o plural) para a ofensiva final contra Cerro Hermoso, "para golpear o monstro na cabeça" — como diz Barrios.

"Monopolizei" esta manhã, por cinco minutos (puro acaso), a atenção de Valencia, e fiz-lhe discretas sondagens com a finalidade de obter a confirmação de seus propósitos ideológicos. O homem é hábil, escorregadio como uma enguia. Só me deu respostas oblíquas e cortou o diálogo com esta frase: "Esta não é a hora de discutir ideologias. A guerra revolucionária ainda não terminou. A Revolução propriamente dita virá depois".

Pablo Ortega trabalha incessantemente na redação final dos comunicados e manifestos que Barrios lhe dita. Discutem acaloradamente questões de gramática e estilo. O Chefe trata seu secretário como um professor trataria um estudante aplicado mas teimoso. Faz-lhe magnanimamente pequenas concessões aqui e ali, mas na maioria dos casos exige que suas palavras, sentenças, vírgulas e ideias sejam rigorosamente respeitadas. Valencia abstém-se dessas discussões literárias, mas nada é divulgado sem sua aprovação final.

24 de outubro — *Para o transporte das forças revolucionárias acampadas em Soledad del Mar, foram requisitados todos os automóveis e caminhões existentes na vila e nas plantações e engenhos das redondezas. Começa hoje a marcha sobre Cerro Hermoso. Contingentes rebeldes praticamente de todos os setores do país convergirão sobre a Capital, de acordo com um plano estabelecido pelo Estado-Maior de Barrios.*

Às cinco da manhã partem as primeiras patrulhas. Depois sai a vanguarda. Consigo permissão para acompanhar as forças, tão perto quanto possível de Barrios. Instalo-me com minha escassa bagagem no jipe em que Pablo Ortega leva seus papéis, sua máquina de escrever e seu arquivo. O chofer é o mesmo negrão simpático que nos trouxe do Aeroporto para o Quartel-General.

É um dia de sol e eu me sinto com vinte anos menos. Sugiro a Ortega que Fra Angélico deve ter andado a colorir também este céu antilhano, com o auxílio de seus anjos. Meu amigo limita-se a olhar, indiferente, para o firmamento e a fazer um vago sinal de cabeça. Parece-me preocupado. Creio que a perspectiva da vitória o deixa apreensivo.

Antes de tomar a estrada real, Miguel Barrios insiste em fazer um desfile pelas ruas de Soledad del Mar. Vai de pé no seu carro e agradece com gestos majestáticos às manifestações do povo — homens, mulheres e crianças que, de janelas, portas e calçadas, lhe acenam com mãos, lenços e bandeiras. É singular o "entusiasmo" desses mestiços e índios. Limitam-se a gestos tímidos. De suas bocas não sai o menor som. A coisa toda tem o ar duma cena subaquática, apesar do aspecto desidratado desta pobre gente. O único ruído que se ouve é o do rolar dos veículos sobre as pedras irregulares do pavimento das ruas. Tiro fotografias em cores da multidão e, considerando a qualidade desta luz, estou certo de que sairão nítidas. Penso em escrever uma série de histórias ilustradas sobre esta campanha, para oferecê-la à Life *ou à* Look.

A Coluna faz alto ao anoitecer numa localidade chamada Refugio de los Angeles. A oficialidade ocupa todos os quartos do único hotel que aqui existe. À luz das fogueiras do bivaque das tropas, repontam às vezes, para se sumirem em seguida, faces inescrutáveis de índios.

Pablo e eu partilhamos do mesmo quarto. É noite de lua cheia. A brisa morna que sopra do nordeste recende a ervas aromáticas. Mosquitos tocam seus violinos, perigosamente perto de nossos ouvidos.

Ortega me chama à janela e mostra dois vultos que caminham juntos dum lado para outro no jardim do hotel. Identifico Barrios e Valencia. É este quem fala quase todo o tempo. O outro limita-se a escutar. Pablo murmura: "O comissário está polindo a sua Imagem".

25 de outubro — *Tornamos a partir pouco antes do nascer do dia. Atravessamos aldeias, vilas e cidades onde Barrios é recebido com grande entusiasmo. O povo desta região parece ter mais Espanha no sangue. É como se de repente este "filme mudo" de nossa marcha ganhasse uma trilha sonora. Ouvem-se aclamações, vivas. Homens e mulheres aproximam-se do herói para beijar-lhe a mão ou simplesmente tocar-lhe as roupas. Fotografo os manifestantes dos mais inesperados ângulos. No rolo de filme colorido da minha câmara ficaram registradas as mais variadas máscaras humanas, exprimindo alegria, êxtase místico, orgulho, esperança, e, no caso de uma que outra mulher, uma espécie de sagrado orgasmo.*

Faço entrevistas-relâmpago com elementos do povo. Uma velha me assegura que Barrios é Jesus Cristo. Um octogenário me afirma que o Chefe é uma nova encarnação de Juan Balsa, ao lado do qual ele próprio lutou na sierra *entre 1914 e 1915. Mães trazem seus filhos nos braços para que o chefe da Revolução imponha as mãos sobre a cabeça dos pequeninos.*

Miguel Barrios, que jamais sorri, parece compenetrar-se de sua função de profeta. É inegavelmente uma figura impressionante — alta, esguia, os longos cabelos e barbas agitados pela brisa, os olhos postos num horizonte que parece estar mais no tempo que no espaço.

A Coluna Revolucionária vai engrossando aos poucos. Não só rapazes mas também homens de meia-idade e até velhos querem marchar com ela. Pedem armas, e ficam tristes quando recusados. Entrevistei um camponês que me manifestou sua inabalável certeza de que a vida do povo vai agora melhorar, porque Barrios dará às populações rurais, não só terras de plantio, mas também arados, sementes: e todos terão o que comer. Um mulato de porte soberbo, que trabalhava nas máquinas duma destas usinas, me assegura que, vitoriosa a Revolução, as plantações e os engenhos serão tirados das mãos dos ricos e distribuídos entre os trabalhadores.

Não encontramos no caminho a menor resistência do inimigo. Alguns destacamentos dos federales *rendem-se sem lutar. As pontes estão intactas e os trilhos da estrada de ferro, nos seus lugares. Os aviões legalistas desapareceram do céu.*

Deixamos para trás a região do litoral, formada de florestas pluviais: a zona dos canaviais, dos bananais e dos cacaueiros, conhecida como tierra caliente. *Subimos para a* tierra templada, *o planalto onde fica a capital e cuja altura média é de oitocentos metros acima do nível do mar. A temperatura começa a baixar, os dias são mornos e as noites frescas, quase frias.*

Hoje é domingo. Barrios ordena que a Coluna faça alto às dez da manhã no povoado de Manzanares para que ele possa assistir à missa na pequena capela do lugar. Dois ou três oficiais o acompanham. Valencia permanece na frente da ermida, andando dum lado para outro, com ar impaciente, a olhar de quando em quando para o seu relógio-pulseira.

Três homens observo com especial atenção: Barrios, Valencia e Pablo. O primeiro parece viver em permanente estado de transe místico. Quando chegamos ao entardecer a Santa María de la Sierra, correspondentes estrangeiros vêm ao seu encontro para fotografá-lo e entrevistá-lo. Valencia omite-se quando se trata de fotografias e contatos com a imprensa. Continua a ser apenas uma espécie de sombra de Barrios, mas sombra com muito mais substância do que o objeto que a projeta. É um calamar que se esconde em sua própria tinta. Mas é fora de dúvida que continua a ser o verdadeiro arquiteto desta Revolução ou, melhor, seu verdadeiro "gerente". Jamais abandona o Chefe. Intervém quando necessário, mas faz isso de maneira discreta. Limita o tempo das entrevistas entre o Chefe e os jornalistas, fiscaliza suas poses fotográficas, e exerce uma censura de ferro sobre tudo quanto se escreve a respeito da Revolução e de seus comandantes.

Pablo Ortega vai ficando cada vez mais deprimido à medida que nos aproximamos de Cerro Hermoso. Pergunto-lhe hoje se acha que a capital vai resistir. Responde que não. "Será uma passeata daqui ao Palácio do Governo", diz. "Acabamos de receber a notícia de que já se luta nas ruas da cidade e de que alguns batalhões legalistas aderiram à nossa causa." O que preocupa Ortega, compreendo, é que em Cerro Hermoso encontrará sua mãe, sua casa, seus amigos, seu passado... e o cadáver de seu pai.

26 de outubro — *Estamos apenas a trinta quilômetros de Cerro Hermoso, numa elevação de terreno de onde avistamos a capital, seu casario a branquejar no verde vale. Às dez da manhã, Barrios recebe uma delegação de revolucionários, em sua maioria barbudos, sujos e com as roupas ensanguentadas. Vêm comunicar-lhe que a capital acaba de cair em poder das forças populares. São homens do povo e estudantes. Contam que a batalha, que durou dois dias e duas noites, foi terrível, e que há muitos mortos e feridos de parte a parte. Barrios escuta-os em silêncio. Valencia pergunta: "E Carrera?". O chefe da delegação responde: "Infelizmente conseguiu escapar do Palácio para o Aeroporto, de onde fugiu no seu avião particular para Ciudad Trujillo". Barrios fez um gesto de irritação. Valencia interpelou-os: "Não passou pela cabeça de nenhum dos senhores que uma das primeiras coisas a fazer num caso desses é atacar e tomar o Aeroporto?". "Fizemos várias tentativas com esse objetivo, mas fomos repelidos com grandes perdas de vidas." Valencia quis mais informações. "Já sabem quem fugiu com o ditador?" Os outros se entreolharam e finalmente um deles respondeu: "Membros de sua família e talvez alguns de seus generais". Valencia refletiu por um instante. "Mas como foi possível essa fuga", perguntou, "se o Palácio do Governo estava cercado?" — "Carrera fugiu num helicóptero. No Aeroporto, um destacamento de soldados legalistas protegeu sua retirada, resistiu até ao momento do aparelho levantar voo. Nós não contávamos com nenhum avião para perseguir os fugitivos."*

Valencia ficou um instante pensativo. Depois perguntou: "Quem comandou a defesa do Aeroporto? O Coronel Zabala?". Um dos estudantes sacudiu negativamente a cabeça e contou: "Don Gabriel Heliodoro Alvarado. Foi ele também quem comandou a resistência na cidade. Zabala rendeu-se no primeiro dia". Valencia tornou a perguntar: "Gabriel Heliodoro foi morto?". Um dos estudantes esclareceu: "Caiu ferido no combate do Aeroporto e foi preso pelos nossos soldados". Os olhos de Valencia brilharam. "Cuidem bem desse homem e de Zabala! Não os maltratem, não os deixem morrer. Não queremos mártires. Esses dois crápulas e todos os outros criminosos terão de ser julgados por um tribunal popular. Seus crimes monstruosos serão revelados aos olhos do mundo, e eles serão fuzilados como bandidos que são e não como vítimas!"

Pablo Ortega está perplexo. "Incrível!", me diz, quando ficamos a sós. "Eu imaginava Gabriel Heliodoro na Europa... Nunca o julguei capaz desse gesto de lealdade ao amigo. Qual é a explicação?" ("Qual é a resposta, Ruth?", penso.) E digo em voz alta: "Sou um jornalista. Noticio fatos. Desconfio que meus chefes não gostam muito quando procuro interpretá-los...".

Miguel Barrios chama Pablo para lhe ditar sua primeira proclamação ao país e ao mundo, no momento de instalar-se como Chefe do Governo Revolucionário Popular na República do Sacramento. Ficam durante duas horas a trabalhar na casa em que se hospedam os membros do Estado-Maior da Coluna. Roberto Valencia, como de costume, está presente e continua a exercer seu direito de veto, fazendo observações oportunas. "Isso está muito literário." — "Não. Esse assunto por ora deve ser evitado." — "Não devemos alarmar nem tranquilizar nenhum país ou grupo econômico. É bom deixá-los por ora em suspenso..." — "Na minha opinião essa proclamação não deve ter mais de duzentas palavras."

Aquela mesma tarde chegam oficiais representantes das brigadas que, de Puerto Esmeralda, Los Plátanos e Páramo, haviam convergido sobre Cerro Hermoso, para sitiá-la. Reúnem-se todos e estudam a melhor maneira de consolidar a posse da Capital, estabelecer um dispositivo rigoroso de segurança e preparar o ambiente para a entrada de Barrios e suas forças no dia seguinte.

Naquela mesma noite, Roberto Valencia segue para Cerro Hermoso com os membros da delegação de estudantes e populares, bem como com a oficialidade das outras unidades revolucionárias.

27 de outubro — *Antes de raiar o dia, um Roberto Valencia tresnoitado vem buscar Miguel Barrios, que não está em melhor situação que ele em matéria de sono.*

A entrada das forças libertadoras em Cerro Hermoso está marcada para as dez desta manhã. A Coluna põe-se em movimento às sete e meia, lentamente, na maior ordem. Outro dia luminoso! (Estes verdes graves e veludosos me lembram os da Virgínia.) Encontramos à beira da estrada graciosas residências brancas, com portales *nos alpendres, muitos destes cobertos por buganvílias cujas flores vão do magenta ao escarlate. Nos vilarejos perto de Cerro Hermoso, os habitantes atapetaram com folhas, flores e ramos o caminho por onde o novo Libertador vai passar. Uma pequena banda de música de amadores, comovedoramente desafinada mas cheia de grande entusiasmo cívico, toca marchas numa pracinha onde vejo uma multidão de cabeças aflitas, braços que se agitam com lenços coloridos, flores e bandeiras. De cima de seu jipe, Barrios acena para os manifestantes. Foguetes chiam, sobem para o céu, espocam no ar. Um popular tenta fazer um discurso mas acaba desistindo da ideia porque as aclamações e as explosões dos foguetes lhe abafam a voz...*

Às portas da cidade, nosso cortejo estaca noutra praça. Junto dum chafariz colonial vejo parada uma solene limusine negra, muito lustrosa e bem cui-

dada. Um padre sai do carro e aproxima-se do jipe do chefe da Revolução, faz uma curvatura e diz-lhe algo... Barrios troca um olhar e duas palavras com Valencia, e depois faz um aceno afirmativo para o sacerdote, que volta para a limusine. A porta desta se abre e sai de dentro dela D. Pánfilo Arango y Aragón. (Creio que vou presenciar uma cena histórica que me poderá fornecer elementos para uma boa reportagem!) Barrios salta do jipe, mas permanece ao pé dele, não dá sequer um passo na direção do Príncipe da Igreja. É este que vem a seu encontro, sorridente, nas suas impecáveis vestes sacerdotais. A multidão agora observa a cena, em silêncio. D. Pánfilo traz, sobre uma almofada, a chave simbólica da cidade. Aproximo-me de ambos. Quero testemunhar o grande momento. Ponho-me a tirar uma série de fotografias coloridas desde o momento em que os dois homens estão a uns cinco passos um do outro. O Arcebispo Primaz ergue a mão como que esperando que Miguel Barrios lhe beije o anel, mas o revolucionário limita-se a apertar-lhe rapidamente as pontas dos dedos.

Não quero perder uma só palavra do diálogo. Outras pessoas aproximam-se também, formando um círculo no centro do qual se encontram as duas personagens principais da cena.

Aos setenta anos, o Arcebispo Primaz é ainda um belo homem de postura ereta, faces rosadas e de traços nobres, extremamente simpáticos. O sorriso com que saiu do carro se vai aos poucos apagando dos lábios e dos olhos, ante a gélida indiferença que nota na cara de Barrios e nas de seus oficiais.

Apresentando ao Chefe da Revolução a chave dourada, o Prelado diz:

— Tenho a honra de dar-lhe as boas-vindas, general, e de fazer-lhe a entrega da chave simbólica de nossa querida Capital.

A resposta de Barrios é seca:

— Vossa Reverendíssima deve convir que chegou um pouco tarde... De nada nos poderá servir agora essa chave, uma vez que já arrombamos as portas de Cerro Hermoso com nossos corpos, nosso sangue, nossas vidas.

Por alguns segundos D. Pánfilo parece desconcertado. Pigarreia, olha em torno, recobra o aprumo e diz:

— Espero que ao menos compreenda meu gesto de cortesia.

— Não viemos até aqui em busca de cortesias, mas duma vida melhor para nosso povo.

Os lábios do Arcebispo tremem e sua voz se torna opaca quando ele replica:

— Seja! Mas, em nome dos princípios cristãos, peço-lhe que não permita que mais uma vez, nesta pobre cidade, em nome do que quer que seja, se derrame sangue, se cometam excessos, se aviltem e destruam vidas humanas!

— Senhor Arcebispo — sorriu Barrios —, há anos que nesta ilha ho-

mens, mulheres e até crianças são aviltados e injustiçados, morrem de fome, de doenças ou torturados pela polícia do ditador sem que tudo isso pareça ter impressionado muito Vossa Reverendíssima, com todos os seus sentimentos cristãos....

O outro empalideceu. Antes de ele tornar a falar, Barrios acrescentou:

— Há uma coisa que lhe posso prometer honestamente. Justiça!

— Não se esqueça, comandante, de que, acima da justiça imperfeita dos homens, existe a justiça definitiva e infalível de Deus. Ela pode tardar, mas não falha nunca.

— Pois, senhor Arcebispo, enquanto a infalível justiça divina não se manifesta, teremos de nos contentar com a nossa justiça imperfeita. Passe muito bem!

Ambos se encaram por um momento. D. Pánfilo faz uma leve inclinação de cabeça e a seguir volta-se para um lado, vê Pablo Ortega, reconhece-o, aproxima-se dele, e do diálogo rápido que ambos mantêm em voz baixa, só venho a saber no dia seguinte, graças ao próprio Ortega:

— Fui eu mesmo quem ministrou os derradeiros sacramentos a Don Dionisio. A última palavra que teu pai pronunciou foi o teu nome, Pablo. Tu o feriste de morte com teu ato de rebeldia.

Ortega encarou-o, duro.

— Vossa Reverendíssima me conta isso para me provocar um sentimento de culpa? Pensa também, como minha mãe, que fui eu o culpado da morte de meu pai?

O Arcebispo pareceu ter um momento de hesitação, mas não resistiu à tentação de fazer "uma grande frase":

— Todo aquele que se rebela contra a ordem moral, social e econômica vigente, meu filho, mata o próprio pai simbolicamente... e às vezes biologicamente. Que Deus tenha misericórdia de tua alma!

Era evidente que D. Pánfilo vingava-se em Pablo da humilhação a que Barrios o submetera. Mas o rapaz sorriu, fez uma curvatura irônica, e murmurou:

— Fico muito grato a Vossa Reverendíssima por essas palavras tão cheias do mais puro sentimento de caridade cristã...

A cabeça erguida, o prelado encaminhou-se com passos firmes de volta ao seu automóvel negro.

42

No dia seguinte, no seu gabinete da chancelaria, em Washington, o Dr. Jorge Molina leu num dos matutinos o que havia sido a entrada triunfal de Miguel Barrios e suas tropas em Cerro Hermoso. A história, da autoria de William B. Godkin, fora distribuída pela Amalpress. Era um relato objetivo, parco em adjetivos, mas dava uma ideia nítida do que havia sido o espetáculo — o desfile pelas ruas e avenidas, as bandas de música, as aclamações populares... (Os sinos de todas as igrejas tinham permanecido mudos.) Cerca de cinquenta mil pessoas amontoavam-se na Plaza de Armas e puseram-se a ulular quando Barrios surgiu à sacada do Palácio Presidencial. Godkin acentuava o fato de que, graças à ação do Comitê Central Revolucionário, não houvera na cidade tropelias, saques, vinganças pessoais ou quaisquer outras manifestações de violência popular. O policiamento da capital fora rigoroso e eficiente desde a primeira hora.

Além dos antigos membros do gabinete de Juventino Carrera, estavam presos, aguardando julgamento, vários de seus generais, prepostos, capangas e principalmente elementos de sua polícia. Tudo indicava, informava ainda Bill Godkin, que os dois "réus estelares" — já que Juventino Carrera havia conseguido fugir do país — seriam Pedro Zabala, o Chefe de Polícia, odiado pelo povo pela sua brutalidade, e Gabriel Heliodoro Alvarado, que parecia simbolizar, mais que ninguém, tudo quanto seu amigo e compadre Juventino Carrera representava como corrupção administrativa, arbítrio e enriquecimento à custa da miséria do povo. Na opinião do correspondente da Amalgamated Press, o Comitê Central Revolucionário ia dar uma importância toda particular ao julgamento desses dois homens.

Molina ergueu-se e começou a andar acima e abaixo no escritório. Havia um grande silêncio na chancelaria. Mandara naquela manhã para suas casas Mercedita, as outras datilógrafas e os funcionários menores.

Tinha passado mais duma hora a rasgar e queimar papéis. Era o fim. Havia já tomado sua decisão. Não esperaria o embaixador do novo Governo para lhe passar o cargo.

Apertou o botão da campainha, chamando Clare Ogilvy. Percebeu que os olhos da secretária estavam vermelhos e úmidos, mas nada disse.

— Posso fumar, doutor?

— Faça o que entender. Sente-se, por favor.

Ela obedeceu. Acendeu um cigarro, soltou uma baforada de fumaça num sopro convulsivo como um soluço. O Encarregado de Negócios voltou-se para ela.

— Miss Ogilvy, a senhorita naturalmente está a par da situação do Sacramento... Quero lhe pedir um último favor. Uma vez que, desde este momento, me considero automaticamente desligado do serviço diplomático... peço-lhe que tome conta da embaixada e sua criadagem... chofer, jardineiro, cozinheiros, camareiras, etc... Sim, e dessas meninas e rapazes que mandei hoje para casa... E da chancelaria, é claro.

La Ogilvita limitava-se a sacudir afirmativamente a cabeça.

— Acredite ou não — prosseguiu Molina —, a senhorita agora é a representante de fato, se não de direito, da República do Sacramento em Washington.

Pronunciou essas palavras sem a menor intenção humorística.

— E o senhor... para onde vai? Se pergunto, é porque preciso de seu próximo endereço para lhe reenviar a correspondência...

Molina exprimiu sua indiferença com um esgar.

— Não estou interessado em me corresponder com ninguém...

A não ser com Deus — pensou — mas não consegui descobrir ainda o número de sua caixa postal. Mas como explicar a um americano que alguma pessoa no Universo pode *não* ter um endereço certo?

— Bom, oportunamente lhe escreverei, dizendo onde me encontro.

Sentia uma espécie de mórbida volúpia em pensar em si mesmo como um homem prestes a morrer. Dedicara a melhor parte da manhã a seus planos mais importantes. Algo, porém, o horrorizava: a ideia de ficar a decompor-se em cima duma cama e só ser descoberto pelo fedor de sua podridão. Sempre respeitara o próprio corpo (e sua castidade não seria esse respeito levado à sua derradeira consequência?) e tinha horror à ideia de que ele pudesse cheirar mal. Decerto — ocorria-lhe agora — porque seu próprio pai cheirava mal. Tinha um hálito empestado de rum quando chegava à casa, embriagado. E de seu corpo, suado e sem banho, emanava-se habitualmente um cheiro azedo que o menino Jorge detestava.

— Bom, Miss Ogilvy. Preciso de outro favor seu. Especialíssimo. Quero que amanhã, sem falta, ao meio-dia em ponto, a senhorita vá ao meu apartamento. — Calou-se, vermelho, porque a coisa soava a seus próprios ouvidos como um convite erótico. — Quero dizer, eu não estarei lá, mas vou lhe dar a chave... A senhorita entrará, apanhará umas quatro ou cinco cartas que encontrará em cima da minha escrivaninha (já devidamente seladas) e terá a bondade de pô-las numa caixa de correio. Ah! Haverá uma dirigida à sua pessoa... com instruções.

— A mim?

— Exatamente. Repito que é importante que chegue ao meu apartamento ao meio-dia em ponto. Abra a porta. Tome a chave.

Miss Ogilvy apanhou a chave que o homem lhe dava. Molina imaginou o espanto da secretária quando o visse estendido na cama, lívido e imóvel como um boneco de cera. Então compreenderia tudo...

— Sim, Senhor Ministro.

— Não sou mais ministro, miss.

— Está bem, Senhor Molina. Farei o que me pede. Pode confiar em mim. — Clare apagou nervosamente seu cigarro dentro do cinzeiro. Depois disse: — Li sobre o senhor Embaixador...

— Ex-embaixador.

— Sim. Don Gabriel Heliodoro. Acha que vão fuzilá-lo?

— Com toda a probabilidade.

— Tem alguma notícia de Pablo Ortega?

— Direta? Nenhuma.

— Será que...?

Molina sacudiu negativamente a cabeça.

— Fique tranquila. Não lhe aconteceu nada de mau. Na sua última reportagem publicada hoje, Mister Godkin conta que estava ao lado de Ortega quando Barrios falou ao povo da sacada do Palácio.

Jorge Molina vestiu a gabardina, apanhou sua pasta de couro e o chapéu Gelot, e olhou em torno da sala, como numa despedida formal.

— Adeus, Miss Ogilvy. Não sei como agradecer-lhe por tudo quanto fez e ainda vai fazer por mim. Mas é capital que a senhorita vá ao meu apartamento amanhã ao meio-dia em ponto. Capital! Estou certo de que não me falhará nesta situação crítica quem nunca me falhou nas horas de rotina.

Jorge Molina estendeu a mão para Clare, que a apertou e sentiu gelada como a dum cadáver. Estaria doente o pobre homem? Que quereria dizer com "situação crítica"? Mas o ex-Ministro-Conselheiro retirou depressa a mão, encaminhou-se para a porta e a secretária ficou onde estava, e ouviu os passos da singular criatura soarem no corredor deserto como sob a abóbada duma catacumba.

À frente da chancelaria, Molina olhou longamente para o parque e para a mansão residencial da embaixada. Ficou por um instante absorto a acompanhar os movimentos dos esquilos que brincavam, subindo e descendo das árvores. Um deles aproximou-se tanto, que quase chegou a tocar os sapatos muito bem lustrados de Molina, que teve um ímpeto de acocorar-se e acariciar o pelo do bichinho. Mas conteve-se — o animal podia morder-lhe ou arranhar-lhe os dedos —, continuou ereto, pigarreando repetidamente, sentindo no peito uma fria sensação de vácuo. De novo lhe veio à mente a figura do pai. "Deus não existe!", exclamava o Velho. "Se existisse, haveria justiça e bondade na Terra e tua mãe não teria morrido estupidamente ao te dar à luz!" Bela desculpa para beber, para entregar-se ao desespero, para fugir à luta! — pensou. — Sim, e para não tomar banho, para não escovar os dentes, para conservar no corpo a mesma roupa durante semanas...

À esquina da Massachusetts com a Rua 34, fez um sinal para um táxi amarelo que passava vazio.

Desde o meio-dia até às três da tarde, Jorge Molina, fechado e sozinho como sempre em seu escritório, ficou a preencher e assinar cheques (aluguel do apartamento, luz e gás, últimas prestações da Enciclopédia Britânica, etc...) e a escrever cartas. Dirigiu a primeira a Jenkins & Jenkins, Morticians, cujo catálogo examinara antes com o mais escrupuloso cuidado. Comunicava a essa agência de pompas fúnebres que, como desejava um serviço modesto, escolhera o Tipo 3-A., que incluía Cremação. Fez uma recomendação especial:

Rogo-lhes encarecidamente que não façam em meu rosto o make-up *habitual, o que seria, além de ridículo, inútil. Não haverá velório, pois não tenho parentes nem amigos. Meu corpo deverá ser cremado imediatamente depois de preenchidas as formalidades legais. Minha ex-secretária, Miss Clare W. Ogilvy, portadora da presente, se encarregará de dar um destino às minhas cinzas. Incluo um cheque a favor dessa firma para cobrir todas as despesas, de acordo com os preços estipulados no supra-aludido catálogo. Queiram aceitar meus agradecimentos antecipados. Sinceramente...*

A carta seguinte era dirigida a Miss Ogilvy:

Perdoe-me pelo choque que porventura eu lhe possa ter causado. Reconheço que entrar num apartamento e encontrar um defunto em cima duma cama não deve ser coisa muito agradável. Em todo o caso, como não acredito que te-

nha por mim o menor sentimento de afeição, sei que o choque não será muito grande, e esta ideia atenua um pouco o constrangimento que agora sinto.

Nem sequer tentarei explicar-lhe os motivos por que me suicido. Seria muito complicado e tedioso, e de qualquer modo minhas razões lhe soariam falso. O importante é deixar bem claro que ninguém senão eu próprio é responsável por este meu ato que nem sequer é de desespero. Estou em plena posse de minhas faculdades mentais.

Aceite, portanto, o fato consumado e não faça perguntas a respeito dele a si mesma nem aos outros. E não me queira muito mal por todo o incômodo que lhe causo.

Rogo-lhe a fineza de aceitar o pequeno presente que aqui incluo na forma dum cheque de mil dólares. E de expedir as cartas que deixo em cima desta mesa, e entre as quais se encontra uma dirigida às autoridades policiais de Washington.

Quanto à cerimônia fúnebre, já providenciei tudo na carta endereçada a Jenkins & Jenkins, Morticians, que lhe rogo entregar pessoalmente aos destinatários, depois de lê-la. (Dou-lhe minha autorização para isso.) E agora vamos ao problema das minhas cinzas. Acho desnecessário sepultá-las ou guardá-las onde quer que seja. Não significam nada para ninguém. Descubra um meio discreto e prático de livrar-se delas. Sugiro que as lance no Potomac ou que as atire no primeiro monturo que encontrar. E por que não na sua própria lata de lixo? Creia que lhe faço essa sugestão sem a menor amargura. Sempre respeitei o meu próprio corpo, enquanto vivo, mas não sinto o menor interesse por suas cinzas.

Obrigado, Miss Ogilvy, obrigado por tudo. Creia que sempre tive pela sua pessoa o maior respeito e admiração. Atenciosamente...

Examinou com o maior cuidado o saldo de sua conta bancária e calculou o quanto lhe restava, descontados os cheques que preenchera e assinara. O saldo era de pouco mais de trinta mil dólares... Fez um cheque nominal dessa importância a favor do Padre Catalino Sender e meteu-o num envelope, acompanhado dum bilhete nestes termos: *Meu caro Padre Sender: O senhor talvez não se lembre de mim. Só nos vimos umas duas ou três vezes. Aqui vão estes dólares para suas obras de caridade.* Antes de assinar a mensagem, ficou com a caneta no ar, um amargo sorriso nos lábios pálidos, pois lhe ocorrera acrescentar: *Espero que não tenha de usar em breve essa importância para ajudar um movimento revolucionário contra o Governo de Miguel Barrios.* Mas conteve-se e acrescentou apenas: *Reze por mim.* E assinou.

Ergueu-se, olhou em torno. Estava tudo pronto. Olhou para o relógio. Passavam alguns minutos das três da tarde. Se tomasse os barbitúricos antes das quatro e Miss Ogilvy entrasse no quarto às doze em ponto do dia seguinte, não haveria mais tempo de o levarem a um hospital e aplicarem-lhe uma lavagem estomacal. Seria coisa dum ridículo atroz se o salvassem.

Entrou no quarto de banho, despiu-se, tomou um banho tépido, barbeou-se, vestiu seu hábito de monge e voltou para a sala. Mas não voltou sozinho. Duas figuras — a de seu pai e a do Padre Catalino — disputavam lugar em seus pensamentos. O velho Molina exclamava: "Eu não te dizia? Deus não existe". O Padre Sender não gritava, mas seu murmúrio era mais audível que a voz do ébrio: "Eu não quero seu dinheiro, meu filho, quero sua alma". "Mas que alma?", vociferou o velho Molina. E o ex-Ministro-Conselheiro chegou a sentir o ranço do corpo do pai, seu hálito de rum, e todas as fermentações daquela boca de dentes podres. "Que alma?" — Então Jorge Molina concluiu que havia entrado para o seminário num protesto contra o pai. Precisava provar-lhe que Deus existia e sua misericórdia era tão grande que chegava a ultrapassar a compreensão dos homens. Mas agora não podia deixar de reconhecer que o velho bêbedo acabara vencendo. "Não!", disse a imagem do Padre Sender. "A persistência da figura de seu pai na sua memória é uma prova de que Deus existe!"

Molina tornou a sentar-se à sua escrivaninha, tirou duma de suas gavetas todos os originais da biografia de D. Pánfilo Arango y Aragón e começou a rasgá-los, folha por folha. E, enquanto destruía aquele trabalho de mais de três anos, pensava no Arcebispo Primaz. Gris tinha razão. D. Pánfilo era a personificação duma colossal fraude. Que vergonha! Que humilhação! Rebaixar-se um Príncipe da Igreja ante um homem como Miguel Barrios! Apressar-se a ir ao encontro dos revolucionários quando devia ter tido a decência de ficar fechado a orar no Palácio Arquiepiscopal, resignado a um ostracismo político que só poderia dignificá-lo. Os outros, se quisessem, que o fossem procurar depois. Para pedir seu apoio moral ou para fuzilá-lo. E, à medida que pensava essas coisas, Molina ia rasgando os seus papéis com uma fúria crescente...

Sem a menor dúvida, era o Padre Catalino Sender quem representava a verdadeira Igreja de Cristo, a que está mais próxima do coração do povo, da carne viva do sofrimento do homem e da vida. A Igreja só poderia sobreviver com dignidade no tempo histórico se não se deixasse contaminar pelas glórias, honrarias e falsidades do poder temporal.

Gotas de suor escorriam-lhe pelo rosto, umedeciam-lhe as mãos dum frio que já lhe sugeria o da morte. Havia, no entanto, no seu coração ainda o resto duma chama — a dum toco de vela ao pé de algum remoto altar da infância?

De súbito o silêncio e a solidão do apartamento o assustaram. Olhou para o relógio. Tomaria o conteúdo de dois vidros de seconal e se deitaria. Mas... e se Clare não viesse? Se Clare não viesse... ele ficaria a apodrecer no seu leito, e os vizinhos, que nunca o haviam estimado, passariam a odiá-lo não só porque o fedor de seu corpo putrefato lhes invadiria os apartamentos, lhes entraria pelas narinas como também porque a ideia de que um homem tem o poder de acabar com a própria vida lhes envenenaria o espírito e os deixaria perturbados durante horas, talvez dias... Não. Clare era a personificação da eficiência. Não podia falhar. Ela era o *deus ex machina*.

Enxugou o suor frio das palmas das mãos com um lenço. Tomou o próprio pulso e notou que seu ritmo estava consideravelmente acelerado. Sentia uma leve constrição de garganta, a respiração curta e meio ofegante, uma certa moleza de pernas e braços. Medo? Ridículo! Não ia sofrer nenhuma dor. Entraria docemente no Grande Sono.

Passou em revista todas as providências tomadas durante aquelas últimas horas. Lembrando-se de sua biblioteca, acrescentou um P. S. à carta de Miss Ogilvy: *Entregue todos os meus livros, inclusive as enciclopédias, à biblioteca da Universidade Católica. E minhas roupas a uma instituição de caridade, à sua escolha.*

Encaminhou-se para a quitinete. O Padre Catalino seguiu-o, encurvado, a batina a roçar o chão vermelho de Soledad del Mar. "Pense bem, meu filho. Você vai matar um homem. É um assassínio premeditado." — "Ele já assassinou a mãe!", exclamou o velho Molina. O ex-seminarista abriu a torneira acima da pia da minúscula cozinha, encheu um copo d'água, voltou para o quarto de dormir e sentou-se na cama. O Padre Catalino tornou a falar. "Não se esqueça de que sua mãe o carregou no ventre durante nove meses, com desconforto mas com alegria e esperança. Perdeu a vida para pô-lo no mundo, não por sua culpa, Jorge, mas porque essa foi a vontade de Deus. Você não tem o direito de destruir com suas próprias mãos esse homem que sua mãe gerou e amou. Não será apenas um homicídio, mas também um fratricídio."

Jorge Molina olhou longamente para o retrato da mãe, ali ao pé da cama, e lágrimas vieram-lhe aos olhos. Quantos anos fazia que não chorava? Vinte? Trinta?

Apanhou os dois vidros de barbitúricos que estavam ao lado do retrato e despejou o conteúdo de ambos sobre a mesinha.

Se Deus existe — refletiu —, deve estar agora rindo de mim. Ou estará sofrendo? Mas se Ele sente necessidade de rir ou tem a capacidade de sofrer, Ele não é Deus... E, se basta uma ideia em Seu espírito para me salvar, por que não me salva? E o Padre Sender respondeu: "O simples fato de Ele te dar a faculdade de formular essas perguntas, meu filho, é o princípio da salvação".

Molina pôs um comprimido sobre a língua, bebeu um copo d'água e engoliu a primeira prestação de sua morte. Lembrou-se de sua Primeira Comunhão e de como lhe havia sido difícil engolir a hóstia sem trincá-la. A voz da tia: "Não mastigue, menino, é pecado, porque o corpo e o sangue de Cristo estão na hóstia". Lembrou-se da sensação de paz e de pureza interiores que sentira depois de sua Primeira Comunhão. E do cartucho com doces que sua tia lhe dera...

Sentiu uma repentina necessidade de rezar. Ajoelhou-se ao pé da cama, trançou as mãos, olhou para o retrato da mãe, depois cerrou os olhos e murmurou: "*Salve Regina, mater misericordiae; vita, dulcedo et spes nostra, salve*". (Mas o pai se intrometia na oração, gesticulava. "Se Deus não existe, por que haveria de existir a Virgem Maria? E para que rezar? Para quem?") "*Ad te clamamus exsules filii Hevae. Ad te suspiramus gementes et fluentes in hoc lacrimarum valle. Eta ergo, advocata nostra, illos tuos misericordes oculos ad nos converte. Et Jesum, benedictum fructum ventris tui, nobis Post hoc exsilium ostende.*" — Ele fora o maldito fruto. — "*O clemens, o pia, o dulcis Virgo Maria!*" Maldito fruto. Ácido. Pútrido. Amém!

Ergueu-se. Doíam-lhe os joelhos. Doía-lhe o estômago. Não comia nada desde o dia anterior... Sentia uma leve tontura. Olhou o relógio. Vinte para as quatro? Sua visão estava meio turva. Viu as pílulas sobre a mesinha... A ponte para "o outro lado"... Curioso o hábito de ver a morte em termos de espaço. O Além... O outro lado... Por que não "o outro tempo"? Ocorreu-lhe então que Deus, habitante da Eternidade, não tinha pressa e, sendo Deus, não podia impacientar-se. Mas ele, Jorge Molina, dispunha agora apenas de alguns minutos para fazer o gesto definitivo. Tornou a olhar para os comprimidos. Lembrou-se dum piquenique, nos tempos de menino. Atravessara um rio pisando em alpondras, sem molhar os pés. Aqueles comprimidos que ali estavam podiam levá-lo a pé enxuto para o outro lado do rio que separa a vida da morte. Aqueles miseráveis comprimidos, produzidos em massa num laboratório, industrialmente... Pensou no preço que pagara por eles. Ridículo! Aquelas coisas compravam-se em farmácias, com coca-colas, sanduíches, revistas, brinquedos, histórias de Mickey Mouse — aqueles insignificantes comprimidos lustrosos e coloridos podiam pôr fim à sua vida. "Pense bem, meu filho", sussurrava-lhe agora o Padre Sender, "em vez de ir buscar numa igreja a solução para seus problemas você foi comprá-la num *drugstore*."

"Isso é parte do absurdo da vida!", disse Molina em voz alta. "Deus me abandonou." O Padre Catalino sorriu. "Não", sussurrou ele. "Deus mandou o mais humilde e sarnento de seus cães para ladrar a seus pés e adverti-lo dos perigos da floresta. Não atravesse o rio. Fique nesta margem e espere... Deus um dia virá em seu socorro."

Jorge Molina sentou-se na cama. Não seria o suicídio um ato paranoico? Um homem decide tomar em suas mãos, como um deus, o seu próprio destino... Seu pai um dia lhe chamara "covarde". Talvez tivesse *razão*. Ele era mesmo um covarde. Nunca tivera a coragem de encarar a vida de frente. Pior que isso. Era um vaidoso! Sua ideia de não ser querido, aceito (compreendia ele agora) lhe vinha de sua incapacidade de querer, tolerar, aceitar, amar os outros. Sua revolta contra Deus não teria sido uma revolta contra seu próprio pai? E alguma vez tentara ele um gesto de compreensão, de amor e de perdão para com esse mesmo pai? Sua admiração pelo Arcebispo Primaz não seria menos pela criatura de Deus que habitava nele do que pelo seu poder e pela sua glória de Príncipe da Igreja?

Sim, um vaidoso! Nada mais que isso. Tão vaidoso que chegara quase à beira da conclusão de que o mundo, a vida, todos os homens conspiravam contra ele. Não compreendera — estúpido! — que Deus podia existir no Universo, atomizado em suas criaturas, e que sua incapacidade de amar a Deus era antes de mais nada uma incapacidade de amar as coisas que Ele criara. Idiota! Idiota! Idiota! Passara a vida a procurar um Deus que fosse exclusivamente seu, lógico como uma fórmula matemática, luminoso como um sol, um Deus sempre visível e à sua disposição, um Deus que lhe estendesse os braços e dissesse: "Vem, filho meu dileto, e senta-te a meu lado...".

Jorge Molina pensava essas coisas a olhar fixamente para os comprimidos. Sua passagem desta vida para o outro lado do mistério dependia dum gesto que qualquer criança inocente ou qualquer débil mental poderia fazer: meter aqueles comprimidos na boca e os ir engolindo um a um, como numa espécie de jogo inconsequente.

O ex-seminarista de repente se pôs de pé. Viera-lhe um súbito, intenso desejo de continuar a viver. Juntou os comprimidos no côncavo de ambas as mãos, correu para o quarto de banho, despejou-os todos no vaso sanitário e apertou o botão que desencadeou o jorro d'água...

E agora? E agora? — pensou, num alvoroto. Trocou de roupa, desceu pelo elevador, entrou na cabina dum telefone público e discou o número da chancelaria.

— Miss Ogilvy? Aqui fala Molina... Sim, Jorge Molina. Ouça bem o que vou lhe dizer. *Não* venha amanhã ao meu apartamento como lhe pedi. Está entendido? *Não* venha. Mudei de planos. Está tudo bem agora! E muito obrigado. Não venha! Muito obrigado. Que Deus a abençoe!

Desligou o telefone, antes que a secretária fizesse perguntas. Voltou para seu apartamento. Agora o que tinha a fazer era destruir as cartas que escrevera. Conservaria apenas as que continham os cheques para saldar contas...

Tirou duma das gavetas da cômoda o seu passaporte. A seguir se pôs a fazer as malas, com uma pressa desordenada, frenética. Sim. A Espanha! Lembrava-se dum entardecer, na escura catedral do Barrio Gótico de Barcelona. Não havia melhor lugar no mundo para um encontro secreto com Deus. Compraria, aquela tarde mesmo, uma passagem de avião para Madri. *Las meninas* de Velázquez. As loucuras de Hieronymus Bosch. Trinta mil dólares e pico eram bastante dinheiro! Podia conseguir facilmente um lugar de professor na Universidade de Salamanca! A Espanha! Viver de novo! Uma outra vida. Um outro homem!

Assobiava, cantarolava baixinho, fazia movimentos absolutamente absurdos... O suor escorria-lhe pelo torso. Mas era um suor de vida e não de morte. De repente percebeu que estava com fome. Natural. Não pusera nada no estômago havia quase vinte e quatro horas!

Encaminhou-se para a cozinha, abriu o refrigerador, apanhou a garrafa de leite, duas folhas de alface, uma fatia de queijo e uma de presunto e apertou tudo isso entre duas fatias de pão e começou a comer e beber com uma voracidade feliz. Poria no bolso umas migalhas de pão para dar aos primeiros esquilos que encontrasse... Haveria esquilos nos parques de Madri?

Sim, sair pelo mundo numa nova busca de Deus! Agora, mais que nunca, sentia que Deus podia estar em qualquer parte do Universo. Até dentro dum refrigerador.

43

Naquele mesmo instante, sentado à sua escrivaninha numa sala do terceiro andar do Palácio do Governo, em Cerro Hermoso, Pablo Ortega comia também um sanduíche e bebia um copo de leite. Mas não pensava em Deus. Pensava, isso sim, em Roberto Valencia, que de certo modo estava procurando representar o papel dum deus onipotente e onipresente naquela Revolução. Sua onipresença lhe era garantida pelos quatro telefones que tinha sobre a mesa de trabalho e pela possante estação de rádio, instalada no Palácio, e pela qual ele se comunicava com todos os quadrantes do país, transmitindo ordens, recebendo informações e consultas.

Sua onipotência lhe vinha do fato de, além de exercer completo domínio sobre Miguel Barrios, ter tido o cuidado de nomear homens de sua inteira confiança para governar as províncias e ocupar os postos-chaves no Comitê Central Revolucionário.

A imagem que aparecia nos jornais e revistas de boa parte do mundo, como símbolo da Revolução, era a de Miguel Barrios. Mas Roberto Valencia, que não fazia discursos, não dava entrevistas e jamais se deixava fotografar, era quem realmente governava o país, na sua qualidade de Secretário-Geral do Comitê Central.

Tinha uma resistência física extraordinária, uma cabeça privilegiada e uma vontade de aço. Trabalhava no mínimo quinze horas por dia. Dormia no máximo quatro ou cinco. Almoçava frugalmente junto da própria mesa de trabalho, sem arredar pé de seu gabinete, contíguo ao de Barrios, e onde todas as manhãs um barbeiro vinha escanhoar-lhe o rosto, enquanto ele ditava cartas a seus estenógrafos, conferenciava com seus assistentes e fazia ou atendia chamados telefônicos. Fora ele quem redigira os primeiros decretos assinados por Miguel Barrios — dissolvendo os partidos políticos, fechando os jornais, instituindo comissões de inquérito não só para apurar casos de corrupção entre os membros do Governo deposto, como também para examinar a escrita das companhias nacionais e estrangeiras. Um financista de sua absoluta confiança ocupava agora o posto de interventor no Banco Federal, que se sabia ser a fonte das mais grossas e indecentes negociatas e fraudes cambiais do Governo de Juventino Carrera.

Estava também Valencia preocupado com a ideia de fundar, sem tardança, um Partido Popular Revolucionário, que seria o único a ter existência legal no país. Ele próprio redigira um esboço de programa e de estatuto interno para o novo agrupamento político, encarregando uma comissão de especialistas da redação final de ambos esses documentos. (Ortega sabia que Valencia só considerava "especialistas" os marxistas ortodoxos.) Já se estudava também a elaboração duma nova Constituição para o Sacramento, e o trabalho estava a cargo dum grupo de juristas — quase todos eles homens que durante o Governo de Carrera haviam permanecido fora do país, exilados, ou então criavam bolor no fundo das úmidas masmorras da polícia federal. Outro problema que agora ocupava a atenção do Secretário-Geral era o da organização imediata de sindicatos profissionais. Recebia, em seu gabinete, delegações de camponeses, de operários e representantes das profissões liberais. Recusava terminantemente ver repórteres e correspondentes dos jornais e agências de notícias estrangeiros, aos quais mandava bilhetes lacônicos: *Nossos atos e os fatos falam por si mesmos. Quanto ao futuro, não sou profeta. Os senhores jornalistas que esperem.* Pouco lhe importava ser simpático e popular entre o pessoal da imprensa.

Ortega não podia deixar de admirar (*admirar* seria mesmo o verbo exato?) aquele homem sóbrio, objetivo e obstinado, que não desperdiçava palavras nem gestos e que parecia não ter a menor necessidade de música, poesia ou mesmo amor. Quanto à sua vida sentimental, sabia-se de positivo apenas que sua esposa fora torturada e assassinada pelos agentes da polícia do ditador, nos tempos em que Ugarte era o Chefe de Polícia de Valencia. Jamais se unira pelo matrimônio a outra mulher. Se tinha amantes, não se lhes conhecia os nomes nem as figuras.

Pablo Ortega terminou de comer seu sanduíche, bebeu o resto de leite que ficara no copo, limpou as mãos com um guardanapo de papel e caminhou até uma das janelas de seu escritório que abriam para a praça, onde agora homens, mulheres e crianças se movimentavam, convergindo para a frente do Palácio. Pablo sorriu. Dentro de pouco, quando o grupo engrossasse e se fizesse multidão, começaria a gritar em coro: "Ba-rrios! Ba-rrios! Ba-rrios!". E o Chefe seria compelido a aparecer à sacada e, junto dum microfone ligado a dezenas de alto-falantes, colocados em diversos pontos da praça e das ruas adjacentes, acabaria por improvisar um pequeno discurso. (Coisas como essas aconteciam quase diariamente por volta das cinco da tarde.) E a Imagem que Valencia continuava a "polir" diariamente, com o cuidado de um *connaisseur*, haveria de resplandecer àquele sol de fins de outubro com um brilho mais vivo e novo que o do bronze da estátua equestre de Simón Bolívar que se empinava no centro da praça, dentro dum círculo orlado de altas palmeiras.

Nos primeiros dias após a queda de Carrera, o Governo Revolucionário empenhara-se em impedir que os grupos que andavam armados pelas ruas, embriagados de vitória e rum, se entregassem a atos de pilhagem, depredações e linchamentos. Para conter as multidões, Roberto Valencia mais uma vez valera-se da figura carismática de Miguel Barrios, que, da sacada da casa do Governo, ou de outros pontos da capital, fazia discursos eloquentes, exortando o povo a que tivesse um comportamento digno dos altos objetivos da Revolução. Explicava que a tarefa que seu Governo tinha diante de si não era de vingança, mas de justiça. "E, quando digo *justiça* não penso apenas na punição dos criminosos do Governo passado, mas também numa vida farta, justa e feliz para o nosso grande e bravo povo!" Enquanto isso, Valencia e seus homens tomavam todas as medidas para policiar, com os melhores resultados, a cidade e para ir aos poucos, por meio da persuasão, tirando as armas que tinham ficado nas mãos da população civil. Mais uma vez a fórmula "pão e circo" provou sua eficiência. O Governo organizou bailes públicos ao ar livre, fogos de artifício, passeatas com bandeiras e bandas de música, além de comícios em que dezenas de oradores, em sua maioria improvisados, entregavam-se a verdadeiros delírios verbais, encontrando eco entre o público, que explodia em gritos e vivas. Durante toda uma semana, os teatros, cinemas e circos de toda a cidade, por ordem do Comitê Central, abriram suas portas ao povo, gratuitamente. Desde o primeiro dia da vitória Roberto Valencia organizou de tal modo o serviço de abastecimento, que nada faltou a Cerro Hermoso em matéria de alimentação. Foi mais longe ainda. Requisitou, no comércio local, algumas toneladas de carne e verdura, encampou sumariamente alguns mercados e promoveu a distribuição grátis de gêneros alimentícios entre as camadas mais pobres da população.

A todas essas, os membros da alta burguesia sacramentenha mantinham-se recolhidos em suas casas. Valencia recusou receber uma representação da Câmara de Comércio local, declarando que a chamaria quando e *se* desejasse vê-la. Declinou também do convite que D. Pánfilo fez a ele e a Barrios para um almoço íntimo no Palácio Arquiepiscopal.

Pablo Ortega, que exercia as funções de Assessor do Ministério de Propaganda e Informação, não tinha muitas oportunidades de contatos diretos com o Secretário-Geral, apesar de trabalharem no mesmo edifício, mas acompanhava, num misto de apreensão e perplexidade, a atividade daquele homem prodigioso que estava imprimindo a fogo sua marca pessoal no novo governo.

Ao fim da primeira semana depois da vitória, Roberto Valencia chegou à conclusão de que os sacramentenhos, aquela raça de aficionados das corridas de touro, não poderiam contentar-se por muito mais tempo com os diversionismos inocentes que o Comitê Central lhes proporcionava. Podiam estar satisfeitos com o pão que recebiam, mas exigiam uma espécie mais violenta de circo. Ódios ainda ferviam em milhares de cabeças e peitos. Por muitos anos, aquela população vivera amordaçada, espezinhada e injustiçada pela tirania de Carrera. Precisava dum desabafo que se traduzisse em violência e sangue. Valencia tratou então de fazer funcionar sem perda de tempo o Tribunal Popular Revolucionário, cuja presidência entregou a um velho professor de Direito Penal que, desafeto de Carrera, estivera exilado em Honduras durante quase sete anos. Ficou decidido que o corpo de jurados, de caráter rotativo, seria formado de oficiais revolucionários, representantes da classe média, da classe operária e dos trabalhadores rurais.

O Tribunal foi instalado no Palácio dos Esportes, com capacidade para cinco mil espectadores sentados, e os julgamentos começaram menos duma semana depois que Miguel Barrios tomou posse do Governo Provisório, na qualidade de Presidente do Comitê Central Revolucionário. Como Gabriel Heliodoro Alvarado estivesse ainda numa cama de hospital, aguardando alta, o primeiro réu a ir a júri foi o Cel. Pedro Zabala, o último Chefe de Polícia de Carrera, e sem dúvida o homem mais odiado do país. Juntamente com ele foram julgadas figuras menores: prepostos seus, delegados, comissários, investigadores, carcereiros e capangas, num total de oitenta e quatro pessoas. Miguel Barrios compareceu à primeira sessão do Tribunal, abrindo-a com um discurso breve em que pediu ao júri que fizesse justiça sem contemplações, visando apenas os interesses do povo.

Quando o Cel. Pedro Zabala entrou no recinto, seguido de seus cúmplices, todos algemados e protegidos por guardas, armados de metralhadoras, o público rompeu em apupos e exclamações ameaçadoras que duraram mais de dez minutos ininterruptos. O Presidente do Tribunal esperou com paciência que o auditório se aquietasse e depois declarou aberta a sessão, dando a palavra ao promotor público.

Pablo Ortega assistiu às primeiras sessões. Foi fácil — horrivelmente fácil — provar sem sombra de dúvida a culpabilidade dos réus. Durante três sessões, centenas de vítimas das atrocidades da polícia desfilaram pela frente dos jurados, foram examinadas por estes, ao mesmo tempo que eram também fotografadas, filmadas e televisionadas.

O que tornava aqueles depoimentos mais vivos e contundentes era o fato de o promotor ter trazido de preferência perante o júri os prisioneiros políticos que tinham sido liberados depois que as tropas revolucionárias tomaram conta da capital. As feridas de muitos deles ainda estavam abertas e sangravam.

Para evitar que certas testemunhas se perdessem em detalhes inúteis ou emudecessem, inibidas pela presença do público, o promotor ajudava-as com perguntas oportunas. Pablo Ortega jamais poderia esquecer aquele desfile de horrores. Uma pobre mulher magra e lívida, diante dum microfone que lhe ampliava descomunalmente a voz, contou que tinha sido violentada da maneira mais bestial e desmoralizante por soldados que, formados em fila, esperavam sua vez de se porem em cima dela. De que acusavam a pobre criatura? De ter dado refúgio em sua casa a um estudante — seu sobrinho — que estava sendo procurado pela polícia sob a vaga acusação de ser um "elemento de agitação na Universidade".

O público, horrorizado, ficou também sabendo que uma das torturas prediletas dos carrascos de Zabala, quando procuravam arrancar confissões a prisioneiras acusadas de "atividades subversivas" (acusações nunca especificadas claramente), era a de meter-lhes buchas de mostarda nas vaginas, o que, na maioria dos casos, lhes provocava hemorragias.

Um homem ainda jovem contou que tivera os escrotos esmagados pelos tacões das botas dum dos investigadores de Zabala. E, quando o promotor lhe perguntou se o autor da monstruosidade se encontrava naquela sala, a vítima estendeu o braço e, apontando para um dos réus, um homem musculoso de tez bronzeada e pescoço taurino, disse: "Aquele!".

Algumas das vítimas tiravam suas camisas e mostravam cicatrizes de ferimentos produzidos por chicotes de aço. Um deles contou que uma das "invenções" mais recentes da imaginação de Zabala era a designada pela expressão de "pirogravura", e que consistia em fazer desenhos no peito e nas costas dos prisioneiros "recalcitrantes" com a ponta dum ferro em brasa; e alguns se compraziam em escrever a fogo nas nádegas das vítimas frases pornográficas — o que provocava grande hilaridade entre o pessoal da Polícia Central.

Um homem de meia-idade, pobremente vestido mas de aspecto digno, estendeu ambas as mãos deformadas para os membros do júri e contou que a polícia lhe arrancara todas as unhas com alicates. Quando um dos jurados lhe perguntou de que o acusavam, encolheu os ombros ossudos e disse que talvez seu "crime" fosse o de ter escrito com aquelas mãos, num muro, a frase "Viva a liberdade!". Havia também casos de castração, e vítimas da famosa agulha elétrica inventada por Ugarte. Mas a grande sensação da segunda sessão desse júri foi o depoimento dum velho jornalista da oposição, que foi trazido perante o Tribunal pela mão dum enfermeiro. Era um homem frágil, pele dum amarelo citrino, mãos murchas e trêmulas. E o promotor, apontando para ele, disse, olhando primeiro para o auditório e depois para os jurados: "Esta testemunha não pode falar, senhores do Conselho de Sentença, pela simples razão de que os beleguins de Zabala lhe cortaram a língua. E a frio!".

Nesse momento, Pedro Zabala — um homem corpulento e de meia-idade, a cabeça completamente rapada — rebentou em soluços e cobriu o rosto com as mãos algemadas. Os espectadores puseram-se de pé e romperam a gritar: "Morte ao bandido!" — "Lincha! Lincha!" Para conter o público, que queria precipitar-se sobre o ex-Chefe de Polícia, os guardas tiveram de ameaçá-lo com suas metralhadoras. O Presidente fez soar a campainha, exigindo ordem. A sessão só pôde ser recomeçada quinze minutos mais tarde.

No terceiro dia de julgamento, seguiram-se novos depoimentos e finalmente fizeram-se as acareações. E o que facilitou grandemente a tarefa da acusação foi que, na esperança de melhorarem sua situação pessoal, os réus se puseram a acusar uns aos outros. Fez-se publicamente o exame dos prontuários tirados da parte dos arquivos da Polícia Central que Zabala não tivera tempo de destruir. Por meio desses documentos, ficou provado que mais de duzentas pessoas, entre as quais algumas dúzias de estudantes, haviam morrido de doenças e maus-tratos nas diversas prisões de Cerro Hermoso e arredores, e seus corpos enterrados numa vala comum, sem que seus parentes tivessem sido sequer notificados da "ocorrência". Quando o promotor público terminou a acusação, o Presidente do Tribunal deu a palavra ao advogado profissional que o Comitê Central Revolucionário designara para defender os réus. O homem ergueu-se e declarou que, diante de todas aquelas provas, ele não só recusava fazer a defesa de seus constituintes como também não pedia sequer para eles a clemência dos jurados. E sentou-se. Sua "defesa" — que provocou aplausos — durou menos de um minuto.

No dia seguinte, ao alvorecer, Pedro Zabala e seus oitenta e quatro cúmplices foram fuzilados no pátio interno da sede do 2º Regimento de Infantaria, nos arredores de Cerro Hermoso. Centenas de pessoas estavam às portas do quartel e exigiam em altos brados que as deixassem entrar, para que pudessem presenciar a execução. Como não fossem atendidas, puseram-se a urrar e a atirar pedras nas vidraças do quartel.

Esse fato convenceu Roberto Valencia de que aquele povo sofredor e sedento de vingança tinha todo o direito não só de aplacar sua fúria punitiva, como também de assistir às execuções e ver que a justiça revolucionária não estava falhando. Sim, o fuzilamento dos criminosos devia transformar-se numa espécie de espetáculo público nacional! Onde? Na Gran Plaza de Toros! Sim, sob os olhos de mais de trinta mil pessoas... Pablo Ortega achou a ideia sinistra e perigosamente comprometedora para a Revolução. Disse isso claramente a Valencia, que respondeu:

— Capitão Ortega, sua função é a de assessorar o Departamento de Propaganda e Informação. Cuide, portanto, de suas tarefas. O Comitê Central sabe o que faz.

Pablo recusava comparecer às execuções públicas, que eram feitas, como as touradas, com banda de música e clarinadas. Sentia engulhos só de pensar no espetáculo, de que vira fotografias no diário *Revolución*, órgão oficial do novo Governo, o único jornal agora existente em todo o território nacional. Depois de mortos, os condenados eram arrastados para fora da arena, puxados por cavalos, como touros abatidos. E a multidão ria, gritava, aplaudia, cantava. Olé! Olé! Olé! Contava-se que gaiatos pediam aos berros "as orelhas do touro".

Nas semanas que se seguiram, houve cerca de quatrocentas execuções na Gran Plaza de Toros. Começava-se sempre com os condenados de menor importância política. Os "touros" grandes, os miúras, eram reservados para o fim do espetáculo.

Ortega conseguiu um dia uma audiência com Barrios.

— Chefe, essa pantomima macabra deve acabar. Leia os comentários a respeito dela nos jornais estrangeiros. Isso está dando ao mundo uma ideia errada da nossa Revolução.

Barrios mirou-o longamente com um olhar avaliador e depois disse:

— Diga-me uma coisa, Capitão Ortega. Esses condenados à morte foram ou não foram limpamente julgados?

— Dum modo geral... sim, foram.

— Eram ou não eram culpados?

— Eram.

— Pois o resto, senhor Capitão, é irrelevante. Na França é a guilhotina. Na Inglaterra, a forca. Nos Estados Unidos, a cadeira elétrica e a câmara de gás. Os fuzilamentos aqui continuarão a ser feitos em público. O povo merece o espetáculo. Nossa alta burguesia precisa dum escarmento. — Deixou o tom pomposo para assumir um ar paternal quando acrescentou: — Não seria muito pior se deixássemos a turbamulta fazer justiça por suas próprias mãos, linchando gente nas ruas, invadindo as casas dessa nossa delicada aristocracia e violando suas mulheres e filhas?

Pablo Ortega fez uma continência (gesto que sempre achara ridículo) e ia retirar-se quando o outro o deteve com um gesto, dizendo a seguir:

— Ontem o Bispo Auxiliar me pediu uma audiência. Concedi-a, limitando-a, porém, a quinze minutos. O homem me trouxe uma mensagem do Arcebispo Primaz, que me pedia encarecidamente mandasse cessar esses fuzilamentos. — Barrios calou-se, atirou a cabeça para trás e soltou uma risada seca e breve. — E sabe por quê? Porque, na opinião de Sua Reverendíssima, um Tribunal Revolucionário funciona com demasiada pressa, sob o impulso de paixões insopitáveis, e de certo modo pressionado pelo ódio do público que assiste às sessões e que exige, aos gritos, a condenação dos réus...

Miguel Barrios ergueu-se e começou a andar na sala com suas passadas largas, as mãos trançadas às costas.

— Sabe o que foi que respondi? Respondi: "Diga a Sua Reverendíssima o Arcebispo que o Tribunal Popular Revolucionário não é nem mais apressado, apaixonado ou 'pressionado' do que foram no passado os tribunais da Santa Inquisição. E não esqueça, meu caro senhor Bispo, que somos mais piedosos que os inquisidores. Matamos os condenados rapidamente com uma descarga do pelotão de fuzilamento e jamais os queimamos ao fogo lento das fogueiras".

Soltou outra risada. Aproximou-se de Pablo, pôs-lhe paternalmente a mão no ombro e contou-lhe com vaidosa satisfação que, havia poucos minutos, tivera a visita do Embaixador dos Estados Unidos em pessoa.

— O homem me veio com certas imposições — disse. — Naturalmente eu as repeli. Comunicou-me que embarcará amanhã para Washington, a fim de consultar seu Governo. Teve a ousadia de insinuar que se os fuzilamentos continuarem e se nós levarmos a cabo a *ameaça* de nacionalizar as companhias americanas sem uma "compensação justa em dólares", ele estava certo de que o Departamento de Estado não reconheceria o novo Governo. Sabe o que respondi? Respondi: "Os Estados Unidos são uma nação livre e soberana. É o que o Sacramento deseja ser. Passe muito bem, senhor Embaixador!".

Olhando agora para a praça, Pablo Ortega recordava todos esses acontecimentos dos últimos dias. Suas dores de cabeça haviam voltado, ele dormia pouco e mal, e a única pessoa com quem se podia abrir francamente era ainda Bill Godkin, que continuava em Cerro Hermoso, escrevendo reportagens para a Amalgamated Press.

Tentara mais duma vez ver sua mãe, mas ela continuava inflexível na resolução de não permitir sua entrada na casa paterna. Às vezes ele passava com Godkin pela frente da mansão e, através das grades do jardim, ficava a olhar a velha residência dos Ortega y Murat, no fundo do parque, com seu ar grave e triste, suas paredes cobertas de hera, suas janelas fechadas...

Desde que chegara, cruzara-se na rua, algumas vezes, com velhos amigos e conhecidos — gente de sua classe e de sua geração — e notara que eles fingiam não vê-lo e, quando isso não era possível, limitavam-se a encará-lo com indiferença, como se não o conhecessem.

Certa vez, uma senhora — velha amiga de sua família —, a matriarca dum clã numeroso e tradicional (chicle, banana e sisal), descera de seu automóvel, encaminhara-se para ele, que estava parado a uma esquina e, de dedo em riste, quase a tocar-lhe a ponta do nariz, exclamara: "Pablo Ortega, você devia ter vergonha de usar esse uniforme e andar com essa canalha revolucionária. Não está satisfeito por ter matado Don Dionisio? Quer matar também Doña Isabel?". Antes que ele pudesse dizer o que quer que fosse, a dama fizera meia-volta e tornara a entrar no seu automóvel. E ele, Pablo, longe de se sentir chocado pela agressão, achara-a grotesca como uma cena de zarzuela barata.

Telefonou um dia para o Dr. Mora, médico de sua família, identificou-se e pediu notícias de D. Isabel. O doutor respondeu, lacônico:

"Está tão bem quanto pode estar, depois da morte do marido e de todas essas outras desgraças". E desligou o telefone sem mais palavra.

Ouvindo um ruído de passos, Pablo voltou-se. Um dos assistentes de Roberto Valencia tinha entrado no escritório.

— Capitão, o chefe deseja vê-lo imediatamente.

Ortega sabia de quem se tratava, mas, irritado pelo *imediatamente*, perguntou:

— Que chefe? Barrios ou Valencia?

— O Coronel Valencia.

— Está bem. Diga que já vou.

O outro se retirou e Pablo ficou a mexer nuns papéis, fingindo para si mesmo que fazia algo importante. Sabia que, ao chamado de qualquer dos chefes, os que trabalhavam na casa do Governo corriam solícitos. Pablo detestava a disciplina prussiana que Valencia procurava estabelecer entre os funcionários do Palácio. Podia ser necessária, mas nem por isso deixava de ser antipática. Esperou deliberadamente cinco minutos marcados a relógio antes de descer ao gabinete do Secretário-Geral. Encontrou-o sozinho, sentado à sua mesa, diante de pilhas de papel. Valencia não o convidou a sentar-se. Ortega esperava isso, mas sentou-se assim mesmo. O outro continuou a escrever, como se não tivesse dado pela entrada dele. Houve entre ambos um silêncio que durou alguns minutos. Por fim o Secretário-Geral ergueu os olhos.

— Capitão Ortega, estive examinando suas anotações à margem de nosso anteprojeto para a nova Lei de Imprensa.

Pablo olhava, mudo, para o interlocutor. Valencia continuou:

— Suas observações são ingênuas, erradas, ridículas.

— Essa é uma opinião pessoal.

— Essa é também a opinião de Barrios e dos outros companheiros. Em suma: é a opinião do Comitê Central Revolucionário. Vou lhe dizer uma coisa, Pablo Ortega, você não é o homem indicado para o posto que ocupa.

— Por quê?

— Porque, entre outras coisas, é um supersticioso da liberdade. Para vocês, liberais burgueses, liberdade é algo que pode existir fora do contexto da vida e do bem-estar do povo. Uma joia que se guarda e não se usa por ser uma relíquia de família. Joia falsa, na minha opinião. Inútil.

— Você já pensou, Valencia, que Chamorro e Carrera talvez tivessem esse mesmo conceito de liberdade?

— Não seja ridículo! Aprenda a raciocinar dialeticamente, se isso não é pedir demais a um literato. — Pegou os papéis que tinha diante de si, ergueu-os à altura do peito e depois deixou-os cair sobre a mesa, num gesto que destoava de sua calma habitual. — Então você acha possível realizarmos nosso programa revolucionário nesta ilha sem antes liquidar esses jornais mercantis que sempre foram os porta-vozes da oligarquia e das companhias estrangeiras? Acha que vamos permitir que esses pasquins continuem a envenenar o espírito do público com mentiras que só servem aos interesses das classes ricas e privilegiadas? Use a cabeça, Ortega! A liberdade não pode ser um fim em si mesma. É um *meio* de proporcionar uma vida melhor para a maioria. Se ela não conseguir esse objetivo, de nada valerá.

— Vamos ter então o nosso *Pravda*, a palavra do Governo, a verdade suprema, única e infalível?

— E por que não? Você queria que perguntássemos todos os dias à Uniplanco e à Sugar Emporium sobre que e como devemos redigir nossos editoriais? A Reação tem sete fôlegos. Se não tomarmos cuidado, ela acabará se infiltrando pela menor frincha que deixarmos aberta nos nossos muros de defesa. E, se eles voltarem a tomar conta do país, não tenha ilusões, eles nos liquidarão sem piedade. Você se lembra de Moreno? Foi suficientemente ingênuo para pensar que podia levar a cabo seu programa de reforma social, deixando livre essa imprensa capitalista indecente que o atacou e caluniou desde o dia em que ele entrou no Palácio do Governo, e que acabou por destruí-lo.

Tornou a apanhar os papéis, pô-los em ordem e entregou-os a Pablo:

— Tome. Torne a examinar esse anteprojeto. Integre-se no espírito da Revolução. Dou-lhe mais esta oportunidade.

— Eu li essa papelama mais de dez vezes, Valencia. Minha opinião a respeito do anteprojeto está expressa nessas notas marginais. Essa Lei de Imprensa tem um iniludível ranço totalitário.

Roberto Valencia sorriu, acendeu uma cigarrilha, soltou uma baforada de fumaça pelas narinas e olhou firme nos olhos do outro.

— Liberdade! — exclamou o Secretário-Geral. — Liberdade! Vocês, intelectuais, se comprazem com palavras como as crianças se distraem com brinquedos. Liberdade! Em nome desse mito vocês, escritores burgueses, há séculos vêm produzindo uma literatura completamente alienada da luta de classes, da realidade social.

— O famoso *engagement*! — exclamou Pablo. — Por que há de o artista ou o escritor estar engajado *necessariamente* ao Partido Comunista como se este fosse o portador da verdade única, absoluta? Por que não um engajamento total com o homem? Por que não com a vida e todas as suas riquezas e ambiguidades, as suas incontáveis portas, caminhos, labirintos e mistérios? Vocês, comunistas, que tanto se jactam de seu realismo socialista, entregam-se a um malabarismo dialético com duas bolas abstratas: a História e a Humanidade. E nesse jogo dão-se o luxo de ignorar a pessoa humana. Acham lícito matar um homem para salvar a Humanidade. Assim a morte para vocês acaba por transformar-se também numa abstração.

Roberto Valencia pensou um instante antes de replicar. E depois disse com voz incolor:

— Pablo Ortega, os literatos de sua espécie só se engajam consigo mesmos. São onanistas inveterados que costumam masturbar-se narcisisticamente na frente do espelho.

— E os marxistas como você, Valencia, masturbam-se olhando para os retratos de Marx e Lenin, já que o Kremlin declarou que o de Stalin não deve mais provocar orgasmo em nenhum comunista digno desse nome.

O Secretário-Geral parecia comprazer-se na discussão. Um leve sorriso lhe suavizou por um segundo o desenho severo da boca.

— Um dia "lá em cima" — murmurou ele — você me disse que se considerava um humanista. Ora, eu estava no momento demasiadamente ocupado com uma operação de comando e não podia perder tempo com discussões acadêmicas. Mas agora posso lhe dizer que termos como *humanista* e *liberal* não passam de entes míticos como a bela roupa do rei da lenda, que na realidade estava nu. Vocês, intelectuais, se enrolam nesses rótulos, procurando assim livrar-se da dura responsabilidade de tomar uma posição decisiva de combate ao lado do povo.

— Você acha que eu não tomei essa posição?

— Tomou mas com relutância e sem o necessário preparo psicológico para levar seu gesto às últimas consequências.

— E que é que você chama de "últimas consequências"? A legitimação do assassínio? A adoção da violência como norma? A aceitação de um sistema totalitário de Governo? Não, Valencia, não conte comigo para isso!

— Para lhe ser franco, Ortega, eu não conto com você para coisa alguma. Nunca me enganei a seu respeito. Conheço a sua raça. Já lhe disse uma vez, e repito agora, que você está mais interessado em salvar-se a si mesmo do que ao nosso povo. Você pode negar, mas o colégio de jesuítas lhe deixou no espírito um terreno preparado para a germinação de sentimentos de culpa e desejos de expiação. Homens como você jamais poderão promover a felicidade social.

Pablo Ortega ergueu-se. Valencia prosseguiu:

— Como bom literato, você continua a jogar com palavras. E, como todos os de sua laia, à primeira gota de sangue, encolhe-se, sente-se mal do estômago, foge à luta. Vocês são as grandes sensitivas da espécie humana. — Estendeu o braço e apontou para o outro um dedo acusador. — Aposto como dentro de mais algumas semanas você andará por aí a resmungar (se é que já não anda) que esta não é a revolução de seus sonhos. E acabará aproveitando a primeira oportunidade de escapar para Miami, onde ficará bronzeando esse corpo ao sol da praia, frequentando os cassinos e escrevendo artigos contra o Governo Revolucionário do Sacramento e poemas sobre a escravidão do nosso povo sob a "bota comunista". E a todas essas, naturalmente, assumirá um discreto ar de mártir, o que lhe dará um grande prestígio entre essas velhotas americanas interessadas na salvação das "repúblicas de banana". E terá seus artigos contra nós muito bem pagos pela imprensa ianque.

— Pois você está redondamente enganado, Valencia. *Eu não me vou embora.* Vou ficar, isso sim, para cobrar todas as promessas que a Revolução fez ao povo. Tenho esse direito.

— Não lhe nego o direito. Mas duvido que você tenha *culo* para tanto.

— Pois espere e verá.

Valencia ergueu-se, abriu uma garrafa térmica, despejou um pouco de seu conteúdo num copo, tirou um comprimido duma caixa de metal, engoliu-o e tomou em seguida um gole d'água. Sob suas axilas, na camisa cáqui, alargavam-se as manchas escuras de suor. O ventilador zumbia. O telefone tilintou sobre a mesa do Secretário-Geral, que apanhou o fone e levou-o ao ouvido.

— Sim. Valencia... Que é que há? Quem? Agora, não. Daqui a cinco minutos mande-o entrar.

Repôs o fone no lugar, sentou-se na beira da mesa, cruzou os braços.

— Escute, Pablo Ortega. Seu amigo, Gris, costumava dizer que havia um tipo de violência que ele aceitava, embora com repugnância. Era a violência dos justos, empregada para combater a violência dos bandidos. Temos diante de nós agora tarefas gigantescas. Não podemos perder tempo com bagatelas.

— Se você considera a vida dum ser humano uma bagatela, não tenho muita esperança no futuro desta Revolução.

— Não se preocupe com isso. Nós, os verdadeiros revolucionários, trataremos desse futuro, no qual temos a mais firme confiança.

Dias depois, Ortega passeava à noite pelas ruas de Cerro Hermoso com Godkin, em cuja companhia acabara de jantar, quando os alto-falantes berraram, nas ruas, a notícia de que Gabriel Heliodoro Alvarado naquele dia tivera alta no hospital onde estava recolhido, e ia ser julgado dentro duma semana pelo Tribunal Popular Revolucionário.

— Já sabia? — perguntou Bill.

— Já. Desde ontem à tarde. A notícia circulou no Palácio. Tenho pensado muito nesse caso...

— Será que você vai procurar provar que é também responsável pelo destino desse homem?

Entraram num bar. Pablo comprou duas fichas na caixa, e acercaram-se do balcão diante duma máquina de café-expresso.

— Já tomei uma resolução, Bill. Vou me oferecer para defender Gabriel Heliodoro.

Godkin acendeu o cachimbo, soltou uma baforada de fumaça, olhou para o amigo com seus olhos claros e perguntou:

— Por quê?

— Não sei. Um gesto.

— Compreendo. Um gesto simbólico. Mas simbólico de quê?

Pablo deu de ombros. A empregada do café, uma rapariga morena, de grandes olhos, com pálpebras sombreadas de azul, sorriu, coquete, para Pablo e despejou café nas xícaras que os dois amigos tinham diante de si, sobre o mármore do balcão.

Pablo tomou dum só gole o café escaldante. Fez uma careta, pois tinha esquecido de pôr-lhe açúcar.

— Que acha da minha ideia?

— Pode ser suicídio. Especialmente depois de seu diálogo com Valencia.

— Que seja! Tome esse café e vamos a um cinema.

No dia seguinte, pela manhã, Pablo conseguiu ver Barrios e comunicou-lhe sua decisão de defender Gabriel Heliodoro.

O Chefe da Revolução escutou-o e depois disse, grave:

— O capitão já pensou no quanto esse seu gesto lhe pode ser prejudicial?

— Já.

— É um trabalho repugnante e ingrato defender em público um canalha do calibre de Gabriel Heliodoro. Estou surpreendido por você apresentar-se voluntário para tão sórdida tarefa. — Ficou um instante pensativo, e depois acrescentou: — Ninguém compreenderá seu gesto.

— Eu sei.

— Sua posição dentro do movimento pode ser consideravelmente enfraquecida por causa dessa atitude.

— Não estou interessado em posições.

— Bom, mas espero que pelo menos esteja interessado na Revolução!

— É óbvio que estou.

— E acha que, defendendo Gabriel Heliodoro, poderá ajudar nossa causa?

Pablo Ortega perdeu a paciência.

— Comandante, diga-me uma coisa, Gabriel Heliodoro tem ou não tem direito a um advogado?

— Tem, embora o sacripanta não mereça. Estávamos pensando em indicar um profissional para essa tarefa, mas, já que você insiste... se é que insiste mesmo.

— Insisto.

— Espero que mais tarde não vá alegar que nós o forçamos a representar esse papel constrangedor.

— Por que haveria de alegar?

— Outra coisa. Sabe quem vai ser desta vez o promotor público?

— Não.

— Roberto Valencia em pessoa. Não tenha ilusões. O Secretário-Geral será implacável. E é possível que, quando você terminar sua defesa, o promotor pedirá réplica, e poderá destruir não só o réu mas você também. Será impiedoso.

— Posso ser franco, general? De um homem como Roberto Valencia, espero muitas coisas: inteligência, coragem, tenacidade... jamais piedade.

— Devo tomar isso como uma crítica ao nosso companheiro?

— Quero crer que não chegamos ainda a um ponto de endeusamento dos chefes desta Revolução que os torne imunes à crítica.

— Já meditou sobre os perigos desse tipo de raciocínio?

— Já. Mas não sei pensar de outra maneira.

Miguel Barrios mirou-o de frente com seus olhos que ora expressavam doçura ora uma espécie de desvario.

— Está bem! Vou dizer ao Presidente do Tribunal que estou de acordo em que você defenda seu amigo Gabriel Heliodoro Alvarado.

— Quero deixar claro que Gabriel Heliodoro *não é* meu amigo.

Miguel Barrios deu um tapa no ar, impaciente.

— Seja o que for, capitão! Pode retirar-se.

Naquele mesmo dia, Pablo Ortega teve permissão de entrevistar seu constituinte numa das salas da sede do 2º Regimento de Infantaria, onde ele se encontrava preso, e junto de cuja porta estavam postados dois guardas armados de metralhadoras portáteis. A peça era quadrada, e mais ampla e bem iluminada do que Pablo esperava. A suja luz da tarde nublada, úmida e quente, entrava por duas janelas gradeadas que davam para o quadrângulo interno do quartel.

Ao entrar, Pablo Ortega ouvia uma voz que se esforçava por ser jovial.

— Entre, senhor Primeiro-Secretário!

Gabriel Heliodoro soergueu-se na cama de ferro onde estava deitado e estendeu a mão para o recém-chegado. Pablo hesitou por uma fração de segundo, antes de apertar a mão de seu ex-chefe.

— Não repare, Pablo. Estou fedendo. Faz quase uma semana que não tomo banho nem mudo de roupa. O barbeiro não me aparece há três dias... — Passou a palma das mãos pelas faces cobertas por uma barba grisalha. Soltou uma risada curta e rouca, que mais parecia um estertor. — Lembra-se daquela manhã de abril em que entreguei minhas credenciais de embaixador ao Presidente Eisenhower? Você até disse que eu tinha carregado demais na água-de-colônia... — Espalmou a mão sobre o peito da camisa suada, dum branco encardido, mostrou as calças de brim cáqui, muito amassadas e cheias de nódoas, e murmurou: — Como vê, as coisas mudaram. Mas não há de ser nada. A vida é assim mesmo. Sente-se, homem!

Pablo puxou uma cadeira para perto da cama e sentou-se. E, enquanto o ex-embaixador falava de coisas de menor importância — a má qualidade da comida que lhe serviam, o comportamento dos guardas, que estavam proibidos de lhe dirigir a palavra, o calor, os toques de corneta e tambor, que tanto o irritavam —, Ortega examinava o homem cuja vida ia tentar salvar.

Gabriel Heliodoro estava irreconhecível. Tinha emagrecido muito. Seus olhos, empapuçados, cujas pupilas haviam perdido o antigo brilho, sugeriam noites maldormidas ou de completa insônia. Sua voz perdera o metal insolente, e o limpo cobre daquela face de ídolo maia estava agora como que manchado do azinhavre da canseira, da preocupação e do sofrimento. O que mais impressionava nele eram os cabelos, que haviam embranquecido quase por completo. Pablo Ortega estava diante dum homem que aparentava setenta anos.

— Não diga nada, Pablo. Sei o que você está pensando. Envelheci vinte anos nestas últimas semanas. Vi minha cara num espelho, quando estava no hospital. Não me reconheci. Mas não há de ser nada. Vou melhorar. Quando me fizerem a barba e me cortarem o cabelo e me derem uma roupa decente para mudar, ficarei outro. Quero enfrentar esse tribunal de merda de cabeça erguida. Se pensam que vou pedir clemência ou cair no choro, enganam-se.

Sentou-se na cama, ergueu uma das pernas da calça e mostrou a suja gaze que lhe cobria o ferimento do joelho.

— Quase me amputaram a perna. Ainda me dói muito. Mas creio que está melhor agora. Ah! Outra coisa: em que dia é o julgamento?

— Sexta-feira que vem. E é esse o assunto que me traz aqui.

Pablo ergueu-se, aproximou-se duma das janelas e ficou olhando para o pátio, onde alguns soldados jogavam futebol.

— Venho lhe perguntar se me aceita como seu advogado — disse, sem olhar para o prisioneiro.

— Você?

— A coisa lhe parece absurda?

Gabriel Heliodoro sorriu.

— Não. Você sempre gostou de mim, Pablo, mesmo contra sua vontade. E eu sempre gostei de você, como o filho que desejei e que Deus me negou. Nada me feriu mais do que aquelas coisas que você me disse no dia que entrou no meu gabinete para me apresentar sua demissão... Se fosse qualquer outro, eu o teria posto para fora a pontapés... Mas não esperava (palavra de honra), não esperava que você agora pudesse estar interessado na minha defesa... Confesso que isso me alegra... como intenção, é claro.

Fez-se um silêncio. Ocorreu de repente a Pablo que podia haver um microfone escondido em algum lugar da sala para registrar seu diálogo com o prisioneiro. Pôs-se a procurá-lo discretamente. Olhou embaixo da cama, trepou na cadeira e examinou o bico de luz elétrica... Não era fácil esconder um microfone naquela sala quase nua de móveis, pois ali havia apenas a cama de ferro, uma mesinha de cabeceira, duas cadeiras e um lavatório: uma armação de ferro sustentando uma bacia de folha e um jarro de barro cozido.

— Eu sei o que você está procurando, Pablo. Acho que é tempo perdido. Não encontrará nenhum microfone. Já pensei nisso, fiz minhas próprias investigações. Seus companheiros não devem estar muito interessados no que vamos conversar agora, pois sabem que, haja o que houver, serei condenado à morte.

— Mas me aceita ou não como seu advogado?

— Já que isso é uma mera formalidade, Pablo, aceito seu oferecimento, mas apenas como uma homenagem pessoal a você. Não tenho ilusões. Sei que estou perdido. Vão fazer um grande espetáculo do meu julgamento. Tem aí um cigarro? Os meus se acabaram.

Pablo entregou-lhe um maço inteiro.

— Fique com ele. Vou mandar-lhe mais.

Pablo acendeu com seu isqueiro o cigarro que o outro tinha entre os lábios. Por alguns instantes, Gabriel Heliodoro ficou a fumar, com ar pensativo. Depois disse, com um meio sorriso:

— Que ideia, essa de fuzilar os condenados numa praça de touros! Isso nunca ocorreu ao meu compadre Carrera...

— Acho o espetáculo deprimente. — Pablo tornou a sentar-se. — Bom. Quero dizer-lhe exatamente o que pretendo fazer. Meu objetivo principal será evitar que o condenem à morte.

Gabriel Heliodoro soltou uma risada, pobre, baça imitação de suas famosas gargalhadas metálicas e cascateantes.

— Por que haviam de me poupar? Não vão julgar em mim apenas um homem, mas uma situação inteira, todo um regime...

— As provas acumuladas contra sua pessoa são esmagadoras.

— Provas de quê?

— De peculato, agiotagem, enriquecimento ilícito, nepotismo, crimes contra a Fazenda Nacional, abuso do poder econômico...

— Desde quando esses "crimes" são punidos com a morte?

— Você é também acusado de corresponsável pelo rapto e assassínio do Doutor Leonardo Gris.

Gabriel Heliodoro ergueu-se.

— Não tive nada a ver com esse negócio! Deve ter sido obra desse cavalo do Zabala. E, depois, Pablo, como se pode acusar um homem dum crime de morte sem se apresentar pelo menos o cadáver da vítima? Don Leonardo Gris ainda pode estar vivo!

— Será acusado também de cumplicidade por comissão ou omissão em todos os assassínios e torturas cometidos pela Polícia Federal, tanto nos tempos de Ugarte como nos de Zabala.

— Nunca matei ninguém a não ser em combate ou duelo. Juro pela Virgem da Soledade, pela vida de minha mulher e de minhas filhas e netos!

Segurou os ombros de Pablo com ambas as mãos.

— Você acredita em mim, não acredita?

O calor havia aumentado. O suor escorria-lhe pelo rosto, pelo pescoço, pelo torso. O cheiro desagradável daquele homem entrava pelas narinas de Pablo, lembrando-lhe o dos peões da fazenda de seu pai quando trabalhavam ao sol, na plantação.

— Acredita? — repetiu o prisioneiro.

Pablo libertou-se daquelas mãos de unhas sujas e da proximidade viscosa daquele corpo.

— Acredito. Mas é imprescindível fazer com que o júri também acredite. Não é fácil, milhares de pessoas lá estarão a pedir sua morte...

Gabriel Heliodoro começou a andar pela sala, manquejando, como um grande animal ferido. Aproximou-se da janela, segurou as grades com ambas as mãos e ficou a olhar para fora, um pouco ofegante do esforço.

— Uma coisa lhe vou pedir desde já, Pablo Ortega. Faça o que entender. Diga o que achar melhor. Mas uma coisa lhe peço, lhe *exijo*. Não fale na minha mãe, está ouvindo? Não diga que sou um pobre *hijo de una chingada*. Proíbo-lhe isso, está ouvindo? E outra coisa. Não peça misericórdia ao júri. Não use essa palavra. Não me coloque na situação dum pobre-diabo arrependido que está se borrando de medo de morrer. Está ouvindo? Não quero que tenham pena de mim. Já que não podem me querer bem, é melhor que me odeiem. Prometa! Prometa! Prometa!

— Prometo — murmurou Pablo, que começava a sentir o próprio suor colar sua camisa cáqui ao torso como goma-arábica.

Manquejando e gemendo, Gabriel Heliodoro aproximou-se do lavatório e começou a lavar a cara com a água, já muitas vezes usada, da bacia. Molhou os cabelos, os braços, o peito e depois voltou-se para o outro. Parecia ter cobrado ânimo. Estava menos encurvado, os olhos haviam perdido um pouco da opacidade, e até a voz parecia ter readquirido a sonoridade de antanho.

— Pablo, vá embora! Não me defenda. É inútil. Salve sua pele. Você vai ficar marcado pelos seus companheiros!

O calor ali dentro se tornava opressivo. Ortega sentia a cabeça latejar de dor. Tinha a boca seca de sede e um desejo desesperado de fugir para o ar livre. Podia ir embora, esquecer aquilo tudo... Lembrava-se das palavras de Godkin, no dia anterior: "Você acusa Valencia de querer fazer o papel de Deus, mas de certo modo você, Pablo, está querendo imitar Jesus Cristo. Gabriel Heliodoro não merece esse sacrifício. Você vai representar uma triste paródia do drama do Gólgota: será crucificado junto com o mau ladrão".

— Vá embora, Pablo! — repetiu o prisioneiro. — E não pense mais em mim.

Ortega desabotoou a camisa, passou o lenço pelo rosto, pelo pescoço, pelo peito. Encarou o outro e disse:

— Já sou seu advogado, Gabriel Heliodoro. Isso está decidido. Não voltarei atrás. Mas agora quero lhe falar como homem. Eu tinha todas as razões para odiá-lo e para desejar seu desaparecimento.

— Mas não odeia, Pablo, não odeia. E sabe por quê? Sabe por quê? É porque eu sou e faço muitas coisas que você teria vontade de ser e fazer, mas não é nem faz por causa dessa história que vocês chamam de "princípios". Confesse! Você não sabe se seu caminho está mais certo que o meu.

Pablo procurava coordenar suas ideias. Valencia lhe deixara bem claro que aquela seria a sua primeira e última entrevista com Gabriel Heliodoro, a quem só tornaria a ver no dia do julgamento.

O prisioneiro estendeu-se na cama, de costas, ofegante do esforço que fizera. Continuava a fumar. A cinza do cigarro tombou-lhe no peito úmido de suor, manchando por um momento a pequena medalha com a efígie da Virgem.

— Fale, Pablo. Pergunte o que quiser. Não tenho mais que uma semana de vida.

Por onde começar? Eram tantas as perguntas que ele tinha a fazer...

— Há aspectos de seu caráter que me intrigam...

— Que aspectos, *chico*?

Os olhos semicerrados, o prisioneiro agora parecia mais tranquilo.

— Você veio de baixo, era um menino pobre, descalço, esfarrapado, esfaimado, miserável... Viu seus amigos fuzilados e torturados pelos soldados de Chamorro. Aos vinte e um anos, juntou-se aos revolucionários de Carrera e arriscou sua vida para destruir o ditador. Prometeu ao povo de sua terra justiça e uma vida melhor, mas acabou esquecendo suas promessas por completo. Fez um casamento rico, tornou-se um figurão da República, agiu sem escrúpulos, e acabou sendo o maior amigo de Carrera, que se transformou num ditador ainda mais cruel que Chamorro. Por quê? Por quê? Por quê?

— Não pergunte isso a mim. Pergunte a Deus. Mas Deus é o grande mudo. Ninguém descobriu ainda o que Ele quer. Eu só sabia uma coisa. Possuía um corpo e esse corpo me pedia coisas que eu não negava... Ninguém, nada está mais perto dum homem que seu próprio corpo... Desde a hora em que nasce, até a hora em que morre...

— Mas nunca sentiu remorsos de ter *traído* seus amigos?

— Traído? A vida é uma traição constante. Os que estão vivos, só por isso estão atraiçoando os mortos. Um homem atraiçoa os outros, em atos ou pensamentos, querendo ou não querendo, desde a hora em que se levanta da cama, de manhã, até a hora em que torna a deitar-se. Somos todos egoístas: a única diferença é que uns têm a coragem de ser o que são, até o fim, outros ficam acobardados, queixando-se da vida, justificando com filosofanças sua covardia ou sua impotência. Para mim só existia uma coisa importante: o momento presente. Domestiquei minha memória e ela aprendeu a esquecer o passado, tudo o que não me convinha lembrar. O que me importava era viver.

— Mas agora vai morrer.

— Vivi cem vidas. Quantos podem dizer o mesmo?

— Há uma coisa que me preocupa — disse Pablo depois de curto silêncio. — A sua consciência. Ela nunca o perturbou? Você se fez amante da mulher de Vivanco, atormentou a vida desse pobre homem e acabou sendo a causa indireta da sua morte...

— Vivanco era um verme. Não merecia nem ter nascido. — Soltou uma risada. — Espero que não me acusem de haver assassinado Vivanco...

— Não, Gabriel Heliodoro, você está fugindo à minha pergunta. Será que nunca, em nenhuma hora do dia ou da noite, sua consciência o acusou de nada, nem que fosse por um minuto, um segundo... uma fração de segundo? Você não pode ser tão diferente dos outros...

Olhava para aquele homem que estava com seus dias de vida contados. No entanto ele fumava, sorria, aparentemente tranquilo. Pablo não sabia ao certo o que sentia por ele. Achava-o cínico, brutal, egocêntrico, exasperante, mas mesmo assim não conseguia querer-lhe mal.

— Outra coisa — continuou —, outra coisa que me intriga, me perturba pelo que tem de incoerente, de inesperado, de inexplicável...

— Diga, *chico*.

— Você sabia que Carrera estava perdido. Mandou sua família asilar-se na República Dominicana. Certo?

— Certo.

— Estava em Washington, podia pedir asilo ao Governo americano, voar para Ciudad Trujillo ou para a Suíça, como Ugarte... como os outros. Por que não fez nada disso?

— Será que preciso explicar?

— Claro! Não era de se esperar que, amando tanto a vida como diz, quisesse viver mais?

Por um instante, o prisioneiro ficou em silêncio. Depois, usando o indicador como uma catapulta, projetou o toco de cigarro contra o teto.

— Quem ama mesmo a vida — respondeu — não pode ter medo da morte. Uma coisa não pode existir sem a outra. São dois lados duma mesma moeda. — Voltou a cabeça para o interlocutor. — Bonito, hem, Pablo? Pode usar essa frase como sua. Não sei se é minha ou se li em alguma parte. Quem muito ama a vida, de certo modo ama também a morte.

— É uma frase, Gabriel Heliodoro. É apenas uma frase.

— Está bem. Um homem tem seu orgulho de macho. E você, Pablo, havia de ficar mais tranquilo... ou feliz se, em vez de vir defender meu chefe e compadre, eu fugisse para a Suíça, como esse corno poltrão do Ugarte?

— Claro que não, mas...

— Está vendo? Quem sabe viver deve também saber morrer.

Soergueu-se, atirou as pernas para fora da cama, acendeu outro cigarro, olhou para o visitante.

— Só uma coisa me... me perturba. É a ideia de morrer na arena, numa praça de touros, como um porco de pés e mãos amarrados... e na frente dum público que vai se divertir com minha morte...

Pablo Ortega sacudia obstinadamente a cabeça dum lado para outro, significando que as explicações de Gabriel Heliodoro não o satistaziam.

— Pablo, quer saber duma coisa? Posso ser ignorante, mas não sou estúpido. Conheço a vida e conheço os homens. Você pensa que veio aqui só porque está preocupado com minha pessoa, mas na verdade veio também porque está preocupado consigo mesmo. É que você não sabe ainda se essa Revolução que aí está vai mesmo salvar o povo da miséria, como seus chefes proclamam. Quantas pessoas do Governo passado foram já fuziladas nestas últimas semanas? Trezentas? Quatrocentas? Pois é. A matança continuará por muito tempo. Você está com o estômago embrulhado. Você deve ter matado com suas próprias mãos, em combate, e isso que você chama de *consciência* lhe deve estar doendo. Agora você quer ter a certeza de que todas essas violências, todo esse morticínio eram mesmo necessários... E, como meu fuzilamento será mais uma morte na sua consciência, você vai procurar me salvar a vida.

Tornou a levantar-se.

— Quando eu estava no hospital — prosseguiu —, os enfermeiros me davam números desse jornal revolucionário... como é mesmo o nome dessa porcaria? *Revolución!* E eu lia as suas linhas... e as suas entrelinhas... Miguel Barrios não passa dum títere. Quem maneja seus cordéis é esse tal de Roberto Valencia. É ou não é?

— Claro que é.

— Muito bem. Ouça o que vou lhe dizer, Pablo. Ninguém me contou nada, mas sou capaz de jurar que você não gosta de Valencia nem ele de você. Na realidade, você é um anti-Valencia. Mas tome nota duma coisa: quem tem razão é ele e não você!

Pablo ergueu vivamente a cabeça.

— Por quê?

— Procure me compreender. Embora esse sujeito queira a minha cabeça, não posso deixar de admirá-lo. Sabe o que quer. Não mede sacrifícios nem olha meios para conseguir seus fins. É um homem. E uma revolução de verdade só se pode fazer com homens dessa têmpera. Não esqueça nunca, Pablo, que a razão está *sempre* do lado dos vencedores.

— Discordo.

— Não adianta. Os fatos aí estão. Você acabará um dia fuzilado na praça de touros, se antes não conseguir escapar para o estrangeiro. É uma simples questão de tempo.

— Recuso aceitar essas alternativas. A Revolução não é, não pode nem deve ser propriedade de Valencia ou do Partido Comunista. É nossa, é do povo.

Pablo apertou com as mãos a cabeça dolorida. Um toque de corneta soou, áspero e estridente, no quadrângulo do quartel. Gabriel Heliodoro havia recomeçado suas andanças pelo quarto, arrastando a perna ferida.

De súbito, a imagem de Leonardo Gris surgiu na mente de Ortega.

— Quero que você me fale com a maior franqueza — disse ele. — Preciso satisfazer uma curiosidade, desmanchar uma dúvida... É sobre a Noite Trágica. Vocês fizeram o mundo crer que o Presidente Moreno se suicidou com um tiro na cabeça. Que é que há de verdade nisso?

Gabriel Heliodoro pegou o jarro d'água, bebeu um sorvo largo, ruidosamente, deixando que o líquido lhe escorresse pelos cantos da boca, pelo pescoço e pelo peito. Limpou os lábios com as costas da mão, olhou para o outro e disse:

— O Doutor Moreno *não* se suicidou.

— Ah! Era o que Gris pensava. Vocês então o mataram!

O outro sacudiu a cabeça negativamente.

— A mim pouco se me dá que os jurados acreditem ou não no meu depoimento. Mas eu quero que *você*, Pablo, saiba da verdade. Por que havia eu de lhe mentir, se sei que estou perdido, haja o que houver?

Fez uma breve pausa, respirou fundo e depois disse:

— O Doutor Júlio Moreno morreu dum ataque cardíaco. Tinha já tido dois enfartes desde que tomara conta do Governo. Você deve estar lembrado de que os jornais noticiaram isso... Fui eu o primeiro a entrar no seu gabinete, na Noite Trágica. Encontrei-o sozinho, caído de bruços sobre a mesa, morto... Juro pela Virgem da Soledade como lhe estou dizendo a verdade. Um médico o examinou e determinou a *causa mortis*. O resto foi inventado por meu compadre Carrera e pelo seu Chefe de Polícia... à minha revelia.

Ortega aproximou-se de Gabriel Heliodoro, apontou para a medalha da santa que lhe pendia do pescoço.

— Essa medalha... sua devoção à Virgem. É um tipo de religião absurdo, contraditório, que não consigo compreender...

— Eu também não compreendo. Não são os próprios padres que dizem que religião não é uma questão de lógica, mas de fé?

— Mas mesmo a fé... — começou o outro.

Gabriel Heliodoro interrompeu-o:

— Você acredita em Deus?

— Sou um agnóstico. Não afirmo nem nego sua existência.

— Pois eu acredito no Ser Supremo. Engraçado! Eu sou o crente e me porto como um descrente. Você, o descrente, é o moralista. A vida não tem nenhuma coerência, Pablo Ortega y Murat.

O visitante preparou-se para sair. Sentia a vista turva e a cabeça lhe doía com uma intensidade cada vez mais atordoante.

— Estamos entendidos, então? Farei a sua defesa. Meu objetivo será o de impedir que o condenem à morte.

— Vai perder o seu latim. Mas, se isso lhe apazigua a consciência... não me oporei. Mas repito o que lhe disse há pouco. Não peça misericórdia. Não fale na minha mãe. Permita que eu passe esta última semana de minha vida com dignidade de homem. E note, Pablo, que estou dizendo "dignidade de homem", e não de anjo ou de santo.

Gabriel Heliodoro estendeu o braço para Pablo.

— Não tenha medo de apertar esta mão. "Falta de caráter" não é doença contagiosa. Se fosse, haveria no mundo uma epidemia crônica insuperável...

Ortega apertou-a.

— Nos veremos no Tribunal.

— Ah! Vou lhe pedir várias coisas. Consiga que me mandem roupas decentes, e que me deixem tomar um banho, e que um barbeiro venha me escanhoar o rosto no dia do julgamento. Outra coisa, Pablo, não se esforce demais. Não arrisque o pescoço. Lembre-se do que eu lhe disse de Roberto Valencia. É um homem perigoso. Meu julgamento bem pode ser também o seu...

— Eu sei...

— Se sabe, por que insiste em me defender?

Como única resposta Pablo Ortega voltou-lhe as costas e caminhou para a porta.

— Nos seus sermões — disse, com voz quase jovial, Gabriel Heliodoro — nosso Padre Catalino costumava citar aquele versículo da Bíblia: *Bem-aventurados os mansos, porque possuirão a Terra*. Nunca acreditei nisso. Os mansos podem herdar o Céu. A Terra, Pablo, essa é dos bravos.

Ortega bateu na porta, que um dos guardas abriu. Lançou um último olhar para o ex-embaixador, e depois saiu a andar pelo corredor, mastigando nervosamente um comprimido de aspirina.

44

Mesmo sabendo que a Amalgamated Press ia cortar pelo menos dois terços de sua narrativa do julgamento de Gabriel Heliodoro Alvarado, Bill Godkin decidiu registrar os momentos mais sensacionais do duelo verbal, prestes a travar-se entre Roberto Valencia, que faria as vezes de promotor público, e Pablo Ortega, o defensor do réu.

Sentado na bancada reservada aos representantes da imprensa, começou a reportagem com uma descrição do ambiente:

Imaginem-se mais de cinco mil corpos humanos em plena combustão amontoados num hall *com um teto de zinco que, à medida que o sol sobe, vai ficando quase tão quente como uma chapa de metal incandescente. Não creio que haja no mundo outra língua que se preste melhor que o espanhol do Caribe para criar um pandemônio verbal em grandes assembleias populares.*

Centenas de pessoas entraram neste recinto às sete da manhã para poderem conseguir um bom lugar. Trouxeram seus farnéis: galinhas e carnes assadas, sanduíches, pastéis, linguiça, presunto, queijo... Temendo a belicosidade do público, as autoridades proibiram que os espectadores trouxessem garrafas ou outros quaisquer objetos contundentes que pudessem servir de projéteis nos momentos em que a simples agressão verbal necessitasse dum complemento sólido. Os que não conseguiram assentos estão de pé nos corredores, ou sentados no chão junto das paredes — homens, mulheres e até crianças, uma rica coleção de caras lustrosas de suor; em sua maioria morenas e de negros olhos vivos e apaixonados. E enquanto o "espetáculo" não começa, eles conversam, comem, cantam, fumam, cospem, mascam chicle, assobiam, soltam vivas ou morras, rompem em súbitas vaias ou aplausos, cujos objetos nem sempre consigo descobrir e principalmente batem pés, exigindo que a sessão comece. O calor parece tornar o ar espesso e gorduroso e os muitos ventiladores que giram e zumbem neste vasto salão, nada mais fazem que misturar num pot-pourri *bárbaro todos estes cheiros — suor humano, frituras, alho, cebola e tabaco.*

Fora, uma multidão calculada em cerca de mil pessoas grita e assobia, indignada, porque não consegue entrar no Palácio. Vai acompanhar o julgamento através dos alto-falantes colocados no centro e nos ângulos das quatro faces do edifício, que está cercado por um forte contingente de soldados da Milícia Revolucionária, armados de metralhadoras e bombas de gás lacrimogêneo. Contaram-me que houve, há pouco, um princípio de tumulto quando um bando de populares tentou forçar sua entrada no Palácio dos Esportes, apesar de os alto-falantes haverem anunciado que "não cabe mais um alfinete aqui dentro".

Segundo o serviço meteorológico de Cerro Hermoso, a temperatura daquela sexta-feira, 13 de novembro, era de trinta e três graus centígrados e oitenta por cento o teor de umidade relativa do ar. Antes de entrar no Palácio dos Esportes, olhando para o céu nublado e sentindo no corpo e na mente os efeitos do mormaço, Bill Godkin pensara numa frase que jamais poderia usar na sua história ou que, se usasse, seria com toda a certeza eliminada pelo seu *editor* em Washington: *Era um desses dias de aspecto disentérico em que o mais otimista dos homens chega a abrigar, pelo menos subliminarmente, a ideia de suicídio.*

A única estação de televisão do país, agora nacionalizada e posta exclusivamente a serviço da Revolução, colocara estrategicamente, no salão, suas câmaras e holofotes. Quando estes últimos se acenderam, iluminando a plataforma onde se encontravam os jurados, sentados a uma longa mesa, o calor ambiente aumentou de maneira infernal. Os membros do júri piscaram, ofuscados, o Presidente do Tribunal — um ancião de aspecto benigno — fez um gesto de contrariedade e protegeu os olhos com as mãos. Miguel Barrios, que ocupava o lugar de honra entre os membros do Conselho de Sentença, manteve-se impassível, decerto consciente de que agora sua imagem estava sendo focada pelas câmaras e reproduzida em milhares de televisores na cidade e arredores. Os fotógrafos e os cinegrafistas puseram-se imediatamente em atividade. Os membros do júri abanavam-se ou espantavam as moscas com ventarolas ou com as pastas de cartolina que capeavam as fotocópias dos numerosos documentos apresentados pela acusação. No lugar destinado à imprensa, mais de quarenta representantes estrangeiros de jornais, revistas e agências de notícias tomavam notas, usavam telefones individuais, conversavam uns com os outros, bebiam incontáveis copos de limonada gelada e passavam pelo rosto e pelo pescoço lenços que aos poucos se iam ensopando.

O Presidente do Tribunal fez soar uma campainha, pedindo um silêncio que só obteve minutos depois, e de maneira um tanto precária, apesar de a voz dum alto-falante declarar com metálica gravidade que S. Exa. exigia do público a mais absoluta compostura e o maior silêncio durante a sessão.

Às nove e vinte, ladeado por quatro guardas armados de metralhadoras, Gabriel Heliodoro Alvarado foi introduzido no recinto. Trazia as mãos algemadas, estava sem casaco, mas de camisa e calças limpas. Uma palidez doentia desbotava-lhe o rosto escanhoado de fresco. Animava-lhe os olhos um brilho desvairado de febre e, a espaços, ele lambia os lábios gretados e secos. Caminhava, porém, de cabeça erguida, olhando para a frente e para o alto. Percebendo que o ex-embaixador manquejava, Bill Godkin não se pôde furtar a um sentimento de comiseração, detalhe que não registrou em suas notas, pois um repórter deve manter-se impessoal.

Ao ver o réu, a multidão prorrompeu em gritos e insultos (um ulular que a muitos lembrou o dos campos de futebol, em dias de partida de campeonato da cidade). A gritaria durou vários minutos, apesar de o Presidente do Tribunal fazer soar incessantemente sua campainha e a voz do alto-falante exigir silêncio, sob pena de S. Exa. ver-se obrigado a mandar evacuar o recinto.

Bill Godkin via expressões de asco e ódio na maioria daquelas caras. Os impropérios continuavam. Ladrão! Assassino! Crápula! Bandido! Depravado! Porco!

Sentado no seu banco sem encosto, o busto ereto, Gabriel Heliodoro Alvarado procurava, parecia, não focar os olhos em parte nenhuma. Alguém que se encontrava numa das primeiras fileiras de bancos alvejou-o com um ovo podre que se lhe quebrou contra a testa, e seu fétido e gosmento conteúdo escorreu-lhe pela face e pela camisa, que se manchou dum amarelo sujo de mostarda. Um sargento precipitou-se para o lugar de onde havia partido o ovo, a fim de descobrir quem o atirara. Estabeleceu-se um tumulto de curta duração. Gabriel Heliodoro, porém, permaneceu imóvel, sem fazer a menor tentativa para limpar a cara. Nomes ainda mais podres que o ovo lhe foram lançados em rosto. O réu continuou imperturbável. Mas, quando uma voz forte de homem, destacando-se das outras, gritou: *Hijo de una chingada!* — Bill Godkin percebeu que a fisionomia de Gabriel Heliodoro teve uma brusca contração, e a cicatriz da testa como que se lhe inflamou.

Desde esse momento, o correspondente da Amalpress decidiu esquecer sua objetividade imparcial e passou a anotar, numa taquigrafia frenética, não só o que se dizia e fazia naquele salão, como também suas próprias emoções. Estava certo de que, no futuro, poderia usar todos aqueles elementos num livro em que os redatores de sua agência não teriam o direito de meter o nariz nem o lápis azul mutilador:

O Presidente deu a palavra a Roberto Valencia, que não perdeu tempo com mesuras ou saudações, mas lançou-se logo ao ataque: "Estamos aqui reunidos para julgar não apenas um homem, mas um regime inteiro, uma época histó-

rica, uma negra situação que durante longos anos envergonhou e ensanguentou a nossa terra, destruiu nossa economia e desgraçou nosso povo!". Enumerou minuciosa e metodicamente os crimes de que o réu era acusado: abuso do poder econômico, enriquecimento ilícito, câmbio negro, peculato, agiotagem, cumplicidade em todas as crueldades e arbitrariedades cometidas pela Polícia Federal, participação direta, ativa na grande negociata da construção do novo Palácio do Governo, desfrute de favores e privilégios oficiais lesivos à Fazenda Nacional. Analisou a vida íntima do réu, principalmente suas orgias sexuais na sua famosa residência campestre, a alguns quilômetros de Cerro Hermoso. Durante duas sólidas horas apresentou provas abundantes da veracidade de suas acusações (algumas vagas, na minha opinião, mas outras irrefutáveis). Chamou dezenas de pessoas para dar seu testemunho verbal e pediu a atenção dos jurados para as fotocópias dos documentos comprobatórios de suas acusações que se encontravam dentro das pastas de cartolina.

Gabriel Heliodoro Alvarado está perdido — pensei. Valencia poderia calar-se, pois já ganhara a partida. No entanto, continuou a falar. Provou como tinha sido aquela "pústula humana" um dos principais autores intelectuais da "conspiração mitológica" atribuída a comunistas, e que fornecera a Juventino Carrera o pretexto de que o tirano necessitava para permanecer no poder — o famoso Movimento de Salvação Nacional, em que tantos inocentes foram presos, torturados e mortos. Disse mais: "Foi esse mesmo tipo que comandou a Quinta-Coluna que operou dentro desta capital, por ocasião da volta do usurpador do exílio, em 1951, ajudado pelas companhias americanas, a United Plantations Co. e a Caribbean Sugar Emporium. Foi também esse bandido que, com seus mercenários, invadiu o Palácio do Governo e assassinou a tiros o Presidente Julio Moreno!".

Neste momento ergueu-se da multidão uma espécie de urro coletivo que terminou num cantochão rítmico e colérico: "Plaza de Toros! Plaza de Toros! Plaza de Toros!". O coro durou vários minutos. Pablo Ortega, sentado à sua mesa, ora tomava notas, ora brincava nervosamente com o lápis ou passava o lenço pelo rosto e pelo pescoço. Suava abundantemente, e eu tive a impressão de que "via" sua cabeça doer, ao surdo martelar do sangue nas têmporas.

Quando o silêncio foi restabelecido, Valencia retomou a palavra: "Não só de ladrão e assassino acuso Gabriel Heliodoro Alvarado. Além de culpado direto pela morte do Doutor Julio Moreno, é ele também responsável indireto pelo rapto e assassínio do Professor Leonardo Gris, que, em Washington, foi narcotizado por agentes de Carrera, sob as ordens da sua embaixada, metido num avião particular e, como no revoltante caso do Professor Jesús Galíndez, jogado ao mar!". Nesse ponto, o réu franziu a testa e pro-

curou o olhar de seu advogado. Pablo Ortega, porém, estava de cabeça baixa, examinando suas próprias notas. "Foi também esse sujeito sensual, amoral e devasso", prosseguiu o promotor público, "o responsável pelo assassínio dum secretário da Embaixada do Sacramento em Washington, Francisco Vivanco, de cuja esposa era amante. Não satisfeito por ter contribuído para a eliminação do homem que atraiçoava e infelicitava, não hesitou em macular sua memória, implicando-o mentirosamente numa pseudoconspiração que proporcionou a Juventino Carrera o pretexto de que ele necessitava para o seu último golpe de Estado." Nesse ponto, o público quase inteiro se pôs de pé e retomou o coro: "Plaza de Toros! Plaza de Toros!". O Presidente fez soar, em vão, sua campainha. Alguns guardas investiram contra as primeiras fileiras de bancos, de baionetas caladas, houve trocas de empurrões e insultos, um sargento recebeu uma pancada na cabeça e por fim o comandante do destacamento que policiava o Palácio mandou seus soldados fazerem disparos para o ar. Houve princípio de pânico, e só quinze ou vinte minutos mais tarde é que a ordem foi restabelecida e o silêncio voltou àquela pequena sucursal do inferno. Roberto Valencia retomou o discurso para pronunciar estas palavras finais: "Senhores jurados, nada mais tenho a dizer senão pedir a este Conselho, em nome da Justiça Revolucionária, que é a justiça mesma do POVO, que dê a Gabriel Heliodoro Alvarado, o símbolo da ditadura e da corrupção, o castigo que merece: a pena de morte!". Os aplausos e gritos que se seguiram, cortados de assobios e insultos dirigidos ao réu, me deram a impressão de que, pela sua intensidade fervente e explosiva, não poderiam caber no recinto do Palácio, e que acabariam por derribar as paredes e fazer voar o teto...

45

O Presidente do Tribunal deu a palavra ao advogado da defesa. Pablo Ortega ergueu-se, lento. Sua blusa cáqui estava já completamente escura de suor. Deu dois passos à frente de sua mesa, fez um cumprimento de cabeça na direção do Presidente e de Miguel Barrios, e aproximou-se do microfone. Suas primeiras palavras foram interrompidas por uma vaia na qual — pareceu-me — todas as pessoas que se encontravam nas arquibancadas participavam. Consegui ouvir gritos como: "Cale a boca, traidor!" — "Fora com o fascista!" — "Levem esse também para a Praça de Touros!". Os soldados tiveram de intervir novamente para restabelecer a ordem. O Presidente do Tribunal fez uma pe-

quena alocução, chamando a atenção do público para o direito que a lei confere a "qualquer" réu de ter um advogado de defesa.

Pablo Ortega esperava, as pernas afastadas na posição militar de descanso, as mãos trançadas às costas, e eu tive a impressão de que ele estava mais tranquilo do que eu esperava e de que, no fundo, a atitude façanhuda do público talvez mais o estimulasse que atemorizasse.

Foi com voz firme e clara que começou a defesa do réu. Declarou que nem sequer tentaria contestar as acusações e as provas apresentadas pelo promotor, no que dizia respeito aos atos de desonestidade e à vida sexual de seu constituinte, mas repelia, isso sim!, as acusações de homicídio que o promotor fizera com mais paixão do que lógica, com mais ódio do que provas convincentes. "Não existe", afirmou, "sequer uma testemunha ocular de que Gabriel Heliodoro Alvarado tenha sido mandante ou mandatário do assassínio do Doutor Julio Moreno. Quanto ao Professor Leonardo Gris, como se pode falar em homicídio quando nem sequer se tem a certeza de que morreu? Quem viu seu cadáver?"

Nesse ponto, uma senhora morena, gorda e de buço cerrado, que se encontrava sentada na primeira fila, subiu quase a correr os três degraus que separavam a plateia da plataforma e, antes que os soldados dessem pela coisa, acercou-se de Pablo Ortega e escarrou-lhe na cara, sob aplausos quase gerais. Dois soldados a agarraram imediatamente, levando-a para fora do hall, *em meio dum novo tumulto. Enquanto isso, Pablo Ortega limpava o rosto, com aparente serenidade, e pela primeira vez, desde que começara o julgamento, percebi uma expressão de revolta na face do réu, que se agitou no seu banco, chegou a fazer menção de levantar-se, no que foi impedido pelos dois soldados que lhe montavam guarda.*

Do meio do povo destacou-se uma voz de homem, clara mas trêmula de indignação: "Você é um ingrato! O Doutor Gris foi seu mestre e seu amigo". Notei uma expressão de tristeza no rosto de Pablo Ortega quando ele respondeu, sem rancor: "Eu amava o Doutor Gris como a um pai. Se eu estivesse convencido de que Gabriel Heliodoro Alvarado tivesse a menor responsabilidade pelo seu desaparecimento, eu não estaria aqui para defendê-lo, e sim para acusá-lo!". Essas simples palavras provocaram nova explosão verbal agressiva da multidão, cessada a qual Pablo falou durante vários minutos, procurando provar que era um absurdo querer julgar na pessoa de Gabriel Heliodoro os crimes de Carrera, de Ugarte, de Zabala e dos outros bandidos do Governo derrubado. O réu não era um "símbolo", mas um homem, e como tal tinha de ser julgado pelos seus próprios delitos. Não pôde continuar, porque o cantochão sinistro recomeçou: "Plaza de Toros! Plaza de Toros! Plaza de Toros!". Pablo

Ortega voltou-se bruscamente para o Presidente do Tribunal e exclamou: "Senhor Presidente, proponho que o presente julgamento seja transferido para outro dia e outro local, pois este corpo de jurados não se encontra em condições de dar uma sentença serena, pois está sofrendo uma forte pressão da parte do público, que exige a condenação à morte do réu!".

Valencia ergueu-se e gritou: "Protesto! Não temos tempo a perder com bizantinismos jurídicos. O povo tem o direito de manifestar suas opiniões e emoções, porque agora estamos numa democracia e não mais numa ditadura! E os jurados são homens de coragem e dignidade e portanto capazes de julgar o réu conscienciosamente, à luz das provas irrefutáveis que contra ele a acusação apresentou!".

Novos aplausos e gritos frenéticos. Uma câmara de televisão deslocou-se na direção do advogado de defesa, para apanhar a expressão de seu rosto num primeiro plano. Pablo Ortega encarou Roberto Valencia e vociferou: "Esta Revolução foi feita para estabelecer definitivamente a justiça social e a Justiça pura e simples nesta terra, e não para exercer vinganças pessoais! O senhor promotor e o Comitê Central parecem mais interessados em proporcionar ao povo outro espetáculo sangrento na Praça de Touros do que em realmente fazer justiça. Declaro o meu constituinte culpado duma série de delitos que justificam sua prisão, sua segregação pelo resto da vida, como um elemento perigoso, nocivo à sociedade. Condenem esse homem à prisão perpétua, mas poupem-lhe a vida! Os olhos do mundo estão postos em nós. Esse bárbaro espetáculo de fuzilamentos na Gran Plaza de Toros está dando às outras nações uma ideia errada de nossa Revolução!". Meteu a mão no bolso e tirou dele um recorte de jornal. Voltou-se para Miguel Barrios e disse: "Entrevistado anteontem por correspondentes estrangeiros que desejavam saber quantas pessoas mais iam ser fuziladas, o General Barrios respondeu textualmente (e agora vou ler suas próprias palavras): Não se inquietem. Nossa operação de limpeza chega ao fim. Já liquidamos exatamente quatrocentos e noventa e nove bandidos. Com o fuzilamento, domingo próximo, de Gabriel Heliodoro Alvarado, um dos maiores criminosos do regime passado, encerraremos as execuções. Se os senhores jornalistas estão interessados em estatísticas, tenho o prazer de informar que Alvarado será o fuzilado número 500". *Nesse ponto Barrios me pareceu perturbado, soergueu-se na cadeira, lançou um olhar na direção de Valencia, como a pedir-lhe socorro. Pablo Ortega voltou-se para o público. "Senhoras e senhores, a declaração que acabo de ler do Chefe da Revolução, esse* prejulgamento *de Gabriel Heliodoro Alvarado, torna o presente julgamento uma farsa trágica!" Meteu o recorte de jornal no bolso, fez uma inclinação de cabeça na di-*

reção da mesa e disse: "Senhor Presidente do Tribunal Revolucionário, nada mais tenho a dizer". E voltou para o seu lugar, abaixo de apupos.

Roberto Valencia ergueu-se e pediu a palavra. O Presidente fez um afirmativo de cabeça e o promotor aproximou-se do microfone, ergueu ambas as mãos, sorridente, pedindo que cessassem os aplausos, no que foi atendido. Falou durante quase vinte minutos, mas limitou-se a atacar pessoal e frontalmente Pablo Ortega, dizendo: "Desde que esse moço apareceu no nosso acampamento na Serra da Caveira, para unir-se às nossas forças, compreendi que ele estava mais interessado em resolver seu problema pessoal do que em salvar nosso povo da ditadura e da miséria. Bisneto, neto e filho de latifundiários, Pablo Ortega y Murat é o tipo mais representativo que conheço do intelectual ambivalente, escravo de falaciosas abstrações, desses que querem e ao mesmo tempo não querem a revolução, que desejam e ao mesmo tempo temem a mudança da estrutura socioeconômica de sua pátria". Pablo escutava as palavras de seu inimigo de cabeça baixa, rabiscando no seu bloco de notas. "Tipos como Pablo Ortega", continuou Valencia, "são os germes de infecção que todas as revoluções carregam inevitavelmente no seu organismo, elementos que um dia se transformarão em desertores, sabotadores e contrarrevolucionários." Apontou para o meu amigo, que agora o encarava duramente, os braços cruzados, a face retesa, e prosseguiu: "Esse moço de mãos lisas, boas maneiras e bons sentimentos (Risos gerais.) *durante vários anos (tomem nota disto), durante vários anos recebeu mais de mil dólares por mês do Governo de Juventino Carrera, primeiro como secretário da Embaixada do Sacramento em Paris e depois em Washington, antes de sentir esses pruridos de consciência que o levaram a subir à Sierra de la Calavera. Enquanto muitos de nós sofriam torturas e durezas nas prisões de Ugarte e Zabala, enquanto nossas mulheres, filhas e irmãs eram seviciadas, violadas e assassinadas pela polícia da ditadura, esse jovem diplomata dirigia seu Thunderbird pelas avenidas da capital dos Estados Unidos, divertia-se em recepções e jantares, escrevia poemas nas horas vagas... que evidentemente deviam ser muitas... Pergunto agora: por que levou ele tanto tempo para se envergonhar de sua situação e procurar redimir-se? É por isso tudo, senhoras e senhores, que eu não dou a Pablo Ortega o direito de criticar nosso Chefe e este Tribunal. Renovo meu apelo aos jurados: morte ao criminoso Gabriel Heliodoro Alvarado! Não vos deixeis comover por esse delicado poeta que tanto horror tem ao sangue, que agora vê de perto pela primeira vez, tendo participado da responsabilidade no seu derramamento".*

Ao terminar essas palavras, Roberto Valencia voltou para seu lugar, sob uma chuva de aplausos e bravos. Pablo Ortega ergueu-se rápido e aproxi-

mou-se do microfone. O Presidente do Tribunal bateu repetidamente no tímpano e exclamou: "As discussões estão encerradas. O júri vai entrar em recesso para dar sua decisão final".

Ortega voltou-se para o velho juiz e disse: "Senhor Presidente, acabo de ser alvo de graves acusações, tenho portanto o direito de me defender. Peço-lhe que me permita falar apenas por mais dez minutos!".

O juiz inclinou-se para Miguel Barrios, murmurou-lhe algo ao ouvido, e o Chefe sacudiu afirmativamente a cabeça.

"Pois bem", disse em voz alta o magistrado, "o Capitão Pablo Ortega tem dez minutos, nem um segundo mais, para 'defender-se', conforme a expressão que usou."

Ortega olhou para Roberto Valencia, que estava no seu lugar, de braços cruzados, um sorriso inefável a dar-lhe ao rosto o aspecto duma escultura arcaica.

"O Secretário-Geral conseguiu fazer o que há muito desejava. Colocou-me a mim também no banco dos réus. E escolheu uma ocasião admirável em que mais de seis mil pessoas nos veem e ouvem nesta sala, e centenas de milhares de outros compatriotas nossos nos escutam através de aparelhos de rádio e nos ouvem e veem em seus televisores."

Fez uma pausa curta, tornou a olhar para o Secretário-Geral e vociferou: "Pois eu quero aproveitar a oportunidade para acusá-lo publicamente de estar deturpando as finalidades de nossa Revolução! Ainda não conseguimos fazer o cálculo exato do número total de sacramentenhos que perderam a vida ou foram feridos ou mutilados na luta contra a ditadura de Carrera. Seja como for, nós somos hoje os fiadores de todos esses heróis e mártires. Temos a obrigação de destruir pela raiz o sistema oligárquico semifeudal que nos tem infelicitado por tantos anos. A justiça social será um dia definitivamente estabelecida nesta ilha. Nosso povo deve ser realmente amparado, resgatado da miséria, da doença, do analfabetismo, da mais infamante das alienações e trazido para um nível de felicidade, prosperidade e dignidade. É uma vergonha, um absurdo que qualquer país possa ser governado discricionariamente por um grupo de famílias privilegiadas e por duas companhias estrangeiras!".

Enquanto Pablo falava, produzira-se no hall *um inesperado silêncio. Durante as pausas que fazia, era possível ouvir-se o zumbido duma mosca. Lancei um olhar para meu relógio. Uma e quinze da tarde. A fome começava a me verrumar o estômago.*

"Entre os males da ditadura que combatemos, um dos que mais indignavam os homens de pensamento era a falta de liberdade de expressão, do livre

câmbio de ideias." Pablo Ortega de novo estendeu o braço na direção do Secretário-Geral e alteando a voz e escandindo as sílabas, disse: "Eu acuso o Coronel Roberto Valencia de estar já engendrando para o nosso novo regime leis e dispositivos políticos tendentes a eliminar o diálogo!".

Valencia solevou-se em sua cadeira e eu tive a impressão perfeita de que ele ia tirar o revólver do coldre e alvejar Ortega com um tiro. Voltou, porém, à posição anterior e ao sorriso inefável que assumira desde que o outro começara a falar.

"Sim", prosseguiu Ortega, "Roberto Valencia está organizando as bases dum Estado totalitário em que todos nós correremos o risco de deixar de ser criaturas humanas para nos tornarmos elementos estatísticos e burocráticos, abstrações, em suma!"

Valencia não se conteve e exclamou:

"Cale a boca, idiota!"

Pablo Ortega sorriu e replicou imediatamente, com o rosto voltado para o público:

"É bem como afirmei. O Secretário-Geral prefere o insulto ao diálogo."

O Presidente bateu no tímpano. Ortega voltou-se para ele, olhou para o próprio relógio de pulso e disse:

"Excelência, tenho ainda sete minutos."

Valencia ergueu-se e gritou:

"Se o Capitão Ortega quer mesmo o diálogo, vou dar-lhe já a resposta que ele merece. Uma revolução não se faz com poetas, artistas e literatos que têm horror ao sangue e à violência. Um país não se constrói com inocentes sonhadores, mas sim com homens que, quando necessário, atiram primeiro e fazem as perguntas depois. Temos pela frente um inimigo formidável, amparado por uma das nações imperialistas mais poderosas da Terra. Se de alguma coisa posso ser 'acusado', é de saber exatamente o que quero, e de estar amparado numa ideologia."

Disse isso e tornou a sentar-se. Romperam aplausos em toda a sala.

"Ideologia!", repetiu Ortega. "Foi bom que o bravo coronel tivesse usado essa palavra... Na minha opinião, ideologia é um vocábulo de sentido elástico, que se pode espichar ou encolher de acordo com as necessidades do realismo político, comunista, fascista e mesmo da nossa famosa democracia liberal. Se uma ideologia não for rigorosamente mantida dentro de certos limites de moralidade e ética, acabará por se desumanizar, e a tirania se estabelecerá em nome dela. O Coronel Valencia diz que uma revolução se faz com homens que atiram primeiro e fazem as perguntas depois. Eu tenho um nome para esse tipo de gente: 'fanático'. Tenho visto em minha vida fanáticos dentro duma sotaina negra, *dum dólmã de comissário... ou em mangas de camisa, numa praça de touros, exigindo aos berros o sangue do touro, do toureiro ou de ambos!"*

Uma assuada tremenda irrompeu nesse momento. Pablo limitou-se a olhar para seu relógio e marcar-lhe a duração. Quando o silêncio se restabeleceu, ele continuou:

"Para terminar, quero avisar não só ao Coronel Valencia mas a todos os que me escutam, que não pretendo desertar, nem fazer atos de sabotagem e muito menos tomar parte numa contrarrevolução. Porque esta Revolução nos pertence a todos. Ela não é de Washington mas também não é de Moscou. É nossa, de nosso povo." Tornou a voltar-se para o Secretário-Geral. "Depois de tudo quanto eu disse aqui hoje, não sei que planos terá, com relação à minha pessoa física e jurídica, o Comitê Central Revolucionário. Mas, sejam quais forem, quero que minhas últimas palavras sejam uma advertência. Se acharmos que, para os alicerces do novo Sacramento que vamos edificar, a melhor argamassa é a carne e o sangue de nossos inimigos, ou daqueles que discordam de nós, estaremos correndo o grave perigo de repetir a triste, trágica balada das ditaduras latino-americanas. Porque, se na base desse grande e belo edifício que deverá ser a pátria de amanhã, além do nosso trabalho, da nossa inteligência, da nossa honestidade, da nossa incansável vigilância, não houver também um elemento de tolerância e de amor, teremos então construído nossa casa sobre a areia!"

Pablo Ortega, cuja face as luzes dos holofotes tornavam lívida, dando-lhe aos lábios um matiz arroxeado, voltou para seu lugar. O Presidente do Tribunal anunciou que o Conselho de Sentença ia entrar em recesso para julgar o caso.

Valencia continuou de braços cruzados. O sorriso arcaico lhe desaparecera da face.

46

A notícia que o *Washington Post* publicou no dia seguinte, sob o cabeçalho *Ex-Embaixador em Washington condenado à morte*, informava:

Cerro Hermoso, 14 (Por William B. Godkin, da Amalpress.) Gabriel Heliodoro Alvarado, que até setembro do corrente ano serviu nesta capital como Embaixador da República do Sacramento, foi ontem julgado e condenado à morte pelo Tribunal Popular, instituído pelas Forças Revolucionárias que, há pouco, tomaram o poder naquela ilha, expulsando do Governo o ditador Juventino Carrera.

Serviu como promotor público o Cel. Roberto Valencia, Secretário-Geral do Governo Provisório, e a defesa do réu esteve a cargo do Cap. Pablo Ortega, que durante quase dois anos exerceu as funções de primeiro secretário na embaixada de seu país, junto à Casa Branca e à OEA.

Gabriel Heliodoro Alvarado será fuzilado amanhã, às dez horas, na Grande Praça de Touros desta capital.

— Essa execução numa arena é uma coisa repulsiva! — exclamou Clare Ogilvy, atirando o jornal em cima da mesa. E Orlando Gonzaga, que havia alguns minutos ali estava com ela, naquele bar da Connecticut Avenue, onde costumava encontrar-se com Godkin e Ortega, sacudiu a cabeça, taciturno, e tomou um gole de manhattan. Estavam já ambos no terceiro coquetel e, desde que haviam sentado à mesa, tinham falado quase todo o tempo em Pablo com saudade e afeto.

Clare fungou forte, repuxando para um lado a cara inteira, abriu a bolsa, tirou dela um molho de chaves e jogou-o sobre o jornal: "As chaves da embaixada e da chancelaria...", murmurou, apoiando os cotovelos na mesa e segurando as faces com as mãos.

— Veja você, Gonzaga, as voltas que a vida dá... Eu, Clare W. Ogilvy, cidadã americana, Encarregada de Negócios da República do Sacramento... até que chegue o embaixador do novo Governo.

Gonzaga sacudiu a cabeça.

— Não chegará tão cedo. Aposto como o Department of State vai cozinhar esse Miguel Barrios em água fria.

— Às vezes visito a chancelaria — disse La Ogilvita com ar sonhador —, abro as janelas para o sol e o ar entrarem e, tremendo de frio (pois o edifício está sem calefação), caminho sozinha por aqueles corredores e salas, lembro-me de caras, vozes, odores... É como se estivesse visitando um cemitério... (E o frio ajuda a sensação.) Ali o túmulo do Doutor Jorge Molina... Mais além, o do General Ugarte. Entro no gabinete de Don Gabriel Heliodoro e sinto ainda o sarro de seu havana e, com alguma imaginação, aspiro os perfumes de que ele tanto abusava... De repente dou com a cara severa de Don Alfonso Bustamante, no quadro, e o velho parece me pedir contas dos Negócios de sua pátria... Nos corredores encontro os fantasmas daqueles tenentes, capitães e majores de olhos lúbricos que tanto gostavam de olhar para os peitos, pernas e traseiros das datilógrafas... menos da Mercedita, é claro. De repente, Titito passa aéreo como uma sílfide... Os passaritos de papel que Vivanco costumava soltar cruzam o ar na minha frente, como espectros de aves... ou quem sabe como bilhetes que o pobre homem está tentando mandar-me do Além... E, ai!, quando entro no gabinete que foi de Pablo, o coração se me aperta e eu desando a chorar como uma velha ridícula, e depois fico a fungar, acabo soltando espirros, concluo que o frio do mausoléu está me provocando um resfriado; fecho portas e janelas e volto para casa. Garçom, mais um manhattan, sim? Ó Gonzaga, que é que você tem? As coisas também não lhe correm bem?

Não, não corriam. Apesar de todas as informações que sua embaixada mandara ao Governo Brasileiro sobre a firma à qual uma das autarquias nacionais ia comprar uma grande partida de feijão, a transação se consumara e verificara-se depois (os jornais noticiavam o escândalo) que o feijão estava podre!

Vieram os coquetéis.

— E agora... que é que vai acontecer? — perguntou Clare.

— Nada. — Gonzaga bebeu um gole de manhattan. — Feijão podre! Um símbolo de nosso regime, da podridão de nossos governantes e políticos. O Brasil, Clare, é um país saqueado. De fora para dentro. De dentro para fora. De cima para baixo... Ninguém nunca é responsabilizado por coisa alguma. Ninguém vai para a cadeia. Ó não! Somos encantadores, temos corações de ouro maciço! Inventamos as anedotas mais engraçadas do mundo. Achamos que todos devem nos adorar, pois não somos hospitaleiros e bons *causeurs*? Fazemos troça de todos, inclusive de nós mesmos. Temos remédios infalíveis para os males de todos os países, menos para os do nosso. A simpatia no Brasil é a grande panaceia. E é nessa simpatia, Clare, nesse nosso bom-mocismo (que torna o convívio com o brasileiro individualmente tão agradável), que reside nossa desgraça como nação! No Brasil tudo está bem se um sujeito é simpático. Por simpáticos (e também irresponsáveis e levianos) esperamos que as coisas nos caiam do céu. Por simpatia votamos em homens incompetentes e/ou desonestos para os cargos públicos. Se somos governantes ou políticos, por simpatia dizemos sim a tudo o que nos pedem, embora depois não cumpramos o prometido. Por simpáticos damos empregos ou concessões rendosas (nem sempre lícitas) a parentes, amigos, compadres, afilhados, protegidos... e, que diabo!, por simpáticos fazemos as maiores concessões a nós mesmos, e satisfazemos a todos os nossos apetites. E essa nossa simpatia, sinal, repito, dum coração de açúcar, nos impede de fazer cumprir a lei, de sorte que bandidos e ladrões andam às soltas e podem ser senadores, deputados, governadores e até Presidentes da República. Por simpáticos achamos que todos nos devem ajudar sem nunca nos pedir contas de nada. Por simpáticos (ah! e por inteligentes, espertos e mestres na arte da improvisação) não planejamos nada, produzimos pouco, gastamos o que não podemos, e confiamos sempre nas soluções mágicas. Porque no Brasil se acredita que até o *deus ex machina* é brasileiro. Ah, Clare! Como somos simpáticos! Você já tinha notado isso, não? Pois é. Somos tão simpáticos que nos acostumamos à miséria em que vivem mais de dois terços da população total do país... uma miséria abjeta, que, no nosso Nordeste, é igual ou pior que a asiática... E, como somos simpáticos e caridosos e, às vezes, vamos aos domingos à missa, durante a qual sorrimos e acenamos de longe para Deus (que deve ser um sujeito simpático), de vez em quando damos esmolas aos mendigos, vagamente convencidos de que assim estamos contribuindo para resolver o problema social...

— Gonzaga, você exagera. O saldo brasileiro não é assim tão negativo.

— Eu sei que não é. Mas hoje estou com um humor negro. E já meio "alto".

— Dentro de alguns anos mais, o Brasil será uma das cinco mais poderosas nações do mundo.

— Não direi que não. Mas essa cantiga já me está cansando. O país do futuro... Bolas! — Gonzaga tornou a beber o resto do coquetel num largo sorvo único. — Ah! Não pense que estou me inocentando em toda essa história. Sou um pulha. Mas pulha ainda maior que eu é o excelentíssimo senhor meu pai. Um grande filho da puta.

— Ó Gonzaga, não diga uma coisa dessas de seu Velho!

— Minha avó era uma dama de virtude impecável. Estou apenas usando uma figura de linguagem em torno dum figurão da política. O Doutor Severino Gonzaga é Senador da República por um partido que, como quase todos os outros, não passa dum conglomerado amorfo de aproveitadores e pedintes, sem programa político e social definido. Os que estão embaixo pedem empregos e favores que pagam com seus votos e seus aplausos e vivas nos comícios. Os que estão em cima aproveitam a posição para fazerem negócios (lícitos e ilícitos, tudo vale, é uma questão de oportunidade, semântica e simpatia) e para satisfazerem suas vaidades de mando, de prestígio... As exceções são tão poucas que se podem contar nos dedos das mãos. Pois o Senador Gonzaga, que Deus o abençoe, cria cavalos de raça... Até aí está tudo muito bem. Outros criam coisas piores. Mas o Unicef ou qualquer dessas instituições internacionais que se encarregam de alimentar as crianças pobres do mundo, mandou partidas de leite em pó para o Brasil, destinadas à distribuição gratuita entre a população indigente do Nordeste. Pois bem, não sei em que ponto do caminho, uma quadrilha de gângsteres se meteu no negócio e essas partidas de leite foram desviadas de seu destino e vendidas, veja bem, *vendidas* no mercado negro. E o Senador Gonzaga, que é um encanto de pessoa, comprou algumas centenas de sacos desse leite e com ele alimenta seus cavalos de raça! Ótimo! Quantas crianças morrem por dia no Brasil? Sei lá! Sou fraco em estatística. Mas são centenas, talvez milhares... Imagine agora um belo cavalo de raça correndo num hipódromo, na frente duma multidão entusiasmada onde se veem damas elegantemente vestidas, exibindo vestidos e chapéus caríssimos, ansiosas por aparecerem nas colunas sociais dos jornais e nas reportagens ilustradas das revistas... Você não acha que as damas e os cavalos são animais muito mais belos, nobres e decorativos do que essas crianças esqueléticas, doentes e subalimentadas do Nordeste ou de qualquer outra parte do Brasil? Claro que são! E merecem o nosso leite e a nossa simpatia!

— Gonzaga, pare de beber!

— Pararei de beber, mas não de falar. Quantas toneladas de leite em pó tiveram esse destino no Brasil? *Nobody knows*. Ninguém pede contas a ninguém. Somos todos simpaticíssimos. A vida continua. O Senador Gonzaga é um verdadeiro *gentleman*. É acionista dum banco que empresta dinheiro a juros de quarenta e oito por cento ao ano. E não me olhe com esses olhos, Clare, que neste seu admirável país também existem *big* sujeiras...

— Gonzaga, meu amor, não fomos nós os americanos que inventamos a natureza humana.

Orlando Gonzaga olhava fixamente para o fundo de seu copo.

— Não pense que eu me estimo por estar aqui a dizer-lhe estas coisas, Clare. Repito que sou um pulha. Quem se portou como um homem foi o Pablo. Tomou uma decisão de macho. Mas eu sou um parasita como meu pai, que, como a quase maioria dos grandes comerciantes e industriais do Brasil, sonega o pagamento de impostos e com o dinheiro da sonegação compra dólares que deposita num banco da Suíça, numa conta numerada ou em bancos de Manhattan. Ó *boy*! Mais um banco da Suíça... digo, mais um manhattan!

Clare, porém, fez um sinal negativo para o garçom e pediu-lhe a nota.

— Vamos embora, Orlando.

— Quem paga sou eu, o grande simpático.

Quando o empregado voltou, ele lhe arrebatou a conta das mãos.

Clare Ogilvy olhou para o relógio e soltou um suspiro.

— Quase sete. Você já pensou que esta é a última noite de Don Gabriel Heliodoro? Pode imaginar o que ele está sentindo na sua cela, esperando a hora da morte?

— Outro caso! Don Gabriel Heliodoro. Um sujeito simpático. Tão simpático que o idiota do Pablo arriscou a cabeça para defender esse canalha... — Uniu o polegar ao indicador, aproximou-os da testa e fez um movimento de quem torce uma chave. — Por hoje faço parar a máquina de pensar. Quer jantar comigo? Não? Já tem compromisso? Paciência. Jantarei sozinho. Depois me meterei num cinema para ver em tela gigante e com som estereofônico uma dessas cretinices coloridas, fabricadas em Hollywood. Provavelmente sairei do cinema, irritado, antes do final da fita, entrarei no meu carro e andarei por essas ruas em busca duma mulher para dormir comigo...

— O que também não é uma solução.

— O que também não é uma solução, concordo, mas não deixa de resolver, pelo menos por uma noite, um outro tipo de problema...

Ergueram-se. Gonzaga pagou a conta, deixando uma gorjeta régia que fez o garçom mostrar um dente de ouro, ordinariamente invisível.

A caminho da porta do bar, o brasileiro perguntou:

— Clare, qual é a resposta, a grande resposta para isso tudo?

Segurando o braço do amigo, La Ogilvita respondeu com uma história:

— Conta-se que no seu leito de morte, poucos minutos antes de expirar, a escritora Gertrude Stein voltou-se para Miss Toklas, sua dedicada companheira, e perguntou: "Qual é a resposta?". E, antes que a outra tivesse tempo de abrir a boca, Miss Stein acrescentou: "Mas qual é a pergunta?".

Saíram ambos para a fria noite de novembro.

47

Naquela mesma noite de sábado, Pablo Ortega e Bill Godkin, que haviam jantado juntos, caminhavam lado a lado pelas calçadas do Paseo de Bolívar, em Cerro Hermoso. Todos os anúncios coloridos de neônio estavam apagados, pois o novo Governo decidira racionar a energia elétrica. Mas as lâmpadas das ruas, dentro dos lampiões de estilo colonial, estavam todas acesas no alto dos postes que perlongavam as calçadas e os canteiros centrais, fornecendo luz suficiente para dar à principal avenida da capital um ar festivo. Havia muita gente nos passeios. Os cafés, cinemas, restaurantes e bares estavam abertos e cheios. Viam-se muitos homens envergando uniformes da Milícia Revolucionária. Havia em quase todos os rostos uma expressão de desafogo, alegria, e esperançosa expectativa. Alguns dos soldados caminhavam de braços dados com raparigas, conversando, cantando ou rindo, e entrando nos lugares públicos ou saindo deles. Sentados num dos bancos que se alinhavam nos canteiros centrais do passeio, um rapaz e uma moça estavam colados num abraço e num beijo intermináveis, boca contra boca, numa imobilidade de estátua. Pablo Ortega sorriu, pensou em Glenda Doremus, depois em Kimiko Hirota e finalmente em Pia... Pia de quê? Não se lembrava mais. Talvez nunca tivesse realmente sabido o nome de família de sua companheira do Éden...

Na noite anterior, exausto da energia nervosa despendida na defesa de Gabriel Heliodoro Alvarado, encontrara alívio no amor físico. Levara para seu quarto, num hotel de terceira ordem, uma das datilógrafas que trabalhavam em seu gabinete, no Palácio, uma morena de olhos amendoados cujas feições lembravam-lhe um pouco as de Miss Hirota, e pedira-lhe que passasse a noite com ele. Sentia, como nunca em sua vida, a necessidade duma presença feminina.

— Adormeci abraçado com ela — contava ele agora a Godkin. — Despertei de madrugada e não a encontrei mais no leito. Ouvi um ruído, um estalido... voltei a cabeça e vi a rapariga a revistar primeiro os papéis da minha escrivaninha, depois as gavetas da cômoda e finalmente os bolsos das minhas roupas... Fingi que continuava a dormir, que não via nada. Por fim ela voltou para a cama e tornou a me abraçar...

— Uma espiã de Valencia?

— Possivelmente.

— E agora olhe para aquele sujeito de roupa branca e panamá na cabeça. Estava no restaurante enquanto comíamos e não desviava o olhar de nossa mesa. Depois, tem estado a nos seguir desde que saímos...

Godkin e Ortega deixaram as ruas centrais da cidade que, na opinião do jornalista, estavam perdendo seu caráter nacional e sendo, aos poucos, americanizadas pelos arranha-céus, pelos *drugstores* e pelas cafeterias, e dirigiram-se para a parte antiga — que era também a preferida de Pablo — com suas ruas estreitas, pavimentadas de paralelepípedos, as suas casas com fachadas de azulejos, seus beirais, portões e telhados coloniais. De dentro de algumas residências evolavam-se cheiros antigos: azeite frito, açúcar queimado, alfazema, madressilva, mofo de porão, braseiros e cera derretida das velas dos oratórios.

De vez em quando, os dois amigos detinham-se para espiar um que outro pátio de tipo sevilhano. Bill Godkin deixou que Pablo o conduzisse, e não tardou em perceber para onde ele se dirigia. Ao cabo de uns vinte minutos de caminhada, chegaram à frente da residência dos Ortega y Murat. Pablo aproximou-se do portão de ferro, segurou-lhe as grades com ambas as mãos e ficou longo tempo a olhar em silêncio para sua casa. (Curiosa espécie de prisioneiro — refletiu Godkin.) E o casarão no fundo do parque continuava com todas as janelas cerradas. Godkin sabia que, apesar de enferma, D. Isabel, com seu orgulho castelhano, recusava não só ver o filho como também responder aos seus chamados telefônicos.

Por fim, os dois amigos retomaram caminho. Quando Bill parou sob um lampião para encher e acender o cachimbo, Pablo, com o rabo dos olhos, percebeu que o homem do panamá ainda os seguia.

— Você acha, Bill, que minha mãe assistiu ao júri pela televisão?

— É provável. Você gostaria que ela tivesse assistido?

— Não sei. Talvez. Não sei. Está tudo ainda muito confuso...

Numa rua mal iluminada, os dois amigos de repente encontraram a noite em estado quase puro, um céu amplíssimo cor de carvão azulado, onde cintilavam estrelas.

Estavam já de volta ao centro da cidade quando o jornalista murmurou com ar casual:

— Ah! Eu ia esquecendo de dizer que tenho passagem no avião de amanhã para Nova York. Creio que minha tarefa profissional no Sacramento terminou.

— A que horas parte?

O outro sacudiu a cabeça.

— Não. Não vá ao Aeroporto. Não gosto de despedidas. Prefiro que nos digamos um "até breve" à porta do meu ou do seu hotel. Combinado?

— Combinado.

— Tem alguma coisa especial para me pedir?

— Diga ao Gonzaga e à Clare que penso sempre neles com saudade. E você, quando tiver tempo, me escreva umas linhas.

Passavam pela frente dum café. Pablo tomou do braço do outro e conduziu-o para dentro.

— Vamos tomar alguma coisa gelada. E eu aproveito para escrever um bilhetinho que você me fará o favor de entregar a Miss Hirota.

Sentaram-se a uma mesa. Pediram sorvetes. A fumaça dos cigarros pairava no ar, tocada pela luz violácea do televisor. O café estava quase cheio e todos concentravam a atenção no quadro do aparelho em que um noticiarista comentava o julgamento de Gabriel Heliodoro. Godkin percebeu o constrangimento de Pablo, que decerto temia a possibilidade de ser reconhecido como o "réprobo" que defendera o bandido. Mas ninguém pareceu interessado nos recém-chegados. Ortega tirou do bolso uma caderneta de notas, arrancou-lhe uma folha e, com uma caneta esferográfica, escreveu nela:

JARDINEIRO INSENSATO
Passou a vida
A cultivar sem saber
A flor da morte.

A imagem de Valencia relampagueou-lhe na mente, sorrindo com desdém. Pablo, irritado, amassou o papel e meteu-o no bolso.

— Mudei de ideia. — Começou a tomar o sorvete que o garçom trouxera. — Telefone para Miss Hirota, Bill, e diga-lhe que às vezes penso nela. Não. Não diga nada. Washington é hoje para mim um mundo fictício. Como os outros mundos em que vivi antes...

O comentarista da estação de TV descrevia o que ia ser o "espetáculo" da execução do "famigerado Gabriel Heliodoro" no dia seguinte. E informava que o Comitê Central havia anunciado ao país e ao mundo que, com a execução do "cúmplice de Carrera", terminava a fase punitiva da Revolução. Anunciava também que não havia mais entradas disponíveis para a "festa", mas que o público poderia acompanhar, em suas casas ou em lugares públicos, todas as fases da execução, "graças às câmaras de nossa possante estação".

— Vamos embora — murmurou Pablo, deixando cinco lunas sobre o mármore da mesa. — Essa história me revolta o estômago.

Saíram. Depois do calor e da fumaceira do interior do café, era bom respirar de novo o ar puro e fresco da noite. O homem do panamá estava parado a uma esquina.

— E agora, Pablo?

— Como já lhe disse, Bill, vou ficar. Não me acovardarei. Procurarei influenciar também o Comitê Central. Não estou sozinho. Muitos companheiros de armas me procuraram esta manhã para me dizerem que pensam como eu, e que não estão dispostos a aceitar a ditadura de Valencia.

— Não serão eles agentes provocadores do próprio Valencia?

— Que sejam! Não estou planejando nenhuma contrarrevolução. Estou, isso sim, tentando estabelecer um diálogo... Quero simplesmente que Barrios e os outros chefes cumpram todas as promessas de seus manifestos e discursos: justiça social, um governo democrático, com todas as liberdades... menos, está claro, a *liberdade de tirar a liberdade dos outros...* É que este pobre povo não pode, não deve ser ludibriado mais uma vez!

Por alguns minutos caminharam ambos em silêncio. O homem de branco continuava a segui-los duma distância duns trinta metros.

— Como você está vendo — sorriu Pablo —, Valencia faz questão que eu saiba que estou sendo vigiado. Quer me atemorizar. É ridículo.

— Pablo, não subestime Valencia. É um homem terrível.

— Mas é um homem. Sua terribilidade não me assusta. Estou decidido a enfrentá-lo. *Investi* praticamente tudo quanto tinha nesta Revolução. Vou cobrar meus dividendos, não em posições de mando, em lucros pessoais, mas em benefícios que possam ser distribuídos entre a maioria deste povo sofredor. Não pretendo exilar-me. Nem meter uma bala na cabeça. Vou ficar. Sou mais "cabeçudo" do que eu próprio imaginava. Se esta Revolução não tivesse servido para mais nada, teria tido a utilidade de fazer que eu me conhecesse melhor. Confesso-lhe que minha *saison en enfer*, ontem, não me foi de todo desagradável...

Godkin sacudiu a cabeça. Estavam à frente do Cerro Hermoso-Hilton. Miraram-se em silêncio por algum tempo. Por fim, apertaram-se as mãos.

— Adeus, Pablo. Foi para mim um privilégio ter conhecido você.

— Obrigado por tudo, Bill. Não direi adeus e sim "até breve". — Sorriu. — Aproveite a ocasião e jogue fora essa sua medonha gravata cor de bile. Eu vou lhe mandar uma nova de presente...

O americano sacudiu a cabeça em silêncio (Ruth! Ruth! Ruth!), fez meia-volta e entrou no hotel. Pablo Ortega acendeu um cigarro, pensou em Gabriel Heliodoro, e imediatamente tratou de esquecê-lo. Fizera o possível para salvá-lo. Estava em paz com sua consciência. Sentia a cabeça límpida, lúcida, sem dor.

Saiu a caminhar na direção de seu hotel. O homem de branco seguiu-o.

48

Depois de seu julgamento, Gabriel Heliodoro foi removido de sua prisão no 2º Regimento de Infantaria para uma cela no subsolo do velho edifício da Polícia Central, onde devia aguardar a hora da execução.

Na madrugada daquele sábado, ficou por algum tempo a andar dum lado para outro, arrastando a perna, que lhe doía e latejava intensamente. Não havia luz elétrica na masmorra, que era alumiada apenas pela luz duma vela, metida num castiçal de latão, em cima duma mesa tosca. Junto desta, estava sentado um velho sacerdote, a cabeça encanecida tombada sobre o peito, os braços cruzados. Era o Padre Catalino Sender, que viera de Soledad del Mar expressamente para assistir o condenado em suas últimas horas. A luz da vela acentuava-lhe a amarelidão do rosto enrugado e de faces encovadas.

— Pare de andar, Gabriel Heliodoro — pediu ele, com sua voz débil, que um pigarro crônico tornava áspera.

— Mas eu tenho a certeza! — exclamou o condenado. — Absoluta certeza! Foi nesta mesma cela que estive preso durante dois meses, há exatamente trinta e seis anos! Éramos cinco rapazes, todos mais ou menos da mesma idade. A polícia de Chamorro nos apanhou escrevendo a piche nos muros da cidade frases revolucionárias... Me lembro perfeitamente. Um dia escrevi aqui numa destas paredes... em algum lugar... umas palavras: *Abaixo a ditadura! Viva a Liberdade!* Assinei o meu nome por baixo... Me lembro perfeitamente. A data... a data deve ter sido novembro ou dezembro de 1923. Eu estava certo de que ia ser fuzilado.

Olhou para as próprias mãos.

— Como não tinha lápis nem carvão, gravei as palavras com as minhas unhas...

Manquejou até a mesa, apanhou o castiçal e saiu ao longo das paredes manchadas de umidade e bolor, à procura da sua inscrição, e falando baixinho consigo mesmo. Ficou por alguns minutos ajoelhado a um canto. Depois tornou a erguer-se com um gemido. O corpo inteiro lhe tremia e doía, amolentado pela febre.

— Padre, me empreste seus óculos, por favor. Não consigo enxergar nada direito...

O sacerdote ergueu-se, tirou os óculos de seu estojo de couro e deu-os a Gabriel Heliodoro, que os ajustou como pôde aos próprios olhos e continuou a busca. O padre voltou para seu lugar e começou a rezar. Seus lábios murchos moviam-se dando uma vaga forma às palavras da oração. Estava triste. Gabriel Heliodoro recusara confessar-se, dizendo: "Deus me conhece. Sabe de minhas qualidades e de meus defeitos. É um juiz sem partido político. Saberá fazer justiça. Se sou mesmo um criminoso, ele me condenará. Não insista, padre. Não me confesso. Não me arrependo de nada".

Gabriel Heliodoro aproximava a chama da vela das paredes e com dificuldade ia lendo aqueles grafitos de várias gerações de inocentes e culpados. Havia ali também desenhos pornográficos, rudes representações de órgãos genitais masculinos e femininos. Frases meio apagadas: *Ó Marieta, quem me dera tua... — O Chefe de Polícia é um maricão. — Chamorro é corno. — Viva a pátria! — Adeus, mãezinha querida, morro pensando em ti. — Um macho morre de pé... — Juro por Deus que sou inocente... — Meu nome é Antônio Pérez e meu destino é o inferno.*

Eu me lembro — pensava Gabriel Heliodoro. — Escrevi ajoelhado, num canto. Talvez fosse do outro lado.

Arrastou-se para a parede fronteira, sentou-se a outro canto, ofegante. A cera da vela pingava-lhe nos dedos. Uma dor aguda lancetou-lhe a ferida. Levou a mão à testa escaldante. Tornou a aproximar a vela da parede. Gravara as letras em maiúsculas. Ao terminar o último número do ano, suas unhas estavam quebradas e seus dedos sangravam. Ah! Sim, e ele pintara com seu próprio sangue um coração, logo abaixo de seu nome!

Ergueu-se com dificuldade e continuou a busca, dum lado para outro, numa espécie de delírio. O padre levantou-se, enlaçou-lhe a cintura com o braço magro, conseguiu trazê-lo para perto da mesa e fazê-lo sentar-se.

— Sossegue, Gabriel Heliodoro. Isso foi há trinta e seis anos. Durante esse tempo, essas paredes devem ter sido pintadas muitas vezes...

— Não, padre, não! Nunca nenhum Chefe de Polícia de nenhum Governo pensou em pintar calabouços como este. Eles estavam sempre cheios da ralé das ruas. Duma feita, havia nesta sala cinquenta pessoas. Defecavam e urinavam no chão. O fedor era insuportável. Havia gente de toda a espécie. Presos políticos, gatunos, pervertidos, bêbedos. Mas eu preciso encontrar o que escrevi... preciso!

— Por quê, meu filho?

— Quero ter uma lembrança do *outro* homem que fui. O Gabriel Heliodoro de vinte anos. O revolucionário. O inimigo do Ditador.

— Está bem, eu compreendo. Mas o encontro dessa inscrição não lhe vai devolver a mocidade.

— Eu sei, eu sei, mas isso é a única coisa que me resta agora, padre. A única!

O sacerdote limitou-se a encostar a mão na testa do condenado.

— Você deve estar com febre muito alta. Pedi mais de uma vez ao diretor da prisão que lhe mandasse um médico. Até agora não veio ninguém.

— Médico? Para quê, se vão me matar amanhã? A gangrena trabalha mais devagar que um pelotão de fuzilamento.

Gabriel Heliodoro olhava fixamente para a chama da vela. De repente, exclamou:

— Esta maldita masmorra sem janelas! Não se pode ver a noite nem o dia. O senhor nunca usou relógio, padre. E o meu um desses beleguins me roubou... Não sabemos se o dia já está nascendo.

— Por que não escreve uma carta à sua família? Tenho aqui lápis e papel...

— Não. Pode me escapar alguma queixa, alguma frase de mártir. Escreva-lhe o senhor, mais tarde, padre. Diga que pensei muito neles nesta minha última noite. Que me perdoem... Fui um mau marido, um mau pai, um mau avô... Diga que não se preocupem comigo. Morrer não é a pior coisa que pode acontecer a um homem.

O Padre Catalino apertou os braços cruzados contra o estômago.

— Está doendo a úlcera?

— Um pouco. Mas não é nada. Estou acostumado.

— Vá embora, padre. O senhor é um homem doente. Não pode passar uma noite assim em claro.

— Deixe-me ver a ferida da perna. E quanto a essa febre... Se você pudesse suar um pouco... Tomar uma aspirina... Algum comprimido que lhe aliviasse a dor...

— Não se preocupe. Sempre aguentei bem qualquer dor. Mas, padre, por que veio de tão longe?

O sacerdote encolheu os ombros e sorriu, triste.

— Achei que podia ajudá-lo um pouquinho nesta noite de solidão.

Gabriel Heliodoro pegou a moringa de barro que estava ao lado do castiçal, levou-a à boca e bebeu um gole largo.

Tornou a erguer-se e recomeçou sua caminhada, de castiçal em punho.

— Valente, aquele *chico*... — murmurou.

— Quem?

— Pablo Ortega. Enfrentou Valencia e os milhares de bárbaros que me queriam linchar. Fez o que prometeu. Não pediu misericórdia, não me rebaixou. Nem falou na minha mãe. Se há coisa que não aguento, é a piedade dos outros. O ódio me dói menos que a comiseração. — Olhou de repente, como que desconfiado, para o sacerdote. — Padre, o senhor veio me ajudar por comiseração?

O outro sacudiu a cabeça e disse:

— Comiseração? Não, meu filho. A palavra exata é *amor*.

Gabriel Heliodoro estendeu-se no catre.

— Pensei que ia morrer às cinco da madrugada, contra um muro de cemitério. Com cinco balas no peito. Como Juan Balsa.

Passou pelos cabelos as mãos trêmulas.

— Numa praça de touros... às dez da manhã. Com banda de música, *pasodobles*... Uma festa... Às dez da manhã, Padre, por que é que o senhor não dorme um pouco?

O pároco de Soledad del Mar sacudiu a cabeça.

— Não, meu amigo, um homem da minha idade não precisa de sono. Você é que devia procurar dormir. Feche os olhos, que eu lhe conto uma história...

— Não sou nenhuma criança...

— É, Gabriel Heliodoro. Para mim você é e sempre foi o menino que na igreja de Soledad del Mar me servia de coroinha. Vamos, procure dormir.

— Dentro de poucas horas *eles* vão me fazer dormir para sempre.

— Para sempre? — O cura sacudiu negativamente a cabeça. — Você despertará num mundo melhor que este, meu filho.

— No inferno?

— Nunca devemos desesperar da misericórdia de Deus.

Catalino Sender apanhou a garrafa de leite que tinha ao lado de sua cadeira, e despejou um pouco de seu conteúdo numa caneca de folha.

— Vou alimentar a minha úlcera. Com licença...

Começou a bebericar o leite, sem tirar os olhos do condenado, que se agitava na cama. Houve então um longo silêncio. A vela se consumia aos poucos. Chegou até eles o uivo longínquo dum cachorro, que parecia vir dum passado remoto, duma daquelas mornas noites de Soledad del Mar em que o menino Gabriel Heliodoro andava a vaguear pelas ruas, com vergonha de voltar para casa.

— Padre, o senhor naturalmente se lembra da minha mãe...

— E como!

— Ela se confessou com o senhor...

— Algumas vezes, muito poucas, infelizmente.

— Algum dia chegou a lhe dizer quem era meu pai?

— Não. Nunca. E, se tivesse dito, eu não poderia quebrar o segredo do confessionário.

— Bom, seja como for, agora nada mais importa.

Novo silêncio. Por um momento o Padre Sender teve a impressão de que Gabriel Heliodoro dormia. Ergueu-se e cobriu-o com um cobertor de campanha, do qual se exalava um cheiro fétido, como dum cachorro molhado.

— Deve estar em algum lugar — murmurou o condenado.

— De que é que está falando, meu filho?

— Da frase que escrevi com minhas unhas. Eu tinha vinte anos. Lembra-se do dia em que o senhor me levou até ao alto da *sierra*? Eu lhe disse que queria morrer pela liberdade. Por que é que vou morrer agora? Por nada. Uma morte inútil.

— Deus escreve direito por linhas tortas. E os dedos de Deus às vezes também sangram, meu filho.

Gabriel Heliodoro cerrou os olhos. Seu corpo tremia todo da cabeça aos pés. E por um momento de delírio — quanto tempo teria durado? — andou vagueando pela montanha — jovem e livre, perto do céu e dos condores... Por fim soergueu-se e perguntou:

— A que horas virão me buscar?

— Não sei, meu amigo. Talvez às nove... ou nove e meia.

— Padre, vou lhe fazer um pedido. O senhor tem prestígio com Barrios... Peça, mas em seu nome (não no meu, está ouvindo?), que não me amarrem as mãos nem me vendem os olhos. Quero morrer como um homem e não como um bicho. E quero olhar a morte na cara.

— Sua vontade será feita. Dou-lhe a minha palavra.

Gabriel Heliodoro pareceu então ficar mais sereno. Começou a esfregar entre o polegar e o indicador a medalha da Virgem que trazia pendurada ao pescoço, como uma criança que necessita dum placebo para adormecer.

49

Segundo o cronista político de *Revolución*, a execução de Gabriel Heliodoro Alvarado naquela manhã de domingo, 15 de novembro de 1959, constituiria "um espetáculo inesquecível pelo seu sentido simbólico e histórico". O serviço meteorológico federal informara, na véspera, que o tempo se manteria bom nas próximas vinte e quatro horas: a temperatura oscilaria entre vinte e três e vinte e oito graus centígrados, a umidade relativa do ar não subiria além de sessenta por cento, e os ventos soprariam do quadrante leste, brandos e frescos.

Era voz geral que nunca, em toda a sua história, a Gran Plaza de Toros abrigara um público tão numeroso, a não ser talvez durante certa memorável corrida, num domingo de 1943, em que ali se exibira Manolete, o famoso matador espanhol.

O céu daquele domingo era dum azul inocente e límpido, e um rútilo sol, que de tão claro lembrava mais a prata que o ouro, iluminava os veludosos verdes do cerro, dos parques, bem como os telhados da velha capital do Sacramento.

Centenas de pessoas, temerosas de não encontrarem lugares, apesar de possuírem bilhetes de entrada — pois só havia cadeiras numeradas para as autoridades e para os representantes da imprensa —, começaram a chegar à Plaza de Toros às sete da manhã.

Cerca das nove horas, vendo que a *plaza* estava já completamente lotada, as autoridades mandaram fechar todos os portões. A polícia de choque foi obrigada a entrar em ação várias vezes, e em duas oportunidades teve de usar bombas de gás lacrimogêneo para conter a multidão que cercava o circo e investia contra a barreira de policiais ou contra os portões, protestando seu direito de assistir ao espetáculo.

Escreveu o cronista de *Revolución:*

Era um gosto ver-se o povo, gente de todas as camadas sociais (menos, é evidente, os membros de nossa decadente oligarquia e os representantes das chamadas "classes superiores"), sentada nas arquibancadas da Gran Plaza, na mais comovedora das confraternizações, a cantar e a dançar ao som de pasodobles, *boleros e marchas tocadas pela excelente Banda de Música do brioso Corpo de Bombeiros. Quando o observador olhava para as arquibancadas, principalmente para as que ficavam do lado do sol, aquele incessante movimento de camisas, bandeiras, lenços,* rebozos *e vestidos nas mais ricas e variegadas cores, dava a impressão dum gigantesco calidoscópio em constantes e ricas mutações. O sol emprestava à arena cambiantes de cobre...*

Quando o Gen. Miguel Barrios, Presidente do Comitê Central Revolucionário, entrou no camarote de honra, acompanhado de outros membros de seu Governo, a multidão, calculada em mais de trinta mil pessoas, ergueu-se como um só homem, prorrompendo numa ovação ao Chefe que durou mais de dez minutos. Cantou-se em seguida o Hino Nacional.

O produtor do programa de televisão que ia transmitir o espetáculo ao vivo, prometia desde a véspera uma "cobertura dramática e realista da execução". Ia dar aos senhores telespectadores a oportunidade de ver, na mesma tela dividida ao meio, as imagens de duas câmaras. Uma delas mostraria em *long shot* o pelotão de fuzilamento no instante preciso de disparar seus fuzis e a outra, graças a uma lente telescópica, daria um primeiro plano da cara do condenado no momento exato em que as balas lhe penetrassem o corpo!

Doze minutos depois das dez da manhã, Gabriel Heliodoro Alvarado entrou na arena, cercado de soldados armados. Manquejava, movia-se com dificuldade, a ferida da perna latejava e doía com tal intensidade que ele tinha de morder os lábios para não gritar. Caminhava, porém, tão teso quanto lhe era possível, e de cabeça erguida.

Ao vê-lo, a multidão rompeu em assobios e gritos, mas sem a ferocidade manifestada durante o julgamento no Palácio dos Esportes. Afinal de contas, o dia estava radioso, várias centenas de espectadores haviam ido à missa das oito horas, e aquela festa popular com músicas alegres tinha quase o caráter duma competição esportiva.

O Padre Sender, que caminhava ao lado do condenado, conseguira que as autoridades não lhe amarrassem as mãos nem lhe vendassem os olhos no "*momento de la verdad*".

Gabriel Heliodoro mantinha a face erguida para o sol, os olhos ofuscados. Isso o impedia de ver a multidão. Um frio suor escorria-lhe pelo corpo surrado pela febre. Ele não via mas tinha consciência de que marchava a seu lado o vulto negro do padre, que apertava contra o estômago um crucifixo negro com um Cristo de cobre.

— Alto! — gritou o tenente que comandava o pelotão de fuzilamento, o qual já se encontrava formado no centro da arena.

Gabriel Heliodoro não ouviu a ordem, deu ainda dois ou três passos, mas o Padre Catalino puxou-o pela manga da camisa, fazendo-o estacar. Dois soldados seguraram o condenado pelos braços e o colocaram contra uma alta e larga chapa de ferro erguida à frente do portão por onde, nas tardes de corrida, costumavam surgir os touros.

Saída dum alto-falante, uma voz grave e imensa, que parecia vir do céu, como a própria voz de Deus a anunciar o Juízo Final, leu em tom lento e dramático a sentença que condenava à morte Gabriel Heliodoro Alvarado. O público escutou em silêncio a enumeração de todos os crimes cometidos por aquele inimigo da pátria. Por fim calou-se a voz apocalíptica.

O tenente que ia dar a ordem de fogo ao pelotão aproximou-se do camarote de Barrios, estacou, bateu os calcanhares e fez uma continência. O Chefe ergueu-se e inclinou a cabeça num sinal afirmativo. Começaram a rufar os tambores.

O Padre Catalino Sender aproximou-se do condenado e, como um espião de Deus, murmurou-lhe ao ouvido: "Coragem, meu filho. Dentro de alguns minutos estarás nos braços do Pai". Aproximou o crucifixo dos lábios de Gabriel Heliodoro, que beijou a imagem de Cristo. E depois, tomando nos dedos a medalha com a efígie da Virgem da Soledade, sua Mãe, apertou-a contra os lábios, longamente, e preparou-se para morrer.

Mas uma súbita fúria ferveu-lhe no peito. O comandante do pelotão de fuzilamento tinha gritado: "Preparar!". Dez homens armados contra um homem desarmado! Ele estava sozinho! Tinham-lhe tirado tudo, tudo! Só lhe restava o corpo dolorido e doente, a sua febre, o seu fedor, a perna que apodrecia... E os covardes iam crivá-lo de balas. "Apontar!", gritou o tenente, no luminoso silêncio da manha.

Gabriel Heliodoro olhou em torno da praça, meteu uma das mãos entre as próprias pernas, e reunindo as forças que lhe restavam, berrou, rouco, para toda aquela gente que ia gozar sua morte:

— Lego os meus *cojones* ao Museu Nacional!

E como lhe parecesse haver uma hesitação da parte do tenente que comandava o pelotão, tornou a gritar, petulante, quase feliz:

— Atirem duma vez, filhos duma...

A descarga cortou-lhe a frase. Crivado de balas e esguichando sangue, seu corpo como que rodopiou e tombou na arena. A banda de música rompeu num dobrado. E a multidão começou a gritar: "Olé! Olé! Olé!".

O tenente tirou o revólver do coldre e, a cara tensa, aproximou-se do corpo ainda estrebuchante de Gabriel Heliodoro Alvarado e meteu-lhe uma bala no crânio, como quem pinga o ponto final numa história.

Crônica literária

Quando terminou seu primeiro ciclo de romances ("o ciclo de Porto Alegre") com *Saga*, em 1940, Erico Verissimo deixou seus protagonistas, os primos Vasco Bruno e Clarissa, ambientados numa chácara na serra gaúcha. Tinham optado por uma "vida campestre", fugindo da balbúrdia e das confusões da "metrópole" (Porto Alegre, em 1940, andava pelos 300 mil habitantes, e o Rio de Janeiro era a cidade mais populosa do Brasil). Clarissa estava grávida, Vasco, que lutara com as brigadas internacionais na Guerra Civil Espanhola e era pintor, virara ilustrador de editoras e "agricultor" por opção. Anos mais tarde, tanto em seu prefácio a uma das novas edições do romance, como em seu livro de memórias (*Solo de clarineta*), Erico deplora o destino que dera a Vasco, um de seus personagens preferidos. Chega a dizer que tem certeza de que ele "fugiu" àquele destino bucólico, voltando à cidade e se entregando novamente à luta por democracia e justiça social.

De certo modo, foi isso que aconteceu. Pablo Ortega, o jovem intelectual e diplomata da embaixada da República de Sacramento em Washington, é uma espécie de "alter-alma" de Vasco Bruno. Como seu antecessor gaúcho, é pintor. É também poeta e, como Vasco, atormentado por problemas éticos sobre seu papel no mundo — angústia que levara o primo de Clarissa a se alistar nas brigadas que lutaram contra o fascismo ao fim da década de 1930. Pablo, de modo semelhante, se alista na revolução que sacode sua pátria, na ilha fictícia do Caribe, em 1959, ano do triunfo da Revolução Cubana. No final, confrontado com os caminhos antidemocráticos que ameaçam o caráter da revolução, em vez de se refugiar em algum recanto solitário, decide ficar e lutar por seus valores. Vinte e cinco anos depois, portanto (1940, publicação de *Saga*, e 1965, publicação de *O Senhor Embaixador*), Pablo Ortega redime seu "antepassado" Vasco Bruno.

Pablo Ortega lembra também outro personagem muito caro a Erico. Sua relação com o Embaixador Gabriel Heliodoro Alvarado lembra a relação de Floriano, autor fictício de *O tempo e o vento*, com seu pai, o dr. Rodrigo Cambará. Como neste caso, um abismo de valores separa os dois homens. Pablo, como Floriano, é um intelectual de índole pacifista e vive com a culpa de, num mundo crestado pela contínua violência em todos os quadrantes, dedicar-se a poemas líricos e amores problemáticos. Gabriel Heliodoro, como o dr. Rodrigo, é um típico caudilho latino-americano: pode ser bruto e sedutor ao mesmo tempo; leva para o campo público seus afetos e desafetos pessoais; é violento, mas é corajoso ao ponto da temeridade; na política pode faltar-lhe ética, mas não lealdade. Mesmo podendo ficar em Washington, volta ao seu país para lutar com seu presidente e amigo, Juventino Carrera, cuja fuga protege no aeroporto da capital, caindo ferido e prisioneiro.

Gabriel Heliodoro é um dr. Rodrigo que nasceu pobre e desamparado, filho de mãe índia e pai desconhecido, mas que, como seu "antepassado" gaúcho, tornou-se poderoso e líder político. Assim como Rodrigo, une-o a seu "filho" um elo contraditório, feito de repulsa e admiração. Rodrigo mata na Revolução de 1930 o tenente Quaresma, que era amigo da casa; Ortega suspeita que Heliodoro tenha matado o presidente constitucional Julio Moreno, no golpe que levou Carrera de volta ao poder. Floriano, no fim de *O tempo e o vento*, continua crítico em relação aos valores e às atitudes do pai, mas lhe reconhece o valor da coragem e da lealdade a seus princípios, reconciliando-se com ele; Ortega continua a repudiar o mundo de Heliodoro e seus valores, mas de certo modo também se reconcilia com o caudilho, pois decide defendê-lo no julgamento algo farsesco que o aguarda, pondo em risco seu posto na Revolução.

Outros paralelos são tentadores neste *O Senhor Embaixador*. Por exemplo, o presidente Julio Moreno, ao ser deposto, "é suicidado" por seus inimigos. Mas um pouco antes, cercado por alguns amigos, correligionários e estudantes fiéis, pede que o deixem só. O gesto lembra o de Vargas, de 23 para 24 de agosto de 1954. Depois da feroz campanha da direita contra ele, e desacreditado pelos escândalos políticos de seu governo, ante a renúncia, o velho caudilho gaúcho teve a oferta de seu correligionário e amigo Osvaldo Aranha de que ficassem os dois no Palácio do Catete e resistissem à bala. Vargas mandou-o embora (como Julio Moreno faz com seu amigo e Ministro da Educação, o professor Leonardo Gris), ficando só e resistindo à bala: uma única, no próprio coração.

As dúvidas de Ortega quanto às perspectivas de ação política para um intelectual como ele são as mesmas de Erico, as quais acompanhariam o escritor gaúcho pela vida inteira. Apesar disso, como Ortega, ainda que de modo menos dramático (o jovem de Sacramento opta pela luta armada), Erico sempre se posicionou com ênfase pela democracia e pela justiça social, quando achou necessário fazê-lo, e em defesa de perseguidos e presos por todas as ditaduras. Condenou com igual veemência o autoritarismo soviético e as intervenções norte-americanas.

Não é apenas Ortega que espelha a alma do escritor. Vários outros personagens também o fazem. Está nesse rol William Godkin, o jornalista norte-americano à beira da aposentadoria que, em 1965, compartilha com Erico a proximidade da casa dos sessenta. Liberal na acepção plena da palavra, Godkin se vê quase como "o último dos moicanos" de um jornalismo que privilegiava fatos em lugar de versões pré-produzidas. Também faz parte dele Leonardo Gris, o professor universitário que foi Ministro da Educação do governo democrático e se envolve na conspiração revolucionária para derrubar o ditador que o derrubou. Compelido à ação política, Gris confidencia a Ortega que preferia mesmo escrever e tocar ou ouvir música erudita — como Erico, só que este escrevia romances, e o professor, ensaios.

Ortega, Godkin e Gris compõem, assim, um triângulo amoroso — não no sentido erótico tradicional, mas de paixão pela integridade ética do intelectual num mundo em que isso se tornava cada vez mais difícil de definir e, sobretudo, de exercer. Acostumado a usar desde seus primeiros romances a técnica ampliada do contraponto, que buscara no romance de Aldous Huxley (*Contraponto*, por ele traduzido), e usando com mestria o jogo entre o discurso direto e o indireto livre, Erico cria uma espécie de "diálogo íntimo objetivado".

Como linhas melódicas de uma peça de câmara transposta para a grandiosidade de uma sinfonia de tonalidades épicas, em *O Senhor Embaixador* se entrelaçam o ceticismo de Godkin, o empenho de Gris e as dúvidas de Ortega contra o pano de fundo onde soam os clarins, o som e a fúria dos grandes momentos históricos. Erico se revela o grande pintor de painéis históricos aliado ao maestro das melodias líricas, épicas e dramáticas das opções que os pobres mortais devem tomar, entre as tragédias da história e as comédias da vida cotidiana, que não escapam à palavra atenta do escritor.

Crônica biográfica

Entre os desmandos do golpe militar de 1964, ocorreu a prisão do escritor gaúcho Reynaldo Moura, em Porto Alegre, diretor da Biblioteca Pública do Estado. Até hoje não se sabe muito bem qual era a acusação, mas naquela época isso não importava muito. Desesperados, seus familiares recorreram a quem imaginaram que pudesse lhes prestar socorro, entre eles o escritor Erico Verissimo.

Prontamente, Erico se dirigiu, na companhia do jornalista Alberto André, ao quartel-general do 3º Exército, onde Moura, já muito doente, estava encarcerado, e ambos pediram uma audiência com o comandante, general Justino Alves Bastos. Antes de receber os dois visitantes, o general mandou chamar toda a oficialidade presente no QG e, ao que parece, até mandou formar a tropa. Tudo para receber "o grande escritor Erico Verissimo". Diante disso, Erico fez saber ao general que não estava ali para visitar o quartel, mas sim para saber do estado e da situação de seu amigo Reynaldo Moura. Deu-lhe as costas e foi-se embora, sem passar em revista. Reynaldo foi posto em liberdade algum tempo depois, e faleceu no ano seguinte, 1965 — quando o romance *O Senhor Embaixador* era lançado.

O episódio reflete o clima daquele momento difícil. E também o estado de ânimo do escritor. Em seu estilo sempre quieto, meio secarrão, destituído de vaidades, crescia nele o desgosto pelo autoritarismo, sobretudo o de direita, que via tomar conta de seu país e da América Latina.

Erico nunca fora um entusiasta do governo de João Goulart. Via-o como um herdeiro de Getulio Vargas, cujo autoritarismo o desiludira após um momento de entusiasmo pelas reformas que o caudilho gaúcho prometera fazer nas estruturas políticas carcomidas e viciadas da República Velha. Mas daí a fazer-se cúmplice das arbitrariedades da ditadura de 1964 era um passo impossível para um democrata autêntico como ele.

O escritor logo se tornou uma referência para os democratas e resistentes. A publicação, logo em 1965, de *O Senhor Embaixador* foi um dos marcos dessa resistência e do caráter de Erico. Escrito tanto sob o impacto da Revolução Cubana e de seu caminho de tornar-se parte da esfera de influência da União Soviética como do aumento das inúmeras ditaduras latino-americanas apoiadas e patrocinadas pelos Estados Unidos, o romance espelha as contradições de alma do escritor. Via-se ele premido ante a promessa autoritária dos regimes comunistas, inclusive o de Cuba, e a realidade crescente das ditaduras de direita que oprimiam e perseguiam opositores, inclusive no Brasil. Ao mesmo tempo, via esvair-se sua tradicional simpatia pelo caráter democrático dos Estados Unidos (cujos problemas, como o racismo, nunca deixou de apontar e criticar), dado o crescente apoio do governo de Washington a regimes repressivos e corruptos.

Era um momento crucial na vida de Erico. Houve uma espécie de realinhamento de posições em seu íntimo. Não de valores: continuou sendo partidário ardoroso de valores democráticos, declarando-se um socialista democrático ou um democrata socialista, apoiando propostas como a de uma social-democracia radical, conforme registrou em sua entrevista feita com o escritor alemão Thomas Mann. Para Erico, a urgência dos problemas sociais não podia sacrificar a democracia. Em contrapartida, apenas uma sociedade mais igualitária do que a vigente na América Latina seria capaz de assegurar a democracia, e para ele os Estados Unidos e seus aliados na região enveredavam cada vez mais pelo caminho oposto, o das ditaduras, que, além de sacrificar as liberdades, reafirmavam as profundas desigualdades do continente.

O Senhor Embaixador marca também uma considerável ampliação do ponto de vista do escritor. É seu primeiro romance publicado após o ciclo *O tempo e o vento*, concluído na passagem de 1961 para 1962. Erico passa a falar da América Latina como um todo, incluindo nela o Brasil, seguindo a trilha aberta por seu livro de viagem *México*, publicado quase dez anos antes e que revela sua experiência como diretor do Departamento Cultural da União Pan-Americana, quando em meados da década de 1950 vivera em Washington e percorrera a maioria dos países do continente, convivendo com o meio diplomático. Essa vivência se espelha nas páginas de *O Senhor Embaixador*, cuja referência é tanto a América Latina, Caribe, Revolução Cubana, como ao ambiente da capital norte-americana e das intrigas políticas e pessoais típicas do mundo diplomático.

Sempre lutando por valores democráticos e por justiça social, o quieto "índio" (apelido que lhe davam seus amigos) da região missioneira do Rio Grande do Sul fazia-se, de uma vez por todas, cidadão do mundo.

Erico Verissimo nasceu em Cruz Alta (RS), em 1905, e faleceu em Porto Alegre, em 1975. Na juventude, foi bancário e sócio de uma farmácia. Em 1931 casou-se com Mafalda Halfen von Volpe, com quem teve os filhos Clarissa e Luis Fernando. Sua estreia literária foi na *Revista do Globo*, com o conto "Ladrões de gado". A partir de 1930, já radicado em Porto Alegre, tornou-se redator da revista. Depois, foi secretário do Departamento Editorial da Livraria do Globo e também conselheiro editorial, até o fim da vida.

A década de 30 marca a ascensão literária do escritor. Em 1932, ele publica o primeiro livro de contos, *Fantoches*, e em 1933 o primeiro romance, *Clarissa*, inaugurando um grupo de personagens que acompanharia boa parte de sua obra. Em 1938, tem seu primeiro grande sucesso: *Olhai os lírios do campo*. O livro marca o reconhecimento de Erico no país inteiro e em seguida internacionalmente, com a edição de seus romances em vários países: Estados Unidos, Inglaterra, França, Itália, Argentina, Espanha, México, Alemanha, Holanda, Noruega, Japão, Hungria, Indonésia, Polônia, Romênia, Rússia, Suécia, Tchecoslováquia e Finlândia. Erico escreve também livros infantis, como *Os três porquinhos pobres*, *O urso com música na barriga*, *As aventuras do avião vermelho* e *A vida do elefante Basílio*.

Em 1941 faz uma viagem de três meses aos Estados Unidos a convite do Departamento de Estado norte-americano. A estada resulta na obra *Gato preto em campo de neve*, o primeiro de uma série de livros de viagens. Em 1943, dá aulas na Universidade de Berkeley. Volta ao Brasil em 1945, no fim da Segunda Guerra Mundial e do Estado Novo. Em 1953 vai mais uma vez aos Estados Unidos, como diretor do Departamento de Assuntos Culturais da União Pan-Americana, secretaria da Organização dos Estados Americanos (OEA).

Em 1947 Erico Verissimo começa a escrever a trilogia *O tempo e o vento*, cuja publicação só termina em 1962. Recebe vários prêmios, como o Jabuti e o Pen Club. Em 1965 publica *O Senhor Embaixador*, ambientado num hipotético país do Caribe que lembra Cuba. Em 1967 é a vez de *O prisioneiro*, parábola sobre a intervenção dos Estados Unidos no Vietnã. Em plena ditadura, lança *Incidente em Antares* (1971), crítica ao regime militar. Em 1973 sai o primeiro volume de *Solo de clarineta*, seu livro de memórias. Morre em 1975, quando terminava o segundo volume, publicado postumamente.

Obras de Erico Verissimo

Fantoches [1932]
Clarissa [1933]
Música ao longe [1935]
Caminhos cruzados [1935]
Um lugar ao sol [1936]
Olhai os lírios do campo [1938]
Saga [1940]
Gato preto em campo de neve [narrativa de viagem, 1941]
O resto é silêncio [1943]
Breve história da literatura brasileira [ensaio, 1944]
A volta do gato preto [narrativa de viagem, 1946]
As mãos de meu filho [1948]
Noite [1954]
México [narrativa de viagem, 1957]
O Senhor Embaixador [1965]
O prisioneiro [1967]
Israel em abril [narrativa de viagem, 1969]
Um certo capitão Rodrigo [1970]
Incidente em Antares [1971]
Ana Terra [1971]
Um certo Henrique Bertaso [biografia, 1972]
Solo de clarineta [memórias, 2 volumes, 1973, 1976]

O TEMPO E O VENTO

Parte I: *O Continente* [2 volumes, 1949]
Parte II: *O Retrato* [2 volumes, 1951]
Parte III: *O arquipélago* [3 volumes, 1961-1962]

OBRA INFANTO-JUVENIL

A vida de Joana d'Arc [1935]
Meu ABC [1936]
Rosa Maria no castelo encantado [1936]
Os três porquinhos pobres [1936]
As aventuras do avião vermelho [1936]
As aventuras de Tibicuera [1937]
O urso com música na barriga [1938]
Outra vez os três porquinhos [1939]
Aventuras no mundo da higiene [1939]
A vida do elefante Basílio [1939]
Viagem à aurora do mundo [1939]
Gente e bichos [1956]

Texto fixado pelo Acervo Literário de Erico Verissimo (Alev) com base na edição princeps, *sob coordenação de Maria da Glória Bordini.*

Grafia atualizada segundo o Acordo Ortográfico da Língua Portuguesa de 1990, que entrou em vigor no Brasil em 2009.

CAPA E PROJETO GRÁFICO Raul Loureiro

FOTO DE CAPA Luiz Carlos Felizardo
[Névoa sobre o rio Pelotas, Pinhal da Serra, RS, 2003]

FOTO DE ERICO VERISSIMO Leonid Streliaev

SUPERVISÃO EDITORIAL E TEXTOS FINAIS Flávio Aguiar

ESTABELECIMENTO DO TEXTO Maria da Glória Bordini e Karina Batista

EDIÇÃO DE TEXTO Cristina Yamazaki

PREPARAÇÃO Márcia Copola

REVISÃO Ana Maria Barbosa e Isabel Jorge Cury

Os personagens e as situações desta obra são reais apenas no universo da ficção; não se referem a pessoas e fatos concretos, e sobre eles não emitem opinião.

1ª edição, 1965
20ª edição, 1997
21ª edição, 2005
22ª edição, 2009

Dados Internacionais de Catalogação na Publicação (CIP)
(Câmara Brasileira do Livro, SP, Brasil)

Verissimo, Erico, 1905-1975.
O Senhor Embaixador / Erico Verissimo ; ilustrações Rodrigo Andrade ; prefácio Carlos Applel. — São Paulo : Companhia das Letras, 2009.

ISBN 978-85-359-1480-1

1. Romance brasileiro I. Andrade, Rodrigo. II. Appel, Carlos. III. Título.

09-04842 CDD-869.93

Índice para catálogo sistemático:
1. Romances : Literatura brasileira 869.93

[2009]

EDITORA SCHWARCZ LTDA.
Rua Bandeira Paulista 702 cj. 32
04532-002 — São Paulo — SP
Telefone: (11) 3707-3500
Fax: (11) 3707-3501
www.companhiadasletras.com.br

Esta obra foi composta em Janson
por Osmane Garcia Filho e impressa
pela RR Donnelley em ofsete sobre
papel pólen soft da Suzano Papel e
Celulose para a Editora Schwarcz
em julho de 2009.